現代文學叢書

白潮 廢墟 廢墟以後

韓國學資料院

「白潮」와 「廢墟」에 對하여

「白潮」는 1922年 1月 1日에 創刊되어 1923年 9月 6日에 通卷 3號로써 終刊된, 純文藝 月刊 同人誌로서 그 同人은 露雀 洪思容・李相和・懷月 朴英熙・月灘 朴鍾和・稻香 羅彬・憑虛 玄鎮健 等이었다. 그네들을 우리 文學史에서 〈白潮派〉라 하고 그네들의 文學的 傾向을 〈浪漫派〉라 함은 다 아는 常識으로 되어 있다.

그러나, 白潮派의 浪漫主義는 西歐의 浪漫主義와는 달리 〈病的이요 頹廃的〉이라는 點이다. 이렇게 頹廃的임에도 不拘하고 퇴폐주의와 區別되는 理由는 그네들은 「꿈」을 가졌다는 點이다.

同誌 編輯人은 洪思容, 發行人은 創刊號는 亞扁薛羅(美國人)、2號, 3號는 쁘이스夫人(美國人)、發行所는 文化社였다.

「廃墟」는 金億・金永煥・金瓚永・金元周・南宮璧・羅蕙錫・廉尚燮・李丙燾・李赫魯・閔泰瑗・吳相淳・黃錫禹 등이 同人이 되어 1920年 7月 25日에 창간되어, 通卷 2號로써 1921년 1월 20일에 終刊된 純文藝 同人誌인 것이다.

우리 新文學史上 그 同人들을 가리켜 〈廃墟派〉라 하는데、그네들의 文學的 傾向은

頹廃主義、浪漫主義、理想主義、感傷主義 등 多樣的이었다.

本誌 通卷 2號에 總面数 菊版 282面에 지나지 못했으나、新文學史에 끼친 業績

은 결코 적지 않은 바가 있다고 하겠다.

창간호는 編輯 兼 發行人은 高敬相、第2號는、編輯人은 南宮璧、發行人은 李秉祚、

發行所는 창간호는 同社、종간호는 新半島社였다.

「廃墟以後」는 吳相淳・廉尙燮・金井鎭・金明淳・金億 등을 同人으로 하여 發刊된

同人誌로서、어떤 點에 있어서는 「르네상스」 後身으로 朝鮮文人會의 機關誌的 性格

을 띤 文學誌로서 1924年 1月1日에 창간되어 창간호가 종간호로 끝난 文學誌

의 하나다.

그리고 그 同人들의 作品傾向은 多樣的이었다.

그 發行所는 同社이고、編輯人은 廉尙燮、發行人은 英國人 아놀드였다.

一九八〇年 一月

金 根 洙

白潮第一號目次

白潮 第二號 目次

白朝 第三號目次

廢墟第一號目次

廢墟第二號目次

廢墟以後目次

同人

白潮 1

文化社

白潮第壹號目次

白潮는 흐르는데 별하나 나하나

洪

저ー기저 하날에서 춤추는 저것이 무어? 오ー金빗노을! 나의가슴은 군성거림여 견댈슈업슴니다。

압江에서 日常불으는 우렁찬소리가 어엽분나를불녀냄니다。귀에늬운琴聲이 미끈이서 물밀쌔에 첨

업는마음은 조와라고 맛처서 잔듸밧 모래톱으로 줄달음줌니다。

이리다 다리썻고 쥬저안저서 얼업시 짓거림니다 銀고리갓치 동글고 밋그러운 혼자이약이를……

상글々々하는 太白星이 머리우에 만작이니 발서 반가운이가 반가운그이가 옴니므 혼자이악이를

듯한 오리알빗 둥그레달이 압동산봉오림 집고서 방그레ー바시々 소사오며 바시락어리는 집안개우

흐로 달콤한 저녁의幕이 소르를처 나려올째에 너른々々하는 히ー연밀물이 팔버려 어렴풋이 달처옴

니다。

이째을시다 이째면은 나의가슴은 더욱々々 썸니다 더둠수풀 저쪽에서 어른거리는 거믄그림자론무

서워 그림이안이라 쟉갈대는 내얼골을 물그럼이 보다가 넘짓이 낫숙여 우수시는 그이를 哭녀린마음

新婦의 고요히 힘싸는 치마싸락갓처 달잠겨 썰이는 잔살물결이 소리업시 어린애의 腦髓을 흐느젹

너리니 문고기갓치 나닷는가슴을 것잡을수업시 문빗도銀갓고 둘스타도銀갓흔 가업는 悠悠나라로 더

벅々 건어감이다……밋철듯키 자지러저 철々흐르는 깃붐에 씌여서ー。

이 수접어 언뜻 봄으로소이다。

아ー웃연는 깃붐이므소이다。나는 하쪼십흔 소래를 다ー불녀봄니다。

이라다 宛虛업는方緒이 원분을 꼬달피게함니다。그러면 앗으랴고 기두르는이여저 물너가듯

ー 7 ー

2

키 어리왕처럼 힘업시 넘어짐이다。

올치 이러면 貢緞갓쳐 고흔물결이 찬녁ㅅㅅ 나외몸을 씨담어쥬노나!

키다란 沈默은 기리ㅅㅅ 죠오는데 쏫업시 흐르는 밀물나라에는 낫녁는 별하나히 새로히 빗붐니다。

거기서 우슴석거불으는 자장노래는 다소히어리인金빗숨터여 호랑나뷔처럼 휩ㅅ나라듬너다。

엇겨노! 이룰엇지노 아—엇지노! 어머니젓을 만겨는듯한 달콤한悲哀가 안개처럼어러틴녀슬 휩

싸들으니……심슐스러운 웅석을 숨길수업서 뜻안이한 우룸을 소리처웁이다。

漂泊

盧子泳

一

밤은 깁헛다。 벌서 열한시나 되엿다。 쏫업는 沈默의 氣運은 온宇宙에 充滿하엿다。 다못쏫白한 月色이 쓸아래 소래업시 흐르고잇슬뿐이다。 英淳은 아싸부터자라고 눈을감앗다。 그러나잠이 都是 으지아니한다。억지로 숨을죽이고 소래업시 누엇스나 눈압헤낫타나는것은 惠善의 얼굴쑨이다。

『사나해자식이 웨이다지못낫나。』

하고 눈압헤 낫타나는惠善의얼굴을 보지아니하라 하엿다。 그러나惠善의 얼굴은 一層光彩잇게 英淳의눈압헤 낫타난다。 英淳은 그얼굴을부터안고 키쓰를하라 하엿다 그째 그의얼굴은 다시薔薇쏫微笑로變하여지며 더욱히아름답히 뵈인다。

『아! 林惠善氏?』

하고 英淳은속삭엿다。

『녜! 웨차저서요? 나는지금玄海灘을 無事히건너는중이올시다』

하고. 惠善은 가늘고맑은목소래로對答하는듯하엿다。 그러자 검은하날에서 파란별빗이 자최업시써지는玄海灘을건너가는汽船의甲板우에서 다못시커먼밤빗이 구결萬결 限업시몽키인北天한날을바라보며 잇다금한숨을쉬고 잇다금눈물을흘니는惠善의모양이 아름아름活動寫眞모양으로 눈압헤完然히뵈인다。

『아이고 惠善氏』

하고 英淳은소래를「카! 지르고 그만자리에서일어나 죽엿든電燈을다시켯다。 그리하고다시자리에누

어天井에는 파리가 한마리 두마리 죽은듯시 붓허잇다。英淳은오날밤은 날이새

이도록 작을자 지못하리라하엿다。天井이나 모 가지를호들고지나가는바람소래가 스르르하고들닌다。英淳은

오나하로의歷史를생각하여보앗다。생각 하여본즉 참말달고도설엇다。그것은맛치 젊고도푸른

피한줌(一握)을 피여오는하안百合우에더진것과갓다。英淳은 처음부터솟새

지생각하고는 또생각하고 생각하엿다。그리하고 쏫이맛칠째마다 「쑴갓닷」「산

詩로다」「참藝術이닷」「浪漫的의일다」하고批判을나리엿다。批判을나린후에는 우서도보고 슬허도하엿

다。

오날아참 열시엿다。朴英淳은 林惠善과함께 釜山行特急列車를탓다。이것이그들에게는처음이다。우렁

찬汽笛소래가 한번뚜! 하고소래를내자 汽車는南大門을써나기始作하엿다。두사람은三等室한편에椅子

를占領하고 서로맛대여안젓다。서로뭇이저하고 서로뭇이저하는두사람은 오날한자리에 나란이하여 이

와갓치旅行하는것을無限히깁버하엿다。두사람의가삼에는 엇듯한情의흐름이 無限의줄을通하야 오

고가는듯하엿다。그호름우에는 한송이의조고마한薔薇가 동々써서 이가삼으로 그리하고저가삼으로 오

고가고하엿다。두사람은醉한듯하엿다。汽車는於焉間龍山을지나 이번은파란水畑어 「無形」의쑴世界

를만들고 그속으로閑暇히一葉船이來往하는漢江을지난다。漢江은푸르다。그리하고 永遠히흐른다。江

西便쪽으로는 흰몿갓혼 모래가보기조케쌀엿다。英淳은惠善의손을꼭쥐며

「여보! 얼마나아름다와요?」

하고속삭엿다。저便쪽에안진日本사람은 이쪽을有心히본다。그리하고여러사람이 모다이쪽을異常히본

다。惠善은 活潑한女子이지마는 아직모處女의氣分을가진이라。살작얼골을붉히고 고개를숙인다。英淳

은그모양이더욱아름다웟다。빠스켓트에너헛든 林檎을써내여 친히갈르쏙거 惠善에게半쪽을勸하고 英

淳도半쪽을먹엇다。그리하고두사람은다시 窓새로沿路의景色을바라본다。뜰우에가득한殼食은 읽이가

울이라。 누르게成熟하야 野原一帶에黃金天地를만들엇다。 더구나바람이불적마다。 어리널실 저리널실 金波를짓고잇는벼이삭은 一層보기조왓다。英淳은 連하야自然의아름다움을稱讚하엿다。그리하고 自然의偉力、 自然의感化를한참說明하엿다。惠善도英淳의말끗마다 賛成하엿다。서로서로 愛人의말끗에는 眞珠의꼿이피는것갓치뵈엿다。더구나英淳이「여보우리將來에는 물조코山조혼─꼿自然美가가초운곳에 「스윗트、홈」을일우고살아봅시다」하는말에는 惠善은떡옥이贊成을表하엿다。이리하야

두사람은限업시깃버하엿다。두사람의얼쭐에는 그줄겁고아름다울째에는 哀然한表情이어리워잇섯다。그러나 얼마아니하야 서로써난다는 곳이와갓치쓰리고압팟다。자조편지하라는

말과 速히工夫를맛치자 끗내겟다는 말을여러번하엿다。車가太田驛에밋칠째에는 英淳은惠善의손을꽉잡앗다。都是노흘생각이업섯다。車가 너머도愛情이興奮되야 空然히살이푸루루썰니며 말이나오지아니한다。그리하고惠善의얼쭐은한번치어다보고는 다시바라다볼勇氣도업섯다。惠善의 그豊富하고 흰얼쭐에는 一種의왈수업는 軟하고도날카라운表情이어리워잇스며 더구나그의눈에는 울듯〜한검운눈물이가득히잠겨잇다。纖細하고銳敏한表情을가진英淳은 쓰다질듯하다。그러자時間이잇는汽車는 움작이랴고한다。英淳은할수가업섯다。조금만하면눈물이곳

겨우「安寧히가십시오」하는單純한人事를한후에 車에서뛰여나려왓다。車는다라난다。窓세로내여민 惠善의얼건을두세번혼들고는 그만無意識的으로 다라나는車를멍하니바라보고잇섯다。英淳은 하얀손

끗이次々멀어저바리고 那終에는그의검은머리털의한올 혼들니는것이이겨우뵈인다。惠善은하얀손수건을마지막으로세네번혼들고 그만자최가업서저바린다。그의가는곳은東京일다。

英淳은 한시간동안이나精神업시 停車場椅子에걸어안저 쌍만바라보다가 다시北行하는車를타고 南大

5

門으로 행하얏다。英淳은그저고개를숙이고잇슬뿐이엇다。검고외로운世界로간다하얏다。그의눈에는해

빗도검게뵈이고 山도검게뵈이고 물도검게뵈이고 모든것이다검게뵈엿다。

運도업섯다。죽은사람과갓치안저이섯다。電燈빗이반싹~발간우슴을띄하는 오후여달시경에야 南大

門에下車하야 旅館으로도라왓다。

이것이英淳의오날까지의歷史이다。이것이섯치지안코 그의눈에活動寫眞과갓치나타나는것이다。英淳

은 새로세시까지잠을자지못하고 惠善을생각하얏다。惠善은只今女海灘을건널것이다。밝는날아참에는

下關에到着할것이다。그리하고다시三千餘里의山陽線과東海道線을타고 再明日낫에야 東京에到着하리

라하얏다。그리하야 二三口쉰後 꼿女子大學에入學하리라하얏다。無情한歲月이살갓치지난다。꼿은

피엿다써러지고 달은둥글엇다 이저러저서 於焉間三四年의歲月이쑴갓치가리라하얏다。그러면 惠善은

女子大學을卒業하고 自己는明春에佛蘭西에가서 三四年後에巴里大學을맛친後 滋味잇는家庭을일우리

라하얏다。꼿景致조흔곳에 三層洋屋을짓코 自己는詩와小說을쓰는外에 某大學敎授가되고 惠善은某

女學校長이되는同時에 音樂과繪畵을힘쓰리라하얏다。그리하고春秋에는旅行을하고 夏期에는海水浴을

가리라하얏다。英淳은외로운밤고요한자리에누어서 오는압날을마음껏鍍金하야 粉질하야 滋味잇게만

들어노앗다。英淳은 이것이쑴이안이오 幻影이안이오 멀지아니한將來에나리날現實이라하얏다。그理

由는 自己와惠善은 겨우二十三四歲靑年인싸닭이오 쓰는自己네들은 어나程度까지 才子인同時에能力

이잇는著라認定한싸닭이오 그리하고工夫만맛치면 모든것이잘되리라推測한싸닭이다。英淳은 自己압

혜는 限업시넓은벌판이버려잇스며 그벌판에는 일홈도모를갓色아름다운꼿이가득히피여잇다하얏다。그

꼿판 넓은벌판을向하야거러가매 무엇이어려우며 무엇이難關이라하얏다。쑴갓혼오는압날에 즐거운동

산이 그의눈에그윽히뵈인것이다。그러나 惠善과서로써낫다는것이 무엇보다도섧어잇섯다。惠善의寫眞

을冊床속에서 써내여 精神업시바라보고잇다。검은치마에 흰저고리를입고 손에는 썰藥花를쥐엿다。그

리하고 동々하고 살빗흰쌈우에 한두오리의머리쌀이 하늘〈 느러저잇는모양이더욱아름다웟다. 이것
온 그가昨年가을에 그元山女子靑年會에講演을갓다도라오는길에박은것이라한다.
하엿다. 그리고본즉 그는더욱아름답고 貴여워뵈인다. 새로세시가지나고 네시가되자 英淳은 그寫眞

「아! 나의全生命이담겨잇는愛人이로다」

을가삼에품고 그만잠이들엇다.

二

英淳은 今年二十四歲의꼿갓흔靑年이다. 얼골이輪廓은갈족하고 살빗은희며 이마가훼인하고 눈섭이감
우며 눈이파랏고 쌤이도실하야 一般親舊는 그를「美少年」이라고別名한다. 그리하고 詩와小說을 쓰
고 音樂을잘하야 一般社會에서는 그를「少年藝術家」라고稱讚하는이가적지아니하다. 얼골이곱고 才操
가非常한그는 참말범이날개를가진것이다. 그는어대를가든지 남에게사랑을밧고 稱讚을밧는다. 세루
洋服을입고 粉紅와이사쓰에 파란넥타이를맨후 새쌈안캽을쓰고 어대로나아갈째에는 「靑春의美」를
遺憾업시發揮혼 참말美少年이라는別名에 붓그럽지아니하리만치어여쑤다. 그러나 그는이와갓치 美와
才를具備하엿지마는 그여개는 한가지큰遺憾이잇다. 그것은金錢이라는것이다. 그러나 그는이金錢을所有하지
못하엿다. 이싸닭에 그는오날날서지 煩悶을마지아니한 苦痛의痕蹟을歷々히볼수가잇다. 그의半生中에는
막하엿고 社會를맺咒하며 天然의美를가진그어여운얼골가에도 世上에暗鬱한
父母를일허바리고 或은삼촌집으로 或은누님집으로 或은兄님집으로 轉々流浪하엿다. 그러나그동안多
幸히普通學校하나를卒業하엿다. 이로써土臺學文을삼아가지고 그는二年동안을不眠不休로獨學에熱心
하엿다. 講義錄을보고 參考書를보는등그는元來天才가잇는者이라. 二年동안에相當한常識을엇엇다. 그
후에는三年동안私立學校敎師를하엿다. 다시그동안에文學을硏究하엿다. 그러나그는多情多恨한사람이

七

라。東京留學을삼우고 美洲留學을憧憬하엿다。마는 金錢은 그의아름다운理想을無慘히새트려바럿다。

그리하야 그는三年前느가울을어나날 달밤은밤이 깁도록팔장을세고 學校庭園으로徘徊하며 將來를空想하다가 그곳金華沼라는곳에가서 문에세 저죽으랴고써지하엿다。그러나『生』의힘은 無限히強하엿다。

世上을슯허하야 푸른물속으로가랴든그도 필경은죽지못하고 살게되엿다。그는文學과音樂을硏究를空想하다。一便으로는 新聞雜誌에 投稿를만히하엿다。一生을文學的生涯로보내리라하엿다。

昨年가을이엿다。英淳은그의親舊의紹介로 그의故鄕인江西를석거 京城에오게되엿다。밤이면 그의調和하는『田園의봄뜰』이라는노래를 만도링에마처노래하면서 외롭고슯흔 곳한시라도견대기어려운靑春의感傷的氣를 그더하야어느新聞社에入社하야 文藝部長이되엿다。每日繼續하야『靑春의날』이라는四面小說을쓰고 그外에讀者交誼編輯에從事하엿다。都會의生活을처음하는그는 都會에혼들니고 써드는霧圍氣에 그만精神이멍々하야 都是安靜을엇지못하엿다。검고 거츨고 혼들니는氣分속에 寂寞과憂鬱을늣기엿다。대략두어달동안은 부드럽고 서늘하고 고요하든 自己故鄕의閑寂한生活을限업시그리워하엿다。

氛을이저바디고저하엿다。이리하야 或은만도링을뜻고 或은册을보며 或은글을쓰면서 모래를써미는 듯한生活을繼續하얏다。그의가삼은 恒常쓰러이엿다。차고 굿고 매운氣運이 그의가삼을封鎖하고이라도 그의가삼에흘너드러오지아니하엿다。다스하고 브드랍고 달콤한氣運은 다못한『온스』라도 그의엿던軟하고 싸듯하 달콤한世上을發見하얏스면……하엿다。다시말하면 엿던스윗하―트를맛나소면하엿다。

봄엇든丹楓도 자최업서뜨러저바리고 무서운게울은 潮水물밀듯시달여들어 한임두일北岳山을넘어슷아저나리는 하얀눈송이는 京城一幅으로하야금 보기조흔銀世界를만들어 노앗다。이로부터 흰눈은매일오게되고 천바탐좃차 氣勢조케물어 自然의威力은 넓은宇宙에 無限의封鎖를치게되엿다。

英淳은외두를머리새지숙여입고 써러지는흰눈송이를 구두로자박々々밟으면 어나눈오는날밤이엿다。

시 靑年會舘으로 向하엿다。 그것은오날靑年會舘에열니 는慈善音樂會를 求景하고저함이다。 이會는 京城에 잇는 新女子로組織한 『金蘭會』에서 京城에 留學하 는 生徒들을 爲하야 慈善音樂을 演奏하는것이다。 英淳은舞臺와 正面이되는一等席으로나아갓다。 聽衆은四五百名에達하며 그大槪는모다有識階級이엇다。 푸로그람을펴본즉 벌서 金永煥氏의 『黃昏의마을』이라는바이오링獨奏와 吳永順孃의 『달아래胡笛』이라는獨唱은끗이나고 방금洪貞姬孃의 『유미렛트』라는獨唱이이섯다。 英淳의가삼에 적지아니한印象을주엇다。 그다음에慈心歌와 短簫和한한 곳에 林蕙善孃의 『뜰百合』이라는獨唱이이섯다。 하얀저고리와 감은치마로 淡雅하게단장 하고 舞臺우에나서서 그롱々하고도 갈죽한하얀얼골에 울듯하고 우슬듯한 表情을띄고 겨우피아노 紅薔薇송이갓흔입살을 놀니는모양 더구나 흰玉으로싹가만듯한날신코와 線의가는쌤의輪廓이며 그검은눈섭과 밋柔和롭고도 날난눈이며 그리하고이모든얼골의 表情에서오는豐富한印象은잠간 보아도

름다운處女이엇다。 그리하고 그맑고 가늘고 푸른록소래로

나는 오날하로 終日
푸른벌판을 쓰다니다가
한송이 百合을 썩것습니다

이꼿을 淨한 甁에 꼬자
가신님 墓床에 밧치겟습니다

하고 애츠러히부르며 다시손으로는 가늘게 만도링으로쓰더면서 노래하는 그모양은 限업시아름답고 貴엽게 뵈엿다。 그獨唱이 꼿이나자 拍手소래는 靑年會舘이문허질듯시撥剌하엿다。 英淳도 손이쎄여지락하고 拍手를하엿다。 英淳은 그가 노래를맛치고 저便 樂士席으로가는것이限업시 섭々하엿다。 한번만더하고 이꼿을... 만고 그의얼골을더보면 하고 마음은 人端히조디엿다。 아지못하게 세닭업시 쓰는갑작히그가그딥

9

재생각되엿다。英淳은 自己가自己를疑心하며 웨이다지그가그리워지는가하엿다。그다음四人合唱이니

피아노幷奏니 하는것이잇섯스나 英淳은그것은조금도귀에드러오지아니하고 다못눈이가는곳은 저便樂

士席에안저잇는林惠善의얼골쑨이엿다。 한참精神업시바라보다는 겻헤안진사람이 自己를보는가하야그

만눈을선곳으로돌엿다。 다시그곳으로向하고하엿다。바라볼사록 그는貴엽고아름답게뵈인다。英淳

은한참생각하엿다。 아! 그는엇던한女子인가? 孃이라고하엿스니 勿論男便은업는女子이껫지마는

엥게지멘드를한女子가안일가? 或은戀人이잇는女子가안일가? 何如間그는아름답다。貴엽다。理想的

다。 勿論相當한學識도잇슬러이지……하엿다。 英淳의靈은 그를몹시도그리어하엿다。번개갓치하

靈을抱擁하엿다。 그가나를사랑하여주면 於焉間音樂會는끗이낫다。 英淳은이외갓혼생각을 속으로멧百番거듭하면서 惠善

을바라보고잇는동안에 於焉間音樂會는끗이낫다。 모든聽衆은모다집으로도라간다。 樂士들도자리를써

간다。 英淳은惠善을써나 집으로도라오는것이甚히도섭々하엿다。곳을고십혼생각이가삼에가득하여젓

다。 英淳은 여러婦人들속에싸허 저쪽으로나아가는惠善의뒤모양을세네번有心히바라보고 그만靑年會

館을나왓다。

强하저부든바람은 그만쑥멈치고 如前히흰눈만 술술 써러저나틴다。 市街는눈을 감은聖者의얼골파갓

치限업시고요하고 그우에는푸른電燈빗이 소래업시호르고잇다。 그리고 四五名의乘客을실은電車만

이 청성스럽게고요한 市街를요란히흔들며 쏜살갓치지나간다。 英淳은 고개를숙이고 흰눈을발로 뚝々차

며 安國洞네거리를지나 自己旅館으로도라왓다。 그러나 惠善의그림자는 그의가삼에서 스러지지아니하

엿다。

(未完)

密室로 도라가다

날은 거짓갓흔 젊은삶의날온
하늘과 땅에와서,
붉은蠱惑의 달큼한냄새는
동네마다 가득허라울을쎄에,
모든사람들은
모든삶들은
곱다란 단장을차리고
쎄로 쎄를지어,
웃스며 노력하며
속살거려 질거할쎄에
臨終의날에
홀로 쎄는듯한
누런 헤여진보적이갓흔
내마음은,
쓸々하고도고요한

月灘

11

나릿한 만수향냄새 쩨도는,
캄々한 내 密室로 도라가다.

문어구에 써만고양이의하품,
보숙에 회색쥐의눈물!

아ー 검이여 나도쏘한 모든거와갓혼 「삶」이릿가,
나의 지금 이것이 살어잇슴이릿가
동네마다 뭉게흐르는 저달큼한 蠱惑의냄새 그것이, 거짓안인 참 이릿가.

달먹는거리에 피리소래갓혼
저 젊은이들의
질거운우슴소리가,
그것이 참삶의노래릿가,
피런 곰팡내나는 낡은무덤속에
석은 해골과갓혼
거리〳마다 즐비하게 느러슨 그것이,
아ー나는 도라가다, 캄々한 내 密室로 도라가다.
삶의전갈이 흐르는곳이릿가
쩨는 澆漓의 末떼
해의죽음의시절인가

12

魂의우룸은

것칠업시　물빌의　몸숨는房을싸도다

요란하게도　臨行의집을　혼드러오는데

蠱惑의杯盤에　둘러안저

사람사람은　우스며들녀안다,

아ー나는가다　캄々한내密室로,

나릿한　만수향냄새쪄도는　내密室로도라가당

오ー검이여　참삶을주소서,

그것이　만일　이세상에　엇을수업다하거든

열쇠를주소서

죽음나라의열쇠를주소서,

참『삶』의　잇는곳을　차지라하야

冥府의巡禮者ー되겟나이다.

漆버슨　거츤棺桶을가르쳐

그것이　眞理의곳이락하면,

나는　그棺에　내몸을담어

虛華의　이시절을　咀呪하란다.

어둔밤별아래　쎄드러진屍體에

13

永遠의「참」이 잇다하면
나는 쮜여가 죽엄을안어
「참」의 동무가되려한다.

쓴새지 이세상은 어둠의시절,
삶이란 스러저가는 燭불의
무 디(群)

거룩한젊음을 나는참아
慆行의꿈을 꿈꾸어딧는
蠱惑의동산에 더질수업다.

아ー가란다 冥府의길을
참의삶을 찻기위하야.
열쇠를달라 거짓업는 冥府의열쇠를달랑

사람사람은 石鏡을가느다,
고운丹粧을 더고옵게하기위하야.
이엽분우슴을 짓개하기위하야.
아ー나는 무쇠를서드린다,
참소리를 듯기위하야.
참우름을 듯기위하야.
하눌엔 고요히 별이흐른다,

14

거짓갓흔 젊은삶의날은

꽃입시 ～ 빌우에 춤을추는데

아ー나는 도라가다、

쓸쓸한고 고요한

나릿한 만수향냄새써도는

캄캄한 내密室로도라가다。

挽　歌

보낸다 나는

조고마한 흰棺桶에

어딘새굿한 屍體를담어、

멀고먼 永遠의죽엄나라로ー。

무서운暴風이 지내간뒤에、

地上엔 가만한弔鍾이 울니고

不淨의 흐린날에 困한애기는

暴貪의苦惱의 이「삶」이 실라하야

귀여운 허문업는쌔끗한얼굴에

永缺의눈믈을 흘니랴한다。

15

검은하늘에 춤추는별들은
죽엄의頌을 드려줌이냐
어린이의 殞命을
직히고잇는
소리업시소슨
열흘달님은
地上에 고요히 물결만친다。

보낸다 나는
惡靈에 叛者를
귀여운새끗한 어린대기를
덜고먼 다시못볼죽엄나라로!

苦惱의 이「삶」에 쑥으러잇는
惡靈의暴虐에 업드러잇는、
애닯은 이몸도 쏘한
쑥갓치 쓴「삶」을 모름이안이냐
稚嬌의눈물을 마실가하야。
어린이를 붓들여붓들여하나
새끗한그대는 도라가도다、
멀고먼 다시못볼 죽엄나리롱

16

그대의 벼덕교간
세긋한우슴은
나의가슴에
간직해두마。

惡靈의暴貪의 썰은 生의苦는
이세상에 빈잇는
永遠히 塔을세워두리라。

도라가라 도라가라
그대의 뜻대로、
永遠한安息의터로 도라가라、
다시 피로움업고 압흠업는
安息의樂土로 도라가라。

횐날은 여전히 춤을추는데、
보낸다 나는
조고마한 횐棺桶에
어린 쌔긋한 屍體를담어
멀고먼 다시못볼 죽엄나라로!。

(나의金生涯에永遠한安息
瘞을준九月十一日에씀)

꿈 이 면 은?

꿈이면은 이러한가, 人生이꿈이퍼니
사랑은, 지나기는니그녀의 허튼酒面
안이락, 부쉬바리자,
죠회토맨든 그싸지花環
짓거리지마라, 情롭은는 지어미야
납다려 안존치못하다고?
귀밋머리 플으기前나는
그래도 純實하엿섯노라

인나라의 쵸혼것은, 모다 아가것이라고
내가어릴 넷날에 어머니셔서
어머니눈이 슴젹하실쌔, 나의입은 벙긋々々
어렴풋이 잠에속으며, 그래도 조와서
모든世上이 이러한줄만 알고왓노라
속이지마라, 웃는님이여

露 雀

속이지마라、부대 나를속이지마라

그러할러면、찰하로 나를

검은漆棺에다 집어늣코서

샛족한銀釘을、네손으로 처박어다고

내나 너를 만날쌔씨지는

쏘 만날쌔면은、純眞하엿섯노라

입을낫치랴거든、나의눈을 가리지마라

무엇이든지 쥬면은、거저 밧을러이니

그래서、나로하야금 疑心케마라

쏘 姦詐에들게마라

그리고、온갓소리를 치워다고

듯기실타、灰色窓뒤에서 덜벅어리는

沐浴물소리

내가 입을담을야、입을담을어?

속고도、말못하는 이世上이다

억울하고도、말못하는 이世上이다

내가 러닥거노혼 쏫밧해

어른々々하는 흰옷은、누구?

놀내여 도망하는 시악시사당아

오이씨갓흔 어엽분발아

왜、 남의 花壇을、 무너트리고만　가녀뇨

몽르더내바틴　꽃송일

주섬々々　주서담자

임자가　나서거든、더저주라고

압山의큰嶺을　처음넘어서

낫물으는　마을로　차저나　가자

褪金色의웃입은　女王可使者가

변적어리는　길가에　나를붓들고

동산의銀빗卒이　동그레둣거든

女王窩의　뒤門으로、중마지오라면

용자　죠라、좀이나죠흐료

生前에　처음죠혼　天眞의내다

그러나々々、이어린손으로

初戀의　붉은門을　두다릴째에

쑴에나　꽃햇소라、쑷도안이한

무지한　門直이의　성난눈초리

그래도　나는、것침업시　말하겟노라

이쑷의　임자는、우리님이시다

そ러나 꼿을밧을 어엽분님아

어대로갓노? 어대로갓노?

한송이꼿도 못다입버서

들으니、그는 무덤에 들엇다

님의무덥에 가자마자

그꼿마저 죽노냐! 그꼿마저죽노냐!

그꼿마저 죽자마자

납쎅는 이가슴도 시들々가울바람

아-이게쑴이노? 이게쑴이노!

쑴이면은、젼넌山 어슴푸래한 흙구덩이를

건너다브고서、실컨울엇건만은

쌔여서브니、거짓이고 헛되구나、사랑의쑴이야

失戀의 山기슭도라슬쌔에

가슴이 위여지는 그욺음은

쌔가녹도록 압헛건만은

모자러라 매정하여라

쌔여서는、흐로는눈물 일부러섯고서

허론잠고대로 돌이고말고녀

21

똥 발

뒷東山의　왕대싸리　한짐비여서
딸돈봉당에　일수잘하시는　어머님　넷이약이　속에서
뒷집노마와　어울녀　한개의똥발을　맨 물엇더니
자리액　누으면서　밤새도록　한가지꿈으로
돌모로(石隅)냇갈에서　똥발을털어
노마옥내옥을　녀가지리　나가지리
손넘갓혼봉아를　한창시새워　나누다가
어머니쭐임에　단잠을　후정해섯니
햇살은　화닌하고　쩨는　발서오엇서
재々발은노마는　발서느젓서
똥발친돌城은　다ー무너트리고
똥발은　쩨여서　장포밧헤더지고
밤새도록　든고기는　다ー털어갓더라고
비죽々々우는눈물을,　쥬먹으로씻스며
나를본다

漁父의 跡

넷갈번던　늘근슛순　힌모래 밧헤

풀은 江물에 물노리 치는것은

맷마당갓치 둥그래둘여 어룬의발작이잇다
아마도 여울목을직히고 고기잡이하든 날을으는사내가
저진그물을 말이너라고 여긔가널고서
물째올은 샴졍살을 쌜가둥벳고서
남안보는김에 죠와라고 뛰놀엇든게로군
울치々々 그런째々々々々
한웅큼 왕모래를 세언졋스면
　　(아마 미워죽겟지)
그러나 어엽분님이라하면
　　(아죠 죠와죽겟지)

풀은江물에 물노리 치는것은

풀은江물에 물노리치는것은 아는이업서
그러나 뒷집의코쩔어진 한머니는 그것을안다
옛날靑春에 情들은님과 부여안고서
깁고깁흔 노을江물에 죽으랴색졋더니
漁父의처 노온 큰그물이 건저내면쉬
말음님해 걸이여 푸르둘쎨더라고

23

졈은이의 시절

稻　香

아참이슬이　겨우　플섯해서　사라지랴하는　봄날아참이엿다。　부드러운공기는　원宇宙의향긔를

다―모아다가　銀河갓흔맑은물에　씻서　그윽하고도달콤한내음새를　가는바람에　실어다주는듯하엿다。

죳다운플내음새는　사면에쉬난다。

젹은녀신의젓가슴갓흔　부드러운물포기우에　다려들썻고　사람의혼을　催眠劑의魔藥으로　麻醉식

히는듯한　봄날의보이지안는　긔운에취하야　멀거니안저잇는　趙哲夏는　그의핏긔잇고　따는듯한청년

의얼굴은　보이지안코　어대인지　차저낼수업는　愛愁의빗이보인다。

그는쎄수로가상이　쪄지는듯한한숨을쉬엇다。그논몸을일어　천々한거름으로　시내가호로는　구보

러진나무밋호로갓다。흘으는맑은물은자미잇게속살대이며훌녀간다。푸른하날여　놉다랏케떠다가는

흰구름이　말군시내속에빗치여　어룽〳〵한다。

쎄싸리한마리는　그나무우에서　울엇다。흰나뷔한마리가　그영할미웃우에안저　그의날개를　한가

허죵헷다펫다한다。　初夏는속으로　무슨悲哀가뭉키인感傷의노래를　불넛다。

四面의모는것은　깃거움과즐거움이엿다。교묘하계組成된미슐이엿다　음악이엿다。

그러나　그의입숙으로불으는　노래소래나　그의눈초리에낫하나는哀情은　어모든깃거움과즐거움

파　아름다운包圍속에서　다만　눈물이날듯한愛愁와　全身이사라지는듯한　感傷뿐이엿다。

그는속마음으로뙤부르지젓다。

二四

하나님이여! 하나님은나에게 가슴을뭉클하게하고 말할수업시갑々하게하며 아☓☓대왕대는
魔女의살빗갓혼해벗을대할째나 종알거리며 輕快하고活潑하게흘으는 시내를갓나뭇새 ☓☓☓

추는나비를볼째나 웃는꼿이나 쌈박이는별이나 하늘을흘으는 銀河물볼째 아☓ 나의四肢를흘으는
쓸는피속에 懊惱의妖精을던지섯나잇가? 感傷의魔液을흘너섯나잇가。

아☓ 惡魔여 너는나의심장의붉고 쏘라는것을보앗는가? 나의심장은 밤중에熱情과閃光갓혼
의싸운임을맛초고피는 아츰의불근月桂보다붉고 나의윈몸을도라가는 魔王의家庭에울니라고
잡는 얼인양의 애처러운피보다도精하다。쏘精하다。아☓ 너는그것을세아쉬가라느냐? 너는그것

율 너의쓴치지안는불꼿속에 던지라느냐?

이젊은청년은 어럿슬째붓허 저녁해가누엇 西山으르넘 불근夕陽에 연긔세인공긔
룰 울니우며 그의대문압흘지나 멀니가는 저녁두부장사의 슯허부르지즈는ㅡ두부사료ㅡ하는소
래나 집터를다지는로동자들의 「엘빌ㅅ상사두야」소래를 들을째나 한적한여름날에 저녁죽적히
논집에 쌩박이두다리며 동냥하는중의소래를들을째나 더구나我子의永遠히떠남을 탄식하며눈물지
여우는 어머니의울음을 조각달이西山으로실음업시넘어가는 새벽아츰에들을째나 아☓ 하늘우에
限업시써나가는 나의가슴속에 이나의肉體를 쏫업는 저
ㅡ天涯로 둥실々々실ㅅ다 주어지라! 나는 형적도업고 보이지도안는 그소리고또석 석기고쏘석
기여 내가나도안이오 소리가나도안이게 소리가나도안이게 化하고 녹아서
피로움만코 거짓만코 부지럽는것이만혼 이세상을 숨우는듯취한가운데 永遠히흘으기를바란
다하엿다。 그는 훈노 저녁종소래를듯고 눈물

그는어럿슬째붓허 自然의美妙한소리에 한업는感化를밧엇다。그는훈노 저녁종소래를듯고 눈물
을씨섯스며 童謠를부르며 지내가는 어린게집아해를안더주엇다。

25

-31-

그는 각금 音樂會내 도가 프 音樂叫 대한 書籍도 만히 보앗다。더구나 歌劇이나 樂劇을 求景할때여 그 舞臺에 낫하나는 女優의리듬(Rhythm)맛친 輕決하고 사랑스럽고 쏘말할수업는 情慾을 舉動울불때나 女神갓치차리인處女의 哀然한 소래나 皇子갓혼 俳優의 酷力을가진 목소래가 모든것과 잘調和되여 다만그에게 주는것은 말하기어려운幻想뿐이엿다。넘칠듯한理想뿐이엿다。人生의 悲哀뿐이엿다。

그는요수 나무밋해서々 주먹을단々히쥐고 공중울치며

「音樂가 되엿스면! 세상에가장크고 極致의藝術은音樂이다 나는音樂가 될터이다」그는한 참잇다가 다시「안이 안이 (音樂家가될러이야)가안이다 내가나를音樂家라 일흠짓는것은 뜻난이짓이다 아직세상을超脫치못한싸닭이다 그러타 다만 내속에音樂을놋코 내가音樂속에들뿐이다 이세상모든것을嘲笑하는우승이넘치는듯하엿다。그러하다가그는 갑작이 눈에희미한눈물방울을 그의表情에는 이엇다。그러고 다시주먹을쥐고

「에— 家庭이란 다—무엇이야 씻트려바려야저 家庭이란사랑의 形式이다。사랑업는家庭은生命업논屍體이다 이뽄上에는목슴는송장갓혼家庭이얼마나될가? 불상한아버지와 애처러운어머니와 人生의極致를바라보고가라는나를 왜못가게하서요 어머니 아버지가 나를나길을때에 얼마나 애슨이는생각을하엿서요 어머니도적이드러오닛가 담울넘어도망을하시랴다 면발바닥에 진못을발브시여……아々 어머니 나는지금그것을생각만하여도 가슴울씨르는듯합니다 그러하나 어머니의 그와갓혼 慈悲와 愛情은헛된것이되엿슬때에 나는참아못하는눈을홀니고서라도 家庭을뒤로두고나갈곳으로갈가합니다

이러케 豐奮하여잇슬때에 누구인지뒤에서

「그러면 갓치갑시다……」하는 고혼女性의목소리가들니엇다。그는도라다브교 눈물고인두눈

26

- 32 -

해 우슴을 쩌웟다〕 두눈에 고인눈물은 더ー 쏘렷하게 光彩가 낫다。 눈물은 그의쌤으로 흘너쩌러 젓다〕

「아々 누님 아々 英彬氏」 하고 그는손을 내밀것다 누님은 그의동생의 눈물을보고 아조 嘲笑하듯

「詩人은눈물이만토다······」하고 「하々」하고웃는데 누님하고갓치온 英彬이란청년은 씰々하고 여

해인지 아조不愉快한 表情을 낫하내이며

「눈물은 慰安의 하라바지지요・허々々

哲夏는눈물을섯고 아조어린아해갓치 한번빙긋웃고

「왜 인제으섯요 네? 나는한참기달녓섯요 그라나 그것은엇지나되엿서요」 이말대답을英彬어가

로맛하서 대답하엿다。

「다ー들녓섯요 實業家의아드님은 父母에게精神遺傳을밧는것갓치 職業이나 學業도遺傳的의오토해

야한다고 당々한써빈의學說을主張하심것가요 저는더말것업습니다만은 ······第三者가되여서 ······

妹氏쎄서도 꼭말슴을하섯스나 무엇 닷초에 ······」

哲夏는이소래를듯고 과도의실망으로못허나오는 沈着으로도리혀기막힌우슴을쩌우고

「아々 第二世進化論者의學說은 殉範圍가넙수면 ······」

그러하나 그의누의瓊愛는 상냥하고도부드러운表情을하고 그에게로갓가히가서

「무엇 그러케까지슯어할것은업슬듯하다。 아즈머니도네가날마다울고지내는것을보시고 아모기로

자조자조엿습기는하나 본래분주하시닛가 엇대것가세히는못엿주어보신모양인데 무엇 아모리도

녀하나음악공부뭇석히하겟니 아바지가안석히면 아즈머니라도석히시겟다고하섯는데 ······아노영

려마타 용! 녀의뒤에는 부드러운햇솝갓튼女性의後援者가둘이나잇것스닛가 무얼 아바지도한쩨망

병으로그러시는것이지사회에藝術이얼마나유익한것인지아조몰으시지도안는것이고 ······자 ······

너무그러지말고 천々히집으로뫼들이가자。 그러고 오늘저녁에는中央劇場에 오페라구경이나가자。이

젓온무엇이냐 ····· 사내가 눈물을작고훈니며 ······ 失戀햇니? 자ー 어쓰가자 어서」

아즈랑이갓혼 부드러운瓊愛의마음이여 天使의날개에서일어나는바람결갓치 가벼운그의 音調。 공중으로써오르는듯한初夏의가슴에잇는 모든熱情의몽키인意識을 그의누님의그마음과音調는 모도다녹여바렷다。 그녹은것은눈물이되여 쏫아나왓다。

「누님 저의마음은작고만외로워저요。 아버지어머니다ー밋을수업서요 나는누구를밋을가요 나는누님밧게밋을사람이업습니다。 나의가슴에보이지안케몽키인것은 누님만알어주십니다」 그의애원하는情은 그의가슴에북밧처울니다。와 눈물지이면서 그의누의손을쥐엿다。 그러나 女性의손을잡는 感情的인에그는아모리자기의누님이라할지라도 아지못하게가슴을지내가는潑剌한맛을보앗다。 그는얼는 손을노앗다。

저녁해가질만하여 그들은넓고넓은들언덕을거러간다。瓊愛는파라ㅅ、 풀밧을집어 풀밧을집호면서 구季우흐로 압지마자자락을독々차면서거러가고 英彬은무슨책인지金字로쓴키다만책을들고 그옆흐로라싸가며哲夏는두사람보다조곰압서々 두사람을가지못하게막는듯이거러간다。 동리에저녁안개는 공중에퍼저 여그맑든공기를 희미하재하고 써에난선명하게풀은풀은 회빗으로물드린다。瓊愛는 다ー저말을내여英彬에게「저는藝術이란것을아지못합이다만은 藝術家들은 다ー저모양입닛가하며 자기오다미

ー그럿치요 여술을맛보랴하는사람은 더구나여술의맛을본사람은 처녀가사당을맛보라는것이나 맛하고 유성이瓊愛의얼풀을듸려다본다。 그리려다보는곳에는 무슨의미가잇는듯하엿다。瓊愛는그쭈러지쩨되려다보는英彬의눈을피하여 다시初夏를바라보며

ー그럿고「나는너을 다시동정하겟다 지금쩌지논다만 姉妹의情요

올안것과갓홈니다。

ー참으로그러」이 ·· 한가하는듯하엿다。

로동정하여잇섯지만은 지금붓허는 참으로너의피로운가슴을 동정하리라」하엿다。왜그런고하니 그

는사랑으로써 마음의전대기어러운피로움을당하엿본짜닭이엿다。

사랑은 이세상모든것에서써나고 뛰여넘은것이고버쓰난것이라。文學家가醉의불으는 靈의물은밧

경우를생각하고 動機를생각하는것은참사랑이안이다。

瓊愛는 英彬을사랑한다。英彬도瓊愛를사랑한다고한다。瓊愛는사랑이요 사랑은瓊愛요 英彬은사

당이요 사랑은英彬이라。사랑과英彬과瓊愛는단몸이다。세사람은엇더한료리집에서 저녁을먹고 音

夏는두사람에게작별을하고 어대로인저혼자가바럿다。

두주일이지내엿다。淸夏는날마다자기방에안저울엇다。그는다만 나의희망의머리카락만한것은자기

의누님으로생각하엿다。자기의누님은藝術이란것을理解하고 자기의마음을알어주고 자기를위하야줌

다하엿다。나々 하늘의仙女여 바다가의情女여 그대는나를위하여 나를살릴것이다。崇嚴하고純潔한

것이라야 崇嚴하고도純潔한것을쑤어엇다。그대는나를써줄것이다 天使와맛낫그는天使여게 藝術이란崇嚴하고도純潔한

그는저녁마다쑴을쑤엇다

그의모든것을 여름날地平線우으로써오르는편구름갓치희고 아몸다운音樂을들녁밧엇다。그음악소리

그뒤에는 한줄기의로운쌕이오린의간은線으로썰녀올으는 細長하고幽遠한音樂소래로化하엿다。그는그

콥樂소래를타고 限업는곳으로 永遠히흘으는듯하엿다。조고만한근심도업고 다만 아름다움과 말하

기어려운줄거움으로。…… 그가그음악소리를타고 고흘을쩨여 우리가써우엑서무엇을타며다々나는젓

과갓치規則업는拍節노써흘으는것이안이라 間斷업고한갈갓하여 그의깃거웅 잇다업구하는우슴으로

낫하나지안코 그의자는얼골에는 빗나는미소로찻섯스며 빗나는달빗이窓으로색여돌어 그의얼골을

한층더ㅡ빗나게하엿다。

29

그가한참울너가다가 멈츳하고쉬일때에는잠을세엇다。 피로움파원망합이다시생기엇당。 그가청을 열고 달빗이가득찬마당을볼때 차듸찬무엇이그의피를식혀바리는듯한 울음은걸크黃昏에쇠북소리를듯는듯한 얼엄시가슴을한술음나오는것이안이타 파란물우에서 온빗 물결이멸새 강언덕마을집에서일어나는 젊은파부의창자를쏫는듯한우름소래갓흔슬음오므로 나오는슬 음이엇다〕그는속마음으로

그는속마음으로

天使여 하고물엇다 또 魔女여 하고불넛다。

너희들은무엇들을하는가? 달이銀빗을내리쓰는것이나별들이속살대이는것이나 모래거반싹어리는 것이나무엇임해 이슬이달빗을反射하여 번적어리는것이나 나의全身의피를식히는듯키 선듯하게하 는것이나 나의가슴속을피로웁게하는것이 天使여 너나魔女여 너나 누구의術法으로써 나를피로 웁게하는것이다하면 혹은지나간世上에서 나에게失戀을당한자가되고 魔女가되여 나를피로 웁게하는것이면 누구든지 그중에힘세인자는나롤가저가라。 天使나 天使가되고 魔女나 그리고 너의가장저독 한復讎의方法을취하라。 그러나 데려다가 못견대일 쌜간키스는 하지말것이다。 그러하고희망이잇다나의 다ー세력이갓거든 나는둘에쏙여가라。 안이안이 잠간갈안이 잇거라 나는조고마한희망이잇다나의 누님이세시다。

그는다시잣다。

그잇흔날瓊愛는일어나 세수를하고 근심이잇는듯키 자기오빠메아즈에게로왓다。 그우려우러수어잇 는

〔어서이러나거라 무슨잠을엇해자니?

아오의자리로갓가히와

〔가만히게서요 남운저금자미잇는꿈을우눈데」

「무슨슴을? 하고 瓊愛는조곰말을굿첫다가 「그런대 英彬氏가왼일이냐 그後한□되지못하
고 쏘편지한장업스니…… 어대가편치안은지도몰나 발서두주일이나퍼엇지? □□□ 둘
은일은업겟지 너 오늘좀가보렴 아침먹고……」

「실허요 나는그럿섭부름만한답듯이 고개플뜰니여 벽을향하여 두려누으며
이야 엇더케열이나는지 지금생각하여도분하거든 남은한참누님오가만기업고
소식이나올가하고—— 무지안는말을쓰내여 「다——글엇세요 實業家의아드님은…… □□□□□고 엇지쟝
쏘 아지도못하고써드는것은참 블처를 죄질으고십거든 망할자식」
感情的의새夏는 생각나는대로말을닷다—— 하고 다시돌아누엇다. 그의누님은엇더니
한다。아모리자기의동생일지라도 자긔情人에게 치욕을주는것은 그대로전쳑기업러엇다。 그러한나

무엇이라말을할수도업고 억지로분함을참으면서
「어대 너얼마나그러나보자 내말듯지안코무엇이 될줄아나? 과간두어라」이러쓰누아간다 哲夏
논도타누은채 속으로혼자우수면서 일브러볼으지도안이하엿다。 그러나 瓊愛는 哲夏가가시불느려
나하엿다。 그것이女性의弱하고도아름다운点이엇다。
그녀자는아촘을먹고 大門을나섯다。 정한곳업서거려갓다 그는엇더한내거리에엿다。 저긔서는 電車
둠기다리는사람이 만허서잇섯다。 그엇 더한女子하나이 저긔서수電車를기다리고잇는녀자라하엿다。 그는그
그녀자가 다시두어거름나아가 쏘다시돌아다보앗다。 그는그염해 英彬이가 서잇는것을보앗다。 英彬
참보다가 英彬氏오래갓만이십나다그려 왹그제한번도안어오세요 哲夏는 다만반가움을못의이여
운 그女子와무슨이야기를하고서잇섯다。 저이누님은매우……」

「야——
[야——] 英彬氏오래갓만이십나다그려 왹그제한번도안어오세요 저이누님은매우……」

「녜…… 녜 어대로 가섯닛가?」 英彬은아조冷淡하엿다。哲夏를아조실혀하는듯하엿다。그러

고電車가 얼는왓으면하는듯키 저ー편電車가오는곳을 바라본다。哲夏는 그래도여전하게반가히

「녜 아모래도못치요 참오래갓만입니다。마츰좀맛나뵈랴하엿더니 잘되엿읍니다。밧부지안으시거

든 우리집싸지좀가시지요」

그전갓흐면 가자기전에먼처나슬英彬이가 오늘은아조冷情하게

「안여요 오늘은좀입이잇서요 日間한번들느지요」

그새電車가달녀온다。英彬은그女子와함쎄電車를타라며 모자를벗는둥맛는둥하더니「쏘뵈겟씀니다」한

哲夏는기막힌듯이가만히서서잇섯다。電車는쩌낫다。멀니다라나는電車만 멀거니바라보는 哲夏는

憤한생각이갑작이나서「에!분해……」

사람의本能이여 아츰에방에드러누어서는 일부러작난으로 자기누의에게 英彬와의사랑을 冷笑

하엿으나 지금은 다만자기누의의不幸을위하여 눈물을흘니고 가슴을쓰리게하지안이지못하엿다。

나의가장사랑하는누의가 英彬이란假藝術家 浮浪者 惡魔갓흔놈에게 愛人이란소리를들엇든가?

하는생각을할쎄그는 그여코 원수를갑하야하겟다하엿다。그눈불이낫케電車가 간곳으로向여갓다。

그는주먹을쥐고 무엇이라중얼〈〜하엿다。쏘다시정처업시갓다。

그는하로종일집에도라가지안코 맛난사람도별노히업다 저녁은거의되엿다 電燈은켜

지엿다。哲夏는 英彬에게쏙원수를갑흐리라하고 그의집大門으로들어섯다。

「이리오너라……」하고불넛다。하인이나아와보다가 아모말도안이하고 들어가더니 英彬이가나아

오며

「아! 앗가는대단실례하엿슴니다。이리로드러오시지요」하고 그전과갓치반갑게마저준다。哲夏는그

러하면 내가공연히英彬을의심하엿다 하는생각이들며 하로종일별으돈분한생각이부서러진다。

32

哲夏는 방문을벗되고 방안을드려다보며

「안여요 잠간다녀오라고하여서왓쇠요」

「앗가 妹氏도다녀가셋슴니다」 英彬은무슨마음율 못할말율억지로하는듯하엿다。그의얼골에눈

무슨罪惡의그림자가 보이는듯하엿다。英彬의분한마음은자기구어인女性을

그러나 그의머리속에는 아모도업는 쏘사랑의귀여움도생각하엿다。그는미소를떠우며「녜그려요

입맛초는것 淫亂한行動의幻影이보이고 가보겠음니다。」

그러면 제가오히려 느젓음니다그려。그러면 가보겠음니다。

「왜그러케 드려오지도안오시고가세요」

「안여요 판게치안음니다 얼핏가보아야지요」

哲夏는대문쌔거나아와 다시무엇을생각한듯기 英彬에게「앗가 그녀자가누구임닛가?」하엿다英

彬은주저〜하다가「녜… 녜… 저의사촌누의여요」

「녜— 그러서요 그러면 내일한번우리집에놀녀오서거요 안영히주무섭쇼」

哲夏는 쉬적〜거러자기집으로도라갓다。哲夏가안마두옷해구두끈을물을쌔에 瓊愛가 자기아오

가 도라옴을보고 반기여나아오면서도 엇전지담엇던지 그전에업돈못우러움을쩌우고

「어대갓다 인제야오늬」

「공연히도라다녓쇼…」

哲夏는 자기구의의부쇼러워함을 아저못하엿다。哲夏는 도뎌혁 자기구의에게

「누님은오늘어대갓다오섯셔요?」하고믓엇다。瓊愛는주저〜하며 황망하

「옹 우리동모의집에잠간……」

「또요?」

33

「업써」이말울듯는 哲夏의가슴은 선듯하엿다 그리고 자기구의□한번치여다보며

「정말업서요?」

「왜그러니……」

「왜든지요」哲夏의눈에서는눈물이낫듯〜하다。아저못하는 원망의마음파 가슴을벗쇠는듯한슴흠

은哲夏를 못견대개하엿다。아— 왜 나의쓰다시업는사랑하는누의가 나들속이노? 사랑이라는것

이 兄弟의義理싸지 업시한다하면? 아— 나는사랑을하지안을터이야 우리누의는평생에쳐음으로

나를속이엿다。나는이지밋을사람이하나도업다。英彬에개갓다왓다고하면 엇째서 나들속이일가?

거기에무슨罪惡이숨어잇나? 비밀이감초엿나?

瓊愛는 갓써수로참다못하는듯키

「그이집여」 하고얼풀이 빨개진다

「그의집이누구의집여요 그이가누구여요」

「英彬氏말이야」

「네— 英彬이요 그러면 왜 앗가는속이엇쇠요 애— 나는언제는밋을사람이하나도업서요」그는

갑작이눈물이솟아젓다。그는아모소리업서 자기방으로뛰여들어갓다。이세상여는한사람도밋을사람이

업서……」그는업듸려서늣겨가며 울엇다。電氣불은고요허원방안을벗초엿다。

瓊愛는 자기의잘못으로인하여 갓득이나울을기잘하는哲夏가 우는것을보고 얼마큼불상하고 쓰사

랑의참졍이북밧처올녀왓다。그는 哲夏의房門을열엇다。哲夏는 눈물을훌니고 어불도덥지안코 두사

러우어잇섯다 萬一 英彬이가 이러케하고잇는것을보앗드면? 瓊愛의마음은? 셔여안고잇라도 눈

맛초엇을것이지만 그러캐할수업는哲夏는 가만히電氣불을反射하는 哲夏의아랙눈섭여고인 눈

물을그의수건으로써서주엇다。哲夏는잠이들엇섯다。각금〜진한슴을수이며 보드러운임김을로하엿

34

다」

瓊愛는「왜? 내가 한번도 거짓말을 하여 보지못한나의오라비에게 안김을밧은것일지라도

體의快樂은 모든것의罪惡이다. 아모리사랑하는자에게 안킴을밧은것일지라도 그는

나로하여곰가장사랑하는 나의아오를속이게하엿다.

그는자기아오의파리하여가는얼굴을 드러다보며 작고／～울엇다. 그러하나 그는감히 그날저내

인것을자기아오에게 이야기할용기는업섯다. 그는붓과조히를들어 그날하로의지낸快樂을쓰랴하엿

다. 그는썻다.

哲愛는자다가일어낫다. 希望업는사람이다. 도아주는사람은업다. 하느님을밋을가? 도

아주심을빌가? 그러나 萬一 神이實在가안이라하면? 그러라 하나님도밋을수업고

섯다. 그의가슴속에는 信仰이업섯다. 그의가슴에는 하나님의 위안이업섯다. 하나

사람에게잇고 업는사람에게는업다. 쏘잇는것을업시할필요도업고 업는것을일부

엿다.

그는밤새도록울엇다. 오늘저녁에는 엇저녁갓치 아름다운꿈을쑤지못하엿다. 그

가써 노흔글을 뉘엇다. 그러나 그는그리怪異하재넉지안엇다.

英彬은瓊愛를 그의寢床에서마진것이엿다. 뭉키인사랑은破裂을當하엿다. 의고 쏘의운櫻桃

갓지얺어지고 쏘얺어진사랑의참지못하는썹질은 그리나터지인그재붓허 그사람은병드운사

탕이안이엿다. 사랑이러진후로붓터 무슨피로움을깨달엇다. 瞬間的의快樂이인지서

지든지繼續하겟지 하고 瓊愛는알수업는 그는 그瞬間이지낸후붓허 무슨悲哀와붓그러움이

그의가슴에닥처왓다. 그리하고 가장사랑하는자기오라비를 속이게되엿다. 그리고 그잇혼날하로종

일눈물을 흘니게되엿다. 그는

35

하나님이여 엇지하여바를弱한者로 세상에오재하섯나잇가? 運命의神이여 엇지하여나를 이엽외後裔로나재하엿나잇가? 브드럽고 연한살파 情慾을품은 붉근입살파 催淫의精을감초언두눈파 끌는피가 모다못그리움파 强한者의밋기를위하여 만들어지々안치는못할것입잇가? 하고혼자가슴이답々하엿다。

哲夏는 瓊愛의告白文갓흔것을읽고 아모말도업시다만 사랑의結果는지에여젓고나 그러하나 아모것도 못그리울것이업지안니한가 不貞이란恥辱만업스면그만이지 永久한사랑만잇오면고만이지 英彬파누님이 永遠한한사람이면고만이지 그러나女子는弱하다。 그壁向의快樂을못그리워서나를속이엿고나。

아츰은되엿다。 해는아츰안개속으로 金色의불근빗을나려쏫는다。 하연들은둘낫낫낙 부억에서는도마에칼맛는소래가 단나 아름다운아츰이엿다。 분주한아츰이엿다。

瓊愛는이러나며 哲夏의방으로갓다。 장름으로자고잇는哲夏를더러나보앗다。 哲夏는편하게자고잇섯다。 瓊愛는 멀건히공중만마라보며 아모소리업시서잇다。

哲夏는겨우눈을뜨고 하품을하엿다。 찰빗재섯든瓊愛는생작눈내여 저리로뛰여갓다。 哲夏는窓을열고 瓊愛를바라보면『왜 거기가재서요? 들어오시지연코』그는조금도달온기색이업시 平常時와갓하여다。 瓊愛는으히려 못그리워 바로哲夏를보지못하엿다。

『무얼그러세요 거기안즈시지』

『누엇저니』하며 어색한말시로『나는늬가 넘어울기만하닛가 대단히렴려가되더라。』

『렴려되신다는것은고맙지만 엇절수업는일지요 그러나 아바지는 또무엇이라서요?』

『무얼 우어라서 언재든지 그러치』

『그러세요』하고 그는한참생각하듯키 고개을숙이고잇다가 갑작이고개를고

「누님 나는 그러면뗌나종수단을 쓰는 수밧게업슴니다」내가 父母를바라는것이잘못이지요 나는나
의하고십혼것을하여도못하고 이러케쓸쩨업는 時日을보낼수가업서요 집에엇서야술을쭌업니다」

「그러면 엇던것을하여야죠?」

「저는갈러입니다 명책업시요」

「날더러 밋첫다고요!홍!」

그린소리말고조곰만참더참어보아라。나하고아즈며 엇더케돈거락어붓터어니 마음을 안정하
고조금만더ㅡ참으럼 쓰 녀 가定處업시간단니 가면어때로가니? 너만어
려웁다。뇌가무엇이잇니? 돈이잇니? 學識이잇니?」

「녀 저는거저가되더란 거저ㅡ가 더ㅡ자유스러워요 더ㅡ행복스러워요 저금껴는 거저안언듯
십흐심닛가? 아바지의밥엇더먹고잇는거저입니다。그러나 마음은항상피로워요 차듸찬밥한덩
그의가슴에서는 한쩨북밧치는 걸섬의피가끌엇다。나는家庭을쩌날터이다。그디하
고 쏘 되는대로흘을터이다。寂々하게비언의로운절(寺)기둥밋헤 어술을마즈며자고 한몽
이를버려먹 드렉도 마음은편하고 自由러운거저가더ㅡ좃웁니다。

처밥울빌어찬문에말여먹고 아々 그리운放浪의生活 길세애피인한송이百合쭛이 아모러치안코도
갓치고호며 열성의쌀을 참세하나가 한쎄면에다ㅡ못먹는다。불상한者돌아ㅡ 어리석은者돌아!
오눌근성은오눌여하고 來日근성은來日에하라。

아々 어두운洞窟속에도나의자리가잇고 骸骨에씨인곳여도나의종모가잇당。오닥러리 초가집에서도
하눌의天使에개燮宴을매풀며 往々한大洋에반작어리는漁船의동불밋헤도 달름한情話가잇저안이한가
한방울의물노 그大洋됨을아지못하나나 사람이무엇으로 크다고하며 무엇으로 저인체하나뇨?

37

- 43 -

財産을들고가랴느냐 쌍은사서메고가랴느냐 죽어지면 개암이가엉기는몸둥이에 기름을바르는녀자
들아 분발으고기름칠하면 쌍속에서 썩지안코 다시산다더냐? 써나라! 거짓에서써나고 사랑
업는곳에서써나라! 너의갈곳은이쌘●上어대든지잇고 너의몸을무슨알썸의작은터가 어느산못홍이든
지엇나니라 아! 갈것이다 心靈의오로라여 나를잇쓸나 眞理의밤은별이여 그대는어대든지잇도
다! 아! 갈지 라나는갈지로다.

그는이럭케결심하엿다. 그러나 그는눈물을안이흘니지못하엿다. 肉體인그는 우지안
이치못하엿다.

[누님 저는갈러임니다. 三角山눈흔峰에 쉬여넘는구름파갓치가요 봄은해가 西山을넘어 가기만
하고오지안는것갓치가요 산넘고물건너 것기도하고배도타고 어름나라도가고 수풀사이로흐는시
내가에도가고 印度에도가고 埃及에도가고 역루살넴에도가고 伊太利에도가고 어대든지 갈러임
니다.]

이재 하인이편지한장울갓다가 瓊愛압헤노앗다. 그는반가워쯧어보앗다.

[瓊愛여 그대의오라비는 나를辱보엿다. 신실한사랑을의심하며 나에게치욕을주엇다 나는다시
그대의甥妹를보지안을러이다. 그대의올아비는 나들의심하여[그녀자가 누구입닛가?]하든 그녀자
는 참으로나의情人이다. 너의연한살파 부드러운입살과 너의肉體의아모것으로라든 흉내기어려운
사랑의哀情인 그의두눈녜팡채를보라. 라는가슴에불이붓는것의凝徵인 그의쌤을보다. 그는참으로산
자이다 그러나 너는죽은자이다 죽은자라야사랑한다. 그는편지를북-쯔즈며.

[瓊愛는써에업대여 울엇다. 그는편지를북-쯔즈며.

[녀술가? 예술이다-무엇이냐 예술이다-무엇이냐 魔女의獨唱이냐 고만
娃嬌냐 다-무엇이냐 사랑갓흔예술이 엇지고모양이냐? 아-분해 너도렷슬다- 그만두어라
고만 英彬

여술가는다ー악마이다 다ー고만두어라。그는작고작고놋거운다。그는작고작고분한마음이나며 또한

엽호로자기누의가 그리하는것을보매 失望되는생각이나서 마음은작고피로워진다。

[누님 무엇을 그리세요]]

[무엇이무엇이냐 나는여술가에게 더려움을당하엿다 속앗다。다ー고만두어니 여술가는다ー毒

蛇다惡魔이다 여호와를속어인뼈암과갓다 다ー 고만두어니

哲夏의마음은 갑갑할분이엿다。가장사랑하는누님이 假者藝術家에게 毒蛇에게 惡魔에게 아! 그고홈

기의누님이가장밋덥고옵고 그瞬間에더럽혀엿다。가장사랑하는누님이 쉬임세업시훌으는 그의더운피가 갑작이똑 막히는듯하엿다。자

고정한몸을 그瞬間에더럽혀엿다 안이 그瞬向이안이다。더럽힌것이 惡魔에게 그瞬向이안이다。形式

울버서난사랑의결과를 보이지안는그의머리속에서는 그러나 英彬의머리속에는발서붓허 나의누의를 더렵

慾의幻影은 멋천번인거믈온다。아々 惡魔、毒蛇、너는벳적에 여뎐에서 이쁘들쎄이든뼈암이다。

거침업고홈업든이!쎄는그뼈암으로인하여 모든세상의피로음을 쎄달은것과갓치 너는나의누님여게 모

든고롱늏주엇다。거러셩업는나에게 거짓말을하게되엿다。人生의모든것을맨깯하게되엿다。

新夏의가슴은、 갑작이 무엇이탄것이 엿던한뭉쳐로나 部分의한개로잇는것이안이야요 生

는감작이

[누님!]、 하고 불으지즈며

[누님은 여술을욕보엿슴니다。여술이란것이 엿더한뭉쳐로나 部分의한개로잇는것이안이야요 生

이잇슬쎄에써지는 여술이업서지지안어요 아々 누님은生의모든것을욕 보엿슴니다。누님은 누님自己

욕욕하고 가장사랑하는아오를욕하고……아々 나는참으로 그말을그대로듯고잇을수업서요 나의

速度르돌앗다。그의天秤의中心갓혼神經은 그의쓰거운피의몰녀가는刺戟을밧어 한업시興奮하엿다그

39

목을눌으는듯한 누님의말을 그대로못고잇을수는업서요。아仒 내가毒蛇毒魔라면 누님은나보다머

─무엇이라할수업는 妖女입니다。사람의肉體를 앙상한이써러도 쓰며덕는妖女에요 무덤우로도머

得하는 偸仒입니다。아仒 나의가슴은리저는듯해요 가슴에뛰는心臟은 惡魔의칼노써도는듯해요 아

엇지하면 조흘가요 누님……녜……」

瓔愛는 자기울아버니의 갑仒하여엇지할줄을으는것을보고。그가업드러저가슴을문절오며 우는것

을보고。쏘자기에게원망하듯하는소리에 말하기어려운悲哀가뭉처안것을보고。어대까지女性인그는

慈愛가가득찬 무엇이라 말할수업는 원망과 슯음과 사랑과 어젊이 뒤석기안마음이생기여 그의

올아비를눈물고인눈으로 바라보앗다。쏜그러미 아모말업시처여다보는 그의눈에는 사랑의빗치찻

다。그의눈물이 하얀쌤을눈녀쩌러질떼마다 그는침을삼키며 한숨이가슴에 복밧친다。그는여가

눈물소래로

「哲夏야 다─고만두자 지내간일은 이저바디자 나는전파갓치너물사당할터이다。나는쏘다서서 너

흘속이지안울러이다。아仒 그러하나 나는분해 참오도분해……」

「모도다 한쌔의威情이지요 그러나 누님 분해하는것나는더─분해요 저는 누님보다못

─분해요……에……나는그대도참겟는못하깨서요 참지못해요 내가 죽어업서저기전에는참겟못

해요그놈이나의누님의원수타합보다도 나의원수업니다。그놈은 에술을우보엇습니다。

그리고 자기누이의사랑스러운행복을뺏고는갑작이마음이 더─욱흥분되엇다。

「안에요 가만히잇울수업서요」그외누의는그의옷자락을잡으며

「어대를가니?」

「노서요 그놈온그대도두저못해요 毒蛇깃고 惡魔갓튼놈을 그대로둘수는업서요 나의손여 酒精

이라는듯한 날카로운칼은업지만은 그놈의가슴을 이손으로라도 쌔울여바릴터임니다。 노서요 자—
노서요]

瓊愛의손은설니며 나즈막한 소래로 哀願하는情이뭉키인듯하게 그를치여다보며

「이애 왜이러니 그러케感情的으로하면안된다。자참어라。참어……」

「그러면 누님은 나보다도 나의生命보다도 英彬의 그惡魔의生命을 더—앗기십닛가안됩니다 안
되요]

瓊愛의마음은 어대까지 사랑스러웟다。그의마음에는 오히려 지벽간혼적이 남어잇섯다。부
지럼슨 지내간째의 단꿈의記憶은 오히려英彬을好意로疑心하게되엿다。자기의不幸을조곰더—못을
希望과曙光이보이는듯커認定하게되엿다。아모리기로 英彬氏가 그리하엿스랴 그것은무슨잘못된일
이안인가?하엿다。그리고 엇더한째에는 자기오라비에게대한사랑이 英彬의그것과對照하여 밋치
지못하는点이잇섯다 哲夏는아조冷淡하게

「저는일어섯읍니다。누님을위하며 藝術을위하여 일어섯읍니다。저는다시 안즐수는
업서요]

「이애 너는나를위하여한다하면서 그러면 엇재 나의哀願을 들어주지는안느! 자— 안저라안
저넘어 넘무그리급히무슨일을하다가는 무슨誤解가생기기쉬우니라。웅!」

안즐수업서요 만일누님이英彬이를 위하여 나애게한번이러손마음을 쓰그라하면 아— 네알엇
읍니다 英彬에게는 가지안켓읍니다。英彬을위하여 가지안는것이안이랑。나의누님을위하여…」

「아ㅅ 정말 고맙다 그러면 여기안저라」

「그러타고 안지는못해요 나는이러손사람입니다。血氣잇는청년에요 나는누님을위하여 나의몸을
맛칠터입니다。자— 노서요 저는저가고십흔곳으로갈터입니다 자— 노서요]

41

「瓊愛눈엇지할줄몰낫다」 그는 哲夏의 옷자락을 어린팡도갓고 원망하는것도갓치 잡아다니며 거기 매달녀 한참업대여 소래를내여울엇다。 그쌀을보는 哲夏의마음은피로웟다。 눈물은限업시흘넛다。

「누님 그러면엇더케해요 갈수도업고 잇슬수도업고 엇더케하란말슴이요!」

哲夏는 그대로사라저바렷으면하엿다。 그러나 나는너를 노아줄수눈업서 놀수는업고

나는엇더케해야조흘지물으짓다。 그러나 자긔누님의 눈물과한숨을보면볼사록 자기의마음은 약하여젓다。

「그러면 노서요 저는다—고 만두겟습니다 안갈려입니다……」

哲夏의 決心은석어바리기시작하엿다。 그는아조단렴한듯이

그가다시자기책상압헤가서 「아하」 하고한숨울쉬고 팔을모고고개를대고업드려라할째, 하인이창을 열고

「아갓시 마님이좀드러오시라고요」하고 의섬스럽고 好奇의우숨을띄우고 치어다본다。 瓊愛는눈 물을씻고아모소리업시나간다。 그의몸을슬적돌닐째에 그의희고교은옷자탁이바람애슬적날니여 그의

브더러운肉體의輪廓이鮮明하게 哲夏눈에보엿다。 아々 情慾! 그는고개를다시내려업드려 冊床우 에업드럿다。 그는작고울엇다、 방안은고요하다。 그째는哲夏의머리속에는아모意識도업섯다。 그는섬박

그는고개를쓰에대고업드렷다。 四面은다만地平線밧게보이지안는 널고넓은沙漠이엿다。 아모것 도보이지안엇다 저—쏙음욱히들어간곳에는 盜賊에게害를當한 行旅의죽엄이노여잇다。 어대서인지

도몰으게怪獸의울음소래가 들니운다。 멀니 두어개棕櫚나무가부채갓흔입사귀를흔들한다。 寂々하고 요하고 두려운생각을내이는 靜寂한것이엿다。

그의눈물은업대여잇는팔밋흐로세여 시내갓치흘넛다。 지내가는바람소래가 날째 그의머리쏫은옷슭하여지고 귀

이생것다 조금도눈을써 달은곳을못보앗다。 그이말으고 가슴이답々하엿다。 두려움

신의 날개치는소래나 안인가? 하엿다。 그러나 그의울음은굿치지안엇다。 그의울음은 極度의무서움

새지라도 솟치개하지못하엿다。 그는착고울엇다。 盜賊에게재마저죽

그쌔 하늘구름사이로 全身에歡喜의光彩가 원사막은 깃거움의광채로가득찻섯다 十字架에돌아간 여

은 죽엄새지 黃金빗이낫하낫다 그름우에는 二千年前갈보리山우에서 慘憺하여하는빗과 사랑의빗이찻다。그는곳 바

수의仁慈한얼골이 낫하낫다 웃지도안는얼골에는 그는한참哲夏를바라보더니 그의발은손을들엇다。그의못박

로哲夏의업대여잇는공중우에갓가히왓다。 하얀구름을쎌갓케쩌시며 哲夏의머리털우에쩌러젓나。그리고다시하얀

한자국으로 붓허는 불근피가・ 하얀구름을쎌갓케물드린다。 그쌔 예수를찬송하는노래를불넛다。구름과 예수와 天使를

도래우에쎌갓케물드린다。 그쌔 모든天使는

우다ー사라젓다。

哲夏는 고개를들어여다보앗다 그러나 아모위안을주지못하엿다。 모래우에피는다ー사라젓다。

마음은여전이피로웁고 두려웟다。 그는다시업드렷다。

어느듯空中에달이솟앗다 왼沙漠은차고플은빗으로덥히엿다。地平線우空中에서는별들이 삼박어리

엇다。 아조神秘의밤이엿다。

어대서인지 장고와피리소리가들녓다。 그 소래는아조享樂的音樂울이엿다 그쌔 저쪽어두움속

에서아조 사람이조흔듯이 싱글ー웃는魔王하나가 피리의장고의曲調에맛처 덩실ー춤을추며

어리다갓가히왓다。 그의몸에는血色의옷을입엇다 그가밥는발자국밋 모래두에는 파란液體가고엿

다。 그는달님과 별님에게 고개를읏색인사를하고 哲夏압해와서넌실ー 춤을추엇다。 그는류창하

재 크게우섯다。 아조樂歡의魔王이엿다。『하......하......』

빙글ー웃는달

나의얼골발커쇼서

48

첫날저녁　쵸불밋헤
다홍치마입고서
비스듬이기대안저
아모소리　안이하고
新郎의얼골만
것눈으로　훌겨보는
새색시의　얼골갓혼
말님의　얼골빗흘
나는보기　원합니다

싱긋ㅅㅅ웃는별님
紅燈村紗窓열고
밧갓보고　혼자서ㅅ
지내가는　손님보고
침아고리입에물고
가는허리　배ㅅ씨며
푸른우슴던지면서
붓그러워　窓톡닷고
살작도라　드러가는
샐간사랑　감초운

44

웃는앗씨 그것갓치

나에게도 그우슴을

던저주기비옵나당。

하소々 하소々々

하늘우에흘으는물

銀河水가 되엿세라

人間에는 물이지만

하늘에는 술뿐이라

쉬지안코 흘으는술

人間에도 드러부어

눈물업는 이魔王과

한숨업는 이魔王과

원망업는 이魔王과

거짓업는 이魔王과

우슴뿐인 이魔王과

즐거움만 아는나와

사랑만 아는나와

꿈속애서 앗씰하게

영원토록 살냐하는

45

이魔王의 모든친구
모다마시게 하옵소서
하々々々 하々々々々

魔王은哲夏귀에 입을대이고

『哲夏』 하고 아조誘惑하듯키 나즈막한목스래로불넛다 『哲夏 이러나게 근심을무엇이고 눈물
은왜흘니나 나 나는엿대것 그것을몰나 자― 이러나게 내그눈물과 금심을다―업시할것을줄러이니
哲夏는 가만히눈을들어보앗다。 그는조끔주저々々하엿다。

『하々 哲夏 그대는나를알러이지 어엽분處女의불근입살갓치 언제든지 쓰르를하게라는 달콤한
「술의魔王」을! 자― 나의동무가되라。 나와사피이면 근심을는 눈물물으는 어느째든지 저―
달님과 별님과갓치될것이라 자 나와갓치「술의노래」를불으며 춤추고 놀아보자 하々々々々 하
々々々』

哲夏는 그의손을잡고 일어섯다。 魔王은자긔발자국에 고이는 파란빗의液體를 哲夏에게먹이엿다。
哲夏는 모든근심모든피로움을 이저바리개되엿다。 그리하고 魔王과합세춤추엇다。 그리하고
그의가슴에서는 쓰거운情慾만작고―일어낫다。 그의입살은점々붉어지고 온전신은熱情으로라는듯
하엿다。 그는붓그러움도이저바리고 옷을버셧다。

그재에누구인지 브드럽고 맷듯한손으로그의손을잡는자가잇섯다。 그의가슴에情慾은더―놉하젓
다 그는도라다보앗다。 哲夏뒤에는 눈섭을프르게단장하고 가슴의乳房을내어보이며 입에는말하
기어려운情慾의우슴을씌우고 풀은달빗을通하여 아즈당이갓혼흣옷속으로 라는듯한肉體의 말할수
업는부드러운大理石갓혼살의輪廓을 빗초이엿다。 그의버슨발밋혜서는金剛石갓혼모래가 반짝이엿다。

46

哲夏의 가슴속에불근心臟은 가장 높은 速度로 뛰엿다。그가 魔王에게 醉한 가슴처럼 사랑의 이슬이스미는듯한 그의 입살을 바라볼때 그는 아깃못하게 그녀자의 뭉클하고부드러운 乳房의씨여안 엇다。그는라는듯한임을마 초엇다 超自然의 瞬間이엿다。그때또다시 유창한 魔王의웃는소리가들녀엇다 여 哲夏를흘겨보는듯하엿다。 별들은눈을부비는듯하엿다。哲夏는혼자 남어잇다가 다서업대엿다。 마음은 시긔로웟다。

『하々々 하々々々々

哲夏는꿈갓치멋시간을보내엿다。이째 멀니새벽을告하는종소래가들녀엿다。그는 아々 사랑스러운새벽빗이東편地平線은저一쪽으로새여들어왓다。하늘은파르스름하게개엿다。그는 어대서오는것인지 길고도그윽한정신을취케하는 바이오린소래를들엇다。天涯저쪽으로못허들녀오는 音樂소래여和하여 虛女의조금도상치안은무소래가들녓다。그러나그소래가 어대서오며어대로가는지 못낫다。그새哲夏는눈물을흘녀 멀니저一쪽하늘웃을바라보앗다。

『그音樂소래는 산을넘고 물을건너한업시왓다。그보이지안는音樂소래는 처음에는아즈랑이갓치 회 미하게보이게변하고 또 그다음에는여름에地平線우으로씨올으는힘구름갓흔것으로변하고 나종에는 肉體를가진女神으로변하엿다。그는沙漠우로거러哲夏에게로갓가히왓다。哲夏가그女神의빗나는눈을볼 째 아々모든근심으로눈물은살아젓다 자기가 그女神갓기도하고 女神이갓기기도하엿다。그러하 나 그女神의눈에는 눈물이엿섯다。새로운아츰빗치 그것을비초엿다。音樂의女神은아모말도업섯다。그러 그는다만哲夏의손을잡고 문그레미치여볼분이엿다。그女神은感情的의女神이엿다。그의눈에서는눈물 이작고~흘녓다。그눈물은哲夏의손등에쩌러젓다。그女神은哲夏를세여안고머니너가 어린자식을어 로만지듯하엿다。哲夏는 그女神을단々히쥐엇다。그러나 그女神은도라가랴하엿다。哲夏는놋치안엇

47

다。 그때 女神의몸은 구름갓치변하고 아즈랑이갓치변하고 보이지안는소래로변하엿다。 그리고

저쑥地平線으로넘어갓다。 哲夏는女神의사라진손만쥐고잇섯다 그는다시엄드러울엇다。

哲夏가눈을썻을째에는 그女神을잡엇든손에 自己누의의고혼손이잡혀엇섯다。 자기누의는자기손을

잡고그우에눈물을쑤리고잇섯다。 　　(쏫)

一九二〇 十月 七卄日

微笑의 虛華市

懷月

우숨이여! 그대의우숨이여!

그늘덥힌 고요한 마을(村)에

붉은노래부르며 춤추는

흰 薔薇와흰百合꽃을. 벌녀논어린이에저자(市)로

거미줄갓치 가늘고

저녁타는 구름빗갓치 고요한

旋律가진 우숨은

곱게 곱게 써나려오도다

우숨이여! 그대의곱게웃는 軟한빗치여!

어둠이가득한깁흔밤동산에서

熱情에타는어린가슴을쉬로산고

바르르떨며 곱게가는 어린이들의

寂寞히잠자는 저자로

처음으로 던지는軟한햇발갓흔

49

威父의품은　입살빗갓흔
우슴의새벽을　던저이도다。

저들의어린이는　宇宙創造의
우슴의　새벽빗해　醉하야
새벽　聖者의祈禱갓흔그의聖潔한祈禱를맛치고
軟한우슴의썰이는　旋律의발를갓처며
써듯하게빗치는　그의우슴의빗혜쉬뛰놀때
새로운　피리소리와
써드는　提琴소리게
그들의저자（市）는우슴의虛華市로변적이도다

그들은　아모것도모르도다
우슴의軟한빗흘가삼에　안고
뛰며　춤추며　노래만하도다
華麗한　우슴은　점점퍼지며
우슴의　香내가　쓰다저나밀써
그들은　醉하야　잠들엇도다
잠자는어린이여！　쎄지는말어다

네가뜨써 네눈과입으로는
우숨의 저자를다시못보고
석어지는 毒酒의 香너나는 그맛을
너의게 먹이라고 기다리도다

우숨의 저자를 다시못보고
毒酒의 虛華市를 네가볼써에
녀의 우룸을 엇더케들으며
녀의 붉은입살에서 흘으는
마르지안는 피방울을 엇더케볼써?
아! 微笑의虛華市는어지럽도다

만흔우숨(笑)을 벌여서놋코
따하는 魔王네게파는魔女여!
어린이의 우숨을 다시못보고
그의몸예는 虛華市의 毒酒가뭇엇도다
그러나 자는어린이를 새우지는말어라!
微笑의 虛華市는 어지럽도다

51

幻影의 黃金塔

나는날더러 힘센白色의巨人파갓치

바람몹시불고 해벗잘쪼이는

모래밧우에 光彩나는 黃金塔을

날마다 멋개식 세워놋도다

넷날부터 지금써지세운塔들은

헤일수 업시 섯섯것마는

써마처 드러오는 푸른潮水에

모래와한가지 침쓸어갓도다

그中못흐로는 어린黃金塔을세우고

그우에는머리에 花冠을씨운愛人을

가엽부게안치고 나는기도하기를

이黃金塔우에 愛人이여!

이짜上이 다어둡드라도

우리의 黃金塔의 光彩는 길이잇쓸지어다

黃金塔을　멀리멀리　쩌나려가도다,

밤潮水는　소리질으며　몰아들어

나는愛人안준　그塔으로　올으랴할쩨

黃金塔우흐로　모혀들어

어둔밤　푸른별들이

아！　쩌나가는　塔우에안준나의愛人이여！

내마음　黃金塔세지쩌나가게하엿도다

밤　潮水의　출렁거리는물결만

아！　내가만든　黃金塔은　다쩌나가고

너의　햇속한얼굴에　디우라

두사람의　헛된꿈속의微笑을

黃金塔의　넷香氣를　가삼의품고

黃金塔우에안준　나의愛人이여！

어둔눈결우에서　빗을거리는

꿈속의微笑는　거품이되여

옛날　香氣은陰風이되고

黃金塔이쌔트러질쩌

몰결에쩌나다가　岩礁에붓드처

53

너를 솟업시 쩌가주고가리라

솟업시쩌나가는 黃金塔이여!

너는 개트려젓스나

만혼未來의 솟업는 愛의幻影은

깁혼밤 눈물만혼 눈압헤

호미하게 蜃氣樓갓치보이도다

그러나 그것은 나의 金剛石갓흔

눈물방울에만 나타나도다.

어린이의 航路

자도다

자도다、그러나숨소리업시

쩌나도다

쩌나도다. 여홍의쮜는소리도업시,

눈덥힌沙漠의百合花갓흔

그의연한쌈

─月灘에게題라고 운弔戱로보내노라─

54

안개속에빗치는　아츰해밧갓흔

그의붉은입살、

씨는여름하날　푸른수풀가온대、

그흐르는샘엽헤

神秘를　바라보는　푸른石竹花빗갓흔

그의　맑은　눈、——

그의　더렵히지안코

그대로　흰보에　싸고쏘싸가지고

짓른물결　일어나는

死의바다의　고요한물우으로

서후론　나그녜의航路를찻도다、

인저는　너의눈울쓰라

보기실른苦痛은　다라낫도다

그리고　멀이　詩神의아버지물바라보고

弱한손으로　노를젓고　노력하여라、

너는　새王國에　다다를제

푸른새(靑鳥)와　붉은밤(赤夜)을모터라、

55

그리고 너의아버지의 짒음속의

리늠가진 코소리를
드르리라

너는 그새롤가지고우스면서
춤추며나올제
말못하는 젎은벙어리의한숨파
눈물을보라라
그러나 너는 그것이무엇린치몰으고
너는그것이 무엇인지몰으고。

軟한팔, 압흠업시
가라! 그玉國으로!
벙어리한숨은 너의탄배롤
危殆함업시 씌워주리라。

아! 亡靈이여!
軟하재ㅡ곱게!

　　비붓는날적은노래로
어틴亡靈의새船路의힘을　덜기爲하야
산詩靈은　어틴死靈에에　적은선물도밧치노라

　　　　　　──(東京에서)

56

永遠의 僧房夢

朴鍾和

눈물은 흘러서
차고힌 닭슈에 녹아드는데
이몸은 어인일
안개속 거리를 비틀거리랴

틈업는 버러집업는 느긋한맛의魂으로 쩨운每日이 너그럽게 너그럽게 우리의가슴안으로 흠터서온다。우리는 만혼깃불과정성으로 압해展開되여오는 生의一面에接觸치안을수업다。이티하야 우리는時間의틈마다 우리의손으로비임업시싸서얼근 莊嚴한 한폭이生活의긴글글째에 쯧업눈愉悅과感謝에서 소사나오는 하얌업는 더운눈물에 앗질한진저리를막을수업다。

져거려 춤출것이다。길이번적어리는 燦爛한그빗을우리가알째에우리는 나날이새혀눕하가는 이러운生活을보고 느긋한마음의微笑가 無心히두눈과입에낫하남을 스사로禁치못한다。

아ㅡ그러할것이다 眞理의숨은永遠한것이다、그의참녀은 길어살어서 恒常이하늘아래에써서

그러하나 어둠에싸한 소름씨치는呪咀의號哭울틀을쌔에 白日에춤추는 淫蕩한蠱惑의舞蹈우놀째

에 모든眞理여 스러지거라。모든生이여 걱구러지거라。人間의幸福이란다무엇이뇨 希望의愉悅이

란 다무엇이뇨 地獄의門에넘어진것이 일은바굣生이요 閻羅의입에든것이 굣불상한가엽슨사람의

삶이안이나하는 눈물의진叛逆者의불즈지슴을 부르지지안울수십다。人生은 모다 녹슨靈魂의讚歌를

부르는 頹廢의祭壇에나아가 닷쳐진幸福의門을 열어주소서하는 불상한어듸석은人生이다。이곳에

무슨眞理가잇스랴 무슨光輝가잇스랴 이것뿐만으로人生이라하면 이것을작구되다시뒤집어노흔 진

歷史가人生의生命을 丹粧식힌빗이라하면 그것이무엇이랴 그것이참삶에 무슨效能이잇스랴、가도

坐도한가도아모참빗이업고 참우름이업다하면 生이란 우리의꿈求하는崇嚴한生이란 다만빗업고소리

업는死의나라의憧憬을숨쉬는 永遠의僧房의꿈이될뿐이로다。

人生은길거운것이다 더구나젊음의人生! 붉은피쩌는靑春의時節! 靈魂엔가득히 强한香을살우고

肉身엔 아지못하는 단 이상한질거움이넘쩌며 限업는 歡喜에헤염치견만 우리는한큰空洞의缺陷을쩨

닷지안이치못하겟다、生이란永劫의空洞이虛無인것을 눗기지안이치못하겟다。眞理업는生이요光輝

업는生이요 다만이꽃언시쓸쓸한永遠의僧房夢뿐에긋치는生이다。

사람사람은 死를두려워한다。쓸쓸한永遠으로도라감을실혀한다 苦惱의生、悲慘의生、絶望의深淵

이전만은 그러하나生에對한執着은 죽엄이갓가와올사록 더욱强하여진다。그러할것이다 永遠의沈

默冷수의死로 쓸쓸히도라가기가실흘것이다。쓰거운사랑잇고눈물잇고 快樂잇는이生을 쩨나기가실

흘것이다。그러하나僞善假飾으로반죽한이세상、苦惱悲慘으로엉키운이人生! 眞理는空洞缺陷에써

나는일즉이 Dannunsio 딴년시오의 Frienfo Dolli Morte 死의勝利를읽을때에 적은몸썰님을 막을수

업섯다。젊은날을자당하는 靑春의男女는 放縱한肉의生活을繼讀한다。無意味의單調로운肉的生活에

배부르게되여오는 淸新하고聖潔한靈의새로운生活을憧憬하야、崇高하고神秘한靈의사랑의속살거

림을드르랴한다。그러나 靈的사랑을理解치못하는 다만肉의愉悅에放逸한女性 잇또리라는 되、되

오를對할새마다 항상肉의誘惑으로 그를실할뿐이엿다。肉에배부른 되울되오의새로운靈的要求에對하

야 그는다만變치안는 前과갓흔懷惱의肉的蠱惑의빗을 더질뿐이엿다。되울되오는 모든不滿을가지

외힘으로익일수업섯다。믜되여 死로 모든懷惱와不安을익이려한다。길이말업는沈默의眞理로 그의

58

生命을쉰코 도라가랴한다。 아=죽음으로의임= 모든不滿苦惱를죽음으로의임-

그女子는卷煙을던져버렷다。 그리고다시고개를드러내엿다。 그는그에게로갓가히가서 별안간그의

머리를쩌안고 기나抱愛로 그것을썻다。 그의타오르는듯한입살은 그에게얼골을 오른편과의인편요

로흘려서、 수업는키스를 남기고지내간다。 그리하야 거의형용할수업는 隱密하고輕捷한몸짓으로

그는그의무릅우에 올나안젓다。 사나희는녀자의살냄새를마시여본다。 月下香파갓치 사람을醉하게하

는强烈하면서도보드러운 저 살의냄새를。

『안되여요、 고만두시오』하고 사나희는녀자를밀면서말한다 『남이보아요』

녀자는 그에게로부러팔을쎄엿다。 그리고그는조금비를〜〜하엿다。

⋮ ⋮ ⋮ ⋮ ⋮

뢰올뢰오는 그固定한觀念에支配되야 혼자말로 쏘다시말하고잇다。

『나는 혼자죽지안으면 안될것인가?』

⋮ ⋮ ⋮ ⋮ ⋮

밤이깁호면깁허갈사록 暴烈의行爲에對할必要를、 더욱더욱 깁히새다려진다。 그는먼打木場으로부러 들녀오는리듬이갈인連架의소리를드럿다。 그는時計의테의탁의소리드럿다。

이두소리가 時間의지내가기쉬움을생각하고 한不安한무서움놀일로키게하엿다。

單調로운肉의享樂에서쩌나 새로운靈의生活을맛보랴하는 퇴올뢰오의淸純한녀은 靈的生活을憧憬할

사록 그의愛人인잇포리타의아름다운肉體는 더욱그에게 蠱惑의씨를 더져줄쑨이다。 그는自己가죽

어말것이라하얏다。 그러하나別離의悲哀를생각할째에 그는忽然 자긔가죽는째에아울러 잇포리타를

죽이리라생각하얏다。 그리하야 죽음으로勝利를어드리라하얏다。 그는果然永遠의참빗을본者이다。 원

갓懊惱와不滿의 이生을쎄나쉬、 永遠의眞理로 도라가랴한다。

59

『위태하여요!』 잇포리라는 그를쪼차가면서말한다。

『위태하여요!』

개는울이버의나무세이에서짓고잇다。

『퇴올퇴오氏! 퇴올퇴오氏!』

山쑤다귀는 싹거진것갓치 荒凉한 검은바위로 쎄려저잇다。

요히물위에뷔치워잇는별음 혼돌면서、졸々흘러서 적은물결을 짓고잇다。

『퇴올퇴오氏! 이리로오서요。』 그바위들의주위에는 쩌오른물이 쑈

『퇴올、、、퇴오氏!』

『관개 안어요。』하고 그는목쉰소리로말한다。 『이러또오시오 철신더이리로! 보시오漁笑가회

불을켜고바위새이에서 고기를잡고잇소……』

『나는실허요。 어즈러쩌려요。』

『염려업소 내가꼭붓잡고잇슬러인데。』

『그래도……』퇴올퇴오의목소리는 前보다이상한關子로들녀 그를不安케하얏다。 그녀자는漠然한무

서움의음습을바덧다。

    ……

    ……

    ……

    ……

    ……

    ……

    ……

    ……

그리하나 그가아모소리도 안이하고 두번재다시자긔를 붓들들볼째에 더욱무서움재쩌안겨 絶

壁편쪽으로 썩녀갈째에 그女子는 모든것을 번쩍쌔다럿다。 무서운 그女子의녁을 얼재하얏

다。

『사람살러오!』하고 그女子는 압혼부르지즘을 불럿다。 그女子는野獸와갓치 손톱과 니도 자

긔의危急을막으랴하얏다。

『사람살이오!』하고 그는두번다시 슯흔부르지즘을놉핏다。 머리채를 썰러서、絶壁의꼿으로 썩구

60

러저서 써러저가는 것갓치 생각될째에。

개는 밋철듯이 짓고서잇다。

그것은 極히쌜븐酷毒한씨홈이엿다。

디리하야 그들의男女두사람은 서로안은채 共同의죽음가운데로 굴러써러저갓다。

아々悽慘한이죽엄 卑劣한肉의享樂에 매부른 젊은사람은、 永遠히그의憧憬하는 깨굿하고莊嚴한靈의世界에 敬虔한巡禮者ー되엿다。 모든生의懊惱와不滿과卑劣을= 즉음으로써익임= 아ー싯업거안은

이人生 永遠의僧房의숨갓흔 이人生을쩌나 길고긴眞理에나아간者이다。

봇밧갓치고흔人生이오 꼿갓치젊은時節이건만 人間이란 이세상에는 光榮의讚歎이 썩남이업스며 苦惱와

除하지못할 空洞이잇다 몸여는자랑의花環이걸치여잇고 그에게는 永久의愛撫와 苦惱와 悲愴이 써

이되엿다할지라도、 한년人生이란묵금속에묵겨잇슬진댄 그에게는 『삶』의터를 닥고닥글사록

남이업는것이다。아모러한 새로운生活에 나아라가하나 아모러한 새靈地를開拓하랴하나、꼿여는

憂愁와 怨歎이웃침이업다、아ー이세상은 永遠의僧房夢일뿐이다。

(Quverelis) 안에 페드로뉴소의一生涯를 너을째 그의最終의幻滅을볼째에 萬은感興과敬虔과讚歎

으로 그의人格을是認하게안을수업섯다。로마의暴君네로의軍臣으로 威望이하눌녀놉흔그는 最高의

그러하나 네로의最後의날이울째에、人間의힘으로 엇지할수업는 人生의한쏜

洞深淵을 그는비로소 브앗다。사람의힘으로 한큰缺陷을볼째에、그는最善의眞理의

빗을차지라하하얏다。黃金이空虛오 富貴가空虛요 도든세상의것이 한거즛에써힌暗窟임을쌔다를째

에 그는從容히 永久의眞理를차저 敬虔한마음으로 美的寂滅로도라가버렷다。

61

「유니、케、여 나는편안히죽으라한다.」

유니、케、는 살늘어이는듯하얏다. 그러하나 가만한우슴을우섯다.

「대감님、그러면 저도한세、모시고죽을, 하나이다.」

저녁때에 모든손들은만이뫼헛다. 페드로、뉴스는
유니、케、도 죽음의覺悟를쓰운 고요한얼굴로、문어귀에서々 손파손을맛고잇다. 아름다운
바이올레르、의 젊은 냄새는 방안에그윽히쩌돈다. 방의장식은奢侈를極한것이엿다.
술을마신뒤에 페、드、로、스、뉴는]快活히 이약이한다. 音樂의소리와 아름다운女子의舞踏이始作되얏

다。 그리한뒤애 페드로뉴스는 방에가득한손에게게對하야말한다.

「親愛하는여러분이시여、여러분은질겨히 이날을보내쥬소셔. 나도쏘한질겨히 보내려하나이다. 술
을마시고풍뉴을뜻으며 美人으로모시게하얏나이다. 지금나는 花冠을쓰고 永遠의조름애 드려가
려하나이다。

조금잇다가 希獵사람의醫師를불러 팔을내여밀엇다. 熟練한醫師는 黃金의손으로 팔둑을얽고팔
굼치의動脈을쓴엇다. 피는褥에쩌러저흘러것헤잇는 유니、케의압흐로흘은다. 유니、케는 페드로뉴스
의얼굴을 드려다보면서

대감 저는 당신에게도부터 써나갈수업소이다. 皇帝가나에게 全世界를支配하라할저라도 나는
당신파한세가랴하나이다.」

페드로뉴스는 우스며 가벼히머리를들어 유니、케에게 키쓰를주엇다.

「가치가리라。너는 참으로나물사랑하도다.

유니、케는 醫師의압헤 薔薇빗의고운팔둑을드러내엿다. 피는살갓치쩌처러려저 페드로、뉴스의피와

석기여흘은다.

페,드,므,뉴스는 合奏隊에게 눈짓을하얏다. 검은고 소리와 노래 소리는 嚙曉히어우러젓다. ………페,드,로뉴스와유니케는 서르몸을의지하야 微笑를띄우며 노래을듯는다. 점々그들의얼골을 파래저간다

노래가맛추엇슬째에는 페데로뉴스는 永劫의잠에들기前에 人生의잔을貪키爲하야. 오히려 술을마시엇다. 그리고 醫師에게命하야 잠간血脈을 묵그라하얏다. 잠이세엿슬째에는 그의가슴에안기운 유니케의얼골은 흰百合파갓치

페드로뉴스는 잠간좀앗다.

페드로뉴스는 最後의線視을유니케에게向하고 다시血脈을열엇다. 歌手는 아나크레온의 새로운노래를노래하고 검은고는 아름다운 메로듸로썰려나온다. 페데,로뉴스는 더욱더욱파랏케되엿다.

노래소리가 씃처질째에 그는다시손들을向하야、「여러분이시여 쌔다르소서、우리와더브러 滅하리이다……」하고맘을맛추지못하얏다. 最後에유니케를안고、머리를방선위에기대고 最後의술을 쉬엇다.

패드,로뉴스는 이리하야 永久의아름다운 죽엄의眞理로도라갓다. 그가번개불갓치 이人生의虛僞을 늣길째 不滿을늣길째 그는永遠한 아름다운죽엄의나라로 도라갓다.

퇴올뵈오와페드,로뉴스 이두사람의勇氣! 아—그들은 虛僞에사러라하는生의虐追을 압흐개부로 지져 眞理의나라토라간 敬虔한叛逆者이다. 그들의靈魂은 항상眞理의번적어리는 별밋혜춤추어 永遠히 차듸찬우슴으로 이人生을나려다볼것이다.

사람사람은 질거워한다. 이人生을! 아!그러하나 거짓에싸힌 이人生이오 不淨에싸힌 이人生이오. 愛愁에싸힌 이人生이다. 聖潔치못한 이싸이오 眞理가업는 이싸이다. 가고쏘가랴하나 갈사록虛僞이요 싸코쏘싸으라하나 싸을사록空洞이다. 아—이人生의時節이란 永遠히灰色날아래에 조을고잇는 僧房의쑴이로다.

（十月二十六日쓸）

63

樂府 (高句麗之部)

春園

金蛙

三國史記 高句麗本紀에

「扶餘王 解夫婁가 늙도록 아들이 업서 山川에 祭하야 아들을 求하더니 하로는 그의 타신 말이 鯤淵이란데 니르며 큰 바위물이 마조서々 눈물을 흘리거늘 王이 피이히녀겨 사람을 식혀 바위를 굴리니 한 어린아히 잇서 그 생김이 金蛙갓흔지라. 王이 깃버가로대 이는 하늘이 내게 令胤을 주심이라하고 거두어 길러 일홈을 金蛙라 하고 자라매 太子를삼으니라」。

鯤淵의 큰 바위에
눈들이 어인일고
새님금 나시오니
大地에 샘이도다
解夫婁 老王의 깃븜을
이제 본듯 하여라

解慕漱

「阿蘭弗이 마춤내 王을 勸하야 東海之濱 迦葉原에 移都하고 國號를 東扶餘라하다。그 舊都에는 어듸서 온지 모르는 사람이 天帝之子 解慕漱라·고 自稱하고 와서도읍하다」(三

國史記高句麗本紀)

解夫婁 늙은 王이
迎葉原에 올마가니
난대업는 解慕漱라
와서 王이 되단말가
진실로 넷 사람의 일을
알길업서 하노라

柳花

「解夫婁 崩하시고 金蛙太子 位에 即하시다。어쩨예 太白山南 優渤水에 한 女子를 어든
지라 무른대 가로대 나는 河伯의 쌀 柳花러니 醬弟로 더부러 나와 노닐쩨 엇던 男
子ㅣ 스스로 天帝의 아들 解慕漱로라 稱하고 나를 誘하야 熊心山下 鴨綠邊 室中에서
私하고 가서는 因해 돌아오지아니하는지라 父母ㅣ 나의 媒업시 人을 從함을 責하시매
드듸어 優渤水에 謫居하노라 하거늘 金蛙ㅣ피이히 너겨 室中에 幽閉하엿더니 벗이 쪼이
면 몸을 피하고 몸을피하면 다시 벗이 싸라가 쪼여 因하야 한 알을 나흐니 크기가
五升은 될려라。王이 바리시매 개、도야지ㅣ 먹지아니하고 쏘、路中에 바리시매 牛馬ㅣ
이울 避하고、쏘들에 바리시매 새들이와 나래로 덥거늘 王이 이를 쪼기려하되 能치못
한지라、마춤내 그 母에게 들렷더니 母ㅣ 무엇으로 그것을 싸서 쌋뜻한 곳에 두엇더
니 한 사나희 걱더기를 쎄트리고 나오니 骨表가 英奇한거다……(三、高本)

優渤水 넙설닌 버들밋헤
저어인 美人인고
눈물에 저즌 샘에

夕陽을 담뿍 밧고
한가락 썰리는 노래로
望夫曲을 부르더라

父母와 兄弟들은
저 山넘어 게시겟다
그리는 解慕漱는
北으로 가시나라
호올로 남은 이몸이
갈곳몰라 하노라

지샌달 太白에 걸리고
부흥이 鴨綠숲에 울제
靑驄馬 鞍裝놉히 지어
진활 메고 달리던양을
至今에 닛지못하니
애끗는듯 하여라

사냥가자 님쓰시던 활맷스니
鴨綠벌로 .사냥을 가자

秋風에 몰인는 기러기 오리
하마도 마호업니
님일혼 외로운 몸이라
사냥 갈가 하노라

(史記에 그러한 말이 업거니와 호을로 謫居하는 柳花는 사냥으로 먹을것을 엇고 사슴
의 가죽 벗겨 옷을 삼앗스리로다。하르는 사냥 갓던길에 東扶餘王 金蛙를 만나니 金
蛙 쏘한 非凡한 靑年이라 그 만나던모양이 자못 劇的일것이외다。)

저어인 公子신고
風采도 凛々하다
달리며 쓰는 살이
사슴을 마쳣스니
이아니 解慕漱아니시면
金蛙인가 하노라

(이것은 解慕漱를 기다리는 柳花 金蛙王의 사냥온 風采를 보고 이러한 偉丈夫일진댄必
然 밤낫에그리는 남편이거나 그러치아니하면 天下에 일홈이 썰치는 金蛙일것이다
함이거니와 金蛙王이 쏘한 柳花를 처음볼때에 感興이 업지못하리로다。)

저어인 美人인고

67

아마도 天女로다

太白에 오르는 달인들
저대도록 맑을손가

東扶餘 金蛙大王이르니
아옵고져 하노라

大王이 臨하시니
惶恐도 한져이고

河伯의 딸이오
解慕漱의 안힐러니

解慕漱 가고 아니오시니
守空閨를하노라

末世의 欺嘆

李相和

저녁의 피무든 洞窟속으로
아―밋업는、그洞窟속으로
꺼도모르고
꽂도모르고
나는 걱구러지련다
나는 파뭇치이런다。

가울의 병든 微風의품에다
아 숨쉬는 微風의품에다
낫도모르고
밤도모르고
나는 술취한집을 세우련다
나는 속알혼우슴을 비즈련다。

「耕書가온대셔」

69

單　調

비오는밤
싸러안준　하날이
꿈꾸듯어두어라。

나무엽　마다에서
저준　속살그림이
싸니지　않울때그너라。

마음의　막다른
날은　뛰집엔선
넌저모르나싸닭도업서라

눈물　흘리는　笛소래만
갓업는　마음으로
고요히　방울지우다。

저ー편에　느러싯는
白楊나무숲의　살랸거롬에는

70

이저버틴　記憶이쌔돔파갓치
沈爵ㅡ朦朧한
『칸빠스』우헤셔　흐늑이다。

내가슴에도　깃드리다。
야밤의고요함은
아! 야릇도하여라

죽일숨쉬며　엿보아라。
追憶의　녹진窓을
쌔도는　沈默은
병어리입설로

이밤의　홋집이　설어워라
나를　쎠안는
아! 자추도업시

비오는밤
써러안즌　靈魂이
죽은듯　고요도하여라。

71

내 생각의
거의 줄곳마다에셔도
저근 속살거림은
줄곳 쉬지 안히라。

「벙어리 노래에셔」

72

무지개나라로

에로시엔코作

吳天園 譯

一

玉星이는 참으로 착한 아희엿습니다。 父母님의말슴을 공손되히 順從하며、 구슬이라는 열녀와 방울이라는 색기고양이를 매우 사랑하고 잘도따보왓습니다。

玉星이의 父母님도 여러분의 父母님과갓치 대단히 어질은분이엿습니다。 아츰브터 밤써지 熱心으로 일을하되、 술담빼 一切먹거안코、 所用업는돈은 一分도 쓰지안엇습니다。 그러고 玉星이를매우 貴愛하엿습니다。 菓子갓혼것은 一年에 세녀번박기 먹어본일이업섯습니다。

玉星이는 언제든지 밥을잔쏙 먹어못하엿습니다。 그것은 正月名節이라는가 五月名節 八月名節갓혼 아조 큰名節쎄뿐이엿습니다。

玉星이의 누님파兄님 밋 두同生은 닐곱살이되기젼에 다一죽엇습니다。 醫員은 그것이 모도 營養不良으로 달미양음이라 하엿습니다。

玉星이는 벌서 열ㅅ살이 되엿습니다。 그러나、 나날히 불못터잇는 蠟燭파갓치 가늘게 衰弱하여갓습니다。 어머니는 이것을보고、 男便을向하야「저아희는 綠分사나운 別밋허서 낫나보이다。」 일홈을占처보아도 吉치가못하니、 우리일홈이나 갈아줍시다요。」이러케 여러번心念하시는 빗으로 말하엿습니다。

그러나 아버니는 그냥 얼굴만 찡그리고

「우리들은 모도 綠分이 사나웁지오、 모도 不幸한 별밋헤서 나지안코야 엇지도 이럿켓소。 그리고 누구를 남

하지만 이것보다도 좀더 갓가운 原因이 잇섯다요。」이러케 말하엿습니다。그리

내이랴는 두이 엇든 키-다란 주먹을 휘둘느고 무섭게 눈알을 둥글넛습니다。

하로는 엇든 近處집 富者마나님하나가、玉星이를 自己와갓치 령리하고도 溫順한아희를 저던 가난

한집에 두어두는것은 가엽슨일이라하야 玉星이를 다려가겟다고、말하엿습니다。그리

고玉星이가 먹고십다는飮食은 무엇이든지 먹이고、넙고십다는것은 다려가며 재아모리 훌륭한 衣服이라

도넙히겟다고 말하엿습니다。玉星이의 父母님은 貴愛하는 쌀을 놋키는 전정 슬펏지마는、그러

나 玉星이를위하야는 富者ㅅ집에서 길느우는편이 가난한自己네집에서 길느우는편보다 훨신나

으리라 생각하고 마츰내 그富者ㅅ집 마나님의 請하는바를承諾하엿습니다。그러나 玉星이는

말을듯고 大端히 氣色이 조치못하야、

「저는 우리父母님것헤 잇지못할양이면 차라리죽어버리겟습니다」이와갓치 굿세히 말하엿습
너다

어머니와 아버니는、富者집에서는 날마다 菓子며 果實을 만판 먹을수가잇스며、아름다운 옷

울넙고 키-다란 훌륭한 방안에서 쌀네와갓혼 아가씨들과 滋味롭게 놀수잇다는둥 여러가지

로 玉星이를 쇡이려하엿스나、玉星이는 그래도 終始 듯지아니하엿습니다。

「아버니와 어머니께서는 진지를 너수히 잡수지못하는데、저혼자 맛잇는 飮食먹기는 죽기보

다도실습니다。아름다운옷을 넙기도 설여요。넙어도 그런것으로는 조금도 깃브지안습니다。저

는富者ㅅ집마나님에게 가기실어요。부듸어서~ 拒絕하서요。무엇이라고 쏘 저마나님은 남의

걱정까지맛하가지고 저를다리러 왓슬까요。자、어서 拒絕하십시오。저는 실습니다。실어요。」이러

케 玉星이는 말하엿습니다.

이리하야 玉星이는 나날이 衰弱하여갓습니다. 醫員은 營養不良으로 貪血이라하엿습니다. 飲食을 너々히먹으면 玉星이는 全快되리라 말하엿습니다.

玉星이를養女로 다려가랴든 그富者ㅅ집 마나님은 玉星이가 알는다는 소리를듯고 여러가지 맛난菓子를흠썩 보내주엇습니다. 可憐한 玉星이는 이선물을보고 깃버서 벙긋〜하엿습니다. 어떠니는 물을쓰려 茶를 만들엇습니다. 그리고 菓子를祭詞새에쓰는 아름다운 접시에담어서 玉星이에게 만히먹으라 말하엿습니다. 겻헤잇는 아버니도 이飲食을보고 벙글〜웃고잇섯습니다. 玉星이는 처음에 아조깃븐빗으로 果子한조각을 집어먹으려하엿습니다. 그리다가, 별안간玉星이의얼골에 슬픈빗이 돌더니 먹으려든 果子를도로 접시우에 노앗습니다. 어머니는 걱정스러히,

「玉星아 웨엇짓늬? 웨먹지안늬?」이러케 뭇엇습니다.

「저는 이果子를 먹을수가 업습니다. 저는 저와함께 이것을 먹지못하고잇는 恩順이며 愛며 春姬에게 未安한생각이나요. 저혼자가 이러한飲食을 먹는것은 동무들을 背反하는것갓흔 생각이나서 못견대겟서요」이러케 玉星이가 分明히 말하엿습니다.

어머니와 아버니는 異常스러운듯이 얼골을 쉬로바라보고잇다가, 어머니는 아모말슴도 안하고 그대로 밧게 나가버렷습니다. 아버니는 玉星이를안ㅅ고 사랑스러히 머리를 쓸어주엇습니다.

「아버니, 勞働者가 가난하지안은 나라가 어데잇슬까요. 勞働者의 아희들이 배불느게 밥을먹으며 아름다운 옷을닙고、비가 새지안는、겨울이되야 찬바람이 드러오지안는 房안에서살수잇는 나라가 어느곳에 잇슬까요?」玉星이는 아버니에게 이러케 뭇엇습니다.

「글쎄 」아버니는 고개를 조고만치 기우리고、이러케 말하엿습니다.

「외다, 그런나라가 分明히잇다。그나라의 일홈을 무지개나라라고 한단다。

「그럼 아버니, 저희들도 그나라에 갈수잇습닛가?」이러케 玉星이는 방삼이잇는 눈빗으로 다

시 물엇습니다。

「갈수잇고말고。」아버니는 確信을가지고 對答하엿습니다。

「언제 가게되여요?」

「인제 곳 가게된다。」어러케 아버니는 입살을썰면서、비록 엿기눈하엿스나、날카로운 목소

리로 말하엿습니다。

그쩨마춤 어머니는、니웃 아희들을 만히다 고 왓습니다。아희들은 玉星이와갓치 놀면서、果

子룩먹기도하고 茶를마시기도 하엿습니다。그리고 玉星이의 아버니는 아희들의 머리를쓰다듬

으면서 무지개나라의 니야기를 들녀쥬엇습니다。아희들은 모도 입을쎅별니고、이滋味끄운神奇

한니야기를 熱心으로 들엇습니다。

아버니는 말을니어 그나라에 가기는 매우어렵다、거긔를 가랴면은 무지개의다리를 건너야

한다、그것이 몹시어렵다。그러나 거긔에는 누구물勿論하고、다—는 가저안어도 조략、모도가

자라서 열심으로 일만잘할것이면 이나라도 그무지개나라처럼 될수가잇다고 니야기하엿습니다

이러한니야기를 들으면서 아희들은 밤늣도록 놀다가갓습니다。

그로브러 玉星이의病은 갑작히 重하여젓습니다。어머니는 아버니의 역개에 얼골을파뭇고 玉

星이의 病이ᅟ한것을 울며 슬퍼하엿습니다。아버니는 病床에 누어잇는 玉星이를 바라보고

커—다란 주먹을 부르쥐이고 잠잣코잇섯습니다。

病床에 누은 玉星이는 유리窓을 通하야 하날을 바라보면서、구슬이라는

눈섯기고양이를 염혜두고、몹시 쓸々하엿습니다。醫員은 玉星이에게 여러가지로 藥을주엇습니

76

다 그리고 쓰滋養될만한 飮食을 넉넉히 먹으면 곳 全快히되라 말하엿습니다。

그로브터 얼마되지안니하야 비가사흘동안 내리 繼續하여왓습니다。그러다가 나흘ㅅ재되는 午後에야 겨우 날이개여, 太陽은 비야 피로움을當한 사람들에게 同情하는것갓치。그빗나는 얼굴을 구름사이로 보엿습니다。玉星이는 病床에서 비로말미암아 困難을 當하엿슴으로、그째에 깁히 太陽에게 感謝하엿습니다。자리것혀는 아버니가 사다주신 月桂꼿이 지러하야、그어린 쌥쌥은꼭 숨을 哀惜해하는 쓸쓸한 내암새를 피우고 잇섯습니다。

玉星이는 그月桂꼿을 사랑하엿습니다。來日이되면 고만 시들어업시질 그꼿의恨嘆을 玉星이는 自己의입살에 대이고 慰勞하여주엇습니다。본즉、넘오나넘은 하날을 쎄건녀 玉星이의 물窓갓가히아름다운 무지개다리가 걸녀잇섯습니다。엇지도 이리아름다운 다리인가하고、玉星이는 얼마동안물쓰럼히 바라보앗습니다。죽시로 슬어저 업서지지 아니할째 생각하엿스나、원건、그리쉬히 업서지지 아니하엿습니다。그무지개는 神奇한 아름다웁을 가지고 더욱~뚜렷히 프른하날에 쩌잇섯습니다。그언젠가、아버니가 무지개나라에를 가랴면요 무지개다리를 건너야한다고 니야기하신것을 생각하엿습니다。그리고 오날처럼 무지개나라에 가기에 조흔 機會가 업스리라、이다리는 多幸히 하날을 쎄건녀 우리집 들窓씨지 걸녀잇다、오날저긔가가지아니하면 다시는 이러한 機會가업스리라。玉星은 자리에서 니러나 들窓기슬가히갓습니다。그째에 아롬다운 다리는 一層더ー七色을 發하야 마치 玉星이물 반가히 마져하는것 갓햇습니다。玉星이는 한손으로 窓을붓잡고、한다리를 무지개다리우에 올녀노앗습니다。무지개다리는 조금도 휘는것갓지안코 아ー모不安도 주지안엇습니다。玉星은 거긔서 쌀발하나 마자룬 그다리에 올녀놋코 아조 窓에서 쩌러습니다。그리고 玉星은 하낫들셋을부르고 무서움을참으면서 무지개다리를 전느기 버롯하엿습니다。

매 신처음은 열마간 어지러워서 일쭉 머엇든 飮食까지도 말할것갓치 속이 조치안엇스나、눈

을 하날우호로만 向하고잇스면、죽시 이不快함도 나엇습니다。인제는 넘녀업다、쩌러질걱정은

하나도업다、자、어서밧비 건너가리라하면서 玉星은 더욱더욱 氣運이生기어、나아가면 나아갈

사록 다리에힘이 올으는것갓햇습니다。學校大運動會에서 다름박질하듯이 손을휘젓고 머리털을

바람에 날니우면서、딸을보고 벙긋々々우스며 다라나게되엿습니다。얼마되저아니하야 무지개나

라가 희미하게 보엿습니다。

「어머니、저는 무저개나라에 왓서요!」즐거웅이 넘어흐르는 목소리로 이러케 소리첫습니다

우무지개나라에 到達하엿습니다。그리고 뒤롤도라다보고、

조끔더、조끔더、하면서 玉星이는 더욱힘을다하야 다름박질하엿습니다。그리하야 마츰내 겨

二

어머니는 玉星이가 매우 굿잠이들어 잘잠으로、아버니가 工場에서 도라오기세지 그냥

와두리라 생각하고 마음대로 저녁준비를하고 잇섯습니다。

드듸여 準備가 다되엿스므로、후一숨을내쉬이고、아ー모뜻업시 들窓울기대고 잇노라니쌔、키

ー다란 커ー다란、아름다운 무지개다리가 自己집집웅에 걸녀잇는것갓치 보엿습니다。

오오、아름다운 무지개다리

무지개 나라로가는다리

…… 幸福은 오직 저나라에 잇슬뿐이다 ……

어머니는 이러한생각을禁할수 업섯습니다。

쏫침업는 心慮며 看病으로 말미암아 몹시疲困하야、多小間熱을가진 그눈은 어느새에 눈몰

애저저 잇섯습니다。

그리고 얼을일코 물끄럼히 바라보고 잇섯습니다.
그쩨에、 그아름다운 무지개다리의 저—편끗헤서 玉星이의 姿態가 변스듯 보인것갓햇습니다

그것은 分明히 玉星이엿습니다。
그리고 玉星이는 어머니편을 향하야 야단스러히 손을혼들고 잇습니다。
마츰내、

「어머니」!。
저는、 무지개나라에 왓서요—。」이러한 목소리써지 들녓습니다。

「무어」
「이상도하다!」 어머니는 별안간 精神을차럿습니다。 할쎄에 至今써지 보이든 무지개다리는
간곳업고、 오직 房안에서 玉星이가 브르는것갓흔 생각만이 남어잇섯습니다。

「그래」
「그래」 어머니는 玉星이가 부르는줄노알고、 이러케 對答을하면서 房안으로 드러와서、
玉星이의 얼골은、 軟弱하게、 쓸쓸하게、 고요히、 燭로부어 만든것갓치 노여잇섯스나、 거괴에는 알

「玉星아、 고만엿니?」 하고、 그얼골을 드려다보앗습니다。
일수업는 强한깃붐이 빗낫습니다。 그넘헤는 조고만、 하—얀 月桂花가 어딘生命파의 離別을 애

「玉星아!」
「玉星……」
「……玉星……아……」
차러워하는듯이 쓸쓸하개 香氣를피우고 잇섯습니다。

어머니는 아모리 불녀도 玉星의 對答은 업섯습니다。 玉星이의그 가늘고 사랑스런든 목소

79

려는 벌서 이차되찬 世上에서는 다시 쓰들을호수가 업게된것이엿습니다.

이를알은 어머니는,

「오오……假笑를 쩌우고……벌서 무지개나라에 니르럿겟지……줄겁게 가나여라……」

이러케 말하고, 다시 종용히 니러나서 쏬기슬갓가히 기대고섯습니다. 이쩨에,

「인제야 도라오오」아버니의 목소리.

「왜 엇지하엿소?」

어머니는 아모말도 안하시고, 玉톨이를 가락쳣습니다.

쏬을 기대고 우둑커―니 서잇는 어머니를보고 이러케 물엇습니다.

「허허―」

「고만 죽엇고나」

「옹 벌서 무지개나라에 니르럿겟지」

아버니는 그깃물에 빗나는, 그러나 고요한 玉톨의 얼굴을바라보고 종용히 무덤을 물엇습니다.

다. 그리고 벌서차되차진 그나마에 쓰거운 킷스를 추엇습니다.

「너를 爲하야는, 그것을하야 살아잇는이 보다, 얼마나 떠―룬거운일지다」

아버니의 목소리는 비록 엿쳣스나 그눈은 날카롭게 빗낫습니다.

이윽고 한가지 쏬기슬에 서잇는 아버니의 억개에 부드러히 손을 얀녀놋코 어머니는 말

하엿습니다.

「여보십시오」

「웨그러오」

「……」

「저를 離婚케 하여주십시오

「무어, 웨精神이 나갓소、오날 새상스러히 이런말을 내이니」

아버니는 깜짝놀내여 말하엿슴니다。

「아니오、快斷코 그러치안슴니다」

玉星의 차듸찬 死体를 가타치며,

「이것이 다섯재올시다……저는 決코 아희들을 굴머죽이기爲하야 나으려고는 생각지 안엇슴니다。그러나 結果는 恒常 이럿슴니다。저는 굴머죽일일잇을안고도 어린아희를 날수는업슴니다。너무도 慘酷하지 안슴니까、너무도 不道德하지 안슴니까、즘생들이 할일인지는 모르겟스나、사람으로는 참아못할일이올시다。생각하여보니、우리 勞働者에게는 아희를나을 權利가 업슴니다

「저는결코 다섯식이나 굴머죽이고는 참아 견딜수가업슴니다。저는인재 前과갓치 넉々합니다。

하지만 當신은 다시 다른안해를求하야 아희를나으서도 좃슴니다。그러나 저는 죽음써저지獨身으로 지나려합니다。

아버니의 눈은 異常스럽게 빗낫슴니다。그의주먹은 부들～썰녓슴니다。입살에서 生氣잇는

피가 房바닥에 써러젓슴니다。

西편하날의 夕녁벗은 마치 이따와갓치 깁흔沈默을니엇슴니다。

돌이는 黃昏의 고요함가온데서、

아버니는 쏘 엿흔목소리로 말하엿슴니다。

「그럿타、그리하며 잇흘날의 새벽은 新鮮한、시원한 마음이 될는지도 모르겟다」

玉星의 얼골은 靜寂한깃븜에 셔끗히 씻겨잇섯슴니다。조고만、하ー얀 月桂쏫은、어린生命과

8.

의

離別을 哀惜해하는듯이 쓸쓸하게 香氣를 띄우고 잇섯슴니다。 (꽃)

──附記。 이것은 이 盲詩人이 그의 流帳한 日本語로써 니야기하는것을 그의벗이 筆記한것

이올시다。 더욱〱 우리는 그의天才에 感服안할수가 업슴니다。 이것은 섭말이지마는 그

그는 書籍을 注文하야가지고 그의벗으로하여곰 닑게하고 自己는 듯고잇는다합니다。 그

리고 그書籍은 그朗讀者에게 선사한다합니다。

散文詩 (첫재)

두게네프作　羅彬譯

第一　(一二八七八年)

시골

七月마즈막날。이근처一千멜스르는로시아, 우리故鄕나라。

한갈갓치플은빗치 공중에퍼지여 다만 한조각에구름이 그面에바쑴쎄다니고 반즘사라저간다。

바람도업고 써듯하여……공기는 갓짜노혼우유와갓다!

종달새는노래하고, 돌비들기는줄겁게운다。소래도업시제비들온공중에어지러히난다。말은코소래도

연기와말은플의범새 나무기름과즘생 썹쌀의내음새가 그윽하게맛처진다。삼꽃(麻花)은발서滿開

하고무엇을썹기도한다。개는짓지도안코 쇠리를두르면서멀거니서잇다。

가되여담々한향내를내고잇다。

깁기는하나 스르흘으난골작이。양편에는커다탄대강이물가진 줄기밋이쑥개진楊柳의나탄히서잇

눈것이잇다。작은시내는이끌작위롭다라난다。그밋혜작은돌물은반작〜 한눈물결사이에썰면서잇다

멀니저족하늘파성의境界에는 큰내의플은줄기가번적이며잇다 이끌작위를連하여 한편에는양전한팡

파 문을단々히잠근고산이잇다。다른편에는전나무로지혼널판장으로집웅을덥흔작은집이대여섯잇다。

엇던집집웅에 돈지비들기집이 웃흔녹흔기둥이서서 잇다) 엇던한집문우에 돈저 갈기(鬐)가 쌓온쇠똥만투

말이보덴다

힘천지인유리창은무지개처럼七色으로번득어리고 창덧문에는웃빙이그리여잇다。엇던한집압해 돈저

작으마한교의가 하나식양전히노여잇다고、조곰놉흔꼿에는고양기가 돈저웃을바다보며 맑갓케透明하는

귀를빗죽내밀고잇다。 놉다란집저— 쪽에는서 돈저는검〻한山亭이보인다

나는馬衣를펴여놋코、꼴작위밧갓편에드러누엇다。 사면에는숩이막힌듯한향내물뿜드리는 갓뻐여노흔

풀이써여잇다。 농부들은그풀을그작은집압해펴서더— 해벗혀말녀여 고산속에 느라하는것이다。그우에

서는잠이썩잘오겟지

싸아노흔풀속으로 붓허는쐬불〱 한머리락을가저어틴아해의머리가보인다。불근벗을가전닭은말은풀

속에파리와싹정벌녜물찻는다 쓰코가하얀강아지는그풀파갓치된풀속에영굴고잇다。

프른드의머리털을가전젊은사람들은 산뜻한웃에허리띄물느지막하게띄고 무거운구두를선고 馬

具를벗기안수레(車)에기대여 흰너(鋤)물번적어리며 弄談들을하고잇다。

둥그스레한얼골을가진 젊은녀자가창으로내다보며 젊은사람들의弄談파 산갓처싸흔말은풀속에서

어틴아해들이 작란하는것을 웃고잇다。

내압해는새로운줄지은치마와새구두룬신은老婆가서잇다。

벗에타고여윈목에는커다란구녁이둘너인구술을세줄보감고 불근구술을물드린누돈빗수전오로 썩인

머리를싸 그것이호틴눈우에흘너쩌러저잇다。

그려나그늘근눈에는사람을마지하는우슴이잇고 그주롬살이잡히인얼골에눈우슴이숨기여잇다。이쑴

근이는七十歲나갓가히되여잇는것이틀님업다。……그러나〻직벗적에아롬다운面影이보인다。

해벗에탄손구락을펴、 老婆는바른손네움뎅이속에서 갓스내인차뎌찬크、팀을니흔牛乳茶을 내밀고잇

다。盞가장자리에는김이서리여 眞珠의줄을드리운듯하다。왼손에는 써뜻한麵麭의커다란덩어리를 나

애재가지고와서┐나그내서여 잘오섯습니다 이것을잡수십시오」라고하는듯하

숫닭이갑작이울며 분망한듯이날개를친죽 우리샨에갓처잇는송아지가 저오똔못키거기대답을하엿

다。

「이것은참조흔燕麥이다!」라고나의馬夫가말하는소래가들니인다。아々 널고널운드시아시골의滿足

이여、平和여、豊饒여! 아々김혼平和여 幸福스러운生活이여!

그런죽 왼일인지나도모르개이와갓혼생각이써올너왓다 콘스탄지노블의蚤쏘며아々寺院의圓頂閣우에

十字架를세우거나 그의의우리들都會사람들을이애들을쓰고잇느것이 여기쉬나에겨무슨價値가잇술가ー

註 옐스르 로시아의里程 一哩의三分五二
　콘스탄지노블 딋수土耳其의서울

會　話

「윤그쯰라우나펜스、、、、레라ーㄹ홀은、 아즉사람의발자취가일오지못한곳」

알프스의最高峰…… 峨々한懸崖의連續……山脉의맨가운데。

산우에는파르스름하개개인말업는空中。몸에스며드러오는매운塞氣。단단한 변똑어는눈(雪)그눈을

쌔뚤고소다올은 어름에잠기고바람에불니인 한봉두리。윤그쯰라우와펜스、、、、레라ーㄹ홀은이다。

地平線에두웃혀는 두巨人이서서잇다。윤그쯰라우는 그엽헤사람더러말하엿다『무슨세로운일이나잇습닛가? 당신은나보다더ー잡보실띄

이지요 下界에는무엇이잇습닛가? 다만눈섭짝할동안에。그런죽펜스、、、、레라ーㄹ홀은 天動소래갓흔록 소래로대답하

멋千年은지내갓다。

85

엇다 『쌍운김혼구룸에덥혀잇소……잠간만기 다리시요』 다시멋千年은지내갓다 다만눈샵작할동안에

『자— 므슨온?』윤그쯰라우가뭇엇다。

『이번에는뵈임니다 下界는어대든지 아직그대로잇소 프른물 검은술(森)灰色의싸이고싸건물。그

가장자리로는 별너지들이 如前히 도라다니오 그것, 저아직한번도 당신파나를머덥혀보거듯한두발가

신動物말이요』

『사람말입닛가?』

『그럿소 사람말이요』

멋千年은 지어갓다 다만눈샵작할동안에

『자— 이번에는?』윤그쯰라우가뭇엇다。

『별너지들이적어진듯하오『쯴스테라—ㄹ호른은우뢰소래갓치대답하엿다

『下界는발거젓소 물이적어지고 수풀은거칠하여젓소』

쏘멋千年은지내갓다 다만눈샵작할동안에。

『이번에는무엇이보입닛가?』윤그쯰라우가뭇엇다。

『이우리의周圍는 쏙골작위에여전히斑点이잇소 그전파갓치무엇이움죽이고잇소』

『그러나저—쏙골작위에여전히斑点이잇소 그전파갓치무엇이움죽이고잇소』

『자— 이번에는?』쏘멋千年지낸뒤即눈샵작할동안 윤크쯰라우가뭇엇다。

『인제는조화젓소』 쯴스테라—른홀은이대답하엿다。『어대를보든지 아조하얏코 아름다워젓소……

어대든지눈쑌이요。눈파어룸이요。모든것이다—어러바렷소。인제는잘되엿소 고요하여젓소」

『좃읍니다』 윤그쯰라우가말하엿다 『그러나 여봄쇼 우리눈째들엇습니다 인제는잘째임니다」

『그럿소 잘재이요』

그래 巨大한山온잠이들엇다。 그러고파라케개인蒼空도 永遠히沈默한大地우에잠이돌엇다。

註

一八七八年 二月

윤그쯔라우 處女峯의뜻…… 퓐스테라ー근흘은 黑鷲峯의뜻 둘다獨逸語 루게네쯔가이글을쓸새에는 아직한사람도이두峯頭를踏破한사람이업섯다 一八九〇年에비로소처음으로登山者가山頂을차저내는데成功하엿다。

老 婆

나는널은들을다만흔자거러간다。

갑작이등뒤에가벼웁고 조심스러웁게거러오는발자취소래가들니인다。누구인지좃차온다。

도라다보니 灰色의다쎄러진옷을입은 조고마한허리가쎄브러진老婆다。다쎄러진옷속으로 누른주룸쌀이잡힌 코가샛족한 니가다ー쎄진얼골뿐아내다보엿다。

나는갓가히갓다……老婆는발을멈첫다。

『당신은 누구십니가? 당신이무엇입닛가? 무엇을원하십니가? 거지임니가? 求乞을하라고 하 섭니가?』

老婆는아모대답도업다 나는그의압해허리를굽히고드려다보고 老婆의두눈이다ー엇더한새(鳥)에서 보는것과갓치半透明의회고얄분썹질노덥혀여잇는것을보앗다 그의눈은 그것으로因하여銳利한빗치保 護되여잇섯다。

그러나이老婆는 이얄분썹질이움죽이지안코 눈동자씨지덥고잇섯다……그래서나는그老婆가장님 인것을알엇다。

『求乞하라하니? 』 나는다시한번뭇엇다 『왜 너는나를쏫차오니? 』

그러나老婆는대답을하지안코 가만히몸을썰엇다.

나는몸을도리켜것기를시작하엿다.

그런즉 그가바윰고規律잇는 몰내것는거름이라할수잇는 발자취소리가들녀엿다.

『쏘망할老婆가』 나는생각하엿다 『왜나에게쏫허다더노? 』그러하나나는아지안으닛가 길을일허바릴가하여 나의발자취를쏫차 人家잇는곳으로가만히말하엿다 『눈이보

이지안으닛가 길을일허바릴가하여 나의발자취를쏫차 人家잇는곳으로가라하는게지? 그럿다쌕그

럿라』

그러나무슨이상한不安이점々나의마음을잡엇다. 老婆는나를쫏차올쌘이아니라 左右로나를울직이게

하여나는아지못하는가운데 그命令에服從하는것을차저섯다.

그러나나는如前히압흐로나아간다 ……그런데 보아라 나의가는압헤는검고널은것이 구멍(穴)파

가혼것이보인다 ……『墳墓』라하는생각이머리에번쩍어리엿다 『老婆는저곳으로나를모라느라고한다

나는念작이도라보앗다 나는쏘老婆와나와마조섯다 ……그러나只수은눈이보인다 老婆는커다란殘忍

한보기실흔눈으로 ……鷙鳥의눈、 不透明의膜、 쏘그누멀은飾한듯한얼굴빗.

그런쑥 쏘그不透明의膜、 쏘그누멀은飾한듯한얼굴빗. 나도그의얼굴을 그의눈을울그렌히보앗다.

『아ㅅ』하고나는생각하엿다 『이老婆는 나의運命이다. 사람이벗기어려운運命이다!』

『免할수업다! 免할수업다! 』 안이그것은밋친것이다 그래나는다른方向으로

向하엿다.

나는다름질하엿다 ……그러하나如前히뒤에서는 그가바운발자취소리가 자박〉갓가히온다……압

해는쏘다른곳으로向하엿다 ……쏘뒤에는如前히그발자취압헤는갓혼두려운黑點.

쏫기여가는록기와갓치 方向을變하여어대로다라나든지 글넛다! 글넛다!

『가만잇거라!』나는 생각하엿다『한번 속이리라! 아모대로 도가지 안엇다

老婆는나 보다 두거름쯤뒤에섯다 소리는들니저안엇스나 거기잇다는것을쌔달엇다。

문득저ー쪽여잇는 그黑點을본즉 둥ㅅ쩌ー쉬ㄱ대개론온다。

나ㅅ 하늘이여 나는도라다본다 …… 老婆는나를물그레마드러려다보며 니가다ー쌔진입눌 움질거리

며 冷笑하고잇다。

『免할수업다!』

개 (犬)

一八七八 二月

방안에는우리둘、개와나 …… 窓박게는두려운暴風雨가 거치럽게분다。 개는내압헤안저 쪽바로나의얼

꼴을바라보고잇다。

나는쏘개의얼골을본다。

개는무슨말을하랴는듯하다。 그는가만히잇다 말이업는것이다。自己가自己롤모르는것이다……그러

나나는그의마음을알고잇다。

나는이瞬間에그에게나나에게나갓혼感情이잇서 우리사이에는 아모差別도업슴을안다 우리는갓혼

生物이다。 누구에게든지셜니는불꼿(火花)이라고잇다。

죽엄은그차고넓은날개롤치며내려온다。

여러서萬事는끗낫다!。

누가그쌔에우리둘의마음속에타는불꼿에差別을할수가잇슬가?

안이! 서로바라보는둘은집승파사람은안이다。

69

서로묻그렘이바라보는눈은同等한것의눈이다。

증생에게나사람에게나 갓흔生命이두려워썰면서 서로依支하고잇는것이다。

一八七八年 二月

나 의 爭 競 者

나는 競爭者한사람을가지고잇섯다 事業이나 官職이나 戀愛上의競爭者는안이엿스나 다만우리두

사람의意見은엇더한問題에든지一致하지안코 두사람이맛나면씃이업는議論이생기엿다。

두사람은두숨일에든지닷호아다 藝術이나 宗教나 科學에 就하여 싸우나 무덤저쪽生活에就하여

구나무덤저쪽生活에就하여。

그는正教信徒로 쏘한熱狂家이엿다。엇더한쌔그는나에게이러케말하엿다『자네는언제든지비웃지만

만일내가자네보다먼저죽으면 저世上으로붓허싹자네게로올터일세……그쌔자네가오히려비웃나안이웃

나를불러일세』

그런대事實그는나보다먼저쏘는젊어서죽엇다。그러나歲月은지나가 나는그의約束 그의脅喝을이저

바럿다。

엇더한날밤 나는상(床)에드러누엇스나잠은오지안엇다 함보다도자고십지가안엇다。나는그의

방안은어둡지도안코밝지도안엇다。나는언제인지어둡침々한곳을 정신업시보고잇섯다。

그런즉뜻밧게 두窓사이에나의競爭者가서잇쇠고요하고슘혼듯이 머리를上下로두르는 듯하엿다。

나는두려워하지도안코 놀나지도안엇다……그러나조곰이러나 팔을집고 그뜻밧겟幻影을一層銳利

하게바라보앗다。

그幻影은如前이오덕어리고잇섯다。

『자?』라고 나는마츰내 말하엿다 『자녜는익엿다고자□을하나 뉘우처고원망하나? 엇던가……警
告하는것인가 責하는것인가?……或은자녜가잘못햇는가 두사람이다―잘못하엿든가돌아켜주랴
음인가? 자녜는엇더한것을經驗하엿나? 地獄의苦責인가? 天堂의快樂인가? 말이라도한마듸하

재그면』

그러나競爭者는 다만아모소래업시 如前히슘혼듯이고요하개머리를上下로둘을샌이다.
나는우섯다……그는사라저바렷다.

註 正教 로시아의國教希臘으로봇허傳해온그리스도教、루、재、네、쯔는獨逸哲學에心醉한懷疑家
인씨닭에 죽은뒤生活에對하여밋지못하엿다。이篇은다음에翻譯할「祈禱」와比較하여생각하면
一層알기가쉬웁다。……競爭者라한사람은詩人네크라소쯔가안인가한다 루、재、네、쯔는로시아
의가장널니讀者를가진傾向詩人으로 그의詩를藝術의自由를唱하는루、재、네、쯔、
킨의全集보다尊重하다」라고부르지젓다。씨닭에實利主義의奴隷가되여째위하는루、재、네、쯔、와는맛지안엇
다。네크라소쯔의代表作은長篇詩「로시아에서幸福잇개사는者는누구냐」「로시아의婦人」等오
로 西歐에도잘알니여젓다。

거 지 (乞食者)

나는길거리를거러갓다 ……늙고衰弱한거지가옷자락을쓰럿다。
피(血)씨엇고눈물이고힌눈 풀은입살 말할수업는襤褸 고은헌듸……아々 엇지하여 可憎한貧窮
그는더러운손을나에개내밀엇는가? 그는呻吟하며 중얼々々求乞을하엿다。

이 悲慘한사람은나에개다쳐보앗다? 그는呻吟하며 중얼々々求乞을하엿다。
나는주머니를냄기지안코저차보앗다……돈주머니도업다 時計도업다 手巾써지업다……아모것도가

91

지고나가지를안엇다 그러나거지는아직기다리고잇섯다…… 그의내민손은떨々썰니엿다.

기가막혀 나는그더러웁고썰니는손을 단々히쥐엿다……『여보개 용서하게 나는 아모것도가진것

이엄네』

거지는그피세잇는눈을나에게向하고 파란입살에微笑를쯰엿다 그리고도나의차듸찬손가락을쥐엿

『별말슴을. 나리』하고 그는중얼거리엿다『이것도고마웁습니다 이것도積善이십니다 나리』

나도쓰그로붓허무엇을밧은것을쌔달엇다.

다.

一八七八年 二月

『너는어리석은者의審判을듯지
안으면안될것이다』 쭈ー시킨

『너는어리석은者의審判을듯지안으면안될것이다……』 아々 우리의偉大한詩人이여 너는항상眞理를말하엿다 이번에쓰너는眞寶을말한다.

『어리석은者의審判과群衆의우슴파』…… 누가이두가지를아지못한者가잇슬가? 이모든것을사람들은 견댈수가잇다. 쓰견대지안으면안될것이다. 自己의힘을밋는者는그것을輕蔑히함이좃타.

그런덕얼쁘上에는 一層殘酷하게마음을쎄뚜르는打擊이잇다…… 엇더한사람은될수잇는데써지하엿다 목

슴을다ー하여 親切히 正直하게일하엿다 ……그러다正直한사람들은嫌惡으로써 그로붓허얼골을돌니

엇다 正直한얼골을으면 언제든지憤怒가탄다『저리가라 저리가!』라고 正直한젊

사람은소리마다그를욕한다『우리는녀에게나 녀의하라하는일에所用이엄다 너는우리잇는곳을더럽

한다。 너는우리을아지못한다……너는우리의원수다!」

이와갓혼사람은엇더케할것인가?　일을繼續하는것이솟타　自己를是認하랴하면안된다　더公正한

判斷을求하랴고쎄지하지안으면안될것이다。

여운순물을그의손우로붓허　貧民의常食物인甘藷를가저온行旅를咀呪하엿다……그들은行旅가내민貴

즉이農夫는麵麭의代用物

그만하면고만이다。　그들은그것으로살고잇다　그러나그恩人의일홈을써지아지못한다。

우리는우리의가저오는것이참으로훌융한食物이도록注意만하면고만이다。　그들에게그의일홈이무엇일가?　그는비록일홈은낫하내、안엇다할지라도　그

사랑하는사람의입살우에올으는　쓴(辛)不當한非難……그런데그것도쏘참을수잇다……

「나를쎄려라……그러나나의말을들으라!　그러나健全히滿腹하여라!」고우리는말하지안으면안될것이다。

「나를쎄려라!

들을굼줄임으로붓허救出하라고잇다。

註　너는어리석은者의審判을듯지안으면안될것이다。　이것은푸ー시킨의詩「엇더한詩人에게붓치노라」中에一句　原詩는「아ᄉ　詩人이여　너는民衆의愛顧를切望하지마라　賞讚者의喝采의울

님운입김과갓처사라질것이다　어리석은者는너를審判할것이다　群衆은너를비우슬것이다　그

러나冷然히努力하라　비록너의손에아모慰安을주지못한다할지라도云云」이라한것이다……아

랙산들、푸ー시킨　로시아의國民詩人　로시아의漸文藝의創造者이다。

一八七八年　二月

93

滿足한것

엇더한靑年하나이쉬울길거리로깃버서뛰여간다 그의擧動은敏捷하고 쌀낭〜하며

고 입살은微笑하고 昂奮한얼골은보기조케붉그레한피가밀녓다……그는滿足파깃거움으로가득찬것

이다.

무슨일이그에게생겻는가? 그는遺産을엇엇는가? 昇進한것인가? 情人을맛나라急히가는것인가

그러치안으면다만맛난아츰밥을먹고 健康을쌔닷고 滿腹의感이몸가운데퍼지여잇슬뿐일가?波蘭土王

스락니스러우스키가 그의목에아름다운八稜十字勳章를거러준것도안이겟지?

안이 그는엇더한友人에게對하여誹謗을만드러내여그것을熱心으로펏드리고 ㅁ수갓혼醜聞을달은親

友에게들엇다 그래그自身도그것을밋게되엿다.

아々 이瞬間에 사랑한만한有爲의靑年은 얼마나滿足하고 쏘얼마나善良하엿슬것인가!

一八七年 二月

處世法

『만일그대가원수를 酷毒하게괴로옵게하랴면』이라고 엇더한狡猾한老人이나게에말하엿다『그대는

그대自身이가지고잇는줄생각하는缺点과惡德으로써展을하여라 크새憤慨하여 辱을하여라!

『그리하면 于先그대가그惡德을가지지안은줄안다.

『다음에는 그대의慨憤는거짓말이안이된다……쏘는그대는自己良心의的이되는것을避할수잇다.

『例를들면 그대가變節者이거든 그대의원수를信念업는者라고辱하여라!

『만일그대 卑屈한性質을가젓거든 입을다하여. 그는奴隸다……文明의 歐羅巴의、社會主義의奴

『隸라고 辱하여라

『非奴隷主義者의奴隷라고할수잇는지 도알수업지』라고 나는슬긔하여보앗다、

『그러치 그러케도말할수잇지』 老獪한奸物은고개를끄덕엿어리다。

註 文明의奴隷云云、西歐主義者는 靈西亞의國粹主義에게排斥을當하엿다 그러고歐羅巴로못하오는모든것으로生學하고 未開의自國을높히고도리혀文明을排斥하엿다 그들은自國을쓰업는것을拒絶하엿다 루게네또 自身도西歐主義者 文明의使徒르씃을맞첫다。그가故國의人學을恢復하기爲하여長年月을要한것도쇠써닭이다。

鐵瓮城 에 서

— 田園美의엑기스、小金剛의자랑 —

田園美의엑기스、
小金剛의자랑

春 城

九龍江沐浴

오날은八月六日이다。鐵瓮城에온지도 그럭저럭一週日이넘엇다。다시금「無情歲月이若流波」라는詩가 생각나며 別한듯김이가삼에서오르다。어서速히東臺를求景하고 혼자라도妙香山을가야한다하엿다。

그러나雪野君은 오날도이것저것핑계하고 明日로延期한다。나는다시今愛爵을늦기며 어대散步라도가기를願하엿다。그러자畢竟은月城君과합세 九龍江求景을가게되엿다。하날은 파라케개이고 日勢는如히사람을삼아내며 바람은 한點도불지아니한다。두사람은自轉車에을나 살갓치九龍江으로向하엿다。

南門을지나고 鶴歸岩을들녀 於焉間九龍江에到達하엿다。白雪갓흔모래를兩岸에세고 넘으락줍으락 或은微소히흐르는푸른물결은 저나간녯날을그윽히말하며 오랴는無限을생각하는듯시 고개물숙이고 或은微笑하며 或은怒號하며 줄기차게바다로向하여간다아、나는아직못하다거니와 이푸른물결은언 제부러흐르며 언제서지흐르랴는가? 그리고무엇을위하야 쉰치지안코흐르는가? 그물결의빗을보고 그물결의소래를드를때 나는 더한永遠한生命에서 하여드러가는듯시 自然히옷깃이正하여지고 발거름을여緩正한여진다。나는江岸조고마한아세시나남우가지에 洋服을버서걸고 사루마다만입은채로 고요히안서 江面을바라보고잇다。어린아가씨의속삭임갓흔실바림이 파란갓煙이되어는늣마는듯한江面

룰시처지나간재 비단결갓흔잔물결은 파토로몸을썰며 힌실갓흔물준의 룰짓고잇다。 그리하고잇다금 몰우

로쒸여오르는고기쎄 는찰석~ 長閑한四圍의空氣를흔들어낸다。 나는한참고개를물속이고 洗獸에잠겨잇다

가 다못한마대로 이九龍江의發源파밋中流를月城君에게물엇다。 이江은 金銀이

無盡歲으로만히 掘出된다고일홈이눕흔崑山北鎭안에서 그淵源이發하엿스며 山谷파平野의七八十里를흘

녀 藥山東臺를한박귀돌녀 淸川江과合하엿다고한다。 그리하고 이九龍江의물결이 前에는파탓코하엿

스나 北鎭에金鑛이開始된이후에는 쇳물이석겨서 물빗이조금變하엿다고한다。 이말을드른나는 北鎭에

서巨萬의利益을보는西洋人은 남의江山에잠가둔寶庫를 도적할쩐만아니라 남의그림갓흔自然美 쌔거드

럽힌다고 성을내엇다。 한참동안이나 마음이죳치못하엿다。

사루마다라고 한참동안이나 滋味잇게놀앗다。 허엽을치고 물쌈을하고 潜水

질을하고 天眞爛漫하게놀앗다。 한참물속에쉬놀다가 저便모래가으로나아갓다。 사루마다쌔지버서노

코 다못붉은몸으로안고잇다。 이제를당하야 나는原始狀態에도라온듯한생각이난다。 비단옷에 金時計

갓혼몸에 비단옷 맛입으면 草신올신은사람이나 그衣服을벗고보면 못다 一般일것이라하엿다。 엇지하야쯧

고무엇이며 虛飾이안이고무엇일가하엿다。 그와同時에 世上은모다거짓이오 虛飾이라하엿다。

첫날新婦갓치 고요한벌판의空氣는 都會의空氣는 흔들니고 쒸며 左右쳐며 소용드

하며 감중연하다。 그리하고 검무겁고 굵다。 그러나 이곳-이九龍江一帶물너쏜空氣는 넘어도 潺々하며 그는

딕친다。 그리하고 희고 가븨얍고 가을고 파탓라。 아- 神의往來하는그무삼거룩한뜰이안인

가? 다못저便에서 종다리소래만이 大自然를노래하는歌手인듯이 軟한空氣를흔들며 淸雅스러

히들닌다。 나는그소래를滋味룹게들으며 힌모래유에오- 나의사랑하는사람아? 나는 지워지지면 쌔쓰고 쌔

?」하고 글씨를쓴다。 그러면 몰여오는물결은 그글씨룰모다지워바린다。「永遠의새世上이며 쌔쓰고 쌔

쓰고하면서 이와갓흔世亂을여러번繼續하엿다。 그는두손에 써리야를 가득히쥐고 웃는우슴에 눈을반싹이며 나의목을안을듯시 달녀드러온다。 그러나 그것은幻影이다。 그는數萬里바다저便에잇고 나는九龍江한모롱이에잇다。 그사이에는 水陸十萬里의멀고먼길이가루막혀잇다。

「나의사랑하는봉선이여? 나는당신을잇지못하나이다。 나의金存在는 오직당신에게잇소이다」 하고그의준片紙들생각한즉 죽고십게그가보고십헛다。 나는화닥닥일으시며 「아○○○이여!」하고소래를질넛다。 그리고본즉고은하든벌판에 큰波動이일으며 이편모롱이서 저便쪽싸지 「웅―」소래가擾亂히난다。 합세온月城君은

「先生님? 그누구를그리野端으로찻슴니까?」

하고 나를異常스러히드려다본다。 나도갑작여붓그러워젓다。 그저「심々해서…」하고 대답하여바렷다。 그리고본즉 참말섬々하여바렷다。 나는저便를밧에가서 풀을만히써드다가 조고마한풀배를만들고

　　아름다운녯날의
　　사랑의꼿을피우신
　　오― 金눈꼿氏여?

하는글싹을써서 그속에녓코 물어씌엿다。 배는물결을싸라 둥실〜써나려간다。 바람 이배눈어대싸지 갈가? 하고 나는싱각하엿다。 淸川江를나려 黃海水에들어가 太平洋을건너가리라하엿다。 그러면 그이가 이글싹을보겟지하엿다。 그리고본즉 空然히녯날싱각만 다시가삼에살아나며 그림은마음을禁치못하게한다。 이제부터오년전 첫가을丹楓이붉으려할째 그와합세明沙十里의海棠花를 求景갓든것이생각난다。 그리하고 파 이제부터四年前 에느진봄어나날에 그의손묵을마조잡고 三角山의丹楓을 쎅라가든것 이생각난다。 그리하고 숨갓흔 將來를너야기 하든것과 사랑의단숨을못이저하든것 이눈압헤아룸아룸活動寫眞갓치낫타난다。 그리하고그

더나 밀경은그와한께덛니그나것피야 秦國秋間제풀붖쳐 寂寞과蕭野로 저녀가된것을 스뎌하엿다。요

텬지讀昏이어뎌 온西便하날을뜩바라보고 처랑히 노려하고 달그림자가 시내ㄱ료므 눈뎔밧아뎌 곤자散步하

눈只수의 의물을싱각하고 갑짝혀울고싶엇다。 月城君어업스던 무운 노乙 한푸랑우뎌 스뎌하엿다。둘운

如前히찰수호호먀 죵다뎌 소러도만쳐져아니한다。 저便小金山넘오도 눈송어갓혼구름어 뭉기〜영키

여 貪스럽제피여오른다。

나는다시 世上여사당이무엇어며 富貴가무엇어며 理想어무엇어냐?

靑春을잇기느냐?

그것도오는얼날여

한조박흙뎡이!

꿈갓혼生의날후여

무엇을세우다는가?

엄퇴! 虛쑈!

어쇽에갓쳐어는

네의일홈을가다쳐

사람이라고함을……

하는쎈드래드의詩아말노 人生의眞面을貫徹한金言이다하엿다。 世上이무엇어며 人生어무엇인가? 웨나

는살며 무엇을위하야사는가? 數億萬의녯사람은웨사랏스며 數億萬다음사람은웨살아가는가? 世上운뭄

이다。 人生운그림자다。 쏫도모르고 意義도업서 나는그제산다。 그더면서도 世上운웨님을죽어고 세앗고 숙어고하

다。 톨스도이의 自殺〜 l한말도 거것말이안이다。 그더다가 그만靑山의一抔土도 다간

는가? 잘살면얼마나잘살며 못살면얼마나못살것다고? 刹那에서낭악낭악가 刹那도업서저는一生이아니

는가?

하엿다。 空想을한참하고보니해는漸々西山에기우러지랴한다。 沐浴을맛치고 城內로 開하엿다。

藥 山 東 臺

그다음날아참이다。 해는아직써지아니하고 蒼白한아참烟氣가 城內에자옥하엿슬째 嚮野君、 月城君、 鮮烈君四人은 頂臺로向하엿다。 아— 藥山東臺! 나는임이그일홈을둘은지가오래엿고 쓰는小金剛이머는別名이잇다합드나。우리一行은저녁〜헌이슐이물우에써러저 방울방울구슬을일운草路를지나고 파란물결이철々々自然의오게스트,도을演하고잇는시내물을건너 於焉間山路에臨하엿다。 비록三伏炎蒸이지마는 일은아참이오 쓰는樹木이만흔곳이라。 淸凉한氣分이가삼을쎄르는 시르르松葉을울니는바람소래는 永遠의하—ㄹ에서소사오르는그무엇인듯이 神秘와幽陰의맛이잇스며 밤쑴에쎄셔로히일어난山鳥의소래는 어린아가씨의어머니를부르는목소래와갓치 貴엽고도쉬늘한맛이잇다。 우리一行은 或은압서고 或은뒤스며 잇기(苦)와자갈들이 서로엉키인몰길(石徑)을밟기시작하엿다。 제各其自然美의 썬세는 그의情緖가動하지안코는 마지아니하는모양이다。 單調한목소래로「아— 景致가조흔걸」「滋味잇는곳이다」하고부르지젓다。 그後에는 모다고개를숙이고 다만步調를急히할뿐이다。 모다山의靈氣에 精神이환홀할모양이다。 한참동안이나말이업섯다。 그러자 天柱寺에當到하엿다。 別로히景致의조흔것을아지못하겟다。 뒤에는 萬樹松林! 압해는 南將臺! 그리고左右에는山岳! 欄干에걸처안저 四圍를돌아보니 아직도아참烟氣에잠겨 맛치쑴속갓흔世界를만들어노앗다。 싸가지고온菓子를먹고 한바탕 벗날의實을말하고園가淸閑합은 이곳에쉬다리를조곰쉬이게되엿다。 바람이쉬늘하고 四잇는右城을엽해세고 흔르거늘이흔들너는松林田을지나 한참을나가니 於焉間조고마한城門이것이藥山의南門이라고한다。 이城門을지나셔얼마나가니 아— 宏壯할사 이곳이藥山의ㄹ이도다。 四面

四五間되는正方形山頂에 넓다란盤石이 노혀잇스니 이를 東臺라하며 그 盤石네귀에는 冬々詩…

대。

大陸群山沒　　天下有名臺
長空一帶來　　人間無比石

이라하엿다。그러나 그中「大陸羣山沒」의 한쪽은 저편낭롱으로써러젓다。그理由는 들으랴하야 도들으랴하야 귀가업는지를「天下有名…」…

편싸에업더러젓다。殊常한멧낫의 鐵釘자욱이 시들스랴히 지나가는 비바람에 睄迷해질뿐이오。盤石…

들어도알수업스나 快然히일어서서 西南便을바라보앗다。아ー 이는 一幅의畵…

우레衣服을모다버서노코 샤쓰만입은채로

幅인가? 一點의錦繡인가? 九龍江一帶에서 濛々히일어나는 하얀안개는 구룸덩이갓치 이薬田의혀리…

물둘녀스며 그린하고 漸々저便으로퍼저서는 나의눈이닷는곳서지 흰눈헛갓흔일개天地를일우엇슴。그…

러나次々東山에해가쩌오름를쫏차 金물결갓은해빗이 그안개우에빗치며 맛처限업는 展開되기始作…

의月色이흐르는듯한光景을그려놋는다。그리하고 아지못하게챗춤々 그안개가사라지며 넓은… 三五

적은뫼이며 또는靑草가욱어진들과 百數이爛熟한田畓이며 其他시내와道路 가운대 電柱이林立한…

이제야이靈川은幻像을버서버리고 現實의正體에도라오는것이라하엿다。나는이아름다운景色에 그만정…

신째저저 한참동안은 化石갓치서서 夕景이조라오는것이 이景色에야할수잇스랴하엿다。내가活動…

寫眞을映寫할수잇다하면 이景色의千變萬化하는모양을撮影하야 世界各國으로도라만단다며 한바탕자…

랑을하고 십다하엿다。그와同時에 이와갓혼江山을背景삼고 生活하는우리사람은 참말幸福이라하엿…

다。某親舊의「朝鮮을써나보아야 朝鮮의江山을안다。滿州물갓다鴨綠江을쌈을쌔에는 아ー엇지도이…

갓치아름다운고? 참말如畵江山이로다」하고늣겨집데 다하든말을생각하고는 一層愛着心이생긴다。즉…

히手帖을쓰내여

101

눈송이안개우에
金빗헤는나리다
죽은듯潺々히
실々히사라지고
그속에는微風의흔들님
永遠의거룩한愛人을불너
聖신의나라를속삭이도다
아 — 안개의흔들님!
그제면! 하나바라만보고이순쩐이엿다。그러나無意識的으로「아— 참말조타」하는소래는졋곱어나볼
넌지아지못한다。所謂礦金流石이라는苦熱어라도 그곳에서는苦熱을잇처못끼고 凉風은가삼에불고
山氣는淸閒하야 果然사람으로하야금 美的意識과 詩的心理를感케한다。내가金剛山온보저못하엿거니
와 金剛山인들 엇지이勝景에야及할수잇스랴하엿다。그러하고 微朝山의日景과 라인江의夜色이 꾸며
썼스든의하는 即興詩를記錄하엿다。그러하고 一行온저번 南숙오도쓸과최봄을기엿다。곳에는 사람
도갓고 草木도갓고 듬생도갓흔奇石怪石이 작버러잇다。그러하고 盤石도보기조케쌀여잇다。그러나그
行이니 李某의 一行이니하는글자가만히삭어잇다。더구나 〔〇〇〇〕 〔〇〇〇〕此醫〇〇의일홈
盤石파물우에는 自然美를 捐傷케하는 沒常識한사람들의作亂어삭어잇섯다。곳金某의 一行이니 李某의一
론하날을限업시바라다보앗다。하날에는뜬구름이 둥실〜나다니고 四面에서는 松風의맑은소래가 쓴
은 가장보기조케 가장크달아케싹어잇다。나는보기를다하고 지便의싸른곳여잇는盤石우에홈자누어 푸
치지아니한다。더구나 無限大, 無限長의하날。 그一點의허도업고 흐렴도업스며 平和와自由로말하는듯
한그하날。 나는이와갓흔곳에서 하날어나바라보며 그徵心만코 더렴고 싸호고 죽어는이世上에 다서나

려 가지아니하엿스면하엿다。아ー 不公平한世上 사람을잡아먹는世上＋ 사람의피를쌜ㅣ…… 아

ー 나는世上이世上을새처바리고 自由롭고 平和롭고 公平한새世上을만들고십다하엿다。

다가 다시화닥닥일어나 나는舞蹈를하기始作하엿다。이곳이야말로 나에게安息을주고 憐憫을주는곳인

죽 힘써 춤을추워부다하엿다。네다리네활개를막두르며 興味잇게춤을추윗다。桃園仙人의춤인듯 녯날

希臘詩人의춤인듯 一便으로는우숨기도하엿고 一便으로는 意味도이섯다。아퍼로운世上을다버리고 自

然의生命과합세놀자！ 나는永遠과融和가되련다」하는 소래를愁心歌曲調르부르며 한참쉭놀앗다。그리

고본즉 一行은나를보며 撲掌大笑를한다。그만나는춤을멋치고말앗다。雪野君의督促에 그만藥山을둥

지 고門內로向하엿다。

103

客

（散文詩）

懷　月

104

客이여! 너는放浪者로다　너는漂泊者로다　苦痛과悲哀와　哀愁가　녀입에쉬석기여나오도다　색아。

오ー딴悲曲의피안오伴奏갓든　靜快하고　柔軟하고　그윽한만혼　旋律이셜이여나오는것갓치　너는노래

무르도다

客이여! 너는어듸느가랴는가?

그대의故鄕은어느곳인가?　客이여웨그더는슬픈노래를부르나?

「客」나는아름다운꼿츨차지러단임니다　그러나는꼿치어듸서　피는저는몰나요　그리하샤나는그꼿피

는　곳을차지러단임니다　그곳에나의故鄕이잇다고해요　내가눈물을　흘릴쩌마다ー그눈물이써러저

는곳에는　그꼿치핌니다　그러나슨으로써려고하면업서집니다　그러면서그꼿치하는말이ー

「꼿」그대의故鄕에가서　나를차지라

「客」나는　저구룸파갓치흐르넘니다　그구룸빗치붉음니다　아마그꼿의빗치비최는것인것갓해요

나의故鄕은모름니다　ㅇ그러나ㅇ나는ㅇ그리로가려ㅇ고나섯슴니다……

客이여! 너의머리우에그대가찻든꼿치　핀것을모르나! 바람에불려　花瓣이날이도다

客! 客! 그대의故鄕을찻거든일으라!

하날의饗宴

太陽은地平線을넘을쩌　軟한微風은大地을덥허나리도다　힌구룸들은　붉게빗치도다　멀이호로는구

톰시 가에서　고기잡는 女神의 炬火의 빗치 그윽히 비치는도다　그는 만흔고기를잡어가지고　葡萄酒의 붉

은잔울 地平線우흐로　벌여 노앗도다、

「饗宴! 女神의 饗宴! 주린나의 배에 그대의고기를먹이시오　그술울마시게하시요」

그는　술에 醉하야　너른하날가흐로 빗을거리도다、

술잔은다 쌔트러지고　그의 饗宴은 검은幕으로덥흐려 할쌔　그푸른닷의　치마자락을 나리멸흐면서 춤추

는　어린女神이 노래하도다、

아! 女神이여! 나는굴머죽으랍니까!

「女神」저宴會의 幕이닷친뒤에　내웃자락밋해　어린시내의 精과　쎄는旋律의 香氣를마시라!

써러지는　저녁宴會에는못갈쌔요?

「女神」우리는　그되를무서워하노라!

그쎡에　나의周圍에는거문幕이나를싸버리도다나는　거문獄속에서　울기만하도다。

離別한後에

나의出發하 든날ー그쎡에일을生覺하니　나처럼미련하고　못난몸은업도다　爲先詩를가지고나의煩悶

의불을쓰랴한다　離別한後에ー回想하는그쎡에　離別하는그쎡에遺憾은古수이갓혼것인게도다

獨逸詩人하이네 (Heine) 의詩中에쉬하나를보면

슬푸게저들은손눈서로잡고

두사람이헤여질쎄에

그들의눈물은　흘너나리고

105

그의한숨은 쉬일줄을몰으도다、

우리는울지도못하고
말할것도 못하엿도다、
그러나、그 한숨파우름은
허여진뒤날에야 울어나오도다。

（하이녜）

아!참말이다!나는내가남의離別을볼쩌 그들의눈물파그들의한숨을아틀답게보앗도다 그러나내
가허여질쩌에는 모든親友나愛人에게對하야 그離別하든瞬間처럼無意味하든쩌는업섯도다 손을잡고
서로물그럼이볼쩌 하고십흔말 물고십든心懷와情緒를한말도못하고그냥허여젓도다 그러나 허여
진後날이갈수록깁히박힌悲哀가풀여나오도다 그리하야나는「웨?그쩌에나의生覺하엿떤것을實現치못
하엿나할쩌나는이런詩를지엇다

──── 난호인後에 ────

아!달빗치흐르는밤ー
香氣나는이슬이 나무입새를化粧시키는밤ー
느진버레소리가 꿈길을취도는
찬바람이 부러오든그날밤ー

아!나의어리석음이여!
내가녀의손을삽붓잡을쩌
웨 나의눈에서는 피눈물이아니나왓나?

106

웨 나의가삼에서는 °°° 불한숨이안이나왓나?

그러면 너의손에내입을대이고
난호이는 입마춤을마춀쩍
녀의손은 붉게물드려지고
녀의손은 사랑에탈것을—°

그러나 난호일쩌는
차듸찬 한숨파더운눈물뿐으로
남모르는 슬품으로
마음태우며 허여지도다

淸潔한鍾소리가멀—이퍼지는뒤로
그윽히들닌다가 업서집갓치
우리의 더운키쓰°가식게될쩍에
새로운 눈물을쑤리지는말어라!

아어리석은나의난호임이여!
그러나 너외 가삼속에
눈에안이보이는 흰月桂花의가시를보라
업서지지안는 月桂花의가시를보라!

107

네가 그 情表의 못을 쎅으려하면

네손을 가시가 찌르리라

그러면 너는나의 옛날나의 입마츰을生覺하리라、

아! 나의어리석음이여!

나는이갓치붉엇다 난호일쩌에는 無言이엿쓰나 그無言한그가온더 强한찌르는듯한暗示의가○시가난

호이는쎄에 美로다、

아! 난호임이여! 어리석음이여! 그러나사람모르는 智慧가그가온디잇도다。

Craze melody

밋친曲調! 휘도는旋律의쩨는쌔이오린의軟한 音線이여! 너는너른大地、푸른樹林、고요한 물새로

가을하날、저녁烟氣가기여쎄도는것갓치、살々기여돌도다、밋친曲調여! 너는

지는소려갓치號咞하고 밋친듯시 휘도는曲調여!

너의 날개우에는 우룸의눈물파가삼타는한숨을 언고 하날놉히 쎄돌도다 나의눈물쎄거너의날

개우에언쎄 나의숨겨지 너의가삼에안쎄가거라!

方方谷谷、너른大地、푸른大洋으로단이면서 모든女神들의게 널이宣傳하여라

밋친曲調여! 어둔람 波濤이는바다의女神의怒濤를 平穩게하고그돌을울이라、

樹林에쎄 彷徨하고橫行하는 樹精의눈물을밧으라、

나의라는가삼의북을네이마우에언고어둠닙흔 大地을 빗치며 돌아단이면서나의불을宇宙로宣傳하

라밋친曲調여! 소리질으며 돌아단이라

가삼문어진 女子가어둠에쎄迷路할쩌에 내가삼의불을 빗치여주라!

밋친曲調여! 크레시 메로되여!

迎春柳

치리코프 作

憑虛 譯

아아 어쩌케 香氣롭재도 봄아츰일죽이 개나리(迎春柳)가 웃겟지요! 해는 아직맘고서 놀한배

그윽이살우거도안코코 밤의못파풀에서 이슬을녹이지도안엇술떡에!

썰은시절 언의식전곡두이엿습니다。 나는 어엿부고다정한小女와함쎄 郊外를散步하다가 돌아오

는길이엇습니다。 快活한세들모양으로 우리들은 조그마한배(舟)에쒸뛰여오르자 둘式々々난호아

재各其고혼이를다려다주랴고 길어금에셔 셔로해여젓습니다。

혜가 막 오른쩨이라 그黃金가른빗줄(光線)은 敎堂의둥근집웅파十字架와 놉혼집물人창우에번적々

수빗나고잇섯습니다。 긴거리는 오히려寂々히셔늘하며 집々의窓들은 말금盜웟장에잠겨잇섯습니

……。 그盜아뤠엿잇는이들은 모다 오히려 깁혼잠에자々고잇습니다。 우리들의발자혀人소리는

일혼아츰 고요한가운데 소리놉히둘리고잇습니다 ……그윽하게 못(釘)박은한놉혼집물담안에셔 이

술저준여론자지빗한송이와 흰그것이오지조지발편개나리몇가기가 무겁다하는듯이 희느러저잇섯습

니당。

아아 이상하기도 봄아츰일이 개나리가웃코잇겟지요! 당신이 갓스믈이쩨 펄닥말나하고 어

엿부고다정한小女와나란이걸어가면서 눈파눈이마조치는쑥쑥 우슴파우슴이마조치는쑥쑥깃브겨몸을

쩰그떡여……

「나애재저개나리人꽃한가지쎡거주어요……」

우리는 거름을멈추엇슴니다。 당은 밋글하게놉효고 째다그우가에는 쎄죽〈못(釘)조차박히엇

슴니다。 쏫만히피인개나리가지를 집행이로걸어서그라던것은 첫애에돌아가고말앗슴니다...... 개나리는

우리물에 香氣로운이슬을비ㅅ발모양으로쓰다나리(降)엿슴니다......

「한가지라도 조화요......」

「힌것말이야......」

「옹......으웅으ー보라비치조화......」

나는 다정하고어엿분少女를爲하야 개나리를훔치랴 만은 나는그런줄도몰랏나조금도쓸짝뒤저안엇슴니다。少女는......깃분듯이 혜죽웃

나의팔은 녹실린못에 쓸키엿슴니다。 내몸을犧牲하야담우에거여울돌닷슴니다。少女는 그를爲하

나의머리는 香氣가넘우强한째문에 저절로돌리여엽흘向하게되엿슴니다。......나는 그를爲하

고잇섯슴니다、 나는小女개아츰이슬을香氣로운비(雨)처럼나리쑤리엿슴니다。......

야꽃이피인개나리란개나리는모다、 힌것이든저보라(紫)의것이든지 써그라고하엿슴니다。......

「고만거써요......」

나는 勇士모양으로 담우에서펄적뛰여나리엿슴니다。 질겁고愉快한사랑을먹음온눈은 말업는感謝

로써나를向하여벅적이고잇섯슴니다。

「이것은당신씌......저어......記念이야......」

그는 고만입을다문엇슴니다 그살쟉품어진얼골을개나리속에숨기엿슴니다。

「記念? 무신?......」

「오늘아츰人散步의한記念이여요...... 개나리의 ......그리고또그것이어쎄케싁전쫙독부려이상하게

도웃섯다는 ......」 하고小女는 나의얼골에그저준개나리쏫롱치를다긔엿슴니다。

「여보 손을어찌서요? 피가나나......」

그제야처음으로나는내팔목에피가감초인傷處가잇슴을보아알앗슴니다。

『압허?』

『안이야…… 이亦記念이야……』

小女는 나에게조고만한명쥬手巾을내여주엇슴니다。나는 그것으로손목을동쳐메엇슴니다。우리가 거름을멈추고

눈

作別할쌔 小女는그手巾을도로차젓슴니다……。

사랑하는女子의名譽를爲한싸홈에負傷한勇士처럼발길을옴기엇슴니다。그리고

『나를추어요……』

『안이。이것은 내가가질께야……記念으로……』

나는주엇슴니다。讓步하엿지요! 그手巾은 발써나의피로샛밝갓케물은들지안엇겟슴닛가!……

아아 그러나 人生이란녀절한散文은…… 그것은언제든지우리의生活을干涉하여우리가저써만碧落

의푸르고놉흔곳에날아오르랴고몸차림을하자말자 싹그瞬間에우리의나래를쎗고마는것임니다。

나는 눈에 마음의누그러짐과幸福의비츨쯰우면서 부들부들쎄는 가늘은小女의손을쥐고가섯슴니다。그것

다。그리고다못몃秒라도 써남을쇠을고십허서눗치안엇슴니다。나는 쌤에紅潮가밀탄 半만개나리의

한몽치에갈리여그는小女의얼골흨을쇠 물럽이바라고고섯섯슴니다。그리고어찌醉한듯심헛슴니다。그것

은개나리의香氣쎄문인지 쓰는小女의밝은쌤과두런두런한눈쎄쌔문인지그어느것인지알수업섯슴니다。

……넘우만히잔잔에다린듯한門직이가비(箒)를들고나오앗슴니다。그리고머리뒤를극적々々하면서이

런말을하엿슴니다。

『어이구 도련님 바지가쎄젓군…… 수어메야되겟는글……그것은안된일이

나는 뒤를돌아다보앗슴니다。小女는쥐히어잇든손을쎅처 소리놉히우스면쇠동산저편으로달아나고

말엇슴니다。

111

그는달아나고말엇다 웬일일싸? 여보 아범 지금무에라고하엿는가? 멋치지나안엇는가?」

門직이는 仔細자세 그 理由를說明해주엇습니다。

「못에걸친나봐!……… 안된일이어………」

나는 내옷을보왓습니다。그리고羞恥와凌辱째문에얼골이빨작 나는듯하엿습니다。…… 참

나의힌개나리꼿테누가춤이나바왓혼듯하엿습니다。나는 가만々々이집으로돌아왓습니다。아츰人

祈禱鐘이울엇습니다。오히려드물기는하지만 길馬車가鋪石깔닌길을닷고잇섯습니다。門이열리엿습

니다。……歷世의生活이시작되엿습니다。……

지금썻그일흔봄人아츰이 이치지안습니다。……못박이한담과 척드리인개나리의茂盛한가지와

香氣로운이슬의瀑布와 보라빗과해비처개나리꼿안에서 내여다보고잇든小女의어엿분얼골이 이치지

안습니다。

그리고서 지금도오히려 나의귀에는 幻想과봄아츰의香氣를조치인그사나운門직이의소리가들리엇

니다。

아々 어쩌케 이상하게도아츰일죽이개나리가우섯겟지요 해는 아직개나리로부러 이슬을吸收처

안엇슬째에 그리고당신의나히스물밧재더만되고 당신꾀나란이다정하고그엿분小女가서잇든그째에—

………

(끗)

꽃 피려는 處女

春 城

復活主日저녁날
소래업시깁허오는밤빗아래
스러지려는아참노을갓흔
파란烟氣몽키인電燈빗이
大理石聖壇우에
호르고호르고자최업시흐를째
아!　엔젤갓흔二人의어린處女!
그의목에씌우러오는쏠로의멜로듸는
무룹쑬고고개숙인潺々한空氣를
限업시흔들고、그만스러저!

멜로듸는스러지고
空氣는잠자며
그리운듯、붓그러운듯
마지막붉히는
어린薔薇의빗고흔微笑!

113

오! 그는누를위하야
녁가삼에피여오르는
貪스러운쏫으로도
사랑의花環을만들야는가?

쏫이핀다
香氣돈다
오! 眞珠담은녁가삼에
四月의微風의새音樂넬쩨
녜품에안진한마리나븨는
醉한꿈에서쌔지못하고
쏫布帳아래가루누어
「無限의銅像」을그리겟다고

　　달　밤

달빗이써러서
뜰아래호르며
바람소래가말업시울ᄯᅢ
窓밋혜서잇는나어린處女!
새하얀가삼에숨겻든님을!

눈압혀다시금불녀내여
두손으로 힘셧부더안고
아양에몸부림한참하다가
볼붓는키ー쓰에그만넘어저
오! 이슬갓흔애닯은눈물을
애츠러히치마에적셔바리당○

115

사 로 메

(全 一幕)

(SALOME)

OSCAR WILDE 原作

朴 英 熙 譯

116

登場人物

헤로드　猶太王

요가나안

검은시리아人　一豫言者

지길이누쓰　近衛의大尉

깐바쏘시아八　검은羅馬人

누비안人

第一兵士

第二兵士

헤로되아쓰의侍臣

猶太人、나자렛人數名

奴隸數名

다아만　斬首者

헤로되아쓰　獨太王의王妃

사로메　헤로되아쓰의딸

사로메의奴婢數人

舞　臺

혁로드王의宮殿안에 큰高臺○ 그高臺에는饗宴室이連하여잇다○두어명의兵士들은欄干여의지하고서잇다○오든편쪽에는莊嚴한階段

이잇고원편쪽에는靑銅으로안을잔쒯날오린된우물이잇다

달은아름다웁게빗치인다○

젊은시리안人ー오날밤에는사로메公主가엇더케저러케이아릅다운지몰나!

해로듸아쓰의侍臣ー아ー저달을보시요 이상하게도보이는구려 무덤에서쒀여나온女子와갓소구려 죽은女子와갓치보이오무슨죽은물건이저달속에잇거은안이한가하고찻는것과갓치生覺

이되는구려.

젊은시리안人ー저달을보시요 엇더케저러케이상하게보이는지요 누룬빗「베일」(面紗)룰쓰고銀

헤로듸아쓰侍臣ー죽은女子와갓소 참으로천천이움즉이는구려!

(饗宴室에서쩌드는소리가나온다)

第二兵士ー그것들은猶太人일세 저들은어느쩌던지저러케쩌드는것들이나싼!○저희들同志가

모허서지금宗敎에對한議論을하는것이저모양이라녜

第一兵士ー저기서는웨저리쩌드는지! 저러케악을쓰고짓는것은 뒤쳐어듸즘생이야!

第二兵士ー나야알수잇나 저희들이밤낫저러케하는것을。 가령말하면 바리새敎徒는天便가잇

第一兵士ー쏘ー밤낫宗敎에對한議論은해서무엇을해!

다고하면사두개、 저럴이가엽다고해서쩌들게되는것이지!

젊은시리아人ー오날밤에사로매公主에아릅다웅이여! 엇더케저러케이아릅다운지!

117

헤、료、되아쓰의侍臣ㅡ어ㄴ써던지大尉는公主만보시는구려！너무公主만보ㄴ구려 그러케사람을롭시보는

것은危險한듸ㅡ무슨무서운일이生긴는지도몰나！

젊은시리아ㅡ

第一兵士ㅡ人ㅡ오날밤에公主은참으로아람답게보이는구려。

第二兵士ㅡ엇더한가보게 王씨서는陰氣가찬顔色으로게시이그려。

第一兵士ㅡ참그러하이 顔色이근심스러운빗츠로게시이그려。

第二兵士ㅡ무엇인지熱心으로보시는것갓드이。

第一兵士ㅡ글세누구인지熱心으로그이만보시는것이。

第二兵士ㅡ딕체누구를저러케보시는지아나？

第一兵士ㅡ나역시알수잇나。

젊은시리아ㅡ人ㅡ公主는웬일르얼굴빗치저러케햇今한얼굴은당초에본일이업

는듸 恰似히銀거울속에빗치는흰薔薇꼿과갓구나！

헤、로、되아쓰의侍臣ㅡ그러케公主만보는것은좀그만두는것이 좃켓소 너무보는구려！

第一侍臣ㅡ公主씨서는지금王의술잔에술을붓는다。

갓바싸시아ㅡ人ㅡ저眞珠로싹이인검은帽子을쓰고푸른紛을머리털에쑤리고잇는이가헤、로、되아쓰王妃인가？

第一兵士ㅡ그러이 그분이헤로드王의王妃 헤로뒤아쓰라늬

第二兵士ㅡ약주들즐기시기썩문에 세가지술을잡수신다늬 자지빗치나는것이지

갓바싸시아ㅡ人ㅡ나는羅馬皇帝의 소매를본일이업서

第一兵士ㅡ그리고쏘한아는 羅馬皇帝의 사이쑤라쓰라는동내에서가저온것인듸 그것은黃金빗이나는것이

갓·바·쏘·시·아 人ー나는자 지빗치 第一조혼 빗처야。

第二兵 士ー그리고셋재번에 솔은시·시·리·섬(島)에쉬가저온것인더 피빗처럼 異虹빗이 나는것이다

누·비·아 人ー우리나라의神들은그피(血)를썩조화하지 그리하야一年에두번식온우리가아람다운
사나희와아람다운 여편녜들을그神에게밧치는法이잇다네。五十八의젊은사나희와
百사람의여편내를밧처는더 그래도그것이滿足치못하여서 神들은우리에게퍽 쓰
린待遇을한다고하데。

갓·바·쏘·시·아 人ー우리나라에는神들이업서 羅馬사람들이와서모다쏫처내버렷지 그리하야그神이山
속에숨어잇다는사람도잇지만 나는참으로밋지는안이하녜 그래서 나는요세이三
日三夜를두고山속에이리저리차젓쓰나 그러나神은만나지못하엿네 그제나는쓰큰
소리로그神을너도보앗지만 나오거도안이하데 그리하야나는모도神들이죽엇거
니하고잇네。

第一兵 士ー猶太人은아모사람에게던지불수업는다만한나인하나님을禮拜한다는데?

갓·바·쏘·시·아 人ー나는그런것에는알수가업서。

第一兵 士ー안이참으로猶太人은아모사람눈에도불수업는것을섬긴다고하데。

갓·바·쏘·시·아 人ー그런이야기는 우리에게는어리석은이야기가안인가?
요·가·나·안(豫言者)의소리ー나의뒤에는나보다偉大한사람이오리다 나는그사람의신(靴)끈을풀기도敢當
치어럽도다 그사람이울때에는荒蕪한들파土地들도 길북의소디를부르리라
薔薇花와갓치香氣잇개쏫피리라。 장님(盲人)도혀을보겟고。귀머어리도소디
키어려우리라

119

가물리리라　젓먹는어린아해는그의손을龍의굴에넛코　獅子의갈기을잡고마

음되로다리고단이리라。

第二兵　士ー저것을써물지못하게하쟤　밤낫저놈운운어리석은말로만써물어！。

第一兵　士ー안이안일세　그는聖者일세　그리고쏘한매우溫和한사람일세　날마다내가　飮食을
가주고가면어느써던지나에게禮을하데。

갓바쓰시아人ー딋채그것이엇던사람인가

第一兵　士ー그는豫言者라하데。

갓바쓰시아人ー일홈은무엇이야？

第一兵　士ー요가나안이라네。

갓바쓰시아人ー어느곳에서왓다든가？

第一兵　士ー沙漠에서왓다데　그沙漠에서풀벌파蝗虫　이룰만잡어먹고살엇다데　그리다가나을
써에는路駝털옷을입고허리에가족씌룰쯰고ー참보기에도무셧데。만혼사람들이어느
써던지그의뒤를쌀으며단인다네　그의弟子셔지잇다데。

갓바쓰시아人ー公主는붓처로얼군을가리엿구나！고적도흰　손이하날로날라가는흰　비달기갓고나ー

第一兵　士ー안이되네。그이는王씌셔안조嚴禁일세。

갓바쓰시아人ー그것、엇던사람인지좀보앗쓰면좃켓네。

第一兵　士ー나는아조몰나！셔々사람을脅迫하는것갓튼말을하지만　무슨말인지한아풀으겟데。

第一兵　士ー적고흰나뷔와갓다　恰似히허적고흰나뷔와갓구나ー　펄펄날으는것갓고나！안이다ー

헤로듸아의侍臣ー그러니엇저란말이야요？웨大尉는그公主만저러케보시요그러케보아서는안이될걸
요。엇더른무서운일을는지모으니싼ー

갓바ㅼ시아人 우물을가 (라칙면서) 그것참이상한獄을세그려。

第二 兵士ー그것은옛날우물이라네。

갓바ㅼ시아人ー옛날우물이야! 그속에드러가면毒氣가잇겟네그려…

第二 兵士ー안이그럿치도안타네 요마적에王의형님 지금해로되아ㅼ의남편이저속에서열두해

동안을갓치섯섯스나生命에는별르關係치안엇섯네。

그리하야열두해지낸뒤에는그여히絞殺되고말엇다네。

갓바ㅼ시아人ー絞殺? 누가죽엇서?

第二 兵士ー(絞殺을한ㅅ人을가라면서)저사람이라네「나아만」이다고부르는。

第二 兵士ー그사람은무쇠웁지안엇슬셔!

갓바ㅼ시아人ー아ー그사람은무쇠웁지안엇슬셔!

第二 兵士ー王쎄서그사람의걔반지를주섯다네。

갓바ㅼ시아人ー무슨반지?

第二 兵士ー死의반지라네。

갓바ㅼ시아人ー그럿치만王들絞殺하는것이안이무서왓슬가?

第一 兵士ー엇시해서그래? 암만王이라해도普通사람과갓치 머리가한아가안인가?

갓바ㅼ시아人ー나는참말로무서운되ー。

젊은시리아人ー公主는지금일어낫구나! 卓床에서떨이뻐려저게시다. 무슨걱정을하시는것갓지보인

갓바ㅼ시아人ー다아ー이리오시네 웨저리얼둘이햇속한가ー 저럿케햇속한얼플은前에본일이업는

젊은시리아人ー公主를그러케보아서는안이되여요 나의請이니제발좀보지마시요。

헤로되아ㅼ侍ㅁ보ー公主는길에서헤메이는비달기갓치보이는구나 바람에훗날이는水仙化갓치보이네。

젊은시리아人ー公主는銀花와갓구!。

사 로 메 (사로메登場)

메ー나는 마음고 요하개 잇슬수가 업서서 고요한것은실여 웨王섹서는 저썰고잇는눈겁질 속에서 두더지와갓튼눈으로나를작고만보는것은저몰나! 나의어머니의配匹어저럿케나 보는 온 상한일이야 웬일인지몰나 아니다참으로나는너무지내치개알엇다。

젊은 시리아人ー殿下는 저宴會에서나오섯지요?

사 로 메ー참으로이 워하고마음이조화지녜ー여긔서겨우숨이쉬여지녜 저宴會의자리에 는여루살넴에서온猶太사람들이잇서서 어리석은宗敎의議論만귀가압호게들고잇 서 그리고또野蠻人들이잇서서 술을마시고또마시고 마루우에다술을토하고잇셔 스미루나에셔온希臘사람들은눈과쌩에는化粧을하고 곰수머리를틀어올이고 말은 말(馬)과갓튼 손톱을김게기른褐色옷슬입는埃及사람들은 가만히안저셔잇고 좀 생파갓혼羅馬사람들은함부로써들어 아ー나는羅馬사람은보기가실여 죽겟서 禮儀도

젊은 시리아人ー殿下나오시지안엇슴니쌔?

해로듸아쓰의侍臣ー웨公主섹여러가지말을못치시요? 참으로도려운일이나업섯쓰면좃켓지만ー웨 그러캐公主만보시요?

사 로 메ー저달을보는것이第一조화 달은적은貨幣와갓해 적은銀쏫과갓 하고나 아ー쑉處女와갓구나 決코自己를더럽힌일이업셔 다른女神과갓치 自己 의살을다른사람에게맛진일이업다。

젊은 시리아人ー人子는갓가히오시도다 (註ー人子는耶穌卽敎主를뜻함ー聖經參照ー)사람의

오가나안의소리ー보라! 님금(을뜻함ー敎主)이오시도다。人子는갓가히오시도다 머리馬侍의센다로스는내물가운듸숨엇도다 님뮈는 내에서나와山林속落葉속에무

더버러도다。

사 로、 메— 저럿케크게소리질으는사람은누구의소리야。

第二兵、 士! 殿下 그것은豫言者이올시다。

사 로、 메—아! 豫言者王씌셔무서워하는것이저사람이냐? 그러나如何間저 크게소리를지르는것은豫言者

第二兵、 메—아! 저이들은그런일은몰음니다 그러나如何間저 달의景致가썩조흠니다。

사 로、 저떠로나가시면

젊은시리아人、 가마를가주고오셔요?

사 로、 요아! 가나안이올시다。

第二兵、 士! 殿下 저이들은무어라는지 당최 알수업슴니다。

사 로、 메—그럿라 저사람이나의어머니에게對하야서무서운말을한다。

젊은시리아人、 메—저豫言者가나의어머니에게對하야무슨무서운말을한다。

사 로、 메—나는다시그자리에는안이간다。

（奴隷登場）

隷 로、 隷—殿下 國王씌셔殿下를도로宴席으로오시랍니다。

젊은시리아人、 人—殿下 암만그러허세도 만일宴席에도로가시지안이하면무슨일은업슬싸요?

사 로、 메—그豫言者도로가시는것이좃켓슴니다。 황송하오나 제가引導하겟슴니다。

젊은시리아人、 메—그豫言者는老人이드냐?

第一兵、 士—안이올시다殿下 조젊은사람엄니다

사 로、 士—젊게는보이는듸 그는 엘리아（註—엘이아는여러百年前에）가다시왓다고합어다。

第二兵、 메—엘이야는누구이야?

第二夛
士—엘어아、、는이나따의오디前에豫言者이엿슴니다

奴가나안소
隸—殿下國王쎄가셔는무엇이라고말삼을엿줄가요? 리—바데스쟈나의쌍이여！너룰싸리는곤장이붙어젓다고즐거워말어다。그
는龍이나오고　그의색기가나오는세룰잡어먹오더라。　殿罷의앞에쉬

사로
士—메—아！참으로新奇하고이상한소리다　나는저사람파이약이가하고십다

第一夛
士—殿下그것온어렵슴니다、陸下쎄서는저사람파는이야기가하는것을禁하섯슴니다、祭罷맛
론首領쎄지도禁하섯슴니다。

사로
메—나는엇더햇든지그사람파이야기가하고싶다。

第一夛
士—殿下—그것은宴席오므로도라가시는것이더조켓슴니다。

사로
메—나는그와이야기를해보리라。

사
士—殿下—그것은할수업는일이올시다。

꼶은시리아人
메—안이다—안이다。그豫言者룰이리떼려오나라。

사로
메—안이다—안이다。그豫言者룰이리떼려오나라。

(奴隸退場)

第一夛
士—殿下　저이들은할수업슴니다。

사로
메—(우물로갓가히가서아티룰드려다보고)아！캄캄하다。이럿케어두굴속에잇는것이엿더케무서울가　무덤속
파갓구나(夛士에게)너희룰에게는나의말이안이룰이느? 가서豫言者룰다려고와—나
는그와맛나불러이다—

第二夛
士—殿下　그저그것만은할수가업슴니다。

사로
메—너희들이다뤼고울려어샷에서기다리란말이냐?

第一夛
士—殿下　저이의生命은殿下쎄밧첫슴니다。그러나지금말삼하시는그것만은저이룰에게

는한슈가업슴니다。第一 저 이들에게말삼하신것은안이서겟지오?

사、로、 메ー (젊은서라아ー) 아！

해、로、되、아、쓰、의侍臣ー (사운봄) 아！ 엇더케될일인가！ 쑥무슨일이날러이야！ 나는쑥그豫言者를한번만보면그만이다 너는나의말을들어줄려이지? 나타보쓰야！

사、로、 메ー 쩌말삼을하시드라。王쎄서는그사람을두려워하시면라 너도무서워하니? 나타보쓰야！

젊、은、시、리、아、人ー 저는누구던지무서운사람은업슴니다。그러나王쎄서는그사람이여러가지로말을을하고王쎄서도 무서워하시기를누구던지이우물의 쑥개를열면안이된다는殿重한命令이계시니선

사、로、 메ー (어엽오묘가서) 나타보쓰야！ 너는나의말을들어줄려이지? 너는실타고할려는업겟지?

젊、은、시、리、아、人ー 殿下 암만그러케말삼을하시드도 그것만은고만두십시오.

사、로、 메ー (微笑하며) 너는나의말을들어줄려이지? 나라보쓰야！ 나를보아라！ 아！ 너는나의말을들어주겟지? 너는쑥들어주겟지?

젊、은、시、리、아、人ー (가라쳐면서) 그豫言者를다려오나라！

사、로、 메ー 아！

해、로、되、아、쓰、의侍臣ー 아！ 달이이상하게보인다 帳幕으로自己의몸을가리려고하는죽은女子의손갓치보인

젊은시리아人―참으로 달은이상하게보이는구나。恰似히琥珀빗눈을가진적은女王파갓구나! 열분구룸속에서내다보는女王의얼굴 생글생글웃고잇도다。(註靑者는우물에서나온다 자도메)

요가나안―罪의술잔이넘치도록술을분 그에어느곳에잇느냐? 銀도포를입고얼마뙤지안이하야百姓들압헤서 죽을그는어느곳에잇느냐? 그에케命하노라 荒蕪한들에서도―王宮에서도―부르지지는소리를들으려다나오라!

사로메―메―저사람은누구를말함니까?

젊은시리아―안―그것은아모도몰음니다。

요가나안―안―벽우에그린사나희의그림자를보고 彩色한갈데야사람의姿態를보고淫亂을이리켜서 갈데야나라로使者를보낸그女子는어느곳에잇느냐?

사로메―메―우리여머니에對한말을하네。

요가나안―안―確實이우리어머니의對한말이다。

사로메―人―안이울시다。그런일이잇슬듸가잇슴니싸。

젊은시리아―안―허리에서빗나는칼을차고 머리에서번적이는갓을쓰고 앗시리아隊長에게 金창載)과 몸을허락한女子야어느곳에잇느냐? 아람다운麻布에 히야신스石를번적이면서 金甲옷으로쑤민偉大한體格을가진挨及사람의젊은이에게 몸을허락한그女子는어듸잇느냐? 가서그女子의보기실흔그床 搖亂의寢床에서일어나서 主의길을準備하려 온사람의소리를듯고 몸의罪를悔改하라고일으라! 그女子가悔改할것갓드면 主의바른길을가지고 그미운行動을씻르려주리라! 가서그女子를오라고하여라!

사로메―메―아!무섭다!무서운사람이로다。

젊은시리아人ㅡ殿下 이곳에 계시지마시옵소서 저의懇請이오니ㅡ。

사로메ㅡ 다른것보다 저눈이무서워。 다이르 덜방석을 햇불로살은 흔적(跡)잇는검은구멍、 밋쳐겨갓혼月 파갓다。龍이사는검은구멍 揆及에잇다ㅡ는龍의사ㅡ는검은구멍、 光이흐르는검은湖水와 갓다ㅡ녀는쓰 저사람이무슨말을할는지아니?

젊은시리아人ㅡ이곳에계시지마시옵소서。 懇請이오니그저이곳에계시지마시옵소서

사로메ㅡ저사람의衰瘦함이여! 衆牙細工의적은人形과갓고나銀像과갓구나。 銀像과갓다。 저는저달과갓치 차듸차겟지。 나는더갓가히그의염흐로가고십다。

젊은시리아人ㅡ더휠신엽흐로 가고십다。

사로메ㅡ안됩니다 이곳에게서서는안이됩니다。

요가나ㅡ人ㅡ殿下! 殿下!

사로메ㅡ나를보는이女子는누구이냐? 저女子에게보이고십지안타。 빗치번적어린눈눈겹질 아릭의 金빗눈으로웨나를보고잇느냐? 나는저女子가누구인지몰으도다 알고십지 도안토다。

젊은시리아人ㅡ나는해로듸 아씨의쌀 猶太女王의사로메다。

사로메ㅡ물러가라! 새빌론의쌀 主의擇한百姓에게갓가이오지말어라! 너의어머니는罪의술을싸에넘치고잇다 너의어머니는罪의술

젊은시리아人ㅡ殿下! 殿下! 殿下!

사로메ㅡ한번만더들려라 요가나안여! 너의소리는내귀에는音樂과갓치들니는도다。

젊은시리아人ㅡ한번만더들려라 한번만더들려라 요가나안이여! 나는엇더케하여야조흘지말한여 들려라!

127

요
가
나

안—소돔의쌀 나의엽흐로갓가하오지말어라! 다만, 쎅일, 로너의얼굴을가리고 灰色빗
분을머리우에쑤리고沙漠으로 가서人子를맛나는것이조호녀.

사
로

안—八子는누구란말이야? 그사람도녀와갓치아람다운사나희이냐? 요가나안이여!

요
가
나

안—몰러가바! 나의귀에는宮殿가운대서死의天使의날개치는소리가들리도다.

젊
은
시
리
아
人—殿下! 宮殿으로드러가시기를바랍니다.

요
가
나

안—主의神의天使여! 主는그의칼을가지시고이곳에서무엇을하시렴녀셔? 宮殿속에누구
룰차지심넷셔? 銀도포룰입고죽을사람의運命의날은오날은아죽안이온딈—.

사
요
가
나

사
로

사
가
로
나

안—나를부르는者가!

안—누구야? 나를부르는者가!

안—메—나는너의몸을사랑한다. 요가나안이여— 너의몸은 풀비는낫서한번도닷지안이한들에
피인百合花처럼희구나. 너의몸은 猶太山에서나려山谷으로흐르는白雪갓치희구나
아라비아女王의동산에피인薔薇花도너의몸처럼희지는못하겟다.
아라비아女王의香料룰만들여고심은뜰에薔薇도 풀입헤쎠려지는曙光의버슨발(裸
足)도 바다우에눕는달(月)의가상도 너의흰몸에比較할수업고나. 이世上에너의몸
처럼 흰것은업고나. 너의몸의나룰대여주지안이하려느냐?

요
가
나

사
로

안—몰러가라! 女子째문에이世上에災禍가온것이다. 나는唯一한하나님의딸이여!
도마라나는너의하는말을듯지는안는다. 나에게는아모
도마라나는! 쎄비론의딸이여! 문둥이에몸과갓구나. 守宮(虫名)이플어잇는갯칠한

메—너의몸은더럽고보기실코나. 너의몸은 金褐들이보기실코나 돈灰칠한벽과
과갓고나金褐들이보기실만들어돈灰칠한벽과갓고나
보기실은것을파무든흰 무덤파갓고나.

128

보기실여! 너의몸을보기가실다。 내가조와하는것은너의머리털뿐이다。 너의머리털은葡萄송이와갓고나。 에굽나라의葡萄나무밋헤달인黑葡萄송이갓고나。 너의머리털은쌔나반의香拍파갓고나。 해를避해숨은獅子와 도적들의숨은그늘이되 새노반의香拍파갓도다。 달이그낫을가리우고적은별들이셜고잇고나。 길고어둔밤도너의머리처럼 검지는안켓다。 山森가운듸서사는沈默도 너의머리털처럼검지는안켓다。 너의머리처럼검은것은이世上에는너의머리박게다른것은업고나。

請컨듸너의머리털을만져보게하여다!

요、가、나、안、— 물너가라! 소돔의딸아너에게단저보게하여서는 主의神宮을더럽피여서는안이된다

사、로、메、— 너의머리털은보기실다 진흙과갓고나。 먼지뿐이고나。 恰似히가시冠과갓치너의머리에씨여잇고나。 배암이 우불우불그몸을말고잇는것처럼 너의목을 감고잇고나

나는너의머리는만지기실타내가조화하는것은너의입(口)뿐이다。 요、가、나、안이여! 너의입은象牙의塔을매여노흔붉은줄과갓고나。 象牙칼로둘에싸귀인柘榴와갓도나。 다일의花園에피는柘榴의쏫츤薔薇보다도붉은쏫치지만너의입처럼 붉지는못하고나。 님금님의나가시는것을알이기爲하야부는 엇더한敵이던지두려워안이하는 라팔의붉은소리도 너의입처럼붉지는안타。 그너의입은葡萄酒를만드는桶속에서 술을밟는이에발보다도붉고나。 절에서사는僧侶들에게 모이를먹고사는비닭기의발보다도붉고나。 獅子를죽이고 金色의호랑이를본 山森에서나온사람의발보다도더붉고나 너의입은 바다속에서 엽게흐미한밋해 漁夫가차저낸枝珊瑚 님금이쓰시는珊瑚가지갓고나。 모암사람이 모암礪山에서캐낸朱빗과갓고나。

128

님금님씌 밧치는 朱와갓고나。朱토쑤미 고珊瑚토엄은 샐시아、王의 활(弓)과갓고

요가나、
안ㅣ바빌론의쌀아! 소돔의쌀이여! 決코녀의입처럼붉은것은업고나。요가나하고입마초어다오! 너의입에 입마초어다오!

젊은시리아人ㅣ殿下!
蜜見拉樹의동산과갓혼 비닭기가운데에도비닭기갓혼殿下! 이사람을보시지마옵소쇠。보세서는안됩니다。그러한말삼을하세쇠는안됩니다。나는듭을수가업

사토、메ㅣ나는녀의입에 입마초리라。요가나이여! 너의입에입마초어다오! 請컨더그와갓혼말삼은마시기를바랍니다。

사로、메ㅣ녀의입에 입마초지안코는견대지못하겟다。

젊은시리아人ㅣ（엎드러지다）（自殺하여서사로메와豫言者요 가나 안사어예）
젊은시리아人이自殺하엿고나。나의親友는죽엇구나。

헤로되아쓰의侍臣ㅣ 젊은시리아人이自殺하엿다。

사로、젊은시리아人이自殺하엿고나。나의親友는죽엇구나。아! 내가저香너나는주머니와銀으로만든귀고리(耳環)를준그親友가죽엇구나。아! 저는무슨무쇠운일이나지안이할가하고말하엿다。기여히이갓혼일이生기엿구나。그러나 그찻는사람이저달에게보이지안토록 이저 시리아人일줄은몰낫다。아! 웨ㅣ내가저젊은사람을 저달에게보이지안케 시리아人을洞窟속에라도숨기엿드면달에게보이지안이하엿슬것을ㅣ。

第一兵 十ㅣ殿下! 大尉씌서는自殺를하섯슴니다、

사로、메ㅣ녀의입마초지안코는못견되겟요가나안이여!

요가나안

안—너는무섭지안이하냐? 헤로되아쓰의딸이여! 나는死의天便의날개치는소리가宮殿에서들인다고녀에게일느지안이하엿느냐? 참오로死의天便가오지안이하엿나보아라

사로메

메—너의입살에입마초어다오!

요가나안

안—너는咀呪를밧든者이다。淫亂한어미썰의、咀呪을밧든者이다。

사로메

메—너의입살마초고십구나。

요가나안

안—나는너를보고십지아라、너는咀呪를밧고잇도다。

사로메

메—나는너의입살에입마초리라 요가나안이여！
너의입살에입마초지안코는못견되겟 다。

(요가나운우몰속으로다시뿔러가다)

第一兵

士—이死體를저곳으로치워여저! 陛下끠서는陛下가쥭이신死體쎄에는보기를실여하시니

헤、로、되、아、쓰、의侍臣—이사람은나하고兄弟이엿다、兄弟보다도더親密하엿다。나는적은香囊과 瑪瑙의밤지를보내엿섯다。이반지를恒常손의쎄엿섯다、저녁쩌면어느쩌편지우리는둘으서내써호로 살구나무樹林속으로散步하엿다。그쩌그는自己나라의여러가지일울리야기하엿다、어느쩌던지 가는소리로말하엿다。그소리의音調는피리의소리갓햇다。그쩌그는自己의그림자를보고줄거워하엿다。어느쩌던지 쏘어느쩌던지 내물가운딕빗치는自己의그림자를보고줄거워하엿다。그러나는 던 흉내를내면안이된다고일렷섯다。

第二兵

士—자녜말과갓치 이死體울엇다 가치워야하지—國王陛下의눈에쓰우워서는안이되네。

第一兵

士—陛下는이곳에안이오시겟지! 高臺에는決코안이나오시녜。豫言者의의소리가무쓰읍 기쌔문에—。

181

（헤로드王이헤로되아쓰侍臣들을다리고登壜）

헤、로、
드ー사로메는어듸되잇느냐? 公主는어느곳에잇느냐? 나외命令을안이듯고웨宴席에도라오 지안이하엿너 아、거긔잇너?

헤、로、되、아、
쓰ー陛下여ー그러케사로메룰보시지마세요 어느쩌던지 사로、메、얼굴만보세요。

헤、로、드
王ー오날밤의달은이상한姿態갓치보인다。 무슨이상한姿態갓지안은가? 恰似히 밋친女 子와갓구나。 밋친女子가다른것을相關치안코自己戀안인사나희롤찬는것갓구나。 그 리고쏘한 버슨몸과갓다。

헤、로、되、아、
아조 발거버슨몸이다。 구룸이그달의버슨몸을감초이려고하면 그달은감초거려고 안이하는구나。

헤、로、드
아조 버슨몸으로 넓은하날에 살을내놋코잇구나。 술醉한女子처럼 비틀거리는 구나! 밋친女子와갓치는 안이하냐? 그럿치 안으냐?

헤、로、되、아、
쓰ー안이올시다 달은역사달임니다 아모것도갓한것은업습니다。

헤、로、드
王ー나는이곳에잇슬터이야 마낫세의요롤 깔고햇불을잡히라。 象牙의卓床과碧玉 의卓床도다 내올것이다。 이곳에는空氣가좃타 客들과조금酒宴이나하자! 皇帝의 使者들에게。 모든歡樂을 즐기자안으면안될것이안인가?

해、로、되、아、
쓰ー王이잇곳은空氣가매우조와서마음이퍽快活해진다 헤로되아쓰ー이리오나라! 客이다기 리고잇스니!

해、로、
아! 나는핏그러젓다。 피가운듸쉬밋그러젓다。 이것은낫분前兆다。 아! 낫분前兆다

웨―이곳에피가흘너잇느냐? 아! 이死體은엇더한死體이냐? 에게보이지안으면客을대접한샘이갓지안타하는挨及王파갓치나……死體들客

第一兵 드、로、해、
第二兵 드、로、해、
第二兵 드、르、해、
지、겔、이、누、
지、걸、어、누、
해、로、드、
헤、로、

士― 大尉閣下―임니다。三日前에近衛의大尉로된점은시리아人이올시다。

王― 내가죽이라한것갓흔生覺안이냐는데―。

士― 그는自殺한것이올시다。

王― 저것은무엇이냐? 되체 저것은무엇이냐?

王― 무슨까닭에自殺을해近衛의大尉가지삭히엇는데―。

士― 저희들도그까닭은몰음니다。그러나그는自殺한것임니다。

王― 이상한일이로구나! 나는自殺하는사람은羅馬의哲學者뿐인줄알엇드니―。
必羅馬哲學家의自殺은 참말은참말이지? 그것은스도의派사람은모

쓰、아! 自殺하는사람도잇슴니다。그들의自殺하는것은어리석고못낫것이라고生覺함니다。
다 리석은者들임니다。

王― 나역시그럿타 自殺하는사람들은참못생긴者들이당。
詩세지지으섯슴니다。그우럭들을비우슴니다。皇帝씌서 그무리에게對하야 諷刺
詩써지지으섯서? 참羅馬皇帝는장한상반이로구나 무
엇이던지잘하시는구나。그러나이젊은시리아人이自殺한것은아모런지이상한일이다
自殺한것은매우不安한일이다。참 불상하다。훌융한靑年이엿는대。그靑年은그눈
도그러케어엽부게생기엿섯다。

이靑年이그아랍다운눈으로 사랑스러우눈으로 사로메를보앗슬허이지。참오되이

133

해、

해、

로、

되、

아、

쓰ー

靑年은사로、메、를너무본것갓치보인다。

그사、로、메、를그러케보는匹 다른사람이잇슴니다。

王ー사、로、메의아버지는國王이엿섯다。나는그나라에서 쫏겨낫섯다。그리고ー아！해、

되아쓰！너는그의王妃엿섯다 저靑年의어머니를부텃섯섯지？그러하야 저靑年은

이곳에客처럼잇게되엿섯다 그러나 내가 저를大尉로식히엿다 그러나不幸히 저런

죽어버리엿구나。애야！웨신체（死體）을이곳에내버려두엇니？보기가실타ー 저런

치여바려！

（二同은屍體을가지고가다）

（未完）

154

러시아의 民謠

片 灘

『民衆文化를 建設하라!』『藝術을달라 民衆에게 藝術을달라!』 하는부르지즘은 날로놉하 바야흐로全世界를風靡하야 한큰文壇的 潮流가되엿다 간民族의 民謠가 곳그民族性의 反響임을싸러 그民族文化에對하야 얼마나큰價値와 深切한關係가잇음은 우리가일즉이안바어니와 個人으로民衆에 天才로 凡庸에 藝術을民衆化하야 莊嚴한藝術의찬란한빗을 民衆과더부러 한세나아가嘆賞하며 民衆으로더부러 한水平線위에잇서 人生과藝術의極致러운法悅속에 드러가 崇高한生의眞理를闡明하고 渺朧한靈의秘域을開拓하야 써 最高의眞理에 生을擴充하고 生을享樂하야 人類最高의靈士를憧憬하랴하면 먼저民謠에對하야 깁흔思索파 만흔硏究가잇서야할것이다

머시아의民謠는 世界民謠속에 첫재로손을 섭는中에한아이다 이야말로 露西亞民族詩의精華요 民衆藝術의驚異라할것이다 十九世紀末頃으로부러 일어난 新民謠創造의連動은 勿論먼시아近代 詩人에게서나온 俗謠體의詩가 次第로國民間에流行되되 을싸러 國民의自發스사로가 옛民謠를버리고 새로운內容과 새로되는를가진 새民謠들創造하랴하는傾向에 起因됨이엿다 業生活에工業生活로 부러都會生活로 田園生活로 工그들은 새로운生活의推理를싸러 새生命이充滿한 새노래를求치안이치못하얏다

이要求에應하야 일어난것이 곳俗歌와갓치된 現代에流行되는民謠이다 句로는普通四句式이나 간혹五六、또는七八句싸지될때도잇스며 內容은多方面한國民生活에 接觸되지안음이업다 뿐만안이라 歌詞와形式이 全部卽興的으로됨이만음으로 누구

135

먼저 곳노래하기가쉽다한다.

國民의共同創作으로된 古代民謠는 너무個性味
가엽으나 現代에流行되는民謠는 自己의말과 自
己의感情 곳自己個性의各方面을 자긔의마음으로
노래하고고저하고 자긔의感觸아래에 아름다운詩의
結晶을品고십혼바 곳近代人의傾向을 率直하게表
現하얏다한수잇다 이러함으로現代의露西亞의民
謠는 舊時代와新時代을 금그은 옛것으로부러 새
것에 오는過渡時代를 形成한것이다 그러함으로
센치멘타리슴의 加味된点 을보면 古代民謠에서
能히볼수업는 한새로운맛을알겟스나 對句쓰는標
象等을너무쓴것은 아즉도舊民謠의 模倣됨이업다
말할수업다

아래에現代露西亞에流行되는바의民謠멧篇을써
보랴한다

사랑에對한民謠

풀을베이자 마음이조라
그것이 파란 풀이거든。
님에게醉하자 마음이조타

그것이 溫順한 님이거두랑

풀을 베이자 마음이 조라
그것이 홀자 베일풀이면。
님에게 醉하자 마음이 조타
그것이 사랑할 님이라거든。

부자들 생각지는 마러주시오——
마음으로 사랑을 주시읍소셔。
놉다란 둘집이 다무엇이랴——
우리들은 草家집에 살사이다。

쓸々히 이쌀로 빨가에 나가서、
야르막한 언덕을 훌적을나가
그리하야 고혼님의 사는곳을
고혼님의 집이나 바라볼써나。

참으로 엇더한 달님인가요
비천다 생각하니 쏘호리고나
참으로 엇더한 양반인가요

사랑한다 생각하면 쏘호리고나

별은 남지안코 모도다번쩍이는대

다만 하나가 흘러 스러진다。

동모는 남지안코 모도다질거하는데

나하나는 엇지하야 사랑도몰으는가。

내가 죽거들랑 너어서다고

널(板)로맨든 新奇한棺에。

가엽슨 님어와서 울리라

나의 차되찬 발치밋헤서。

이엽분 저애의 겻눈질때문에

그도 그럴일 이엽분 저애가

그러나・나는 재미가업다。

오늘의 이약이는 심겁지안타

어머니・茶灌을 準備하시오

黃金의 茶盞을 내여주시오。

나는 손님을 다리고오쎄

繡노흔옷입은 손님을요。

귀여운님과 두사람이서

防築에서 놀면은 질거우리라,

窓으로 어머니 얼골내노코

우리를 보면은 질거우리라。

얼엽시도 눈은펼ㅅ날녀서

하여케 하여케여지리라。

그리하야 정든님 차저오면은

질겁게 서로놀기나할가。

귀여운님을 찬는것처럼

마음 다—는건 쏘다시업다。

귀여운님을 쎠나는것처럼

가슴 쓰림은 쏘다시업다。

옛 苦勞는 점々더한데,

날근情人은

137

버리고가노나。

너른 벌판엔 벗나무가
몸을 굽히여 외로히섯쇼。
나는 님의몸을 생각하고
묵어운 한숨을 따하얏습니다.

그것은 흐르는 봄물이로다、
젊은 고움의 스러저 가는불,
젊은 고움의 스러짐을——

아무런恨도 말할거 업스나
풀을 배임은 器械가안이다
낫(鎌)의 날끗이 베여서낸다。
사나희의 여윔은 원病이안이라
저 님의고움이 여위게한다。

曠野에 허연느틔나무가
비에적시워 초라히섯다、
무엇을 너는歎息하느냐

8

나에게 가만이 이약이해라。

山으로 쌀기를 싸러가면은
山에서 이러가 울고섯다。
님은 서투른 나그네길에
오죽이나 슯흘가 쓸수하랴。

동네를 나가나 집으로도오나
님의모양은 븨이지안컨만
김혼잠파 어둠속에는
희미한 님의 소리모양에——

님의 잇는 저곳으로써
바람소리가 불어옴나、
님의소리가 나는듯합니다
나의가슴은 물결칩니다。

밤에나 낫에나 썰은노래를
나는 가만이 불러봄니다、
사람은 질거웁다 말을하건만

나의 歎息은 다하지안어요.

家庭에 對한 民謠

시집간지마터라 애기씨들아
여편네의 生活을 부러말어라
못된 사나희나 만나버리면
기인근심만이 생길뿐이다.

내가 술주정을 함이안이다
이몸은 悲歎에 써여잇는몸,
조와서 兵丁이 된게안어라
집이 아버지에게 쓸녀갓노라.

河水에는 커다런 浮橋
나의몸에는 조치안은 浮名
그러한 浮名을 두러워하야
안이웃는다 엇던말이냐.

今年은 엇지한시절인가
못은단건만 열매가업다.

아양밧은 참으로 엇잿한얏판인가요
여름엔 사랑하나 겨울엔 모론체,
—— 아씨님 마음은 만코만컨만
겨울은 밧것이추어서 어려워요
外套는 찌여져 주머니업고,
비올째 長靴는 창이쩌러졋서요.

귀에 입을대이고 어머니에게말한다
通婚이오거든 시집보내쥬시오
만일 시집안보내쥬면 어머니後悔하지
여름에 한새김매랴하지만,
나는 가지안어요 풀베이러요
아츰에 보리도 안씨울째야요.

時事 民謠

民本主義者야 쑤짓지말어라
쑤짓지마러라 우리들의사랑을?
맥심님이 말하지안트냐.
一生 사랑하라 말하지안트느.
☆註 맥심은 露國의 文豪Maxisun gorky

159

諷刺民謠

저것을 보느냐 개집애둘아
누군가 내새에 새겨죽엇다
눈깟치 찐 繡노흐 샷쓰을입고
팔둑엔 고흔아씨 안지안엇니!。

大槪民謠는 民族과社會의 周圍에일어나는 事
件에가장共鳴하기쉬운性質을 가진 民族生活의
反響임으로 戀愛時事、滑稽、諷刺에關한民謠가
가장만은것이다

以上의民謠는 그形式이비록簡單하고 그歌調
가비록 豐艶치못하나 單純하고無邪한 그노래
속에 흘너나오는 淡々하고 淸新한맛은 近代
에 호새빗을 쯰히라하는 그들에게 우리는
味의反響을 알것이다

엇더한民謠속에는 特히個人意識과人格觀念의
發達과 自由의欲求가歷々히表現되여잇스며 엇
더한民謠속에는 自己의感情과 自己의意志로自
己의運命을 開拓하라하는 靑春의熱情이 노래되엿

스며 쩨로는年長者의 意志를拒逆하고라도 自
己의主張을貫徹하라하는 熱烈한欲求가表現되엿
다

머시아의國民이 今日各方面으로보아 過渡期
에잇슴을쌔라 그國民民謠가坯한 過渡期에 잇
슴은 가장興味가깁흔일이다

藝術에叢華이엿든 머시아가 비록 現時와갓
혼 渾沌、騷亂의多難한渦中에 아침파저
녁으로 일즉이 그들의입에는 노래가쓴임이업
섯다한다

民謠는 머시아사람이 搖籃으로부터 무덤에
가기까지 그들의 큰慰安의伴侶者가될것이다
時代위에 혼線을 금긋는 그들에게 藝術위
에 혼새빗을 쯰히라하는 그들에게 우리는
가장敬虔한態度로 그네의將次압흐로가질바
術에對하야 만은囑望을갓는다。

(一九二二、九、十七)

140

六號雜記

남애게 빗이잇스나 우리애는 아무러한 빗이업스며 우리애께 자랑어잇스나 우리애께 아무러한 자당이업드라 얼외가젓든

빗은남어 稷色된저오래엿고 새로운이애 부르지점은 아적도뜨거웁지못하야 엇날의범저어리든 榮華의생애이야 이안 膝朧처 저서윗 氏

色하눌에 스러저가는별빗갓혼데 애닯은追憶의동네애헤메이는 그얼마나 서늘한가슴위여지는哀愁에 적서윗 도

라가는北斗七星을안어 눈물석긴 압호고슯흔 긔나追憶의냄새에 맥맥한가슴만적어 뜨들뿐이엿다

이리하야 우리의藝術동산에 한낫밝은의빗을 놋사하야 다른날못다운花園에 정성된園丁이될가하야 뜻한지임의四年 외한저

二年써남어角々에 비로소멧낫뜻이가흔글동무와 두낫뜻긴혼後援音金德基 洪思中 兩氏를엇어 이애우리외뜻하든文化社가出現케되

니 그써써綠螢하는바는 文藝雜誌白潮와 思想雜誌黑潮의 刊行하는同時에 아을더 文藝와思想두方面을 目標로하야 書籍과雜誌

通出版하야 써우리의全的文化生活에 萬一의보탐이잇기를 바라는바이다

이애 그第一步로 白潮가出現케되니 創始의一號라 勿論極善美를나 한 完全의것이라자랑할수는업는것이나 다만우리의모든글

동모의 거짓업는 참과정성에서소슨 『정』의結晶일뿐이다

이번애 여러시야의에쑤스키의誕生百年祭를祝賀하는 적은정성을表를랴하야 氏氏의背像을 언지라하얏더니 發行日이

譯者이 懷서君의努力에對하 만흔感謝을드린다

表紙는 점은畵家로造詣가김흔 安碩柱君의그림이다 그感與깁흔 藝術味에 두터운 安君의筆致는 한번經賞할價値가잇슬안다 그

이번號에 여번驅연小說이올노게되엿다 憑虛의『羅紋』稻香의『점문이의사절』春城의『漂泊』다 各기그線艶爛爛燦하야 特色을發揮한다

英國唯美主義者 와일드의作으로 世界的의讚揚을밧는 戲曲「사로메」를언개되얏다 이애對하야 原文그대로 조금도닷첨어업시羅譯

한 譯者이懷서君의天死이다

아―그려하나 우리애게한不幸이성기엿다 그것은 南宮璧君의天死이다 누구나그가오늘날 그러케天折의肯春의죽엄어될줄뜻하

양스라 그도더부러 사괴임이날엿든이나는 더욱이압혼마음을억제하기어려웁다 엿듯루우리弱한詩壇에 한사람의才士을일호니

우이悲痛함을禁할수업다 아누엇지뜻하얏스랴 대

月前에 雜誌『廢墟』의일노 뫼허자할제 봄에 不幸의일이잇서 가지모하야그爛縵의逃懷을듯지못하고 그뒤에 朝鮮美術 에서잡쌋이

악이한그것이누가 永州의辭가될뜻하얏스랴嗚呼噫嘻(月灘)

집은이외시절은 밤서쓴지가거의반년이나지나내갓다。지금은 長篇小說을거의맛처가느라고 손이공중으로남녀갓못이 붓을달니는중이오 쓰다다시 단편

가 십다 그러나 엇지 하리요 지금準을보라고다시넘어보니 우기우기몽처서 엇레 스ᄃ쌘에던저낫코

소설을 쓰자니 밥먹듯하지못하는것을 그리하지도못하고 다만이안하고 얼골이불그레하여지수만 하는수업시 이번에는 그대

보도 늣기도하고 요다음호에나 엇더케조흔것을하써볼가한다 (香)

未來의만혼所望과現在의만혼努力을가주고우리의 구차한文壇을새로豐富케셰우랴고 나온白潮를爲하야는同人의라는重한責任을

맛게되며報하야外國文藝紹介로爲先 我國의唯美主義로有名한(오스카、와일드氏)의사로메를번역하게되엿습니

論쉬운것은안어저요 더욱이아람다운文字가 어엽분句節의絶妙한그것을 우리의말로옴기려고 애틀썻슴니다 그러나 번역의熟

練처못한나는 原文을鑑賞하야든 快感을道感업시옴기기는어러웟슴니다 만혼非難을豫想을면서도 爲先업는살림의 적은세간

처럼 아름답지못한것일지라도 未來의만후세간을爲하야 밤은밤의

明月을보는것이나도더욱이深遠하고遠大하고神秘스러운緖情을일으키는것은 아모것도업는어둠가운티반짝이는그한적은빗츨보는사람의理智의情의

緒外世界가잇는사람입니다 그와갓치 粗雜한번역속에서 적게띄초이는 사로메의빗츨 震遠한快想을엇돌써서까지 自己라는情의

나리에서想像의美를엇기를바랍니다 (懷月)

「검이여‥‥빗을주소셔‥‥北斗星子夜半에合掌默禱‥‥그러나完璧을일울때사지는압혜만憎險惡과災厄을미리머리自覺합니다‥‥ 陰磚는

잇든업는는아마나우리란貧質히얏스면고만이것지요

밤서뭇터切々히늣기는것은 不自由란그것이외다 今番號에 憑虛氏의「纏綿」을설으랴하얏며니 作者는官能에直感되는自然그대로돌人生

의眞相에象徵해서藝術의法悅과 아울너 석워참의秘奧에살고 자함이엿섯더니‥‥불상한不遇외그、그의그뜻을알어주는이업서驅迫에웃기

어가는이되엿슬이뿐이니勢也라奈何 오々々々々々다만그의녁순검은나라한반작어리는별빗밋해처에조려혼자올어날밤을새울샌‥‥엇

더튼못내낫메되엿사 오니여러분에게도섭々하기과저업거니와 作者그분을뫼옵기에도未安多謝로소이다 (露雀)

潮白

号 工 黄

=陽補 陰補=
滋陽の丸

吾人人生의

根本問題?

卽如何히하여야、頭腦를이보다더明晳히하며
耳目을이보다더聰明히하며、腕力을이보다더
强大히하야써—나의要求하는바—나의慾望하
는바—온갓것을理想的으로得達하게될가

이—解決은、곳

補陰補陽 滋陽丸을 服用하야

모든不足파모든弱点을버리고
絕對의健强體를造成함에在하도다

비탈길 밭둑에
살살이 조을고
바람이 얄구져
서악서 마음은
……………

씨져 나려라
버들 가지를
썩지는 말어요
비를어 다고

서틀푼 나물은

一 부러 十 싸지 特色을 다한이 洋靴

그 도 그럴것은 本塲의 本塲인 獨逸原料

에 選手職工이 注意工作을 함이로다

京城鍾路通二丁目

京信洋靴店

電話本局二五四番

白潮 第二號 目次

他山의 石도 可히 玉을 攻한다 함니다 世界文化가 增進함을 딸아서 書籍界의 光明이 舊日思想에 沉醉된 昏夢을 頓覺할 時機가 되얏슴니다 本書林이 此時機를 利用하야 各種書籍을 完備하고 江湖諸賢의 書籍購覽方便을 誠實과 精廉으로 도와들이고자 하오니 一次試驗하심을 바라오며 本書林이 他山의 石이 될줄로 自任하옵나이다

京城府 樂園洞 四九番地

普 覺 書 林

별을 안거든 우지나 말걸

稻　香

鍵盤 우에 疲困한손을 한가히쉬이시는 晩霞누님에게
한구절 애닯은 울음의노래를 들여볼가하나이다.

一

거던 이불을 쓰기전에 우선 누님 누님하고 눈물이날만치 感激의설니는 목소리로 누님을 불

녀보고 십습니다.

그것도 한낫꿈일가요? 꿈이나 갓흐면 오히려 虛無로 돌녀여보내일 얼마간에 위로가 잇겟지만 그

러나 그러나 그것도 꿈이 안인가? 하나이다. 時間을 타고 뒤거름질친 쏘렷하고 分明한現實이엇나이

다. 저의一生의 쌀은 經路의 한마듸를꿈이고 스러진 쏘다시 엇기어려운過去이엇나이다.

그러나 꿈도 숨도 숨혼숨을 수고나면 못견대일 슬음이 복바처울녀오는대 더구나 그 저의작은가슴에 쓰

리고압흔朧儡을 주고 푸른悲哀로 물드려 주고 쌔지못할 애닯은印象을 박어준 그 朦朧한過去를 지금다

시 도라다볼째 엇지 눈물이 안이나고 엇제가슴이 못견대게쓸이지안을수가잇슬가요?

그러나 멀니멀니間過去는 엇재든가 바리엿습니다 저의一生을 곳 다운歷史 幸福스러운歷史로 꿈이기

룰 간절히 바라는바 가안인게 지나갓는지라 엇지할가요 다시뒤거름질을칠수도업고 다만

偶然히낫다 偶然히사라지는 우리人生의 사람들이 말하는바運命이라 덥허바리고 다만 쌔엄시 생각되

는 記憶의안라싸움으로 녹는듯한감정이나 맛볼가? 할분이외다.

二

그날도 그전파갓치 고개를 숙이이고 무엇을 생각하엿는지 愁忽한意識속에 桐 R의집에불

나이다。R은 如前히 나를 보더니 반가워마지아면서 그의 파리한마른손을 내밀어 握手를 하여주엇나이

다저는 그의집에들어가 마루웃에안저이며

「오늘도 또 자네외집 단쳔나그네가되여불가。」하고 구두문을 쓰드고 방안으로 모자룰버

서 아모대나 획내던지며 방바닥애가 검석주저안젓다가 그R의外套주머니에 손을 느어 담배한개룰

맛잣허저는 거의거의웃처가는 가늘은눈이 사르락사르락 힘업시 쩌러지고 잇섯나이다。

그쌔 R의얼골은 엇재 그전파갓치 즐거웁고邪念업는빗치 보이지안코 제가 주는弄談의 다만 입가쟝

자리로 힘업시도는 쓸쓸한微笑룰 줄뿐이엿나이다。저는 그것을 보고 아조 마음이공연히 힘이 업서

지며 다만 멍멍히 담배연기만쎔고잇섯나이다。

R은 무엇을 생각하엿는지 멀거니안젓다가

「D、H」하고 갑작이 불으지요。그때 나는

「여그뗘나」하엿더니

「오늘 K C에갓가?」하기에 본래 둔하다니기 조화하는저는 아조시원하게

「가지」하고 대답을하엿더니 R은 아조 만족한듯이 우슴을우스며

「그러면 가세」하고 어대갈것인지 전지한장윤쎄가지고 곳 K、C돌向하여 쩌낫나이다。

K、C가 여거서 부허 六十里。R의말을 돌으면 險한山路룰 넘어가지안오면안되인다하지요。그리

고 둘서열한시나되엿스니 거긔를가자면 어두어서나 들어갈곳인데 거긔다가 오다가 스러지는 함박눈

이 마산갓치 싸혓나이다。

엇더뫈우리는 쩌낫나이다。어린아해들갓처 깃거윤마음으로 쒸여갈듯이 쩌낫나이다。

우리가 水口門에서 電車룰 라고 往十里停留場에가서 내리일쌔에는 검운구룸이 허터지기룰 시작

하고 눈이부선해썬이 구룸사이룰둘동하여 서도덤힌친눈윤 반작반작무지개빗오로 둘드럿섯나이다。저는

그눈을 밥을때마다 처녀의 품은입술사이에서 째업사 지저귀는 어린쌔쏘리의 그 소리갓치 연하고도

애처로웁게 음크러지는듯한눈소리를들으며 무슨法悅圈內에 들어나간듯이 다만 R의손만못잡고 멀니

보이는 굽으러진넓은 시고을길만내다보며 천천히 거려갓슬뿐이외다。

그러나 R의氣色은 그리좃치못하엿나이다 무슨프른悲哀외記憶이 그를 싸고도라가는말에대답도하

압흘내다보는 두눈에는 검은그림자가 덥히여잇는듯하엿나이다 그리고 째째 내가 주는말에대답도하

지안코 보이지안케 가벼운한숨을수이며 그의피로운듯한가슴을 내려안첫나이다。

째째 거리거리 서울로향하여 쩌뜰어오는 저의 시고을 나무장사의 소모리소리가 한적한시고을의갑안한

공기를 울니여 부지럽시 쯔가읍게 도라가는 저의피속으로 쓸쓸하게 기여들녀 올뿐이엇나이다。

넓고넓은 벌판에는 보이는것이 눈뿐이요 여긔저긔군데군데 서잇는 수척한나무가 보일쌜이엇나이

다。저는 이것을 볼때마다、저ㅡ北쪽나라를 생각하엿스며 定處업는 放浪의生活을 생각하엿나이다。

그리고 지금 우리두사람이 放浪의길을쩌난다고 假定싸지하엿드보앗나이다。R은 다만 나의유쾌하게

쮜여가는것을 보고 쓸쓸할우슴을 우슬쑨이엇나이다。

우리가 S、C、江을 건널쌔에는 참으로유쾌하엿지오。희오리바람만 이구흥이서 저구흥이로 저구

흥이에서 이구흥이로 희획불어갈쌔에 발이쌔지는눈우으로 더벅더벅거려갈째 銀싸락이갓흔 눈가루가

이리로사르저리로사르 바람에불녀가는것은 참으로 서여안울듯이씸직하게 귀여웟나이다。우리는

그눈넓흰므래톱으로 두손을마주잡고ㅡ한아、둘、울울으며 다름질을 하엿나이다。그러고 쏘다시 S、P

江에 다다럿슬째에는 브기에도 무서워보이는 푸른물결이 淫女의남치마자락이 바람에불녀 그의속

심살이 술명줄멍하는것갓치 웅실웅실 출렁출렁하고잇섯슴니다。

우리는 나루배를 타고 그강을건너 주막거리에서 점심을먹을쌔에 R이ㅡ쑥게 말하기를

「술한잔먹으려나」하기에 나는 하도이상하여

「술긔」하고 아모소리도 못하엿슴니다。여태싸지 술을먹어웁줄몰으는 R이 自進하여 술을 먹자는

운, 한가지 이상한일이 잇섯나이다.

K、C를 무엇하려가는지도몰으고 가는 저는 또한 R이 술먹자는것을 또다시 그理由싸지몰어볼必

要가 업섯나이다、

그는 처음으로 술을먹엇나이다.

우리는 쏘다시 걸어갓나이다。 魔液은 그쓸쓸스러운R을 無限히 興奮식혓나이다。 ―는팔을내저으며

목소리를 크게하여 말하기를 시작하엿나이다. 그는 나의손을 힘잇게쥐이며

「D H」하고 불으더니 무슨 感激한듯한 語調로

「날더러兄님이라고하겨」하고 조금잇다가 다시

「나는 D H를 얼마간理解하고 쏘한 어대싸지 認定하는대」하엿나이다.

아, 얼마나 고마운소리일가요？ 저는 손아랫동생은잇섯도 손우의형님을 가질運命에서 나를못하

엿나이다。 손목잡고 뛰동산수풀사이나 동예업고 압시어 끌가호로 뎈리고다녀줄사람이 업섯나이다

무릅에얼굴을 비비여가며 어리광부려 말할사람이업섯나이다 다만 어린마음 외로운感情을 그렁그렁

한눈물가운데 맛볼뿐이엇나이다。

그리고 그리고 하라바지나 할머니의 머리를 쓰다듬어주시는 부드러운손당을 맛보지못하엿나이다

그리고 아바지 어머니는 本來짚으시니싸―

그러고 나를 理解하고 나를 얼마간일지라도 認定하여준다는말을들은 나는 그얼마

그런대 「兄님」이라불으고 「아오」라고 불으자는소리몰듯는저는 그얼마 깃거웟슬가요？ 그얼마

해요。

그러고 어려서부터 오늘싸지 지내인過去를 생각하여보면 왼일인지 한구둥이가슴속이 미인듯

나 感謝하엿슬가요？

그러나 그갑사하고 반가웁고 깃거운말소리에 나는얼핏 「녁」하지를 안이하엿나이다.

그 「네」 한자안은것이 잘못일는지 잘못안일는지는알수업스나 엇지하엿든 저는 「네」소리를하지못
하엿슴니다. 그러면 그것이 나를理解하고 나를認定하여주는 그R의마음을 더―슬프게하엿슴니다.

「무슨滿足을 주엇슬는지는 알수업스나 나는 거긔에 이러케 대답을하엿나이다.
「조흔말이오 우리두사람이 엇던 한共通線上에서서 서로認定하고 서로理解함을 서로밧고주면 그만
큼더幸福스러 운일이업지요. 그러하나 뭇이라 불으거나 아오라불으지안코라도 될수잇는일이 안이일가?
도리혀 뭇이라 아오라는形式을 만들것이업지안이하나?」고 말을 하엿더니 그는 무엇을 쌔달은듯이
「선은 그것도그러치」하고 나의손을 더―힘잇게 쥐엇나이다.

三

금빗나는 鍾소리가 파라케 개인공중을 울니우고 어대로사라저바리는지? 그러치안이하면 왼宇宙
에가득찬데 멜을울니이며 멀니멀니작고작고 쏫엿시가는지 엇더른 그禮拜堂종소리가 우둑허니 장안을
쌔리다본는 仁王山아래 붉은벽돌집에서 날째 저와 R은 C禮拜堂으로 들러갓나이다.
그째에 누님도 거긔에안저게시엿지요. 그리고 그 MP嬢도……

처음보지안는 MP嬢이지만은 보면볼사록 그리하재서 볼수잇는것이 작고작고변하여갓나이다, 지난번
파 이번이쏘달는 지지난번볼째에는 적지안은不安을 가지고 보앗슬는지모르나 그러나 이번의 그른볼째에는 원일인지 그에게서 보이지안케
식여나오는 무슨魅力이 나의온感情을 몰롱한안개속으로 해매이는듯하게 하엿나이다.
그리고 그의肉體의美도 지난번볼째에는 엇재 톰내음새가 나는듯이 누른感情을 나에게주더니 오늘
여는 붉으레하게 黃金色이 나는빗을 나에게덧저주더이다. 그리고 그 黃金色이 濃厚한愛慾가 쑤루한곳
으로펴저지는듯이 점점점보이지안켜 변하여석 鍾色의붉은빗으로변하고 나종애는 거먼분紅女의冊니다고
그러고 그가 고개를들때대…… 나의순공을 …빗한데 …엿나이다.

빗이 나의온몸우에 내리붓는듯하엿나이다.

그리고 한시간밧재 안이되는禮拜時間이 나의마음을 空然히못살재굴엇지요.

엇지하엿든 禮拜는 못이낫지요. 그리고 나와R은 밧갓호로나아왓지요. 그때 누님은 나를기대리엿

지요. 그리고 저와누님이 무슨이야기든가? 그이야기를할째 아 아, 왜 M P 孃이 누님을 또차오다

가 저를보고못그러워 고개를둔니이고 저편으로 줄다름질처다라낫슬가요? ─── 그 그러치안타는 그

M P 孃이 ───

누님 그 M P 孃이 고개를둔니고 줄다름질을하거나 못그러워 얼굴빗이 타오르는저녁노을빗갓거나

그것이 나에게 무엇이 되겟슴닛가?

그러나 왜 나를보고만 그러햇슬까요? 하마 말은男性을 보고는 그리안핫슬터이지요.

그러고 그 줄다름질하여 저쪽으로 돌아가서는 그의맘음이 엇더하엿슬가요? 더욱 못그러웁지나?

안이하엿슬가요 그러치안으면 後悔하는맘음어 나지나안어하엿슬가요?

엇던든 그것이 나에게 준 M P 의첫재印象이엇나이다. 그러하고 歡喜와 煩惱의分岐點에 나를 세워

논 첫재動機이엿나이다.

저는 언제든지 이時間과空間을 써날날이 잇겟지요 그러나 그 깁히박힌印象은 무렵건대 그時間과

空間에 永遠한흔적을 남겨둘는지요?

四

사랑하는누님이 왜 나의原稿는 도적하여갓다가 그:M P 孃을 보재하엿서요? 그M P 孃이 그글을보

고 얼마나 우섯슬가요?

아 아, 그러나 그 누님의나의原稿를도적하여다가 그 M P 孃을 보재한것이 나의마음을 얼마나 줄

거웁게하엿슬가요?

누님의 도적질한것은 그것을 罪를定할가요 賞을주어야할가요? 저는 오히려엎대여 절을하겟슴니다

그리고 天國의문을열어들일터입니다.

그런대 그 原稿〇〇〇이라한곳에 서투른 筆跡이 새로생기엿서요. 그리고 지을수도업는인크로 나

의글시를 흉내를내인것인지 그러치안으면 그의筆跡을 자랑하랴한것인지?

그러치만 그런것은안이겟지? 그러치요 그러치는안치요.

그러나 나의原稿를 더럽힌 그에게는 무엇이라 말을하여야조흘가요?

그러나 그러고 그筆跡은 나의가슴에 무엇인지를傳하여주는듯하엿나이다. 다만 醉夢中에 해매이는 점은이의가슴을 못살게

는 조금도흉내내일수업는 그무엇을傳하여주더이다. 사람의입으로나 못ᄉᆞ로

구는 그무엇을?

五

고맙습니다. 누님은 그MP孃파는 쓰다시 더럿더케 할수업는 兄弟와갓다하엿지요? 그리고 서

로서로 형님、 아오하고지낸다지요 저는 다만감사할뿐이외다. 그리하고 永遠한무엇을 바랄뿐이외다

그러나 저에게는 그 누님과 MP사이를 얼거노혼 兄弟라하는 形式의줄이 나를공연히 못살게구나

이다. 그러고 모든不安과落望사이에서 해매이게하나이다.

누님의동생이면 나의누의지요 안이 나의누님이지요──그MP孃은 나보다한살이더하닛가──그

려면 나도 그MP孃을 누님이라불너야할것이지요?

아아、 그러나 그것이될일일싸요 누님이라불으기가 어려운일이안이지만은 나의입으로 그를누님으

이라고 불은다하면 그불으는 그날노부터는 그의 전선에서 粉紅빗나는 무슨날까로

운찰노 잘녀바리는듯이 사라저업서지는 안트래도 제가이눈을감어야지요.

아아、 두려운 누님이란말、 나는 이두려운소리를입에올니기도 두려워요.

六

오늘 저는 P、C에보내일原稿를 쓰고잇섯습니다. 머리가 압흐고 神興이 나지가 안어서 펴노흔조

회를 척척접어 내던저 가려이고 기지개를한번켜고 대님을 한번가라매고 모자를집어쓰고 밧갓흐로나

갓습니다。時計는 발서 일곱시를十分이나내고잇습니다。

저의가는곳은 말할것도업시 R의집이지요。그리고 내가 冊을볼째에나 글쩌들쓸째에나 길을걸을것거나 천정을바라보고 누어잇

슬째나 눈을감고 瞑想할째애나 나의 눈압흘써 니지지안는 그 M P 孃을 오늘 R의집에를가면서도 써보앗

M P 孃뿐이엿지요。저는 R의집을 가는길가운데애서도 다만생각하는것은

습니다。

저는 언제든지 M P 孃을 생각합니다。 虛無한 幻影과 노래하며 춤추며 이야기하며 奈終에 눈두려움

건대 손목잡고 이世上의모든 愉悅을 極度로 맛보앗습니다。 그러나 그것이 한낫空想인것을매달을째애

는 저도 공연히 썰중이나고 모든것이구찬코 모든것이 悲觀의種子가될뿐이엿나이다。 그리고 아아、파

연 다만一刹那사이라도 그 M P 의머리속에서 나의幻影을 차저낸다구하면 그얼마나 나의 幸福일가？

하엿나이다。그리고 그M P 는 나를 조금도 생각지안는것만가슴하여 공연히 마음이 애곱앗나이다。그

그날 R 은 집에잇지안핫습니다。저의마음은 눈물이 날듯이 공연히 썬치、멘탈로變하여젓나이다。그

래서 定處업시 彷徨하기로定하고 于先 L 의집으로가보앗습니다。

재가 그處女와갓치 조금도거짓업슴을부러워하는 L 은 나를보더니 그검은언끝에 반가워죽을듯한우

습을띄우고 손목을잡어 自己방으로 씰어돌이더니 어적게도왓섯는데 「왜 그동안에 그러케오지를안

엇나？」하지요。그래 나는 그얼마나 孤獨히 지내는 그L을보고 이쎄것게속하여왓든 感想이 가슴한복

판으로모여드는듯하더니 공연히 눈물이날듯…… 하지요。그래 억지로 그것을참고 멀거니안저잇섯더

니 그L 은 쓰냇더러 獨唱을하라지요。달은째갓흐면 커가압흐다고야단을쳐도 작고작고할 저이지만은

오늘은 목구녕에서 무엇이잡어다리는지 그목소리가 조금도나오지를안이하엿나이다。그래 공연히앙

탈을하고 이러나 기실혀하는 그L 을 웃으입혀 쇠울고 밧갓흐로 나아갓습니다。

저녁안개는달빗을 가리우고 붉은電燈불만이 어두움속에 眞珠를 째쓸어노은듯이 종로큰길에 나

탄히 커잇슬쑨이엿나이다。

두사람이 나오기는나왓스나 어대로갈곳이 업섯나이다。주머니에돈이업스니 하로저녁을 유쾌히놀

수도업고 쏘갈만한친구의집도업고 마음만점점더ㅡ구찬코쓸쓸스러운생각을하엿나이다。

우리두사람은結局 째업시웃는이의집으로가기로하엿나이다。우리는 한집에률갓스나 우리를기다리

자안는그는 잇지안엇나이다。그래하는수업시 雪影의집으로가기를定하고 川邊으로 내려섯나이다。끝

목안의떤기붓은 누구를 기다리는것갓치 빙그레우스며 켜잇섯지요。우리는 그집에률들어가

「雪影이」하고 불넛나이다。안방에서 영리한목스리로

「누구요?」하는 雪影의목소리가 낫습니다。우리두사람은「잇고나」하엿습니다。그리고 공연히 마

음이 반가웟나이다。그리고 雪影이는 마루꼿까지 나아와

「아이그 어서오세요 왜 그리케한번도안이오서요」하지요

「아、누님 그소리가 眞正이거나 거짓이거나 慣性으로因하여 偶然히 나온말이거나 아무것이거나 나

는 그것을생각하라고하지는안습니다。다만 感傷에못기여 定處업시彷徨하랴는 이불상한사람에게향하

여 그의聲帶를 수구럽게하여 發하여주는 그의歡迎의말이 얼마나 나의疲困한心靈을 慰勞하여주엇슬

가요

그는 날더러 「오라버니」라 하여주기를맹서하여주엇습니다、그리고 永遠히 오라버니가 되여달나하

엿나이다。

누님、파연내가 남에게 오라버니라는 尊敬을 들을만한資格의所有者가 될수가잇슬가요?勿論그것

도 나의顧치안는 形式입니다。그러나 나는 그雪影을 천누의동생갓치 사랑하려합니다。그리고 永遠

히永遠히 나의누의동생을만들려하나이다。그리고 다만獨身인雪影이도 眞正한오라비갓혼 한男性

의姨妹갓혼愛情을顧하겟지요?그러나 그러나、無常인世上에 그것을 果然 許諾할참神이 어느곳역재

실는지요? 생각하면 안락가울쑨이외다。

그날 L은 雪影을 공연히 못살게 놀려먹엇나이다 勿論 邪念업는 어린애갓흔 遊戲지요. 그쌔 L은 雪影을잡으랴고 달녀들엇습니다. 雪影은 소리를질으며 간지러운우슴을우스면서 나의압으로 달려들며

「오라버니? 오라버니−」하고 그 L 을피하엿나이다. 나는 그쌔 그 雪影이 비록 戲弄에서나왓다하드래도 L에게 쑛기여 나에게 救護함을 請할쌔에 아아, 파연 내가 이와갓흔女性의 救護를請함을 밧을 만한資格의 所有者일가하엿나이다. 그리고 모든 女性은 다−나를보랴고하지도안는생각울하고 혼자이−雪影이 나에게 救護함을請한다는것은⋯⋯그 雪影을세엿안을듯이 貴여운생각이낫나이다. 그러나 나라낫다 사라지는 幻影의그림자일가? 팔팔팔낫니는봄날의아즈랑일가? 永遠이란무엇일는지요!

七

날이 매우써듯하여젓습니다. 래일쯤한번가서뵈오라하나이다. 下午에 기다려주십시요. 그러고 W君 은 어적게東京으로쩌나갓다는말을들엇습니다. 맛나보지못한것이 매우섭섭하외다. 그리고 S君 Y君 도 그리로向하여 數日後에 쩌나간다는말을들엇습니다. 아 아, 저는 의로운몸이 홀로 이서울에남어잇게되겟지요. 情다운친고들은 모도 다− 저갈곳으로 가바리고⋯⋯

八

왜 어적게 저는 누님에게를갓을가요? 그간것이 나에게 조흔機會이엿슬가요? 그러치안으면 조치 못한機會이엿슬가요?
엇더튼 어적게 나는처음으로 그 M P 와 말을하게되엿습니다. 그리고 갓가히서로보고안저 간질간질한視線으로 그를보게되엿습니다. 그리고 나의눈에서 放散하는 視線의멋줄기우으로 나의 쉬일새업시 쒸는靈의 使者를 태여보내엿나이다.

그는 그쌔 그 禮拜堂압헤서 나를보고 고개를돌니고줄다름질하든쌔와는 아조 달랏습니다。그의마음속으로는 나의全身의구융이로부터 구융이쌔지 好意의批評을하엿는지 惡意의批評——그러치는안켓지?——를하엿슬는지 엇더른 不斷의觀察로 批評을하엿겟지요。그러나 그의눈과顔色은아조沈着하엿나이다。그리고 그에게서 가장아름다운 목소리는 아조 나의마음을醉하게할듯이 부드러웁고 연하며 銀빗이낫나이다。

그리고 그가 나의글을넘어 稱讚하는것이 조금나를못그리웁게하엿스며 쏘는 先生님이라는 敬語가 아조 나를 피로웁게하엿나이다。

누님 만일 그가 날더러 先生이라 그러지안코 오라비라고하엿드면? 그 刹那의나의모든것은 다―絶望이되여바렷슬터이지요。그 先生이라는말을듯기실혀하는 제가 도리혀 그先生이라는말을듯는것이 幸福인것을 깨달을날이잇슬줄은 이제처음으로 알게되엿나이다。

엇든든 저는 그쌔의 MP와 맛날機會들어덧섯습니다。그리고 서로 말소리를밧구게되엿습니다。아마 이것이 저와 그MP사이에 처음밧구는 말소리가되엿겟지요? 그리고 宇宙의生命中에 쏘다시엿는그 엇더한 마듸이엿겟지요?

그러나 저는 不安을 쌔달웁니다。마음이 못견델만치 不安합니다。다만 한번잇는 그機會의瞬間이 조혼瞬間이엿슬가요。입분瞬間이엿슬가요? 無限한希望과 永遠한幸福을 저에게열어주는 그열쇠소리가 한번쩍삭하는 그瞬間이엿슬가요 그러치안이하면 쏫업는疑惑과 懊惱속에서 萬一의僥倖만한줄기 덤으로 몽롱한가운대살어잇다 그대로 스러저엿서지엿드면 도리혀 幸福일걸? 하는悔恨의탄식을 나에게부어줄 그瞬間이엿슬가?

엇지하엿는 저는 한엽흐로 僥倖을쑴꾸며 한엽흐로 부지럽슨落望에 헤매이나이다。

九

오늘은 아츰이흠시에 겨우 잠을쌔엿나이다。그것도 어제 저녁에 쏘然히 도라다니느라고 늦게잔德

...으로 아츰에 일어나지마 ... 그나마 幸福이 되여 그뭐하엿는지 ... 자저와서 못

살재굴지요 굿샅게구는대 쪼꿀니여 거우 ... 잇나이다。

이상한일이엇나이다。 ... R에 ... 업는 그가 오늘 석전

아춤에 저뭔지 ... 것은 참으로 ... 이상합니다。

그는 매우 강강하고 ... 이엇나이다。 그리고 ... 언제

든지 무슨失때의 빗이 잇섯나이다。 ... 그의얼골은 그리 ... 못하엿스며

오늘도 그는 沈默속에 잇섯나이다。 그리고 ... 잇섯나이다。

그는 어대로 散步를가자하엿나이다。 저는 ... 나섯나이다。

우리는 電車를타고 B와 P의집에를 가보앗스나 B는 ... 막 어대인지 가고업고 P는 집

에일이잇서서 가지를못하겟다하지요。 그래하는수업시 우리 ... B C를 向하여써낫나

이다。

天氣는 晴朗、 가는바람은 살살。 아조 조흔 ... 잇섯나이다。 우리는 電車에서 나렷나이다。 午砲가

걸녀멀니울으는 H C江은 옛적파가치 고요히 흘으고잇섯나이다。 아무소리도업고 아모향긔도업고

아모웃는것도업고 다만 푸른물속에 ... 山그림자들비추여잇서서 다만「아 아, 아름다웁다」하는 우리

두사람의 못견대여 나오는 ... 한 沈默을 가늘게 ... 우리는 언덕으로 내려가

한가히떠여잇는 主人업는때우에안저 아모소리업시 물우만바라보앗나이다。 푸른물우에는 째째 銀絲

의땜도는듯한 波溺이 가늘게 섭분이엇나이다。 그리고 사르룽하는銀絲의 ... 감겻다하는소

리가 들니는듯하엿나이다。

우리는 한참이나 안저잇섯나이다。 그리고 나의가슴은 공연히 덜컹덜컹하고 全身에 식은땀이 흘

우리는 ... 저쪽을 바라보앗나이다。

으는듯하엿나이다。 저긔 저쪽에는 그 비단결갓흔물우에 한가히쪄잇서 물속으로녹아들듯히 갑안이잇
는 그얼토우에는 참으로뜻밧기엇서요 그MP가 엇더한달은동모하고 나단히안저잇섯나이다。

그러나 그MP는 나를보고도 몰으는체하는지 다만 저의돌을것만 보고들을뿐이엇나이다。

저는 그MP에게로 달려가고십헛습니다。 아, 그러하나 만일 그가 나를보고도 몰보는체한다하면 불파멋十間되지안는 거긔에잇는 그가 엇재 나를 보지못하엿슬가? 못보앗슬理가잇나?라고만 생각하는저는 그에게로 가기가 두려웁고 공연히 무엇인지 보이지안는무엇이 원망스러웟슬뿐이엿나이다。

그런데 원일일가ー MP를 나혼자만아는줄아는저는 R의氣色에 놀나지안이치못하엿나이다。

R은 나의손을잡어다니며

【MPー가왓네】 하엿습니다。 그소리를듯는저는R이엇더케MP를아는가?하엿나이다。 그리고 무엇인지 번개와가치 저의머리를싯치고 지나가는것이잇더니 저는 그R에게서 무슨 恐怖를 쌔달은것이 잇섯나이다。

R은 大膽하게 MP에게로갓습니다。 저도 그를쌀러갓습니다。 R은 모자를벗고 그에게 禮를하엿나이다。 아아그러나 그정성을다하여 바치는 禮에 그로부터 주는答禮는 차뭐찬눈동자로 구찬케홀겨 보는 그것이엿나이다。 아아그러나 누님 정성을다ー하지안코 몽롱한疑心과 적지안은不安으로 주는제의禮에는 그의입가장자리로 볼그랜한微笑가 쪄돌앗스며 서뜻한눈동자의금빗光彩이엿나이다。 그리고 「아이고 엇더케 이러케 오섯세요」하는 그의全身을녹이는듯한 獨特한語調가 저를 그瞬間에 歡喜의精 華속으로 스미여 들게하엿나이다。 원일인지 저의마음은 한업시 깃벗나이다。

우리두사람은 그를作別하고 바로市內로 들어왓나이다。

그리고 全身의血液은 더욱더욱펼펄씰기를시작하엿나이다。

그러나 R 의얼굴은 그전보다 더ㅡ 悲哀롭고 失望의빗이 써돌엇나이다, 쓸쓸한微笑와 쓸쓸한語調

가 노는저의同情의마음을 일으킬만치 懷慘한듯하엿나이다。저는 R에게

「엇더게 M P를 알든가?」하엿습니다。그는 무슨네ㅅ날의幻像을 보는듯한表情으로

「그전부터알어」하엿나이다。이소리를듯는 저는 「그러면 異性사이에 맛나면생기는사랑의카탁(絡)

이 그 M P와 이R사이에 매여지지나 안이하엿나，하고 여쩨것 깃거운것이 점점 무슨失望의感傷

으로變하여바리엇나이다。그리고 차차 疑惑속에 彷徨하게되엿나이다。

그리하다가도 그R의失望하는빗과 M P의冷淡한答禮가 저에게 눈물날만치 R을同情하는생각을나

재하면서도 쏘한염호로는 무슨勝者의자랑을마음한구통이에서 滿足히역이엇스며 不幸한R을업해세우

고 多幸의歡喜를 맛보앗습니다。

그날 저는 R의집에서 자기로定하엿나이다。밤열한시가지내도록 별노히 서로말을한일이업는 R과

저두사람사이에는 공연히 마음이피로운 間隔을 쌔닷게되엿나이다。그리고 그의푸른悲哀와 灰色失望

의빗이 그의얼골로 각금각금 濃厚하게지내기를 두려워하엿나이다。

저는 R에게 그氣色이 조치못한理由를뭇기를 두려워하엿나이다。그리고 萬一 그R의 그悲哀와 失望

의빗이 그 M P로因한것이안이이고 달은것으로因한것이라하면？ 저는 그째 그R의 그悲哀와 失望과

쏘갓흔悲哀失望을맛보앗슬것이지요？

그러나 저는 兄弟와갓흔 그R의悲哀失望을 그 P로因하여서라고 認定하엿나이다。認定하지를안

이하면 저의마음이 不安하여못견대겟슴으로。

그날저녁 R은 자리에누어서도 한장을자지못하는모양이엇나이다。다만 눈만 멀쑹멀쑹하고 天井만

바라보고잇섯나이다。그리고 머리를집고 눈을감고 무엇인지眼想하듯이 가만히잇섯슬뿐이엿나이다

그의얇은눈섭은 가늘게썹니고잇섯습니다。그래 머려맛 書架에노여잇는 On The Eve 를 집어들고 한참이

저도 원일인지 잠이오지안엇고잇섯습니다。

나보다가 잠이 깜박 들엇섯습니다.

＋

저는 어리석은 사람이 되어바리엿나이다. 꿈을밋고 길에서 장님을 맛나면 두다리에 꿈이 닿도

失望을하게 되엿나이다.

그리고 꿈의花瓣을 「하나 둘」하며 「M P 가 나를 사랑치안느냐ㅡ 사랑치안느냐ㅡ」하며 차례차례 써

보내엿습니다. 그리고 만일 「사랑한다」하는곳에서 「매인나종꿈입사귀가 썰어지면」成功한것처럼 空

울줄못이 滿足하엿스며 그러치안코 사랑하지안는다는곳에와서 그 매인나종꿈입사귀가 썰어지면 空

然히 落望하는 생각이나며 비로소 그헛된것을 嘲笑합니다. 그러나 어느틈에 쏘다시 그꿈입사귀를써

보고십허못견대 재되나이다. 저는 僥倖을바라는同時에 말할수업는 迷信者가 되엿습니다.

오늘은 제가 누님을 맛나뵈러 가지안으랴하엿고나 W君이 Piece 를 차저달나하여서 누님에게로 왓다

섯습니다.

누님이 나오기를 기다리고잇슬동안에 나는 다만沈着하고 고요한마음으로 正門압 플라토홈을 왓다

갓다하엿나이다.

그러다가 鬥열니는소리가나더니 나오는사람은 누님이 안이고 그 P이엿습니다? M P는 나를

보더니 쌩긋우스며 고개를숙여 례를하여주엇나이다. 그리고 그곳에서잇섯나이다. 그뒤를써러나온이

가 누님이엿지요!?

저의마음은 이상하게 깃벗나이다. 그리고 아조 무슨希望을 일운듯하엿나이다. 길거리로 거러 다니

먼서도 或시나 M P를맛나 인사를주고바들만한瞬間의機會를期待하는 저는 누님에게로 갈때마다, 그

M P를맛날수가 잇슬가? 하는期待를가지고다니엿나이다. 오늘도 그期待를 조끔일지라도 안이가지

고간것이 안이엿거마는 그M P가 잇지안을줄안 저는 산조斷念을하고 갓섯습니다. 그래 그M P를맛

난것은 아조意外이엿지요.

누님 그M P가 무엇하랴 누님보다도 번처 저를 보러 나왓슬가요? 어딘아오를 맛나랴는 누님와마

음이엿슬가요? 반가운情人을맛나라는愛人의마음이엿슬가요? 무엇이엿슬가요?

그는 저와오래동안말을하엿지요. 그리하고 초靑이푸른 잔되사이를 누님파저―세세사람이 散步

하엿지요? 저의가 그 좁은길노지내을쌔 저는 그M P에게

「R을엇던케아섯든가요? 」하고 물어보앗습니다. 그 M P는 조곰 얼골이 붉그래한中에도 微笑를

쌔우며

「네 그전에 한두어번맛나뵌일이 잇섯서요? 」하고 對答을하엿지요. 그소리를듯는저는 곳

「R은참조혼사람이야요」하엿지요. 그리고 그M P는 곳 달은말로옴기여바려엿나이다.

그러케한지 十分쯤되여 누님파우리두사람은 무산조용히할말이나 잇는것처럼 주저주저하엿나이다

그러닛가 그M P는 곳恰悧하게 그것을알어채이고 안으로 들어가바리엿지요.

아아그쌔 저의마음은 아조 섭섭하엿습니다. 우리가 우리의필요한 이야기를하지못한다하드래도 그

M P는 써나기가실혓나이다. 그러나 그의검은치마자락의그림자는 보이지안케 사라저바리엿나이다.

그쌔 누님은 절더러이야기를하여주엇지요. 그M P를 R이사랑하랴다가 그M P가 排斥을하엿다

는것을―― 그리고 그M P가 저의 그누님이盜賊하여간原稿를보고 아조 度外의讚賞을하드라는것파

저는 누님파 作別을하고 문밧그로 나아오며 信仰이적다라는것을

「내가 幸福한者냐? 不幸한者냐? 」하고 혼자 소리를질러 보앗습니다. 그러다가는 그 信仰이 적다고

하는데 對하여는 적지안은 不快와 쏘한엽흐로는 熹微한失望을쌔달엇습니다.

그래 집에 도라와 아래목에 누어서 여러가지로 그M P와저사이를무지개빗나는 아름다웁고거룩한

것으로만 얼거노아보다가도 그信仰이란말을 생각하고는 곳 疑惑속에 헤매이엇나이다. 그리다가는 그

의집에서본 On The Eve 를 읽든것이생각되며 그 女主人公 에떼―나의日記가 생각낫습니다

그의 愛人인사로쯔와 그의아버지가 그와 結婚식히랴는 크르나도ー스키ー를 比較하여 인사로쯔에게
는 信仰이 잇슬지라도 크르나도ー스키ー에게는 信仰이업섯다. 自己를밋는것만으로는 信仰이잇다고
말할수업스닛가……。

누님 저는 이글을볼째 공연히 失望하엿습니다. 에ーー나는 信仰잇는사람을 사랑하엿스이지요. 그리
고 信仰업는사람을 사랑치안엇습니다. 그러면 M P도 언제든지 信仰잇는사람을 사랑할터이지요?

그러면 그 M P가 저에게 信仰이업다고한말은 저를 동생이나 親友로역이는지도알수업스나 愛人으로
생각지는못하겟다는것이지요.

누님 그러면 저는 失望할가요 落膽할가요? 信仰이란무엇일가요. 물론누구에게든지 信仰이업는
사람이역습니다. 누구는 예수를밋고 釋迦를밋고 偶像을밋고 여러가지를미듭니다.

그러고 쏘自己를 밋는사람이 잇기도합니다. 그러고 누님 저도 무엇안지 잇겟지요?
信仰이 업는사람이 이世上에서 生命을 가지고 살어잇다는것은 거짓말이닛가ー누구든지 各各 自己
가 信仰하는것이 잇기째문에 이世上에 살어잇스닛가, 저도 쏘한 이세상에 살어잇는사람이라 엇더한
信仰이든지 가지고잇겟지요。

저ー 엇더한宗敎를 어리석게밋는사람들은 各各自己의信仰만이 참信仰으로 생각합니다. 그리고 남
의信仰을 嘲笑합니다. 그러나 한번더ー크게눈을쓰고 고개를돌녀 四面을 둘녀보는者는 各各 이것마

저것을對照할수가 잇슬것이지요 그리고 各各 長處와 缺点을 차저낼수가 잇슬것이지요, 이불을뒤집어
쓰고는 勿論 그이불속뿐이 世上인줄알터이지요。그리고 그속에만 참眞理가 잇는줄알터이지요 그러하

나 그이불을 불상히역이지요 그러면 이世上에는 그이불을버서바린자는 그이불
쓴사람을 불상히역이지요 그속에만 그이불을 버서바린者는 그이불을 여럿이잇섯습니다. 그리

하여 그이불을뒤집어쓴사람들을 아조 불상히 되랴합니다。다만 엇더한일홈알애에서든지 그온宗窗ー가
그러면 저도 그이불을 버서바린사람에 한아이 되랴합니다。

또차서 永遠부터 永遠外지 변치안는 眞理를 밋는사람이 되라하나이다。그리하고 다만 그것을 求할뿐

이요 그것을 體驗하라할뿐이와다。

勿論사람은弱한것이지요 心身이 다一强하지는 못하지요 제가 엇던한째 本意안인일을할째가 잇다

하드래도 그것은 다만 弱한싸닭이겟지요 그러고 그것을 깨닷는째는 그것을고치겟지요。

그러고 누님 한가지 신어말하여둘것은 Quo Vadis 에잇는 뷔니쥬쓰와갓치 리자아의信仰

仰으로因하여서 저도 그뷔니쥬쓰는 되지안켓지요。

아아그러나 누님 제가 엇지하여 이와갓혼말을쓸가요。사랑보다 더―큰信仰이 이세상에 쓰어대잇

슬가요。自己의生命外지犧牲하는것은 사랑이 잇슬뿐이지요 사랑으로나고 사랑으로죽고 사랑

으로살기만하면 그사람의生은참生이 되겟지요。그러하나 저외는사랑을 생각할째마다,마음이두군거림

니다。처음우異性에게 사랑을 求하는者가 누가 주저하지안은자가 잇고 누가 가슴이 설네지안는者가

잇슬가요? 그러면 사랑이란罪惡일가요? 죄지은者와뚝갓혼 셜넘과不安을 깨닷는것은 엇지될가요

그럿습니다。우리人生에게는 두가지큰問題가 잇슴니다。그것은 熱情과理智입니다。이세상의歷史

는 이두가지의싸홈입니다。그러고 모든不幸의根源은 이熱情과理智가 서로容納하지안는곳에 잇는것

입니다。

그리운異性을 보고 自己마음을 披瀝지못하고 혼자 疑心하고 懊惱하는것도 이理智로因함이지요。저

는 엇더케하면 이理智를 沒却한熱情만의人物이되랴하나、그理智를沒却한熱情의人物이되는것까

지도 理智의부르지즘이지요。時間이 업서서 두어마대로 大綱만쓰고 요다음 언제든지 機會잇스면 熱

情과理智에對하여 좀 써보내랴하나이다。

二二

조용한저녁날에 술주정순가티 저는 정처업시 헤매이나이다。안개빗저의가슴에서는 눈물이째엽시

솟나이다、

아아 누님、누님은 다만 참사람이 되여주시요、저도 쓰한 그러케되랴 하나이다。

오늘 저는 쓰다시 R의집을 갓섯나이다。그R은 잇지안엇습니다。그러나 얼마잇지안으면 곳들

어오리라는 그집사람의 말을듯고 저는 그의방에서 기달니게되엿나이다。그러나 R이 저와兄弟갓치親

하지가안으면 그와가티 主人업는방안에 들어가 안저잇지를못하엿슬터이지요 그래 그와親라하는무엇

이저를 그의방으로 들어가게하엿나이다。

저는 그의방에 들어가 그의책상압헤 안젓나이다。그때 문득 저의눈에 보이는것은 그가 써서노혼

편지엿나이다。그리고 그편지皮封에는 M P라씨여잇섯습니다。저의마음은 공연히 쉬기하는마음이

구며 쓰한 그편지를 기여히 보고십흔생각이 낫섯습니다。마침多幸한것은 그편지를 封하지안은것이엿

나이다。

저는 그것을 보앗습니다。

그속에는 이러한말이 씨여잇섯습니다。

……D H는 未熟한文士이요。그리고 一個 Bourgeois 에지나지못하는사람이요……라고

아아 누님 저는 손이썰니엿나이다。그리고 그片紙를 다시 그자리에노코 그대로 밧갓흐로쩌여나왓

습니다。그리고 길거리로 거러오며 눈물이날만 모든것이 원망스러움고 쓰한업흐로는 憤한생각이

나서 못견대엿나이다。

그리고 그사랑하는R이 그와갓흔말을써서 보내일줄은 참으로아저못하엿나이다。

누님 그리치오 저는 글쓰는데 未熟하겟지오 저는 거긔에조곰이라도 異意를말하랴하지안나이다。그

아아 그말을무엇하리 M P에게 할것일가요?

저는 一個참사람이 되랴할뿐이외다。

저는 文學家 文士라는 稱號를 願치안어오 다만참사람이되기爲하여 글을봅니다。그리고 늣기는바

견대얼수업섯섯습니다。그리고 나와갓혼듯김파새달음이 우리人□□爲하여 조곰이□도 보탬이될가

엿습나다。

그러나 저 一個人의 成功은 엿기가 어려울터이지요 제가 늣기고써닷는것은 길고 진宇宙의 生命파합써 만코만촌사람들이 쌔달은것에 다만 멋千萬億分의 一이될낙말낙할터이지요 그리고 그 저의生命이 끈이 는날에는 그것보다 조금 더하여질쑨이지요。그리고 그것보다 더―큰무엇을 願할자라도 有限한저의肉 體와精神을 그것을容恕치안울려이지요。

그러면 제가 Bourgeois 나 Prolotaria 나 무엇 엇던한불음을듯든지 언쩨든지 참사람이되랴 할쑨이 외다。

아마 이世上의모든眞理를 혼자쌔달은줄아는사람일지라도 이 참사람이되랴는데서 더―버서나지는 못하엿슬러이지요。

그러나 저는 오늘부러 親愛하는親友하나를 일허바리게되엿나이다。아모리 아모리 제가 너그러운 마음으로써 그전파갓치 R 을 對하랴하나 그는나를 謀陷한者이지요。엇지 그전파갓흔 情誼를繼續할수 가잇슬가요。

그러나 저의마음은 괴로웁습니다。그리고 그K C를 가면서 저에게 兄弟와갓치지내자든것을 생각 하고 쓰는 그동안지내오든 情分을 생각하고 그것이 다만 한瞬間에 쌔여지는것을 생각할쌔 저의마음 은 아조안타까웟나이다 그리다가도 그R의손을잡고 깃거워하고십헛습니다。

三

집에서 나올째 동생L이 울며 쏘차나오면서

「형님 형님 나하고가―」하며 부르짓나이다。그리고 두팔을벌니고 저를바라보고잇섯습니다。그 러나 발이쩌러지지안치만은 하는수업시 어머니에게 L은맷기고 쏘다시 R을 차저갓나이다。

엊제 저녁늦도록 잠울 자지못한저는 오늘 쏘다시 새벽에 일죽일어낫슴으로 몸이 조금 疲困하엿나 이다。

서는 R의집으로 가면서 멋번이나 가지안으리라고하여 보앗습니다。날마다가는 R의집에를 一週日이

나가지안은저는 오늘도 쏘가볼마음이그괴 안치는안엇섯습니다。R을생각하면할스록 분하고 답답한저

는 언제든지 그마음을눌으랴고하얏스나 그리 속마음이편치는 못하엿습니다。

재가 R의집에 들어갈때에는 아조 마음이 유쾌치못하엿습니다。

R은 저를 보고 힘업시 저의손을잡고 인사를하여주엇습니다。그리고 「어서오게」하는소리가 아조

반갑지못하얏습니다。저는 그R을보기전에는 반가움게인사를하리라한것이 지금 그를맛나보닛가 공

언히 그와합띄잇는것이 실혼생각이 나서 그대로 밧갓흐로 나오고십헛습니다。

저는 그대로 서서

「거러날맛나지못하여서 좀보고나갈가하고……」하며 그를치여다보앗습니다。그는 다만 고개를

쏫덕하며

「응……」할뿐이엿나이다。저는 갑작이뛰여나오고 신헛습니다。그래

「녀일 쏘봅시다」하고 그대로 뛰여나왓습니다。그R은 아모 말도 업서 힘업시 自己방으로 들어가

바리겻습니다。

아아、누님 우리두사람사이는 엇재이려멀어젓슬가요?무슨間隔이 생기엿슬가요?그리고 부순줄이

쓴어젓슬가요? 저는 그것을 알수가업습니다。

재가 鐘路로 거러올때이엿습니다。저쪽에서 뜻밧게 그MP가 거러왓습니다。그쩨 저는 그MP

와맛나 인사를하리라하엿습니다。그MP는 엇던 한洋服입은이와함쎄 저를 보앗는지못보앗는지 저의것흐로 그대로지나가버

리엿나이다。저는 다만 지나가는 그만 바라보고잇다가 손을단단히쥐고 「에— 고만두어라」하엿습

니다

저는 말할수업는 煩惱가운대 「에、雪影에게나 가리라」하엿나이다。그리고 川邊으로 그의집을 차

저갓습니다。그때 저의마음에도「雪影이가 잇지안으리라」는 생각운업시 의례이맛나려니하엿나이다

그러나 雪影을부로는 저의목소리에 그怜悧하고 커여운우리누의동생의목소리는나지안코 그의어머니가

「업소」하고 冷待하닷 普通손님과갓치 대답운하엿습니다。그 소리를듯는 저는 공연히섭섭한생각이나

며 쓰는 雪影이가 저를 한낫지내가는손처럼생각하는듯하고 쏘한 엇떡한情人이나 차져가지안엇나할

며 오다비노릇을하랴는저도 공연히 嫉妬스러운마음이나며「다ー고만두어라」하는 생각이나고 공연히

威傷의마음이 낫습니다。

저는 그대로 집으로 가습니다。집문간에서 노든L은 반기어마지면서 두팔을벌니고 저에게 떡안기

며 몸을비비쇠고 그의가는손으로 근지러웁고차듸차게 저의쌤을문질너주엇나이다。그때 저모든 威傷

의威情은 가슴한복판으로 모아드는듯하더니 눈물이날듯날듯하엿나이다。그때 그L은

「형님 업마○……」하엿나이다。그래저는 그에게 입울마추랴하닛가 그는무엇이 滿足지못한지

「안이 안이 커봇잡고」하며 그의손으로 저의두귀를 붓잡고 입을 마추어주랴다가 쏘다시

「형님도 내귀붓잡어」하엿나이다。저는 그L의귀를 붓잡고 입을마추엇나이다。그러나 그때 L은저

불 처여다보며

「형님이 우녕」하엿나이다。아아, 누님 저의눈에는 눈물이 나왓섯습니다。그리고 마음껏 그L을

쩌어안고 울고십헛습니다。(꼿)

꿈의 나라로 (外三篇)

懷月

꿈속에잠긴 외로운장이
現質를써난「빗의고개」를넘으라할쌔
비에문어진 잠의 님업는집은
가엽시 깁히깁히문어지도다

그리우는그림자를 잡은안고서
옷피는꿈길을 다라날쌔에
바람에붗웃는 잠의집속에
「生의苦痛」은불<붉>게라도다。

허터진내가슴、문어진잠의집은
꿈나라로다라난 잠을차지려
굿게다든 꿈성을두다릴쌔에
붉은비는쏘다저 꿈길을막도다

「빗의고개」를 내게주소서
술 흐르는祭壇에서내가울면서

「꿈의나라」를내게주소서
누른香氣피우면서내가빌도다。

꿈나라로내가가려고
피 흐르는진길을내가거드며
煙氣찬 魔房에내가홀딜쎠
꿈성울나는두다리도다。

꿈나라수풀속에 몸을갑추인
반가운 잠을 내가잡고서
幸福스런 꿈나라로거르려하나
그리우는 그림자를 잡은노치다

꿈나라넓은길을내가단이고
옥어진 수풀속에차저서보나
두려운 비소리만 꿈길에차당

그림자를나는또치다

밤은 쓸쓸한
비오는거리로、셜면서

（그그솔글동연）

- 180 -

밤은　구슬흔
눈물에젓는廢園으로、날오는
허러진　꼿그림자를나는찌처당。

해빗에　번적이든
大地우에그림자가업서질쌔에
어둠의거리로비틀거리는
눈물우에　그림자를나는찌처당。

눈물은　쓸인데
춤추는　그림자는、어지러히
허러진　險한마음을밥고가도다

눈물에쩌나가는　모든그림자여-
어대로　가려느냐?
꼿업는廢園으로쩌나가는너야--。

허러진　마음속에
수만흔　그림자는

커여운그대의 가슴에안겨
한숨의소리로 비둘거리다。

밤은 쓸쓸한
한숨쎠도는 거리우로
그리우는 그림자를나는 쯔치다

어 둠 넘 어 로

가슴답답한 보라빗하늘
어둠이모라드는 검은구름넘어로
비의줄을 타고나리는
못방울의노래가흘러나오도다

밤은그윽한 별박힌하늘
바담쩌 쩌구로째지는어둔밤넘어로
별빗을 타고나리는
그리운이의얼굴이 써나려오도다。

어둠넘어로 어둠넘어로,

(우담업는어둠속에서)

내눈물에가리운 어둠넘어로、
내한숨에씨어진 어둠넘어로、
눈물의줄을 타고나리는
문어지는큰 소리가 흘러서오랑

한숨에 「삶」의꼿은쩌러지도다
꼿피라는 봉네는부어나리나
「삶」이허터진 어둠넘어로
어둠넘어로、어둠넘어로

사람─사람─
「삶」의幕가린 어둠넘어는
사람의꼿피는 어둠넘어는
빈들우에써지는 쓸쓸한별섇──。

幽靈의 나라

「꿈은幽靈의춤추는마당
現實은사람의괴로욱、불부치는
싯뻘언 鐵工場─」

「눈물은 불에달은

피로옹의 찌뜨져
사랑은 몸속으로부르는 女神ㅡㄴ

아ㅡ괴로움에타는
두사랑가슴에
몸의띠를 안들어노코
幽靈파 갓치 춤을추면서。

타오르는사랑은
차듸찬 幽靈파 갓도다。

現實의사람사람은
幽靈을두려워 써나서가나
사랑을가진우리에게는
쯧파갓치아름답도다

아ㅡ그대여ㅡ
그대의흰손파팔을
이 어둔나라로내밀어주시요ㅡ
내가가리라、내가가리라、
그대의흰팔을 조심해밟으면서ㅡ。

幽靈의나라로、 꿈의나라로

나는가리라ー아ー 그대의팔을ー。

——(二二ー一月二十三日)——

가을의 風景

李 相 和

脉풀린해ㅅ살에、 번적이는、 나무는、 鮮明하기東洋畵일너라

흠은、 안악네롤감은、 天鵝絨허리띄갓치도、 싹숨어라

묵어워가는나비날애는、 듬을고도衰하여라、

아、 멀리서부는피소랜가!-하늘바다에서、 혜염질하다。

病드러힘업시도섯는잔듸풀—나무가지로

微風의한숨은、 가는(細)목을메고、 썰덕이여라。

참새소리는、 제소리의몸짓과함께가볍게놀고

溫室갓흔마루끗에누은검은괴의등은、 부드럽게도、 기름저라。

靑春을일허바틴落葉은、 미친듯、 나붓기여라、

설업게도、 길겁게、 조으름오는寂滅이、 더부렁그리다。

사람은、 부질업시、 가슴에다、 싹닭도모르는、 그러움을안고、

마음과눈으론、 지나간푸름의印像을虛空에다、 그리여라。

—「벙어리노래」에서—

To_____.　　　_____S. W. Lee._____

What use is poem, what use is it to say,
Only, when I would embrace thee again, never more?
Without affection, lonesomely——dangerously, spending this day.

Thou went too early in the cosmosic circulation.
Thy bequest, that thou planted iu my heart deep,
Unavailingly yet croons chasing the days of glorification.

O Honey! why my rosy face paled like the moon——
and my thoughtful soul whenever look for thee?
But' twas in vain, thy country was too dark and ruin.

Only night, I build thy heavenly figure adumbral;
Upon my vision's sighful canvas,
and then, my eyes was a stormed channel.

O void forgetfulness! May I rest in thy pond deep,
and I would no more want, except one thing——
Let me sleep—without wake—let me sleep………

————From the "Bereft soul"————

牛涎 愛兄에게

나의恒常思慕하는漂泊의길우에계신

—멀니漢陽에잇는어린아우春城으로부터—

오늘은 一月五日。

그리하고 밤열한時。아ㅣ 宇宙는、죽은듯시 고요합니다。「死」의屍體가누은무덤파갓소이다。다못 窓새로쌀쌀한바람이、칼날갓치부러드러오고、그넘어로는、蒼白한月色이、눈싸인뜰우에、소리업시호 룰뿐이외다。

아ㅣ 兄님? 나는方今손에펴든「바이론詩集」을冊床우에더지고、하염업시안저、저편바람(壁)만 바 타보고잇소이다。그바람에는、형님이주신 未來의「달알에쓸」이라는그림이걸려잇소이다。나는한참 동안이나、精神업시、그그림을바라보앗나이다。하얀달빗은、자최업시、좌좌大地우에쩌러지고잇는 가지(枝)가지푸르룬、한가루의느틔나무(槐木)가、몸갓치서늘한그늘을써우에더젓스며、그나무그늘 알에는、엇던어엽본아가씨가、두다리를써친후、고개를숙이고、두팔을한대모은후、고요히안젓소이다 그리하고、稀微한煙氣가、뭉게뭉게서린저便으로는、깁흔참속에싸진듯이、잠잠하고、그윽한、한채의 死家가보임니다。

아ㅣ 兄님! 그女子는무엇을생각할가요? 愛人의옛자최를생각합일가요? 親友의故情을생각합일가 요? 左右間沈默에잠진밤빗을등에지고、나무새로새여나리는달빗을、몸에둘드리면서、그무엇을切實히 생각합은事實이외다。

아ㅣ 兄님! 나는이그림을볼적마다、兄님을생각하지아니할수가업소이다。끗그ㅣ그림의女子와갓치 눈을감고、고개를숙인후、兄님을늘생각하나이다。眞珠갓흔이슬이、풀우에방울방울매처、도다오는아

춤혀에、愛人의눈과갓처、반짝반짝光彩나는풀밧을밟을때에도、兄님을생각하고、졈은女神의乳房파갓

혼하안달이、푸른하늘에뚜렷이솟아、玉빗갓흔抱擁의香氣가、天地우에넘처흐를때에、한거루의林檎!!

무릇등에지면서도、兄님을생각하나이다。그리하고、비오는아츰파、별빗쌀작그리는밤에도、兄님을생

각하나이다。

아아兄님! 벌서再昨年가을이지요。뜰에는、서리가나리가始作하고、山에는、아즉도丹楓이떠러지

지아니하엿슬때、내가兄님의집을訪問한즉、兄님은、여러가지로煩悶하는나를慰勞하여주면서、人生問

題에對하야는「나도사람의「生」이라는데對하야는、以前에만히생각하야보앗다。그러나「無以大」한字

宙中에、한「아롬」인나로는、到底히 그原理를理解할수가업섯다。理解하랴합이、도리혀煩悶을사게

됨으로、모든것을모다自然애맛기고말엇다」말삼하시고、「이社會의모든道德이나、

法律은、모다資本家를위하야、만들어노앗다。돈잇는자에게는、그法律과道德이、모다金科玉條이나、돈

업는자에게는、그法律과道德이、모다원수요、障碍物이다。十年後이나、百年後이나、언제나한번은、이

道德과法律을깨칠、「匪![X]]이잇고야말것이다。」이러케말삼하지아니하엿슴니까? 이재나는兄님의말

삼을매우滋味잇게들엇지요。그리하고한참 맛방치를때다가、那![X][도라오는길에、兄님은[달알게씰]이

라는그림을 나에게주면서、

「다른이不自由하고、不公平하고、滋味업는社會에서살수가업다。機會를모아、나는가련다。시베리아로

든으로、南北滿州로、그리하고、우랄山을넘어、[X][X][X]으로、쓸쓸튼만크、自由러운[X][X][美][X]로」

고。

더리케말삼하섯지요? 그리하고、與奮된주먹으로、房바닥을두어번、두다리신후、다시말을이어、

니다고。」말삼하시고는、봄플우에나리는혜빗갓흔微笑로、나의엽굴을치어다보시며、나의손목율[X][X]

여주시지안엇슴니까?

아ㅣㅣ 兄님！ 그러듯이나를사랑하는兄님은、 그후二十日이지나지못하야、 行裝을團束하야가지고鴨

綠江을건너고、 瀋陽城 지나、 시베리아로向하셧나이다。

아ー兄님이써나시든、 十一月廿五日！ 그리하고、 밤열한시、 나는잇지아니하나이다。 永遠히이저바리

지안켓나이다。 하늘은「無限愁」에깁히잠겨、 暗澹하기싹이업고、 그우에실비(絲雨)가、 나실나실나리

는그날밤。 그리하고、 시드른나무입새를가만히흔들고、 애츠러이불어오는바람이、 停車塲의한안電燈불

을、 날사게휘씨든그날밤。 아ㅣㅣ事情모르는汽笛一聲이、 뚜ー하고、 漢陽城中에、 한줄기波動을일으키자

兄님을실은奉天行汽車는、 써나기를始作하엿지오? 아ㅣㅣ나는、 그때만약힘이잇섯더면、 다라나는汽車를

두손으로붓잡고、 兄님의多情한얼골을한번더보는同時에、 滋昧러움이약이를엇마더하엿겟나이다。 그

러나、 힘이업는나는、 汽車도붓잡지못하고、 가슴에무엇이매달닌듯이、 갑갑하고도氣가막혀、 발만구르

면서、 汽車가蓬萊橋를지날째까지、 「행키치푸」만들넛소이다。 마치、「아ㅣㅣ靑春」에잇는、「쩨리온」가그

의愛人을남겨두고、 自己故鄕으로도라갈째、 그의愛人「마리온」가、 汽車의지나가는線路엽헤서、 琉璃窓

으로내여민、「쩨리온」의머리를向하야、 알음(抱)에안앗든、 薔薇쏫을、 한송이두송이、 限업시、 더질째

에、 그도그의愛人의얼골이보이지아니하도록、 熱狂的으로「행키쳐푸」를두루듯이、 나亦熱狂的으로엇

지할줄을아지못하고、 스러가는兄님의얼골을向하야、 멋번이나「행키쳐푸」를흔드럿는지아지못하나이다。

아ㅣㅣ兄님ー 그후나는멋칠동안은、 싹을일흔鴛鴦새와갓치、 都是情부칠곳이업서서、 낫에는、 겨우會社

에出勤하엿스나、 밤에는空然히가슴에서「회오리바람」이일어나며、「너머도갑갑하고、 너머도쓸쓸하여서

公園으로、 劇場으로、 講演會로、 밤이새도록다단엿나이다。 그러자、 兄님써나선지、 나흘만에「長春

에서」하는

「아ㅣㅣ 어린아우春城아！ 나는너를써나、 이곳까지 無事히왓다。 日間北行할모양이다。 海蔘威로

나코리스크로、 치씨로、 어대든지、 발가는대로가겟다。 아ㅣㅣ압길을생각하매、 마치籠中의小鳥가、 大

초을그리다가、 그립은古巢에도라온듯하다。 이곳만하여도、 大陸的의시원한氣分과、 自由러운空氣가

나의가슴을爽快케한다。「埋骨豈有墳墓地」「人間到處有靑山」이라는詩가、생각난다。죽으면죽고、살면살고、어대든지、가고십흔곳까지 나는가겟다。그리하고、나는方今、「金錢」과「自由」에對하야、宣戰布告하엿다。이로부터、金錢을닛고、自由를어더、金錢은불상한貧者에게주고、自由는「[illegible]」、弱小[illegible]에게주고저한다。그勝戰與否는、나의알고저하는바이안이다。모든것을、自然과運命에게맛기고、그저죽기까지싸호고저할뿐이다」

하는片紙를밧고는、大端히깃버하엿나이다。그와同時에、一層兄님의생각이懇切하야、울고십헛나이다。그러나그후에는、낫이가고、밤이감을조차、하루、열흘 한달、두달、몃달을기다려도、兄님의消息은頓絶하더이다。아!!그때나의마음이얼마나갑갑하고、쓸쓸하엿슬가요? 여러말아니하여도、兄님이잘理解하여주실줄아나이다。나는그때、兄님은두말할것업시、「死의彼岸」의主人公이되섯다고、생각하엿나이다。그리하야、躁急하고、緊張하든나의맘도、한풀어저서「되여가는대로살아보자!」하고、모든것을自然에맛겻나이다。

가는것은歲月이오、빠른것은光陰이라。그해겨울에、南山北山에집채갓치싸혓든찬눈도、해가밧귀고봄철이갓가워옴을조차、次次스러지고、於焉間北岳山허리에、뵈는듯마는듯한軟紫色아지랑이가실실이層을지내、고요히부러오는일흔봄바람(初春의風)에、이리로、저리로、아른아른춤니재되엿나이다。이때이엇나이다。나는그어느날、亦是會社에出勤하야、펜을들고잇는사이에、뜻하지아니하엿든兄님의片紙를바닷나이다。나는그片紙를밧고、울고도십고、웃고도십헛나이다。그야말로、喜悲交集이엇나이다。

「아!春城아!모든것을容恕하여라! 쯧업는放浪에、너까지이저바렷다。그러나、事實이저바린것은아니오、다못무슨事情에、片紙를中止하엿슬뿐이다。아죽까지、一定한住所가업시、물우에흐르는浮萍과갓치、물결과바람을쪼차、이리저리로漂泊하고잇다。아!!이漂泊의生涯! 나는이속에서「無限苦」와「無限愛」를맛보고잇다。마음대로、그리고、생각대로、살아간다는것이、「靑春의快[illegible]」

운遺憾업시發揮한것이라고생각한다。 그러나、故國을생각하나、눈물매서는鄕愁의熱火가、가슴속에 타오른다。 언제나歸國할는지?

아ー어린아우야? 그동안健康하여서、事務에熱心하엿느냐?「文藝」는너의天職인줄、空然한선생각말고 만히쓰고、만히읽고、만히배워、그로써立身하도록하여라ー 來來너의健康을빌고、그만붓을놋는다

──一九二一年二月廿日……「니코리스크」를지나는젊은兄牛涎으로부터──

어린아우春城에게

나는이片紙를읽고읽고또읽엇나이다。 그러나、回答할수업슴을무엇보다도、遺憾으로생각하엿나이다 엇지하면? 回答을할수잇슬가? 언제나一定한住所를定하시고、片紙를하시나? 하고、꿈시도에쓰고갑갑하재지내엿나이다。 그러나、이번도亦是無消息이엇나이다。 그해봄에피엇든꼿이새러지고、다시綠陰이지고、丹楓이피고、다시흰눈이、한송이、두송이、北岳山을넘어、漢陽城中에、梨花世界를만들때에지、一字의音信이업섯습니다。

아!! 兄님。 알아나녀하여도나의마음을넉넉히推測하여주시겟지오? 내가얼마나한愛慕와寂寞을늣긴것은期於히나의辨明하고저하는바이아니외다。 그리하야「이제는、정말도、사랑하든兄님을잇어버렷고나」하고、생각한즉、나의마음속에서는、아지못할「슯흠」과「외로옴」의눈물이、한방울、두방울옷깃우에떠지더이다。 나는날마다、會社에서退勤한후에는、翠雲亭을밧과、銅雀等地도、외로히彷徨하기를마지아니하엿나이다。 그리하야、숨잇울굴니는山바람을、가슴에쐬이며、검푸른나무그늘이、서른어른을니는幽邃하고、森嚴한숨밧속에서、외로운목소리도

가볼가、그만둘가? 北極찬별알에
「뫼세아」는、北便나마뭇을모르네

하며、가슴속부터안고、凄凉한노래를몃번이나불넛는지모르며。자진저녁烟氣가、몸갓치무르녹고、그우에、고요한殘照의夕照가、붉웃밝웃새도는、漢江下流를바라보며、漢江神社우에서、

사랑하는나의兄님?

언제나도라오려나?

하고, 애닯히노래한것도,

미스」라는處女가, 그의愛人「스미쓰, 하ー데」를일허바리고, 너머도귀가막혀, 「오룬스」라는 흰눈이

싸인, 限썻넙고도, 크다란벌판을, 사홀동안이나쏘단다며,

어쩔가? 이마음

못잇는 그의사랑ー

그의손이 걸어주든

眞珠의목테마는

오ー멋수도내목에걸러잇나

그러나, 어대갓나?

그이는, 그리고그의손은

아ー나는울겟다、이모양으로

쏫업시漂浪하면서

그이의넛얼골을

내가슴속에부더안코。

하고노래한것마갓치、나도언제한번은、銀가루갓소흰눈이、보기조케쌔쉰西氷庫벌판에가서、발로

싸인눈을밥고、머리로는、나리는눈을바드면서、해빗은 지는지모로게、西山에잠기고、「잠世上」갓혼어

독한밤빗이、天地를휘쌜써까지、어듸로、저듸로、쓰단니며、

「시베리아」의 희눈벌판

「오로로」의 찬바람。

아ㅡ그립다。너의가슴
우리兄님의품속에

하고、목을노코、처량히소리하엿나이다。
　　　살앗느냐? 죽엇느냐?

아ㅡ兄님?이러로시、兄님을懇切히思慕하든나는、一九二一年이、지나가고、一九二二年이몰아와、새

해첫날아츰에、떡국을먹으면서
勝利의花環을품에안고
健康의樂으로노래할
一九二二年을마지하소서
　　　새해첫날

하는兄의年賀狀을바닷나이다。
「모스크」에잇는　　牛涎兄으로브터

아ㅡ兄님?이쩌나의心理가、엇더하엿슬가요?그저「반갑고도、설엇다」는말外에는、나는別한形容詞를發見하지못하겟나이다。限셋마음이푸러지고、限셋落望이되여、다못兄님을、永遠의客으로만생각하든나는、이年賀狀하나로、다시새勇氣를엇고、다시새期待를어덧나이다。

「아ㅡ兄님이살앗구나」하고、어린애가러、무릅을치며、깃버하엿나이다。곳나의가슴에는、푸른香氣

와、쌔스한氣運이、가득하여지며、어느아지못할甘美의世界에、몸을옴진듯하더이다。
나ㅡ兄님?그동안漂浪의生活이、얼마나困하시며、또는몸이나、健康히계셧습니까?참말兄님의오늘

쩌지지내면、生活의全休를、나는듯고십소이다。
「봐이칼」湖水를지나고、「우랄」山을넘어、數萬里를跋涉하신、그苦鬪의歷史를알고섯소이다。「시쎄

리아」一幅에싸인눈과、「모스크」一帶에부는바람을目擊하시고、느세신눈물의生涯를알듯고십소이다。그

동안싸우고、헤매신總決算의報告를알고십소이다。

아ㅣㅣ兄님? 漢陽을생각하실때、이아우를잇지아니하시겟지오?그와同時에、나의苦悶生涯를생각하여

주시겟지오?나의內的戰鬪는、아즉까지、解決이업나이다。나는다못最後의批判만기다리고잇소이다?풀속에숨진한

울음은마르고、웃음은슬어져、기름업고、生氣업고、潤澤업는「生」을持續하고잇소이다?달알에胡笛소리가튼、甘美의사

송아리의「百合」가튼나의아름다운理想도、벌서쌔여진지가오래엿고、사랑도일코、理想도일코—「幻陰」에彷徨하는、어둠

의迷兒가되엿나이다。「靑春의甘美」를두발로짓밟고、그우에모래를썻는、쏫진者의무리가되엿나이다。

世上의모든不公平을怨憫하야、그우에灰色무덤을만드는、압흔이의、피수가되엿나이다。

아ㅣㅣ兄님?나는살기가실혀젓슴니다。永遠의나라가、그립게되엿슴니다。그러나、살기싯차지는、싸우

랴고하나이다。이것이사람의살아가는그무엇인가합니다。웨사는지도모르면서、그저살아가는것이、사

람의普通하는일이라고생각합니다。아ㅣㅣ맛엽고、심심하고、쓰틴이生이여!하느님은、웨이러한우리사

람을내엿나?

아ㅣㅣ兄님? 那終으로들이는말은、漢陽에잇는우리親舊들의消息이외다。再昨年五月이지오?兄님과합

씨、「쎄ㅣ드」를타고、漢江을울랏다、나렷다하며、興에겨워、노래도부르고、춤도추다가、술에醉하야

푸른江우에설어졋든、紛紅의夕照가、슬어지는줄도모르고、麻浦까지쩌나려가든 우리一行의消息이외

다。그中에하나인雪坡兄은、요사이새로結婚하야、「스위트、홈」을일우고、사랑의香氣에醉하신모양

이외다。그리하고、張君은、어대로갓는지、消息을알수가업사오며、吳天錫君은、美國을갓사옵고、車

君은、方今漢圖에잇사오며、韓章尙君은、鎭南浦에나려가서、人力車를써나이다。

아ㅣㅣ兄님?二年의歲月이、그다지長久하지는아니하지만、그동안우리親舊들의變遷은、참말激烈하엿

습나다。結婚을하고、留學으로간、雪坡와天錫兩兄에게는、참말祝福의讚을들일만하나、斷然히憤怒할때

지고、人力車를써는、韓章喬君에게對하야는、別한느낌이만소이다。現代社會의모든不平을咀呪한反

抗의부르지즘을、 나는그어에게서、 分明히들엇습니다。 아니 反抗의소리여ー 生의矛盾이여ー 光明의해

여니이 天地우에、 속히自由와平等의샘물이흘러라ー하고、 나는祈禱하기를마지아니하엿습니다。

來來健康하셔서、 만혼福바드시옵소서。 이것으로붓을더지나이다。

⋯⋯(一月五日밤열두서)⋯⋯

樂　府　(高句麗之部)

東明聖王

……한 사나히「大卵의」섭떠개가를 세털이고 나오는지라、骨表ㅣ 英奇하야 나히 겨오 닐곱 살에 굽달리 삭여나더라。스스로 弓矢를 만들어 쓰니 百發百中하는지라、扶餘말에 활 쓰기잘하는이를 朱蒙이다 함으로 그들 朱蒙이라 부르더라 (高句麗本紀)

聖王이　나시오니　凡人파ㄴ　다를러라
河伯의　外孫이오　天帝의　아들인져
億萬代　榮華를　담앗스니　大卵인가　하노라

이나라　님이시니　마소ㄴ들　모로리오
하늘에　나는　새도　날개펴　덥노매라
扶餘에　福이　簿하오매　金蛙홀로　모르더라

닐곱살　다　못되셔　疑然히　쒸나시니
스스로　弓矢지어　百發百中하시도다
黎民이　片鱗만　뵈옵고　朱蒙이라　부르나라

金蛙와　七子ㅣ　매양　朱蒙으로더뭄어　노닐새　모든　재조ㅣ　다　朱蒙만못한지라、그　맛아
들　帶素ㅣ　王께　역자오되　朱蒙은　사람에게서　나지아니하엿고　그　사람됨이　勇하니　어

서 업시하지아니하거던 後患이 잇스리이다……王子ㅣ 諸匿오로 그를 죽이려할

새 朱蒙의 어머 그윽이 알고 닐오되 國人이 너를 害하려하나니 네 그 재조로써

대물 간물 무엇을 못하리오, 오대 머물다가 辱을 當보다 멀미 다라나 른 일을 함

이 조흐리로다 하고 또 朱蒙이 곳 烏伊、摩離、陝父等 三人과 치어되어 떠나니랑.

잘난이 새는 맘은 예이제나 한결인듯

辱바다 屈할이 아니니 그만 깃버하노라

創業의 雄才로도 가즌 辱을 밧단말가

大帝國 서울길로 東으로 쩌나시다

그날에 초초하신 行色을 더욱 기려하노라

쩌나다 쩌나시다 鳥伊摩離 다리시고

지아비 여히엇거늘 아들마자 가단말가

보내는 어미의안 그ㅣㄴ들 여복하랴마는

가거라 英雄의 길을 막을줄이 잇스랴

가다가 淹㴲水 (一名蓋斯水今鴨綠東北) 에 다다르니 건너랴도 다리 업고 追兵은 隔迫

하엿는지라, 물에 告하여 가르되「나는 天帝의 아들이오 河伯의 外孫이러니 이제 도

망하는길에 따르는이 뒤에 미첫스니 어이하리이오」한대 魚鼈이 쩌나와 다리를 일웟다

가 朱蒙이 건너매 모다 허터게 따로는이 건너지웃하니라 (高句麗本紀)

蓋斯水 넓엇는데 追兵은 急하고나

舟楫　곤혔스니　滄波애　어이할고

魚鼈도　聖王을　아온지　다리노하　건너니라

朱蒙이　毛屯谷에　니르러　세　사람을맛나　이름을　무르니　再思요、䄟衣을　닙은이는　武骨이오　水藻衣닙은이를　默居라하는지다、朱蒙이……　來다려널머가르되　대「내바야흐로　景命을　바다　元基를　啓하려하더니　마춤　이　三賢을　만나니　어찌　하늘의　주선바ㅣ　아니리오、」하고　그　재조를따라　일을　맛기니라。살재　卒本川　（魏書에는　紇州骨城）　에　니르러　보니　土壤이　肥美하고　山河가　際固한지다　國號를　高句麗라하니　째에　朱蒙의　나이　二十二歲니　新羅　朴赫居世二十一年甲申歲요　漢孝元帝建昭二年이다、四方이　듯고　來附하는者ㅣ　만타

承景命　啓元基의　하올일이　크다하사

하늘이　毛屯谷애　三賢을　주시도다

지화쟈　말채쳐몰아라　째왓는가하노라

紇升骨　조흘시고　土肥코　山河固하니

萬年大都를　이곳에나　세우리라

宮室은　次次로　짓자　草幕칠가　하노라

새나라　세우시니　그　이름　高句麗를

聖君이　臨하시니　四方이　來附키다

沸流水 물도 더불어 萬歲無疆하쇼셔

오는 者를 德으로 만지시고 오랑캐란 威로 服하시니

帝國의 版圖— 넓을조차 넓노매라

비노니 님의 聖德이 化天下를하옵소셔

王이 沸流水中에 菜葉이 떠나려옴을 보시고 上流에 사람이 잇소떠라 하야 사냥하사 차자 沸流國에 니르시니 그 나라 王 松讓이 나와 보고 가로되 寡人이 海隅에 僻在 하야 일주 君子를 못뵈웟더니 오늘 邂逅히 서로 맛나니 또한 幸이로다 아지못케라 그대는 어대로부터 오뇨、대답하야 나는 天帝의 아들이러니 아모곳에 도읍하 엿노라、松讓이 가로되 내 累世로 王이되엿스되 어엿 두 님금을 용납 할지만、그대 도읍한지 오래지아니하거니 나의 附庸이 되랴나뇨、王이 그 말을 怒하니 기사 머뭄이 딸로 다토시고 또한 합쓰아 서로 재조를 비기시니 松讓이 능히 겨루 지못하더라 (高句麗本紀)

沸流水 물을써다 菜葉이 흐르놋다
아마도 上流에 사람이 삶이오녀
有司야 말안장 지어라 차자갈가 하노라

寡人은 沸流國 松讓王 이어니와
海隅에 僻在하야 君子를 못뵈왓더니
오늘날 邂逅相逢하니 그 쏘한 幸이로다

아지못케라 吾子는 自何來를 하시뇨

王이 대답하샤대

나는 天帝의 아들로서 저곳에 도읍하엿노라,

松讓王이 가르되,

寡人이 이쌍에 累世로 王이 되엿거늘

작은 쌍이 두 님금을 용납치 못할지라

君子ㅣ 立都한지 日淺하니

나의 附庸이 되랴나뇨

王이 그 말을 忿히 녀기샤

말모써 다토시고 활쏘아 帝조를 비기시니

松讓이 能히 겨루디오 下馬拜를 하니라

二年夏六月에 松讓이 以國來降하거늘 그 쌍으로 多勿都를삼고 松讓으로 그 主를삼으아

시니 麗語에 多勿은 復舊土란 뜻이다 (高句麗本紀)

千年에 多勿 못보니 눈물겨워하노라

「復舊土」願이되어 多勿이라 부르도다

松讓王 설움지고 以國來降하단말가

千年내 夏六月에 피마코 울다하니

松讓王 죽은 魂이 多勿되여 復舊土를

사람아 귀기울이소라 들으실기 하노라

아희야 夏六月에 幸혀 새를 잡옵셔라
不幸히 잡더라도 소리 먼저 들을것이
들어서 復舊土라커든 多勿鳥ㅣㄴ줄 알리라

十四年 秋八月에 王母 柳花ㅣ 扶餘에 薨하셔시니 그 王 金蛙ㅣ 太后禮로써 葬하고 神
廟를 세우다、冬十月에 (王이) 扶餘에 使를 보내사 方物을 饋하야 써 그 德을 갚고
니라

十四年 秋八月에 柳花太后 崩하시다
二十年 써난 情을 풀어보지못하고서
가시는 慈母의 안을 뭇내 슬혀하노라

「가거라」 말슴 듯고 膝下 써난 二十年에
承景命 啓元基의 大業을 일우옵고
뫼시어 즐기져려니 가시다니 설워라

金蛙도 聖君이샸다 太后體도 葬하시고
廟세워 享하시니 이아니 聖德이냐
한뻐의 크신 德化는 웃간대를 몰라라

十九年 秋九月에 王이 崩하셔시니 時年이 四十歲다、龍山에 葬하고 惠明聖王이라 諡하
니라 (高句麗本紀)

秋九月　기럭이　날쌔　聖王이　崩하시다

千年　帝業을　어이하고　가시단말고

萬民아　설위말앗스라　聖太子쌰　오시니라

十八年　治天下하시니　億兆昇平　하니라

東征　西化에　大帝國　세우시고

四十平生이　雄偉도　한져이고

聖王이　가신後로　悠忽할사　二千歳률

幾多　滄桑애　遺業을　어대찻나

龍山에　달　빗겻스니　네情인가　하노라

蹂躪

玄 鎭 健

一

××女學校三年級生 晶淑은、새로한뎜이넘어 主人집에 돌아왓건만、너룸밤이 다 닭지도안하 잠을깨 엿다。이싸른동안이나마、그는 잠을잣다느니보담、차라리 주리난장을마진사람모양으로、송장가티 들어저 잇섯다。뒤숭숭한꿈자리에 가위눌리고만잇섯다。물가러 호른엽이 입운옷파이불을 홈신적시고 잇섯다。

어쩨 제周圍의모든것이 變한듯십헛다。그는 疑訝히녀기는듯이、이리저리 視線을던지엇다。 새벽비춘 허여수름하재 머다지에깃들이고잇다。맛대노헌두冊床우에、세워잇는冊들이 熹微하개보인 다。제것혜는 김히잠든 貞愛의 쌈안머리가、한벼개우에 平和롭게언치여잇다。이불이고、褥이고、벼 개이고、變한것은 하나도업섯다。모든것이 잇든그대로잇섯다。變해진것은 제自身이엇다。

그는 어재밤에 격근일을 생각하랴하엿다。그러나 그經過는 부연안개에나 갓틴듯이 호리멍덩하엿 다。뭇쓸惡夢을꾸기는우엇스되、모어쩌한것이든지、回想할수업는모양으로。

그리다、문득 어슴푸데한薄明가운데、빙그대웃는氏의얼굴이、두렷하게 나타낫다。그웃음은 남의 不幸을 깃버하는듯한、흥녀가인재는 내것이로고나하는듯한、侮辱과嘲笑가물린、辛辣한그것이엇다。 그는、무서워못견듸는것처럼、몸을 부루루 썰엇다。그리자말자、제當한일이 쏘엇쏘엇하지 가슴에 쎡나오기비롯하엿다 ……。

晶淑은 辭讓라못하야 K의 强勸하는 葡萄酒잔을 바다들엇다。 그리고 그달금한붉은물을、 조금式조금

엣 초례오래 마시잇다。 그때에는 어지럽중도 거치엇고、 下女가 가저다노흔 덴쌰라소바의뜨신 국물

「그것보시요。 내말이 거짓말인가〕 雪糖가티 달지안하요〕

도、 數업시 反復한제말을 證明이나하는듯이 이런말을하고잇섯다。

晶淑은 葡萄入물이 밧으로래하게 직신입술로부터、 곱부를쩨이면서 그말을是認하는 것처럼、 방그테웃

엇다。

〔저는 인제 고만하겟슴니다。 얼굴이나붉으면 어찌하개요〕

晶淑은 두곱부에 새로이 못물이 평평하고、 쏘더지는것을 바라보면서、 미리拒絶하엿다。

「이것은 술이아니래도 쏘그리십니다그러。 얼굴이붉을理야 조금도업지오〕라고、 K는 確信잇는 語調로

쏘재우첫다。

「그래도 어쩌하단말입닛까。 내말만더듭시요。 이것은술이아님닛다〕하고、 K는 그잔을晶淑의입에돌

「아니야요。 고만두십시요。 정말 못먹겟슴니다〕하고 晶淑은 K의들어주는술잔을밀치엇다。

「왜 찬하요。 設令얼굴이 조금붉어진다한들、 밤에어데 보입닛까〕

「그래도……〕

「그래、 인주서요〕

「그냥 쑥 들어마십시요〕

K는、 제잔을단숨에들어마시고、 쏘한번催促하면서、 압호로 다가들엇다。 붉은液體는 쏘 촌음業조

晶淑은、 술이 옷에 쏘칠가 念慮하며、 그잔을바다들엇다。 그리고 무슨쓴藥이나먹을쩨가티、 얼굴을

씽기고잇다。

金武헐리어돌이끼始作하엿다。사나이의거친숨결이、게집의얼굴에서릴만치、그들의距離는좁앗다。

「그것잦숫기가 그러케 어렵습니까」라고、K는燥急히부르지즐사이도업시、안을듯이 한팔을 晶淑의

억개넘어로돌니며、한손으로、입술에대일꿉부를 밀엇다。晶淑은 몸에붙이흐름을늣기엇다。機械的으

로열린목구멍으론、달금한물이 소다저넘어갓다。야릇하게興奮된 애점은肉體는 부들부들썰엇다。心臟

의 미친듯한 鼓動이 귀를술리엇다。

情熱에쇅인 네눈은 서로잡아먹을듯이 마조보고잇섯다。晶淑의쌤은 확근확근 타는듯하엿다。

「晶淑氏!」란말이 썰어지자말자、晶淑은 회리바람가티 가슴에안치는 男性을늣기엇다。녹신녹신한

간절호허리는 쇠각자가튼팔안에 들고말엇다。그럴거를도업시、쓰거운두입술은 부듸첫다。이熱烈한

키쓰는 兩性의肉體를 단쇠웃가티 刺戟하엿다。그것은 온전히 精神이錯亂한刹那이엇다。‥‥‥

一分뒤에 晶淑의쓸던머리는 벽개우에 허터저잇섯다。아모것도 보히지안코、아모것도들리지안핫다

여기는 動物的本能이 絶對로支配하고잇섯다‥‥‥

얼마後 精神이돌린晶淑은 검제빗나는 K의눈을보앗다。그리고 쇠뭉치가티 등을눌리고잇는 男性의

팔을 늣기자、재몸을섹려고애를썻다。

K는 갑닷든팔을、슬멋이풀면서 빙그어웃엇다。그웃음이야말로 惡魔의웃음그것이엇다。晶淑은 슬음

이 색암솟듯눈추리에 넘치엇다。그는恐怖로하여 울엇다。絶望으로하여울엇다。목숨보담더한 純潔을

일흔것이 슬헛섯다。웃다운處女를、기리作別함이 슬헛섯다。그것은 男性에게 짓밟힌女性의 속절업

는눈물이엇섯다。

晶淑은、더할수업시 興奮한머리가운대、무섭게도 分明하게、쓰한번 그最後의刹那를經驗하것다。

잔이 그의쌤우에그린 薔薇웃비츤、어느결에 살아지고말엇다。그대신、죽은사람의얼굴에만、는수잇

는 남(鉛)비치 그자리를차지하고말엇다。그러나、어제 저녁은 얼마나 아름다웠는가ㅡ

씨는해는 되다여 불벗을거두고말엇다。눈빗가튼구름이 봉오리봉오리하늘가에 피여울랏다。밖〜쓴달

이、그神秘롭고숨한비츨、왼누리에 펼치엇다。이런밤에、못물써나、사람을써나。愛人파단둘이ㅡ

葉扁舟에 몸을실리고、귀엽고눈업슨水國으로 헤매운、얼마나 詩的이랴ㅡ美的이랴ㅡ

어제저녁、晶淑은 이詩境에醉할수잇섯다。이美味를맛볼수잇섯다。K와단둘이、쓸가튼사랑을

살거리면서、돈짝만한배로、漢江의흐름을 지치고잇섯슴이다。달빗쌀린푸른하늘은、쑴결가터 물속에

가루누어잇섯다。그우를지나가는배는、마치 際涯도업는明朗한空間에 일렁대는듯하엿다。

뛰이 하는汽笛이 맑은空氣를뜰차、우루루우루루하며、鐵橋를지나가는바퀴人소리도 音樂的이엇다。

서늘한江바람이 쇠르륵하며 불기도한다。엷고가는의겹모시적삼속에든 晶淑의살은、선득선득하기

도하엿다。물결이 철석하고、뼈머리를 써리기도하엿다。銀가루가튼水烟이、눈압헤 허터지며、船體에

가 비를거리엇다。두몸은 슬적슬적 다핫다。그자릿자릿한接觸이 晶淑을얼마나 恍惚케하엿스랴ㅡ

晶淑은 無限한幸福을느끼엇다。마춤내 바람머리를알으리만큼 언제든지언제든지 이行樂을 누리고

십헛다。할수만잇스면 銀河水깃써지라도 저어가고십헛다。

뼈를나린그는、어질어질하엿다。電車에혼들리매、속이뉘엿뉘엿하여견딜수업섯다。艱辛히 南大門

까지와서는、K의勸告로 電車를나리엇다。鎭定을해야된다는口實미레、거긔서멀지안흔、K의머물고

잇는 이 日本旅館으로 쓰을려갓섯다。

幸福의絶頂이 絶望의深淵이 될줄이야!

品淑은 어제밤에지낸일이、모다 쑴이라하엿다。암만해도 잇슬수업는事實인것가탓다。하나、뒤미

처 제가슴을굴리고잇든、불덩이가튼男子의몸뚱아리를、생각하고、피로운한숨을 내여쉬는수밧게입

섯다。

男안은 漸漸밝아온다。正確하고分明한 아츰비치、쪼으는듯한재 人비츨쏫(逐)고、구석구석으로히재피엇다。

그는、문득 감고리에걸린 제치마를보앗다。오래동안 꼬깃꼬깃이 저 도므를사이에、그것을거긔걸엇슴이티라。모시치마는、짓부비어노흔듯이、우기어잇섯다。그구김살하나하나이 무서운일의 가지가지(數)를 說明하고잇는듯하엿다。

그는불현듯몸을일으켯다。그것을벗기자、소리가 아니나도록 가만가만히 우김살을펴기始作하엿는데、貞愛의이불자락이、움질움질할때마다、치되한비ㅅ발이 왼몸에 홀뿌리는듯하엿다。貞愛는 눈을썻다。일어안진晶淑을보더니、

「어제밤에 어대갓든?」이라고、웃는다。

晶淑의가슴은、방망이질하엿다。對答찰말이 업서머뭇머뭇하다가、咄嗟間에 이러케 우며대엿다。

「저어……靑年會音樂會에 가섯지」

이 最初의거짓말이、입에서 떨어지자、淸淨하고 純潔하고 자랑놉던處女는、그림자를감추엇다。永遠히 송두리채사라지고말엇다。그와反對로 虛僞에싸힌、卑劣하고、醜惡한별다른生物이 有心히 晶淑의속에 우름산피엇다。문득 제동모는 玉이나구슬가티 쌔끗하고玲瓏하거늘、自己는、짓밟힌지렁이(蚯蚓)모양으로、嘔逆이날듯이、더러운것임을쌔달앗다。그리고보니 貞愛의움죽이는곳에만、日光이비추어 밝기도하고、졸겁기도한건마는、저잇는대는 墨장가티검고검은暗黑이 휘싸고잇는듯도하엿다。貞愛가 이러케 晶淑의눈에보임은、오늘이처음이엇다。貞愛는 얼굴이검고、맵시도업는女子이엇다。그우로치어오른코와 쪽반불은、晶淑의음옥한그것과、붉으때한쌍모습과는、야릇한對照이엇다。또才操로말하여도 晶淑의그것이、貞愛의딸으라딸을수업는것이엇다。한學校한年級에다니며、한主人에잇스면서도、晶淑은 느상 그를 업수이여기엇섯다。……(未完)

봄은 가더이다

露 雀

봄은 가더이다……

「거저 피더라……」
봄이나 꽃이나 눈물이나 슬흠이나
온갖 世上을, 거저나 미들가?
에라 미더라, 더구나 미들수 업다는
젊은이들의 풋사랑을……

봄은 오더니만, 그리고 또 가더이다
꽃은 피더니만, 그리고 또 지더이다
님아님아 울지말어라
봄도가고 꽃도지는데
너구에 시들은 이내몸을
왜 쇠닥여 울리랴하느냐
님은 웃더니만, 그리고 또 울더이다
울기는 울어도, 남몰하 운다는

그 설음인줄은、 알지 말어라

그래도 쏘、 웃지도 못하는 내 肝臟이로다

그러나 어리다、 軟情兒의 속이어

꽂이 날위해 피엿스랴。 그러치 안호면

꽂이 날위해 진다더냐。 그러치 안호면

핀다고 조하서、 날뛸인 누구며

진다고 설어워、 못살인 누군고

「時節이 조타」 쩌들어대는

봄나들이 소리도、 울스년스럽다

山에 가자 물에 가자

그리고 쏘 어대로……

「봄에 놀어난 호들기 소리를

마듸마듸 썩지를 마소

잡어쓰더라、 시원치 안혼 꽂서지」

들 보군이 나물싼 소리도

눈물은 그것도 눈물이더라

바람이 소리업시 지나갈쩨는

우리도 자최업시 맛날쩨엿다

講치도 안는、 너털웃음을

누구는 일부러 웃더라마는
내가 어리석어 말도못할제
훨훨 버서버리는, 粉紅초마는
「봄바람이 몹시분다」 핑게이더라

그것도 아니라, 내가 속앗슴이로다
허무러진 돌무덕이에, 아지랭인게지요
사랑도 꿈도 아니면, 아지랭인가요
꿈이아니면 사랑이리라
이제 사랑인가 꿈인가

안탁가운 가슴에, 부더안엇지
흉보지말아, 쌧이나 나를
어여뿐 그꽃을, 아씨어 준들
내가 참아, 썩기야 하얏스랴만
아차 썩거서 시들엇다고
동무야, 비웃지말아

그러나 그는, 썩지안하도
저절로 슬어지는 제버릇이라데
아ー 그런들 그곳이 참아

참아, 젓기야 하얏스맛만
무되인 내눈에, 눈물이 어덕어
아마나, 안히 모이끈겨도다

아— 그러나, 봄은 오덕니만, 그리고 또 가덕이다

民 謠 (慶尙道民謠에서)

생금생금 생가딱지
호닥질러 딱거내여
먼데보니 달일러니
겻혀보니 處子—러라
그處子— 자는房에
숭소리가 물일러라
혓틀엇소 오라버님
거짓말슴 말으소서
東風이— 물이불어
風紙쩌는 소릴러라

아홉가자 藥을먹고

석자세치 목을매여

자는듯이 죽거들랑

압山에도 뭇지말고

뒷山에도 뭇지말고

蓮꽃밋헤 무더주소

蓮꽃이나 피거들랑

날만녀겨 돌아보소

감샤와 샤죄

머리ㅅ말

춘 원

나는 지금 셜혼살이외다. 스물아홉번재 생일을 리별의 눈물로 지낸지가 보롬이나 되엿스니 아쥭도 셔양나호로는 二十九세十五일에 지내지못합니다. 그럼으로 셔양나호로 셜혼살, 곳만三十이 되랴면 오히려 十一개월반, 三百五十일이나 남앗습니다. 작년 한그뭄날밤을 나는 감긔로 상해 동아려관 톡충방에서 혼자 새면서 내일부터는 셜혼살이다 하야 여러가지 새로운 결심을 하엿습니다. 공자님은 셜혼살에 뜻이 섯다 하엿고 여수써서도 셜혼살에 나사렛의 목수의 집을 써나 요단강의 갈때밋오 요한의 세례를 바드러나오셧스니 나도 셜혼살부터는, 곳 내일부터는 나의 일생의 뜻을 세우고, 사업을 시작해야하겟다 ……이러한 생각을 하엿고, 밤열한시나 지나서 목욕통의 물에 몸을 담그고 하쩨를 쫄하 모다 씻겨지고 새해 첫날부터는 어머니의 배로서 이세상에 쩔어질때와 가든 쌔쭛한 압을내며 쩨를 씻슬째에는 원컨댄 내 몸과 맘속에 싸혓던 모든 떠러운것과 원치안는 이 압을 쌜아기가되어 나로는 부틴 생활을 하고 세상에는 깃붐을 주는 일군이 되도독 하여주소서하고 졍졍으로 빌엇스며, 목욕하고나서 방에 돌아서 방을 마시며 지난일 압일을 두루 생각하다가 마춤내 감겨울 이기지못하야 방바닥에 업드려 二十九년동안의 모든 죄를 하느님께 뉘웃고 새로운 쌔쭛을주소서할쩨에 쓰거운 눈물이 흘럿습니다. 이러다가 새벽 녁점이나 되어 잠이 들엇더니 아춤 아홉시나 되어 쌔어본즉 어제ㅅ밤 삽파 눈물에 감긔도 다 흘러가고 땀까지 가든하야 러판문을 나서면서 「아아오늘은 나의 어룬되는 생활의 첫날일다」하고 부르지젓습니다. 이리하야 어룬의 새생활을 시작하엿더니 그러한지 달반이 못하야 나는 지금까지에 지어오든 모든

사업과, 가저오던 모든 친구와, 하라고하던 모든 흉중의 계획을 원동 버리지아니치못할 일이 생겻습니다。 그래서 나는 이 모든것을 다 버리고 상해를 떠나 일생에 다시 밟지못하리라하엿던 사랑하는 고국의 서울、종남산 남편 기슭 조고마한 초당에 약 일년간 숨은 몸이 되어 그야말로 새로、새로 모든것을 다 새로 시작하지아니치못할몸이 되엇습니다。

이런 까닭으로 나는 두어달전 한그믐날 작정을 취소하고 서양나홀 표준으로하야 명년 二월二十二일에서부터 설혼살이 되기로하고 지금은 상학전시간파가티 설혼살전의 휴가로 삼아 모든 친구며 세상의 모든 일파 판계를 끈코 혹은 매 스기슭 강가로 돌아다니면 자연의 어머니와 이약이와 노래도듯고、혹은 고요한 방속에 혼자 눈을 감고、지난일 오는일이며 우주와 인생에 대한 무상도하고、혹은 책을 보며 운동도 하야 일생에 실름을 엇지못하야 피곤하고 여윈 몸과 맘의 건강도 회북하고 무엇보다도 「우리 둘」(사랑하는 안해와 나와)이 살아갈 압날의 모든 계획도 세우고……일언이폐지하면 오는 二百五十일의 휴가중에 나의 일생의 모든 준비를 하기로 한것입니다。나는 나를 사랑하시는 하느님쎄서 힘을 나리서서 이 모든 어린 계획이 실현되게하실줄을 밋습니다。그래서 나는 이 ? 이 생활은 그가 지어주신것이니까요。그가 손소 지은 옷을 입고、손소 꾸민 입울을 덥고、그의 원숨은 생활、픽 세상의 의혹파、오해와、비난을 바들 이 생활을 더할수업시 행복되게녁입니다。요요 새생활의 계획을 짓고 잇습니다 ? 쎄끗한 사랑속에 꾹 싸혀서 (비록 서로 떠나 잇지마는) 희망이 갓득한

그러나 이번 「휴가」에 우에 말한 모든것외에 꾹 한가지 더 해야할입이 잇스니 그것은 굿이 이 글을 씀이외다。내가 어룬으로의 새 생활을 시작하기전에 꾹 이 일 하나는 하여야할것인데 크게 하는일 업시 항상 바쑨던 몸이 마츰 이 귀회를 어덧스니 이는 나의 이 큰 의무를 다하기 위하야 하느님쎄서 내재 주신것이라고 할수밧게 업습니다。게다가 그가 「꾹 이번에 무엇을 하나 쓰서요。평론은 남의 시비를 듯기 쉬운것이니 아주 쓰지말고 소설을 하나 쓰서요」하고 이번에는 힘을 들녀서 훌륭한 작

품을 만들라 하며, 평생 한적한 긔회를 차잣스니 이만한 긔회에 조혼 작품을 뫈들지못하면 녜 힘을 알것이라하야 책려함이 심히 엄합니다。 그러고 나의 지배인되는 그의 맘슴에、재 일을 쓰는것은 뜻정을 일키쉬우니 그것은 늙은 뜻에 쓰기보다고 지금은 저를 재묘도아니하는것이 조타고저지하야 나의 이번긔회에 쓸 글의 범위는 퍽 제한이되엿슴니다。곳 소설을 쓸것、 그리하되 내 생활을 재묘도 삼지말것、 이것이 구의 재한입니다。 그러면 나는 어쩌하면 이 두가지 요구——내가 어둔생활에 돌아가기전에 딱 하여야할것과 나의 지배인의 요구와——를 조화할가。

이것을 알라면 먼저 내가 어둔이 되기전에 딱 해야할 일이 무엇인가를 먼저 맘슴해야할것업니다。나는 격언고대로「밝아벗은몸」으로 세상에 내어던짐이 띰으로부터 二十년동안에 딱 세상 여러 사람의 애정과 은혜속에 지금까지 살아왓슴니다。내게 잇는것이 업스매 내가 남에게 업시 평야에 길일혼 어린양모양으로 세상에 내어던짐이 띰으로부터 二十년동안에 딱 세상 여러 사람 시 二十년 하로가티 남에게 바다만 왓슴니다。나의 잔쩍、굴은쩍、살 한점、피 한방을、머리엇억옷까지 모두 여러 고마운 이들의 은혜로 된것입니다。이러케 딴 산가튼 은혜를 생각할째에 내 썩가자 뒷자뒷삽니다。친부모나 형제나 가르면 잘낫거나 못낫것나 혈속의 정으로 나를 먹이기도、업히기도 귀애하기도하려니와 부모도 형제도 다 라지못한 나를 무엇이기에 생면부지하는 여러분들이 이처럼 먹여주시고、넙혀주시고、공부시켜주시고、담베사주시고、어대 간다면 차비와 선비 주시고、오면 반가히 맞저주시고、쩌날째에는 눈물로 작별하여주셔서 오늘날까지 살아 오게하십니까? 아아 생각스두

二만 커늘 어리석고 맙이 약하게 생겨난 나는 항상 나를 사랑하여주시던 여러 온인에게 실망의 슬풀을 들엇슴니다。폭 一년이상을 한곳에 자리잡지못하고 이리뛰고 저리뛰어 밧던 은혜와 사당을 중노에 저버린일이 만흡니다。그이들이 그째마다 얼마나 나를 위해 가슴을 아피셧스며 지금언들 얼마 나 나를「은혜 모르는 패씸한놈」、「아모 일도 하지못할놈」이라고 원망하시리쑈。파연 나는 아모것 감격의 눈물이 흐를뿐입니다。

도 일러 노혼 일이 업습니다。학교에 교사가 되엿스나 교육가도 되지못하고、대학교에 공부를・보내

주신 은인이 잇섯스나 그것도 마추지못하고、[圖圖]에 참예하엿스나 그것도 중도에 바려버리고

글을 지어 보앗스나 문사도 되지못하고、三十평생에 일생에 덕고살만한 재산은커녕、의석을 어들만

한 아모 기능조차 가지지못하엿스니 이런 못난이가 어대 잇습니까。아아 여러 은인의 은혜와 사랑

어 헛된데로 돌아갓습니다。

그러나 은인 여러분! 파히 락망은 맙시오! 나는 이제 스물아홉살이오 또 보름입니다。인생이 五

十이라도 아즉 二十년이 잇고、요행 七十을 사는 롬에 씨인다면 四十년이나 잇습니다。나의 압길이

결코 쌀은것이아니오 겸하야 내 주먹에 힘이 넘치니 가슴에 정성이 설흐니 반듯이 무슨 일을 한가

지 일러 언제 한번 은인 여러분쌔서 노염을 무신 웃는 얼굴로 내 손목을 잡으시고 「아,녀도 버릴놈

은 아니엇고나」하실날이 잇슬줄을 확신합니다。

그러나 나는 걸코 지금까지는 이런 생각을 닛고、되는대로 못되게 살던것이 지금와서 번연히 지낸

허물을 쌔닷고 이런 거룩한 결심을 한것이냐 하면 그런것은아닙니다。「여러 은인의 은혜는 참 감사

하다」、「아모리하여서라도 이 은혜를 갑하야하겟다」하는 생각은 일갈이 나를 쌔,난적이 업섯습니다

다만 지금에 와서야 비롯오 내 생활이 안정한 자리를 잡고 질겁게 일생의 의무인・나의 사업에 착수

할 최후의 준비가 완성되엇다함이외다。그것은 나의 사랑의 완성이외다。이제 와서는 내게는 아모

겁도 부족한것이 업습니다。나는 태산반석과가튼 기초우에 세운집이 되엇고、기름과 젓이 흐르는봉

철의 굴판에 노힌 송아지가 되엇습니다。그의 말슴과가티 이러한 생활에 일생의 큰일을 못이루면

언제 이루겟습니까。그럼으로 이제 二百五十일후부터는 튼튼하고 부즈런하고 질거운 일군이 되리다

고 확신하는바올시다。

이쌔를 당하야 나를 오늘까지 살려주고 사랑해주시던 여러 은인쎄 쏙 한말슴을 들이고십습니다。

십흐기보다 아니하지못할 의무가 잇는것가틉니다。태산가튼 그 은혜는 「고맙습니다」 한마듸말로 갑

홀것이아니저마는 나의 아스운 맘에 「은인이여, 나는 당신의 은혜를 압니다, 그 은혜의 만일이라도

보답해보량으로 이토부터 잇는힘을 다해서 일하겟습니다,」하는 말슴만이라도 돌여야 내 맘이 편안

하겟습니다. 그럼으로 이러한 여러 은인들쎄 감사하다는 말슴을 엿줍는것이 장차 쓰랴는 여러편지의

첫 목적이오,

싸 하나. 내가 근본 죄악이 판영한 놈이어서 지낸 二十九년十五일 동안에 여러 분에게 죄를 지어

그녀의 가슴을 아프게한일이 만히 잇스니 이것도 평생에 닛지못하는 가슴의 아픔이오다. 죽은뒤에

령혼이 심판을 밧는다 하면 그째에 내가 삿당한 벌을 바드려니와 참아 그째까지 기다릴수가 업스니

위선 그 여러분쎄 피눈물로써 사죄하는 말슴이라도 돌여두어야 하겟습니다. 그 어른들이 내 사죄의

편지를 밧고 용서의 회답을 주실는지는 알수도업고 미돌수도 업지마는 나는 내 도리로 애원하는 한

말슴이라도 아니들일수가 업는것입니다.

이제부터의 나의 생활은 실로「감사와 사죄」의 생활일것이오다. 내 무슨 일을 한다하면 그것도 감

사와 사죄를 위함이오, 내가 깃브게 노래를 부르거나 슬프게 눈물을 흘린다하면 그것도 감사와 사

죄를 위할것이오다. 나는 내몸이 무덤속에 들어가는날까지, 들어가는 째까지 은죽 내가 지금까지

세상에서, 바든 은혜를 감사하고, 지은 죄를 뉘우칠지니 원컨댄 하느님이 내게 진 목숨을 주사 감

사와 뉘우침에 부족함이 업계하소서하고 빌써틈입니다. 그럼으로 하느님이나 세상의 내게 대한 최

후의 판단은 나의 판 쑤씽을 덥는 순간에 할것이려니와 내게 눕은 은혜를 주신 여러분과, 내 죄보

인하야 가슴을 아피시는 여러분에게 위선 죄인된 나의 충정과 결심을 말슴들이고저 이 붓을 든것입

니다.

그는 내게 소설을 짓기와, 지으되 저를 재료로 하지아니할것을 부탁하셧지마는 지금 내가 쓰는것

은 결코 소설이아닌데 일은 내 일이오다. 그러나 용서할수 업는 나의 모든 허물을 다 용서해주신

그는 이번 간절한 부탁을 어진 허물싸지도 한번더 용서해주실줄을 미둡니다.

그러나 여러분이어, 내가 이러케 감사와 사죄의 생활을 짓도록 됨. ㄴ늘 인도해 준 은인은 그입

니다. 내 생명으로 사랑하는 안해입니다. 위선 이들을 쓸 깃브과 그들 만들어준이도 그입니다

내게서 세상을 원망하게 사람을 저주하는 그릇된 생각과, 뜻대로 아니 되는 여러가지 고통에 자포자

기의 멸망에 들어가는 위험을 덜어준이도 그입니다. 지금 이 것을 생각하는 머리와 쓰는 손과 그것을

은 다 포함하는 나의 몸과 맘이 왼통 그 것 피로써 산것입니다. 이것은 결코 애인간에 혼이 교환되는

파상적 연사가아니소 내게 잇서서는 글자마다, 글귀마다 피더로 참입니다.

그럼으로 나는 그의 부탁을 무시한것을 참으로 무시한것이라고 생각지아니합니다. 이것도 다 그의

일이니옵요.

인제 차례차례 여러 운인색 편지들 쓰려할때에 나의 눈압헤는 여러분의 얼굴이 보입니다. 그중에

는 벌서 돌어가신이도 게시고, 지금도 살아게신이, 전에는 나를 사랑하시다가 지금은 미워하시는이

지이나 지금이나 변함업시 사랑하시는이, 나때문에 가슴에 나픔을 품고 피눈물을 흘리시는이, 내가

친히 아는이도 잇지만는 한번 대면도 못해본이, 로상에 잠간 맛나 나픔을 품고 얼굴도 다 니저버린이, 그

밧겟도 내가 외로운 길을 갈째에 웃음으로 마자주던 이름업는 뭇들과, 울음으로 보내주던 이름업는

새들……수업는 의억이 떠 오릅니다. 아아 조고만한 나 한몸이 이 세상에서三十년을 살아오는 동안

에 인가나 만혼 업이 뿌 이름을 부럿고, 얼마나 만혼 가슴이 나를 생각하엿고, 얼마나 만혼 눈물이

나로 말미암아 흘럿는고.

이제부터 내 일상에 멧 사람이나 도와들일수가 잇슬고, 멋사람의 눈물이나 씨서주며, 멧사람의 아

픔이나 낫저들일수가 잇슬고. 아아 하느님이시어 나를 버리시지마옵소서.

히느님저 상싹신

내가 갈시할 은인중에 첫분도 당신일것이오, 사죄할 가슴 아파하섯의들이

그러나 나의 첫 편지를 당신색 들어놋것이 당연한 일업니다.)

세상사람들이 뚝 말하리라—— 하느님께서 말슴을 들이겠기든 은밀한 방에서 종용한 귀도나 올란것

이지 편지가 부슨 편지냐, 편지를 쓰면 누가 보겠느냐고. 하나님이시어, 이것은 모르는자들의 말이

외다. 사람들과 기타 당신이 만들고 사랑하시는 만물을 제하고 어느곳에 당신이 게시겠습니까, 모

사람의 몸은 당신의 죽이오, 그 맘은 당신의 맘이며, 수풀속에 지저귀는 새의 소리가 당신의 음성

이며 들에 피는 꽃의 우슴이 당신의 우슴이아니오닛가. 시내에 조리졸졸 흐르는 물에도 당신이

시고 바다의 출렁출렁하는 물결에도 당신이 게시며, 하늘에 반작이는 별과 쌍에도 당신이

는 모래, 어느것이 당신의 몸이아니며 맘이아니리이까. 늙은 솔나무를 스쳐가는 바람결, 그 바람

결을 맞자 우수수하고 부르는 솔나무의 노래, 이것이 다 당신이시니 나의 쓰는 이 편지를 어느곳에

잇는 어떤 소자 하나이 넘더라도 그것이 곳 당신께서 보시는것이오 내가 이 편지를 보시리다. 아마

그마한 방의 문틈으로 새어들어 오는 이른봄의 바람결이 보더라도 보시는것입니다. 아마

당신께서는 혹은 백수를 헛날리는 한아버지, 한머니가 되셔서 이것을 보시리다. 혹은 나와가튼

곱고 근심만흔 청년남녀의 몸이 되셔서 이것을 보시리다. 혹은 책 보롱이 쎄고 시험치를 걱정하는 어

린 아기들이 되셔서 이 편지를 보시리다. 그래서 혹은 나를 불상하녀기시는 눈물로, 혹은 귀엽게녀

기시는 입마춤으로, 혹은 어리석게녀기시는 비웃음으로, 또 혹은 엄정하신 십판자의 태도로도 보시

리다. 이러케 당신은 내가 정성으로 들이는 편지를 결코 잇다가 한가하거든 보자하고 어느 설합에 집어

두겨틀어바시나, 미운사람의 수다 늘어노흔 편지모양으로 침보고 쏫보고 박박찌저 쓰레기통에 집어

녀호시기나 아니하시고 반듯이 자자귀귀 보고 또 보시고, 외고 또 외셔서 불상한 어린 나의 간곡한

정담에 동정의 눈물을 흘리시고야말줄밋습니다.

당신은 나를 내셧습니다。나 하나를 내시기위하야 당신께서 들이신 품과 힘은 과연 막대합니다。당

신은 수천만년의 세월을 두고 한시간도 쉬실 틈이 업시 내가 잇슬곳파 쓸것파, 가지고 놀 작난감파

보고 조하할 모든 구경거리까지 만들어 노시고 여러 百億의 사람을 내。 여러 百萬년동안을 두고 나

의 걸어다닐 길과 타고다닐 수태와 배와、 볼 책과 들을 이약이와 모든 생각할 모든 생각까지 다 준비해
노시고、 또 나의 동무가 되고、 내 이약이와 노래를 듣고、 나의 가슴에 넘치는 사랑을 바다도주고
나를 고의 품에 안아주는 사랑할이도 다 준비하여 노코 그리고 나를 내섯습니다.

　내가 되다고 일어설 성만해도 고마울텐데 그 땅을 여러가지 산과 바다와 풀과 나무와、 가지각색의
형상과 빗과 향긔를 발하는 사철의 모든 꼿과 모든 새와 모든 짐승과 모든 비텍와 모든 돌로 꾸며
주시고 게다가 그어서 피가 되고 색이 되고 살이 될 모든 곡식이며、 보기조코 맛조코 냄새조코 속 시
원한 능금、 배、 복송아、 바나나、 판인애풀가른 가지각색의 파일싸지 섭어 주섯습니다。 낫의 비츠로
해며 밤의 비츠로 달、 내가 가장 조하하는 푸른 하늘과 거긔 간격 맛게 달아 노흔 가지각색 별들、바
람、 구름、 안개、 무지개、 새벽빗、 저녁 놀、 각금가다 찬란한 번개와 뒤를대어 일어나는 우렁찬 우
래소리……아아 이 모든 재미잇는 작난감싸지 내 방에 다 마련해 노시고 「인제는 나와 놀아라」하
고 나를 불러내섯습니다。 나는 마치 만승의 황자모양으로 당신이 차려 노흐신 대궐에 쑥 나섯습니다
천지에 갓득찬 모든것이 다 내것입니다。 당신이 나를 위하야 여러 千萬년두고 애써 맨들어 노흐신것
이 아닙니싸。 그러니싸 다 내것입니다。 나는 이 속에 안저서 아츰노래、 저녁에는 저녁노래
밤에는 밤노래로 당신의 은혜를 찬양하고 나의 행복을 음저리면 그만이엇슬것입니다。

　그러나 나는 당신의 뜻을 새닷지못하고 나의 신분도 새닷지못하엿습니다。 어려서 부모를 여의고
돈 한푼 업는 몸이 동서로 표류하야 가난의 고초를 바들째、 돌아갈 부모의 품도 애인의 품도 업서
혹은 시베리아 눈싸힌 광야에、 혹은 일본의 비 뿌리는 들판에、 혹은 고국의 문허지는 셩의 빗진 벽
에、 또 혹은 강남의 흐린 물ㅅ가에 고독의 치움을 당할째 나는 얼마나 나의 생명을 저주하엿고、 나
를 먹여길운 젓과、 물과 나무의 열매를 저주하엿스며、 나
를 이세상에 잇게한 모든 힘을 저주하엿습니다。 천지의 만물이 노두 나의 미움과 원망과 저주의 대
률 이엇엇습니다。 모든 인류는 물론이오、 하늘에 벌이나 들에 꼿들싸지도 마시 죄인을 싀소하는 듯

상이엇엇습니다。

살의 가슴 형구와 가라서 눈에 보일째에 선물이 돌고 몸에 다 운째에 색가 우굴어지는듯이 진저리를

첫습니다。나는 무슨 큰 벌을 밧기위하야서 이세상이라는 지옥문으로 발길묘 채어 너한 죄인인줄 알

앗습니다。나의 몸은 항상 마르되 마실 물이 업섯고 나의 몸은 항상 치우되 가리울 옷이나 불도 업

섯습니다。어데를 보든지 시컴한 무쇠묘 돌라부친 벽에 벗 한줄기나 들어올가。마귀의 비웃는 입김

가든 차되찬 바람이 잇다금 솜음 끼치는 나의 몸을 스쳐 지나갈뿐이엇습니다。

혹 내 압헤 시원하고 싸뜻한 물 한그릇이 노합니다。목마른 내가 미친듯이 손을 내밀어 그 물그

마시고 구역이 나서 애쓸새에 철창밧게서는 심술구준 마귀의 코웃음소리가 들립니다。

김이 무럭무럭 나던 맛나는 밥도 내 압이 다흐면 차되찬 모래로 변합니다。향긔나고 아름답던 꼿

도 내눈이 가면 싁은 재가 되고맙니다。저주바든 나의 손과 발과 눈과 입은 마치 요술장이의 지팽이

와가티 가는곳마다 닥치는 물건마다 나를 피롭게하는 형구를 만들고야맙니다。

나는 술엇습니다。울어도 쓸데업고 나는 성을내어 주먹으로쌍바닥을 두다리고 목이 터지도록 아

우성을하야 소리를 질럿습니다。그래도 쓸데업섯서 내가 멋번이나 차타리

묘 죽게 하여주시오 하고 애원하앗습니다。그래도 쓸데업서서 내가 멋번이나 차타리

이 원수잇 목숨을 손허버려 괴로움의 날을 하로라도 속히 주리라고 하엿던지 아십니까。그러나 당

신의 내 생명을 보전하기위하야 녀허주신 내 성격의 약점은 그것조차 허하지를 아니하엿습니다。그

마지 명든 긔지모양으로 발부철곳이 업는 죄인모양으로 시묘、바다로 무르로 방향업시 해매

묘 잇섯습니다。영원한 저주의 노래를 부르면서、

그러다가 당신의 구원의 소리가 두 사람을 통하야 내 귀에 들렷습니다。하나는 T선생이오 쏘 하

나는 당신의 대표르 일생에 나를 안아 보호할 안해입니다。

만리에 뜻도아니하엿던 T선생은 뜻도 아니하엿던 곳에서 나를 맛낫습

니다。 그러나 몽매한 나는 그가 나에게 무슨 상관이 잇는저를 알앗슬니가 엄슙니다。내가 그를 처음

대할때에는 다만 인생의 큰길에 가다가 맛나는 수업는 사람중에 하나라고밧게 생각지를 못하엿슙니다。 그러나 한달두달 지내어 그의 반년의 세월이 가매 비롯오 나는 그가 내게 큰 판계가 잇는 사람인

줄을 쌔달앗슙니다。 그의 말파 그의 행위, 그의 내게 주는 김흔 사랑은 싸히고 싸히어 마츰내 나로 하여끔 오래 일허버리고 니저버렷던 인생의 길을 차저볼 맘이 나게하엿슙니다。그길이란 무엇이냐

「너를 버리서 네 동포에게 주어라」합파 「네 몸을 쌔끗이 하야 동포를 위하는 제물이 되어라」합이외다。 그가 내게 쏙 이대로 말을 하거나 글로 써 보인것은 아니지마는 그가 반년동안을 나려두고 혹은 의석적으로, 혹은 무의석적으로 내게 준 여러가지 감화를 종합하야 내 말로 번역하면 이러한 결론이 된다 함이외다。

그래서 나는 나 개인의 행복에 대한 모든 욕망을 다 싄허바리 측뢰 장삼에 목탁을 두다리면 고해중생의 죄를 속하는 새벽념불로 일생을 보내는 중의 생활을 짓기로하엿슙니다。그래서나는 술을 끈코 생명으로 인약한, 五년동안이나 무쌍한 팝밥속에 서로 그러오던 애인을 죠차 싄허버리고 청춘의 모든 한람을 다 싄허버리고 내 생명이 잇는날까지 아츰부터 저녁에 안으로 내 몸을 닥고 밧그로 청년을 돕는자가 되리라 하고 힘썻슙니다。이리하매 나의 몸과 맘은 일종 쌔늘한 안위중에 자리를 잡을수가 잇섯슙니다。그래서 지난 一개년동안 그런 생활을 계속하엿고 이 압해도 죽기까지 그런 생활속에서 지내리라고 미덧슙니다。

만일 당신께서 □선생을 내게 보내심이 업섯든들 나는 지금 어쩌한 지경에 싸젓슬는지 알수업슙니다。혹은 이미 칼호나 륙혈포로나 혹은 노끈으로 보기숭하게 이 목숨을 끈헛슬는지도 알수업고 설혹 살아잇다하더라도 죄악파 죄악의굴형에 김히 김히 쌔지고 잠겨서 령혼의 쯧수에까지 석히는 구대기가 슬엇슬는지도 알수업슙니다, 그러나 당신은 나를 버리시지아니하엿슙니다。그래서 그럴듯한때 내 당섭의 밋는 사자에게 등불을 들려 어두운 벌판에 헤매는 나를 차즈러 내보내엿슙니다。그럴듯때

지옥문에 한발을 들여 노핫던 나를 돌오 불러내엿슴니다。만일 내가 쏘 한발짜지 그 문안에 들여노

핫던들 전능하신 당신의 힘으로도 어쩌할수업서서 당신의 귀애하시는 아들을 무덤에 장사하고 아버

지의 피쌀는 원통한 눈물을 흘리셧슬것입니다。

그러나 나의 이 새생활은 어름과 갓고 식은재와 가튼것이 잇슴니다。거긔는 깃붐이 업섯고 쌔쯧한

피의 흐름이 업섯슴니다。내가 하던 사업은 억지로 힘을 쓰는 토력이엇고 내심의 깃붐에서 누르랴

도 누를수업서서 소사나는 깃붐의 활동은 아니엇슴니다。그럽으로 일을 할째에 몸이 곤하고 한숨이

지며、일을 마출째에 쓸쓸하고 찬 눈물이 흘럿슴니다。마처 무슨 리유로 인생의 모든 희망을 일허

버린 처녀가 간호부가 되어 병인을 구흐하거나 승이 되어 념불을 하는것과 가탓고 밥잘 먹고 부모

의 사랑에 뼈붙린 어린것들이 깃붐에 겨워서 흙작난을하고 버들 피리를 부는것과 갓치 아니하엿

슴니다。그래서 나의 사는 생활은 노예의 생활이오 하는 일은 삭군의일이 엇슴니다。당신은 이 십리

를 잘 아시리다。당신이 나를 위하야 천지를 창조하는 큰 역사를 라실째에 그것이 만일 누구의 삭시

나 명령을 바다 피할수업서 한 일이라하면 얼마나 고롱이 되엿겟슴니까。여러 구萬년을 두고 여러千

萬의 세계를 만드실 째에 당신은 힘드는줄도 모르고 실증도 아니나고 하시게된것은 당신에게 깃붐

이 잇섯슴니다。그래서 당신은 건강한 사람이 조흔 경치 속에서 새벽 산보를 할째와 가른 거븐으

로 나오는대로 노태를 불러 가면서 이 큰 역사를 하신것입니다。창조의 계획을 세우실째에 생각하시

는 깃붐이 잇섯고、일을 할실째에 하시는 깃붐이 잇섯고 일이 일러진뒤에 성공의 깃붐이 잇섯고、성

공의 뒤에는 그것들을 돌려 노코 구경하시는 깃붐이 잇슴니다、그러고 이 속에서 당신의 사랑하시는

아들이 깃버하리라하는 무한한 깃붐이 잇슴니다。

그러하거늘 내가 하랴던 일에는 의두라는 무거운 감간외에 깃붐이 업섯슴니다。당신이 내게 보내

신 사쟈 T선생은 나를 옥속에서 건져내엿슴니다。그러나 옥문을 나서보니 사면이 다 모닥불가튼벗

헤 타는 사막이오 그 가운대로 한줄기 사람의 발자최가 잇슴니다。나는 무거운 다리를 쓸고 해가지

도록 이 길을 간것이라 합니다. 삽은 흐릅니다, 목은 마릅니다, 다리는 아픕니다. 길가에 나보다

엽시 가던 자들의 지이처 넘어진 시체와 해골이 널렸습니다. 나는 그네의 지고가던 짐까지 주섬주

섬주어 지며 한거름 한거름 나아갑니다.

그러나 이것은 당신의 약속한 땅은 아닙니다. 당신은 나를 죄악의 옥에서 살어내어 약속한 복지

로 인도하는 르차에 이 사막을 지내재하신것입니다. 애굽으로서 나오는 이스라엘 족속이 카난 복지

에 들기위하야 四十년의 광야를 건너지아니치 못한것과가티. 그러나 나의 광야길은 四十년이 아니오

겨우 一년이고 만것을 감사합니다. 어것은 진실로 당신의 특별한 은총입니다.

무주먹으로 니마에서 흐르는 삽는 삽을 씨서가면서 허덕허덕 사막의 불가른 모래에 피곤한다리를

둘째에 당신의 둘재 사자가 뜻하지아니한 방향으로 나라낫습니다. 그는 하늘에

나는 솔개가 공에서 몽당구리하는 병아리를 채어 오르는 모양으로 삽과 몬지에 싸힌 나를 품어 두

널개 소리도 시비업제 바람헤처 구름 헤치 나를 어떤 산 마루택이에 음겨다 노핫습니다.

이것이 시온산입니다. 내가 당신의 궁결에서 어떤 얼굴 검고 눈 큰 도적놈에게 엽허 도망하는 날

새벽에 넘어오신 시온산이 분명합니다. 그동안 넛고 잇섯지마는 다시 보니 생각이 납니다. 아아 오래

쩌낫던 아버지의 집에 다시 돌아왓고나 하는 깃붐에 나는 소리를 첫습니다. 춤을 추엇습니다.

나를 이곳으로 다려온 당신의 사자는 웃으며 나의 손을 잡습니다. 이것이 누구오니싸. 오년전에

허둥지둥 헤매던 길가에서 맛나 그의 눈물로 나의 병든 몸을 썻고 피로 나의 마른 목을 축여주던 그

입니다그러 ―입니다그러― 아아 당신의 경륜은 크십니다. 이 하로가 잇기위하야 여러

닌전부터 그를 내게 소개하셧고, 二十五년전에 그를 이세상에 내셧고 그를 나게하기위하야 여러

대 여러 萬의 남자와 녀자를 내시고 그녀가 먹고 입고 살것을 다 준비하셧습니다. 파연 이는 당신의

창세하는 第의을 세우시는 날에 이미 세우신것입니다.

지금 와서 보건댄 표랑의 二十九년 생활에 당신의 사랑의 눈파 손이 일쪽 나를 떠나삭이 업섯

니다。열한살까지 나를 길러 주신 불상한 나의 부모도 당신의 사자요, 혹은 서울에, 혹은 일본에 나

의 공부할 학비를 대어주신 여러분도 당신의 사자요. 내가 안록강에 짜저죽게되엇슬새에 나를 건저

준:말도 모르는 어썬 청인도 당신의 사자요, 내가 아파할째에 겻헤서 밤을 새어준 여러 친구들, 내

가 피로와할째에 위로의 말을 주던 여러 사람들, 니가 쓸는 내 머리를 빗겨주고 발가락 나오는 버

선구녕을 막아주던 성명도 안수업는 어썬 한머니, 먼길에 피곤한 나를 위하야 목욕물을 쓸혀주던 당신

판의 하인들 내가 어대르 가고십흔째에 차를 쓸어주는 운전수나 인력거군……이런이들이 다 당신

의 나를 위하야 보내신 사자이던것을 내가 알앗슴니다。아아 내몸과 령혼이 二十九년을 지내 오는

동안에 먹고、입고、쓰고、다니고、배우고、한것이 모다 당신이 친히 보내신 멋구 멋萬 사자의 힘인

줄을 쌔달앗슴니다。과연 어대를 가든지 나의 밥을 흠이잇고、먹을 밥、입을 옷、잘 자리 동두할 친

구、사랑할 사람、비춰 주는 해와 달과、나를 위로하는 꼿과 새가 잇섯슴니다。이것이 모다 당신이

나를 위하야 준비한것이엇슴니다。사랑과 힘이 넉넉한 야버지가 그 아들을 먼나라로 보낼새에 마치

머리 그곳의 친구에게 소개의 편지를 보내두고 그곳의 려관에 방을 잡아두며 그곳의 은행에 환전을

부쳐두는것가티 내가 가는 압길마다 나의 쓸것을 미리 준비하여두섯슴니다。그리고 아버지가 그

어린 아들을 산이나 들이나 맘대로 작난하러 나돌아다니기를 하하다가 날이 저물어도 안돌아올째에

동불과 지팡이를 들려 차즐자를 보내는것가티 당신은 작난에 미처 돌아다니다가 길을 일허버린

나를 차즈라고 먼저 T를 보내시고 이어서Y를 보내신것임니다「인제는 그만 작난하고 들어와 네할

일을 하여라」하는것이 당신이 T의 편에 부쳐보내신 말슴이오「인제는 너 잇슬 방도 다 차려 노코

네 일생의 동무가 될 신부의 단장도 다 되엇스며 이미 동방에 초소불이 키엇스니 돌어오너라」한것

이 당신이 둘재 사자의 편에 부쳐보내신 말슴입니다。

이러하야 나의 몸에서 청승스러운 츰뵈장삼을벗기시고 서리마즌 락엽에 무친 산꼴작이 얌자에서

나를 이쓸어 버들가지에 픽씌리 울고 흐르는 물에 고기 뛰는 아름다운 세상으로 내어 오섯슴니다아

아

나는 인제 중이아니외다, 중이아니요, 나는 님금의 아들입니다。

간다 간다 나 돌아간다。

아버지의 집으르 나 돌아간다。

먹물든 장삼을 벗고

수노혼 금포를 입어라。

해묵은 목탁이 네 손에 당하랴,

아츰에 핀 월계화를 들고,

창조의 송가를 높히 부르면서,

아버지의 집으로 나 돌아간다。

感想의 廢墟

懷月

———
「그리우는 B 孃의 꽃다우 靑春은 길이 빛지 안으며 그
의 보배로운 적은 우슴을 紀念하기 爲하야 이글을 쓴다」
———

달은 흔들리고
별이 써질째
입술에서 타는 괴로운 불길은
문어진 가슴은 사르우도다

어둠이 나려 셩을 가리고
눈물이 흘러 가슴을 썩일째
廢墟된 내 맘에 헤매는 그림자를
꽂 피라는 네 가슴에 안을 것이면……。

삼박이는 별이 웃음을 나려
이슬 속에 잠자는 풀을 놀낼째
그대의 여울치는 웃음이 넘어
허러진 내 가슴을 잠그게 하면——。

새여진 가슴에 옛날의 가시도

깃분눈물에쩌나려가고

그리우든네가슴을다시안을쌔

눈물에젓는두가슴만달게자리라

   *

     *

       *

         *

나는이宇宙의만흔소리를避하야 물흐르고나무만흔수플속으로 나의魂을다리고가랴한다。그리고나는 永遠히沈默하려한다。나는가장뜻깁흔가운대서、가장聖스러운意味아래서、가장單調롭고凄愴한가운 데서、집흔밤흐르는달빗속에서무슨異常한큰힘을차지려고나는沈默하려한다。 한그빗가운대서말못하는사랑의무슨새소리를들을가하고나는沈默하려한다。아츰의이슬방울의춤추는가 슴에서、저녁달아래 찰석어리는連波의그름에서나는무슨慰安이노래를들을가하고沈默하려한다。아! 슬프다ー내가萬一沈默하지아니한다하면문어진마음과허러진가슴속에서는무슨소리가나랴?나는다만거춘 바람과쓸쓸한비를바들뿐이다。아ー그러나! 그러나허러진내가슴속에서는오즉들을려고하는한마듸소리 가잇다。나는이宇宙의모든音響가운데서 그中뜻잇고그깁고지금가슴을문허트리는B孃의靑春의短歌이다 저녁에鍾소리갓고 牧場우에아이들의애솟는피리소리가튼그무슨소리를나는들으려고한다 그소리ー그의소리는옛날에나의마음에옷을피게하고지금가슴을문허트리는 썻붉은피의쒸는소리다。나는그소리를가 그소리는B孃의血管에서쒸고춤추는졂은靑春을옷피게하랴는 血液의聖潔한노래를듯듯고잇는것이廢墟된나의마음에는다만 막히들으리한다。萬一내가나의沈默을세트린다하면안흔어지러운音響이聖스러운그의靑春을헤터놀터이 다。나는오즉沈默으로그의자랑스러운나의마음을完全히허터러리려한다。그리고넓은宇宙를둘아다이며、여울치는 하나인安樂이잇다。나는아주나의마음을完全히허터러리려한다。그리고넓은宇宙를둘아다이며、여울치는 물우으로이몸을쇠우려한다。아! 그러나그의靑春이나에게쓰리엇스며 압핫스나나는그의靑春을길이길 이그대로잇기만바란다。내가沈默한가운데서B孃의피줄속에서아츰해발가티어엽분피가쒸는그소리는 時刻刻으로나난。쯜식힘업는鼓動이생길째마다나는몸이으쓱하며絶望의눈물이힘업시소사흘분이라··

나의눈물이얼마나훌럿스며나의압흠이얼마나피로웟슬가ㅣ 아름다운쏫이시들줄이야누가모르리요마는 날마다쏫을보는나는凋落하는것을생각하는것보다도 華麗한色態와美妙한香氣가나의쏠아래언제든지잇섯스견하엿다、어린물결을보고大海의危殆함을생각하는것보다도 달아래서속은거리는어른물결그것으로幸福을생각하고십헛다。아ㅣ 그러나B의붉은키쓰는나의가슴을허더리고말엇다。쏫은시들어버렷다 漣波는怒濤가되고말엇다。 그러나밤마다、 고요한별빗을가슴에안고사람업는野原으로 외로운그림자만쌔르며 옛날의그의웃음의헛된幸福을꿈꾸면서차듸찬눈물을달아래쌔리는나의廢墟된가슴은날마다쏫업는하숨을지을뿐이엇다、아! 그러나나는울리라、蒼白한가슴의印을마진눈빗가튼그의가슴을爲하야울리라、百合쏫가튼그의두뺨아래에우물지는웃음의샘을爲하야나는울리라、바람에검은머리가날릴째마다나의마음이울렁거리든그사랑을爲하야울리라、 그러나나는그의靑春을爲하야는永遠하기를노래하리라、나는점점줄어가는그의脈拍의소리가듯기가실혀서그가부르든短歌나부르고世上의모든것을이즈리라、그러나그가나의눈물을자어내고 나의압흠을몰어내나 나는어느때던지그의붉은피도는靑春을爲하야는앗기는것업시 다바치려한다。 나는B에게뿐이아니라、世上에모든계집에의쏫피는두뺨의웃음을볼때마다 그들의뛰는靑春을가지못하게하고십다。 더욱이내가슴에깁히깁히印을친나의마음은B의靑春이점점衰弱하여갈생각을할째 한숨이어찌업스며눈물이어한업스랴? 더욱이B는모든것이다새롭고보는것이다슬프고 생각하는것이무슨다른보이지안는黃金의空想과春花와가튼異性을찻든마음무르고 힘업는내가상에어찌하면그러케도깁히깁히달되단사랑의씨를쌕된B가지금나에게서쩌나고 다시그의眞珠를줄이는듯한、香을피우는듯한그醉하는靑春의生命가즌말을그어찌 내가못듯는다고그어찌B의靑春을길리잡으려고아니하랴? 그의靑春이오래잇쓸수록나는한번한번더볼수가잇다。 그이로더부러쏫이피엿든내가슴은 다시그이로더부러깨트리려한다。 남어지업시다ㅣ깨트려버리고 비인마음으로나는발가는대로 바람부는대로가려한다。 聖地도가고 惡魔의洞窟에도가고 눈우으로가고 라는모래우으로나는가리라、나는B의써뜻한말을인제는못듯게되며 그의귀여운웃음을다시못보게되는나는다만그의靑春이오래오래잇서 내가다시맛

날쌔싸지길게남기만바란다。 그러나사람의길을어찌버서나리요、 그가만일　黑水晶줄가튼머리는무덤우

에힐피못머리가되고軟하게웃든그의웃음의우물지는두볼이　洪水에문어진굴헝텅이처럼되여서　나를다시

보고　世上을거처온社交的웃음의째여진쇠소리가러울릴째아! 나의가슴은그쌔무엇이되엿슬가? 문어진

가슴에술홍불은充한廢墟에는가믈에란이삭이되고말것이나?고생에복진아름다운옛사랑이썸나케째가뭇고

모처럼단단히되여서　내가그를다시볼째는그단단한사탕이다시나의가슴을압호게써리지는아니할것이냐

그가비록내엽헤업고　그소리가비록내鼓膜을울리지안으나그러나、옛날엇던날씨는여름巫午가거운黃昏

갓가운白雲피여올리는하늘아래、 척척늘어진　능수비들조금식싸덕이는가지우에서 울려나오는매암이

소리가어지러울째B의어린누예(蚕)가튼손에서흐르는　피아노의舊調가세련네드曲調로그윽히　호롤제

야! 그쌔나에게는무엇이더그리엿스랴? 그가입은여름옷울늠으로걸려나오는軟粉紅의타는조살이춤추여

입술에서나오는간열핀웃음이내視線우에서호를째나에게쏘두순不足이잇섯스랴? 아—그것도겨나간過去

의燦爛한꿈이엿고　지나가는길가에아름다운옷이엿섯다。그러나는다만미친듯이그의靑春을쎄앗기지

안으령으로──그의모든것은다남에게쎄앗기드래도、웃음을쎄앗기고、黑水晶의머리를쎄앗기고、붉은

입술을쎄앗기드래도나는그의「젊은」이라는것만그에게넛섯스면하엿다。 그러나、슬프다、웃은적그길시

드는것이요　處女는썩기면늙우것이다、그마음싸지늙운것이다。 졊어서아름다운理想、불가튼사랑、굿센

意志도하로아춤이슬이될것이로구나、 나라는그림자도바람이불고비가싸림이한번이고쏘한번밧氣를든

B의가슴속에서는집접희미할것이다、 靑春의막혓든나의그림자가　늙운집(鷲)덥이슬여잇는지도모르겠

다、 만일B의靑春이나의黃金으로맨든香房안에서銀으로싼面紗를쓰고그房밧게는나의가을이닥은白菊

그러나永遠히오「늙음」이오지못한다면나의詩는그얼마나옷이필는지─그러나나의詩는그럴能力이업다

서부침이나색이아에업서지지안는紀念이되여서 사랑하는사람을옷게하고 피로운사람을옷기도하주든

한소래된塔이되여서길이傳할것이오밋는바이다、 옷은쩌러지기쉽고　處女는 더럽히기가쉬워도다우른

물操心에操心을하야그의美를만지지안음은 눈덥흔雪原에검은발자죽이낫가함이오、 潮水가自然…

래롤형토리새보아서그리함이요。漣波의발음못넘은보기실은波紋이일어날가한이다。그런故로나는그를

對할째마다 웃음을보는아름다운파 달아래悲笛소리를듯는물결을보는듯한恐怖로보

앗다。 그런故로그의적은웃음에나의腸부른웃음을따하게하고 그의나진말은나의心臟울두다리며 그의적

은苦痛은나를붓지로고말엇다。 世上에사람이어리석다하나나가티미련한사람은업슬것이다。그의웃음을

다시못보고그의얼굴을다시못보는것이무엇그리나롭게하리요마는나는날마다가슴이한구룽이한구룽

이문어저진다。 눈물잘나든나의눈물은지금은비웃는웃음으로變하고 한숨잘나오든나의가슴은 답답한

어둠으로變할뿐이다。 이에나는그에게最後의便紙로예스날을紀念하고지금의괴로움을告하겠다。

第 一 信

쌍은멀고 물은깁호나、길은웃엄고 山이가리고가린먼나라에잇서서모든것을못본다한들그어찌故鄕의

별이야아니보이리까? 그대와나는비록먼데잇다할지라도 내가슴에서비추는B孃의얼굴의별이야아니나

라낼리가잇슬가요? 아ー B孃이어ー나는땅설고 물서른외로운섬에와서오즉하는일은 그대에얼굴을그릴

뿐이오이다。봄이왓나이다ー봄이왓나이다。바밤코굴든暴雨의밤은다시볼수업는永刧으로갓슴니다。그

려나그暴雨의싸여눈물만흘리든나의苦痛은왜써나가지를안코남어잇는지요? 사람은춤추는데나는웨을

고잇서요。그리하야사람은나를비웃으면서사랑에弱한사람이라고해요。B孃이어ー지금그대는무엇을하

고잇는지ー世上에幸福과世上에不幸이무엇일까요? 하고십흔것을하면서마음대로못하면不幸

이라고하나뇨? 災禍아닌것을幸福이라고하며 幸福아닌것을不幸이라고하며마음대로못하면不幸

엇이며幸福이란무엇입니까? 우는것이不幸이고、웃는것이幸福일가요? 그러하면災禍란무

는것은무엇을듯한입니까? 萬一웃는것이幸福이라면나는B孃의가슴에업대여 感謝한눈물을웃업시흘리

려합니다。B孃은누를볼째마다 어엽부게웃엇지요그러면그새마다나에게어엽분幸福을주섯슬것입니

그러면나에게그러케幸福을너허주라든그대는웨지금나에게이가티어둔그림자를던지시나이까? 그어둔그

림자가 災禍나 不幸이라고할가요, 아―B 孃이어― 그대가준웃음의幸福은내가슴을다뭇어노코마럿소이다。

그런故로나는다시는幸福을준다하여도 쯤들수가업서요, 나는차라리不幸을가지려하겟습니다, 그러나

는그대의瞬間에주는웃음을아니밋는것이아니라, 그웃음에서나오는幸福이라는것은썩어가는死體뿐이요.

말하자면永遠이라는것을아니밋겟소이다。다만永遠이라는房안에남어잇는것은썩어가는死體뿐이요 骸

骨뿐입니다。그대가웃고이야기하다나를사랑한다는그사랑은처음에는 살지고、쌈내나고、보기도

조핫지요、그러나時間을지내갈스록、그살도업서지고피도말르고、다만 썩어내가슴을쌔업시쌔를

뿐이오이다、그러나結局永遠이라는것은死體파뭇는墓地입니다그려― 그러면永遠을차저다니는結局

무덤을이쌔것팟코것팔게합니다그려。사람들은永遠을픽조하고 永遠히사랑한다는말도하며永遠히信義를직

겟다는말을달게합니다。그러나 그것이永遠으로들어가면고만썩어바린터이지요。아― 알엇습니다

그런故로瞬間主義者가잇는것입니다그려。썩 만남엇다고 아조일허버리거나 다시記憶이업시는아니할터부

이지요。다만처음가른 生命이업슬뿐이지요、그리다가도힘센現實의사랑이다시들어와그死體를싸려부

스면고만썩 조셔질터이지요、아―人生은波紋과갓습니다。나도이것을B 孃으로부터비로소눈물을흘

리고만왓나이다。아―지금은하로를파무드리는黃昏의붉은慕이나리나이다。비인마음캄캄한空想가운대

이상한그림자를나는쯔차갑니다。나는두무릅을쓸고저 하늘우에구름과가른웃고개를넘은무슨形狀을쏘칩니

다。그것이무엇일가요? 별이샘벅어림은무엇에힘임이며 버레가올고、춤추

만남엇서요。아― 두렵습니다。그것은무슨힘일가요? 나는그것도다사랑이란힘의動力을어더서그들의우슴과웃음을나타낸다합니다、그

런故로나는決코그대의압혼말을怨望치는 안하요、 그러나묻어진가슴에추위를더어케하며 헛

―B 孃 그런故로不幸과幸福은그새이가픽갓가와서幸福이不幸으로、不幸이幸福으로됩니다。다사

랑에서나오지요、그런故로苦痛이나安樂이나 다

―B 孃 그런집에밤비를어쩌케합니싸?

이즈라이즐수업는傷痕이내가슴속에서압하옵니다。아ー벌서밤이되엇습니다。넓은하늘에는金剛石의 별이번적어리고　푸른달빗은뮨틈으로새여들어옵니다。 탐호들리는軟한나무가지는한숨에부러지는밤이왓습니다。거리에는느진商人의피리소리가눈물에젓고　바 그달빗가운데만들어노코　어린커신들을다리고달빗호로는줄을라고　웃해서웃쓰지나는헤매입니다。이 것이나에게는꿈이지요、꿈!　힘들지안은꿈속에라도B孃을보엿스면헷되재라도말이나마하럇만웨、어쩐 일로그대는꿈에도오지를안는지?　나의現實을써난　그대는꿈에지미워하는구려。나모르는한숨에그멧번 이나애쳐로운꿈을쌔고　나모르는눈물가운데서그대의그림자를멧번이나붓을고울엇는지ー　사람은잡자고 어둠은점점진하여나틸째　나의가슴은점점무거워집니다。그것이무겁기始作하면점점숨이차나이다。그 때이면나는손을단단히주먹쥐이고　집푸래기방바닥을써리며　B……R……여하고부를쑨이오이다。점 은B、피붉은B、웃음만혼그대는웨이다지도나의마음을쓰기어노핫서요。저녁鐘소리가웃나고 다시아츰鍾소리가들릴째　나의靈은붉은불수래에안기여서　힐덕어리고돌다가　몸이차차재식어춤 재될째에야　뮨어진내가슴으로드러옵니다。그러하나　나는나의마음을덥허줄　얇은조히한장엽섯습니다 B여!　그대의넓은사랑의이불을　내疲困한靈에게덥허주시옵소서。

바람은봄바람이라고불어와서　나의마음에서도　조그만한싹이나려고하나　아ー누가그싹을만지며누가 그것을웃고마즈릿요。B는나를이저버리엇겟지?그리고내가이글을쓸째에는　그누구를爲하야　마음을조 리며가슴을틀어울터이겟지?　내가헛된쑴을버리고헛되이도라다닐째　B는그어쩐사랑하는사람오로한가지 未來의아름다운空想에　팔리엇겟지오?내가어둔밤에　그옥히비추는별빗의고개를한숨쉬며넘을째Y여ー 그대는푸른달빗춤추는빗을얼굴에쏘이면서그옥히　그누구의손을쑥잡고웃음을얼굴에가리우고　휜 가슴을새사랑에여울치게하겟지ー아!ー世上의理致란잘도석기엇소이다。내가울째그대가웃음은어썼으며 그대가이야기할째내가沈默함은　그무순調和의法則일가요ー아!B孃!　나는다만젊은青春의붉은피만내 재보여주시요、내가도라갈째다만얼굴한번만내게로向하고　그무순意味깁게한번만보아주셔요。보지도안코

그쌔도라설는지는모르나 그러나 나를한번意味잇봄이 그대의젊은靑春의아모傷함이업거든……그
대가나놀이젓다고나는아모怨望도아니합니다。한번째르러진사랑에 Y 孃의가슴에온돌
나에게깨끗한사랑이되오리싸ー다만그대의젊은靑春으로만 나를맛날쌔마다 나를보아주시요
그대만나는다만가는그대의젊은靑春을볼쌔마다、옛날記憶이나혼자空想하면서 스스로웃겟나이다。나는
그대색게성가시게는아니할것이오이다。다만그대젊은靑春만쌔앗기지마셔요、그젊은靑春만쌔앗기지마
셔요。

第 二 信

(過去의 記憶)

그쌔는그대의靑春의初期엿지요。山넘어별의호르는빗이거친물결에싸혀이리부닷고저리되돗는悲懷을모
르는웃음만가진靑春이엿스며 쓰기도惶恐한處女이엿습니다。웃음이석진그대의말소리가 그붉은입술에
서나울쌔마다 여름하늘에허던진白雲이다시피여모이는것가튼親和力이접접얼적언적함을쌔다랏스며 가
울저녁에퍼지는서늘한鍾소리가튼나의마음이淸快하엿섯지요、그대가내웃음을웃을쌔마다 나는봄
아격령이를보는것가티 朦朧한안개가내눈압흐로모이어 이世上이모다젓자는것가티 다른소리는아니들
리고다른物件은아니보이고 다만그대의웃는얼굴만희미하게내視線上에서비롤거리엿지요、그것이靑春
의란무순힘이지요、그힘을쌔앗기지말어요ー

*

*

*

그대가서늘한夕陽에수풀속에서날으는길일흔나비와집찻는새들을성가시겨잡으며 일즉나온 반되불
을잡으려고좃차다니든그날저녁에그대는나를속이려고수풀속에숨엇섯지요、내가애롤쓰고차질쌔그대는
악을쓰고나를놀냇지요、그쌔에나의世界에는새로운이상한번개불이번적하엿습니다。그쌔는靑春의봄
그불을헐허리지지마셔요、피아노우에 노인어린흰손가락이움즉일쌔마다 高低强弱의長短의音
이지요。

調나오는것처럼、 그대의적은 單調로운소리에나는깃버하엿스며 나는한업시놀랏섯지요、 나는 過去의모

든것을생각할때마다 한숨밧게는나오지를안하요、 그대가나에게사랑한다는것은나에게未來의한숨과눈

물을느어준다는것이지요、 그때는히여질때마다 情다운그대의인사소리는나를참아가지못하게하엿습니

다。 뛰동산수풀알에와、 달밤에시내가에서、 못피는들알에로、 어둔밤고요한불빗알에서서 두사람의 한

섯긧부고한섯즐거운사랑이두사람의가슴속으로왓다갓다하든밤은 아ー 멀리멀리가버리엇서요。 그와가

티써타서 그대와나도멀리멀리쩌러저가섯나이다。 우리는일어버린ー날을차지려다가 幸福잇는現實을

이어허럿슴니다。 二八의어린魂을땡우게하든그대의 처음갈어노혼靑玉과가른그瞳子가지금에는婚華

麗한무슨다른것에다쌔앗기고말엇슴니다그려、 사람은그러케되엿스니 그대의二八과가티單調롭고아름답고

無瑕의마음에限업고數업는만혼 險惡한그림자가 그냥막밟게되엿서요、

서요。 내가萬一지금까지그대와날마다쩌남이업섯드라면그대가그러케는아니되엿겟지요、 아ー사랑이란

現實을가르치는것이지요、 그런故로사랑 (그것은누구에게로가든지) 은永遠하지만 그現實은쌔를짜라

곳을짜라 環境을짜라 變하여가지요、 그런故로나는혼자마음대로못하는世上의理致를怨望하며 울쌘이요

決코그運命의支配를밧는그대를怨望치는안하요。

아ー B孃! 지금나는싸닭도모르게病이나서밤이면알코 낫이면근심걱정만합니다、 일은봄에쌀쌀한바

람을弱해진가슴에안고 새로나오는어린싹우에몸을언저 노코 씹흐린하늘의모엿닥허터지고 허터젓다

가다시모이는구름을보고잇다가 다시머리를들어宮城을에워싼 호리의갓풀린듯한물을볼쌔에 가늘고軟

한그대의웃음줄가른말할수업는絞이생기더이다。 B여! 人生도그럿습니다그려、 봄이엿든그얼굴에가을

이나리덥히고 허러진것이다시모일새 모엿든것이다시허러지는구름은비밧게다른것은올것이업서요、 그

비가운後에는다시다른구름이모여들고……이러케하는동안에 날이가고 해가감으로큰過去와永遠을만

드는것입니다、 B는지금누구하고다시모의엿슴니싸? 그러고쏘언제허터지럽니싸? 그뒤에는쏘누구하고

모이나이싸? 아ー永遠이란무슨個體와個體의허터지지안는連結을말함이아니지요、 허터지고쏘모이고

모이고허러지는그瞬間과瞬間을모으고모으여 法則의遠大한歷史를永遠이라고십습니다。사랑이란그것
은 어느새던지잇는한옛날서부터變치안는法則도갓고 歷史도가튼永遠이지요、 그러나個體와個體의만흔
失戀과苦痛을犧牲한무슨근物件갓습니다。나도그대를사랑하엿다는것이 한永遠한사랑에犧牲이될뿐이
엿슴을알엇나이다。 그러나 나의허러진마음의추이와 나의깨여진마음의傷處의압흠을어이할가요。

*

* *

*

*

B 孃 이 여!

꿈속에별들은속은거리고 달의女神이微笑할째에, 어린물결이찰석어리는웃음의가슴을나는차저서희
미한山길을돌고돌면서사랑의迷宮을나는찻도다。

희미한山길에별이비추고 이두윤내맘에는그대의光彩가숀입엽시빗나도다。쓸쓸한洞簫林間이울고
비에저진고요한맘에는 平和로운그대의웃음의鍾소리가그윽히들리도다。들으라ー鍾소리를ー모든
새들은날어모이고 疲困한巡禮者는웃음웃도다 허터진마음、 깨여진마음이 이저버린웃음을다
식으리라、아!그대의靑春의鍾소리여!靑春의피를웃게하는그소리를 봄찬되우에쑤리라、 석어가
는내가슴에쑤리라!ー

나의弱한가슴에서모든내生命을자아내든그대웃음이여ー가늘게웃는어린물결이춤추는것보다도 그
대의軟한웃음을나는보리라。웃음지는쌤우물에서소리치며흐르는微笑의샛다운가슴새!내가안커서不
死한나의옷읍는옷읍이여ー그대의웃음은물결과갓도다。해가비추면金으로흐르고달이빗추면銀으로
흐르도다。그대의웃음이흐를째이면 나의廢園이香내가나고 그대의鍾소리에나의廢園의새로운喜
이여ー

부른달빗이자욱히　나의눈물에거칠게저진마음을싸들어울째　고요한내가슴에부어나리는그대의 꼿

다운香氣가준붐은피방울이여ㅡ그피방울에나의마음은한점한점게를들여허터지도다。그대의피에

물들여질나의마음의조각이다시남지안코　그대를爲하야쌔여질마음이닷시남지아니할째는그대의 꼿

쌔운靑春은　겨을바람부는무덥우에한송이머리신할째꼿으로되고、나의피무든마음의조각은버레파

먹은山구통이에서　굼벙이의집이될터이로다。우리의뜻깁흔靑春을爲하여서는눈물도永遠히흐를수

업고　苦悶을爲하여서는한숨도길이傳할수업도다。그러나　적은것이나　쓸쓸한것이나　나는나의

詩속에　우리의가장아름답든靑春의꼿다운웃음과　煩悶의불길르싼은노래를느어　永遠히부르려하도

다。○사랑스턴靑春의노래여ㅡ빗여운나의노래여ㅡ부르라、부르라!

靑春의타는피도는대로사랑의라는마음의노래를부르라ㅡ마음알는薔薇여ㅡ녀도가티靑春을爲하야뜻

깁흔노래를부르자ㅡ허터진나의문어진마음와구멍을靑春의노래르막어서볼가ㅡ

아ㅡB여ㅡ最後에………。

（一九二二、二、十八ㅡ旅路日記에서）

사 로 메

(SALOME)

OSCAR WILDE 原作

朴英熙 譯

全 一 幕 (前號續)

혜로드 王—아ー이곳은춥다。바람이분다、바람이부는구나!

혜로듸아쓰—아니요。바람은불지안읍니다。

혜로드 王—確實히바람이부는데아니분다고——그리고 하늘에서무슨 날개치는소리가튼、큰날개를치는소리가튼것이들린다。너에게는아니들리니?

혜로듸아쓰—아모소리도아니들립니다。

혜로드 王—지금은아니들린다。그러나……아ー싸들린다。너에게는아니들리니?쏙날개치는소리갓다。그것은쏙바람부는소리엿섯다。지금은쏙첫

혜로듸아쓰—저의거에는아조아모소리도아니들립니다。陛下쎄서는봄이편찬으신가봅니다。저……반으로 드러가시지요。

혜로드 王—나는아모대도 압흔대는업서。病이잇는것은 너의쌀이다。重病人꽈가튼얼굴빗을하고잇다 저아해가저러케 햇속한얼굴을하고잇는것은 전에본일이업섯다。

혜로듸아쓰—사로메의얼굴을보시지마시라고햇는데——。

혜로드 王—술을부어라!

(술을가지고오다)

헤로드 王 — 사로메、야 — 와서나와가티 조금식술을마시자 — 여긔香氣나고조흔葡萄酒가잇다。羅馬皇帝께서나에게주신것이다。내가마실이술잔에 너의 고흔입술을 이술잔에대여라 —

사로메 — 저는목마르지안습니다。

헤로드 王 — 살의온果實을가저오나라。

(果實을가저오다)

사로메、야 — 와서나와가터이果實을먹자 — 나는어果實이너의적은 니자족나는것을보는것이조타。이果實을 조금만 베물어보아라。그러고고남어지는내가먹을터이다。

사로메 — 저는배곱흐지안습니다。

헤로드 王 — (헤로지아쓰에게、)너는너의딸을엇더케 길럿는지 저금알엇다。

헤로지아쓰 — 저와제딸도 陛下와가튼王族임니다。그러나 陛下는 陛下의아버님은 駱駝쯔는사람이엇지요。그리고 그외에쓰 도적이엿서요。

헤로드 王 — 그것은거짓말안언것을넘우잘아섯다。

헤로지아쓰 — 陛下는거짓말이다。

헤로드 王 — 사로메야 — 와서내엽헤안저라。나는너의어머니의王座에너를안게겟다。

사로메 — 저는몸이疲困하지는안습니다。

헤로드 王 — 사로메가 陛下를엇더케生覺하는지아서씻겟지요?

헤로지아쓰 — 저것을가저오나라———약— 무엇이엿든가? 어저버렷구나—그러다—生물어안저야 낫다。

오기가한듸소듸— 보라—쎄는활도다。銀글한날이 갓가혀활도다。하느님어그려게ロ슴하셋도다。보라— 麗言

헤로되아쓰— 저사람을써들지못하게하여주셔요、저는저소리가듯기가실습니다。저豫言者는어느째던지나를辱만합니다。

헤로드 王— 저사람은너에게辱을한것은아니다。그는한偉大한豫言者이다。

헤로되아쓰— 저는豫言者를밋지안습니다。未來의엇던한일이생길는지엇던케사람이알가잇습니까？아모도모릅니다。그런대저사람은어느째던지나에게辱만합니다。陛下께서저豫言者를무서워하시는것도저도압니다。

헤로드 王— 나는저豫言者를두려워하지는안는다。나는무서운者가하나도업다。

헤로되아쓰— 반듯이陛下는저豫言者를두려워하시지요。안일陛下께서무서워하시지아니하셧다면 半年前부터저豫言者를내달라고써드는猶太人들에게웨내주지아니하셧습니까？

第一猶太人— 나는저豫言者를내주시는것이조켓습니다。

헤로드 王— 아! 고만해라! 나는너희들에게저豫言者를내주지는안켓다。그는聖者다、그는하느님을본사람이다。

第一猶太人— 그럴理는업습니다。豫言者 엘리아以後에는 하느님을본사람이업습니다。第一矢으로하느님이숨어게십니다。그리하야두려운 災禍가이世上에나리는것입니다。

第二猶太人— 참으로그豫言者엘리아가하느님을보앗는지 못보앗는지아는사람이업지안혼가？엇더케하면엘리야가하느님을보앗다는것은하느님의그림자인가보데。

第三猶太人— 어느째고하느님은숨어게신것은안일세。하느님은어느째던지그의形體를나타내고게신다。착한者가운대나惡한者가운대恒常가티게신것일세。

第四猶太人— 그런말은하지도말제——그것은매우危險한말일세。그것은希臘의哲學을가르치는 알녝산

第五猶太人— 히리아 學校에서 나온 말일세。希臘사람은 偶像信者일세。割禮도 밧지안핫다네（譯者曰—割禮는 녯날 耶蘇教徒
가 嬰兒時에 行하는 禮法。
○仔細한 것은 聖經參照）

第一猶太人— 하느님의 하시는 일은 엇더케 하시는지 아모도 모르네、하느님 하시는 일은 아조 神秘한 것일
세3 우리가 지금惡이라는 것이 或善이 될지도 모르고 善이라는 것이 惡이 될지도 모르는 것일세 그
무슨 것이고 사람이 알수는 업네、하느님은 매우 强한 것이니 弱한 우리가 반듯이 무엇이던지 그
에게 服從하지 안호면 아니 되네。하느님은 强한 者나 弱한 者나 한가지째 려 버리시는 것일세
하느님은 누구던지 그를 爲하야 生覺하시는 것이 안인가。

第一猶太人— 참자네가 바로 말하엿네。하느님은 두려운 것일세。하느님이 强한 者나 弱한 者나 가리 새로
러버리는 것은 洽似히 사람이 전구에 넘쌀을 씻는 것과 가른 것일세。이 豫言者는 決코 하느
님을 보지는 못하엿네。豫言者엘리아도 하느님을 보지는 못하엿겟네。

헤로피아쓰— 저 사람들을 쪄 들지 못하게 하서요。듯기가 실혀요。

헤로드 王—（猶太人에게） 그러치 만나는 저 요가나안이란靑年이너 희들이 말하는 豫言者란 소리를 들엇다。

第一猶太人— 그럴이는 업습니다。豫言者엘리아째 부터 지금까지 벌서 一머—三百年이나 넘엇는데요—。

헤로드 王— 그래도 그가 豫言者엘리아란 사람도 잇드라。

나사때人— 저사람은 確實히 豫言者엘리아입니다。

第一猶太人— 안이 올시다。저사람은 決코 豫言者엘리아는 안입니다。

요가나안— 아! 그—날이 왓도다。主의날이 왓도다。世界의 救濟者될 사람의 발자죽 소리가 山우에서 들
리도다

헤로드 王— 그것이 무슨 소리냐? 世界救濟者라는 말이？

지판어누쓰— 그것은 羅馬皇帝의 稱號입니다。

헤로듸 王— 그러나 羅馬皇帝가 이곳에 올 理는 업다。다만 어적게 羅馬에서 온 便紙를 바닷다。이곳에 온다는

것이든것은거긔쓰지안핫더라。그리고　지낄이누쓰는羅馬잇섯슬째에　혹그

런소리가든듯지못하엿니。

지낄이누쓰ー　陛下、그런것은듯지못하엿슴니다。저는다만稱號인것만엿주엇슴니다。그것은羅馬皇帝의

만흔稱號中에하나입니다。

헤로드王ー　그러나羅馬皇帝가을理는업다。그는風病이대단하다　발이　코기리발처럼부헛다더라。그리

고쏘한　나라의事情도만히잇다。羅馬를쩌나는그는　羅馬를일허버리는것이다。그가오지

는안을터이지! 그가羅馬의皇帝이니싼　울려고하면을것이다。그러나내生覺에는을것갓지

는안타。

第一나사레人ー　豫言者가그런말을한것은羅馬皇帝시、사에게對한것은안입니다。

헤로드王ー　羅馬皇帝에對한일이아니냐?

第一나사레人ー　그럿슴니다、陛下!

헤로드王ー　그러면　누구에게對한것이냐。

第一나사레人ー　거우誕生한　메시아스에對한것입니다。

第一猶太人ー　메시아쓰가아죽은나타나지아니하얏는대ーー。

第一나사레人ー　메시아쓰가벌서나타나섯서! 그리하야지금이곳저곳에서　奇蹟을베푸는中이라네。

헤로되아쓰ー　하、하、하。奇蹟이라고ー　나는그까진奇蹟가튼것은잇지를아니한다。나는넘우만히보앗

서(待陪에게)　나의부채를이리가저오나라ー

第一나사레人ー　그냥밧은참말로奇蹟을베푸십니다。그리하야　그가적은　갈일리동내에잇섯든　엇던婚姻잔

채갓슬째에　그가물을가주고술로變化식힌일도잇슴니다。그婚姻잔채에갓다온사람이저

에게그러케말을해요。그리고쏘그메시아는가베나움門압해　안즌두사람의문둥病者를　죠금

만지기만하엿는대　그病이아죠낫슴니다。

第二나사레人— 안일세— 가베나움에서고친것은 중풍病이엿다네.

第一나사레人— 아니야— 이사람, 그것이문둥病者이엿다네. 그러고 그냥반은山우에서天使하고 이야기…

사두게人— 天使니무엇이나하는것이잇는것이 안일세.

바리새人— 웨? 天使는잇는것일세. 그러나그가天使하고 이야기하엿다는것을미들수가업네.

第一나사레人— 그냥반이天使하고이야기하는것을만혼사람이 보앗네.

사두게人— 글세이사람! 天使라는것은업는것이야.

헤로되아쓰— 아! 저것들은밤낫무슨소리야! 듯기가실혀죽게네. 어리석고못난者들이로군……。(侍臣에게) 나의부채를가저오나라! (侍臣붓채를갓다드리다) 너를보고잇는사람의얼굴을하고 잇구나— 꿈을꾸어서는안이된다. 꿈꾸는것은꿈꾸는사람이나쑤는것이다. (王妃가붓쳐로 侍臣을쌔리다)

第二나사레人— 그리고쏘야일루쓰의쌀에게對한奇蹟이잇습니다.

第一나사레人— 그러치그것은참말確實한것일세、그만하드래도거짓말이라구는못하겟네.

헤로되아쓰— 아ㅣ저사람들은미첫구나! 넘우오래동안달을보고잇섯다. 아! 쩌들지못하게쫌하십소서.

헤로노王— 야일루쓰의쌀의奇蹟이라는것은대체무엇이냐?

第一나사레人— 야일루쓰의쌀이죽엇섯습니다 그런데 그냥반이가서그죽은계집아해를 다시살러일으키엿서요.

헤로드王— 그사람이죽은사람을다시살렷서?

第一나사레人— 그럿습니다. 陛下、그냥반은죽은사람을다시살리십니다.

헤로노王— 나는그가죽은사람을다시살리는것을하게하기는실라 그의죽은것을살리는法을禁하여야겟 다죽은사람을다시살리는것은 누구던지容恕할일은아니다. 그사람을보고죽은사람을살리는것은禁하는것이라고이르지안호면안되겠다。지금그사람이어대잇는저아니?

第二나사레人— 그냥반은어느곳에던지、、、계심니다。陛下。그러나그냥반을보기는매우어렵습니다。

第一나사레人— 그냥반은지금사마리아에계심니다。

第二나사레人— 안일그가 사、、마、리、아에잇슬것가든면 그가 메시아쓰가아닌것은確實하다。메시아쓰가 사、、마리아에나타날理가업지안호가?사마리아사람은咀呪바든百姓이아닌가 致會에무엇바친

것이하나도업네。

第一猶太人— 안일세……예루살넴에는아니계시데。내가예루살넴에서온지가 얼마아니되는대……두달 동안이나 그냥반을볼수가업네。

第二나사레人— 그냥반은二三日前에 스미루나로써나섯다네。지금쯤은아마예루살넴近處에 계시겠지。

혜모드 王— 그런것은相關이업다、어쩌른지 그사람을보거든 죽은사람을살리는것은 許諾할수업는일이라고일러라。물을변해서 술을만들든지 문동病을매쯧하게하고 장님을보게하는일가 튼것은自己하고십흔대로하라라고해라、그런일에對하여서는나는아모말도아니할터이다。참말로 문동이를고치는것은조혼일이다。그러치만 죽은사람을살리는것은 누구던지許諾할 수업는것이다。죽은것이다시살아나면나는어쩌케케견되겠니?

●●●
요가나안의소리— 하— 亂徒들이어— 아! 淫女여—아! 金빗눈、번적번적빗나는눈껍질을가진바빌논의쌀— 하느님이그러케말슴하신다。그女子에게 만흔사람을모되여주라。사람들에게 돌을집어서 그

●●●
요가나안의소리— 아! 저사람을고요하게하여주서요!

헤로디아쓰— 아! 저사람을고요하게하여주서요!

헤로드 왓쓰— 참으로 분해서못듯겟다。

요가나안의소리— 隊長들에게칼로저계집을찌르게하여라— 창으로찔러 그계집을조각을내게하라— 그리하야다른女子들이 그의罪

요가나안의소리— 그리해서 世上의잇는모든더러운것을썻어버리게하여라— 그리하야다른女子들이 그의罪

에게던지게하여라—

惡의行動을내게내지안토록하고십다.

헤로되아쓰— 저에게對한말을陛下때서는못들으십니싸? 陛下의王妃을辱하는저사람을陛下때서는容貌
하시럼니싸?

헤로드王— 그사람이너의이름을부르지안는대—。

헤로되아쓰— 이름을부르지안는다고요—그음부르지아시겟슴니다。

헤로드王— 그러람 헤로되아쓰야—너는참말로나의사랑하는、아름다운안해이다。 그러나그前에는
네가나의兄님의안해이엇다。 저사람이 싸지려고
한다는것이 저에게對한것인것은달아시겟슴니다。 그러나저는陛下의王妃가아넘니싸? 저사람이 싸지려고

헤로되아쓰— 陛下의兄님의판에서서를색시오신이가죽 陛下이시지요?

헤로드王— 그리타 내가强하엿다。 그러나그이야기는그만두자—나는그런이야기를하고십지는안타。
이야기할것은豫言者가말한부서운原因이다。

그것으로不吉한일이생길는지도모른다。자— 이이약이는고만두기로하자— 嚴肅한헤로
되아쓰— 客의일은이저버렷지? 아!이술잔에술을한잔부어……銀의큰술잔에도붓고 그
리고 유리큰잔에도부어라。나는羅馬皇帝을爲하야祝賀의盃를들겟다。

同— 羅馬皇帝씨—사—

헤로드王— 헤로되아쓰여—너의딸을보아라、얼굴이엇저면저러케햇슥하게되엇니?

헤로되아쓰— 사로메의얼굴이그러케햇슥한대 陛下는그것을어쩌케하라십니싸?

헤로드王— 옹—저러케햇슥한얼굴을본일이업서……。

헤로되아쓰— 陛下여—그러케넘우보시지마시읍소서。

一— 羅馬皇帝씨—사—

●●●●
요가나안의소리— 그날이이를때에는머리털을싼풍히와가티 해(日)는검게되리라、달은피빗처럼붉재되리라
익은無花果가나무에서섭어지는것가티、하늘의별들은싸우으로섭어지리라。그러면 地上

에席王들은두려워할터이로다。

헤모되아쓰——아이고ㅣ나는저사람말처럼 달이피빗처럼붉게되고 별이써에떨어지는그날을 나는보고섭

다。저豫言者는술주정군소리가튼소리를하고잇네。저는저소리를들을수가업서요。고요하

개하여주셔요。저는저소리가실혀요。고요하게하여주셔요。

헤모드王ㅣ나는그러케할수가업다。그가말하는것을나는알수가업다。그러나 무슨前兆가잇슬는지도

모른다。

헤모되아쓰——저는前兆가른것은밋지안하요。저사람은 술취한사람의말을하고잇습니다。

헤로드王ㅣ저사람은 神의葡萄酒에醉햇는지도모른다。

헤모되아쓰——神의葡萄酒에요?어쩐술이야요? 어쩐한葡萄園에서따는것입니까?어쩐한술동에서만들

읍니까?

헤로드王ㅣ(지금부터王은사로메만보고잇다) 지、껠이누쓰ㅣ前番에네가羅馬를떠날때皇帝때서 말슴

하섯다는것은무엇이라고……?

지껠이누쓰ㅣ무엇말슴입니까? 陛下여ㅣ

헤로드王ㅣ무엇이냐고? 아하ㅣ지금내가녀에게 무엇을무러보앗드냐? 그러치안핫나? 하하ㅣ너

에게무르려고하엿든것을이저버리엿구나!

陛下ㅣ그러케사로매만보셔서는아니됩니다。악가부터 그러케보시지마시래도……

헤모드王ㅣ녀는밤낫그말만하니?

헤모되아쓰!한번더합니다。

헤로드王ㅣ그리고敎堂을다시짓는데도 모도가말이만타니 그것은엇더케된세음이냐? 神堂의帳幕이

업서젓다는말이잇는데、그러치는안흐냐?

헤모되아쓰——그帳幕을집어간이는陛下이야요ㅣ저는이곳에 밤낫쓸대업는당치안흔것만말슴을하셔요ㅣ저는이곳에

헤로드王ー 잇기실습니다。 방으로드러가겟습니다。

헤로드王ー 사로메야ー이리와서춤이나한번추어라ー

헤로되아쓰ー 저는사로메를춤추지안케할터이야요ー

사로메ー 춤추기는실여요!

헤로드王ー 춤추기는실여!

헤로되아쓰ー 억지로추라고마서요ー

헤로드王ー 사로메야ー헤로되아쓰의딸아ー나에게 너의춤추는것을보이여다고ー

사로메ー 나는너에게춤추는것은실습니다。

헤로되아쓰ー (웃으면서) 아이고ー참 陛下의말슴을잘듯는길이요。

헤로드王ー 제가춤을추던지아니추던지그것은아모相關도업다。아모러치도안라。오늘밤은 나의마음이愉快하다。 第一愉快하고나ー이째까지 온늘처럼愉快한날은업섯다。

第一兵士ー 王씌서근심스러운얼굴로계시이그러ー

第二兵士ー 그타하이ー근심스러운빗으로계시이그려ー

第一兵士ー 王이愉快하다。第一愉快하고나ー이째까지 온늘처럼愉快한날은업섯다。

헤로드王ー 엇더케나의마음이愉快하지안으랴ー世界의임검이되고 萬物의임검이되는羅馬皇帝씌서나를사랑하여주시는대。지금도쏘한貴重한선물을보내주섯구나。그리고 쏘한 나의원수되는 갓바쏘시아王을羅馬로부르기로約束을하셧다。엇지하면 그王을羅馬씌서磔刑(육시해죽이는것) 에죽일는지도몰른다。羅馬皇帝가하고십혼것은못하는것이업스니싼……。그럴스록나는더愉快하고나。지금까지 이러케愉快한적은업다。

참으로愉快하고나。이가티깃분幸福을쌔트릴者는이 世上에하나도업슬줄밋는다。

요가나안의소리ー저는어玉座에안저저엇슬터이지ー 눕고 자저벗나는옷을 얼고엇슬터이지ー손에는 스스로罪 롤깃는罪의찬 술의술잔을가저고엇겟지ー 그리하야 主의使者가째또려려겟도다。저는 구덕어의딸이되리라ー

헤로디아쓰ー저사람이座下에게對한말을합니다그려ー座下가구덕어에담어되려라고합니다。

헤로드 王＝저가한것은내게對한말을한것은아니다。그사람이말하는것은 카이쓰사아사람에게對한것이다。나의敵인카빠뜨사안玉에게對한것이다。구덕어의딸이된다는것도 그玉에게對한것이다。나에게對한것은아니다。내가兄弟의妻를안해로삼엇다고한일外에는 그豫言者는 내게辱한일이업다。 그것도저豫言者의말과갓를는지도모른다。너는아러레를못낫는女子다ー

헤로디아쓰ー제가아러못낫는女子야요? 座下가그것을말슴하섯니가? 어느때그玉의딸 사로메다려보서는座下가? 座下와몸만慰勞하서서기為하야 사로메다려 춤추라서는座下가? 그것을말슴하서선理由는안이시겟지오! 나는아러를못낫습니다、座下에저아러가엄습니다。아러못낫는女子는저는안이야요 i 그것은座下입니다。저는안임니다。

헤로드 王＝석들거마라ー너는確實히아러못낫는女子다。나의아러는하나도업저안이하냐? 그리해서우리의婚姻은참婚姻은안이라고豫言者가말하엿다。道에어그려진婚姻、英鵬가일어날結婚이라고말하엿다。……。그가말한것가를는지도모른다。그러나 목그가갈한것과갓다。그러나지금그런말을할쩨는안이다。나는지금儉快하고성혼떼다。참으로나는갈는깃부구나。不足한것갓든것은하나도업구나。

헤로드 王＝오늘밤에座下가그러캐愉快하시다는것은무엇보다도것분일이울시다。참으로 드문일이웁니다。그러나밤이느젓스니고만들어가서지요! 레일떼가뜨면서곳 사냥하러가시저안으섭니싸?아무려든지저羅馬皇帝에게서온使者들에게잘待接하지안으면안이될터이니산요…。

第二 兵士ー 아ー잇지하야 오은 근심스러운얼굴로계신지몰라?

第一 兵士ー 그러하이ー 근심스러운얼굴로게시그려。

혜로드 王ー 사로메야ー 나에게너의 춤추는것을보게하여라ー자ー내請이니한번추어라ー오늘밤나의마음은슬프다。그리고하늘에서나는날개소리를들엇다。이무엇인지모른다。오늘밤은나의마음이슬프다。그러하니나를爲하야 춤을추어라 아ー 춤을추어라ー사로메야! 나의特別한請이다。네가나를爲하야 춤을추면 네가가지고십흔 것은무엇이라도다주겟다。이나라의반이라도달라면줄터이다。

사로메ー (일어스면서) 참말로제가갓고십흔것을다주시렵니까?

혜모듸아쓰ー 춤추지말어라ー사로메야ー

혜로드 王ー 무엇이던지주리라, 이 나라의반이라도……

사로메ー 참말로盟誓하십니까?

혜로듸 王ー 盟誓하고말고ーー사로메야!

헤로듸아쓰ー 춤추시말어라ー사로메야!

사로메ー 무엇에다가盟誓하십니까?

혜모드 王ー 生命에다가ー이王冠에다가ー모든神에게盟誓한다。내가다만한번만나를爲합야 춤을춘다하면 먼 네가願하는것은무엇이던지주리라 이國土의반이라도주리라! 자! 사로메야ー사로메

사모에ー 나를爲하야춤을추어라!。

헤로드 王ー 盟誓하고말고ーー사로메야!

사모에ー 저의갓고십흔것이면무엇이던지주시지요? 陛下의國土의반이라도……?

혜로드 王—
이 나라의 반이라도주고말고—。 네가이나라의반이라도달나면、 사로메야—너는女王이되여라 아— 참— 아람다울것이다。 國王이되면그얼마나아름다울싸—야—이곳은춤구나—어름가튼바람이부는구나—아— 그리고쓰들리이는소리가들리이나! 저—廣場우으로검고큰새가날라가는것인지도모르겟다。 그러나그것이왜—보이지아니하나— 그날개치는소리가 처량한소리다。 찬바람이다。 아니다、그리치는안라。 차지는안타。 더운숨(息)이차고나。 이손에물을쎄언저라。 눈(雪)을 노아라。 이外套(맨틀)를벗기여라。 얼는벗겨라、 괴로운것은이裝飾한王冠이다、 薔薇로 꾸민이王冠이다。 꼿이라는것과갓구나、 얼굴이라는것갓다。(얼굴우에서花冠을버서서卓床우흐로던지다) 아! 겨우숨을쉬겟다、 저花瓣의붉은것을어쩍한가보아라、헌겁(布片)에무든 피빗갓구나!—무엇걱정할것이엄다。 눈에보는대로 意味가잇는것가티생각하던 당초에살수가업다。 血跡이라도역시薔薇花의花瓣갓다고하는것이죠겟다。 무엇이던지 그러케생각하는것이휠신난것이로구나。

혜로듸아쓰
나는춤추지못하게할터이야야……。

사로메
메—陛下를爲하야춤추겟습니다。

혜로드 王—
그러나 이런이야기는그만누자— 나는쑈愉快하다。 第一愉快하다。 나는愉快할權利가잇는것이아니냐？ 너의쌀은나를爲하야춤을추리라、 나를爲하야너는춤을출터이지？사로메야 네가나를爲하야춤춘다고約束을하엿지……。 사로메의한소리를너도들엇겟지、 사로메야— 나를爲하야춤을추리라、 나를爲하야춤을출터이다。 사로메야— 그러고네가 나를爲하야 춤을추거든 무엇이던지가지고십흔것을주겟다는言約을잇지말어라、 너의갓고십흔것은무엇이 든지주리라。 이 나라의반이라도

사로
해로드

주리라。 나는盟誓까지하엿다。

해로드
王—
陛下섀서 盟誓까지 지하섯습니다。

해로드
王—
그리고나는盟誓를깨트린일도업다。나는盟誓를저버리는사람은아니다。나는거즛말할줄을 모른다。나는나의말의종이다。갓바、도시아 王은恒常거즛말을하드라、그러나 그는찬말國을 王은아니다。
그것은慎爭이다。그리고쏘나에게서쓰어간돈을 이섀것갑지도안는다、쏘그는 나의使者 게無禮하게하엿다。그는毒舌을놀렷다。그러하지만 제가羅馬에만가는날이면磔刑에죽 을것이다。반듯이羅馬皇帝는그를죽일터이겟다。그는 구덕이의밥이되겟지。豫言者가그 리케말하엿다。자、사、도메야!웨멈춧하고잇느냐?

해모되
王—
아!발비손채로추려느냐? 그것은참조타、참조타。너의적은발은白鳩와갓구나ー나무입헤 서춤추는 적은흰꼿송이갓구나。……

사로
메—
女侍들이 香料와 열곱겹의「베일」(面紗)를가지고와서 신을벗기를기다리고잇습니다。
(女侍들이香料와일곱겹의「베일」(面紗)를가지고와서사로메의신을벗기다)
아!그것은안된다、피흘는우에서춤을추니? 그곳에는피가흘러잇다。피흘는우에서추는 것은안된다。靑蓮이낫불는지도모른다。

해모되아쓰—
사로메가 피우에서춤추기로 뭐어쩌헌가요? 아ー달을보아라、붉어젓다。피빗처럼붉엇다、아ー참、豫言 者의말과갓구나、그가저달이피빗처럼되리라고하엿다。그러케말하엿지? 너가저달엇지 그리하야지금저달이피빗처럼붉게되엇다。그러고 별들이 익은無花果써러지듯키써러지나 니싸?그리고地上의 帝王들

테로되아쓰—
네ー네ー저도보입니다。그러고해(ㅁ)는 머리를싼 주머니가티검게되어써러집니다。그러고地上의 帝王들 치안습

- 252 -

이두러워합니다。그帝王들의두워하는것은누구던지볼수잇습니다。다만一生에한번은豫言

者의말한것과갓습니다。

地上의帝王들은두려워합니다。방으로들어가시지요。

陛下는몸이不便하신것가릅니다 여러분이羅馬에도라가서陛下가미치섯드라고합니다、자

들어가시지요。

●●●●● 요가나안의소리

에돔에서온사람은누구이냐。자지빗옷을입고、옷에아름다음에번적어리고 저흘로偉大하

것처럼하고오는사람이누구냐。웨그웃음그리케붉게물드럿느냐、

저사람이 저러케써드는동안에누

사람의소리는나를덥치게만들어오。그리케陛下가그것만보시는동안에는저는사、로메를춤초

지못하게하겟습니다。아이ー어써하드래도 저는사로메를춤추지못하게하겟습니다。

헤로도王ー怒하엿구나! 怒하익도所用이업서……

사、로메가춤추기싸지는나라들어가겟다。춤추어라、

사、로매야! 나를爲하야춤추어라。

사、로매야! 춤추어라。

헤로디아쓰ー아ー자ー춤춤니다。(일은전에일일흠춤춘다)

헤로王ー아、참、아름답고나! 참、불만하고나! 아、너의쌀은나를爲하야춤을추엇다이러것가히

오나라、너에게賞을주리라。춤을춘뒤에는 무엇이던지滿足하게주리라 훌륭하게해주리

라、무엇이던지가지고십흐냐… 누엇이가지고십흐냐…말해보아라…

(무릅을쑬코) 곳 銀정시에담어서갓고십혼것이잇습니다……。

헤로王ー(우스면서) 銀으로만든큰접시에。응、그러처、銀접시에다가、사당스런말을하는구나

사로메야、무엇을놋코…시고

- 253 -

헤로드王— 실호냐? 말하여라。엇더한것이던지 갓재하게습。무엇이냐。사로메야!

사로메— (일어나면서)요가나안의머리올시다

헤로듸아쓰— 아!사로메! 잘도말하엿다

헤로드王— 아니다! 아니다。

헤로듸아쓰— 잘말하엿다。

헤로드王— 아니다、아니다。사로메야。

헤로듸아쓰— 아니다、네가그것이가지고십지는안을터이지。너의어머니의말을들어서는 아니된다。어머니는어느때던지 낫분것만가르친다。어머니의말을들어서는아니된다。

사로메— 저는어머니말은相關치안흠니다、다만銀접시에 요가나안의목을비여 당어줍시사한것은 제가스스로慰勞를바드려고그럼니다 陛下께서 盟誓하섯습니다。盟誓하신것을이저버리지는마시옵소서。

헤로드王— 그러코말고。나는모든神에게向하야盟誓하엿다。나는그것을잘記憶하고잇다。그러나 나는너에게請한다、사로메야! 다른것을말하여라。請컨대그러케하여라。

사로메— 이나라의반이가지고십다고하여라。

헤로드王— 요가나안의 목을주세요。

사로메— 아니다아니다、나는그것을하고십지는안라。

헤로드王— 陛下께서盟誓하섯지요?

사로메— 陛下께서盟誓하섯습니다。여긔서모도들엇습니다。陛下는여러사람압헤서 盟誓하섯습니다。

헤로듸아쓰— 그러라。

헤로드王— 가만히잇서! 누가널더러말하랏서?

헤로듸아쓰— 요가나안의목을가지고십다는것은 사로메도벌서말하엿습니다。사로메는 나에게잇는것이라는것은모도辱을하엿습니다。나에對하야 當치도안은말을하엿습니다。저사로

헤로드王— 떼、가이어머를貴重히역이는것은 누구던지안나다。사로메야! 뒤로물러가지말어라、盟誓하신것이다。盟誓하신것이다。

어느쩨던저너를사랑한다。자— 사로메야! 잘말하여라、나는너에게한번이라도야속하게는、아니할려이다。어느쩨던저너를사랑한다。넘우사랑을지내치게햇는지도모른다。그러하니 오、아、안의목을비여달라는것만 그만두어다오 그일우悲慘한일이다。그것은나에게달라는것은두려운것이다。너는참말이아니고 작난의말이겟지。몸을쩌난사람의목아지는 보기만하여도마음이낫부어지는것이다。그러치안으냐。그것을보면그리깃붓것이무엇이냐? 處女의눈으로그린것을보는것은깃코 조흔일이아니다。그것은네가가질것은아니다。내말올듯는것이착한일이다。나는 한큰綠玉을가지고잇다。그그고둥근綠玉을눈에대이고보면 아조멀고먼데쌔지보인다。羅馬皇帝의愛人이 나에게보낸것이다。그크고둥근綠玉을눈에대이고보면 아조멀고먼데쌔지보인다。羅馬皇帝가 말을달리실쌔는그것은그보다도헐신큰것이다。世界가운대서第一큰綠玉이다。자—엇더하냐? 그것이너는가주고십지? 그것달라고하여라

사로메— 요가나안의머리를주서요。

헤로드王— 아! 너는웨— 내말을아니듯느냐?

사로메— 자—참고—내말하는것을들어라。사로메야。

헤로드王— 요가나안의머리를。

사로메에— 요가나안의머리를…

헤로드王— 아니다、아니다、네가그것이가지고십흘理는업다。참으로나는너를오날밤에너를넘우몹시본까닭에 네가나를속히이려고그런것이다。너의아름다움이 나를몹시보게한것이다。너의아름다움이 나를참을수업들 오날밤에너를넘우몹시보앗다。그것은내 가녀를넘우본까닭이다、물건이고사람이고 넘우보아서는아니시훌리게하엿다。그것은내 가녀를넘우본까닭이다、물건이고사람이고 넘우보아서는아니

된다。밤낫보아도조흔것은 거울뿐이니라。

거울은 그림자를비츨싸름이니싼。아!아!술을가저오나라」폭이마르고나。사로메야!

그리지말어라。자!이리오나라。아아!무엇이엿든가! 무엇이엿든가?아하!生覺이은

제낫다……。사로메야——더할신이리오나라。아니들니는지모른다

사로메야!너는나의白孔雀을알겠지。天人花와놉흔씨리나무이에서거러단이는그—아

름다운白孔雀을아니?그것의처음 주둥아리에는 金을질하엿다。그것이먹은 쌀도金을

밧넛다。그孔雀의다리는紫色빗으로물들엿다。그孔雀이울쌔에는 비가온다。

꼬리를 칠쌔에는 하늘에서 달이써 오른다。

그孔雀은 씨리나무와天人花의검은그가온대를 둘식雙울지여서단인다。그러고어느孔雀

에고 奴隷가싸리러단인다。어쩐쌔에는 나무를넘어서날을쌔도잇다。쏘어느쌔에는 풀속에

쓸어안고 못(池)가에슬어안줄쌔도잇다。이世上에그孔雀처럼아름다운새는하나도업다。

世界의帝王들도그러케아름다운새는갓지못하엿다。반듯이 羅馬皇帝도그러쳐아름다운새

는업슬것이다。나는너에게그와가튼孔雀을 五十마리를주겟다。그러면너 가단이는곳에는

어느곳에고 그孔雀이싸러단이리라。그리하야네 가 그새들 한가운대윗슬쌔에는 白

雲에싸힌달과가티보이겟지……。나는그것을다—너에게주리라、나는그런孔雀을百마리

나가젓다。이世界가운대 내가가진새 가튼것을가진國王은하나도업다。그리고너는 그것

을다—너에게개줄터이다。다만너는나의盟誓를容恕하여다오。그리고너는 그孔雀이가지고

십다고그래라。(王은술을마시다)

사　로　메— 오가나안의머리를주서요。

헤로듸아쓰— 울치—잘말하엿다、陛下는孔雀으로아조미처섯습니다그려。

헤　로　드 王—씨들지말어—너는쓸대업시짓드라。쑥 猛獸의짓는것모양으로。쩌들지말어—사、로、메、야!

네가가지고십흔것을생각하여보아라 그요가나안은 하느님의使者인지도모른다。 神의손구락이이사람에게다앗다。 神이두려운말을 저豫言者입에느어주는것이다。 宮殿가운대도砂漠가운대와가티 神이恒常 저사람파가티계신것이다……。 참으로그럴는지도모른다아모도모른다。
神이그사람파가티잇지안을는지도모르는것이다。 그런대萬一저사람을죽이면 무슨不幸한일이생길는지도모른다。 어쩌하엿든、 그가말하기를 自己가죽을쌔에는누구에게도不幸이잇스리라고하엿다。 그災禍를바들사람은나外에는다른사람은업다。
생각을하여보아라。 내가이곳에올쌔에피를밟어밋그러젓다。 그리고 또하늘에서큰날개치는소리를들엇다모든것이 다 惡의前兆다。 그리고 또무엇이잇슬는지도모른다。 아ㅣ사로、메야! 나에게災禍가오는것을네가바라지는안켓지? 네가그것을바라지는안켓지? 그러하니 내가하는말을들어라。

사로메— 요가나안의머리를주서요。

헤로드王— 아사! 너는나의말을아니듯는구나。 고요하여라。 나는마음노코잇다、 나는마음노코잇다? 자ㅣ들어보아라。 이宮殿가운대만흔寶物을감추어두엇다。 너의어머니도 한번도못본寶物이다。 놀날만한寶物이다。 네줄로벌인眞珠의빗을가젓다。 銀빗으로 달빗파連하는것가튼빗이 다 달(月)을쉰개나 金剛속에단것파가튼것이다。
女王의快樂가튼가슴에찬것파가튼것이다。 네가그것을차면 女王파가티아름다울터이겟구나。 그리고또紫水晶도 두個나잇다。 검은것은葡萄酒와갓고 붉은것은 물을탄葡萄酒와가튼것이다。 그리고또 호랑이눈가티 누른것파 산비닭이눈파가티붉은것파、 고양이눈파가티푸른것파……어러가지가잇다。그리고또恒常어름파가튼 불쏫으로타는蛋白石도잇다。
무서운그림자의、 사람의마음을슬프게하는蛋白石도잇다。 죽은女子의눈瞳子가튼瑪瑙도

잇다。달(月)이 變하면 빗이 變하고 해ㅅ발에쏘이면蒼白해지는月長石도잇다〉알(卵)파가

러큰푸른뎃파론 푸른靑玉도잇다。그玉속에서는 물결이일어난다。그물결의푸른빗은

달빗해비치여도빗이 變하는일이업는것이다。그리고、貴橄欖石도잇고、綠柱玉도잇고、綠

玉髓도잇고 紅寶石도잇고 붉은줄진 瑪瑙玉도잇다。風信子石도잇고 힌瑪瑙玉도잇다。그

것을 다녀에게줄터이다。그리고 누미지아王은 陀鳥의날개로만든옷을 나에

돈부처를네個밧게는 줄지아니하엿다。지금印度의國王은鸚鵡의날개를보지

게보내주엇다。그리고또다른것도줄터이다。

아니하면 볼수업는)水晶을가지고잇다。그리고 靑貝상자속에는、土耳其玉이세個가들

어잇다。그것을 이마에대이면 업는것이라도想像할수업는것이다。손에들고잇스면 女子

물아려못낫게도할수가잇는것이다。모도돈주고살수업는寶物이다。

그러나이것뿐만아니다。黑壇상자속에는 金의 능금가론 琥珀의盃가두개가잇다。어盃속

에다가敵어毒物을느으면그능금은銀빗으로變하는것이다。

號珀으로싼、상자속에는 우리로싼신이들어잇다。深綠玉으로駿備한팔둑가락지도잇다。

다어쓰前에서가저온夜光珠도잇다。제一스國에서가저온 外套도잇다。우후

야!그外에또무엇이갓고십흐냐!사로메야!너의갓고십흔것을말하려면괜

그것을줄터이다。다만 結言者의生命한번지녀나는너에게지녀쩨잇는껏은무엇이며쎄주쩨

다。祭司長의外套라도주려다。祭壇의帳幕어도주려다。

요!아야! 막마!

요!가나한의더러움도주셔요。

王—(동을椅子에걸쳐던서) 싸하!하고심흔대로하여라。엿서너머의살어도구나。싸도메는

그것을줄터이다。혜로드國王의손에서死의판저를떼여서돗士에게주쩌다。돗士는

(韻一돗士가갓가히오다) 싸하!혜로드國王의손여서死의판저를떼여서돗士에게주쩌다。돗士는

그것을斬首役者에게주다）

누가 나의 반지를 쌔엿니? 나의바른손에 반지를써엇는대……? 아하! 누구에게고 災禍가나리겟고나!

나의 술잔에는 술이잇섯는대……? 아하! 누구에게고 災禍가나리겟고나! 盟誓를직히지안으면두

（斬首役者는물고인웅덩이로나려가다）

아! 왜—내가盟誓를하엿든가? 國王은決코盟誓를못할것이구나。

러웁다。 그러라고盟誓를직히하면 그역시두려운일이로구나。

사로매는잘되엇습니다。

— 반듯이무슨災禍가잇슬것이다。

— （웅덩이로가싸이가서귀를기우린다）아모소리도아니나네。 아모소리도아니들리네。 웨—

소리를질느지안어。 만일나를죽인달것가트면나는 악을쓸터이야。 싸울터이야。 야단을

칠터이야。……이야! 이야! 나아만아 죽여라! 죽여라! 알엇니? 아모소리도아니들리

네。 고요한데……。 무섭게도고요하당。 애그머니! 무엇이썰어지는소리가나네, 무엇이썰

어젓구나! 룍비는칼이구나! 저륙비는者가무서워서 칼을썰어토리네。 죽이지를못하고。

에이—이 겁재이놈아

兵士를보내볼가—（헤드리다니섯는대……）!

자—이리와! 너는아썻은죽은사람의親舊이지。 자! 이리와—저—거시키—이리와、

아죽도죽일사람이不足하니 兵士들에게가서……兵士들에게가서 그머리를

가지고오라고하여주어……。

내가밧든것을……。 兵士들에게가서……나려가서 그머리를

（줌은무서워서뒤로물러간다。 사로매兵士에게向하야）陛下가나에게주신그머리를……

이로나려가서 저사람의머리를가지 오라고命令하섯쇠。

陛下! 陛下!

陛下의……

(크고검은팔、 斬首者의팔이、 요가나안의머리를 銀槍에재어서가지고 웅덩이에서올라온다。사로메는뛰어들어그머리를붓잡다、 헤로듸아쓰는웃으면서 부채질을하고잇다 나사렛사람들은무릅을꿀코祈禱를始作한다。)

너는나의입에입마추어주지아니하엿지? 요가나안아! 지금나는너를입마출터이다。뜨거운果實을무는것과가티。내 이로물어버릴터이다。 그러타。나는너의입에입마춘다。 요가나안아! 나는너에게그러케말하엿다。 아! 나는지금 입마춘다。 그런데 웨ㅣ 네가나를아니보앗서? 요가나안아! 너의눈이그러케도무서웟섯다。몹시怒해서輕蔑하는말을햇지! 그눈이지금은 감어젓서。웨ㅣ감고잇니?눈을좀써눈겹질을좀 들어라! 요가나안야! 웨ㅣ너는나를보지를안니?웨ㅣ무서우냐? 요가나안아! 그래도나를못보니? 그러고 너의혜(舌)는붉은毒蛇와가탓다。그 혀바닥도인제는놀리지를못하는구나! 지금은아모말도못하는구나! 요가나안여! 나에게 毒을배아튼그붉은毒蛇도아모말도못하는구나! 참웃읍다。 그러치안으냐? 그붉은毒蛇도움즉이지아니해……아! 웬일이야?

너는나의、무엇이던지미워하엿지? 요가나안아! 나를辱하엿섯다네가나를辱하엿지? 너는나를賣淫女라고、淫奔者라고하엿지?나를……이사로메를헤로듸아쓰의딸을。猶太國의王女를……公主를……아! 요가나안아! 나는살어잇다。그러치만너는죽어서잇다。그리고 너의머리는나의것이다。나는지금무엇이던지하려면할수잇다。나는지금너의머리를개에게던질수도잇고 하늘에날으는새들에게줄수도잇다。 개가실혀서달어나면、하늘의새들이와서먹는다。요가나안여! 요가나안아!

나는너를사랑스러히생각한다다만한사람인 사나희엿섯다。 다른사나희는나는실혀……。아! 너는、너는아름다웟섯지! 너의몸은銀臺우에노핫다。 象牙의기동가탓다。白鳩가가득한百合花동산이엇섯다。 象牙의창으로꾸민銀의塔과가탓다。

너의몸처럼 흰것은이 世上에아모것업구나! 너의머리털처럼 검은것은이 世上에다른것은아
모것도업다。世界中에너의입술처럼붉은것은아모것도업다。너의목소리는 이상한香爐를피
는 香爐와가탓다。그리하야 내가너를볼째는 이상한香藥이들럿다。웨—나를보지아니하
엿니! 글세? 오가나안아! 너는 잘도너의두손그늘미테。辱하는德分에自己의얼굴을
가리엿구나!

너의神을보려고하던눈가리는 헌겁을벗고너는너의눈을가리엿구나! 너는너의神을보겟
지! 오가나안아! 그런데나를—나를 웨아니 보앗섯니?

萬一네가나를보앗더면 나를사랑하엿슬것을 ……。나는—나는너를보앗섯다。오가나안
여! 그리고쏘나는너를사랑하엿다。아! 어쩌케내가너를사랑하엿는지! 나는너를사랑
하고、오가나안아! 나는너만사랑하엿섯다。나는너의아름다움의가슴을태웟섯는데。술이
나무果實이나의 목타는것을낫게는못하는구나! 오가나안아! 洪水일지라도 바다의물
일지라도 나의가슴의불을쓰지는못하는구나。나는王女다。너는나를輕蔑하엿섯다。
나는王女다。그런데도너는나를輕蔑하엿섯다。
나는處女이엇다、그런데너는 그貞操를나에게서싸아섯구나! 나는潔白하엿섯다。그런데
너는나의血管에불을느어주엇구나! 오가나안아! 네가나를보기만하엿드면 나를사랑하
엿스리라。쏙나를사랑하여엿겟다。戀愛의秘密이死의秘密보다더큰것이라고 사람이쌍생
가할것이다。戀愛外에는아모것도업는것이다。

헤로드 王— 저것은怪物이다。참으로 저 가한일은 큰罪惡이다。모르는神에게對하
야 반듯이 罪惡이다。

헤로디아쓰! 나는사로메의한일을滿足하게생각합니다。그런故로 제가이곳에잇기가실타。아‥가

헤로드 王— 저것은怪物이다。

헤로드 王—(일어서면서) 그것이同族相婚한妻의말이로구나‥가자‥나는이곳에잇슴니다。아‥가

- 261 -

사로메의소리— 자! 반듯이 무슨무서운일이 생길것이다。

안나세、잇사갈、옷지아쓰、햇불을 쓰라! 나는아모것도 보고십혼것이업다。왜ㅅ불을써라、달이여갑추어라。벌이여갑추어저라、다가티 구석으로갑추어저라、헤로듸아쓰—나는 두러워진다。

(종들이 왜ㅅ불을쓰다。별은 뜰어가다。큰검은구름은달을가리다。舞臺는아조어두어젓다。國王은階段으로올라간다。)

아! 나는너의입에입마추엇다。요가나안아! 나는너의입에입마추엇다。너의입은 맛이썻다。그피맛(血味)썩은데에 아니다、어쩌면 戀愛의맛인지도모르겟다。戀愛는쓴것이라고하드라……。그러나、그래도 조타。나는너의입에입마추엇다。요가나안여!

(달빗이사로메우에서나와 팔개王女를비춘다。)

네모드 王—(돌아서서 사로메를보면서) 저년을 죽여버려라!

(兵士들이나와서창을가지고 贈太의王女、헤로듸아쓰의딸、사로메를 죽여버리다)

———(幕이 나리다)———

………(꼿)………

투게네프 散文詩 (둘재)

羅 彬 譯

第壹 一八七八年 (續)

세상의 맛

꿈

나는 ○○○어어한 거처러운별판에 한쪠맛저업는 어쪠한농부의집에 잇는것처럼생각하엿다。

방안은 넓으나 야롭하고 창이 세개가잇섯다。떡은 횐뻿으로말로고 세간어다고는하나도업다。집안흔 寂寞한빌판이 점점傾斜가저어잇섯다。單調한灰色空中어 그우에羹篆의天蓋와가티 달려어잇다。

나뷔한마리 방안에는 또열사람이나잇다。모다보통사람으로 質朴하저처려디고잇다。아모글도업서 말소디도업서 그들은 왓다갓다하고잇다。서로서로避하기들우려하나 은기지안코 근심스러움지 서로차 어다보고잇다。

어쪠하여 이집에왓는지?。가려잇는사람들우。어쪠한사람들언지 아모도 아는사람이업다。누구의얼굴에든지不安과 멫멫어 보이엇다。……모도다 하나석 돌석 편잔아가면서 창압쑥갓가히와서는 멫갓여서·무엇언지 오는것을기다리는것가러 열심으로 둘려본다。

그리고는 또 불안스러웁듯이 끌아다닌다。그중에 죽으다한어던아이 하나가잇서 한가닥가느다단소디로입지든지「아버지 무서워」하면서 엿쑥엿쑥운다。이 죽죽우는소리에 나의가슴도 덜렁덜렁하면셔 무서운생각이낫다○……무엇이두려운가? 自己도알수업다。다만 어쪠한커다라고 키다단못無어저

점갓가히오는것만 깨달을수가잇다.

어린아이는여태것 울음을 쓰치지안는다。아아 여긔서부럭버서나고십다! 아조가슴이답답하다! 숭

이막힐듯하다! 가슴이둥클하다。그러고 바람이한점도업다。……空氣가 죽어바렷거나 어쩌케한것인게지?

하늘은 經帷子와갓다。

갑작이 어린아이도 창압호로달녀들어 그애처럼운소리로 부르지젓다。「저것보게! 저것보게! 쌍

이숙숙째지이네」

「무엇? 쌔저?」 참으로 지금까지도 집압헤는벌판이잇섯드니 지금은 집이커다란산쪽써기에 서잇

다。地平線이墜落하고 陷沒하여 집 바로압헤는 險한 마치싹거낸듯어두운絶壁이되어버리엇다。

우리들은 모다 창압호로달녀갓다。……두려움으로 우리의마음은凝結하엿다。「저거다, 저긔

다―」하고 나의엽헤잇는사람이 속살대엿다。

그리고쏘보아라! 멀리저쪽地極을조차 무엇인지뭉질억어리기를시작하엿다。조:마하고뭉그스름한

산모롱이가론것이 울려갓다 썰어젓다하며 기시작하엿다。

「바다(海)이다」라하는생각이 우리들의가슴속에 임시에번듯어리엇다。

「저것은 당장에우리를삼키여버릴터이지……그러나 제아모리어케놉히 올수가이슬가! 이絶壁

우써지!」

그러나 그것은놉하온다。어느름에 놉하온다……벌서저먼곳에는 우를두들한산모롱이가보이지안

는다。……한갈가튼두려운一脉의波濤가 全地平線을휩싸 안고잇다。

波濤는 밀니고 싼밀니여 우리를 향하여몰녀온다。地獄의暗黑속에서 여을지는(灘)어름과가른颱風

울라고 용소슴처온다。모든것을震撼하엿다。──그굴너오는덩어리속에는 우뢰의썰니소리와 수(數)를

알수업는목구녕에서 새여나오는 消魂의부르지즈는소리가잇섯다。

아아 무엇이라해야 조을지알수업는怒號慟哭일다! 地面그것이 두려움으로怒號하는것이다……

세상의笑, 모든것의마춤,

지금 쏘 한번 이린아이가 늣거울엇다 나는 엽헤사람을 붓잡으랴할쌔 벌서 우리들은 모도다 그 시셈은

어름과가튼 소리치는波濤에 놀니고 부서지고 무치고 생김을당하고 씻기여바리엇다!

暗黑.........水遠한暗黑!

숨도쉬지못하고 나는눈을썻다。

一八七八年三月

●●●●
마ー샤

멋해전 내가 베드로그라드에살적에 썰매(橇)를貰내일쌔마다 나는그썰매군과이약이를하엿다。

더구나나는 동리집에사는구차한농부로써 自己들의食料나地代를벌나고 茶色을칠한썰매와 그리조치 못한말들을가지고 首都에와잇는 저녁썰매군과이약이하는것이 조핫다。

어쩌한날 나는이러한썰매군을어덧다 ......그는나히스므살밧게아니된 키가크고 튼튼하재생기인 훌륭한청년으로 푸른눈과 붉은쌤을가지고잇섯다。 프론트의머리털은 눈섭까지눌녀쓴 다썰어진족으마 한모자밋흐로 살작쎄불하게말니여 내다보이엇다。이러케 幅이넓은어쌔우에 어쩌케 그족으마하고

ー해여진속옷이 들어갓슬가。

그러나 그썰마군의 아름다운 수염이업는얼굴은무엇이슯혼것가티 아조침착하여잇섯다。

나는 그에게말을부첫다。 그의말소리에도 슯혼調子가엉키여잇섯다。

「여보게 왼일인가?」하고 나는무럿다 「왜 그러케氣色이조치못한가? 무슨걱정되는일이잇나?」

젊은사람은 곳대답을 하지안엇다。「네 나리말슴이올습니다」하고 그는마춤내말을쓰내엇다。「이러

케 無情스러윤일은 쏘업겟지오 저 의안해가죽엇서요,

「매우사랑을하엿든개지 ......그사람을?」

젊은사람은 나를보지도안코 머리를잠간숙으럿다.

「사랑하고말고요 벌서그러케된지가여덜달이나됩니다마는………이칠수가업서요 언제든지그것이

마음에남어잇서서 견대일수가업서요 참그럿습니다. 왜죽지안흐면안되엇슬가요 그러케졉고론론하더

니!………그저하로동안에 虎列刺로죽어버립니다그러」

「픽조혼사람이든게지?」

「그것야 나리」하며 불상한청년은 한숨을땅이써지게쉬고 「어쩌케저의두사람이행복스러왓는지요!

그런데 제가집에업는사이에죽어버리엇습니다. 여긔서 그소리를들엇슬째에는벌서장사를지내엇습

다 곳저의시골르달녀가보앗스나 집에到着될째에는 벌서 한밤중이지내어서이엇습니다. 집에들어가

반한가운대선채로 가만히 「마—샤! 마—샤!」하고 불러보앗스나 구뚜레미가울고잇슬뿐………그

째에는 저는울음이나와서 마루바닥에 그대로주저안저 주먹으로땅바닥을 뚜다리엇습니다………그리고저

는그째이러케말을하엿습니다. 「이胴慾스러운땅바닥아! 너는그녀자를삼키어버리고나………자—

나싸지삼키여바리여라——아아마—샤!」

「마—샤」하고 그는갑작이침착한목소리로다시부르지젓다. 그러고곱비를든채로 두눈의눈물을소매로

씨서그것을럽고 어쌔를쑤크리고 다시는아모말도하지안엇다.

썰매에서 내릴째에 나는그에게삭전의에 얼마간의술갑을주엇다. 그는 두손으로모자를벗고 공손히

인사를하고 正月의寒氣를씌운灰色의안개가셔인 쓸쓸한길거리에 산가티싸인눈우으로 천천히쇠울며가

버리엇다.

一八七八年四月

愚 物

어리석은사람하나이잇섯다.

오래도록 平和스러웁고 滿足하게지내엇다。 그러나自己가 세상사람들에게 어리석은사람이라고하는

소리를듯는다는소문이점점 그의귀에들어오기를시작하엿다。

그래서 이어리석은사람은悲觀이되어 어쩌케하면이자미업는소문을업서지게할수가잇슬가하고 곰

마츰내 조혼생각이…그의鈍하고 조고마한頭腦에써올너왓다、……그래 그는당장에그것을實行하여

룰숙이고 한참이나생각을하엿다。

보기로하엿다。

길거리르나아간즉친구하나가그를맛나 어쩌한有名한畫家의칭찬을하엿다。……

「가만히잇게!」하고 어리석은사람은부르 짓다「그畫家는 벌서오래전에 時代에뒤써러진것이되어

버렷다네……자네는그것을 아지못하나? 아모리기로자네가그것을아지못할줄은참으로몰낫는걸…

……자네도 새 時代에뒤진사람일세그려」

그친구는쌈작놀나서 곳그어리석은사람에게同意를하엿다。

「나는오늘 썩조혼책을읽엇서ㅡ」하고 쏘다른친구가대답을하엿다。

「가만히잇게!」하고 어리석은사람이부르지젓다。

자네는 그러고도붓그러웁지가안은가? 그책은 한문의가치도업서、누구든지그것쯤야 벌서 읽어내버

린것일세。 자네는그것을아지못하나? 자네는아조 時代에뒤써러진사람일세그려」

이친구도쌈싹놀나서 어리석은사람에게同意를하엿다。

「참조혼사람아 나의친구NN(某)는」하고 셋재번친구가 어리석은사람에재말을하엿다。「참으로놀나

「가만히잇게!」하고 어리석은사람이부르지젓다。자네는 아조 時代에뒤써러진사람일세그려」

「NN은有名한惡黨이라네。 親戚을속이며돌아다 니든놈이라네。 그것쯤야누구든지아는것이지。 자네는

운만한사람이야!」

이셋재번친구도쌈작놀내여 어리석은사람에게同意하여그친구를버리엿다。 이러케하여 누구든지무엇

이 든지 自己압해서 칭찬을하는것은 이 어리석은사람은 언제 든지 반듯이 그러케대답을하엿다.

어쩌한새는 그는 非難하는 調子로 이러케말을하엿다. 『그러면 쏘자네는 오、소리지ー를밋나?』 『그러나 참조혼頭腦야』

『그러고 엇저면그런肝辭을가젓슬가?』하고 다른사람이말을하게되엇다. 『그러치참으로天才이다.』

마츰내 어써한雜誌의主筆이 어리석은사람에게 評論欄을마타달나고하엿다.

『그래서 이어리석은사람은 그전과가튼態度 그전과가튼表白을 조곰도변치안코 무엇이든지 어쩌한 사람이든지 批評하게되엇다.

지금은 일죽이 오소리지ー를擊破한그가 스스로 오、소리지、가되엇다. 그리고靑年은그를尊敬하고그를두려워하엿다.

불상한청년은 그러케하는수밧게 무엇을할수가잇슬가? 元來 사람은어쩌한사람이든지 尊敬하여서는 안될것이다.……그러나 이러한境遇에는 만일사람이 그를尊敬치안으면 아조時勢에 뒤쩌러저바리인다.

겹(法)쟁이중에는 어리석은사람들이 흔히 행세를한다.

一八七八年四月

註
當時文學界에對한諷刺이다. 어대든지批評家中에는 이러한어리석은者가만타. ——N、N、羅
同語의 Nomen nescio 의略語, 이름은아지못한다는뜻 ——오소리지ー權威者의뜻

東方의傳說

누가 바그닷드에서 宇宙의太陽차 팔을아지못하는者가잇슬가?

멧십년전옛날에 어쩌한날 챠판유ー그는그쌔아즉靑年이엇섯다—— 바그닷드의郊外를散步하고잇섯다

突然찌저지는듯한부르지즈는소리가 그의귀예들니엇다。 누구언지 힘을다하여 살녀달나고부르지즈

고잇섯다。

챠팔은 同年輩의 靑年中에서도 思慮分別이 가추와잇다고하는중에 그의마음은慈悲스러웁고 쓰는 그

脅力을밋고잇섯다。

그는 소리가나는편으로달녀가서 어쩌한약하듸약한老人하나가 두도적놈에게 그市街城壁에눌녀잇는

것을보앗다。

챠팔은 칼을쌔여 惡漢에게로달녀가서 한사람을죽이고 다른한사람을쏘차바리엇다。

이러케 救함을바든 老人은 救하여준사람발알에업드려 그옷자락에입을마추면서부르지젓다。「응갑한

젊은이어 당신의뜻은 반듯이갑흘터이요。 나는보기에는이러케하잘것업는 거지지만은 그것은외양뿐이

옹。 나는 보동사람이아니요。 내일아츰일즉이 이장거리로오시요。 샘물엽헤서 기다리고잇슬터이요 나

의하는말 을조곰도의심처마시요。」

챠팔은 생각하여보앗다。「썬은이사람은 보기에는 거지가트다。 그러나어쩌한일이든지잇슬터이지 어

대한번시험하여보리라」 그래 그는대답하엿다。「老人丈 알어들엇습니다 오겟습니다。」

老人은 그의얼굴을멀거니바라보고 가바리엇다。 그이튼날 아죽해 가돗기전에 챠팔은市場으로나아갓

다。 老人은샘물엽 大理石의음숙들어간곳에 걸어안저 멀거니그를기다리고잇섯다。

그는 아모말도엄시 챠팔의손을잡고 놉다란壁으로 쑥둘너싼조고마한동산속으로데리고갓다。

이동산 맨가운대푸른잔되의우에는 한개의奇妙한나무가나잇섯다。

세개의實果가 ──세개의林檎이 ──우으로우브려진가느다란가장커우에 열니여잇다。 하나는 그리크

지도안코작지도안코 길고 乳白色이엇다。 쏘하나는 커다라코 둥글며 鮮紅色이엇다。 셋재번것은 조고

마하고 쭈굴쭈굴하며 누르충충하다。 風鈴과가튼 銳利하고슘흔소리이다。 마치 나무가챠팔、

바람도엽는데 나무는한들한들바삭바삭하엿다。

이온것을어는것파가러。

「붉은양반」하고 老人은말을하엿다。이林檎中에어느것이든지조흔것을取하여먹

으면 당신은사람中에가장 어진(賢)사람이될것이오。젊은것을取하여든지 猶太人로스차일드와가러

부자가될것이오。쓰누른것을取하여먹으면老婆들이당신을조하할것이오。자ー어느것이든지 마음대로

擇하시오! 주저주저하면안되오 한시간만에林檎은말라서 이나무도한거번에 깁고깁혼쌍속으로들어가

바릴터이닛싼」

챠팔은 머리를숙으리고한참생각을하엿다。「어쩌케된일인지알수가업네」하고 그는혼자말가티조고마하

재말을하엿다。自己自身하고이약이를하는것처럼「넘우어질게되면 아마살어잇는것이실케될터이지。누

구보다도부자러움은 아모도싀거름을바들터이지。그러라 셋재번것 쑤글쑤글하여진林檎을 써먹는것이

조흘터이지」

그래서 그는 그러케하엿다。그런즉老人은 니가다ー째진입으로、웃으면서말을하엿다。「어진젊은사람

이여 당신은 가장조흔것을택하엿소。힌林檎이 당신에게무슨소용이잇소? 그러치안하도당신은솔노몬

브다도어집니다。붉은林檎도아모소용이업슬터이지……그것이업드레도부자가될수잇소。다만당

신의부자러움은 아모도싀거름을바들터이지」

「老人丈 말슴하여주십시오」하고 챠、팔은興奮하여말을하엿다。「祝福을바든 우리回敎主의늙혼어머니

온 어느곳에게십닛가?」

누가 바그닷드에서 宇宙의太陽 偉大한 高名한챠팔을아지못하는사람이잇는가?

一八七八年四月

註 東方이란 小亞細亞 아라비아 波斯等地를指稱한것이다。아라비안·나이트의舞臺가되여

잇는곳이 東方인것을알기만하면고만이다—。바그닷드回敎主의잇든곳。—— 猶太人로

스차일드 有名한世界的大富豪 그사람의집은 歐洲各國어느곳에든지잇다。—— 솔노몬舊

約亞經에잇는입검님 賢人써웻의아들。—— 回敎主의어머님 基督敎의聖母마리아에該當。

黑房秘曲

울너다 울녀옵니다 저녁의 鍾이

어대로선지 울녀옵니다。

걸것는이의 시름를 자아서내는

저녁의 鍾이 울녀옵니다

해는 저물어 엿은어둠은

거러거리를 싸서도는데

엇지한 사람의무리인가요、

가도 가도 끈침이업는 사람의물결은

지새는 새벽달거리에도 이가를것인가요?

아ー모든이들이여

당신네들은 무엇을가지고 오섯나잇가

무엇을 차지러오시엇나요、

어대로 당신들은 무엇을차지러

고요히 별흐르는 『靜寂』의나란가요

푸르게 물구비치는 『歎息』의 동넨가요

해는 써러지고 바람은이는데

아ー 당신들은 어대로가시라나요。

첫봄의 소스라는 풀엄의糖을가지고

『삶』의 쓴맛을 차지러오시엇나요

「無想」의 노래부르는 꽃의 微笑를안고서
이生에 虛僞를 차지셨습니가、

날은져물고 쎄는가는데

아ー당신들은 어대로가시렵넛가。

兄弟야 길것는모든兄弟야

이몸도 처음엔

당신에가리 당신에가라、

고요한 聖潔의 未知의나라로서

가슴에 불붓는 바람의싹을 감추지못하야

「生」의 憧憬의 熱情을 참지못하야、

스스로 人間의巡禮者ー되엇스나、

人間의시절이란 거짓의시절！

罪惡의시절、苦惱의시절！

이것이 「이生」의 잇는바 그것뿐이어이당。

이것이 「이生」에들라는 첫序曲이여이당。

아ー 兄弟들이여 당신들은 이러한

이人間으로向하랴하시나잇가。

强한 火酒에 醉한것가튼

비틀거리는 저무러믈보시옵소서。

거짓과 거짓의 눈물과웃음으로비저내인

悅惚의 저불빗을 보시옵소서。

간사한睿知에 홀녀나오는

아릿다운 蠱惑의노래를 들어보소서。

당신들은 어대로向하야 가시렵넛가

하늘이 흔들니는 淫蕩의 거리인가요,
生命의 마르는 愛慾의 동네인가요,
길은 어둡고 바람은 이는데
아ー당신들은 어대로 가시렵니가ㅇ

人生의 시절이란 길고진 醜陋!
未知의 그나라란 聖潔의동산!

聖潔의나라로서 뜻긴이몸은
醜陋의人生을해매이다가,
기맥힌 醜陋에 다시쏫기여
또다시 未知의나라로 도라갈쁜이여이다ㅇ
가지고온것이란 情熱하나뿐,

차지러온것이란 眞理의 그것뿐,
물는 情熱은 온몸을 살우건마는
아득한 眞理는 차즐바이업습니다
스스로 미친이의 境域에둬어
다시 未知로 갈쁜이외다ㅇ

읍니다 읍니다
저녁의 鍾이 울녀옵니다,
해는 써러지고 바람은이는데
거리로가는 모든兄弟야
당신의 갈곳은 어느데마울!
당신의 잘곳은 어데집?

春의 小曲

눈은슬어지고 쌍운풀리어

나릿한 피끈이 靑春의피를 피롭게합니다.

보얀하늘、白灼의太陽、

봄 이외다 봄、

가슴무여지는 봄, 사랑이 눈쓰는 봄、

쓸가튼 봄、悲哀의 봄이어이다。

오란히 大氣를 흔들어오는 都市의囂音、

봄、서울의냄새、

長閑히들녀오는 午鷄의슬음。

異性의抱擁을 밧고십흔 봄、

愛人의속살거림을 듯고십흔봄。

염통은 졉니다 더운피는 물결칩니다。

나의 왼몸에는 더운쌈이 흐릅니다。

强한靑春의쌈이

향긋한愛慾의쌈이。

아— 당신네들은 무엇을가지고 오시엇나요

무엇을 차지러가시렵넛가。

가도가도 씃침이업는 사람의물결은

지새는 새벽달거리에도 이가들것인가요?

아— 나는 **다름질합니다** 뛰어갑니다

벌로 山으로 森林으로

靑春의 精力이 다할째싸지。

白魚가튼 흰손이

白魚가튼 흰손이 검은고줄우으로달릴제

스르렁 징、당、동…… 징당、동、

지………화…자……지、

구름가튼 노래가 밝안입술로

구울러 썰러 써러질쌔

지………화…자……지、

가울물 가튼 눈결이

사람의 얼굴우으로 츨렁거릴쌔

스르렁、징、당、동…… 징당、동、

지………화……자……지、

……………。

漂 泊

盧 子 泳

三

英淳은 音樂會로돌아온그날밤에 잠도별로치지지못하고 惠善의얼굴을가슴에그리며 여러가지로空想을마지아니하엿다。 아! 그는女性의美를가추운 貴여운處女이다。男子의피를 떨케아니하고는 마지아니할女性이다。男子의魂을째아서 自己마음대로뒤흔들수잇는 큰 참을가진女性이다하엿다。

그는 房안에외로히안저 팔로얼굴을피이고精神업시 房만바라보고잇다가

「아! 林惠善孃이어?」

하고 소리를꽉질럿다。그리고본즉 自己스스로가 도리혀붓그러웟다。

「이거! 내가精神이잇나? 처음으로한번본女子가 이다지그러워서야 어찌할수가잇나? 내가아마도 미친모양이로군」

하고 英淳은 自己가 自己를抑制하엿다。 都是생각지아니하리라하고 속으로단단히決心하엿다。그러나 앗가演壇우에섯든惠善의모양ー푸른풀속에숨긴 한봉우리百合파가튼 그의어엽븐그림자! 더구나軟紛紅가티 밝으시래한우슴을 얼굴에씌고 시러지는듯 마는듯 金실을째 는듯이노래하든 그의모양은 암만하여도 이즐수가업섯다。

「에라! 암만하여도 그를이즐수가업다。내가그와戀愛는못하기로 생각이야못하겟늬? 또는나혼자 싹사랑이야못하겟늬?

실컷생각하자! 아! 참말그는美人이야? 아이고 생각만하여도 氣가막힌다……」

英淳은 어린애와가티 或은웃기도하고 或은얼굴을씽그리기도하엿다。그와同時에自己를 웃기도하엿

다。어찌보면 미친듯하엿다。그는 惠善의 强烈한 美의光線에 아마 精神을일혼모양이다。

「아! 그의獨唱을한번쓰들엇스면。그의 노래는 分明히 달알에비친물결파가티 서늘하고도 맑은맛이 잇드라。그리하고 새로히 밤든 붉은葡萄酒와가티 靑春의魂으로 醉케하는 魅力이잇더라 아! 林惠善

! 林惠善!」

英淳은 밤이깁허 새로세시가되도록 잠을자지못하고 이와가티 惠善을생각하엿다。새로세시가지나 고 네시가되자 英淳은 자리도펴지못하고 冊床우에업대인채로 잠이들어 아츰아홉시頃에야 겨우눈을 썻다。

✛

✛

✛

✛

✛

英淳은 前日파가티 열시에新聞社에出勤하엿다。小說『靑春의날』을 멋째一지쓰고 讀者文藝를整理 한즉 벌서새로한시가되엇다。外勤하는記者들도 모다모여들엇다。이로부터 新聞社의空氣는 緊張하여 지며 웃고 찌드는소리가 室內에가득하엿젓다。어대서는 自殺한女子가잇느니、어쩌니、어쩌니하야 참말 산小說을듯는듯하엿다。英淳은 잇다끔말참견을하여가며 그들의이악이를귀담아들엇다。그러자어

제밤靑年會舘에열렷든 音樂會의이악이가나왓다。外勤記者中、活潑하고 聰明한 吳英哲은,

「참말어제밤 音樂會는 滋味잇든걸」 더구나 洪順姬와 林惠善의獨唱은 썩淸雅하엿서! 나는 그들의

「吳君! 큰變낫네그려。女子를그러케조하다가는안될걸。오늘新聞에、한번평장히써주지?」 林惠善은 梨花學堂在學時代부터 美人

「참말이어목소리를 들을쌔에는 그만온몸이 스러저버리는듯하엿서요。하하……」

「젊은사람들이모이면 늘女子의말뿐이야。어서原稿들이나씁시다。」

하고 新聞社안에서 가장座談을잘한다는 柳明善君이 맛방치를댄다。

하고 가장점잔은체하는 金仁洙君이 다시말을부친다. 녑헤서 이말을듯고잇는英淳은 空然히가슴이울렁울렁하며 한편으로는 好奇心도나고 한편으로는붓그러운마음도난다. 『惠善은 在學時代부터 美人으로評判이잇든女子라네』하는말과 『惠善의獨唱은 썩淸雅하엿서! 』하는말이 가슴에걸니고 새지아니한다. 그들이 惠善을稱讚하는것이 한편으로는 조키도하고 한편으로는 실키도하엿다. 英淳도 그들의이악이에 한숨을들면서,

『여보? 미스다、吳! 나도어제밤 求景을갓섯지만 참말林惠善은 얼굴도곱고 獨唱도잘하두군요?』

『허허! 朴君도 變이난는걸. 詩人이그러케호데루하면 아마傑作이나오지?』하고 吳英哲은 戲弄하는듯이 썰썰웃으며 말을한다.

『하!! 勿論그러한美人의獨唱을들으면 傑作도나오고말고. 그런데 林惠善은 大體 어쩌한女子인가?』

『아!! 朴君이 정말 호데루햇네그려! 그런데 남戀愛잘하라구 내가일러줄레야!

『여보吳!! 내가가르켜주지? 林惠善은 저一貞洞사는林牧師의딸로 지금京城新女子로組織된『金蘭會』의總務요 쏘는얼굴곱고 才操조라고 京城에이름놉흔女子랍니다』

하고 柳明善이가 代身對答을하여준다. 그러나 그의말도 亦是戲弄비스름하야 英淳을늘니는듯하엿다

이에英淳은 그들이 나의속을집작하고 건성놀님이아닌가하엿다. 그개가空然히숙어지며 붓그러운氣運

이얼굴에작세친다.

『여보! 이약이는그만두고 이제부터는新聞合시다』

하고 人品조혼編輯局長은 原稿를재촉한다. 一同은자리를整頓하고 原稿쓰기에분주하엿다.

英淳은編輯을마치고 新聞社를나왓다. 旅舘에돌아와서 冊을좀보랴하엿스나 都是마음이가라안지안는다. 空然히마음이부글부글흐며 처량한생각만난다. 英淳은보든冊을더저버리고 『싸이소링』을쓸

내어

저녁안개는달빗을가리고
桃花는 江邊에나비씨고잇다
흐르는물결꼿바다일우고
우지지는새 여긔가「단뉩」江

하고 船遊歌를 서너山調에쓰덧다。

✢

길이부터오르는듯 답답하고 컴컴하야 참말견댈수가업섯다。英淳은방에서획딱일어나 帽子를뒤집어쓰고 거리로나아갓다。南山의雪景이나求景하며 셜히오르는憂鬱症을잇고저함이다。

✢

✢

✢

✢

英淳의生活은 每日이러하엿다。아츰에는 新聞社에가고 저녁에는 旅館에도라와서 호자각금히 惠善을생각하다가 那終컬컬정이나서 견딜수가업스면 南山이나 北岳山이나 되는대로散步를가는것이다。이것이그의하로도새 아노치아니하고 每日繼續하는日課이다。그리하야 惠善은어쩌한女性이며 그는어써한理想을품엇스며 쓰는愛人이잇는女子가아니며, 그리고 그를어쩌케하면 親하여볼가。이것이 英淳의하로이를漸漸깁허가고 漸漸안탑가워오는문뎨이엇다。英淳의生涯는 惠善을생각하는것으로 거의그全部를채웟다。다시말하면 그의內的生活은 惠善을생각하는外에는 아모것도업섯다。

英淳은 南山이나 北山에 散步를가는길에는 期於히金蘭會녑흐로지내엇다。그것은惠善은金蘭會總務이니싸— 或그의그림자라도볼수가잇슬가함이다。그러나 英淳은 金蘭會녑흘지날쌔에는 空然히얼굴이붉어짐을쌔다랏다。그리하고 空然히다리가허둥허둥하여짐을쌔달앗다。한편으로는 惠善의그림자가나타나면하고 긔다리는마음이懇切하나 다시한편으로는「아이고 그가나오면 엇지해!」하고 그의그림자가나타나지아니하기를바라기도하엿다。

해가간다。 달이뜬다。 英淳의이가른 첫사랑에醉한愛鬱의날도 於焉間二十餘日이지났다。

그어느날이엇다。 英淳은亦是新聞社에서나와 黃金町의어떤친구를차저보기위하야 鍾路네거리向

하엿다。 쌀알가른흰눈이잇다금 우수수썰어지고 그우에 싸늘한바탁이 솔솔불어온다。英淳은 두손을

외투속에녀코 고개를숙인후 電車停留場에이르럿다。 無心中 사람이묵거선 압흘바라본즉 저便짝 죽음

잇는것이뵈인다。 英淳은『야! 참뒤人맵시가 괜찬타』하고 一種의아지못할好奇心에 그女子의

외얼비 어쩐키가호리호리한 점은女學生이 굽놉흔구두에 재빗외루를머리까지 푹숙여쓰고 고요히서고

서고잇는곳으로나아갓다。 그女子의서고잇는곳에나아가자、 그女子는 희끈고개를돌려 英淳을바

라본다。 아!! 그女子가바라보는그瞬間! 英淳의몸에는 확實電氣가通하는듯이 갑작히얼굴이붉어지며

어찌할바를아지못하엿다。 英淳은 無意識的으로『아! 惠善氏로구나!』하고、 뒤人거름을처서 저편싼곳

으로 몸을옴기엇다。 그리하고 고개를돌려 北岳山에싸인눈을정신업시바라보고잇섯다。 이사이에 龍山

行電車가 停留場에이르럿다。 乘客은 모다오른다、 압해섯든女學生도오른다。

『아!! 惠善氏는어대를갈가?……』

英淳은 속으로두어마듸의속색인후 다라나는車를멍하니 바라보앗다。 무슨罪가잇는듯이 敢히그車에오

르지못하얏다。 惠善의그거룩하고도 純實한얼굴이 强烈한해빗과가티 英淳의靈을바로쏘앗슴이다。英淳

은 한참동안 그자리에서고이섯다。 쌀알눈은 一層形勢를加하야 쏴쏴 소리를내며 싸우에滋味조케썰어지

고잇다。 惠善의빗난얼굴에 녁을일흔英淳은 한참동안이나 마음이부글부글뒤흔들럿다。 그러나 次次그

혼돌니든마음은 가라안진지며 첫재로『惠善은갓고나!』하엿다。 둘재로『웨 나는그車에오르지못하엿나

하엿다。 셋재는『아!! 나는참으로 感傷的人物이다。그리하고 너머도內弱한者이다。뒤人거름은웨첫스

며 그車에오르기는웨못하엿는가?』하엿다。 英淳은 혼자懺悔하기를마지아니하엿다。 그와同時에멋구

金의보배를일흔듯이 매우섭섭히생각하엿다。 곳눈물이나올듯하엿다。

英淳은 惠善의희씀돌아보든그얼굴! 맛치여름밤달빗우의빗나는 한포기의씨、리야가른그얼굴。自己의

눈파마 조치고 그만븟그러운듯이 살썩붉히든그얼굴 그는限업시 그얼굴을그리워하고 限업시讚美하면

서 電車가오자 車에올라 黃金町으로向하엿다。

英淳은黃金町으로단여 저녁에집을돌아왓스나 엇진일인지 쏘마음이뒤숭흐며 都是安定을어들수가업섯다。마치느진봄저녁날에 한줌의落花가바람에불려 갈곳을아지못하고 이리저리로 횟날니는것과가탓다。英淳의가슴에는 無限의그리움과 無限의설음과 無限의외로움이한대모여 그의접은『靈』을뒤흔들고

그의접은『生』을衝動식혓다。英淳은 마치넓은曠野에서 멀니뵈는 아름분一곳불롯돗고

「오아씨스」를바라보면서 그곳으로바로가지못하고 혼자헤매는迷客과가탓다。英淳은冊床을向하야눈을감고 從容히안젓다。그의압헤는『幻像』의世界가열니엇다。惠善이나타나

고 金蘭會가나타나고 쏘다시 音樂會에서 보든惠善의얼굴。鍾路에서 보든惠善의얼굴。그리고 那終은 한

포기의붉은薔薇를가슴에부더안고 햇슥웃으며 노래를부르는惠善의얼굴이 나타낫다。英淳은 몸을사르

로썰며 「아!! 天使여! 美의神이여! 나는당신의품에 길이안겨 永遠히쉬고 永遠히살고저하나이다」하고

저하는나이외다。그때에 「아니오 그런말슴마셔요! 나는處女올시다。永遠히 이 희고淨한處女의몸으로살고

英淳은한참동안몸을우엇다。「幻滅」을그리고 空想을그렷다。

「에라! 속傷하여서 못견대겟다。왜내압헤 惠善의그림자가낫타 나든가?……」

英淳은 帽子을쓰고 다시집을써나 鍾路를한바퀴돌녀「싸고다」공원을지나 樂園洞으로向하엿다。그곳에는 洪秉善이라는英淳을 理解해주는 親舊가잇슴이다。英淳은房에들어서자 모자를휙더지고 털석

주저안지면서

「아!! 참각갑하여서 죽겟다」

하고 氣運업는말을 한마듸한후에 정신업시壁에부튼 미레의『晩鐘』만바라보고잇다。

「자네 요사이잘볼수가업더니 무슨큰일이낫네그려! 웨 얼굴에悲観하는빗이 보이고……」

하고 多情하고 滋味잇는秉善은 英淳의얼굴을有心히바라보며 이러케말하엿다。 그러나英淳은아모對答
도업시 그만자리에쓰러지면서『후!』하고 한숨을쉬엿다。 秉善은다시말을이어
하엿다。

『웨對答을아니하나? 무엇이그다지 괴로운일이잇나? 또갑작이哲學을硏究하는 貌樣일세 그려』 하고말
로고잇섯다。

그러나英淳은 이번에도亦是不是對答이업섯다。 秉善도말이업섯다。 씻(洗)은듯한沈默이 한참동안房內에호
로고잇섯다。

『泓君! 웨靑春은 이다지가갑할가? 녯적사람들도 靑春에는 다이러하엿슬가? 참말요사이는 죽을地
境이야?』

『靑春이기 가갑도하고 애닯기도하다네。 늙어지면 그것까지업서지고 다못남는것은『죽음』뿐이야!
아! 애닯고 섧은것! 그것이靑春을단장하는아름다운뭇이라네』

『아름다운뭇이고무엇이고。 조곰만더하면 나는말라죽을형편일세。 空然히마음이붓지아니하고 空中
이생기는법이지? 선데나 새데나 바이론이나 누구누구하여도 모다女子라면 四足을쓰지못하엿는

『죽기는웨죽어。 죽는다는것은 弱한者의말일세。 그런데 요사이 자네가 무슨큰일이잇는모양이야?
죽는다는말을連해할때에는……어대아름다운女性이잇던가~詩人이라니 女性을보면 멋업시작구煩悶

가보데!』하고

秉善은 英淳을조곰비웃는듯이말하엿다。 그러나 窘狀비웃는것이아니오 다못 유포라스를조금부려말
하엿슬뿐이다。 本來秉善은 日本에가서苦學을한사람으로 近代思想에造詣가깁흔사람이오 또는社會主

義를품은사람이다。그리하야軟文學을硏究하는 英淳과는 多少間思想의衝突이업지아니하나 어엿던두
사람은 서로親하엿스며 서로理解가잇섯다。 이번英淳의 갑작히된애가리 죽고십다는말을들을째에도
역시 一便으로옷으며생각이업지아니하엿다。 秉善은 언제던지英淳을보면『힘썻살자! 滋味잇게살자! 죽

겟다고하지마라! 나의 幸福 과 나의 快樂 을 蹂躪하는 者를 모다써러부스자! 그리하야 나의 世界로하야금「에덴」을만들자! 世上의 不公平 을원망하고 空然히울고 空然히슬허하는 者는 써엽는 者이오 계집兒孩이다」 이러케말하엿다.

아니한慰勞를바닷다. 이번에도쓰『죽는다는것은 弱한者의말이야?」그의 流水가티 서늘하고 힘잇는말을 들은즉「다못갑갑만하다는것은 너머도弱한者의말이다. 어썬女性을사랑한다면 그女性에게서 사랑의 花環을바들새싸지 努力하여야할것이다」하엿다.

「글세ᵒ詩人이되여서 그러한지는모르지만 事實 오사이 나는 어썬女性을보앗드니 그女性이작구그립어서 죽을地境일세! 하하⋯⋯」

英淳은原來內弱한者이라. 처음은서슴지안코 말을하엿스나 말을다하고본즉 비록親한친구間이라도 「그女性이그립어서⋯⋯」한이말은 매우붓그러하엿다. 그리하야「하하⋯⋯」하는 快活치못한웃음을멋마듸웃엇스나 얼굴에는 무슨불기운이 씨르르흐르는듯하야 그만고개를 폭숙엿다. 그와同時에 快活한 秉善이가「그女性이누구인가?」하고 막드러세우면어씨할가하엿다.

「그러치⋯⋯ᵒ 내가다알닷네. 자네얼굴을분즉 어썬女性을위하야 煩悶하는모양이歷歷히나타나데 그러나 그다지煩悶할것이야 무엇잇나? 美男子가힘만쓰면⋯⋯」

秉善은 英淳의얼굴우에 날카럽고도 부드러운 웃음의눈빗을더지면서 매우弄絡하는듯이말을한다.

「죽음마지메하게말을하여주게! 자네가 나를놀니는모양일세그려. 그런데 사람이란 모다獨特한個性이잇지아니한가? 얼굴만고흐면 女子와戀愛가다된다는것은 넘우도近代新女子를모욕하는말일세⋯⋯」

英淳은 自己는붓그러운것도 무릅쓰고 마지메하게말을하엿는데 秉善은 돌이어씌웃는말을하는것은 매우마음에不快하다는듯이 죽음얼굴을씽그리고 말을하엿다.

「아니 그러케말을할것은안일세. 나는잠간弄談을하엿네. 그런데 사람마다 靑春에는 모다어썬愛人을熱烈히要求하는것은免치못할일인가하네. 아마도 그것이人生의「오아씨스」요 靑春의아름다운꿈

잇것이지! 『쎄데』는 『벨레른의 輸亨』속에 잇는 『롯데』로 나타낫고 『쎅스피어―』는 『로미오와 쭐니』

엿』에 잇는 『로미오』로 나타나지아니하엿는가? 아!! 女性! 愛人! 생각만하여도 그속에는 아지못

할 달콤한 氣運과 푸른 香氣가 흐르고잇지? 나는비록 社會主義이니 무어이니하야 조금도자네보다는

頑固한사람이지마는 女性을그립어한다는點에서는 全혀同感일세……』

秉善은英淳의조금不滿해하는얼굴을보고는 事實英淳을비웃은것이아니라는듯이 眞情한表情을가지고

말을하엿다。

『참말女性이란『無限美』를가진、아지못할動物이야。 그리하고自己의사랑하는愛人을볼째에는 그는世

上에 둘는 淨化되고 純化된美와 愛의女神파가티 생각되어요。 그런데 그 한나의사랑하는女性을 그

립어하며 생각할째에는 더구나혼자가슴을부더안고 외로히 그릴째에는 아이고참말달기도하고 설기

도하며 죽을地境이야。……』

『그것은누구나 一般인모양일세。 그런데자네 가죽겟다고하는女子는 大體누구인가?』

秉善은嚴正한態度로 英淳의얼굴을 접잔혼말씨로 말을무럿다。

가어려웟다。 다못秉善의얼굴을치어다보며 그보드랍고도軟한웃음을멋마듸『허허』하고웃엇다。

『아!! 자네가그리워하는愛人을 내가쌔아슬가봐 말을아니하나? 그러지말고大體누구야! 말을하재!

英淳은어린애가티 고개가숙어지면서 말을하엿다。

『저! 金蘭會에잇는 林惠善이야? 참나는그女子가 그리워죽겟서…』하고

『아!! 林惠善孃인가? 그는참말京城에서評判잇는 얌전한女子라네。 얼굴이곱고 才操가조코 참말圓

滿한女子이지? 그러고그는 金蘭會에서 經營하는 『新人』이라는雜誌의主筆이라네』

英淳은그제야 한번웃음을웃고 얼굴에붉은빗을물드리면서

英淳과秉善은 밤이깁도록여러가지이악이에 쏫이피엇다。 戀愛가어써하니 青春이애닲으니 人生이엇

엽느니 社會가不公平하니 여러가지로이악이를하엿다。 英淳은秉善을唯一無二의知己로생각한다〉 京城

에온후에처음그들을사괴어엿스나 밋숙에이르려는 멋十年사괴인親舊보다도 더親하여젓다。英淳은新聞社에

단이고 秉善은 京城高等學校에 敎師로단이고。 그리하야 新聞社와學校에서나온후에는 두사람이억개를

겻고 北岳山과 漢江等地로散步를단엿다。 그리하고 日曜日이나 쓰는祭日을利用하여가지는 두사람

이 各各벤도를싸가지고 三角山으로丹楓을짤아가며 銅雀臺로雪山踏破를간것이 한두번아니엿다。이리

하야 두사람은 서로親하엿스며 서로事情을말하엿스며 서로理想을말하엿다。그와同時에 서로慰勞하

고서로아주엇다。

英淳은 밤열두시경에야 秉善의집을써낫다。나제 흐릿든하늘은 고요히개엿스며 그우에는 佛蘭西女

子의눈동자가튼파란별이 반싹반싹愛人의웃음과가튼光彩를더지고잇다。거리에는 사람들의자최가드물

어젓스며 다못흰눈싸인싸우에 蒼白한電燈빗이비추어 희고도푸르고 푸르고도 밝으랙한波紋을그리고

잇다。 그리하고 물로씻은듯한 맑고도요한 쓰는平和롭고도서늘한氣分이 全市에가득하여「無形

美」와「永遠愛」를말하고잇는듯하엿다。

英淳은 별빗을보고 눈빗을보고 그리고 電燈빗을보는 가슴속에「無限의샘물」이 흐르는듯하엿다

그리하야 가든길을멈추고 거리에우둑허니서서「無限大」「無限長」의하늘을讚美하며「아!!나는 이永

遠의氣分속에化하고십다。 그리고이밤의沈默속에 融合되고고십다」。

英淳은旅舘에돌아왓다。 그러나 이번도亦是마음이뒤흔들니며 마치회호리바람(旋風)을라고 미친듯

이空中을써도는것과가탓다。정신째진몸과가디 한참동안天井을바라보며 생각하는것업시 팔장을쎄고안

저잇섯다。 눈을날니는칼바람이 싸르르싸르르하며 冷然한소리로 宇宙의沈默을깨치고잇다。 그리하고

房안에는바다밋(海底)가튼 懊惱의흐름이 고요한움을그리고잇다。 한참동안말이업든英淳은「아!!각갑

해」하고 한숨을쉰후 고개를돌려 다시벽에부친「단테의무덤」을바라보고잇다가

「아!! 惠善이도사람이지。 天使는아니지 그런데 위나는 그가이다지 그리울가? 아!! 울어볼가?」

英淳은눈을감앗다。 숨도쉬지안엇다。 고개도싸딱이지안엇다。 죽은듯한沈默이엿다。英淳의靈은「夢

- 286 -

幻의 푸른줄을 타고 惠善을 차저갓다。惠善은 달빗이 썰어진庭園에서 꿈빗가튼 「포푸라」의 그늘을 등에 지고 고요히 안젓다。그리하고 그의머리에는 鬱金香의「리봉」을부첫스며 그의손에는 붉은薔薇를들고 잇섯다。잇다금 이슬에저진月桂송이가른 貪스러운웃음이 그의쌤우에 흐르며

薔薇의쏫한송이!

누에게 던질가?

이 쏫송이의香氣를 쌀아

님의가슴에 숨기려합니다

하고 淸雅히 노래하는듯하엿다。英淳은정신이 빠지는듯하엿다。그리고가슴이 녹는듯하엿다。

英淳은이러케부르지젓다。

「아!! 惠善이가 나를죽이누나?」

四

흐르는것은歲月이다。그리고가는것은光陰이다。英淳이惠善을생각하며 愛鬱의날을보내는지가 벌서 三個月이 넘엇다。그동안낡은해는 가고 새해는왓스며 南山北山에눈은슬어지고 仁王山허리에金빗아지랑이가 실실이흐르게되엿다。英淳은 그사이만히 슬엇스며 만히 슈히하엿스며 만히외로워하엿다。그와同時에 惠善을思慕하야 얼굴에살이 쌔젓스며 가슴에못이 박혓스며 마음에傷處가생기며。이리하야英淳은冊도보지아니하고 글도쓰지아니하고 이를에한번식 秉華의집을차저가는동시에 講演會나演劇場이나公園으로쏘다니엇다。다못그동안 어쎄운것은 「페로-펜」의「문라잇」한曲調와「오메바」의「曠野의노래」뿐이며 그리고 이것을「바이올린」에마처 調子곱게 練習한것뿐이다。그리하고 文人의生涯로는 新聞社에서 機械的으로「靑春의날」을하로에 멧페-지석쓰는까닭에 惠善을생각하야

아!! 아름다운處女여?

흰구름우에 고개를내민

半合半玉인 보름달빗에
파른眞珠가 쒸놈파 가론
아!! 새하얀그얼굴이어?
아!! 새파란그눈동자여!

그얼굴이빗을더지고
그눈동자가외러운그곳에
아!! 한포기의하얀百合이
아지못하게그윽히피어
나비십니다
나비십니다
歡한바람이올적마다
님의香氣가호를가하야

하는「百合의眞珠」라는詩外에멋篇의詩를지엇슬뿐이다。그리하야 석달동안英淳의한일은 惠善의幻影을
가슴에그리고 懊惱를느끼고 愛鬱을싸핫스며 寂寞을感覺한 쓰리고애닯은눈물과 피가잔진感傷의歷
史뿐이다。그리하고 언제인가 金蘭會뜰압해서 봉지봉지눈엇영키인林檎나무를바라보며 고요히서서잇
는惠善의얼굴파 쌍는 光化門네거리에서 어떤친구와 억개를나란이하고 大漢門近處를向하여가는 惠善
외뒤入맵시와 그리하고「靑鳥」라는文藝雜誌에서「옛記錄」이라는 惠善의小品文을보고 안탑갑게 그를
그리워하고 죽고십게그를思慕하야 이를동안에밤장을자지못한일뿐이엇다。

＊

＊

＊

＊

＊

오늘은三月十五日이다。그리고밤여됩시다。(未完)

朦朧한 記憶

무 엇 을 쓸 가!

憑　墟

前號에는 넘우도 적게썻다。여러분글동모를 뵈올적마다 나는叱責의視線을느꼇엇다。그럴쪽쪽來號에는 만히쓰리라、흠신쓰리라고 남몰래決心하엿다。그러나 未來는 비인손의幻影이잇다。모든것을約束하고도 가저다주는것은아모것도업섯다。

무엇을쓸가?

編輯會議는열리엇다。나는小說과紀行文을맛게되엇다 小說은어찌하든지을수잇는듯십헛다。두말아니하고快諾하엿지만、紀行文은 무어라고 긔적어틸可望조차업섯다。『왜海雲臺갓다오지안핫소。그것쓰구려』二者웃은稻香君이 그째는웬일인지歎息하는수밧게업섯다。『어대가본대가잇서야쓰지』하고아주嚴然히얼굴을바루고이런말을하엿다。나의요리조리핑게하는것을 미윗슴이리라。전년에未洽히녀긴것이 不知不識間에發露되엇슴이리라。그푸른서슬에 나는唯唯承命하엿것만 쌔질것갓지안햇다。果然그의말맛다나 海雲臺에갓다온일은잇다。잘잘못은고만두고、붓을놀린다는사람치고야 紀行文하나업지못할만한旅行이엿다。第三者로보면詩的이라고도할수잇섯나니、뻘것이아니라、山과바다를아울러 風景이絶佳하다는그곳을小說의背景으로삼을作定인 韻致잇는기름인싸닭이라。그길써나기前엔 나로말하여도、거긔에만가면 나의錦繡心腸(文字의僭越은容恕하라)을 풀수잇스리라、풀수잇스리라하고내점은녀은憧憬에뛰엇다。하건만 現實가티 冷酷한것은업다。마치구름과가티차듸찬것이다。아모런顧慮도업고 아모런廉恥도업는것이다。싸늘하게마조치면 笑답은幻像□무서지고、써ㄴ을히든出夢도쌔어지는것이다。 海雲臺가幻像으로나타나고 꿈으로보일째는 얼마나아름다웟스랴ㅡ 그러나 現實의그것은 與味索然할것이엇다。 이理由는 나종에말하려니와 삼一言하고 紀行文을쓸누순일이업섯다 그리고쓰그것은 昨年十月일이엇다。 조든낫부든記憶조차熹微하다。 그럼으로『海雲臺갓든紀行을써요』란 말을들을째에 나는 적지안케 悶鬱하엿다。하되、 쓰기는써야될事勢ㅣ라 잠자는記憶을 깨워일으키게비롯하엿다。 過去의김이못에、 흐릿하게장기엇든記憶이、 蓮못모양으로 봉오리봉오리피여오른다。 나는 문득 情다운생각을禁할수가업다。 그째의 無味하고散文的이든事實과感想이 意味김흔듯도십헛다。 사람이란 未來를憧憬함과마찬가지로 過去도詩化하고美化하는것이다。 아모리 보잘것업고 하잘것업는것일망정 붓가는대로 본그것、느낀그것을 적어두랴고한다。

나 의 汽 車

經濟와時間關係로 나는 밤車를타게되엇다。 어느친구하나업시、 쓸쓸하게 車室한모퉁이를占領한나는 심심하고鬱寂스러워 견딀수업섯다。 나도저를몰으고 저도나를몰으는사람이라도、 彼此에 마조안고오면 말동모가되는수도잇건마는 파쓰덕분으로 二等을탄나는 그런瞬間의말벗조차 차진수업섯다。내압헤안진어썬洋服입은日本紳士는 『나는 二等손님이엇다』 하는態度로 집쟝을길길이쌔고잇다。 그는제地位를자랑하고 財産을자랑하는것처럼 쌔새로金時計를내엇다녀헛다 하고잇슬뿐이다。 그도 내게 말을건네랴아니하얏다。 나도그에게말을건네랴아니하얏다。 空然히 밋고안이곱은생각까지들엇다。 이리고보니 一刹那의심심破寂인들 어찌어드랴。 제다가 沿路의景致조차 바라볼수업다。 시커먼 밤빗이 山파들을흐리어버린싸닭이다。 烟氣와가티 안개와가티、 空間에 감을거리는 蒼茫한夜色도、 (버릴葉)것아니로되、 그나마窓鏡에쏘인 電燈의反射가許諾지안는다。 들리는것은 무거운징을실은소가 헐덕이듯、 呻吟이하는鐵馬의닷는音響뿐이엇다。 우루루우루루。 나는팔을비고누엇다。 꿈모를瞑想의바다에 자자지고잇섯다。……

녯사람이말하기를、 人生은지나가는나그네라고하엿다。 그것은 물거

품의그림자나질뻐업는人世의無常함을形容함이리라、 풀끗헤이슬가튼生命의虛妄함을比喩함이리라。 쏩

이고 나그네인사람으로、 꿈을꾸고 나그네가되는것은 꿈가운대꿈을꿈이오、 나그네들。 쏩

꿈을꾸어보아야 꿈싼내自體가 꿈인줄 느낄수잇고 旅行은 말등말등한精神으로할수잇는것일세、 길을가면서도 넉넉히 自我를돌아볼

인줄쌔달을수잇는것이다。 몸은朦朧한幻象일세、 夢境에彷徨할사이에는 旅行하는이몸이야말로 원원히나그네

할意識이업지마는、 旅行은 하고야 旅行하는이몸이야말로 꿈나인지 내가꿈인지 생각

할수잇는것이다。 하고나서追憶하니 암만해도 어섭푸더하지안흘수업고、 하면서쌔달으니 明確치안흘수

업다。

「汽車는人生의象徵이다」라고 그쌔나는 切切히 느쎼엇다。 낫이면낫、 밤이면밤으로、 目的地에다다르

지안흐면말지안는이신힘업는進行이야말로、 生의길을걸어가는人生의쓸이아니고무엇이랴。 닷고쌋는

가운대、 荒凉한들판도지내리라。 풀푸른언덕도스치리라。 銀玉色무지개가 어리인듯한山모롱이를 돌아

들제 水晶가튼맑은물이 구비치는景槪로운곳도잇스리라。 어느쌔는 미친바람도만낫다。 모진비도맛는

다。 그러나 汽車는줄곳다름질수잇는것이다。 勝地라고 바퀴의굴음을느추지안흐며、 風雨로말미암아 머리를돌

리지도안는다。 아니돌리랴돌릴수업는것이다。 사람이사는동안 쓴맛도보고 단맛도보며、 슬픈일도겻고

깃분일도겻금과 다름이업다고할수업다。 깃붐도지나가고 슬픔도지나가는것이다。 幸福도 멈출수업고苦

痛도避할수업는것이다。

그러나! 그러나! 바람과비는車體를부듸치고두다리건만、 웨勝地는 그것만지나칠쌘인가? 바람과비에

찌달림을바든代償으로、 푸른뫼쑤리와맑은흐름도 車안에담기는수가잇서야될것이다。 하거늘 그것온덕

분이업는妄想일다! 駱駝가바늘귀를지나가기보담더어려운일이다。設令 超自然의힘이잇서勝地江山을그

대로베여온다할지라도、 車안에들재맨들랴면 山은싹가야될것이며、 물은흘러서잇바다의 늘조각이석고

는말일것이다。 人生에잇서도 그러하다。悲哀와苦痛은 쎄人골에사모치건만、 幸福은 멀리멀리 애닯은그림

ㅇ아죽겟늬」라고하엿다 그리고가슴을풀어헤치엿다。터질듯이불은젓가슴과 고구마가튼젓꼭지가나

ㅇ아주면、五프란크쯤은안아세고줄터이야。그리면저애도조코나도조켓지……」그리고 쌉을척척흘리

가되자 雁用살이하러가는터이니 돈이야넉넉지는못하지만、만일저애가 單十分이라도조흐니、이것을

드러가자 乳母는어썸여원女子가 보채는어린애를안고잇는것을보고 이런말을하엿다。「……父母子息을

고하소연한다。厭女에게는 젓만흔것이 마음의무거운집이라 그것째문에 순길이막히고 手足을마음

려가는길이고 사나희는職業求하러가는길이엿다。肥胖한게집은자우잠을슬린다。젓이불어서못견디겟

르든男女가 서로말을通하고보니 다가티故鄕사람이라、서로제身上을말하게되엿다。게집은乳母노릇하

게집은 판삶은鷄卵、술을 주린듯이먹고、잇다。사나희는 물쓰럼이 그것을바라만보고잇다。彼此에몰

날니어비는 나린붓는다。그客車의한간에 彌勒가튼살찐게집과 말라쌍이젊은사나희가 말업시마조안저잇다

어러한것이엿다。汽車는 한썻피인「시도론」、「오렌지」、薔薇꽃들은 열린車窓으로부터 말할수업는香氣를

잇다。물그럼이그를바라보고잇는 문득 前日에읽은「모파산」의短編「牧歌」를생각하엿다。그梗概는

싹 부어오른것가튼 부석부석살찐얼굴이 酒氣를씌어붉으레하게하엿다。매우滿足한듯이 音을뒤로제치고

가 어대갓다가 돌아와서、탈석하고 나려안는 소리에 놀내엿슴이리라。그자ㅅ자

이런쓸댓언는空想의長流에서 해우적어러고잇든나는 감은째모르는、눈을쯰게되엿다。내압헤안진이

*

*

*

*

*

*

다。가진苦痛과 온갓困難을부릅쓴웃해、헐덕이는숨을돌리고、흐르는피ㅅ땀을닥그며「인제야잡앗고

저만 속이 고잇슬쓸이다。아모리 발버둥을치고 두팔을내어밀어도、 잡을수업는것이

나뇨」하고、깃버할결을도업시。문득매달의면잡으랴든幸福의月桂花는 손아귀에들어도오기前에 벌서、片

片이 섭어지고、悲哀의荊棘만 손바닥을찌르고잇슬쓴이다。

난다。 보다뜻한사나희는 自己가그것을쌀아줄수잇는가무러보앗다。 게집은諾從하엿다。 홀홀불은것

그사나희가 다쌀아먹엇다。 그리고나서 게집은『매화弊를세첫습니다。무어라고謝禮할슬이업습니

라고한즉、 사나희는感謝에채운소리로、『이 웁시다。謝禮는내가해야지요。나는 이를동안 쓸쓸골

『습니다』

이멋폐이지아니되는短編가운데 深刻한人生의反語가 包含된듯십헛다。時間의汽車에실리어 바람이닷

번개가번적이듯 물이흐르듯 구름이사라지듯、죽음의停車塲에 아니당홀수업는것이 우리人生이다

린다가튼運命을질머진사람이어늘 웨누구는살이찌며 구구는여위는가。어썬놈은 떼불리먹고 어썬놈

흘이는가。人間의모든不平과 모든不幸이 거의다여긔서일어나는것이다。이로말미암아 人類가생긴

幾萬歲月을두고 비린내나는戰鬪와革命이멋번을反復하엿는지모르리라건만 그보답도업시 只

섯 이問題는解決의曙光을볼수업다。멋千年前이나 오늘이나。그러나살쩐놈은 살에굴리어苦痛을

고 줄임으로하여苦痛을밧는다。果然人生은火宅일다。苦海일다! 아아 언제나언제나 불

쌀불어 견될수업는것을배곱흔이가 쌀아주며。줄인창자를 살쩐이가 채워줄가?

나 와 海雲臺

그이튼날 釜山잇는從兄집에서 아츰을마치자 밤새도록汽車에흔들린疲困한것도 이저버리고 急急히

들일으켯다。궁둥이가 들먹들먹하며 엇재電車가는것이 느릿느릿하여 焦燥한생각을抑制할수업섯다

動車를밧구어탈南門에다다르자 열點에써낫고 열두點에야 海雲臺가는定期自働車가

단말을들은나는 이두時間동안을참기어려워 가시세리를할가도십헛다。이대도록나는海雲臺의景致들

서바씨 보고십헛다。

내가이다지海雲臺에憧憬함은 數年前春園의海雲臺紀行을읽은것이 큰原因이엿다。寶物을보듯

그글로말미암아 別다른彩畵一幅을어린머리에그려두엇섯다。나도細모래판에미처쒸어보리라

清風에 옷소매를날리며 눈물을흘려 보리라。그리고나도그런 詩를읇흐리라。그런글을지으리라。한것이 나의숨은宿願이엇다。

그러나 冷酷한現實은 이苟且한숨조차、바람(願)조차 색털이고말엇다。아아내가웨海雲臺에갓든고? 만일가지안핫던들 내가슴에그러둔그림에 기리기리몬지가아니안고 좀이뜻지안핫슬것을! 그것으로 스스로滿足하고 스스로즐거하하엿슬것을! 아아幸福을마시랴다苦痛을맛보고 詩를어드라다 너절한散文으로흰조히를 墨칠함은무슨일인가。모를일이다! 모를일이다!

自働車를나리는나는 荒塞寂寞한들판에 집일흔어린애모양으로 彷徨하엿다。山도엽지안코바다도엽지 안락。그러나나의몸우든 海雲臺의山海는 이런것이아니엿다。무에라고말할수업는風情잇는山파어써라 形容할수업는詩趣잇는바다를 나느期待하엿거늘 山도그저그러한山이요 바다도그저그러한바다이엇다 「蒼浪에서이는一陣淸風」도 나는느낄수업고「碧波우로소리업시지나가는一葉扁舟」도나는볼수업섯다 다만無聊한閒愁를쌔달을뿐이엇다。

「透明한海波를헤치고 텀벙실뛰어들어 두팔로滄海를끌어당긔며 물결을열어 오르락나리락하는맛」도 볼수업슨나는 俗될망정溫泉浴場에서나 몸을씨스랴하엿다。첫거를날이찬싸닭인지 다행이사람하나업 섯다。沐浴桶한間에서는 물이솟고、다른間은 이間의넘친물을담아가득하엿다。두桶의물을마음대로 멋 대로 혼자써서 石炭에그른몸을 한썻시첫다。그리고 썻썻한물에 몸을잠고고잇섯다。疲困한몸이 海

늘어지게心身洗滌을한나는 다시금海岸으로나왓다。물결이출렁거리는 언덕우에 나는자리를잡고안젓 다。늠실늠실닥치는蒼波는 스르륵 이리로부텃자 버글으하고물러서며 겨울가튼水面에 흰花瓣의거품 을씌웠다。煙波渺茫한地平線저便은 하늘과바다가한대어우러저、蒼穹한가지碧波에녹아들어가는듯하 엿다。가슴이싀언합을아니늣길은아니언만 그래도마음어대인지 「이싸짓景致야 아모海邊에서도볼수잇 다」하는不滿이잇섯다。

嗚呼 我文壇 (附月評)

吾人이 어찌 慷慨를 是事하는 者이랴。 스스로 心을 傷하고 스스로 意를 苦하여 天을 恨하

고 人을 恨하여 踽踽鬱鬱히 月을 送하고 歲를 迎하여 悲嘆自苦로 生을 咀呪하기를 好하였으며 其餘 多

이랴。 其運이 洋洋한 我文壇을 向하여 어찌 不祥事의 此嗚呼를 加하기를 好하였으랴。

燠의 我文壇에 對하여 어찌 此嘆息을 따하기를 好하였으랴。

實로 그 不得已 不得已에서 出함이라。 비록 心으론 滿腔의 熱을 傾하여 祝禱의 闐全 歌하

고 싶으나 事實은 然치 못하여 吾人을 悒鬱케 하매 奈何하며、 意로는 全的의 興會를 會하여

讚의 曲을 舞하고 싶으나 그 事實이 然치 못하여 吾人을 落膽케 함에 奈何오。

文壇의 零落이 비로소 今日에 生한 事가 아니요、文運의 丕塞이 비로소 今朝에 發현이 아

니라、 그 無色은 疊하여 天에 彌하였으며、그 頹廢는 極하여 地에 塞하였건마는、庶幾를 望하

는 吾人의 慾求는 그래도 차마 希望을 永抛치 못하였나니 그 써 來日을 待하고 來歲를 望함

이라。 未練에 愛着하고、 踽踽에 盤桓하여 茫然히 天涯의 一角을 眺하여 指를 屈하여 待하고

首를 搔하고 待하여 써 그 光明이 有하기를 禱하였으며、써 그 文運이 興하기를 願하여、「上帝여 吾等에게 藝術을 與하라」하여「復活을 與하라」「萬衆에게 그 不朽의 藝術을 與하여 萬衆에게 그 歡樂의 復活을 與하라」하여、暗然히 써 微笑하여 스스로 그 將來에 來할 바 愉悅의 夢想에 入하여 저으기 憂鬱이 解하는 듯하였으며、憔悴가 展하는 듯하였도다.

然하나、去하여 저으기 去할수록 그 落寞의 感을 禁치 못하겠으며 步할수록 더욱 그 蕭條의 嘆을 抑치 못할지라、夢想의 愉悅을 轉하여 悲嘆의 絕望으로 落하며、渺乎의 希望은 斷하여 焦燥自苦를 招할 뿐이로다.

嗚呼라、朝鮮文壇은 形體 그 써 完璧을 成키 前에 萬丈深淵으로 落하여 永永히 그 甦生의 道가 無하려 하는가。그 萌芽가 茁하여 써 長키 前에 枯死의 慘을 遭하여 無心히 그 幻滅에 永消하고 已할 것인가！昊天이 그 默默하니 吾人은 誰를 向하여 訴하랴。萬人은 寂寂然 聲이 無하니 그 誰를 握하여 語하랴。

嗚呼라、此文壇을 吊하는 者가 幾人이며、此文壇을 哭하는 者가 幾人이뇨。零落의 此文壇을 扶하여 起할 者가 幾人이며、瀕死에 陷한 此文人이 無한지라 그 哭하여 痛치 않을 수 없으며、人이 無한지라 그 悲하여 嘆치 않을 수 없도다.

詩가 有하나、小說이 有하냐、戲曲이 有하냐、批判이 有하냐、創作이 有하냐、飜譯이 有하냐。그 詩가 無한지라 어찌 그 萬衆에게 熱과 愛를 注하여 藝術을 歌하게 하고 人生을 歌하게 하여 人生과 藝術을 써 結合하여 渾然한 眞理의 境에 最高의 完的 生에 들게 할 수 있으며、그 小說이 無한지라 어찌 써 生의 過去를 追憶하고 生의 現在를 鑑賞하고 生의 未來를

眺望하여 써 宇宙의 全縮圖를 鳥瞰하며 最大의 生命을 維持하고 最大의 生을 擴充하여 崇高

한 人間으로 全的에 歸케 할 수 있으랴.

그 劇이 無한지라 어찌 써 萬衆으로

하여 써 藝術의 偉大와 人生의 偉大 그 사이에 深刻한 覺醒을 喚起하고 沈痛한 思想을 注入

하여 坦坦한 眞理에 萬衆으로 하여금 共存共榮의 域에 들게 할 수 있으랴.

批判이 無한지라 그 어찌 創作의 慾能을 激動하고 創作의 傾向을 批判하여 그 作品의 眞價

를 保障하고 그 作品의 野卑를 黜論하여 써 그 藝術의 權威를 擁護하고 民衆의 鑑賞을 代言

하여 그 「神曲」이 出케 하고 「杜翁」이 誕케 하며, 「와일드」가 存케 하며 「입센」이 그 長케 하

여 絶大의 藝術이 그 生케 할 수 있으랴. 創作이 無한지라 何로써 國民文學을 建設하며 民

族特性을 發揮하여 써 民族 基礎的 文學을 樹立할 수 있으랴. 飜譯이 無한지라 外國의 藝術

을 何로 依하여 輸入하여 我短을 棄하고 渠長을 取하며 我長을 取하고 渠短을 拋하여 써 不

朽 融合의 新藝術을 創設할 수 있으랴.

嗚呼라, 그 人이 無한지라 어찌 痛哭치 아니하며, 그 人이 無한지라 어찌 長歎치 아니하랴.

昭昭의 天이여, 어찌 그 慨치 아니하냐, 憐치 아니하냐. 吾等으로 하여금 어찌 이다지 困苦

甚케 하는고.

舊歲가 去하고 壬戌(一九二二年)이 來한 劈頭에 新年의 粧이 成한 東亞日報는 日을 連하여

「文壇에 對한 要求」라는 題下에 그럴 듯한 要求가 揭載되었고, 그 尾를 繼하여 連日 「作家의

抱負」라는 各自의 抱負를 吐하여 人의 目을 牽케 하였는지라, 吾人은 그 얼마나 喜하였으며

얼마나 歡하였던가。油然히 心이 豁然하고、翕然히 悅이 來하여 호올로 大呼하여 曰「新年以

後론 비로소 文運이 그 泰昌하리라」하여 스스로 口를 開하고 笑하여 唇을 合할 줄 知치 못하

였으며 스스로 舞하고 蹈하여 足을 定할 줄 知치 못하였도다。

然하나 今日의 現狀은 그 何如하뇨! 詩가 有하냐、無하였도다。戲曲이

有하냐、無하다。飜譯이 有하냐、無하다。無에 滿足하고 空에 泰然한 吾等은 永遠히 그 零과

無로 滅하고 已할 것인가。語하려 하나 舌이 硬하여 語치 못하겠고、書하려 하나 筆이 顫하여

그 能히 書치 못하겠도다。嗚呼라、이 어찌 哭하여도 후련치 못한 일이 아니며、欷하여도 시

원치 못할 일이 아니뇨!

또한 近來에 그 筆을 執하는 人이 何如하뇨。文士라 稱하는 人이 何如하뇨。虛榮、浮氣、

瞞詐、巧猾、妄自尊大……此 어찌 學皆 然할 바랴。——또한 純然한 神이 아니고 人間인 以

上에 人間이라도 經驗이 많은 老人이 아니고 그 靑年인 以上、때로 浮氣 없으며 巧猾이 없으

랴마는 더우기 일로써 是事하고 專業하려 하는 人이 有함을 奈何오。

今日엔 自稱 一流詩人然하고 明日엔 벌써 그 職을 改하여 大思想家로 自處하여、何黨의 反

對演說을 하느니 何會를 組織하고 何理事長을 兼任하느니 하여、眼이 眩하고 足이 飛하다가

再明日엔 또다시 그 職을 拋하고 彷徨蹴踏하여 恰似히 米豆取引의 投機事業者같이、그 機를

觀하여 事를 謀하고 天職을 變하고 改하여 俊倖의 名譽的 好運을 攫하려 하나니、呵呵라、

一은 物質的 投機事業者이면 一은 名譽投機事業者이라、吾人은 始히 絕妙한 好箇 對照를 發

見하였도다。嗚呼라、이 어찌 文人을 爲하여 痛嘆치 아니할 者이며、文壇을 爲하여 憂慮치 아

니할 배랴.

朝鮮文壇은 此와 如한 悲慘한 文壇이요 此와 如한 不具의 文壇이다. 此 悲慘을 回하여 繁榮의 文壇을 作하게 하고 此 不具의 文壇을 轉하여 完全한 文壇을 成케 하려면, 먼저 써 各自의 努力, 奮鬪에 在한 것은 말할 것도 無하거니와 더우기 그 有望의 文人이 많아야 될 것이며 따라 그 文人 되기를 願하는 者가 또한 많아야 될 것이다. 近來에 間或 어떠한 人士는 朝鮮에 現今 그 文人을 願하는 者가 너무 많지 않으냐 한다. 嗚呼라, 그 愚痴의 言이여!

京西學人이라 云하는 人이 그 何許의 士인지 不知하거니와, 開闢 新年號에 「人生과 藝術」이라는 論文이 揭載되었다. 此文을 讀한 余는 實로 襟을 整치 아니치 못하였노니, 그 健筆確想이 余로 하여금 共鳴의 點이 有하였음이라. 其文을 見하여 써 그 人이 斯學에 修養이 有한 人이며 造詣가 有한 人이며 多才의 士인 줄 知하였었도다.

然하나 同誌 三月號에 同氏의 所論인 「文學에 뜻을 두는 이에게」란 文을 讀한 時에 實로 呆然히 自失하여 그 써 이찌할 바를 知치 못하였나니, 噫라! 此가 所謂 文士의 所論인가 自叫한 故이었다. 彼는 「近來에 弟妹가 많은 듯합니다. 靑年 男女間에 文學이라든지 文士란 말이 많은 魅力을 가진 듯합니다」란 말을 先頭로 하여、文士가 많이 나기를 願치 아니하며、靑年이 科學方面으로 들지 않고 文學方面으로 드는 걸 슬퍼한다 하였다. 興酣히 全能의 神이 絶對한 啓示를 宣하는 態度로 傲然히 스스로 脅的 地位에 占據하여 大膽히 「弟妹들이여」 하였다. 乳臭 生하는 流涎의 諸兒童等의 沒知覺으로 文學에 誤走함을 論貴하였다. 嗚呼라, 是로다! 傲慢、妄自尊大! 이것이 現下 朝鮮의 所謂 文士라 稱하는 이의 病이

아니고 무엇이냐。 切憎之할 惡病이 아니고 무엇이냐！ 이 또한 我文壇을 爲하여 吊傷날 惡

傾向의 一이라, 文壇을 顧하고 同氏를 爲하여、氏를 爲하고 文壇을 爲하여 悲憤痛惜의 情이 스

스로 撑中할 뿐이로다。

京西學人에게 問하노니、兄은 現今 朝鮮에 文士가 그 얼마나 多한 줄로 知하는가? 또한 文

藝的 作品이 그 얼마나 多한 줄로 知하는가? 文士가 幾百人이며 幾千人인가? 作品이 幾千

萬種인가?

虎窟에 入치 아니하고 能히 그 虎子를 取할 수 있으랴? 大洋에 舟를 賴치 않고 그 彼岸에

到할 수 있으랴? 幾千萬人의 文士志願者가 一有한 然後에 그 비로소 一人의 文豪를 겨우 出

하지 않는가? 幾十萬卷의 作品이 有한 然後에 비로소 그 不朽의 傑作이 一、二에 止할 뿐이

아닌가? 이는 現今의 儼然한 事實이 아니뇨? 朝鮮에 文士 志願人이 그 얼마나 多하기에 兄

은 此를 論責하여 그 文士 志願 많음을 警戒하였는가?

二千萬의 全衆에 多하다 하여도、最多하다 하여도 幾十年 後를 聯想한다 할지라도 그 萬에

는 躇치 못할지니、一千九百九十九萬으로 넉넉히 그 科學을 修하고、그 富力을 增進케 할

수 있음은 이 數字上으로 이미 明瞭한 바이라, 何가 써 兄의 이른바「枯楊生華」가 될 憂慮가

有한가?

또 京西學人은『自己가 多數 靑年에게 그네의 意思를 물을 必要가 생긴 境遇에 考案하여、

經驗上 妥當하다고 認定한 것이니 相當히 心理學的 根據가 있다고 믿읍니다。假令 文士 되기

에 適當한 素質이라고 判斷한 答案의 實例를 들면』하고 그 밑에 所謂 京西學人의 내인 問題와

文士 志願者의 答案을 列擧하였다.

그 答案 (ㄹ) 째에 「一身上의 事情은 어떠하시오 (問)」 「집에는 먹을 것이나 있고, 健康은

中이나 됩니다 (答)」하여 京西學人은 「그러면 당신은 小說家가 되시오 及第를 宣言할 것

이라 하였다. 嗚呼라, 京西學人이여! 然하면 人이 有하여 「貧寒하외다. 身體는 그리 튼튼치

못하외다」하면 兄은 書下에 바로 곧 「당신은 藝術家가 될 수 없읍니다」하고 拒絶할 것인가.

然하면 文士는 그 幸福者라야 될 수 있으며, 不運의 人은 그 希望할 수도 없다는 말이뇨?

京西學人은 何故로 그 朝鮮의 文士 志願者 多함을 惡하나뇨. 朝鮮의 文士 志願者가 그 幾萬

人인가? 嗚呼라, 그 甚치 아니하뇨!

余는 叫하노라, 絕叫하노라. 그 文人이 되고자 하는 이는 起하라. 起하여 努力하여 共히 手

를 握하고 步를 同히 하여 써 이 頻死의 文壇에 不朽의 藝術을 生케 하며 荒落의 此間에 偉

大의 人生을 索하여 萬衆으로 더불어 그 坦坦의 眞理로 歸하기를 祝하고 禱하여 不已하노라.

嗚呼라, 我文壇의 慘이여!

更히 墨을 濡하여 月評을 書하려 하니, 그 作品의 無色은 더우기 去年에 比하여 尤甚하도

다. 作品의 數爻가 또한 去歲와 較하여 尤少한지라, 無心히 出하는 歎聲은 空然히 또 한 번 다

시 嗚呼 我文壇을 부르짖게 할 뿐이로다.

(京西學人은 春園 李光洙의 匿名)

月評

=詩=散文詩=對話=詞藻=小說=

신년(新年) 이래에 월평(月評)을 쓰려 하니, 잡지로는 「개벽(開闢)」, 「백조(白潮)」, 「청년(靑年)」, 「계명(啓明)」이 있을 뿐이었다. 한참 쏟아지던 연전의 잡지계를 회상하고 다시 지금의 현상을 보니 실로 천감(千感)이 조래(徂徠)한다. 이것이 이른바 자리잡히는 시기가 되어 그렇다 하면 오히려 기뻐할 현상이거니와, 만일 그렇지 않다면 이것도 또한 한숨쉴 일이다. 그나마 이 너덧 개 되는 잡지가 다 풍부하였으면 좋으련마는 「계명」과 「청년」에는 한 페이지의 작품도 없다. 구하려 하였으나 도로이었다. 하는 수 없이 「개벽」과 「백조」에 나타난 작품을 평하여 볼까 한다.

=詩=

「개벽(開闢)」 신년호─二월호─三월호

김석송(金石松)씨의 「원단(元旦)」은 거기에 한 심미(深味)가 없는 것이 아니나, 너무 건삽(乾澁)하고 냉담(冷淡)하다. 시에 가장 있어야 할 강한 뜨거운 울림이 없다. 유장(悠長)한 또는 광발(狂勃)한 우미(優美)의 선이 굼틀거리는 듯한 리듬을 볼 수가 없었다. 동씨의 「세모(歲暮)」는 너무 평범한 담화적의 시가 아닌가 한다. 그 밑에 「불은 꺼졌다」 이하 三편도 시로는 그렇게 감심(感心)치 못하게 읽었다.

소월(素月)씨의 「금잔디」이하 九 편은 재미있게 읽었었다. 수단 있는 그 기교, 미인의 집 옷소리 같은 그 아름다운 멜로디는 읽는 사람으로 하여금 심취(心醉)치 않고는 못 배기게 하였다. 흐르기 애수(哀愁), 혼들리는 리듬, 과연 재사(才士)가 아니고는 그렇게 그릴 수 없을 것이다. 더우기 「엄마야 누나야」라는 소곡(小曲)에

「엄마야 누나야 강변에 살자

뜰에는 반짝이는 금모래 빛

뒷문 밖에는 갈잎의 노래

엄마야 누나야 강변에 살자」를 위시하여 「달마지」속 제三행으로부터

「새라 새옷은 갈아 입고도

가슴엔 묵은 설움 그대로.

달마중 가자 이웃사람들

산우에 수면에 달빛 보일 때。

돌아가자 이웃사람들

모작별 삼성(三星)이 떨어질 때」   (末略)

이 一 편은 더욱 탄복치 않을 수 없었다. 다행히 연(鍊)이 있어 그 성명을 통하여 손잡아 가르침을 받을 기회가 있으면 나는 그 얼마나 기쁘랴!

「개벽」二월호에 실린 김 석송씨의 「햇빛 못 보는 사람들」은 실로 심통한 시이었다. 가엾은 우리의 인생이라는 한 금을 그린 것이었다. 그 말절(末節)에

「오! 친구여 햇빛 못 보는
세상에 저주 받은 친구들이여!
우리는 장차 어찌할거나!
해와 달을 깨치어 버릴가!
해와 달을 새로 만들가!」

그 얼마나 강한 시인가. 그러나 이러한 재제(材題)를 가지고 더욱 심혹하도록 강하게, 울음이 나오도록 아프게 되었더라면 하였다.

소월(素月)씨의 「닭은 꼬꾸요」 이상 四 편은 역시 그의 시에서 볼 수 있는 아름답고도 슬픈 애수의 조율(調律)이 흐른다. 더우기 「새벽」과 「내집」이라는 두 편의 시는 좋은 수확이라 아니 말할 수 없다.

김 낭운(金浪雲)씨의 「미련한 어부는」는 그리 감심치 못하였다. 너무 그 리듬이 불롱일하고 쓸데없는 이야기 같은 것이었다. 물론 작자는 어떠한 무엇에 탁의(詑意)하여 쓴 것이나, 시로는 그렇게 잘 되었다 말할 수 없다.

동씨의 작인 「낭인(浪人)의 노래는 같은 사람의 솜씨가 아니라 할 만치 다르다. 그 정돈된 시형(詩形), 오묘한 선율은 고수(高手)가 아니면 이렇게 할 수 없을 것이다. 또한 한 마디 말하여 둘 것은 소월씨의 시와 몹시도 방불하다. 혹 동일인이 아닌가 의심하였다.

현 성(玄星)씨의 「초설(初雪)」은 아직 잘 된 시라고 말할 수 없다. 그 시 속엔 아무러한 힘의 흐름이 없다. 좀더 노력한 뒤가 아니면——하였다.

「개벽」三월호에 「숨쉬이는 목내이(木乃伊)」라는 김 석송씨의 시는 내가 씨의 시를 읽던 중

에 가장 맘에 드는 작품이었다.

「현대(現代)」라는 옷을 입히고

제도(制度)라는 약을 발라

생활(生活)이라는 관(棺)에 넣은

목내이를 나는 본다.

그리고 나는

나 자신이 이미

숨쉬이는 목내이임을

아— 나는 조상(吊喪)한다!」

만편(滿篇)에 참이 흐르는 그 참의 노래는 실로 감사하였다. 「웃음 파는 계집」 「무서운 밤」

두 편도 다 전의 씨의 시에서 보지 못하던 새로운 빛이 있었다.

이것이 석송씨의 시와 씨 사이에 한 새로운 선을 금긋게 된 것이라 하면, 실로 기쁨을 이

기지 못하겠다. 동씨의 「주정군(酒酊軍)」은 시라 함보다 경구(警句)라 하였으면 좋겠다.

「백조(白潮)」 창간호

노작(露雀)씨의 「꿈이면은」이란 장편시는 시원치 않은 인생이라는 그 속에서 청춘의 애달픈

실연(失戀)의 혼이 고요한, 차디찬 달밤 거리에 애상(哀傷)의 붉은 피를 맵고서, 스스로 그 혼

의 자신이 도리어 어쩐 셈도 모르고 「이게 꿈이냐」하는 가슴 터지는 탄식과 같은 시이었다.

사람의 마음을 들썽거리게 하지 않고는 마지 않는다.

그 아래 단곡(短曲) 중에 「푸른 강물에 물 노리치는 것은」이란 시는 가장 아름답고 어여쁜 시이었다. 아무리 둔한 관능(官能)을 가진 사람이라도 한 번 보고 어떠한 찌르르하는 느낌을 아니 가질 수 없다. 그러나 「어부의 적(跡)」이란 시는 너무 그 기교로 흘러서 도리어 재미가 없지나 아니한가 하였다.

회월(懷月)의 「미소(微笑)의 허화시(虛華市)」는 두 번, 세 번 읽었다. 그 몽롱하게도 아름다운 그곳에 심취하였음이다. 보얀 안개 속 여름 밤에 멀리 하늘가에 춤추는 도시의 불빛을 보는 것 같은, 너덧 겹 사창(紗窓)을 격하여 나체의 미인을 대한 것 같은 감흥을 일으키게 한다. 내가 언제인가 어느 잡지에 그의 시평을 쓸 때, 빈틈 없이도 잘 조화된 낭만과 상징의 노래이리라 하였다.

지금 다시 또 그의 시를 대하매 또 역시 그러한 느낌이 일어난다. 「환영(幻影)의 황금탑(黃金塔)」은 「미소의 허화시」에 비하여 좀 손색이 있다.

이 상화(李相和)씨의 「말세(末世)의 회탄(欷歎)」은 근래에 얻을 수 없는 강한 백열된 쇠갈이 뜨거운 오열의 노래였다. 신년 이래로 지금까지 이만한 아픈, 뜨거운 시가 없었다. 시커먼 굵다란 선이 힘있게 꿈틀하는 것 같은, 새빨갛게 달아서 녹은 무쇳물을 확 끼얹는 듯한 인생을 통곡하는 시이었다. 「단조(單調)」라는 동씨의 시는 또한 「말세의 회탄」에 지지 않는 방렬(芳烈)한 관능의 노래이었다.

춘성(春城) 씨의 「달밤」은 청순한 소녀의 초연(初戀)의 한울 솔직히 그려 낸 것이다. 따뜻한 五월의 낮볕이 푸른 물 위로 흐르는 듯한 아름다운 리듬과 고운 기교는 사람을 끄는 매력이 있다. 「꽃피려는 처녀」는 「달밤」처럼 그렇게 재미롭지 못하였다.

이밖에 「개벽」 三월호에 실린 임 노월(林蘆月) 씨의 「경이(驚異)와 비애(悲哀)에서」란 대화와 「백조」 창간호에 회월씨의 「객(客)」이라는 산문시와 춘원(春園) 씨의 「악부(樂府)」라는 사조(詞藻)가 있다.

노월씨의 「경이와 비애에서」는 많은 흥미를 가지고 읽었다. 대화라는 것이 창작되기는 아마 조선 안에서는 처음인가 한다. 유미주의(唯美主義)의 경향을 솔직히 이야기한 것이었다. 그러나 예술론적으로 쓰지 말고, 좀 시적으로, 그렇지 아니하면 경구(警句) 비슷하게 쓴 것이 나왔으면 한다.

춘원씨의 「악부」는 또한 재미있는 새로운 시험인 줄 안다. 재제를 조선 고사에서 취하여 고대로부터 내려오는 시조체로 실로 조선적 고전미가 있어 그럴 듯하였다. 회월의 「객도 예의 그 아름다운 필치로 유려하게 쓰여 있었다. 그러하나 너무 아름답게 쓴 것이 도리어 글을 상케 한 곳이 많았다.

= 小說 =

「개벽(開闢)」

「개벽」 신년호에 염상섭(廉想涉)씨의 「암야(闇夜)」가 실리었으나 미정고(未定稿)라 썼음에 외람히 붓을 들어 평할 수 없었다.

역시 동씨의 창작 소설 「제야(除夜)」가 「개벽」 二월호를 통하여 게재되었다. 그러나 또한 아직 그 끝이 나지 아니하였다. 소설 흉년이 든 이때에 이 경우 저 경우 다 보다가는 하나도 평할 수 없이 될 것이다. 더우기 이만한 좋은 작품을 그 끝나기를 기다려 말하기는 너무 참을 수 없다. 「제야」의 그 끝을 비록 보지 못하였으나, 그 중간은 넘어선 듯하며, 따라서 그 작품을 이해할 만은 하였다. 그리하여 三월호에 나타난 데까지 평을 써 보려 한다.

무엇보다도 「제야」가 제일 먼저 나에게 준 인상은 침통 그것이었다. 이것은 조선 사람이 지 우리는 이제 아름다움 또는 공교한 그것만으로는 만족할 수 없다. 더 강한 것을 달라, 더 뜨거운 것을 달라, 더 아프고 괴롭고 쓴 것을 달라 하는 것이 지금 우리의, 현재 사람의 슬프게 부르짖는 소리이다. 염씨의 「제야」가 처음 조선 사람에게 이 침통을 보여 주었다. 이 소설 속에서 흐르는 것은 우리가 흔히 러시아 소설에서 볼 수 있는 고삽미(苦澁味)와 침통미(沈痛味)였다.

육(肉)에서 육으로, 방종에서 방종으로 흐르는 교육이 있는 여자, 자기가 그 그른 줄을 알은 소설 중에 처음 나타나는 방향이었다. 현대 사람의 가장 긴절히 욕구하는 침통 그것이다.

－ 308 －

면서도 이성(異性)을 항복 받기 위하여, 또한 그 이성의 애태우는 그 꼴을 보려 하는 대담 잔인(大膽殘忍)한 그 여주인공의 변태성적(變態性的)인 행동이 침통히 표현되었다. 지금의 인세(人世)란 것을 강하게 조소하고 반항하는 현대인의 고뇌를 여지없이 묘사하였다. 거듭 말하거니와, 이렇게 심각하고 침통하고 고삽한 소설이 조선 사람의 손으로 창작된 것은 여태껏 하나도 없었다.

지면의 여유가 없으므로 일일이 평석하지 못함을 큰 유감으로 생각한다. 만일 뒷날 기회가 있으면 전편을 다시 읽은 뒤에 정성껏 말하여 보려 한다.

현 빙허씨의 소설 「타락자(墮落者)」가 「개벽」 신년호부터 三월호까지 연재되었다. 염상섭씨의 「제야」나가 북구적 고삽미가 있다 하면, 현 빙허씨의 「타락자」는 남구적 유연미(柔軟味)가 있었다. 하나는 찌푸려 울고 싶다 하면 하나는 방싯 하며 웃고 싶은데 하는 것 같았다.

주인공의 타락자로 든 경우와 그 초심의 타락자적 행동이 조금도 유루 없이 섬세히 묘사되었다. 산문시와 같이 풀솜 같은 보들보들한 아름다운 글과 사람을 매(魅)하여 가지 않고는 마지않는 그 오묘의 기교는 실로 감탄치 않을 수 없었다.

한 번 이 소설을 붙든 나는 차마 놓을 수가 없었다. 그 연분홍 국사(國紗) 저고리 무늬외묘사라든지, 맨 처음의 계선(桂仙)이란 노기(老妓)의 묘사와 「미끈하고 그의 팔이 감기었던 목 언저리는 무슨 기름이 발라 있는 듯 싶었다. 그리고 나의 입술은 무슨 벌레가 기어 다니는 것같이 근실근실하였다」라는 등의 그 심각하고도 아름다운 시화(詩化)한 관능 묘사는 재사 아니고는 이렇게 그릴 수 없을 것이며, 또 거교로는 「이화(梨花)에 월백(月白)하고 은한

(銀漢)이 삼경(三更)인데, 일지춘심(一枝春心)을 자규(子規)야 알랴마는, 다정도 병인양하여 잠 못 들어 하노라」라는 옛 시조를 슬쩍 이끌어 놓고 「이따금 이따금 목을 빼서, 청성스럽게 읊조렸다. 또 붓을 들면 이 글을 적기도 하였다. 그리고 춘심(春心)이란 두 글자를 뚫을 듯이 들여다 보며 정신을 잃었었다. 그 두 글자가 굼실굼실 움직이어 엄청나게 굵고 크게 되어 나의 허리에 커멓게 눈을 가리기도 하였다」라는 것과, 또 그 주인공의 부인(夫人)이 죽는다고 유서를 써서 주인공의 감기기도 하였다」라는 것과, 또 그 주인공의 필처과 파임이 그의 가냘픈 팔이 되어 나의 허리에 마음을 얼떨떨하게 하다가, 다락 속에서 튀어 나오는 것들이 모두 고수단(高手段)이 아니고

는 이렇게 분방하게 서슴지 않고 써 놓을 수가 없을 것이다.

나도향(羅稻香)씨의 창작 「젊은이의 시절」이 「백조」 창간호에 실리었다. 예술을 동경하는 소년의 비애, 성에 눈뜬 소녀의 비애, 더우기 현대 조선의 가정이란 습속 아래 오뇌 번민으로 헤매는 젊은이의 무리를 명백히 묘사하여 있다. 그러나 심리 묘사의 좀 엷은 것과, 소설 끝을 황홀한 꿈으로 맺은 것이 너무 로만틱하였다. 노 춘성씨의 「표박(漂泊)」은 아직 그 시초만 실리었으므로 그 끝을 본 뒤에 말씀하려 한다. 이밖에 김 명순(金明淳) 부인의 「철면조」라는 창작 소설이 개벽 신년호에 없어었으나 그 처음을 읽지 못하였으며, 또 그 끝이 계속하여 발표되지 아니하였으므로 평을 쓰지 못한다.

끝에 임하여 모든 작가 제씨들에게 외람되이 붓끝을 희롱한 허물을 용서하여 주소서 할 뿐이다.

六號雜記

人生어 無常다한를 어딜수야잇슬가요? 「봄여나……」 「三月이련나오리라」 버르고기푸르면 今番號가 나온다 나온다 여

보니…… 째는벌서느저서 오다던봄철은 누가다려갓는지 笑도우슴도 다—서드러바리고 綠陰이욱어진 五月中旬에 쎄안언 어느래를

노래합니다

맛게서는 엿저니엿저니 떠드는소리도 알엇지만은 今番號가 느저진것은 事實어외다 事實어잇스니 勿論그대로 理由도엣찟지요 여

러문어 그理由를 듣으다하심닛가? 물어야 서원할사닭은 업찟지요만은 하도나 속도떡섞이든일이니 너두며삼어 한마듸하지요

朝鮮사람어른은 누구나 다-딸하는바어지만은 우리는 自由가업습니다 더구나 出版에 自由가업서요 그런데야다 三月號을 出刊하랴

돈一週日前여 亞扁薛羅氏가 發行人을 謝退하엿습니다 그래 氏여게 陳情으로 懇請하기여찟칠 다른곳에 紹介狀가지고 다니기여찟칠

누구여게交涉하기에멋칠 누구누구여게멋칠하다가 結局은 失望하여서멋칠 쑈出版하는制度를 고치자고멋칠 그리고보니 時節은발

서느짓머이다 그리다 千萬多幸으로 썻어쓰夫人이 承諾을하셧습니다 中間에서 애써주신여러분도 勿論고마우서지만은 特히 夫人쎄

안혼感謝를 드립니다 느저진理由는 이것뿐이올시다 무슨큰同情을 줍소사하는것이안이다 이러한 事情이나 짐작해주소서합이외다

今番부터는 六號雜記를 쓰는範圍를 넓히여서 自己의 生覺한것 感想하는대로 다—쓰자하엿습니다 그러나 넘어 倉猝間여쓸이라 그

여한지 잠뜻파가되지못하여엿습니다 다음에는 잘하꼐지요

吳天園氏에게서는 健康하시다는便紙는 왓스나 原稿는 아격未着이올시다

羅稻香氏는 慶北安東쪽에서 敎鞭을잡고게시겟되엿습니다 號日笑尊之翁이지만은 多情多恨한氏가 더구나 그變的性格에 엇지나애

들석어고지내는지? 日常잘붑으는 哀傷의 泗泚水曲만 저녁노을빗최인 洛東江호로 는물은 아마나 하음업서 愁然한雙眼으로 無言한

가日前여부친便紙에 「여기는쑷이다-저바렷나이다 웃는듯하고 웃는듯한그쑷은 발서다-젓나이다 저는다만愁然히 바람이불어서 실음업서 氏의

그쑷만바라보앗나이다 그쑷은저를보고 우섯는지울엇는지 도라젓는거 엿더든말업시 잇더이다 그것을말할者가 도한잇지안은

처마자락을버서서내던질쎄싸지 그는다만無言어엿나이다 그우에따듯한바람이불쎄나 밤이나낫이나 아모소리업든그쑷은 고만서드러저

바럿나이다 吾兄吾兄 울어야할는지 우서야할는지 저는모르나이다 그것을말할者가 도한잇지안은

터이지요……寂寂寥寥한이 곳에외로히잇는저는 다만學校뒤에 鬱出한嶺南山우에을너서서 四北便하눌만바라볼뿐이외다 그러나 重重

疊疊한바위山이 나의가슴을 탁틔려막나이다 九萬里長天이 北으로열이엿고 半千里崑路가 北으로도터지엿스나 다만傳하는것은 두어마

되親愛하는우리同人멋사람의불상하여입인지 사랑합인지 쎄쎄로보내주는 凝情의 書札뿐어오 아모겄도업나이다 ……사나회눈애눈물

먹오문도 無理가안어오 丈夫외가슴애한숨을갑춤도잡못이안어연만을약하나울곳어업고 함숨을쉬랴하나한숨을밧을者가업어이다 우리가 만

나야그는불을알고 우리가 만나야그한숨을알어줄건!? (中略)......몸이가거라 봄이나들못선게구나니 速히가다 친워라가

다 저는날마다 心中으로 이러캐빌고 願하나이다

裏紙裝畵는 元雨田氏 裏面裝畵는 安夕影氏의 붓이올시다 거거에 숨기신뜻을 說明은 붓칠수업스나 그대로 아모쪼록 만흔鑑賞을 주

소서

내가쓴 詩作品으로 民謠一篇는 慶尙道地方에서 부르는것이올시다 그런데 民謠라하는것보다도 童謠라는것이 어엽

브다 그리로 다시 보내신分이 만흐섯는데 사랑으로 보내신뜻은 感謝합이다 그러나 本誌는 同人制임으로 未安하오나 同人으로 推薦

되기 前에는 紙上에 올일수는업슴니다

보내신作品을 모다 精細히 論評하기는 極難한일이나 普通佳作은 만엇슴니다 大槪는 넘어 새을꿈이려 애쓰다가 新도新이안

이고 舊도舊가안인 무엇인지 안수업는 一種特製品이되여바림이 큰欠이며 엿던甚한것은 무엇을꿈내넌다고 民族的의리삼지지 쪽여

바리고 아모뜻도업는 買造玉을맨드러바림은 매우 遺憾이올시다 이런點은 新詩에서 더욱만히보겟슴니다 勿論이것을 누구가 쭘못하

어라학지는안슴니다 思想이 不健康한 우리文壇自身의 罪이씻지요 그러나 될수만 잇거든 아모쪼록 純正한感情을 그

대로쓰섯스면합니다 二三히 葉書모라도 答狀을드릴겻인대 그럭저럭못하고 다만 紙上으로 이만드립니다

손이공중으로날듯이 붓을달니든 長篇小說을거우 웃운맛처노고 다시 우리白潮第二號原稿를쓰랴붓슬드니 以上 洪

돈모른思想이란思想 感情이란感情은 발서 그림棺에 다배앗어가고 담거노앗다는것은 新詩이먼서 事實이안이요 事實이안이면서도 事

賞비슷한 굴이하나이 갓가수로나오나 그것이小說일는지 Narrative일는지 무엇인지는아지못하나 엇더른 나의思想感情의一端을 描出

前號樂府中에 「銀河의 큰바위에 눈물이 어인일고······」의前音에 兩岩이 서로 對하야 운다고 .쓴것은내 無識과 不注意에서나

한무엇일겻입니다. 아주創作이란것한하지못할年齡에處한나는 創作을하랴애를쓰면서도 그것이 創作이되지안엇다하야도 그리붓그러운

생각은업지안으나 나의死여의盃을마시는그셔가 나의成功의劃線홀그읏는그셔일세라、무덤저속에 참永遠한生의움을알엇음일다 (稻香)

여러가지事情으로말미암아、저번號의發行과 이번號의發行의距離는 매우멀게되얏다。이머선동안이니 充分히생각할겨를이업지안

핫슬겻이요、성각만하얏스면 愚者千慮에必有一得이라고、그래도나핫스런만 압일을못보는사람이라、이러패運滯케줌은 꿈에도또

그 붓이아붐어야하면서 原稿를締切한까닭으로 自意에나마싀원처못한것을내여 노캐된것은 「曚矓한記憶」으로말하런면感

想文도아녀고 紀行文도아녀ㄹ無名散文언것을 스스로붓그러워하며、「蹂躪」으로말하련、그미긴지안흔短網을선후세타에 보는이의感興

을中斷한것을 깁히謝罪한다。(邀虛)

大正十一年五月廿三日印刷
大正十一年五月廿五日發行

定價　金七　拾錢
郵税　六　錢

京城府樂園洞二五六番地
編輯人　洪　思　容

京城府四大門町三丁目七四
發行人　米國人　쎄이쓰婦人

京城府黃金町二丁目二一
印刷人　崔　誠　愚

京城府黃金町二丁目二一
印刷所　新　文　館

京城府樂園洞二五六番地
發行所　文　化　社
振替京城一〇六一一

資本金　二百萬圓

營業　一　織物、穀物、皮物其他内外國物産
科目　一　輸移出入貿易委托買賣及其金融

京城鍾路二丁目

東洋物産株式會社

社長　金　潤　冕
支配人　李　世　賢

電話（鍾路）
四一三二一番（庶務部）
四七番（綿布部）
〇三番（綢緞部）
〇四番

男伴作

一番

大正十二年九月六日　發行

大正十二年九月三日　印刷

1923

潮白社發行

東京에서 游學하는 이들로서 組織한 것이 土月會엿섯다 演劇! 演劇! 演劇 그것을 興行한다는 것보다

도 天涯地角에 아득히 떨어저 잇는 故國의 서울, 서울의 모든 것이 그리웟섯다。舞臺위에 實演은 엇더

하얏섯는지 同胞兄弟의 愛顧에 맛기고 말뿐이지만은 아직 어리인우리의 불가쓸 코맛처 덤달니는 丹

心과 亦誠은일을 바가기 지업다

第二回公演을

△ 월헤름•마이에르•삘르스터作 「알트•하이델베르히」 五幕

△ 레오•톨스토이作 「復活」 三幕

△ 오－규스트•스트린드베르히作 「債鬼」 三場

九月十五日부터 七日間

朝鮮劇場에서

京城府 觀水洞七番地

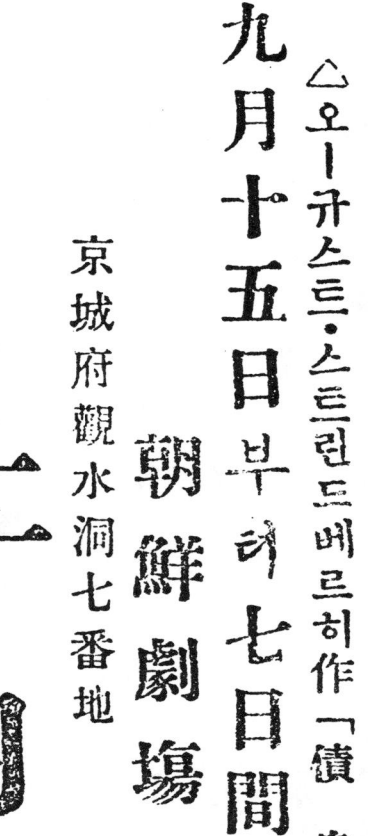

土月會

白潮第三號目次

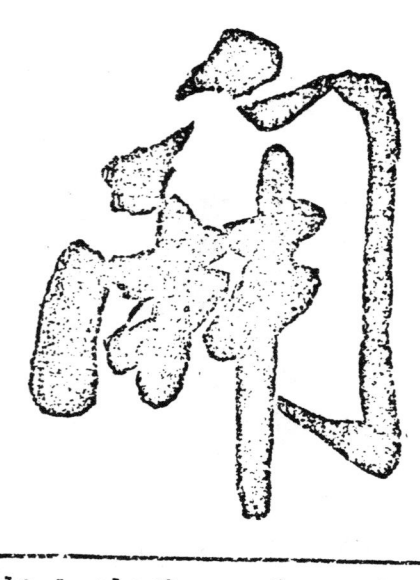

흐르는 물을 붓들고서

시냇물이　호르며　노래하기를

외로운　그림자　물에뜬　나뭘님

나그네　근심이　숫이　업서서

빨래하는　處女를　울리엇도다

옴아서는　님의손　잡어다리며

그리저　마서요　갈길은　六十里

철업는　이눈이　물에　어떠어

당신의　옷소매를　적시엇서요

두고가는　긴심음　적어울어서

여긔도　내故鄕　저긔도　내故鄕

저저나　마르나　가는이　설음

혼자울　오늘밤도　머지안투나

한머니의 죽음

憑虛

「조모주병환위독」

三月 그믐날, 나는 이런 電報를 바닷다。이는 ××에잇는 生家한머니의病患이 危篤하단말이다。病患이 危篤은하다해도 기실 모나재 무슨病이잇는게 아니라, 벌서 여든을넘은 그한머니는 昨年봄부터 시룬시룬 긔윤이 衰盡해서 가끔 가물가물하기때문에 그동안 子孫들로하야금 한두번 밧브게기름을 아니췌재하얏다。

그한머니의 五年마즈막인 養祖母는 갑작이 슬기시작하얏다。

『아이고 …… 이슝에서는 다시 못보겠다。동세라도 誼로말하면 親兄弟나 다롱이업섯다……六十年을 하루가티 어대 뜻한번거실러 보앗슬가……』연해연방 이런 넉들이둘 석거가며 養祖母는 울엇다。윤다하야도 눈가장자리가 붉어지고 목소리가 셀릴뿐이엇구。늙은年滿한그는 제번 울음답게울 근력조차업섯다。

『그래도 그한머니는 팔자가 조호시다。子孫이늘은듯하고……아이고』쇠트로 이런말읕읕하며 울음이한숨으로變하얏다。自己가 넘우 壽한새닭으로 외동자들을 압세워, 怨이되고 恨이되어, 노성自己 외生을 咀呪하는그는 아들이둘(본래셋이러니 그中에 仲父가 일즉이돌아갓다)、直孫子가 어둠이나되는 그한머니를 언제든지 붉어워하얏다。

『지금 돌아가시면 好喪이지。아드님의 白髮이 허연데』라고、養母도 맛박망이를치며 눈을 머언히쌔쓴다。나도 파연 그러키도하겟다 싶엇다。

나는 그날밤車로 ××를 向하고 떠낫다。

새로석점이지나 汽車를나린나는、벌서 돌아가시지나안핫나고、念慮를말지안흐며、캄캄한줄은썰뜻

을 몰아들어 生家의 삽작(柴扉)갓가이 다달을제、哭聲이 나는듯나는듯하야 마음이 조마조마하얏다。

하건만 다행히 그不吉한 소리는 들리지안핫다。삽작은 째금히 열려잇섯다。

마당에 들어서니 추녀쇠테달린 그름안진 掛燈이 間半밧재아니되는 마루와 좁주한달을 씰씰하게

취엇섯다。우물쑥과 장쑥간의사이에、위는 거적으로 덥고 양가는 삿자리로 꿀은 울마을 보고、나

가슴이 덜컥하고 나려안젓다。——喪廳이 아닌가?……

그러나 나의어림잇짐작은 틀리엇다。마루에 올라선내가 안방、알엣방에서 뛰어나온 잠못잔疲勞

한얼굴들에게 이쓸리어、한머니의 居處하는 單間건너방으로 들어가니、한머니는 썰아진듯이 알엿쑥

에 누엇스되 오히려 숨은 부터잇섯다。그압헤안는 나를 생선의그것가른 흐릿한눈자위로 疑訝嘗

라본다。

「애가 누구입니싸。어머니、애가 누구입니싸」

禮安李氏로 禮節알기와 孝誠잇기로 집안中에 有名한仲母는 나를가르치며 病者의귀에대고 부르지

젓다。

「몰타……」患者는 담이 굴으렁굴으렁하면서 커찬혼듯이 대우하얏다。

「제가 누구입니싸。한머니ー」나는 그검버섯이어룽어룽한 쌔만남은손을 만지며 물어보앗다。낫원

소리는 썰리엇다。저를 모르시겟습니싸、제가○○이아닙니싸」

「웅、네가○○이냐……」우는듯이 이러말을하고、그옥하나마 내가잡은손에 힘을 주는듯하얏다。

그개개풀린 눈동자가운대도 반기는빗이 歷歷이 움즉엿다。

한머니의病患이 어제밤에도 매우危重해서 모두 밤세음을한일、누구누구 子孫을찻든일、그마애

이름도 불으든일、지금은 팔결 돌린일……온갓것을 仲母는 나에게 알으켜주엇다。

나는 그날밤을 누으락안즈락 깨락조으락 한머니겨테서 밝히엇다。모멋든子孫들이 제각기돌아간뒤에도 仲母만은 한머니겨틀 써나지안핫다。佛敎의篤信者인 그는 잠오는눈을 부비기도하고 기침으로도 청을 가다듬기도하면서 밤새도록 念佛을쓰치지안핫다。그소리는 寂寂한새벽에 雍歡와가티 慶源히 들리엇다。나는 새삼스럽게 그孝心의지극함과 그精誠의놀라움에 歎服하엿다。

아춤저녁으로 各地에 허터저잇는 子孫들이 모여들기시작하엿다。방이라야 단지 섯방게업는데、안 방은 어머니、兄嫂들이 占領하고、쓸알엣방하 나잇는것은 아버지。三寸、堂叔들에게。예왓진우리절 은이패—四六寸兄弟들은 밤이되어도 罪한時間을 눈부칠곳이업섯당。이웃집과 壓壓히 交涉한쓰러 방한間을빌어서 번차례로 죽음식 쉬―로하엿다。이쌉은休息이나마 쯤부임부 揚亂되엇낙늬 그것은누 分들이로 집에서 불러들이는까탉이다。아버지와 三寸네들의 큰심부림、잔심부림도 적저안핫지만 머니겨테 혼자안준 仲母의 수줍한命令일새가 만핫다。더욱이 밤새한時에나두時에나 간신히 잠을들어 날보단 더단잠이 원몸에 나른하게 피진새벽녁에、우리는 쓰들리어 일어나는수 밧게업섯다。

「한머님 病患이 이러틋 危重하신데 너의는 泰平치고 잠을산단말이냐、」

우리가 건넌방에들어서면 그는 닷자곳자로 야단을첫다。그中에도 가장 나히어리고 만만한내가 이 쑤종바지가 되엇다。人情私情업는 그의態度가 不怏는하엿지만 道德的優越을 아인우리는 대꾸 한마되 한수업섯다。

「다들 뭐란말이냐。나는 한달이나 밤을 새웟다。며칠들이 나된다고」

줄음오는눈을 부비는우리를보고 그는 자탕스럽게 쓰 이런쑤중도하얏당。

「놀라운孝誠을 부리는게 도모지 우리야 단칠미 천을 장만하는게르구나」나는 속으로 닐겨하며 이런생각을하얏다。

한수업섯다。

한번은 또 그의 命슈으로 우리는 건넌방에 모여돌엇다。 그 방판은 열어재처엇는데 판지방우에 한머니의 집행이가 노히고 그미테 또 신으시든신이 노혁잇섯다。 방안 한머니의 머덕맛혜에는 다단이가 걸어어잇다。

『한머니가 隕命을하시나부다!』 우리는 번개가티 이런생각을하며 한머니 겨트로 닥아돌엇다。 그는 당을 살으렁거리며 昏昏히 누어잇섯다。 仲母는 흐르는눈물을것잡저못하며、그의 귀에 돌이대고 울음ㅅ소리로 아미타불과 디장보살을 구원호재 부르짓고잇섯다。

한동안 嚴肅한緊張이 여긔잇섯당 모두 가른일을 期待하면서。

十分! 二十分! 患者의身上에는 아모別症이나타나지안핫다。

「아마、잠이드신모양입니다。」 이윽고 아비지가 이 緊張한沈默을 색들엇다。 그리고 仲母를 向하며

「잠 주무시게스리 念佛을 고만 외십시오」 하고 나가버렷다。 그뒤를딸하 색씩하겨들어섯든 子孫들이 하나式둘式흐터여젓다。

그랫도 눈물을 석거가며 念佛을말지안른仲母가 얼마뒤에 제물에 부허넘ㅅ챳기를 신처엇다。 그리고 솟슷내 남아잇든나에게、한머니가 仲父가왓다고하든일、自己를 다리러 교군이 왓다든일、仲母의손을 잡아비틀며 어서 가자고 아단을치든일을 이약이하얏다。 그리다가 숨구멍에서 무엇이설거하더니 고만 저러케 精神을 일흐신것을 說明해듯기엇다。

그날저녁때에 한머니는 여상히 쌔어나섯당 이런일이 한두번이 아니엇구。 멋번이나 싁▨집행이가 노히엇다、치엇다、다란이가 壁에걸리엇다 쎄엿다하얏다。 그러는동안에 子孫의얼굴은 자꾸자꾸축이 나가섯다。 말하기는안되엇지만 모두 不言中에 한머니의 하로밧비 쏫장나기를 기다리고잇섯다。 판조차마추어서 칠써지 먹여노핫다。 내가 처음오든날 喪靡이아닌가고 놀래든 그울막도 이판을 노하두랴는 의지ㅅ간이엇다。

그러하건만 한머니는 연해 한모양으로 그물그물하다가 또精神을차리엇다。 아니、精神이돌아오는때

가 돌이어만하겠냐。 또근앞해 돌어서는구孫들을、 거의울림없시 알아마치엇당。

그리고 가끔 몸부림을 치면서 일으켜달라고 야단을첫더이럴째에 仲母는 거벅스럽계도 念佛을 모섯엇다。

「어머니, 가만히계셔요、 가만이계셔요 몸부림하는 한머니를 制止하면서 이러케 타일럿당。 「저물딿하 念佛을 뫼셔요。 남우아미타불、 남우아미타불」

「나 일어날란다」

「어머그、 웨 그리서요。 남우아미타불、 남우아미라불」 한머니는 마지못하야 仲母를딿하 두어번 입술을 달삭달삭하더니、 또 얼굴을 씻드리며 哀願하는語調로 「인제 고만되시고 날좀 일으켜다고。 내 인제 고만 가딴다」

「인제 가서요! 가만히누어 가시지요。 웨 일을나시긴남우아미타불……往生極樂……남우아미타불……」

한머니는 귀찬하 못건듸겠다는듯이 팔을 내어저으며 「듯기실타ー 念佛소리 듯기실타ー 인제 고만해라」 하며 봄을 일으키라고 애룰쓴다。

「그게 무슨 말슴얼니까」 伸抵는 질색을하며 더욱 悲憤하게 부러님을 차젓다。

「듯기실타ー 둧기실타。 누는 꼬만 갈대야」 한머니는 쏘 이러케 재우첫다。

나도 이怨慟을 보고 더의 悲痛의感이 쳣섯다。ーー한머니는 伸母보담못하찬혼 佛敎의篤信者이당。 十年을 하루가티 세벽마다 만수향을 켜노코、 念珠를 넘지안혼어른이당。 精神이 昏瞢된뒤에도 念珠당은念佛하라 맘수향갓을 (이 알안곳하든것뿐이당)

「……佛을 녀가 昏昧해서 지금, 機譯가 숙으며, 한머니의 春秋이얼이를 하는가운대 맘수향켜려고 업사웁고 만수향이시구、……」

……하우도 만수향을 새장녀감 켜시겠지。 음반 사라들이면 세個式네個式 當場 다켜버리지고

을 그 하나로 헤알엇다。

그러하든한머니가 왜 지금와서 念佛을 듯기실라는가? 그다지 한머니는 일어나고십호신가? 즉어

가면서도 일어나시라는 이 本能압헤는 모든것이 權威를일는것인가。

『저러케 일어나시라니 좀 일으켜들이지요』 나는 보다못해 이런말을하얏다。

『안된다、 일으켜들일수가업다。 하도저리시길래 한번 일으켜들엇더니 어찌케 압하하시는지 참아피

올수가업섯다』

『어째 그래요』 나는 이러케 反問하얏다。 이 反問에 對한 서母의說明은 더욱 놀랠것이엇다。

한머니가 昨年봄부터 밝은精神을 일혼結果에 늙은이가 어린애된다고 뒤를가리지안케되엿다。 게다

가 이두어달전부터 무엇을 자꾸 請해 잡수시고 옷에고、 요스바닥에 합부로 뒤를보앗다。 그것을 얼른

쌀아들이지못한째문에 제몸에뭉켜지고 말라부든대다가 쓰거운 불목에 데이어、 궁둥이언저리가 모두

벗거젓다。 그럼으로 일어나랴면 그곳이 쌩기고 박이어 압하하는것이라한다。

이말을들은나는 한머니를 모로 누이고 그傷處를보앗다。 그자리는 손바닥넓이만치나 벗아케 담쇠

로지준듯이 시컴허케 벗거졋는데 그위에는 하얀해가 징글업게 세엿고 그가장자리는 毒氣를품고 아

튼아튼이 부르러 올라잇다。 나는 참아 더볼수가업섯다!

이것이 무슨일인가! 養祖母、 養母가 불으워하든 늙으듯한子孫은 다 무엇을하고 우리한머니를 이 어

지경이 되게하얏는가? 웨 자조 옷을 갈아입혀들이며 쌀아들이지못하얏는가? 나는 이 直接責任者인

繼母가 더할수업시 패씸하얏다。

그러나 가만히 생각해보면 그를 그르다고도할수업다。 우에도말하얏거니와 한머니가 이러된지는 하

토이틀이아니다。 벌서 멋달이 되엿다。 이긴時日에 제아모리孝婦라한들 하로도 멋번을 훌리는뒤물고

째족족 쌀아낼수업스리라。 더구나 밤에 그린것이야 二이알수도업스리라。 하물며 繼母는 시집오든

첫날밤부터 끗머리를 알은이만큼 큰病客이다。 病名은 의원을쌀하 혹은 번두머리라고도하고、 혹은

짐이라고도하고、혹은 先天不足이라고도 하얏지마는 하나도 끈쳐주지는못하얏다。三十이되탁말탁하

건만 六十이나 七十이다된老人모양으로 주야장천 자리부전하고 누어잇는터이다。제몸이 피로우니

모든것이 실흔것이다。그리고 나써지아울으면 아버지膝下에 아들만넷이나되전마는 지금 六十老境에

밧드는 어느아들 어느며느리하나이업다。집안이 넉넉지못한탓으로、사방색허러저서 제일품팔이

눈코를 못쓰는까닭이다。

이責任을 누구세게 돌릴가? 나는 알수가업섯다。쓴물단 입안에 돌뿐이엇다。

그後에 쏘 이런일이잇섯다。어느쌔 내가 한머니겨테 갓슬적이엇다。한머니는 그쩍만남은 손으로

나의손을 만지고잇섯다。

「○○아、○○아」한머니는 문득 나를 불럿다。「인제는 다시 못보겠다、인제는 다시못보겟다」

「웨 그런말슴을 하십니까?」

「인제 내가 안죽늬。그런데 너 내請하나 들어주겟늬」

「네? 무슨말슴입니까?」

「나、날 좀일으켜다고」

나는 눈물이날듯이 感動하얏다。어찌 참아 이請을 쩨철것가。나는 닷자곳자로 두손을 한머니어깨

미트로 너흐랴하얏다。이것을론 仲맛는 깜짝놀라며 나를말리엇다。

「여、녀가 웨 쏘그리늬。일으켜들이면 압하하신대도 그애가 그리네」

「그째 藥을 사다들엿스니 그자리가 인제는 산물럿겟지요」 나는 데엿단말을듯든그날、藥사다들인

것을 생각하고 이런말을하얏다。

「아니야、아즉 다 낫지안핫서。오늘아츰에도 일으켜들엿더니 몹시 압하하시더라」

나는 주춤하얏다。한머니의 알는것은 애처로웟슴이다。

『어머니? 어머니! 가만히 누어게셔요. 네? 일어나시면 압흐십니까』仲씨는 또 산상히 타일르

듯말하얏다. 한머니는 물스럼이 나와 仲씨를 번갈아 보시더니 斷念한듯이 눈을감앗다. 한참! 안젓

다가 나는봄을 일으켯다. 이째에 한머니가 눈을 번쩍 뜨며 문득 『어대를가! 』라고물엇다. 나는 주

춤 발길을멈추엇다.

한머니는 괜;한눈으로 이윽히 나를 처다보더니 무엇을잡을듯이 손을 내어저으며 우는듯한소리로

『서방님! 제발 나를 좀 일으켜주십시요. 서방님! 제발 나를 좀 일으켜주십시요』라고 부르지젓다.

『에그머니! 그게 무슨말슴입니까. 그애가 〇〇이 아닙니까. 서방님이 무엇이야요』仲씨는 밧삭

한머니에게 닥아들며 애처럽게 알으켜들럿다. 이째마참 한머니의 잠수실 배(梹)쩜을 가지고 들어

든물재兄媤가 무슨구경씨리나 생긴듯이 안방을向하고 외처꾸.

『에그 한머니 좀 보아오. 서울아버지님더러 서방님! 서방님! 하십니다』

이 외침을 듯고 子婦와 孫婦들은 모여들엇다. 그들의눈은 好奇心에 번쩍이고잇섯다.

나는 쏘 한머니의 請을 물리칠수는업섯다. 그것이 어쩌한 낫분影響을 招致할지타도 아니일으켜들

일수가 업섯다.

그러나 한머니는 요바닥우로 半자를씨나지못하야 『아야아……』라고 외마듸소리를 첫다. 나는열

른들어 올리든손을 수뭇게 업섯다.

다시금 눕기실혀하든 요우에 누은뒤에도 한머니는 알키를 말지안핫다. 나는 적지아니한 우중을모

시엇다.

이윽고 죽음 鎭定이되더니만 또 팔을 내저으며 괴를쓰고 가슴을덥흔 이불자락을 자꾸자꾸 밀어나

리엇다. 감긔나 들가 念慮하는 仲씨는 그것을 수준히 돌우 집어올리엇다.

한머니는 쏘 손을 내어밀더니 이번에는 내 조세단초를 붓잡아다리엇다.

『웨 이미하십니까 단초를 쎄 단말슴입니까』

한머니는 고개를 쯰덕엿다。쯰덕엿다하야도 쯰덕이랴는 意思를 보엿슬썜이엿다。나는 단초한個
룰째엇다。그래도 한머니는 자우 조세의단초와 씨름을 말지아니하얏다。나는 단초룰 낫나처 쎄는수
밧게업섯다。그리고나니 그는 쓰 옷고룸과 실탱이룰시작하얏다。

「옷고룸을 쯰룰가요。」

「웅」

나는 쓰 옷고룸을 쓸럿다。쯰른뒤엔 한머니는 쓰 소매룰 잡아다리엇다。

「웬 이리하셔요。」

「비, 벗어라……답답지안느」

여긔저긔서 물어멈추라고 애쓰는웃음이 키키하얏다。

나는 輕蔑과 侮辱의 視線을 그들에게 던지엇다。自긔가 얼마나 답답하고 갑갑하긴래 남의 단추써운
것싸 옷고룸멘것싸 저고리입은것조차 답답해보일것이랴! 여긔는 쓰되쓴 눈물과 살울재미는 숨홈이
잇서야하겟거든 이긔막힌光景을 嘲笑로 마저야울가?

나는 곳 그들에게 침이라도 쎄앗고실헛다。하되 나의마음을 冷靜하게 삼혀본즉 숨호다 — 나에게
는 그들을 侮辱할 權利가업섯다。兄嫂들압해서 안가슴을 풀어제치라는 한머니가 민망스럽기도하고
싹하기도하얏다。患者를 가엽다생각하면서도 나의속 어대인지 웃음이 웅죽인것은 쯤定할수는는事實
이엇다。더구나 내가 젊은이째가모인 이 웃집방에 들어갓슬제 무슨 滋味스러운일이나 보고온사람모양
으로 得意揚揚히 이이약이룰하고서 허리룰분질럿다……

거긔에서는 한머니의病勢에 對하야 議論이 紛紛하얏다。그들은 하나도 한가한이가 업섯다。혹은 辯
護士, 혹은 銀行員, 혹은 會社員으로 다 무한년하고 잇슬수업는 形便이엇다。

「나는 암만해도 來日은 좀 가보아야되겟는데。……나는 그 電報를 보고 벌서 돌아가신줄알앗서。

올째에 친구들이 北布니 뭐니 賻儀를주길래, 아즉 돌아가시지도 안핫는때 이제 웬일이냐 하녓으。 그

사람들맘이 돌아가셔도 子孫들에겐 그러케 電報를놋느니, 하데그려。 그래 모두 바다왓는데。 허

허…… 그中에 第一年長者로, 快活하고말잘하는 伯兄은 웃음섞거 이런말을하고잇섯다。「……

암만해도 오늘來日 돌아가실것 갓지는안해…… 이거 큰일낫는걸。 가는수도업고……」

「싸는 곳 돌아가실것갓지는안해…… 銀行빗으로잇는 六千은 이러케 맛바망이를 첫당

「의사를 불러서 診斷을 해보는것이 어떨가요」 釜山紡織會社에다니는 四子이 이런提議를하얏당

「올치。참 그래보아야 되겟군」

아버지께 이사연을 아뢰엇다。

「시방 그물그물 하시지안나。 그러면 何如間 의원을 좀 불러올가」

의원은 아버지와 切親한 金主簿를 請해 오기로하얏다。

갓을쓴 그의원은 얼마아니되어 彌勒가튼 궁둥아리를 患者人방에 나타내엇다。 매우 精神을 모으는

듯이 눈을나리감고 한나절이나 執脈을하더니 고개를 쓸레쓸레 흔들며 물러안는다。

매우 말하기어려운듯이、 기실、 죽음도 말하기어렵지안는듯이 그의원은 最後의判決을 言渡하얏다。

「글세그래。원약 衰하서서 오래 扶持를하실수업지……」 그러면그러치 하는얼굴로 아버지는맛

박망이를 첫다。

가라든子孫은 또 붓잡히엇다。 그러나 한머니는 그날저녁부터 한결 돌리엇다。 가슴 잡수실것을 찾

기도하얏다。 잡숫는건 쪽하여야 뼈집, 구물에단 한술도 안되는진지엇다。—— 죽파 미음은 입에떠기도

실허하얏다。 그리고 前日에 발라들인洋藥이 効驗이나서 傷處가 아물럿든지 子婦와 孫婦에게 부축되

어瘦 오래 일어나안젓게도되엇다。

그이른날이 無事히 지나가자 漢醫의 無知를 誹笑하고、 다른것은 몰라도 患者의 壽命이 어느째쩌지

繼續될時間이라는데 들어서는 洋醫가 나흐리란 우리젊은패의 主張에 依하야 ○○醫院院長으로 잇는千蔡

醫學士를 불러 오게되엇다.

그는 診察한結果에 다른症勢만 겹치지안흐면 二三週日은 無慮하리라하얏다.

「그래, 그저 그럴거야 아즉 괜찬흐신데 백주에 서툴고 야단을하얏지」하고 일이밧분伯兄은 그날

밤으로 떠나갓다

그이른날아츰이엇다.

우리가 집에 돌아오니새 한머니겨를 써난적업든 仲母가 마당에서 한가롭게 한머니의 뒤흘린 바지

를쌈고 잇다가 웃는낫으로 우리를마즈며,

「한머님이 오늘아츰에는 혼자일어나섯다. 시방 진지를 잡수시고계시다. 어서 들어가보아라」

나는 쒸어들어갓다. 子婦와孫婦의 神奇롭녀기는 視線을 바드면서 한머니는 정말 진지를 잡숫고잇

섯다.

나는 빙글빙글 웃으며,

「한머니, 어쩌께 일어나섯습니까」

한머니는 합죽한입을 오물오물하야, 막 써너혼 밥알맹이를 삼키고

「내가 혼자 일어낫지, 어쩌케 일어나긴. 흥악한놈들ㅡ암만 일으켜달라니 어대 일으켜주어야징엄

제 나혼자라도 일어난다」하며 자랑스럽게 대답하얏다.

「어제 의원이 왓지요. 인제 한머니가 곳 나흐신대요」

「정말 낫겟다고하든? 응?」하고, 검버섯피인 줄음을밀며, 欣然한 웃음의그림자가 오래간만에그

의불을 스치엇다.

나의눈엔 어쩐지 눈물이 핑 돌앗다. 나도 그날밤에 서울로 올라갓당

그날밤차로 모엿든子孫들은 제各其 허러젓다.

어느 아름다운 봄날이엇다。──맑아케 개인한울을 구름한점도 업고 아른아른한 아지랑이가 그 하늘거리는 깁을이로 봄스비단을 짜내는 어느 아름다운 봄날이엇다。나는 깨끗하게 春服을 차리고 친구멋멋파 牛耳洞 櫻花구경을、막나가란째이엇다。이째에 뜻아니한 電報한장이 닥치엇다。

「오전三시조모주별세」

──(웃)──

나의 寢室로

——「가장아름답고 오─랜것은 오즉꿈속에만잇서라」——「나의」

李 相 和

「마돈나」지금은밤도, 모든목거지에, 다니노라 疲困하야돌아가려는도다,
아, 너도, 먼동이트기전으로, 水蜜桃의네가슴에, 이슬이맺도록달려오너라.

「마돈나」오너라, 네집에서눈으로遺傳하든眞珠는, 다두고몸만오너라,
우리는밝음이오면, 어댄지도모르게숨는두별이어라.

「마돈나」구석지고도어둔마음의거리에서, 나는두려워썰며기다리노라,
아, 어느듯첫닭이울고—뭇개가짓도다, 나의아씨여, 너도듯느냐.

「마돈나」지난밤이새도록, 내손수닥가둔寢室로가자, 寢室로!
낡은달은새져지려는데, 내귀가듯는발자욱—오, 너의것이냐?

「마돈나」짧은심지를더우잡고, 눈물도업시하소연하는내맘의燭불을봐라,
羊털가튼바람결에도 窒息이되어, 얄푸른연긔로쓰러지려는도다.

「마돈나」오느라가자, 압산그름애가, 독갑이처럼, 발도업시이곳갓가이오도다,

아, 행여나, 누가볼는지――가슴이썰렁누나, 나의아씨여, 너를부른다。

「마돈나」날이새련다, 쌜리오렴으나, 寺院의쇠북이, 우리를비웃기전에
네손이내목을안어라, 우리도이밤파가리, 오랜나라로가고말자。

「마돈나」뉘우침과두려움의외나무다리건너있는내寢室열이도업느니―
아, 바람이불도다, 그와가티가볍게오렴으나, 나의아씨여, 네가오느냐?

「마돈나」가엽서라, 나는밤꾀치고말앗는가, 업는소리를내귀가들음은――,
내몸에피란피―가슴의샘이, 말라버린듯, 마음과목이타려는도다。

「마돈나」언젠들안갈수잇스랴, 갈테면, 우리가가자, 쓰을려가지말고,
너는내말을밋는「마리아」―내寢室이復活의洞窟임을네야알년만……。

「마돈나」밤이주는꿈, 우리가읽는꿈, 사람이안고궁그는목숨의꿈이다르지안흐니,
아, 어린애가슴처럼歲月모르는나의寢室로가자, 아름답고오랜거기로。

「마돈나」별들의웃음도흐려지려하고, 어둔밤물결도자지려는도다,
아, 안개가살아지기전으로, 네가와야지, 나의아씨여, 너를부른다。

――「緋音가온대서」――

죽엄일다！
성년행가、 나ㅅ말을갈고
입술은、 꼭오딱무드럭、 소리업시풀적어며、
睞睛바돈겨집가터　검은무름혜、 곤두처교、 죽엄일다！

大地는　沈默한뭉엉이구룸따、 가터되다！
다─검은濃霧의속으로도、 埋葬이되고、
晩鐘의소더에　마구룰그리워　우는소──
避亂民의마음오도　보금자리룰　찻는새──

「아、 김일혼、 어린羊아、 어대도、 가려느냐
아、 어미일혼、 서서예여야、 어대도、 가려느냐
悲劇의序曲을　되쁘대인한듯
廬土울지나는、 승결이말차더다。」

아、 도적놈의죽일송、 쉬못한、 微風에부되처도、
설음의신레우리룰、 풀기쉬운、 나의마음은、
하늘옷파、 地平線이、 어둔秘密室에서、 엄마추다、

죽은듯한그별판을, 지내려할째, 누가알랴,
어여쁜게집의, 섯는말파가터,
제혼자, 지줄대며, 어둠에울는여울온, 다시고요히,
濃霧에침사여, 脉풀린내눈에서, 썰먹이다.

바람결을, 안으러나붓기는, 거믜줄가터,
헛웃음웃는, 미친게집의머리털로묵근 ——
아: 이내신령의, 남운 거문고줄은,
靑鐵의넷城門으로 다친듯한, 얼색준내커를쓸코,
울어들다 —— 울다는, 다시웃다 ——
惡魔가, 野虎가터, 춤추는깁혼밤에,
물방아ㅅ간의風車가, 미친듯, 돌며,
곰팡스틴聲帶로 목메인노래를하듯………

저녁바다의, 옷도업시朦朧한머니길을,
運命의악지바른손에쓰울려, 나는彷徨해가는도다,
嵐風에, 돗대석진木船과가터, 나는彷徨해가는도다.

아, 人生의쓸饗宴에, 불림바든나는, 젊은幻夢의속에서,
靑媚의마음우와가터, 寂寞한빗의陰地에서,
柩車를딸흐며 葬式의頁曲을듯는護喪客처럼 ——

럼빠지고 힘없는 기의목은 나도드리고,

나는, 넘어지다——나는, 걱굴어지다——

죽음일다!——

부둥엇제뛰노든, 나의깐술이,

쭈인忙犯의미친발톱에, 찌저지고,

아우성치는 거친아금니에, 깨물려죽음일다!——

——「緋音」가운대서——

마 음 의 꽃

——青春에 傷慢되는동포를 위하야——

오늘을 넘어선 가리지만라!

숨흘이든, 깃붐이든, 무엇이든,

오는재를 보려는 미래의군심다——。

아, 沈獸을 몸웃사람아, 푸을열으라,

우려는 아무래도 나그벌여라,

靜靜의 여른溫泉에 입을적시라。

춤추며라, 오늘만의 젓가슴에서,

사람아, 압뒤로 헤맹지말고

짓태워버려라!

쓰슬려버려라!

오늘의　生命은　오늘의웃썹지만——

아,　밤이어두어오도다,

사람은　헛것일너라,

쌔는　지나가다

울음의　먼길가는　모르는　사이로——

우리의　가슴복판에　숨어사는

열푸른　마음의꽃아　피어버리라,

우리는　오늘을지리며,　먼길가는나그넬너라。

——「緋音」가운데서——

墓場

露雀

一 커다란무덤을 껴안고

나그네살림살이 스물두해반ㅡ
커다란 무덤을 껴안고놀앗다,
쑥캐는지어미의 눈물에 저저서
무리순 느진해 넘은빗이

누엿누엿 넘어갈쌔에,
시들푼山길에 고닲힌집행막대 집어더지고,
피에결은 비릿내가 힘업시타는 누런烟氣가
거칠은풀矢해 어리인 넷무덤 모인곳에서,
안개가른 지나간쑴을 가슴에 그리며。

으스름달빗을 붓들어라 회호리바람을 쐬여오라,
모닥이울음이 일어나는곳에서
피와고기의 뭉틋는소리는,
幽雲의饗宴에 첫序曲이더라。

骸骨바아지의 각죽어린、널늠거리는鬼火
질그릇이 쌔어지는듯한 여호의노래,
빗도업고 그림자도업는 그윽한집에서

이상한눈을　번득어리는　髑髏의무리는

제각금　거룩한神이라　일커르며　끈댓짓하더라.

거긔에서　나도　흰소리하얏다,

나그네살림살이　스물두해반!

그래도　거룩한神에　하나이라고。

二　시악시의　무덤

임자업시　무치인　시악시무덤에

알수업는　秘密이　감추어잇다고

실음업시　짓거리는　나무닙는아이　혼자군소리는

……………

그러나　붓그러운가슴은　울렁거리어

임자업시　돌어내는　시악시의젓가슴을　볼가봐서

……………

석그라고　가보니　그곳은

참으로　아름다운　곳이엇다

그러나　그것은　시악시무덤우에

다만　한송이의　이름모를　곳이엇다

아푸게　석는다하야도　임자외손이라하오면

슬어질곳이오니　석긴들　어쩌하오리까마는

저잣거리의 갑싸개파는웃음이 아니어든

웃기고 쏘다시적거려버리는 쓸아딘음써야!

임자업는웃에 임자업는바람이 붓엇거니

맘업시 오고가는나비야 무슨죄오리새

웃을 웃으로보아 적는웃이어니

시약시마음에 감추어둔 붉은구슬을 누가알엇사오리까

노든나비 날아갈때에 울든웃은 슬어져버렷다

웃도업시 조으는 시약시의 무덤은

알수업는 秘密을 숨무고잇는데

나무금는 아이의 혼자군소리는

날이맛도록 그 소리가 그 소리엇다.

목 매 이 는 女子

朴 月 灘

【 一 】

밤이 김혼후에 대궐로부터 집으로 돌아온 淑舟의얼굴은 녀전 다른째보다 몹시 초최하얏다. 평일에 남이 보면 부러워할만치 흥훈이써돌며 화긔가 가득하든얼굴빗은 마치 중병치른사람의 얼굴빗가티 푸로고 희엿다. 도름하고 윤긔잇든 두눈두덩은 약간쩌지어 쌍써풀이젓다. 그의키다란몸동이는 물속에 잠겻다 써내노흔 조히장가티 풀긔업시 호느진어덧다.

숙주는 힘업는 기침을 한마듸 각하고 바로 안으로들어섯다. 고요하든 집안으로 숙주의 기침소티를듯고 별안간에 어수선하얏다. 계집하인들은 허둥지둥 쓸로튀어나와 허리를 굽슬거려 쎅씌리가든소리로

「영감마님 안령이행차하십시으」하고 날마다 한번식하는인사를 전례대로 종알거덧다. 안방에서 어린아이를 재우고누엇든 尹氏는 몸을 날새재일으켜 옷맵시를 고처엇다. 바시시 방문을 열고 한거름에 분합을지나 뢰마루에서 삽분나려서 대人돌한엽혜 조용히섯다.

「어써케 오늘은 이러케저무섯서요 오죽이나 시장하실나구。」

섬돌을 밟는 숙주를향하야 그의부인은 이러케말했다。 숙주는 피곤한눈을들어 그의부인을 잡간보고 괴로운듯이 아무던대답도업다。 윤씨는 숙주가벗어주는 웃옷과 갓을 일변 바더, 의장에걸며 일변으로는 녀종을 신칙한다。

「얃분아 어서 영감마님 진지상올녀라」

진지상소리를듯더니 숙주는 손을회회저으며

「밥은 고만두어라 먹지안는다. 그대신에 술 가저 오너라.——놀라지말고 독한채 그대로 가저 오너라.」

하얏다.

밥은 고만두고 술만 가저 오라는 소리를듯고 윤씨는 의아하얏다. 그리고 쏘 평소에 술을 그다지질기지안튼숙주가 어쩐아니먹을수업는경우에 술이좀독한면 일부러 물을라 라고 선속하든숙주가 독한술을——물타지안흔술을 가저 오라는것이 이상하얏다. 더구나 그의초최하재된얼굴과 힘업는거동을볼쌔에 정녕코 자긔 안흔술을 무슨큰걱정과 확스슬에싸 헌것가탓다. 독한술을마시랴는 자긔남편의마음과 하루동안에 졸번된 자긔남편의 창백한얼굴, 그사이애는 어쩌한 무슨큰싸닭이 잇을것이다하얏다. 윤씨는 여거쌔지 생각할쌔에 그의마음은 별안간 덜커나려 안젓다. 마치 폭폭씨는 여름날에 쇠탁쇠탁줄며 바누질하다가 날카라운바늘쯧을 콕 쌜럼과가리 정신이 번적낫다.

그러타. 정녕 이번에 나라에서 야단난사닭이로다. 정승을 쩌려죽이고, 모든대신을 목떽이고귀양보내며 그리고 새로이 首陽大君이 임금난위에나아가고 端宗던하를 上王으로 맨든그싸닭이로다.하얏다.

그러면 장차 우리남편은어찌될고, 윤씨는 자긔남편의 압일을생각하얏다.

그는 단종의신하이엇섯다. 뿐만아니타 단종아버님 文宗쎄서 승하하옵실쌔 자긔남편을향하야 아모쪼록 단종을잘도와주란부탁을 마지막 나리섯다한다. 그러면 남편은 이대서지든지 단종을위하야 일하지안흐면 안될것이다. 평소에 늘 충선은 두임금을섬기지안는것이오 멸녀는 두산아이롬 고치지안는법이라말하며 이일을행하지못하면 사람이랄게업다 뿐만아니타 금수만도못한것이다하든 그의언행을보면 반듯이 수양대군을 임금위에서 나리쯧고 다시단종을 왕위에안게하든지 그러치안흐면——죽용, 자긔남편은——죽음의길을 취하여야할것이다.

윤씨는 죽음이란 그것을 생각할쌔에 별안간 전신에 솔음이 쏙 세쳐지며 잔둥이우으론 누가 동쇠도령수를 들이붓는것가리 선뜻선뜻하얏다. 그는다시 그의남편의 죽음의날을 생각하얏다. 만일 남편이죽으면 어찌할고 나도쏘한 나의절개를다하기위하야 남편을설하 죽어야할것이다. 그러면 어린아익

죽은 어찌될고 만일 자긔남편이 죽으면 역적의무리는 둘이어 우리를 역적이라하야 어떤것을 그대로 살리워둘리가업다. 이러케되면 우리원집안식구는 모다 함몰이될모양이되다다. 그는 다섯한 번생각하야보았다. 눈에는 자긔의 어떤아들들의 죽엄이뵈엇다. 죽엄을피하랴하는 철모르는 어떤아 이들의 숨히부르지즈며 몸부림치는 모양이보인다. 그의마음은 무서움고 또다시구속 죽엄, 그밧게는 다른도리가 업섯다. 죽어야한다. 충신이되랴면 전부가되라면 죽엄! 그길을 취하는수 밧게는업섯다.

그의마음엔 부순큰집을 덥어노흔것가햣다. 자긔의남편과 자긔와 자긔의어떤아들이 죽음의길을 취 하게되면 거의 어쩌한영용할수업는 거룩한지경에 이를것가러 생각되엇다. 그는 모든사람들이 숨어 러보는 사람다운사람 절개잇는사람이되랴라하얏다. 윤씨의마음은 얼효로 닥쳐오라는 죽음의날을 기 다리며 이러케단단히작정되엇다.

숙주는 홀로 술상을대하야 스스로잔질하야 똑한술을 마시우고 또마시엇다. 한잔두잔 이러케하야 그는 대여섯잔을 연하야기울여버렷다. 나종에는 키다란보셩이룰 가저오라하야 강한송화빗나는술을 가득히셜하 한숨에 쑤욱들이켯다. 솜가러 피로된 그의원몸에는 강렬한술긔운이 평그돌돈엇다... 재 그윽하재 혈관속으로 잔잔히흐르든피는 격렬한 술커운을며 강하재강하게 놀히뛰엇다...술쥬톨슐 워 다시붉으스름하야진 그의얼굴에는 그리술수업는 강개한빗이 떠돌앗다.

겨우 술상에서 물러안즌 숙주는 「여보시오 부인」 하고 윤씨를 불럿다. 실한을애기롤격한듯한 죽음과 삶 그사이에쩌움 자긔짐싱인가 쥭의운명을 생각해 홀로 마루에안것든윤씨는 자긔남편의 부르는소듸를듯고 죽웅히일어나 「녜」하고 숙주압해 단정히섯다.

「하인들을 다자라고 제방으로 둘러보내지오」하고 숙주는 윤씨를향하야말했다.

「벌서 아까 다들제방으로가서자라고 내보냇서요」

숙주는 한손을들어 허틀어진 길다란검은수염을 쓰다듬으며 「후유」하고 한숨을쉬엇다.

「여보 그언젠가년전에 문종대왕께서 나리신 돈피갓옷(貂裘)이 잇지안소 엇다두엇는지 다시한번보

제 차저다주오」

국주의말소리는 썰떳다. 윤씨는 세간노힌끝방으로들어가 누르고검은털이 아롱진 윤귀가 지묘효

르는 돈피갓옷을 써내여왓다. 숙주는 갓옷을바더 이리저리만지고 쓰다듬어 브앗다. 몽롱한 취한눈에 한

는 더운눈물이 빙글을돌앗다. 눈청우에 가득히피엇든눈물은 미럭서 새로 솟아나오는눈물에 물려 한

방울한방울돈피갓옷우으로 소리업시 쑥쑥썰어젓다.

엽해서 숙주의거동을 살피고잇든윤씨는 갓옷우으로 소리업시썰어지는 숙주의눈물을볼째에 자긔도

모로게 갑작이 설음이북바쳐올랏다. 코ㅅ살리가 별안간에 찌르를해지며 더운눈물이 펑펑쏘다젓다. 두

불우으로 주루루호르는 두줄눈물이 입술가으로왓슬째에 씹쌀한 눈물맛을 맛보는윤씨는 쏘다시 남편

의죽음——아들들의죽음——자긔의죽음이 베개ㅅ불가티 머리ㅅ속으로 휘돌앗다.

숙주는 소매로 눈물을씻엇다. 그리고 고개를들어 윤씨를향하야 무순말을 할듯할듯하얏다. 가래가

목구멍에 탁 걸리는바람에 숙주는 서너번 각각하고 기츰을햇다. 쏘다시 그는 윤씨를향하야 무순말

을 할듯할듯하다가 입술을 꼭담을고 스스로 자긔의혀를 깨물어버렷다. 숙주는 술그머니 자리여서 일

어섯다.

「아이들은 다 잘들자우」

「네 안방에서 모두잡니다」하는 부인의 나즈막한 대답소리를 뒤으로둔숙주는 사랑으로나아갓다.

【二】

문종대왕이 돈피갓옷을 숙주에게 내리기는 벌서 사년전일이다, 몹시추은 겨을날 흰눈이 펄펄

는밤이엇섯다。그때에 병환이 중하신문종은 내시를 集賢殿으로 보내어 당시에 문장과재긔로 명망이 놉혼 申淑舟 成三問 朴彭年등의 모든학사를 便殿으로 부르시엇다。명을바든 모든학사는 황망히 내서를짤하 御前에나아가 부복하얏다、옥체를 벼상에 던지고 피로이신음하시는 문종은 모든학사의 입시합을보고 강잉히 몸을입으켜 수척한용안에 微笑를띄우시고 집현뎐에대한 모든일을 하문하시엇다。화제가 장차 다하랴할새에 문종은 內人을명하야 술을들이타하야 친히 술을짤하 모든학사를주시며 염해모시어잇든 열한살되는 쁘子된단종을 부르사 압혜안치시고 그의등을 어루만지면서 추연이 모든학사를향하야

『과인(寡人)이세상을 버린뒤에 그대들은 모름직이 힘을다하야 이어린세자를도와 뭣府로 돌아간 나의마음을 저윽이 편케하라』하시엇다。이부탁을 바든 모든학사들은 일제히 몸을굽흐려

『백골이 진토가되옵드라도 삼가 명을밧들겟나이다』하얏다 이대답을 들으신문종은 다시미스를떠우시며 자조 술을짤흐시어 모든학사들주엇다。사양하다못하야 열잔 스무잔 마시고 싸마신 모든학사들은 독한술긔운을 이기지못하야 나종에는 상감의압힌줄도 분변치못하고 다각각 제멋데로 횡설수설하다가 그대로 모다 쓸어저비렷다。둔종은 내인을명하야 입으시든 돈피갓옷을 가저오라하시어 하야 정신모르는 모든학사에게 입히라하시고 싸다시 내판을명하야 사인꼬를래워 가기집으로 돌아가재하라하시엇다。

그이튼날 술이쌔인모든학사들은 다각각자긔의몸에 돈피갓옷이 더하야젓슴을보고 맛나는대로 서로손을붓들어 왕은의융숭함을 감읍하얏섯다。이째에 大臣으로 어린단종을 도으라는명을바든이는 皇甫仁 金宗瑞두사람이엇고 학사로 이부탁을 바든이는 신숙주 박팽년 성삼문들이엇섯다。

이러한부탁을 나린지 얼마못되어 문종대왕은 날로병이침중하야 마츰내 이지못하고 세상을 버리시엇다。

나어린단종은 왕위에나아가게되엇다。문종의생전에 간독한유지를바든、후대신파 여러학사들은 어

린 새 님 검을도와 모든, '나라일을 처결하고 힘을다하야 어진 정사로써 백성을어루만저주엇다。이쌔에

문종대왕의 아우인 수양대군도 쏘한 중요한지위에잇서 그의족하인 어린님검을 도읍게되엇다。그는

상 사람을대하야 말할쌔에 암연히 자기는 周公에비하고 단종은 成王에비하야 周人나라의주공이 그의

족하인성왕을 정성껏도와 어진정사로써 억만백성에림하야 성왕으로하야금 만대의 어진님검이되게한

거와가티 자기도 쏘한 단종을도와 그러한어진님검이되게하겟단뜻을말하얏다。이러케 거르로 어진이

의탈을쓰고 말하는 그의마음속에는 다란야심이 싯벌언불꼿과가티 필럭어렷다。그는 스스로 篡奪

外가되어 어린단종을 내어쏫고 자기가 님검질리에 나아가랴하얏다。

그는 먼저 널리인재를구하얏다。재조와 지혜가 사람에 쌕어나는 표일한인물과 거운파 담력이 수심

인을 압도할만한 날내인力士를구햇다。그는 공손한태도와 두터운페백으로써 모든선비를대접하고 녀

글어윤풍도와 윤혜로윤일로써 모든사람을 거두엇다。이리하야 謀士로는 權擥 韓明澮의무리를 엇고

력사로는 洪允成 洪達孫의무리 삼십여인을 어덧다。항상 그의집에는 재사와 호걸이 쎄날날이엽섯다

그들은 모다 수양대군의 심복이되어버렷다。

단종이 등극한지 겨우일년이 되락말락할쌔이엇다。수양대군은먼저 자긔의대적인 당시에 右議政오

로 중망이놉흔 김종서를죽이랴하얏다。

쌔는 찬바람이 사람의살을 어일듯한십월초열흘날밤이엇다、이쌔에 김종서의집은 敦義門 밧기엿섯

다。수양대군은 감안히 력사팔구명을뽑내여 품의문성우에 매복하고 잇게하얏다。이것은 자긔가설혹

미처 김종서를죽이지못하야 밤이깁허 성문을닷게될지라도 문지키는 守門將을쎄려죽이여 자긔가 다

시 성심으로 돌아갈째싸지 성문을 열어두게함이엇다。

수양대군은 갑옷을입엇다。그리고그우에는 건복을입어 갑옷을감추엇다。칠팔명의 력력이만흔武士

들을 종자의맵물이를하고 각각 날카려윤무귀를 품에품은뒤에 수양대군을 웅위하야썰핫다。일행이음

의문을지나 김종서의집에 당도하얏다。이쌔에 김종서의아들 承珪가 밧겻사랑에잇다가 수양대군을

울보고 뒤ㅅ사랑에 흘뜨 잇는 종서에 제고햇다。종서는 샘리나와 수양대군을마젓다。인사가 막 마추라할

쩨에 엽해섯든무사는 벌안간 철퇴를 선내어 힘을다하야 종서의두골을 쩨엿다。종서는 윽— 하고 싸

우에 가로쓸어와다。멀리서잇든 숭규는 불의에 참혹한이일을보고 쉬히 부르지즈며 자긔아버지를 구

하라뛰여와다。력사는 다시 날카로운 칼을쌔어 쪼차들어 오는 숭규를같것다。숭규의목은 썰어저서오

로굴넛다。

삼시ㅅ간에 종서의부자를죽인 수양대군은 곳 종서의집을나왓다。그는 모든력사를 거느리고 곳、대궐

로들어갓다。편덤에 누엇든 단종은 수양대군이 력사를거느리고 들어옴을보고 쉬히부르지젓다。

『아— 아젓시 살려주시오』하고 나어린단종은 벌벌썰엇다。

수양대군은 단종압해 나아가부복하얏다。그리고 그는 천천히 입을열어 우의정김종서와 領議政황

보인이 부동하야 항상 력적질할뜻을두엇슴을 알고 먼저 오늘밤에 김종서를죽엿다는일을알외엇다。

그리고 전후일을 의결하기위하야 이밤안으로 御名으로써 모든宰相을 부르시라고 핍박하얏다。무리

용에쌔혀 사시나무썰듯하는몸을 겨우 부지하고잇는 나어린단종은 어찌할줄을몰랏다。다만 모긔소리

만한입안의소리로

『그저 아젓시 조흐실대로하십시요』하얏다。

수양대군은 곳 긴급한 국가의대사가잇스니 밤안으로 곳 입시하라는 命牌를 모든재상과대장에게재

윗다。그리고 대궐문안언 철퇴를가즌 수십명력사를 매복하야 모든 재상이들어오는대로 누구누구를

혀아릴것업시 떱허 노코 싸려죽이라하얏다。

벌안간에 이급보를밧은 모든재상과대장들은 시각을지체치안코 대궐로항하얏다。

이러케하야 수양대군은 다시 영의정황보인을 쩨려죽이고 兵曹判書趙克寬 右贊成李穰을 위시하야

吏曹판서 兵曹판서의며 술윤겸하고 다시 內外兵馬都統使

수양대군은 스소로 영의정의자리에나아가 이조판서 병조판서의며 술윤겸하고 다시 內外兵馬都統使

호판재상을 하로밤에 다죽여버렷다。

가되어 국내의 모든병마권을 다 자긔손아귀에너헛다。 그리고 한편으로는 자긔의심복을 가장중요한
벅슬에 처하게하얏다。

이리한지 얼마안되어 단종이 禪位한다는 아름다운이름알에 수양대군은 왕(世祖)위에 나아가고 단
종은 아무런힘업는 상왕을멘들어버렷다。

【 三 】

새로이 왕이된 세조는 항상 숙주의문장과재조를 사랑하얏다。 그쌔에 숙주는 다만 문장과재조에가락
원활할뿐이아니라 모든 외국말에 정통하얏다。 明나라말은 물론이오 日本말 蒙古말 女眞말에 막힐대가
업섯다。 세조는 숙주를 자긔의심복을 맨들리라하얏다。

어느날 세조는 숙주를불럿다。 숙주는 난쳐하얏다。 자긔가 세조를 가셔보는날이면 그몸향하안두편
절하고 왕이라불러 「하늘명이 聖上에게로 돌아왓스니 몸은 그윽히 깃거움을 이기지못하나이다」하고
하례하는말을 베풀지안홀수업섯다。 이러케하고보면 자긔는 김혼 문종의온혜를저버리고 어린 단종을
뺴반하야 역적을 섬기는 의아닌사람이 될거이엇다。 숙주는 몸이병들엇다하야 부르는데 응하지아니하
얏다。

이뜻을 안 세조는 몸소친히 집현뎐에이 르럿다。 세조의이름을본 모든화사들은 다 가각 몸을갑추어
요력저버렷다。 세조는 먼저 숙주의병상을물엇다。 그리고는 다시 자긔의신하가되라권하얏다。 그리고나셔 숙주는
응하지아니하얏다。 먼저 자긔가 문종의간독한유언을 바든 이약이를한얏다。 그리고나셔 숙주는 여러
고불상한단종을 뻐반하고 세조를섬기어 만대에 의아닌놈이란 더러운이름을 전하겟지할수업다 숙주는 여러
하얏다。 이소리를들은 세조는 노긔가 하늘쏫까지치올랏다。 그는 얼굴에 피쎄물을리며
얏다。

「이놈이 만코에 역적놈아 네목엔 칼이안들줄아느냐하고 호통을하얏다。 그는닥시

「어린자식들의 잔인한죽음이 보고십흐냐」하얏다

차음에――이놈아 이 만코먹에 역적놈아 한째에는 팔한피가 일시에 왓작운닷다。다
시――녀목엔 칼이 안들줄나뇌 하고 소디질째에는 숙주의 완밀선에는 악이 밧삭운닷다。숙주는 니물
왓물고 부르돌넙엇다。그리다가――어린자식들의 잔인한죽음이 보고십흐냐 하고 호통할째에는。숙주
의가슴은 덜컥나려안젓다。머디에 왓작운닷든 더운피는 어느걸엔지 스르를 내리가벗다。전신역맛
샹을낫든 악운 가슴몽뮬한 피로용으로변햇다。

숙주는 눈울감엇다。그의눈에는 지금곳이자리에서 부사가 서퍼턴서리가름갓운 가지고 자긔의목을
향하야 내리치는 모양이 보인다。눈이부시도록 처참한칼날이 번개불가더번적할째에 뚝―그하고 창
탈이돌며 자긔의목은 뎍섭어저 서위로 되굴되굴럿다、 곡에서 쑥쑥쩌어저흐로는 것뎀언덕운피는 돌
에깔린 하얀모래롤 柘榴안가러 샛빨아케뮬들여노핫다。이쩨에 셕샹에잇는 모든사람과뿐성들운 다자
어딘여듧아들의 얼굴이 보린다。「아―참 신숙주는 충신이다」「거룩한양반이라」「참 만교와 충선이로다」그의귀에
거를 총찬하얏다。「아―참 신숙주는 충신이다」「거룩한양반이라」「참 만교와 충선이로다」그의귀에
는 이린소리가 들리는것가핫나。숙주는 저옥이 미소하라할째에 그의눈에는 충령하고 여여뿐 자긔의
어혼 엿두살머든 큰아들 묻재아들 셋재아들 한참공부잘하는 중괴가자긔 여간내기가아닌
나혼 열두살머든 六龍이 일살머든 五龍이 감뮈와 심슐펵이가 여간내기가아닌
일곱살머든 六龍이 한참 워갓재롱을부리며 원수마다 커여움저불 녀살머든 五龍이 천진난만한 어엽분
얼굴에 반글방굴웃으며 우고 八龍이 여모든나들의얼굴이 한아식한아식 차레로보엿다。이더하다가키자
재롱을피이는 금년에둘지낸八龍이 여모든나들의얼굴이 한아식한아식 차레로보엿다。이더하다가키자
구천이나되는 오륙명외흉악한놈이 다각기한손에 칼한아석을들고 길고룡룡한둥아들도 자긔의 여덞아
돌울 묵겟다。모든나들운 숨히부르짓즈며 고합첫다。

「아― 아모쩌도업스니 살려줍시오」

「아이구 살려주십시오」

아모철모르는 칠룡이와 팔룡이는 「엄마―」 하고 으아―울엇다. 여듧아들들이 엄히부르지즘스룩 번적어리는칼들을든 여러 흉악한놈들은 우악한 주먹파발로 연약한 여듧아들을 쩌리고찻다. 나둘에게그 흉악한놈들은 일시에 칼을휘둘러 여듧아들의 목을베엿다. 숙주의눈에는 지긋지긋한 죽음의한마당이 보엿다. 모든 아들의목은 잘라젓다. 아모것도모르고 다만 무서움에 고사리가튼손은 허우적어리며영 마―」를 슬피불러우는 칠룡이와팔룡이의 어린목도베어져 연붉은피가 한방울한방을 쏘으로 솟여른 다. 숙주는 몸이웃속해지며 정신이앗득하얏다. 세조는 여전히 압혜안저벗섯다.숙 주의등에는 찬땀이 갓득배엿다.

세조는 다시 부들어웃목소리로 숙주를달래엿다. 죽음으로써 ―지굿지굿한 여듧아들의 잔인한죽 음으로 숙주를위협하고 영화로움으로 ―찬란한 영화로움의몸으로써 숙주를달래엿다. 마처 어린아 이를 매로써 위협하고 사랑으로써 달래임가티 그를달내엿다.

숙주는 생각하얏다. 자긔가 세조의말을듯지안코 죽으면 ―가련한 어린여듧아들은 아부던히플도 업시 참혹한죽음을당하게된다. 죽음― 그죽음은 보통그대로죽는 죽음이아니라 잔인하게 여 린아들들의목을베어 피를흘려죽재하는 죽음이다. 자긔가 세조의말을들어 항복만하면 여듧아들의목숨 은산다. 참혹한 죽음을면하고살수가잇다. 자긔의입에서 떨어지는 말한마듸에 모든아들의 「죽음」과 「삶」은달럿다. 당장 이자리에서 말하는 한마듸대답은 모든아들을 살리재할수잇으며 죽재할수잇다.

숙주는 고개를들엇다. 압헤는 세조가 여전히안젓다. 고개를드는숙주를보고 그는 또다시 복소뎍 화하게하야

「숙주 어더케할테야 어서샘리 대답하지―」 하고 재촉하얏다.

괴로움과 무서움으로써 가위를 눌리것가튼 숙주의가슴은천근이나되는쇠ㅅ뎅이를 눌러논것가탓다. 비지가튼땀이 술술솟아 원전신은 물풍덩이속에 든거와갓다. 숙주는 다시고개를숙엿다. 눈에는 여듧 아들의 숨히부르지즈며 참혹히죽는쩔이 쏘 다시보엿다. 숙주는 가슴을 쭈다며 묵음노하

헛다。 그는 눈을감고 또생각하얏다。

자긔 한사람만이 외아닌사람 고약한놈이되면 여듧이나되는 사람의목숨을 살릴수잇구나하얏다。 그

여듧사람은 모르는남이아니라 불성한 철모르는 자긔외아들들이로다하얏다。

그의마음은 결단되엇다。 여듧아들의 목숨을 살리기위하야 충신이라는 아름다운이름을 버러딕다하

얏다。 여듧아들의목숨을 살리기위하야 불의외놈 고약한놈이되자하얏다。

숙주는 머리를돌엇다。 압헤안즌 세조를향하야 긔신업는 소리로

「명하시는대로 복종하겟습니다」

「대왕은 성수무강하 소서」하고 입안윗소리로 중얼거렷다。 세조의 엄언제터여는 가만한이김의 숨을

어낫다。 벌벌떨리는 두다리가 비척비척하얏다。 세조를향하야 두번절하고 그의압헤부복하야 숙주는 일

이써돌앗다。

세조가 왕위에나사감을본 모든학사들은 손을 노을봇들고 서로통곡하고 탄식하얏다。 그들은 가만히서

이째 마춤 명나라에서 사신이들어왓다。 세조는 창덕궁안에 크게 잔채를베플고 명나라사신을 대접

하라하얏다。 이일올안 모든학사들은 이름을타 세조를암살하고 그의모든심복을 죽인뒤에 의업는역적

또를죽이고 다시 단종을 남검자리에 나가제하기를 셰하얏다。 성삼문 박뎅년 河緯地 李塏 金澗의 모든

학사들을 위시하야 무관으른 셩상문의아버지成勝과 兪應孚 이모든사람들은 남따다모여 이일을 의론

하고 가만히 긔회오기를 기다럿다。

가만히생각하얏다。 만일 이일을일우지못하는날이면 자긔의목숨은 끈을옷열은 막난이갈에 이슬과가

선숙주를 목베랴하얏다。 그들이 이럭케의론하고 때를기다릴때 함께 거사하기를하얏든김질은 홀로

리 술어지지재고하면 자긔꿈에는 죽음은고사하고 부귀와영화가 웃어업시 무뤅을걷가갓다。 그는 가만히가

세조에재고하면 자긔꿈에는 죽음을생각하며 법업건 무서울고 두려웟다。 당일 자긔가 머디 이일을

에 가두라 하얏다。

이 소리를 듣온 세조는 크게놀랏다。곳 禁府大將을명하야 성삼문의무리를 시각을지체치말고 잡어 과의장인되는 鄭昌孫으로하야금 이일을 세조에게 고하게하얏다。

[四]

사랑으로 나아가 홀로누온 숙주의머리는 무거웟다。술혼 근심과 묘을 부럿더움 모든煩懷가 어지럽게 혼잡되어 그의머리를 혼들어 놋는다。그는 자긔가 세조에게향복한일을 생각하얏다。또 만세 삼문이하 모든학사가 세조를 임살하고 다시 단종을새우랴다가 모다붓잡혀 옥속에 가쳐것을생각하얏다。그리고 성삼문이하 모든사람들이 의아닌역적 선속주의 묵을떠어 언하에홀려 남겨전저자를 재하자고 의른하얏다는일을 생각하얏다。

숙주는 울엇다。소리를죽여 키를다하야 자욱을엇다。더운눈물이 흔전히 며개흘적서울째까저 울엇다。그철줄을모르고 자욱쏘다지는 코물눈물을 마시너가며 그는울엇다。그는 성삼문과 자긔의 과거를 생각하얏다。삼문은 자긔와 사생을가러사랑하얏든 친구엿섯다。평소에 그는 삼문을 언형과가틔 공경하

상문은 숙주를 어틴아우와가려 사랑하얏다。

숙주는 자긔의 사사일이나 국가의공사나 좀어려운일이 잇스면 반듯이 삼문에게 물어 결하얏다。그럼

하야 삼문과 머물어 오래이약이하고 깁히생각 한뒤에 일을처 단하얏다。나중에 술이취하약 문종이병이위을떼 삼문과 자긔와 단종을부탁할째에 자긔와 삼문은 한자믜에서 그부탁을바닷섯다。

어 단종이 돈피갓옷을 입힐째에도 자긔와삼문은 다흘여 물바닷섯다。세조가 단종을내여뜻고 왕이된이날에 자긔는 먼저 단종을빼반하고 세조에게 항복하얏다。그

삼문 박팽년 하위지 모든사람은 세조를임살하고 다시 단종을 넘김위에나아가게ㅎㆍㅣ... 자욱하고 모다 붓잡혀 그들의목숨은 저금 경각에 달렷다。

「아ー 성삼문도 아들이 오형되나잇다ー」 숙주는 이러케 부르지젓다.

「마음의 약한자야ー」 그는 쏘다시 이러케 탄식하얏다.

그는 부쓰러웟다. 세조가 자긔를 위협하고 달래든 그때에 새조를향하야 두번절하고 몸을굽흐려 「대왕은 성수무강하소서」하고 중얼거린게 넘우비열하고 더러웟다. 스스로 자긔의얼굴에 침뱃고십헛다 이러케 그는 자긔가자긔를 조소할째에 그의눈에는 쏘다시 서리가든칼이 보엿다. 여듧아들이 일시에 칼울마저 슬히부르지즈며 걱굴어지는모양이 보인다. 그의마음은 묵어운 쇠공이로써 어즈러움게 가슴울치는것가탓다. 그는 피교웟다. 미칠것가탓다. 크게고합치며 팔을흔들고 발을굴러 방가운대로 쒜어다니고십헛다.

숙주는 벌덕일어낫다. 그는 마치 熱病患者와가탓다. 칠팔번이나 방속으로 왓다갓다하다가 다시펄석주저안젓다. 눈을 짝감고, 한참안젓든숙주는 쏘다시 벌덕일어나 칠팔번이나 방속을 헤매엿다. 그는 혼자 부르지젓다.

「죽일수업다 여듦이나되는 불상한자식들을 아무죄업시 칼알에 고혼이되게할수업다」 그는

「아 아」라고 소리치며 긔운업시 보료우으로 쓸어저버렷다.

이튼날 숙주는 추후군졔일어낫다. 안에돌어가 아춤상을대할째에 그는 자긔의부인을향하얏. 여때껏 숨기고 맘하지안튼 모든일을말하랴고하얏다. 자긔가 새조에게 항복한일ーー그것이 결단코 항복하고 십허서한것이아니라 참옥히죽을 여듧아들째문에 어찌할수업서 그리헷다는말과 그뒤 얼마안되어 자긔의사생의친구인 성삼문이외 모든학사가 세조를죽이고 단종을다시세우랴다가 일이발각되어 보도잡 혀 옥에가치엇다는일을말하고십헛다. 그리고 오늘은 세조가 친히 모든학사들을 輪間하랴는 날임과 암만... 하야도 자긔는 어린자식들째문에 죽고십흐나 죽을수업다는것을 이약이하고십헛다.

그러나 윤씨의얼굴을 바라볼째에 이모든말은 그러케 쉬움게나으지안핫다. 그는 부쓰러웟다. 자긔 외부인을향하야 「이말을하기가 넘우부쓰러웟다. 그는 이전어느째에 자긔의부인을향하야 「사람은

절개가 가장 귀중한것이오 사나희나 녀자나 목숨보다 더중한것은 절개란것을

섬기는것은 마치 녀자로서 두사나희를 섬기는것이나 마찬가지요」하고 말한것을 생각할때에 그의열

굴엔 모닥불을 세언는것가러 확근거렷다.

숙주는 마츰내 이일을 이약이하지못하얏다。죽으려가는 양파가러 그는 느릿느릿거름을걸어 만간을

나섯다。등대하고잇든 사인꾀에 몸을실언숙주는 쏘다시 길게탄식하얏다。숙주는 대궐로 향햇다。

【 표 】

이 날은 성삼문이하 모든사람을 세조가 친히 가진형구를가추어 노코 죄상을 국문한다는날이닷이소

문을들은 온장안은 불연뒤집혓다。순직한백성의마음은 흔들리엇다。그들은 서로맛나면 숙은거럿다。

동네와거리마다 웃둑웃둑 모여선 사람들은 제각금 한마듸식 짓걸대인다。

「오늘은 충신들을잡어다 모다 목베이는날이라지」한사람이 이러케 말을쓰빗다。

「어쩌른 그네들이 일들을 넘우 섯불리하다가 그 지정들이 되엇느니」한사람이 이러케 말을바닷다

그중에 기가 훨적크고 눈이 불이한자이 팔둑을거더부치며 침을 두어번 퇴퇴뱃더니

「어쨋든 두말할것업시 천하에잡것이니 우리네 상놈도 형이니 아오니 죽하니하고 함열을햇는데 연

테면 조선안에 지혈간다는 종반양반이 개만도못하게 죽하넘금을 내……

이소리를 듯고잇든 키가 작달막한금 보는「쉬——」노하얏다。한참 거염을피이며 짓걸대어뜬 키큰사람

은 깜싹놀라 불량한눈을 둥그러케뜨고 두리번두리번 사던을둘러 본다。이쌀을보는 모든사람들은 손

벅을치며 크게웃엇다。눈깔불량한자는 그제야 제가 속은줄알고 빙글에웃으며 주먹을쥐어 곰 보를쌔

「이런 생피를 부를놈가르니 노하고욕햇다。히히웃으며 쏫겨다닥나는 곰보는 다시 발을덤추고 이먼

울바라 보면서

「우리 룩 죠암호로 구경갈가」하얏다。 눈썹불량한 놈은

「이놈아 룩죠암해는 쑤얼썬아먹으려가」하얏다。

룡종신들 죽어나오는 구경하러가지」하얏다。

「그래 참우리가 모세니」... 일제히 발을폭어 키작은 꼼보를 썰하섯다。

모든사람들은

느진아춤이 거우때여라。 세조는 익선관 翼蟬冠에 곤룡포 袞龍袍를 썰더려입고 모든위의를 가추어 근정뎐 농다란 룡상에 나와안젓다。 전후좌우로는 눈이부시도록 찬란하게 日月龍鳳을그린 鳳尾扇을든 내시가 둘씩둘 석 옹위해섯다。 면상과면하에는 영의정 이죠판셔 호죠판셔와 룩죠판셔를위시하야 左贊成 右贊成 大司憲 大司錄 金冠朝服따리 紗帽品帶싸리 차례를썰하 늘어션 쉬황찬란한 紅袍 綠袍는 바람에빗겨 펄렁어럿다。

뜰알에는 금독긔 은독긔 푸른기 붉은기 장검 철퇴를든 무사를위시하야 모든형구를 마콘형나가정 제히 늘어섯다。

세조는 소리를가다듬어 宣傳官을 불럿다。 세조의 붉으는 소리를들은 선전관은 대답하고 나아가두

역적 성삼문의무리를 극문하라하니 썰리 잡아들이라」하얏다。 이소리가 썰어지자 선전관은 세조를향하야 두번절하고일어나 뜰로향하야 무어라중얼거렷다。 선전 관의소리가 썰어지면서 긴대답소리 연해나오는때답소리는 마치 長林에부는 바람소리 와가리 공중에서공중으로이어여——의——이——우——아하고써돌앗다。

한참잇다가 대릴안이 떠들석하야지며 금부나장이들은 팔둑가리 굼은 동아줄로 사지를결박하고 폭 에는 커다런칼을씨운 성삼문 박펭년 하위지 피개 유웅부 성승 모든사람을 잡아들여 대궐안 널은뜰

「예 슬럿다。

세조는 소리룬놉혀 삼문을우지졋다。
「대역부도한 역적의우리야 무슨까닭으로
「대역수째 놉히안즌 세조를 처어다보며 한번
「신하로 님금을내여소고 남의나라를 세앗아역적이 돌이어 우리를 역적이라하느냐」하며 삼문은 그제한번
개소리첫다。

「한나라에는 두님검이업는것이요 우리님전(端宗)전하는 나는 다시 그데가잇슴을 아지못한다」
「평소네 그데는 만숙마다 周公周公하야아 周公이 언제 그데와가터 成王을 내쫏고 소
로 천자된일이 잇더냐」하고 분함율이 기차돌아나 삼문은 벌벌떨리는 소데로 부로젓겻다。「상해

우모서잇는 �)義禁은

「써 놈 쉬──발악하지말고 공순히 알의덕따니하얏다。삼문은 그들을 처다보며 눈운부룹떳다。
「이뤄새세가룬무리는 지저커지말고 가만히잇가가만하고 또다시 호통율첫슴。
세조는 열이벌컥 올랏다。설죽해진 두눈이싯넙개저니。하늘이문허져타하고 호령운지론다。
「네 저 놈을 항복할째씨지 되개처라! 능마얏다。능모 넙운 던가운 씨르덩하고 을덧다。또마서 기엄
대답소리 차른데답소디가 공중에서공중으로 덤마아 알아사앗다。
금부나장이들은 좌우얼흐로 달려들어 삼문의웃슨 벗깃다。군나만 흔부한간강소메 유지지가하며앙
「의 불기와 다리우나는 소리룬 바나 내 마음은 써앗지못하리라」하얏다。
「수왕대군아 네가안다면 나룬째릴지타도 내 마음은 집율다하야 사우꺼젓다。삼문의 「던간우엇서 멀썩씨러
자약처마니 하고 일어나는소리룬 바나 忠府나장이돌은 집율다하야 사우꺼젓다。덤간우엇서 덤썩씨러
애선 짜가흘럿다。살운 모다욱개저 한조가 두조가 흐느적너멋다。걸션천석 소첫다。막지 각이떼멀뺌뺌
장에는 처럼언피와 산점이 무더울덧당。다시 철석하고 숫앗든 판장이 써머갱 떠떼범뺌 시떼빼빼매뺌 셈뺌얘

든 옥개진살점은 사방으로 흐터저버렷다.

세조는 매질을 쉬처라하얏다. 그리고 단근질을 시작하라하얏다. 이 소리를들은 나장이들은 쓸한섬

헉 산섬이가티 숫을싸하노코 불을질럿다. 싯벌언불은 이글이글피엇다. 나장이들은 서너자나되는

둑가튼무쇠 십여개를 숫불속에 너헛다. 이째. 압흐음을 참고 업더저잇든삼문은 다시 면상을치다보앗다

그의눈에는 사모품대에 홀(笏)을쥐고 굽흐러섯는 숙주가뵈엿다. 삼문은 압흐고 피로웁도 이저버려

고 별안간 성이벌컥을탓다.

「이놈 이신숙주야 개만도못한 의아닌놈아」하고 소리질럿다. 그의숨은 분함을못이기어 씩은거렷다

그는 긔가막혀 혀가잘돌지못하얏다.

「돌아가신 문종대왕이 돈피 갓옷을 네리실째 나어린 세자의등을 어루만지시고 무어라하시엇섯늬

──응……이의업는놈아 그째 너는 무어라대답하얏늬」삼문은 목이탁막히엇다. 카─ㄱ하고 가

래침을배텃다. 가래에는 붉은피가 석기어나왓다.

이 소리를듯는 숙주는 얼굴이 벌개지며 어찌할줄을몰탓다. 다만 고개를숙이어 발쏫만들여다볼뿐이

엇다. 세조는 숙주를불러 殿뒤으로 피하라하얏다. 숙주는 얼째진사람과가티 멀거니섯다가 세조의

대로 던뒤으로 들어가버렷다.

「쌜리 단근질을 시작해라」하는 호령이내렷다. 금부나장이들은 싯벌어케달은 쇠를쓰내어 삼문의

적다리를쓸엇다. 삼문은 단석하얏다.

「나라를 쌔앗은역적이 충신을죽이랴 형벌합이 넘우도악착하고나」하얏다.

싯벌언 쇠가 넙적다리를 찍뜰코 들어갈째에 살은 바지지하고탓다. 기름이 이글이글을엇다. 닳엇

든 쇠는 식어저버렷다. 삼문은 자긔손으로 스스로 쇠를쌔어 땅에던지며

「쇠가식엇스니 다른쇠를가저오라」하얏다. 나장이는 다른쇠를갓다가 삼문의 원편팔쑥을쌔엇든쇠를쌔

러케하야 한팔한다리는 선허저버렷다. 삼문은 얼굴빗을 고치지안햇다. 그리고 여전히 쌔엇든쇠를쌔

「삭엇스니 또다른것을 가저 오너라」 하얏다。 이모양을 보는 세조는 하도 어이가업섯다。 돌이어 그

는 기운이 줄엇다。 삼문을 檻車에실어 새남터로 꿀녀내 목베여죽이라하얏다。

세조는 다시 박팽년을 갓가이데려와 설득하고 문초하기를 시작하얏다。 세조는 팽년의재초를 사

랑하얏다。 여러가지로 팽년을달래엇다。 그러나 그는 마츰내 항복하지아니하얏다。 세조는 팽년의 국문 사

은 신시째나되어 쑷낫다。 그러나 그들은 한사람도 굽히지아니하고 쑷까지 대항하얏다。 세조는 그들

을 성삼문파가러 목베이라하얏다。 그리고 그들의 아들과 동생과 족하를 모다잡아다죽이고 녀자들은

붓들어 官婢를맨들어버리라하얏다。

이모든이들을 실은함거는 秋成門밧그로나아갓다。 추성문밧굴위시하야 룩조압넓은거리는 이모든총

신의 죽으러나가는걸 구경하려는 흰옷입은 백성의무리로 썍썍히채워젓다。

백절치듯 모여선 사람의물결은 움죽어럿다。 동으로 한쌔 서으로 한쌔 마치 사나운바람에 움죽어

리는 넓은바다의물결가탓다。

「저긔 나온다 성충신의탄、함거가 저긔나온다」

모든사람들의눈은 모다 한쪽으로모엿다。

「어듸 참저긔나온다。 야──저긔·성충신의탄 함거가나온다」

「어듸、아니보이는데──오──참 저긔보인다」

사람마다 한번식 짓걸대이는 이모든소리는 하늘과쌍을 흔들어놋는드키 소란하얏다。 룩조압

한길은 날리난세상가탓다。

성삼문을 실은 함거는 한길로나왓다。 사람의물결은 좌우로 쑥 갈라젓다。

상루물풀어 합거기둥에매이고 한편팔과 한편다리를 굴다란 동아줄로 묵기운사람은

다하며 구경하는 모든사람들을 돌아 보앗다. 팔과다리가 껴어진 억개와 넙적다리에서는 피가색색

합거바람에 쌀아논 거적우으로섬어젓다. 대엿살먹은 그의어린쌀은 발을쿵둥구루며 아버지를 바치

으며 합거뒤를쏘찻다. 이물본 삼문의 눈에는 눈물이 비오듯쏘다젓다. 겁겁이물러서서 구경하

돌은 다가라. 눈물을쑤엇다. 눈물을흘리고 쌀하가든하인은 커다란잔에 술을열하 삼문에게

삼문은 고개를굼흐러. 입을대여마시엇다. 술을 다마신 삼문은 목청을놉히어 노래하얏다.

「이몸이 죽어가서

　　무어시 될고하니 ——」

그의 소리는 설럿다. 그리고 구슬호고도 힘이잇섯다.

「蓬萊山第一峰에

白雪이　滿乾坤할제

落落長松　되어잇서

獨也靑靑하리라」

이 노래를듯는 여러사람의 눈에는 또다시 눈물이 빙글을돌앗다. 이구룡이 제구룡이에서

「그야말로 참 충신의 노래이군」

「천도도 무섭하시지……」

그나무아미타불 ——「하는 소리가 들럿다。이터케하야 죽음을 향하야가는 모든충신의합거는

【六】

숙주가 대궐로 들어간뒤에 운씨는 혿로바느질을하고안젓다。손오도 웃을성싶에 노들강건녀편 세남어도 향하야갓다。

오늘아츰에 과실업시 죽노가 눈앙의모양으로 아믜소믜도엇시 대궐문블러간

모다 의심스러웠다。 멀지아니하야서 무슨큰일이 닥처올것가탓다。 이번 나팔에서 야단난그일로

안하야 자긔 남편에게 확실히 무슨일이 일어날것가탓다。

어제밤에도 생각한것처럼 죽음——자긔 남편의 죽음이 올것가탓다。 그는 쏘다시 자긔의죽음 안들

불의죽음。 충신。 렬녀。 이모든것을 순서업시생각하고잇섯다。 이러케 되는대로 생각을 머리에그리고

바늘을 놀리고잇슬때에 밧게나갓든 얌분이가 씨은별떡하고 뛰어들어 오며 마님을불럿다

얌분의 씨은거리고 뛰어옴을본윤씨는 가슴이 달컥나려안젓다。 번개불가티 자긔 남편의죽음이 연

상되엇다。 그는 손에잡엇든 바느질을 노코 별떡일어나서

「왜그러늬」하고 마조뛰어나왓다。 얌분이는 여전이 씨은별떡하며

「저— 한길엘나갓더니 사람이 하도만킬내 무슨구경이 낫느냐고물으니사 성학사 박사 여러양반

들이 새로되신 상감을 죽이랴다가 일이탄로가나서 오늘 모두 상감이 친히문죄한뒤에 목을베어

러 새남터로 잡아간대요」하고 억지로 말을마첫다。 이 소리를들은 윤씨는 마음속으로

「에쿠 일낫구나」하얏다。그는별안간 정신이평굴을돌앗다。얌분이는겨우 숨을차리어 쌀말을 쓰낸당

「그런데 마님, 그성학사가 여긔날와서 댁의령감과 조하지나시는 그성학사가 아니셔요」 하고 윤씨

를보고 물엇다。

윤씨는 말대답할 정황도 업는것처럼 울흔가보다라는 뜻으로 고개만 쏫덕쏫덕하얏다。얌분은쏘다시

「그러나 저러나 이번일에 댁의령감마님께서는 원 괜찬케되시엇는지요」하고 거정이된다는뜻어물엇

당。 윤씨는 속으로「뭐야니세섯킨늬」햇스나 거트로는 아무소리도업시 가만히안젓당

그는 속으로 이러키생각햇다。「어젓게 눈치가 하도 이상하더니 그예오늘 이런일이 나는구나 하얏

당。 그는 별안간 청천에 벽력을마준것가탓당。 인제는 죽는수밧게는 다른도리가업

다하얏다。 충신인 자긔 남편의 뒤를좃차 죽는이외에는 다른길이업다하얏당。 그의마음은 똬는것갓탓

당。 그는 여러번생각하얏당。 죽음과삶 삶과죽음 혼자이러케 중얼거리며 생각하얏당 얼마아니잇스

면 역적들은 자긔의 어린아들들을 잡아다죽이려니 하얏다。 그리고 자긔는 잡아다 官婢를맨들겟구나
하얏다。 그는 쏘다시 이러케 생각하얏다。 자긔남편의 죽음을보고 자긔어린아들들의 죽음을보고 그리
고 자긔는살아 官婢가되면 무엇이시 원하랴。 그의속마음은 이러케 부르지젓다。

「죽음만갓지못하다 욕을보고살어 죽음만갓지못하다」

그의마음은 안탓가웟다。 원몸엔 오한이 옷삿일어낫다。 금방 속바람이 일어날것가햇다。
한참만에야 그는 마음을 겨우진정시켯다。 그의머리속에는 생각이 쏘일어낫다。 충신 녈녀 이것은
사람중에 가장놉흔 절개잇는사람의일이다。 사람다운사람이라야 능히할수잇는것이라하얏다。 그는 족
오리라하얏다。 그의마음은 굿게작정되엇다。

그는 생각하얏다。 죽으면 어쩌케죽을고하얏다。 칼로 목을찔러죽을가。 우물에 쌔져죽을가。
그의눈에는 벽에걸린 기다런 허연수건이 보엿다。 그는 윤타 목매여죽으리라하얏다。
윤씨는 집안하인들을 모다 한길로내보냇다 나아가서 잡혀가는이들의 동정을보고잇다가 만일자긔
남편이 그속에 세웟거든 쌘니와서 자긔에게 말하라하얏다。

윤씨는 부엌을 지나 뒤뜰로들어갓다。 우물에 가득히피인 맑고깨끗한물을 들에퍼으로토 풍풍퍼서 엄
해노힌 커다란돌학을 새끗하재부시엇다。 그리고 다시 돌학에 가득히 물을부엇다。
부억문을 다치고 밧그로 고리를건뒤에 윤씨는 입엇든옷을 하나씩하나씩벗엇다。 속옷새지벗은윤씨
는 상아빗가티 맷근하고윤기도는 흰살을 돌학속에 풍덩담갓다。 쏙 으마한 때도업시 우항을 벗겨낸
재썻은 윤씨는 돌학속에 주루루흐르는 물을씻을쌔에 그는 「어현 썻
옷한살도 이밤만지면 살이썩어서 더러운냄새가 나겟구나 하얏다。 윤씨는 자긔의 보뜨럽고 한인살
이 하로밤동안에 썩어저버리기에는 넘우 앗가웟가리 생각되엇다。 벗엇든옷을 주섬주섬수어입으 윤
씨는 다시 부억문을열고 대청으로올라갓다。

윤씨는 [?]점을 걸처 노코 뚝 지은 검은머리를 흘너럿다. 향긋한 동백기름을 너덧방을딸하 흰들어진 머리에 발랏다. 얼레빗으로 먼저 엉기운머티 열을풀고 참빗으로 다시 때를쌔 것다. 한가닥한가닥 [?]금기개 말둑잡 평[?]미 [?]지안른 모든화사한 首飾을 씨잣다. 그리고 그는 십여년전에 시집올때에 [?]

다시 분세수를 마쳔 윤씨는 엷게 얼굴에 분질하얏다. 그리고 白魚가티 어여분윤손에는 사람의 눈을 현황케할만한 단옷빗가튼 검파 가타지 피빗가튼 자만호가타지 황금빗찬란한 순금가타지를 잇는대 묘모즈리 써엇다.

그는 다시 의강문을 열어젓데리고 차곡차곡싸힌 옷속에 손을 느히 이것저것들석어뎌다. 그는 먼저 안동표속곳에 안주항라 단속곳을 쓰내입엇다. 그리고 그우에는 韓山세모시 치마를입엇다. 그런뒤에 그는 다시 연숙석화문갑사 적삼을 래엇다.

마치 가문구룸ㅅ째가 사나운바람파 소낙비를 실고 무서웁게 긔세를부려 달을향하고 처들어오나 꾸한번 죽음을결단한 윤씨의마음은 한업시 침착하얏다. 죽음으로향한 그의마음은 솟언시고요하얏다로고도 차뎌찬달은 고 요히고 요히 가장 냉정하게 죽음죽어러지안코 창백한 자긔의빗을 여전히 大坤에더지는 달의態度와 방불하얏다.

원몸을 깨씃하게 아룸다웁게 단장한 윤씨는 죵용히 닥쳐오는 죽음을 기다렷다. 벽[?]걸에 쌔숫한누명수건을 씨여둔 윤씨는 자긔집에서 제일늙은 누마루우으로 올라갓다. 기다란수건을 반을걸처 굵다란 대들보에 쪼걸쳐 노핫다. 그는 이러케하야 죽음의 차비를 다채려엇다. 윤씨는 침을삼으로 무명수건을붓잡고 발도라마루만 보인뿐이엇다. 그는 다시 거울기울여 보앗다. 역시 뚝뚝히 무슨소리를 돌을수업섯다 그의눈에는 알[?]로처첩이 가리웁

다만 바람에석겨 [?]들니오는 역지러 음[?]음이 돌릴뿐이 잇다.

나갓든 하인들은 돌아왓다.

「지금 성충신 바충신의한거가 나가섯습니다」하얏다。이 소디를 뜬은 윤씨의 속마음에는 「그럿면

다옴에는 자긔남편의 함거가 나오덧다」 하얏다。 그는 아무말업시 고개를 까떡까떡하얏다。그떠

다시 나가보고 오라하얏다。

한참잇다가 하인은 쏘돌아왓다。윤씨는

「이번에는 누가 나오섯늬」하고 물엇다。

「하충신 이충신의 함거가 나가섯습니다」하얏다。윤씨는 하인을 쏘내보낸다。

나갓든 하인은 쏘돌아와서

「성충신 아버님되시는 성장군의 함거가 나가섯늬」하고 고힛다。윤씨의 마음속에는 「웬일

구」하얏다。 그는 쏘다시 하인을 내보냇다。그러고 「이편에는 자긔남편의함거가 쌘듯이 나오려

하얏다。

얼마 안되어서 하인은 쏘다시 돌아왓다。

「유장군의 함거가 나가섯습니다。 윤씨의마음은 불안하얏다。「대펼속에서 죽지나

왓나」하얏다。윤씨는 다시 하인을 내보내여 자세히 보고 오라하얏다。

려는 어느결에 서으로 기울어저버럿다。뜰석여더뜬 한길은 차차 죠요해젓다。

한성경만에 몰아나온한인은 언제 충신들의 함거는 다나가고 구경하든사람들도 다 호덕저 돌아갓다하

다。 그러고 하인들은 쏘다시 이러케말햇다。

그래 혹시 소인들이 자세못보앗나하고 다른사람에게 함거수효를 믈어 보니까 소인들이 본거와

마저와요」하고 말을씨 첫다。

윤씨의마음은 초조하얏다。 확실히 자긔 남편이 대펼안에서 대저 죽음것이 나하얏다。 그래를 죽어넘어

운명빌은 이기지못하야 그대로 죽어넘어진 자긔남편이 보엿다。 더러를 끌어헤처 산뗑하고 걱설하

루성이를한 숙주가 팔과다리를 허우적여리다가 엉룡이러저 그대로 주사되어 죽는꼴이 보겟다.

윤씨는 사람을 대컬군처럼 보내어 전후일을 수소문하야보라 하얏다. 이러케 혼자 여러가지로 생각

하고잇슬때에 끌목안이 별안간 물성해지며 肺除소리가 오란히 울엇다.

「흥──호──ㅇ──흥

녜이놈 들어서거라 나서거라

섯자 서、 계안거라……

쉬이──

녜이놈 재성자、계안거라

쉬이──

흥──호──ㅇ──흥──ㄴ」

끌록밧게 서잇든 하인놈이 혼이나서 한거름에 다름질 안으로 튀어들여오면서

「마님、 이끌목안으로 파초신을밧고 超轎을 타신대선행차가 오심니다」하야얏다. 어 소래를들은윤씨는

외아하얏다. 이끌록안에는 재상의집이 업는데 원일인가하얏다. 이럴지음에 하연하나가 쓰 쉬어둘어

오며

「마님 영감마님께서 새로 대선이되시어오심니다」하얏다.

곡죽을줄알고 명녕 대컬안에서 흉악한매에마저 죽엇거니하얏든숙주가 살아서 대선이되어온다는소

리를들은 윤씨는 깜작놀랏엇다. 그의머리속에는 번개불가터 「항복한것이므구나」하야얏다. 모든 죽을

의차비를 차리고잇든 윤씨는 분한마음이 솟아울랏다. 자긔남편의 약한것이 녕우도슯헛다. 충신이란

이름을울듯지독하고 모든자긔남편의친구는 다잡혀 죽으려가는데 숙주만 혼자항복하고 대선이되어온것

이 넘우도 더러웟다. 그의얼굴은 분합을못이기어 새파라케질럿다.

이때에 주문안이 썩 돌석하야지며 숙주는 들어왓다. 그는 찬란한金冠을썻다. 몸에는 화려란袞服을

입엇다.

윤씨는 눈을뜩바로선채 꼼짝도하지안코 원종일 서잇든 그자리에 가만히서서잇섯다.

숙주가 아무던기운업시 댓돌에 막 올라설째에 윤씨는

「왜 영감은 죽지안코 돌아오서요!」하얏다. 숙주의얼굴은 빨개지엇다. 그는 고개를숙이고 입았

말로

「아이들 째문에——」하고 중얼거럿다. 윤씨는 숙주의딸이 못업시 더러워보엿다. 그는 자긔남편의 절개업는게 퍽분하얏다. 평시에 밤낫 충선은 두님군을 섬기지안는다고말하든 숙주의입이 쌍보다도 더러워젓다. 그는 자긔도모재 분함을 이기지못하야 숙주의얼굴에 침을 탁뺴터버렷다. 이무안을 한숙주는 아모말업시 바로사랑으로나아갓다.

그이른날 동이환하게 틀째이엇다. 마당을 쓸러 안으로 들어갓든 하인은 놉다란 누마루 대들보에 길다란 허연무명수건에 목을걸고 늘어진 주인마님 윤씨부인의 屍體를 보앗다.

(끗)

月光으로 싼 病室

殘月

밤은깊히도모르는、어둠속으로
쉰임업시굴으고、쌔쌔져서갈쌔
어둠속에、낫출가린、微風의한숨은
갈바를몰라서、애우진사람의마음만
부지럽시도、미치게혼들어노로다。

가장아람다웁든、달님의、마음이
이째이면은、남몰래、알코서잇당

근심스럽게도한발한발거러오르는달님의
靜脈血로싼、面紗속으로서나오는
病든어굴의말못하는、근심의비치흐롤쌔
갈바를모르는、나의허매는마음은
부지럽시도그를思慕하도다。

가장아름답든、나의쓸쓸한마음은
이째로부려、病들기비롯한째이당。

끝업시 가장, 끼리 끼업업시 흐르는
검은바다갓, 모라우에다
나는, 내 압혼, 마음을, 쉬게하랴고
독으만한, 病室우맨 들려하야
달비츠로, 쉬지 알코, 짜코 잇도다.

가장어린애가티, 비인나의마음은
이쌔에처음으로, 무서움을알엇다.

한숨과눈물과後悔의憤怒로
알는내마음의臨終이, 웃나려할쌔
내病室로는 어엽븐, 세處女가들어오면서
──당신의알느가슴우에우리의손을대이라고
달님이, 우리를보냇나이다.──

이쌔부터, 나의마음에감추어두엇든
히고힌사랑에, 픠가무듬을알엇도다.

나는고마워서그處女들의이름을물을쌔
──나는「슬픔」이라하나이다.
나는「두려움」이라하나이다.

나는 「安逸」이라고부로나이다—
그들의손은알혼내 가슴우에고요히닷도다。

이재로부터내마음이、미치재된것이
씻업시고치지못하는病이되엿도다。

未知의像

어느날나는가장智慧로운
나의사랑하는사람에게
이가티어려운말을물어보앗도다。

왜그리、검게、비치는지요?
—해빗도、히고、달빗도、힌대—
어느때든지、내그림자는

나

나는그리하야、의심을풀려고
눈빗가티、내몸을、히게꾸미고
길거리로、다시나서서보나
그래도그림자는검게비취요!

나의 愛人

나도풀수업는、의심을가젓나이다。
내가뭇는、이말을당신이풀면
우리의외문은、풀리겟나이다。

어느때든지、나의마음은
──당신을처음본뒤로부터──
웨그리압흐고도、흔들리는지요?

그리하야、나는이苦痛을업시하랴고
멀리멀리당신을、쩌나갓나이다。
그러나당신과、멀스록、나의마음은
웨그리、터지는것가틔압흐고슬여요?

아!사랑하는사람이어!
달빗파해비치고도밝을스록
당선의그림자는검고도검어저나이다
내가당신을쩌나면쩌날스록
내마음은말할수업시압하오나이다。

나

깁흔밤에 반짝이는 작은 별들은
——해보다는 말도할수업시 작은데——
——어찌하야 나로하여금 한숨하게 하나이까?

나 의 愛人

당신이 한번마음업시 웃는 웃음이
——나의 어머니의 웃음가티 犧牲的은 아닌데도——
왜 그리도 내가슴을 타게 하는지요?

나

내가만일고 요한밤바다 우에서 배를 타고
——아 모도업서 홀로 잠자며 갈새——
내 엽헤서 한숨쉬는 그림자는 무엇일가요?

나 의 愛人

내나 홀로 가슴을 태우다가 장찰재
나의손은 나도 모르게, 머리마테 花瓶을 들어
그 꼿이, 시들도록, 내가슴에 품엇스니
내가 무슨 숨을쉬엇는지요?

그러나, 나의알수업는모든것은
나의愛人의품수업는모든것파한가지
밤마다한숨에멉히어지고
밤마다웃음에가리워지다가
그와입마출쌔에는그形狀은다시사라지도다。

웃 음 의 여 울

방은쓸쓸하고、 엿생각그리운
내사랑하는이방에、 나는홀로누어서
차저울사람도업는데、 내가슴은조여들도다。

방은비이고、 나의사람도업는
가득찬、 찬바람에늙어가는、 내사람의비인방에
灰色문풍지쩌는소리는、 내염통의쉬는소리러라。

사랑하는내사람의자최는、 돌아오지안코
늙어가는내염통에、 오히려구비치는、 피는
지나간내사람의웃음을、 호미하게여울칠쑨이도다。

마음은허럭지고、 가슴도거츠러진

널릴어진、 가시밧속으로흐르는、 내목숨의샘물우로
파릭한얼굴이써나려옴은、 내사람의엣肖像畵러라。

나를보고그의웃음은、 그윽히、 힘업시퍼져
넓은바다와가티、 내눈압헤열릴쌔
그의微笑의물결은납(鉛)과가티도灰色이러라。

옷음의납바다로、 나는내목숨의붉은배를타고
검은구름쏫업시쪼차가다가
납바다의여울속에서、 이몸은方面업시돌도다。

어지러운、 여울속에서、 이몸이다시셸쌔는
쓸쓸한비인방에、 나는홀로누어서
내염통의피만、 쓰겁게쏘힘잇게、 여울치도다。

사랑하는사람의자최는、 돌아오지안코
가득찬찬바람에늙어가는、 내사람의비인방에
灰色문풍지써는소리는、 내염통의쒸는소리러라。

女理髮師

稻　香

입든네마세(자리옷)를 典當局으로 들고가서 돈五拾錢을 바다들엇다。쌀죽쌀죽하고 목직하며 더구

나 맨돈지 가얼마되지안흔 銀貨한개를 손에다쥐일때 얼굴에 왕거미줄가티 거북하고 선선하게 엉키엇

든變裝이 갑작이 벗어지는듯하얏다。

오자노미스(お茶の水)다리를 건너 高等女學校를 지나 順天堂病院엽길로 本鄕을 向하여 걸어가면

서 길거리에잇는집들의유리창이라는유리창은 남기지안코들여다 보앗다。그유리창을 들여다볼째마다

헤ㅅ벗에누르게익은淺稿帽子미트로유대의豫言者요하네를 連想시키는 더부룩하게길은머리털이가시

덥불처럼 엉클어진데다가 그것이 압에 저저서 장마째뛰어다니는 개쇠리처럼된것이 그속에 비추일째

ㄱ싹기는 싹거야하겟고나ㅣ

혼자속으로 중얼거리고서는 다시 모자를 벗고서 커미트로 거북하게 기어나리는머리털을 두어번쓸다

듬은후에 다시 삼내나는모자를 쓴다。

그러자 그는 어써한 高等理髮舘이라는看板부튼집압해섯다。그러나 머리를 싹그리라하고서도 그萬

等理髮舘에는 돌어갈勇氣가 업섯다。

그곳理髮料金은 自己가 가진財産全部와 相等하다。멋시간을 두고 벌러서 네마세를 典當局에 너허

서야 겨우 어더가진 단돈오십전이나마 그러케 쉽게 손에 들어온지 한시간이 못되어서 송두리째 내

주기는실헛다。그리고 다만 十錢이라도 남겨서 주머니 구룽이에서 쟁그렁거리는소리를 듯재하는것

이 얼마간 비인마음구룽이를 채워주는지 모르는듯하얏다。

電氣風扇이 자랑스러웁고 위험잇게 돌아가며 메인데

핫다。 그리고는 쏘다시 얼마쯤 걸어갓다。東京灣에서 불어오는太平洋바람이 훈훈하게 이마물석처가
고 씨에서 올라오는 瀑射熱이 마치 짐승튀해내는 가마속에 들어 안준듯하게한다。 엽호로 撒水車가 저
내가기는하나 물방울이 떨어지기도 전에 흥덩이는 얼의 처럼말라비린다。

어대 三等理髮所가 업나하고 차저보앗다。三等床屋(도고야)에를 들어가면 二十錢이면 싹는다。
生머리하나싹는데 二十錢이면 足하다。 그러면 參拾錢이 남는다。

三十錢。 支出하고도 殘餘가 支出額보다 만타。 그것을 생각할때 얼마간 든든한생각이 낫다。 그래도

주머니속에 三十錢이 들어잇슬것을 생각하매 압길에 할일이 쏘잇는듯하다。

교의가 단둘이 노히고 합석으로 洗面臺를맨들어 노흔 三等床屋에 왓다。 속을 들여다보앗다。

主人이 新聞을 든채로 졸고안저 가끔가끔 물마른물방아모양오로 쇠덱쇠덱어리며 부채로파리
룰 쏫는다。

勇氣가 낫다。 의긔양양하게 썩들어섯다。 그리고 주인의 잠이 번썩깨이도록

【今日 八】
하고 인사를 하엿다。 주인은 잠잔것이 황송한듯이 벌썩일어나더니 굽실굽실하면서 방에서쇠는집
세기를 쇠내노면서

【어서오십시요】
인사를 하고서 저쪽 교의뒤에가 등대나 하고 잇는듯이 서잇다。 모자를 벗어 걸엇다。 그리고 웃옷

웃옷을 벗은후 교의에나가안즈면서 그래도 못이저서 定價表써부친것을 곁눈으로 보앗다。 그리고 생각함

와 마찬가지로 二十錢이다。 저윽이 안심이되엇다。 그러나 쇠 업는사람은 돈돈한것이 제일이닷

물라라고 전차표한장 녀허둔것을 전차에 올라서기전에 미리손에다 쇠내드는것이나마찬가지로 그대

도론든히하리라하고 번연히 바지주머니에앗가典當票하고 얼러바드면서 그대로 밧는대로 집어녀흐

拾錢銀貨를 상고해보고典當票를 보이면은 창피하니까서 돈만써로 한구퉁이에다 단단히눌리녀흐후에

머리싹은각게가 머리表面에서 이리가고 저리갈째 그 머리속으로 여러가지 궁리를한다. 물론 돈 쓸

일은 만타. 그러나 三十錢이라는 적은돈을 가지고서 最大限度까지 利益잇게 活用해야할것이다.下宿

에서는 밥갑을 석달치나 못내엇스니싸 오늘내로 내쪼친다고 재촉이다. 그러나 돈부러줄만

한자는못하다. 그러타고 그대로 잇슬수는업다. 어대가서 거짓말을해서 단돈十圓이라도 맨들어야할

것이다. 無心히잇는 제일절친한 친구하나가 살그럭데 그락돌아가는 머리싹는긔게소리와함께 눈압해

보인다. 그러나 그놈에게가서 우선 저녁을 새서먹고 돈멧십원어더 와야겟다. 그놈의한아버지는 그믐

날이면 썩썩 던보로 돈을 부려주느싸 오늘은 꼭돈이왓슬터이지— 나는 며칠잇다가 우리외가에서 돈

올 부터주마하엿다하고 우선 거짓말이라도 써그러 볼일이지그러타 그러면 여긔서거긔까지걸러

갈수는업스니싸 電軍往復에 十錢이다. 十錢이면될것이다.그리고 싸貳拾錢이 남지? 그것은 이러케더

온데 얼흠十錢어치만먹고十錢은 내일아츰이나 잇다저녁에 목욕을갈터이다. 그래 동전멧푼이남는다.

할째 귀게가 머리꼿을 짝금하게 씹는다. 화가 낫다. 재미잇게 역산을 치는데 갑작이 짝금함을 당하

니싸 그뭄가리노혼예산은 다달아나고 저는여전히 꾀의우에 안저잇다.

분분이가 하고십허서 못견딜지경이다. 그러나 어쩌케 분분이를하랴? 일어나서 싸려줄수도업고그

러타고 책망할수도업다. 다만

「이루! 압허」

하고 상을 씹흐렷다. 놈은 퍽미안한모양이다. 허리를 섭죽섭죽하며

「안되엇습니다. 안되엇습니다」

할뿐이다. 석경속으로 들여다보니싸 未安한表情이라고는 하지안르래도 다만 눈가장자리에 참未安해하는表情을보고

섭숙어리고 입싀토로 잘못햇습니다 소리는

십헛다. 그래서 나도 웬일인지 고놈의 허리만섭숙섭죽하는뿔이 아조 맘에차지안어서 당장에 무슨짓

울해서든지 나의머리씻을 집어쓰든 보복이하고십허못견듸엇다。

그럴쌔 마춤 놈이 나의머리를 죽음 바른편으로 두손으로 지긋이 전듸엿다。나도 울러

하고 일부러 왼편으로 를엇다。고개를 들라하면 숙으리고 숙으리라하면 들엇다。그리고 일부러 몸짓

올하고 고개짓을하엿다。

그러면서 석경속으로 그놈의얼굴을 보니써 이마에내천자를 그리고 눈섭파 눈섭사이는 말라부른듯

그럴쌔

「진지잡수셔요」

이 쑤글쑤글하다。화가 나는것을 약먹듯참는 모양이다。

거게를 갓다 노코 몸을 탁탁털적에 긴한숨수이는소리가 들린다。그리고는 솔로다 머리를칼면서 내

하는銀鈴가튼소리가 들리인다。그목 소리한아만가저도 미인노릇을할듯한女性의소리이다。잠잠한亂

「밥?」

醉한世上에서 佳人의노래롤 듯는듯이 피가돌고 가슴이뛰고 마음이 공중에 뜬다。

얼굴을 다시 한번들여다본다。어썬놈인가 자세히보고십흔모양이다。

놈은 거게를 슬로쓸면서 으만스럽게 대답을한다。그것으로써 내외인것을 집작하엿다。

하는 소리가 분명치못하게 들리엇다。나는 그소리를 분명히 리해할쌔써지 적어도 二分은걸럿다。東京

「이러와서 이손님의면도를 좀해들여」

웨고런하니 네편네더러 그러케 손님의면도를하라고할리가업는싸닭이다。그러할리가 잇기는잇다。

서 女子가 머리를 싹는理髮舘이 한두군대가 아니지마는 자긔의머리를 녀자가 싹가준다는것까지는 아

조 豫想밧긴사닭이다。

놈이 들어가더니 넌이 나온다。석경속으로 우선 그녀자의얼굴부터 상고하자。그상고하랴는 머리

수아말로 조촌기대와 쏘는불안이 엉키엇다풀덧다한다。남의녀편네 어여쑤거나 끔브짝지거나 무슨깜

져가 잇스라마는 그래도 잘못생겻스면 락담이되고 잘생겻스면 마음이깃브고 부저럼순期待가잇다。

석경속으로 비추엇다。에그머니 나히는 스믈셋아니면넷인데 무엇보다도 그눈이조코 입이조코 그

코가조코 그쌤이 조타° 머리는 숭얼다조타할수가 업고 허리는 호리호리한데 다 잠간굽은듯한데 전선

의윤곽이 기름칠한것가티 흐른다。어써른 놈에게는 분에파한미인이요 만일 날더러 데리고 살겟느냐

하면 한번은 생각해 보아야 할만한 녀자이다。

손이 면도 칼을 십는다。손도 그러케 어여뿐줄은 몰랏다。갓잡아 노혼 白魚가 입에다 칼을물고

질악어리는듯이 위태하고도 진기하다。이제는 저손이 나의얼굴에 다흐릇다할째 나는 눈을감앗다。사

담이 驚異를 조하하는것은 아마 通性일것이다。나는 그칼을 들은어여쁜손이 이쌤우에 오는것을 보

는것보다 눈싹감고잇다가 갑작이 와닷는것이 얼마나 나에게 驚異스러운快感을 줄가하고서 눈을감앗

다。비누질을 할적에는 어쩐지 不快하엿다。그러더니 잔등이에 젓내가른 女性의범사와써뜻한 긔운이

둘더니 내가 그녀자의손이 와서다으리라한곳에 참으로 그녀자의써뜻한손가락이 살며시 지긋이눌리

인다。그리고 나의얼굴우에는 감은눈을통하여 그녀자의얼굴이 왓다갓다하는것이 보인다。쌈을 쓰

다듬는다。그리고 나의얼굴을 시들도록 문지르고 잘른쏭지가 발싹발싹뛰는 동아뺨암가른

손가락이 나의얼굴 전면에서 제멋대로 쌘스를 한다。그리고는 沒藥을 살으는듯한 입김이 나의코속

으로 시쳐들어 오고 가금가금가다가 그의 몽실몽실한 무릅이 나의무릅을 시치기도하고 어쩐째 나의

눈섭을 지을째에는 거의 나의무릅우에 올라안즐듯이 갓가이 왓다。눈이 쓰고십고십허못견되엇다。그의정

성을 다하여 나의헐구넉과 커구넉을 들여다보는눈이 얼마나 玲瓏하야 나의靈魂을맑은샘물로썻는듯하

라。그리고 나의입에서 멋치가못되는거리의잇는 그의붉은입술이 얼마나 나의시들은 피를 슬케하고

타게하는듯하랴。그러나 나는 눈을 쓰지못하엿다。흘튼은녀성압해서 이러케快感을 늣기고 넘치는喜

悅을 맛보기는 처음이다。면도질이 거의쯧나가다。그것이 말할수업시 실혓다。그리고 놈이 밥을먹

고나오면 어찌하나 공연히 불안하엿다。

면도가 웃나고 새수를하고 다시 얼굴에 분을 발른다. 김은얼굴에 허연분을 발르는것이 웃읍든지

그녀자는 쌩긋웃다가 그 웃음을 참으랴고 입술을 니로째무는것은 가슴을 쌔무는듯이 부끄럽기도하고

그러니싸 그녀자는 야조 특퇴저버리엇다. 한번씰하서 빙긋웃어주엇다. 그리고도

「왜 웃으셔요」

하고서 은근히 조롱비슷하게 나의억개에서 수건을벗기면서 뭇는다. 나도 일어서면서

「다되엇소」

하고서 그녀자를 보니싸 또 보고웃는다.

「왜 웃어요?」

하는마음은 공연히 허둥지둥해지고 성수생숭해진다. 그래도 대답이 업시 웃기만한다. 나는 속으로

「미천년」하고서 돈을 내리라하엿다. 그러나 그대로 나가는것은 무미하다. 웃는것이 이상하다. 아모

리해도 수상하다. 그래서 어대말할시간이나 눌여보라고 술이잇스면 술이라도 청해보고십지마는 물은

한그릇청햇다. 들여가더니 물을 써가지고 나왓다. 나는 그것을 마시면서

「무엇이 그리웃으어요」

하고 그녀자를 지근거리는듯이 웃어보앗다.

「미안야요 아모것도단야오」

그녀자는 웃음을 참고 얼굴을 새청하면서 그래도 터질듯터질듯한웃음이 그의두눈으로 들먹들먹함

다. 그랬을 보고서 그의손을 잡피서 손등을 쓰다듬으며 「손이 매우여쒸구러」하고실을만치 실

웅하는생과이 그녀자에게서 없되는듯하엿스나 그래도 참고서 요다음으로 조흔機會를 찾

고

「그럼마요!」

썩히아는料金을 무러 보앗다。 그너자는

「貳拾錢」

하고 고개를 곱으린다。 나는 五拾錢銀貨를 쑥내밀엇다。 그고혼손우에 그것이 썰어지며 나는 모자

「쏘봅시다」

하엿다。 그너자는 쏘차나오며

「거슬는것을가지고가십시요」

하고서 나를부른다。 어쩌게그것을 바들수가잇스랴 그쩨에는 澁谷친구도업고 빙수도업고 목욕도업

고 下宿에서 쏠리는것도업다。 나는 호기잇게

「좃소」

하고 그대로 오다가 다시 돌아다보니까 그너자가 그대로서서 나를 보고웃는다。나는 귀막히게 조

라。 나는 할개를치고 걸어온다。 그러고는 그너자가 자긔와그너자사이에 무슨烙印이나 처노혼것처럼

다시는 별통할수업시、 그무엇이 連結되어진듯하엿다。그리고는 말할수업는 만족이 억개짓나재하며 할

개짓이나게한다。 얼른얼른 가서 가른下宿에잇는 K君에게 자랑을 하리라하고서 경정경정걸어온다。

오다가 더워서 모자를 벗엇다。 벗고서 뒤통수에서부러 압니마써지 두어번쓰다듬다가

「옹?!」

하고서 얼굴을 간작이 싼것을 서문것처럼 하고 문독섯다가

「이턴제기」

하고서 주리울쥐고 들것든모자를 내던질듯이 휘싹엇다。

「그러면 그러치 三拾錢만 내버떳구나」

하고서 다시한번 어떳슬적에 간귀를 알음으로 쑥으로쓴자죽만물재손가탁엇으로 만저 보앗다。 (웃)

한갈래의길

金基鎭

아모말업시 오래동안을
나는 이길을떠듬어왓다
오래동안을 이가슴속의
다만하나인 한갈래길을.

가슴속에서울리어오는
늣기어우는 가만한소리……
아아, 아모말업시 오래동안을
업어가지고온 나의마음아!

어느새부터
비러지들이 모여들어서
너의몸속에 집지엇는지
나는도모지 알수가업다

―그러나 어느날
섯달의 맵고찬바람

싸뜻한날 양지짝으로
네몸을쪼이려고나올때에는
심술의구름 날개를펼치어
해를감추어버리엇섯다——

이세상에서간단말이냐……
싸뜻한빗을보지못하고
어느째싸지가엽슨네가
아아、불상한나의자식아

너를파먹는버러지들이
너의몸속에가득히찰쌘
오오마음아！너와나와는
죽지안니면안되는구나！

오래동안을아모말업시
추움、괴로움、싸워가면서
버레에게파먹혀가면서

아모말업시오래동안을
나는이길을더듬을러이다
한량도업는이가슴속의
한갈래인　오죽이길을。

한 개 의 불 빗

저자바닥에박여잇스먼서
연못아！얼마나오래
너는말업시　지내여왓느냐
오오　얼마나오래
너는色色이것을
긁어모으며지내여왓느냐！

— 나온지며칠안되는
피루성이의간난아이를
멋개나　멋개나
먹고왓느냐

— 가난한젊은　수접은게집애를

너는멋번이나 네속으로뛰어들재하얏다ー
그러고그계집애의 늙은어머니의
설어서울어서毒먹고죽은모양을
너는네가슴에다 바더가지고왓다ー

너는마시어가면서지내어왓다.
사내와게집의그림자도
몸을굽히고속살거리든
ーー네우에걸친다리우에서

ーー게집과세안고情死한사내
ーー눈보라치는어느날밤에 쌔저어죽은불상한거지,
主人에게쫓기어난젊은이, 그러구는
스토락의그가禍가되어서 집업시된사람들의눈물,
ーー主權者에게反抗한勇士의부르지즘,
ーー그러구는나가른밥벌러지의
古今을생각하고내벗는한숨ーー

이것골의形象과그림자들을
너는뚝가티싸가지고왓다
그러고그위를 흐르는달빗은

아아 멋百年이나 오래인동안을
밟고넘어서지내어갓느냐

　　연못아！오래동안녀는담을고왓다！

나는녀에게커를기울여──
지금
오오，너는얼마나 큰이약이를하고잇느냐。
　　너에게열쇠를준것이다！──
　　건녀편에서잇는 한개의불빗이
──오늘이밤에
너는얼마나큰이약이를하너냐
아아 그러나，지금에이르러

아아，들어라 이크나큰부르지즘을！

　　倦　息。
　　　一

찻기에疲困해
기다리든눈알이，

亂射하는光線은
거름것는사람들의
구두우에서춤을춘다。

解體되는나라의몸둥이는　얼마나熱鬧하느냐。
간들거리며저나가는바람을
일은봄、오늘지금의
스치고지나가는소리——
오고가는空氣의

아아、가슴이북을치고、코에서는
이쌘上에도업는피리를불째
마음은부러진쭉지를피어가지고
그이의간곳을설흐러　거침업시더듬는다。

——호리바다의、도、우에서
귀음업시기다리든눈알이
찌물에한　한울을설코잇슬째、
太陽은、烟氣에섬어케걸은얼굴을
흙이녹은물속에다펴치고잇고、

마른잔듸의　틈에서나오는

파릇파릇한새싹은

저녁때의치움에　웅숭거리고숨울때

나는사랑에줄이고、지금은、

다시사랑을일허버리고여긔에와서

울•오어•나덩을부르며펜을쥐고잇다。──

아아、解體의宣告를바드려하는

죽인고양이가든詩人은

지금도아즉、昨年의遺物인갈쌔의누른입을지내서

사랑하는그이의그림자는혼들리고잇는저……

아아、어느곳에그이의그림자는

쓰물어한봄의한울을쓸흐러고하나

二

보들언손이

북치는가슴을

지긋이눌르며、

보들언손이
힘없시쳐든팔을
가만히주물러,

보들언손이
싸늘한이마를
가볍게끌므며,

보들언손이
헤매는마음을
단단히붓든다——

아아、손가러풀더진
나른한이몸이
보들언네팔에안기여가는구낭

三

——「멋때인가요………?」

동제도뜻한다쯤소떡하나가
너희깊속네욱미여울때、

쏘다시들리는

──「멋時인가요……?」
두번째내귀에흔들려울쌔,

나는알앗다
말소리임자가
누구인지를나는알앗다。

──「멋時인가요……?」

그이의말소리──
한번도맛나서말해보지못하든
해매는靈魂이安息을求할쌔,
──아아、풀어진삭신이자뢰에누어

그이의말소리
──「멋時인가요?」

눈감을쌔가갓가이울쌔
성화가나재재축을하는
──「멋時인가요……?」

갓가워젓다ー

돌아갈날이 갓가워왓다,

깨어진마음이 눈감을째가ー

성화가나재재촉을하는

——「멋時인가요…………?」—

아아, 나는자겟다。나는가겟다ー

비 오 는 날。

오늘도호을로

火爐가에안즈면

아아마음아!무엇이설어서

흘리는눈물………?

어느째부터

나리시는지

밧갓은지금、추녀의비소리

아질아질히 늣기어울어……

아아 어머니

(가난한겨울의 오는첫재비)

지금이비는

사람사람의외로운靈魂을

—썩듯한방,
당신과내가
죽을마시며
돌아간누나의
말을할째에,
죽음갓만흔
당신의얼굴에
빗나어보이든
한방울눈물—

아아, 어머니
먼 그때의
당신의눈물을
저는지금에 생각을합니다.

終日토록나리어오는
소리도가늘게
추서눈끼는

마음을 다리고
먼 녯날로 돌아를가나,

여긔 안즌이 몸은
門틈으로
새여오는 바람에
흐음을 치며, 숫물우에다
눈물을 쓰다요.

연 못 에 서 서

초저녁 고요히 잠들은 연못을
가을의 계절은 가늘은 손으로
살작 스치고 지내어 갓다.

초저녁고 요히 잠들은 연못에
電氣불의 無數한 글자가
깁흐게 깁흐게 재저버린다.

꿈고, 누루고, 푸른 빗나는
모든 불빗이 그와 가튼쎄

떨고, 혼들리며 속살거림。

그러고두번째 가을의계집은

그의가벼운치마짜락을, 연못우으로

치렁치렁하게끌며지내가——

아아, 오늘이밤에

바람에싀울리어가는마음아

늣기어울음은어찌함이나……?

가 심 의 별。

별이보이는듯한

비오는밤이다。

컴컴한들우에

안개는자욱히세이고,

먼대섬불빛은눈물에저저준눈을

슬본듯이껌벅5리고잇서。

가득히세인안개가

슬음을금기어나와서

찻가이서잇는눈물빗을

축축한, 봄의 눈물로 적시어 주네。

──아아、 봄이 갓가이 온이 밤에、、、

가슴을 뒤덥더 오르는 엷은 센티멘탈아─

부들업고 도가는 비스줄이

나의 쌈을 할터 줄째의

늣기는 셔뜻한 김、 그 부들어울、

쓴허지려는 듯한 가벼운 한숨─

한을과 땅을 붓잡어매는

계집의 살가튼 안개의 속으로

사람그리운 마음、 간열핀마음은

몸둥이와 가티 녹아들어가─

아아、 별이 보이는 듯한

비오는 밤이다。

저 승 길

露 雀

【 一 】

북원 스무날, 새벽하늘이 먼동틀때이다。 호을로 병원문을 나서는 황명수(黃明秀)는 왼모이 후주군
하야서 정신업시 비틀거리며, 자욱한 안개人속 희미한 거리도 헤매여가다。

【 二 】

그전날밤이다。

죽엄을 마터가지고 단이는, 커다란 혹의人사자(黑衣의使者)가, 묵어숨고 거북한 땀울, 잠간 멈수
어, 음침스러히 섯는듯이, 어두운밤에 싸힌 병원집은, 넷날에 지겨울고 구슬픈 죽엄이 만햇다°이도
는, 합춘원(合春園) 솔숩헤 흐틀어진 옷자락을 펄럭어리며,〝못모르는 어둠나라에서 숨우는, 마음약하
고 몸약한 불상한 무리를, 손씻해 부르는듯하다。
한억개틀 웃숙틀어 출석어리며, 선술집의 굴집시처럼, 희멀숭거리는 눈울, 두리번거리는듯한 병
원집용의 탑시계(塔時計)는, 어렴풋이 열한점을 가로천다。
어썻든, 밤도 흉물스러운 밤이오, 집도 음침스러운 집이다。
서상호 부인병실(西三號婦人病室)에는, 묵어운 근심이 깁히 싸혓스며 답답하
재 매어달린 푸른 멈동빗온, 애태우는 여러사람의 한숨과 눈물울, 안탑가옵고 청승스럽저적서운다。
백목 홋닙울울, 보야케 마전하야서, 깨굿이 갈온 병상위에, 병든 회정(惠晶)이가, 고히누어었다。
고히 누어잇는 그만침, 그의 병세는 위독하얏다° 구름가튼 머리칼아온, 되는대로 엉클어져, 커다

란 벼개를, 검개 덥헛섯다. 넘우도, 모진병에 시들고 시어저서, 백골이나 아닌가 의심할만치, 그의얼굴은, 창백하게 여위엿섯다. 어여쑤고 고흔얼굴에, 가장 아름다운 속눈섭을, 가젓다 하든 색시엿스면 그의눈도, 인저는 구진눈물에 어리인채, 반쯤 썩어잇다. 하야케 빗바래인 입술은, 가장 여느시절에 엿다움 웃음을 쩌어 보앗든지, 흔적도 업고 자최도 업시, 어대로 살아저 볼수도 업다. 가슴에 딸힌, 후넙울 한겹이 묵어운듯이, 갓부게 할딱할딱 하는 숨소리는, 잇다금 가느다란 목속에, 열클어진 가래첨에 걸리어, 괴롭게 커치안케 가르랑가르랑 할뿐이다. 그럴적마다 메마른 입은저리는, 힘업시 가늘게 바르를바르를 썰린다. 원몸은, 가느다란 철사에다. 엷은 백지를 휘감아 노흔듯이, 허수아비가티, 힘업시 쓸어저 누어잇다. 팔과 다리가 아모 련락도 업시, 그저 그러케 썹어저 되는대로 흐터진 듯이........

선허지라하는 가는 목숨을, 마듸마듸 졸이는듯한, 머리마테 목각종(目覺鐘) 소리는, 혼자 제세상이라고, 고요한 방안을 압흐게 울린다. 묵어운 수은을, 부어 노은듯한, 방안의 공긔는, 가만한속에서도, 한참 밧부게, 장차 일어날 무슨일을, 신비스러웁고 거룩히 큰 무슨어려움일을, 예비하기에 몹시 부산한듯하다。

대각대각하는 시게ㅅ소리가, 기름이 말라서 긔운업시서면……바람수업는 희정의 목숨이, 목안에서 쌀딱쌀딱 하다가 그만 쑥그치면, 희정의 병상을 에워싸고, 안답가웁게 들여다보는 여러사람은, 하염업시 창자를 졸이며, 무엇을 기두르고 잇다. 그러나, 그기두르는 무엇이란 무엇이, 참으로무엇인지는 모르다. 아모도, 캄캄히 모를수밧게 업시되엇다。

다섯시간전에, 희정의 배를 갈랏섯다. 위(胃)와 십이지장(十二支腸)을 수술하랴함이엇다. 한다가 미처 손을 쌔이기도 전에, 원체 몸이 몹시도 허약해진 환자는, 시간을 기두르지못하야, 맥박(脈拍)은 선허지라 하얏다. 그래서 하는수업시, 병수술은 물재이고, 위선 선허지라하는 목숨이나, 쑥음딕

구원해 보랴고, 애쓰게 되엇다. 갈타노흔 빼를, 허둥지둥 푀는데도 급급히 쩨매어 노흐니, 불둔 미들수
업는것은, 환자의 남엇다하는 그목숨이다.

용급수술의 힘으로, 이샛것 독숨이 부지하야됫스나, 의사가 「열시간 이상은, 더바랄수 업습니다」
하고, 다시 입맛을 쩟썻다시며, 「어서 수의(襚衣)나, 장만할 도리나하시오」하는, 정셜어지는 최후
의 선언을, 하고가버리엇다.

정작, 목숨의 주인인 희정이는 몰라도, 애글써서 간호하든 여러사람들은, 청춘을 다못사는 희정
의 쌀은일생을, 가엽시도 박명한 그의일생을, 「넘우도 박절히, 열시간이라는 귀한울 바다노코, 임종
을 기둘러 지키고 잇게되엇다.

희정은, 물에 녹은 수련화(睡蓮花)줄거리 가티 파리한 팔을, 묵어운듯이 배우에서 가슴으로, 가슴
에서 배위로, 거윰을 들여 음기어 놋는다. 그리고 아모탄력이 업는듯한 눈썹풀이, 호린낭에 떤동토
듯이, 머닌하게 열이어진다. 그러나, 그의눈은 아모빗도 업고 아모힘도 업시, 거저 열이어잇술뿐이
다. 그리다가, 그의눈동자가 이리로 저리로, 쪽음식 돌기시작한다. 아마 누구를 차즈랴함인지, 여러
사람들은, 일제히 무슨 군호나 잇순듯이, 귀를 기울이며, 허리를 굽혀 돌여다본다.
회정의 얼굴은, 몹시 무서웁게 핼슥하고 히어지면서, 다시 눈을 감는다.
이모양을보는 명수(明秀)는, 참아 견되어 볼수가 업는듯이, 엽헷사람들을 얻흔 돌아보면서, 혼잣
말가러

「허쩌 쿼하나......암만하야도......마지막으로 유언이나 들어 보도록하지ー」

회사가 와서, 주사를 한지 한오분쯤 되어서, 희정은 다시 눈을셧다. 그리고 희정의 시선(視線)이
한사람식 한사람식 거쳐서, 천천히 돌아간다. 아마 인저 마지막으로, 가장 자긔 의삭당하뜬, 한장김

허릿는、 쏘한 영원히미듯 그이를、 찾는모양인가보다。

시선이、 명수의얼굴짜지 돌아갓슬쌔에、 한참이나 이윽이 보더니、 눈이 몹시도 부시인듯이、 잠간눈

을 감는듯하얏다。 그리다가、 다시한번 크게쓰면서、

「다ー 쒸내어버리엇서요?」 말끗에다 몹시 힘울들인다。 자ㅜ 썩어들어간다하든、 자긔의창자를 가

로쳐말함인가 긔운업는 손을 일부러 옴기어、 붕대(繃帶)로 싸매인 자긔의뼈를、 지근지근하고잇다。

「응………」 명수의 대답은、 힘업시 썰리엇다。

「얼마나해요?」

「의사가 보이지를 안하……」 박정은하지마는 명수의대답이 거짓말을 아니할수업시된 이쌔엇다。

「그래 인제는 잘살겟대요?」

「………………」 명수는 참으로 무어라 말을해야 조흘는지 몰랏다。 다만 그러하다하는듯이、 고개를

얼는 쒸쩍하고、 염호로 돌이키엇다。

희정은、 만족하고 안심된다하는듯이、 눈을 시르르를 감는다。 하얏케 빗바래인 입술에는、 깃거운웃

음이 오르는듯하다가、 힘업는 근육(筋肉)이 다시 눅으러저버린다。

명수는 마음써자 썰리엇다。 참으로 압흔미로움에 썰리엇다。 더구나 금방죽을 그사람이、 자긔가 살겟느냐 물을쌔

거짓이라도 되는대로 아니대답할수가 업섯다。 가슴이 답답할스록、 희정의 뭇는말을

에、 참으로 딱하고 불상하고 가엽서도、 참아 그의귀에다가 시방 죽으리라하는 그애처럽고 야속한

긔별을、 돌리어줄수는 업섯다。「인제는 병을 다 고치엇스니 잘살모양이라」하는뜻으로 그에게 들리어줄

쌔에、 한편으로 낫빗가 녹도를 숨호면서도「죽으면 병도업시 잘살리라」하는、 익살스러움 낫김이

엉클어진당。 자긔는 희정을 속이엇다。 하는수업시 익살스럽게 속이어버렷다。

한참이나 여러가지의 설음과 걱정이、 서로 엉클어질쌔에、 언듯번개가리 닷지도안흔 생각이 다ー

눗기어진당。「만일 시방 누어잇는、 숨이 넘어가랴하는、 희정의몸이、 벌썩일어나서 촉루(髑髏)가 다되

인 그 앙상한팔로、 자긔의목을 꼭 휘감아쎠안고、 목숨을 내이라 몸부림하면서……부르지즈면……죽

지안는다 속이인죄로 「쌔앗긴 목숨을 차저내라」하면서、 쌔집어쓰드면……울며덤비면……」

하다가、 아모귀도 업시、 아모늣깃도 업시、 고히 속아서 조으는듯한、 안존한 희정의 얼골을、 붉

째에 더러운 죄악이 검게썩는듯한 자긔의마음이、 몹시 미안도하고 쓰두려웟다。 그리고 새암솟듯하는 눈물을 막긔위하야

그는、 한번 가슴이 무녀지는듯이 속깁흔한숨을 쉬엇다。

얼는 무되인 눈가죽을 굿세게 다닷다。

눈을 감아뜻、 흐르는 그눈물에、출렁거리어 언뜻언뜻 아릉다롤듯 쩌보이는것은、 희정의 일성이

다。 아지탕이처럼 몽롱한넷날에、 한마당의 슬어지는봄꿈파가티、 가벼웁게 흐터지는 희정의 편생이보

엇다。 스물한해라는 쌀은살림을 모다뭇거서、 다시두번돌아서지 못하는 막막한 저승길로、 쓸쓸히 외

토이 옴작거리는 희정의 신세가、 멀리멀리 아득하게 보인다。 늣김、 숨흄、 눈물、 한숨、애처럼음……

희정은 재집이엇섯다。 고만살고가는 희정의일성은、 길가는 계집아이 구슯히불으는 노래 ㅅ곡죠 한다

되엇섯다。 그노래ㅅ가락에 세로가로 얼클어진것은、 사랑이오 쏘한 눈물이엇슬뿐이다。

보이지안는 사랑의줄이、 명수와 희정의 젊은 두몸을、 끔쯕할수업시 억매어노키는、 명수가 스물살

먹든해 봄이엇섯다。

한몸은 난봉을치는 기생방주인으로、 방을빌리어주엇고、 한몸은 만세쑨의신세라。 신변의위험을 돌

보아서、 일부러 오입쟁이 행세를하며、 그방에 들어잇게되엇다。 희정은 주인이오、 명수는 손이것

섯다。

그들의 사피임은、 매우 의협적이엇고、 쏘한 넘우도 밀접하얏섯다。 자긔네들은、 이세상의 모든일

을구원하랴고 나온것이오、 쏘한 이세상의 모든거룩한일은、 모다 자긔네의 두몸이 잇는가 닭인듯하

재생각되엇섯다。 더구나 희정은 민첩하고 의협스러운 녀성(女性)으로、 무엇이든지 명수의일이라

면、부지런하얏고 또한 렬성것하얏섯다。

그런데 시방 희정이가、이곳에서 명수의압혜서、힘업시 쓸어져 죽으랴한다。

이가、시방은 죽엄이란 몸슬운명에 부닥기어、지겨운 저승길을 정해노코잇다。힘업시 쓸어져잇다。

사랑이 잇는곳에면、정성이 가는곳에는、못할것이 업스리라고 흰소릴하면서、그러케 억세이든 그

그러니 시방、명수를 사랑하얏다。무슨 아니하면 아니될 의무가 잇는것처럼、지나간 다섯해동안을 하

희정은、명수의가슴을 무어라말해야 조흐랴。

로와가티、명수를 사랑하얏다。

사랑한다는 그동안에、사랑한다는 그만큼、희정은 피로웟슬것이다。고생도 핫만큼、눈물도만핫

섯다。가정의 풍파도 만핫스며、심지어 만세죄인 명수를 숨기어두엇다하는 그 죄료、경찰서유치장구

경도 멋번이엿섯다。또한 죽을벗한곳에도 수업시갓섯다。그러할쌔에마다、명수는 넘우도 감사에 견

듸다못하야「넘우 미안하다」하면은、「당신의일이면은 죽어도 조하요」하며、희정은 늘 깃거운웃음으

로 모든근심을 지워버리엇다。

어느쌔에는 다른곳에서、사사건이 발가되어、명수를 연루자로、형사가 쏘차왓슬쌔에、희정은 모

든사ㅅ건을 자긔가 안쌔나서지 아니치못할줄을 깨달은듯이「모다 제가 한일이올시다」하며、유탕녀

의아름다운멋을 모다풀어서、형사를 반가히하마젓다。그래、자긔의방으로 형사를 인도해들인지、한시

간이채못되어서、노련한 마술사의 수단과가티、말멋마듸 손찟멋번에、형사를 주물러쏘차버리엇다。

어쌔른 희정은、그만큼 말솜시도잇고 수단도조앗다。또한 명수가 무슨낙망이 잇슬쌔에면、희정은

정성것 위로하고 가다듬어주엇다。명수를 칭찬해준이도 희정이엇고、노러터에서 동무들을 맛나서라

도、애써 일부러 명수가한 모든일을 자랑삼아서 혼자 입에침이 마르도록、이약이하든이도 희정이엇

섯다。

시방, 명수의 답답하고 어두운가슴은, 이러한말을 속살거리고 잇다.

「그는 얼마나, 자긔를 사랑하야주엇슴이랴. 그는 자긔를 사랑하얏다. 죽도록 사랑하얏다.

여러가지 사정파형편으로, 넘우도 가엽시 사랑한다는 그말은 한마듸도해보지못하고, 거저 남매

의 우애로운정처럼 그냥그러케……자긔는 그를 누나라 불럿고, 그는 자긔를 옵바라 불럿다.

그러나, 만세난리뒤에 다섯해를 어쩌케 살아왓섯느냐. 무엇을 밋고, 서로 살아왓섯느냐. 자긔의

쓰거운 키쓰를, 거릿김업시 남모르게 바다주든이는, 시방이자리에서 죽으랴하는 누나라하는 희정이

가아닌가.

붉든 그입술이, 인제는아마 썩어버릴것이다. 흙속에 파무처어, 여지업시 썩어버릴것이다.

아니지! 설마 그러할리야 잇스랴. 살고죽는다 하는 그것이 도모지 허무하지, 멀정하게 산사람이

죽을리가 잇스랴. 도모지 못미들말이다, 거짓말이다, 미들수업는 거짓말이다.

그러나 희정은 죽는다 한다. 의사의말이 「열시간이상을 더바랄수업다」한다.

그러면 어찌하나……쏘한 자긔는, 희정을 속이엇다. 희정이가 살겟느냐 물을때에, 그러타 대답

하얏다. 참아 죽으리라하는 그소리는 할수가업섯다.

그러니 죽는다는말을 해줄수도업는 그만츰, 희정의 죽게됨을 깁히 미덧슴이 아니냐!」

희정은 다시 눈을쓰더니, 명수를 찻는듯하다. 명수는 웨 그러느냐하는듯이 마조들여다본다.

「인저들 가셔요……」

「웨……?」 명수의목소리는, 힘업시 썰리면서도, 놀라워하는빗이 어리엇다.

「무얼 인저……그러치안하요 네? 병이 낫는다하야도……속하더라도……일주일은 간다인데

……어쩌케……그러치안하요 네?」 「네」하고 썰리는소리는, 웅석비슷하게 억세이면서도, 듯기

는 넘우도 힘업고 처량스러웟다.

명수는 다만 「그리하마」하는듯이、 고개를 쓰덕쓰덕하얏다。할째에、 하옴업는 무덕이 눈물이、 엽치
업시 쓱쓱썰어진다。

한오분쯤 지낫다。 눈을감은채로 희정은、 무슨말을 하랴는듯이、 얼굴을쭉음씩 찌굿찌굿하고 입은
저리를 실룩실룩하더니、

「그래도 가요!」 잡고대인지、 오장이 쓰다지는듯하재 긔운을 들이어 지른다。 파리한 가슴은、아즉
도 남어잇는 숨긔윤이 발싹발싹한다。

들여다보든이들은、 모다 몹시 놀래엇다。 희정의동무 한사람은 참아 견듸어 다ー볼수가 업는듯이한
숨을 한번 「휘ー」쉬이고 고개를돌이키면서

「참 죽기도 어려운것이야、 저러케 애를쓰고……」

「시(時)를 찻느라고……」 쌘 동무가 한숨에 얼싸혀、 고개를 돌이킨다。

미철뜻한 명수의 머릿속은 몹시도 어지러웟다。어지러운중에도 한가지의 의문은、 「그래도 가요!」
한 그것소리이다。 명수자긔더러 가라고한말인지、 희정이제가 스스로 가겟다는말인지、

「저숭? 아니다! 그럴리가 업다」

명수는 고개를 내둘르며 큰울음을 터첫다。

【 三 】

유유창천은 호생지덕인데
북망산천아 말물어 보자
역대제왕과 영웅렬사가
모도다 네게로 가드란말가

- 402 -

──나는 간다……안이갈수업시 가게되엿다.

정든 사람들아! 넘우 울지말아라. 나는 하는수업시 이로써, 마지막의 인사를 들이나니, 호을로

애씬혀 돌아가는 이몸을, 「회정아!」 부르지저 부르지말아라. 눈물로 적시워 보내지말아라. 내일이

면 모래이면, 닥처오는 압길에도, 설음이 넘처서 갈수업슬터이니……

내가 그동안에 그러케도 알뜰이 지긋지긋이도, 살아왓더니라. 물갑흔 뭇속에 들어간듯이, 원몸을

마음대로 놀릴수가업섯다.나의 몸을 나의마음대로 놀리지못하고,스물멧해라는 그동안을,사람에게 눌

리우고, 세상에게 눌리우고, 야속한 인심에게 눌리우고, 구차한 팔자에게 눌리우고, 한숨에 불리어

단이는몸이, 눈물에 무저저……나종에는 짓구진 병까치 못살게 덤비어, 좀다란 병실로 마지막 세

상을 삼으라고, 파리하고 약한이몸을, 여지업시 찌그러누를째에, 멧번인지 몰으게 죽을힘을 다하야,

소리도 질러 보앗다. 힘껏뿌리처고 일어나랴고도하얏다. 아우성을 처서라도, 부모와 형대를 부르고,

정깁흔 여러 동무들을 무아, 가는 숨을 찌그러 누르고잇는 그몹슬병을, 쩨처버

릴가하얏다.

그러나 도모지 허사더라. 못된년의 운명은, 풀수가 업구나, 공연히, 액쓰든 여러사람들만 넝된수

구로에 애처럽게 허덕어리엇슬뿐이다.

눈물은 흐른다, 시간은 간다……커다란 잠울쇠로, 열리지안토록 굿게굿게 든든히 채워두엇다하

든 그죽엄의문도, 벌서 쉬웁게 열리어젓다……산짐승의 모지른어금니 부닥도, 더다시 무서운솜씨

를 가지고, 가는목숨을 자워질하는 키큰사자가, 무서운 여러사자가, 성난 눈초리를 취번덕여리며

어두운방 구석구석에서마다, 울갑이를 걸고 잇다한다. 아모말업시 우드먼니이서서, 잡아갈째만 기

두른다고한다. 아── 어찌하랴. 누가누가 어찌할수가 잇스랴.

나는 들엇다. 반가운 소래를 들엇다. 누구인지 커녀의운 정다운 음성이, 「언덕 낙겨라──」하는 그

터를, 분명히 들엇다.

눈을 떠 보앗다. 아즉도 나의쌤에는, 흐르든 눈물, 미르지아니하얏다. 그러나 쌧으랴고도 하지안

는다. 팔이 묵어우니싸, 왼몸이 천근이나되게 ...우니싸, 아니! 마음씨지 천만근의 무쇠ㅅ덩이가

터묵어우니싸......o

「일어나거라!」

이상도하다. 분명한 목소리를, 나느 ...한번 녁녁히들엇다, 온, 알수업는일이지! 고 요히잡자는 이

밤중에 나를부르는이가 그 누구인고.

나는, 외인념흐로 늘어진한팔을 ...멋이 이쓸어 보앗다. 묵어웁든 그팔은, 어렵지안케 넘우가벼

이, 얼는 나의마음보다도 더썔느, 늠죽여진다. 참 넘우도 희한한일이다. 인저는 한번 바쁜팔을 들

어보장. 여전히 아모 묵어우ㅅ도, ㅅ 쉬웁게 들어진다. 그래 왼몸을, 모도다 한번식 움죽여 보앗다. 여

전히 아모 거북할도 업다. ㅁ 잇어 그리 묵어워서 애를썼노, 무엇이 그리 어려워서 걱정을하얏노.

모든일을 의심할만치, 지나간 나의생각과, 정신업시 붓들리어왓든 이세상의습관을, 못미들만치,

나의몸은, 음죽이랴하는 그마음보다도 더썔르게, 움죽이어진다. 인저는, 쌰의힘도 모다 업서저버림

파가티, 나의 누어잇는 이자리가, 아모 힘도업시, 넘우도 허전허전한듯하다.

인저 어되젼, 일어나보랴고하얏다. 일어나랴고할쌔에, 나의몸은 벌서 일어나안젓다. 거움으로 일

어낫다하는이보담도, 바람결에 일어낫다할만치, 쌀르게 가벼웁게 일어나낫다.

그러나, 나를 부르든이는 누구인고. 어대로 갓노. 내가 쑴을쑤엇슴인가? 그러치안흐면......o

나릿내가 세치는듯한 음습한바람이, 왼방안에 휘一돈다. 구슐흐고도 침침한 이속에, 무슨 풀수업

는 수수석기를 이약이하는듯한 이상한곳이다. 늙은쥐는 재을리굴조을고, 쌔줄인커신의 응룻는소리, 늙

은이의 한탄, 젊은과부의 울음, 설음내, 눈물내, 나릿한 곰팡내, 비릿한 피ㅅ내, 아一내가 이쌔것, 이

러한곳에서 살아왓구나。

나는 으쓸한 무서움을 늣기어 진저리첫다。 오륙월구진비에 무너지다만듯한 서편흙벽에는、 사람의

그림자 비슷한 검붉은 그림자가、 어른어른 비추인다。 하다가、 그 그림자가 별안간 힘잇게 풀으를써는

듯하다。 정녕고무지한 사나희가 긴숨을 꿀덕꿀덕삼키며 섯는듯이、 진저리치게 무서웁다。픽 보기실라

아―저것이 이째썻、 이방속에 모든사정을 비밀스러웁세 가리고잇섯구나、 저거는 피다、 나의피다、나

의피로 나의그림자를 거린것이다。

쏘한번 머릿살이 줌벗줌벗하야저서 왼몸을 아르를썰엇다。 나는 열는 일어섯다。 아모 쓴귀엽는 쌍

바닥이、 나를 박차고써다밀어 바리는듯하다。 그뿐아니라、 러전업시 미처지는 나의마음을、도모지 의

지해 부칠곳도업시、 정에 엉클어저매인 모든 보이지안는줄을、 모죠리산허버리는듯하다。 쏫업는굴속

에 쏫엄는설음이 모다 내몰리어、 나를 쥐몰아 밀처 쏫는듯하다。

나는 외로움을 늣기엇다。 그러나、 슬라한야도 참아울수도업슬만치、 속김히설어

웁다。 그대신、 참다뭇하야 하는수업시、 두어걸음 뜻업시걸엇다。 그래서、 나의가슴의 어지러운 설음

을 그럭저럭 취저어버리랴고하얏다。

꿈나라가티 어렴풋한 달빗이 창밧게 쏫엄시 어리엇다。 그달빗은 넌짓이 나를 부른다。 나를부르는

듯하다。 나는 그달을 싸러가겟다。 달을 싸러서 걸어가겟다。

달빗은 나를 안앗다。 나는 달빗에게 안기엇다。 그리고、 나의 가고십혼곳으로 간다。

지렁풀 욱어진 외다른산길로、나는 소르를 가만히 간다。 살멋이부는고혼바람이、 나의치맛자락을 저

굿지굿한째에、 간열핀풀닢섯에 매친이슬이、 나의 족으마한발을 선듯선듯이 적시운다。 한발자욱 쏘한

발자욱、 삿븟삿븟이 옴기어 놋는다。 이슬이 덧고、 눈눌이 설어지고……밤은 이밤은、 참거룩한밤이

다。 새삿한밤이다。 아름다웁고 착한밤이다。 벙든아들을 위로하는 어머니의마음파가티、 보처는 착

룰 달래시는 어머니의자장노래와가티, 어린아기 젓투정에 못니기어서, 조상떡의 거룩한넷일을 이약
이삼아하시며, 잇다금 썰어럼이시는 알수업는 어머니의 그눈물파가터, 모든 거룩한사랑파, 온갓깃거
운정을, 가득 찬듯하재가진 이밤이다. 큰팔을 벌리고 부들어운 그가슴에, 나를 안아주라는듯이, 돈돈
하고 탐탁한 이밤이다.

이밤에 나는 길을 간다.

한들은 얏다. 아조 탐탁스러웁고 안윽하게 야터보인다. 향수로 퇴엽시 씻고, 우유로 보들어 움게
물들인듯한, 포근포근하고도 써뜻해보이는 보얀하늘에, 정신나는듯하고 커여운 못별들은, 여거저긔
오묵오묵박히어 깜박어리며, 은방울을 울리는듯한소리로, 고흔노래를 불으는듯하다. 고요히 호르는
은하수에, 가벼운거울이 써나려가는듯한, 오리알빗둥굴,엣달은, 나의팔이 죡움만더길엇스면, 잡아다
려싸가질듯하게, 정다웁게 갓가우면서도 고웁다.

그러나 그달빗은, 나의눈에다 눈물을 어리어준다. 무슨 구슬혼설음이 눗기어저서, 그러한것이안
이라하야도, 눈물은 분명히 나의눈에 보이는것을 모다 안깻속처럼 몽통하게 호리여 놋는다. 보이는이
세상의 모든것은, 고혼 모기장을 처 노흔듯한 흐밋한 그속에다 수수꺽기를 푸는 작난감을, 되는대로
알수업시 내더저둔것갓다.

여긔에서 나는 길을간다.

이밤은 이밤은, 무어라말해야 조흘밤이냐. 뜻업시 웃슥놉흔되는 게울리조을고, 철철흘러가는물은
가슴압호게 운다. 신방에 들어가는 신부의마음가터, 수접으면서도 소리업시 납뛰는 보얀물안개는 보
금자리일흔 어린새의꿈을, 싸닭업시 흐느적어린다. 나는 어미일흔 그새새와가터, 외로이웁떠 이
길을 간다.

이몸은 작다. 말할수업시 작다. 그리고 여지업시 더러워젓다. 광채를 자랑하는 뭇별은, 숨김업시
반작이며 나려다 보는데, 나의가슴은 왜이리도 몹시 어두어젓노. 들가에 속살거리는 아지탕이 보다도

사람은 더다시 알수업는구나。허무하고 몽롱하게、빗도업고 정도업고 사랑도업고 쓰한 이름도업시、다

만 쓸쓸한 황무지에서、헤매이고 구박만밧다가는 것이、내가 살아본 사람이로구나。이쩌

쎗 그러한곳에서만 살아왓스니、쓰한장차도 그러한곳으로만 허우적어리고 갈혀이겟지。왼달리 쎄가

는 달은、어대쌔지나 가라느냐。반작어리는 저새별은、어느쌔쌔지나 속살거리랴느냐。어린세야 녀

는、언제쌔지나 우지질나느냐。

세상은 나를、이름도업시 천한목숨이라고만 부른당。그런데 나는、다른사람파 가튼 사람행세도 못

하야보앗다。봄을파는 물건이라하야、돈만잇스면 사고팔수잇는 물건이엇섯다。그래서 나의몸은、더

러워버리엇고 허무러저버리엇다。그혼한사랑도 나에게는 허른주정!

그러타、나는 사람에서 살아보는 사람이 되랴하얏다。돈으로아니고 사랑으로 살랴하얏다。사람노

릇을 하랴하얏다。올코착한일만올 해보라하얏다。아니—얼마쯤은 착한일도하고 올혼일도해보앗다。그

러나 세상은 나를 모르더라。모른체하고 비웃어버리더라。업수히녀기더라、사람으로는 대접하지를

아니하더라。천한목숨이라고만 부르더라。다만 짐승처럼녀기고、짐승을 부리듯이 구박하고 학대만

하더라。그래 쑷다운쑷순은 다—썩기어버렷다。어지업시 무질느며、모진발꿈치에 짓발페버렷다。그

러고도 마음애 넉넉지못하야、쏘다시쑷쑷내 천한목숨이라고만 업스녀 거부른다。대체 나는 누구의 쌔

,닭이냐。누구로말미암아 천한몸이 되엇스며、쓰한 무슨죄며、누구의 죄이냐。나는 다—쌔앗기어버린

엇다。청춘이나、행복이나、모든부러움고 하고십흔것이나、쑷다운쑴이나、순실한정성이나 다시어들

수업는 커여윤정조나、나종에는 내가 가지고잇는 고기생이써지 목숨쌔지、다—쌔앗기어버리엇다。나

는 등신만남은 허수아비다。등신만남아서 구을러단이는 빈털털이다。

아— 나의것을、모다 모조리쌔앗어간이는 누구이냐。그강도질을한 죄인은 누구이냐。못살재군이

는 누구이냐、하느님이냐、사람이냐、이몸 스스로냐、항용말하는 팔자라는 그것이냐、그러치안르면

광막한 별판이냐、웃둑솟은 외쑤리냐、철철흐르는 한강수냐、유연히 뜻업시 돌아가는 쓴구름이냐、

반작어리는 별빗이냐, 안갯속에서 노끈히 조으는 참새새끼냐, 침침한곳만 차저서 기어드는 빼줄인커

신이냐, 정말어쩐것이 범죄자며, 참말로나의 쏙바른 원수이냐.

내가, 세상에나 세상에서 사는동안에, 나를보고 짓거리는 사람들을 보면은, 미운생각뿐이다。우기

고 벗서고십흔 마음뿐이다。 그러나 그것도 버릇이되어버리엇다。 다만 혼자만 고생이고 울음이고 가

슴압흔일쓴이엇다。 아모효험업시 아모뜻업시, 긴한숨은 죽엄을 짓고, 쓴눈물은 무덤

을 파고, 쓸대업고 변변치안흔 모든 불상한력사는 지겨운 죽엄의옷을, 한벌식 두벌식 한갈피두갈피

차곡차곡차례로 작만해왓슬뿐이다。 열이나서 날쒸다가도 멈추어서고, 의심을하야 돌아서다가도 쑴

을우며 다시가고, 무서워서 머뭇거리다가도, 설마설마하는 그속에서 다시속아, 그만갓갓내 이러케

병이 들어버럿구나。 녈모래넬모래하면서 밀우어오든, 밀우체 근심은, 나를 지텨로 늘키어서,이처럼

다시 고칠수업는 무서운병을, 김히들여 노핫구나。

병든신세, 김흔병에억매인이몸, 근심에 무저저, 생각에 게을러, 고달핀 푸른쑴길, 쏫업시 머나먼

길로, 여위인 달그림자를, 뵈는대로 쌀하서, 이러케 소리업시 울고가노라。

이산은 눕기도눕다。 오르고 쏘올라도, 긔지업시 눕흔산이다。숨이턱에다하서 헐덕어리며, 엉기어

올라간다。 산알에는 물이요, 물우에는 산이다。 굽은길, 쌔른길, 지럼길, 비탈길, 기어오르자, 낭썰

어지, 건너쒸자 언덕박이, 힘업는 발굼치는 돌쑤리에 거더채이고, 고달핀몸은 멋번인지 곡굴어지며

나는 이산고개를 올라간다。 고개고개 눕흔고개, 아니가지못할고개, 배곱흐다 보리고개, 기막히다설

음고개, 죽고살고 목숨고개, 닥쳐오는 한숨고개, 나는 이고개를 넘어가야하겠다。

울타 나는인저 고개에 올라섯다。 산장등에 눕히올라섯다。 눈물을 거두자、 바람을 마시자、 씁을들

이자, 온세상을 마음노코 나려다보자。

저쪽에는 출렁출렁하는 강물이 흐른다。 하얀 모래톱, 금잔듸 휘ㄴ한벌판, 내가 저곳에서, 얼마나만

히울면서 헤매어왓노, 인저는 나는, 어대든지 가고십다. 어린새와가티 이리저리 마음대로 가고십다

집수건가리 보들어웁고 향긔로운 안갯속에서, 곱고 매슬어운 무지개를 타고서, 무한을차저, 병원을 차저, 구름을지나 달을지나, 별나라로 쓰삿업시, 멀리부르는 그 소리를 쌀어서, 커에익은 정다운음

성을 쌀하서, 가고가고 한업시 가고십다.
저 알에 강가로 휘둘러잇는 마을에서는, 체ㅅ붕가티 죽은듯한 저마을에서는, 반작반작하는 푸른등불

이 근심스러이 조으는듯하다. 머ㄴ하니 문널어내버려둔, 저 윗다ㄹ음막살이집은, 내가살든집이다. 이

몸이 크도록자라고 애졸려살든 그집이다. 아마 어느째싸지든지, 내가 돌아갈줄만 녁겻, 기두르겟지

그러나 나는, 다시는 아니 가겟다. 아니간다. 다시두번 돌아서지못할 마지막이길이다.

섭섭하다……몹시도 그립고 서윤하다. 쓰슬프다. 그러나 돌이키어 가지못할 이길이로구나. 그

러면 어찌하노. 나는 한번 쓰다시 고개를 돌이키엇다. 넷마을을 휘둘러 보자. 그리운 우리마을을 내

가보고가자. 내가살든 우리마을을, 더다시한번 마지막으로 살피어 보고가자.

마을은 모다 불빗이다. 이상한 불이붓는다. 불난리가 낫다. 죽으마한불이 무덕이불

이되고, 무덕이불이 큰불이되어, 허공을 내저으며, 무서울게 붓는다. 큰팔을 벌이어, 온대저를ㄹ 써

안으랴는듯하다. 구름처럼 몰리어닷는 아득한 연긔속에서, 정신업시 매음돌며 쓸어질듯한것은, 우리

의집이다. 아ㅡ저마을! 저속에는 이째껏 불이잇섯다. 불만이 가만히 살아잇다. 심하게 겨ㄹ

왓섯다. 모든것을 때우려고……。

물이순 달빗은, 침윤한병이들어 헐덕어린다. 검붉은 하늘파쌍은, 어쎄한불안이 잇는지, 잠쑥 썹호

떳다. 커다란 넷대궐불을, 일업시 질머지고, 노상 업들여만잇든, 저말업는 돌짐승이, 무슨 큰 소리

를 한번크게 지를듯지를듯하다. 괴상한불빗, 무덕이몬지, 온갓것이 모다 부글거리며, 무슨 크낙한

일이나 장차러저나올듯하다. 한쎄의 회호리바람이, 빗거치른 마을 한구퉁이에서 일어난다. 빗업시

섯는 열세충남글, 휘둘러 속은거리든, 한쎄의 희미한무리가 물러서저나자마자, 한마듸의 무서운폭향이

일어난다。하늘을 씨롤듯한、한자락의 성난불길이、확하고 쏘다시 일어난다。우루룰하는 천둥지동 어대에선지 모르게 터지는 울음、날쉬는 부르지즘、미친듯한 한세의 무서움폭풍이 내몰리어 거리거 리를 휩쓸어덮허버린다。날리는 기와쌍、쒸노는 불썽이、꼴목꼴목이 이상한불길에 얼이어진다。불이 쒸어단인다。귀신의 웃음이 들린다。사람의 울음소리가난다。서로찾고 서로부르짓는다。거긔에서 나의이름도 부르는이가잇다。

누구들인가。나의어머니신가。그러치안흐면 나의아버지신가。적든사람들이냐。힘썻 안타가웁게 부르는、나의 사랑의 목소리도들린다。여러목소리는 나를 부른다。나를 찾는다。그러나 나는 발서 여긔에와잇다。그러치마는 나도 그불은 가지고왓다。나도 불이잇다。숫처럼검은 이년의 가슴속에、이재썻다든것도、가만히 부터오르든것도、뜰수업는 그불이다。몃번인지 그붓는불은 쓰라하야 애쑤진 눈물만을 날마다 단히 흘리엇다。그래서 공연히 애처러히、나의전신을 빈틈업시 아로삭이어논것은 눈물의 흔적이다。눈물의수단으로 나의몸은 이러케 형용도알수업시 낡고 쏘 슬어 저버릴 지경이다。

고개롤 나려서서、얼업시 거러갈쌔에、발압헤 연긔가튼어리인 물건이、걸어간다。다만 호울로 강 가에서 헤매이는 검은물건이 보인다。올라 저것은 팔자라하는 그것이다。노상 나의압흘 서서간다하 든 그팔자이다。

그팔자도 나와가티、넉 편네의모양을 차리엇다。나는 저팔자와함쎄 헤매인다。팔자는 울고잇다。나 도 운다。구진비처럼 나리며、모래밧을 적시우는 눈물……올타 설음의묵어운 나의눈은、구지인눈 물로서 구구한팔자와 서로알게되엇다。사피어젓습니다。다른것은 아모것도업다。다만 느렷한 긴세월 과함쎄、한갓 강씨의물거품을 쌔치는、솟업는 눈물밧게는、아모것도 잇지아니한줄을 나는알앗다。 나는 눈을한번 감앗다가 다시썻다。압헤섯는 팔자는、한손을 번쩍들어 쇠덱쇠덱하며、나롤부른다

사방은 고요하다. 내가 자세히 녀겨볼새에, 압선 그팔자는, 나의아버지이다. 나는 넘

우도 반가워서, 「아버지」하고 부르랴하얏다. 그러나 도모지, 목소리가 나오지 아니한다. 아버지는

「이곳은 그러케 입으로 써드는곳이 아니다」하는듯이, 고개를 천천히 설설내두른다.

어둠나라 이쪽, 피 ┃ 하 넘은 벌판에, 쓸쓸히 흐르는 달빗은, 거칠게우거진 잡풀은, 넘우도 처량

스럽다. 먼들 저쪽 가에서, 노랫소리가 울리어온다. 물에싸저죽은 시악시커신의 처량한 울음소리

가튼, 구슬픈 노랫소리가, 명낭히 멀리서 씸리어온다. 나는 고개를 다 소곳하고, 한참이나서서 들엇

다. 그노랫소리는, 가슴에 숨어드는듯이, 쌔쌜에 녹아드는듯이, 물에 숨어드는듯이, 스르를 살어저

버린다.

으스름달빗이 조을고, 새벽안개가 서리인, 거친풀들 이곳저곳에서, 슬그먼이 수업는 사람들이 일

어난다. 모다 무슨소리인지 잠고대비슷하게 우물우물하며, 우수수하고들 일어난다. 나는 머릿살이

쑵벗하얏다. 그러나 그리 몹시 놀나지는 아니하얏다. 모다 일어나, 한발식한발식 다아와서, 쌩둘리

어 워선다.

그들의얼굴을 한낫씩하낫씩 자세히 녀겨보니 모다 나의아는사람들이다. 모다 정든사람들이다.

그들의몸매무새는 넘우도 어지러웁다. 허리를 들어내이고, 젓가슴을 드러헤친, 헐벗은 몸쌜도

시 불수도업슬만치 불상하다. 대개는 피무든옷을입고, 대개는 남우하다. 입언저리에 고흔피를 흘리

며 오는이도잇고, 혹은 울며, 혹은 고달피어졸며, 혹은 빗바래인 입술을 비죽비죽하고들잇다. 대개

는 코섈어진 병신이아니면, 팔병신, 다리병신, 문둥이, 반신불수, 온갓병신들쑨이다.

나는 다 ─ 잘알앗다. 그들은 모다 사나희이다. 그러나 얼굴은 모다 볼수도 업시 「밥을 주어요, 사랑을 주어요」

하는소리가 이곳저곳에서 푸념하듯한다.

저쪽에서도 수만혼군중이 몰리어온다. 울타, 저이들의 쓴삿갓을, 모다 내가 넷날에 씨워준삿갓이다.

모다 커다란삿갓을 우굴여썻다.

저들은 나의 운명들이다。재물를 갓다주든 운명들이다。저 삿갓속에는 부자도잇고 커끝도잇다。그러

나 시방은 「돈을달라 돈을달라」하고 모다아귀다름질뿐이다。나더러 넷날의쥰돈을, 내이라고 모다줄

은다 아ー어씨하면 조흐냐。

울타, 저곳에 삿갓을쓰지안코서서, 빙그레웃고 보는 사나희가잇다。저는 나의사랑이다。나의사랑

이다。나는 저에게 구원을 청하는수밧게업다。저를 쌀하서 가는수밧게업당。

놉흔산고개와 넓은강물을, 수도모흘만치 넘고 건녔다。그고개는 이름을지어 근심이라하며, 그물은

이름지어 세월이라한다。아ー그고개는 얼마나 놉핫스며, 그물은 얼마나 넓엇섯나。인저는 나도늙엇다

근심으로 늙엇다。

인저는 가을이다。가을이 들엇다。한숨스러운 사람의살림에, 추절이 들엇다。넘우도 고달피엇다。

괴롭다。평안히 쉬일곳을 찻고십다。오래살 안식의터를 구하고십다。

웅장하게 놉히둘린 가시성에 단풍이들어서, 선지피가 듯는듯하게 붉은성이 가로막아섯다。

우리들은 가시성을 세고돈다。성벽에 엉클어진 가시덩쿨밋으로, 그림자딴 남은 고목이 쓸어져 썩

는 그사이로……。

가시성을 한구비돌아설째에, 비릿내가 세치는 충충한 큰못물이, 압헤닥친다。

누런구정물이 충충하게썩는 웅덩이속에, 여러개의손목 발목, 살, 염통, 머리칼, 해끝박이, 서로부

듸치고 서로얼키며, 물에둥둥써 북을그린다。

그중에 싸로어써서 돌아단이는, 두개의 커다란 해끝이잇다。그것은, 나와나의사랑의 해끝이라한

다。그해끝은 서로정다이 이약이하며, 써잇다。

ーー여전 그째에, 아즉 이세상의 청승스러운일이 벌어어널리기전 넷날에, 물가에서 어른거려헤매

이는, 두그림자가 잇섯다。그들은가장 거룩한 한사랑이엇다。회색구름이 썻다살어젓다하는 독갑이

장난가튼 희미한빗속에서、 노들이 듯하는 소낙비를、 다ー 마저가면서、 서로 탄식도하며 울기도하며
부르짓기도하얏다。ー

나의사랑은、 가장정다운 온순한말씨로、 모든 그윽한말은 나에게만 말하얏다。 아ー불상한 녀와나의
해골。

으스름달빗은 조을고、 여호의울음은 자지러진다。 좁고넙은 평탄한곳에、 집터인듯한 거치른 쑥대
밧이잇다。 넉제에는 이곳이 우리의집터라한다。 그러나 시방은、 집도업고 주추도업고、 다만 우리의
해골을 무들 무덤싸리라한다。

갈곳은 모르고、 갈길은 만흐니、 어대로갈가、 어대로갈가。 나의사랑은 나를부로고、 나는나의사랑
을 쌀하간다。 갈길이 어듸며、 가는곳은 어대매냐。 이길이 도모지 멋만인나되느냐。 넘우도 긔지업고
넘우도 바이업구나。

올타、 저거저곳에 붉은칠을한 커다란성문이 보인다。 나의사랑은 여긔히「저곳은 갈곳이 아니다」누
며 나를 만류한다。 그러나 나는 사랑의말을 들을수가업다。
나는 분명히 서문을돈다。 또한 고달피엇다。 사랑의말을 넘어듯기에 고달피엇다。 사랑이나를 속일
만무하지마는……그래도 나는、 그의말을 미더들어 오다가、 넘우도 휘돌아온듯십다。 나는 나
의가고실흔대로만 가는수밧게업다。 사랑의 가르켜주는길은、 넘우도 희미하다。 갈래도 만타。 천갈래
만갈래 세일수가업서 가지못하겟다。
나는 가고실흔대로 간다。 사랑의말을 돌보지안코 혼을로간다。 모든일을 두룹스고 혼을로간다。
그런데、 사랑은 울고서섯다。 안타가운 사랑、 내사랑은、 울고서잇다。 어찌하노! 어찌하노!
나는 어지러웁다。 엇질엇질해 쓸어질지경이다。 설음의실마리는 풀리어저서、 넘운벌판에 서리서리
한다。

- 413 -

성문이 열린다。 나는 정신업시 엎드러젓다。 땅은 돈다。 이몸을 실은 이땅은, 구을러움죽인다。 어

대로어대로 흘러움죽인다。 성문은 덜컥다친다。

나는 다시 귀윰을다하야 일어섯다。 굿게다친 무쇠성문을 두들겨보앗다。 그러나 문싹은 죽음도 움

즉이지아니한다。 소리를질러 보앗다。 그러나 문밧게서는, 아모대답도 들리지아니한다。 다만 이몸을

성안에실고, 성째 아울러 흘러 가는, 땅의호르는소리만 들릴울쑨이다。 실가튼 문틈으로, 밧갓을 내어

다보니, 천지는암암, 날빗은 검은데, 멀리서멀리서 점점멀리서, 「가지말아」 하는듯이 서서우는, 사

탕의얼굴이 잠깐보인다。

죽은듯한 이성안에든 나의설음을 누가알랴 맥풀린 나의눈, 꼼짱슬은 내목소리, 힘들여힘드려 크

게질러서

「그래도 가요………」

꽃

死의 禮讚

月

灘

보라!
째아니라、지금은 그째아니랴。
그러나 보라!
살과 혼,
화려한 五色의빗으로 얽어서짜노혼
薰香내 눕픈
幻想의숨러를 넘어서
검은옷을 骸骨 우에 걸고
말업시 朱土빗흙을 밟는 무리를보라,
이곳에 生命이잇나니
이곳에 참이잇나니
莊嚴한 漆黑의하늘 敬虔한朱土의거리!
骸骨! 無言!
번저어이는 眞理는 이곳에잇지산이하냐。
아! 그러라 永劫우에。

검은사람의무리야

모든 새로운살님을

이세상우에 세우랴는 사람의무리야,

부르지저라、그대들의

얇으나 强한聲帶가

찌저저 廢弛될째써지 부르지저라、

激恣에 뛰는 밝안염통이 러저

아름다운 피를셤고 넘어질째써지

힘껏 성내여보아라、

그러나 어들수업나니、

그것은 표토러진萬華鏡조각

아지못할 한새의 꿈자리이다。

말은 나무가지에

고읍게물드린 조희로、밋울떤들어

가지마다 걸고、

봄이라 노래하고 춤추고웃으나

바람부는 그밤이 다시오면은、

눈물나는 그날이 다시오면은、

虛無한 그밤의시름 쏘어찌하랴。

어들수업나니 참을어들수업나니、

紛먹인 얇다란 조히하나로

온갖 醜穢를 가리운 이시절에

眞理의 빗을 볼수업나니。

아ー 돌아가자

살파、혼、

薰香내 놉흔 幻想의꿈터를넘어서、

거룩한 骸骨의무리

맘업시 것는

漆黑의하늘、朱土의거리로돌아가자。

老 妓

어둠의밤을 어루만지여주는

가벼운 녀름바람은

비방울 우두둑거리는

푸른나무 사이로 스치여오고、

소낙비지낸뒤 黑紺色하늘언

맑고도 푸른달이

들녀슨 별쌔와 함께、

두둥써도는 구름속으로

숨박곡질한다。

月光과 無聲이 고읍게얼켜진

달큼한　寥落의미　트로,

깁숙히　잠겨진

키다란　방에는,

靑春을자랑하는

나젊은　사나희와

이제는　늙엇서요하는

四十념은老妓가

말업시　말업시　유리잔을　기우려

써늘한　보리술을　마시고잇다。

『이래두　젊엇슬　그때에는

　　　當代의名妓엿드랍니다。』

榮華롭든　엿시절에

異性을　녹이어내든,

달큼하고도아앗질한생각을

虛空우으로　그리든老妓는

아즉도　남은　씩걱이愛嬌를

눈추리　우에　떠우고,

荒蕪한　三日月의눈썹을　씽기며

가느다런　실눈을　찟다　감엇다한다。

「지금의 妓生노름이 妓生노름이어요,

　암만해도 녯날만 못하답니다。」

검푸른 시든얼굴에

縱으로橫으로 그려진주름은

마듸마듸 말소리가

푸르죽죽한 남은입술로

구을러 떨어질쌔마다

橫으로 縱으로 움죽어린다。

「생각하면은 人生은 꿈이라더니

덧업는 하루밤 꿈자리어요,

노상靑春이야, 나홀로 絕色이야

호강만일줄 알엇더니……」

반쯤醉한 老妓의얼굴엔

마음 근지러운 쓸쓸한 찬웃슴이떠돈다。

「………

　　……山戰水戰몃百番에

내나희 늙엇답니다

아시못을靑春의시절을

그저 그러케 보내엿답니다。」

- 419 -

「억울하게도　보내엿지요
철업시도　보내엿지요
그조촌　青春의날을——」

「그러니　호강도호강이려니와
고생은　오죽햇드랍니까、
어느샌　한참조른　삼단가른머리도
결거잇는　사나희손에
덤북　비여도　보앗답니다——
——그나그뿐인가요、
허연　탐스런　볼기와　다리엔
퍼러케　멍이들기도
멧백번이엇답니다。」

「내나힌　그저　그ㄹㅐ늙어답니다
다시못을　青春의　시절을
그저　그러케　보내여답니다。」

生

지나간　옛날을　생각하야
탄식하는　老妓는
朦朧한　醉眼을　슴벅일쌔마다
방울방울　눈물이

옷자락을 적시운다.

길고 긴 老妓의 사설을드르며
소리업시 보리술을 마시우는
젊은사람은
길이 한숨쉬이며
쏘다시 유리잔을 든다.

愛道雜唱

아들을 사랑하는
아버지의마음은,
너름날
놀벗 쏘아나리는
虛空우으로
써돌아다니는 구름장갓고,

아들을 사랑하는
어머니의마음은,
黃昏의엷은그림자
흔들거리는
大地우에

살작 부례오는
微風파갓다。

사나회를 생각하는
시악씨의 마음은,
찬란히 西天바그로떨어지는
붉은落照를,
소리치며 바더 용소슴치는
밀물든바다의 歡喜와갓고,

시악씨를 생각하는
사나히 마음은,
아지랑이 어리운
봄날아츰에,
붕붕거리며
향내를 쏫는
샬벌의쎄의 마음과갓다。

어버이를 생각하는
아들의마음은,
獄室에 呻吟하는

젊은囚徒가

太陽을 향하랴는마음파갓고,

어머리를 생각하는

아들의마음은,

달빈 가득한

가을거리의

길것는사람!

설음파갓다。

어쩌한 시절의 검님입니싸,

이모든 사당을 부어준이는

사람의마음에

사랑、사랑

이모든 긔막힌사랑을

길이길이사람의마음에

印처어준이는

지금은、아——、

어느곳에 안저

이모든 사당의悲劇을

나려다보며

微笑하시나이싸。

蕾　柱　碩　安　『醉』

懷

月

『오늘은나에게 새로움것이 오겟지、 그리고쏘질거움이 울터이끼찟지」하고 내가길고길게 잠파실중석찐

하폄을하면서 내자리에서 일어날쌔는 해는쩌는듯한모양으로、피빗석긴붉은얼굴로 위엽잇게내눈을쏘

아서본다。 그리고새로운아츰의바람은 축축하고도시원하게 한줄기가 정신호퇴내얼굴을 한번씨처치고저

내갓다。 그리고 하늘파창사이에 뒤덥히엇든 안개는 차츰차츰 썰물쌔의물결처럼 희미하재사라진다。

그리고쏘내가 풀을볼쌔에 그풀입에는 어제볼수업든 작은은방울이나 금강석가루가튼 아츰의이슬이깃

붐에취한듯이이리쒸고저리굴으면서 그풀입으로부터 쌍에썰어진다。「아、축복을밧든 아츰이로구나 아

츰에모든것은 한엄는행복에넘치는구나、」이러케나는 나도모를만치 내입속으로중얼거렷다。나의마음

은 무슨확실한표적도보지못하고도 싸닭도업시질거웟다。그리고 내마음은무슨큰 희망에빈틈업시가득

이 찬것을쌔달앗다。 하늘은유리가티 푸르고맑고、 쌍은 검고도기름젓다。새들은사랑스런소리로지저귄

다……。 나의마음도쏘한 간득한웃음에넘첫다。 오늘아츰에 보는모든것이 나에게는 한번도보지못한

것파가티 기이하고새미하엿다。 어제저녁파 오늘아츰의사이에는 말할수도업는 무슨큰바다가잇섯든만

름생각하면 멀고도희미하엿다。 그러나다시생각하면 어제와오늘을걸쳐 나를때워가지고온 한작은

때를기역할수잇다。 그배는、 어제와오늘을걸녀 계할뿐만아니라、 날마다날마다 내가이세상에 울쌔부터

오늘쌔지……그리고쏘압흐로영원히 나를걸녀일터이지……。 그배는나의生의죽部이엇든것이다。쏘

한내生을緊張시키는한女神과가탓든것이다。 어씨하엿든지、 어제저녁으로부터 오늘이란날쌔지 피로움

것파가리 건너온것은 나도모를만치、 奇蹟이엇다。 그러나 한아내가아는것이잇다。 그것은 불에달

은쇠가 물을거쳐서、 비롯오완전한 긔계를맨드는것파가러、 灼熱하엿든나의어제人날은 밤이면오는、잠

우다는평화스런나라를거쳐서온새들을알앗다。

나는자리에서벌덕일어낫다。그리고 자리도갤새업고、엽도 돌아볼새업시

문밧게는 산모롱이에서(우리집은산엽해잇섯다) 사람단이는 큰길어구에쌔지 가는고쓰길재 백양목

이 두줄로늘어섯섯다。백양목의 並木路는누구의발자죽한아업시 거츠른광야와가리 아츰이슬에호미하

게조을고잇다。만일내가、이 길가운대서서「아、아츰은화려한움이로구나」하고 소리크재질럿슬것이

면문득위태한움은、환영과가리 나무입들은 조심성스럽게조을고잇다。그러나 나는오죽 고요

하엿다。이모든것을마음깁히삭이랑으로 나는다만잠잠하게 佛像과가리 우두머니섯섯다。

내가 유리가른새벽하늘을치어다보고잇슬동안에、맑고、고요하고、그윽한 기름바다와가리 동요업

는、차고、시원한, 공거는、지금으로비롯하여서、울숙이기시작하엿다。작은파도는 작은파도와 부듸

치고、큰파도는 작게갈라저서 어지러이 내주위를흔들고잇다。동편하늘을붉게물들이면서 밤이라는잠

자리우에서 반씀고개를들고 쌍을나려다보든태양은 문득성난비츠로、쌍、중앙을향하고 올라오기시작

한다。하늘의숫파랏으로부터는 생각지도못한째 모든구름이 이리얼키고 저리허러지면서 하늘전면을

딥허서온다。풀입우에서쒸놀든 아츰이슬은 어느름에 다 쌍에쩔어저업서지고、모든풀입들은 쓰다시

목마른 더운기운을 토하기시작한다。숨쉬든並木路는、내가기침한번한새업시 말슴째고말엇다。모든나

무돌은 쓰다시쓰거운벗네한아는 물둥이를이고 건녀편산모퉁이를 돌아서간다。살진두용덩이는 七面鳥의그

는 살진녀편네한아는 목이타서 허덕이겟지……。쪽으만한싸리짝문을 처음으로열고나오

것처럼 흐무러지고 탐스러웟다。죽음잇드니 쏘다른집에서 앗가와가리 문을열고 나이어뢴아이가

타달타달 큰신을쓰을고나와 밧고랑에다가 쌩을누기기시작한다。이가려 한집한집의문은 열리기시작하

엿다。개들은 허공을치어다보고 무슨원망이잇는지、갈라진소리로 킹킹짓고잇다。닭들은윤다。도야지

는설날거린다……。모든짐승、모돈사람의 영화스럽든 아츰의움은 말슴째고말앗다。시슬어움소리

웅얼거리는소리는 都市를에워싸고 흐르기시작한다。

「아, 아츰은 화려한숨이로구나」하고 내가부르지줄째는 이미 탄석하기느졋다。그째에나의가슴속에

서 들릴락말락 뒤든염통은 문득큰동요를바닷다。어떠미진개처럼 내염통운떨어뉘며 달음질하엿다。

그째에나의온봄은 병든사람이 찬바람을쏘이는것가티 솔음이쑥써치고말앗다。싸움한애인이내얼둘에그

의쌤을 다하는것가티 마음이피롭고 근질업고 쓰그리우기도하엿다。싸나의원수가내얼굴을 조롱하는

것파가티 분로와 용긔와 쟁투의불길을나는쌔달앗다。나는펏든두손을 단단히주먹으로쥐이고말앗다。

쑤뎟이올라오는해스발은 쓰거운내얼굴을간사하게비처면서 「오늘도 녀가살아야한다。산다는것은나의

빗처럼 영원하나라」하는소리를 내살을통하야 毛細管에모인 작은血球에게일러주는거가랏다。내가새

벽에 눈을뜰째에 내가슴에 첫든희망은、문득우울로변하엿고 「아、영화스런아츰이로구나」하든내입은

「아、살아야겟다、」오늘은 나를위하야살라고맨든날이로구나」하고 부르짓게되엿다。

어제저녁의서늘한바람과 오늘아츰에맑은새벽하늘、어제밤하늘에서반작어리는수업는별과 오늘새벽

에우주를들러 싼안개는、모도다큰詐欺임을알앗다。나의生은 이큰사긔에속아서왓다。「아!그러나

살아야겟다。오늘은 어찌하엿든 살아야겟다」 나는이러케부르지즈면서 다시좁은한간방인 우리집으로

들어갓다。

＊

더운바람은 남편으로부터 불어오기시작한다。쓰거운칠월의여름이엇다。

＊

「어머니、고만일어나셔요」 나는쓴뜻업시 일상하는관습으로 써들엇다。그리고 나는좁은방안을살피어

보앗다。방은몹시도어두웟다。그리하야 나는어느곳에 어머님이들어누으섯는지 어느곳에 아버님이주

무시는것사지도 알기가어려웟다。웃묵에는 무엇인지째무든옷이 여긔저긔씨히어잇고、알엣목에는 검

은입울이 되는대로널푸러젓는것은 날마다보는것이기쌔문에 방이어두어도 알기가쉬웟다。

「지금멋시나되엇니?」하는소리는 째무든입울속으로부터 시들어썰어지는 갈앙입처럼 힘업시 그

들리엇다。 다른사람은 무슨소리인지모를것이다。 그러나 나는얼는 그말을알아들을만치 날마다버릇이

되엇든것이다。그리하야나는그소리가 어머니의목소리인줄을알앗다。어머니의목소리는 아버지보담

압만늣으시기는하엿지만—— 좀 가늘고강한맛이잇섯든싸닭이다。

「네、지금은아홉시나되엇습니다。」나는이가티 가만한목소리로대답하엿다。죽음잇드니 싸무든입을

은 움죽이기시작하엿다。그리고 그입을속으로부터는뜻기에마음괴로운 ……。

「아고、아、아고」이가티선히지안코을러나왓다。다른사람이 들엇슬것가트면 한초도안씨안코 무서

워서 달아낫섯슬것이다。그러나 나는그소리를아츰이면 의례이듯는 무슨긔도소리가티들엇다。울죽이

는 입울을나는들첫다。아이고、아아고、하고알으시든 나의어머니의 희고도늙은얼굴이 나타나게되엇

다。그의얼굴은、오래뒨도마에칼자죽모양으로、말할수업시수만흔 금과줄음이 이리저리얼키어젓다。

나는 나의어머니가일어나실새에 무릅과 팔목과 모든곳에색와색가 마조부드쳐、오드득오드득하는

소리를들을수가업서서、일어나시는어머니의 허리를안아일이켜들이엇다。전가트면 시장하시다고、무

엇을사가지고 오라고재촉을하셧슬터인데、오늘은일어안즌신채로 물그럼이 쌔무든상첩지들창을 내여

다보시면서、뜻업시한번빙긋웃으셧다。그쌔에알엣목에아버님은 깁혼꿈을꾸시는모양인지 코소리가다

만 들으렁들으렁。

우리방은깁혼침묵에에워싸엿다。다른방에서는 (이집은 원래 세채로난호이엇다。방한간석세들고잇

는、세가구가합한집이엇다) 밥먹는소리、웃음웃는소리、쩌드는소리、어린애소리、돈소리、그릇소리

모든소리가 고요한우리방의침묵을쌔럴인다。「아、쌔에사모치는침묵」나는속으로부르지젓다。그쌔에

해는구품속에 가리워버리고、어둠괴우울은 넓은쌍으로 나려헤매이고잇다。누구의가슴으로 그우울의

활살이박이일는지 ……。 그우울의화살은 누구의불행한가슴을차저단이는지 ……。별안간 바람한쎄

는 날카릅게 성변맹수와가티 우리방 방문싸을 냅다싸리고지내간다。우리방의차차밤든간열판데촌、쌔

시어두어지기시작한다。쩨쩨창문은、누가와서 흔드는것과가티 덜렁덜렁혼돈들기시작한다。하늘엔 시

컴은구름장이 한장한장거듭싸이고 훗훗한기운은쌍으로부터 ……구석구석으로부터、발과닥으로부ᄙᅥᆨ

셔오르기시작한다。무슨큰중조가 하늘에서나려올것도갓고 땅속에서 나올것도갓다。나는때가곱흐요기시작한다。

늙은 ──일혼이나잡수신 ── 나의어머니는얼마나 시장하실는지⋯⋯。그리고 이쩌것주무시

는 아버님은 넘우시장하시다못하야、매실힘이업서서 쩌러케주무시겨나안는지⋯⋯。나는쏘다시때

가곱흠을깨달앗다。무엇이든지사러 밧게를나아가야겟다。그쌔에어머니는 또면들어야겟다 그리고

나는 그리하야 벌덕이어낫다。그쌔에어머니는 쏘한번 웃으셧다。나는그웃음을 알구십헛다。그리고

나는곳 이가러생각하엿다。

──내가、어젓게 밧게나아갓슬쌔에、그돈을가저왓나보다、그일년이나 씌울어오든 명순이가 ──

그러나 늙으신어머님은 이저버리시고 어젓게는 나에게말슴을아니하셧나보다⋯⋯。아니、내가어젓계

집에오기를 밤 열한시나 되어서왓스니안⋯⋯、그러나 그까진돈십원⋯⋯아니다、어머니에게는、돈

은어머니、돈구경못하든 어머니에게는 그 십원이 십만원이나가러 큰돈으로 아실러이다、그리하여서

지금 어머니는조하서 웃으시나⋯⋯⋯。그러치안흐면⋯⋯⋯。──

「이애종철아 ──어머가이가러 별안간부르섯다。그쌔 나의모든생각은 다쎄지어버리고 의식(意識)업시

「네──」 무슨큰것을 기다리면서 나는대답하엿다。

「너、어대가려고 ──」

「아춤질것들어서케해야지요」 내가이가러 대답할쌔에쏘웃으셧다。이번에는 나를보시고웃으셧다。그

쌔에 하늘은 큰우뢰로한가지문어지는것가티、주먹가튼비방울이바람에불려、조히도발는창을한아、꿀

⋯⋯차 춤차 춤쌔르게쌔리기시작한다。그러나어머니는 다만웃으시면서

「이애 종철아、내이약이를들어라⋯⋯」이리갓가이안저서⋯⋯」다고하실쌔 나는 무슨큰행복이나

혹말할수업는 불행을기대리엇다。

「네、무슨말슴을 ──」

어머니는쑤글쑤글한、쌕만남은손으로 나의손을쎅붓드셧다。나의손을꽁연히설더엇다。그리고 나는

어머니의 입과 두 눈을 물그럼이 보앗다。 「두 손 말슴을」 나는 속으로 썰리며 상상하여 보앗다。 「가슴은 쓰쓰기시작하엿다。 나는 잇쌔것 ── 열해 동안 ── 누구하고 손을 쥐어본일이업다。 언제인지 누님이 죽을때에 백지가티 희고 여윈우 연음가티 차고 쓸쓸한손을 마지막 쥐어본일밧게는업다。 그리고 예수밋는 서양사람

이 나를전도할째에 한번 내 손을무지하게 붓들고 「여보형님」하든일밧게는업다。

손을붓잡고인사할만한친구도업섯다。

내가 점잔은후로는 어머님도 나의손을지금처럼 꼭 잡으신일이업섯다。 쏘한나는 나를반가이맛고

「이야, 종철아, 나는배도안곱흐다。 내 이약이를들어라、나는이미나이도만코 살날이남지안컷다。 그

러나 나는네게 마지막 한아줄것이잇다。……」

「네?」 나는 어머니가 잇쌔것구차한살림에도、내노치아니하시고 감추어두든무슨유물이잇나 보다하고

반가움소리로 ──

「네?」 하고 내음새나는 입술우를넘어 어머니 무릅엽헤 무엇을기다리는것처럼안젓다。

「내가 네게 이것을줄러이니、아모리어려워도 녀가 쌕녀마음속에、녜손속에 잘간수하

라……」 하잘새 나는 읍다、어머니는 나에게 金이나 銀을주시는것인가보다。……그리하야 아모리

어려워도 팔아먹거나 축던당을잡히지말라는말슴인가부다。……。

「네、어머니、어머니가주신것을 소홀하제팔러 가잇겟습니싸」

「종철아、나는네게지금줄러이다」

「네、무엇입니싸?」

「그것은 오즉한 슘(慶)이다、아츰에 내가어든 행복스러운슘이다。」 이러케 열심으로말슴하시는 어머니는 얼굴에 참된빗파 정성스러움

담이기에 무겁지도안흔한슘이다。 간수하기에힘도안들고、가지기

── 내가 더워서 마루엇에서 부채질을하면서 안젓스려니싼、별안간이상스러움소리、쩌드는소리가

집을둘러싸고들리드라、 그째에마츰 하늘은 먹물가티검고 바람은흉한범새를피우면서불째이엇다。(어

머니가 이말슴을하실째는 그얼굴은무서웁게도(떨리엇다) 그리하야 나는무서워서 몸은한줌이되고 마

음은 콩만하엿슬째 문득문밧게서「명희야! 명희야! (명희는 어머니의젊어서이름이엇다) 부르드라

그리하야 나는문밧게를뛰여나아갓다、나아가보니 아모도업고 다만 흰옷입은、얼굴사나운 한

아와 옷으로맨든 마차하고、金으로칠한큰궤싹이잇드라、그째에 그졈은사람은 날더러 이옷마차를 어

서타라고、시간이 늣는다고、재촉을하드라、그러나 나는 그큰궤싹이 맘에알구십헛다、그리하야 졈은

이에게 나는 물어보앗다。그는 그큰궤싹은 모든복을담은그릇인데 그것은 종철이를주고가자고한드라

그러나 그의말이 종철이는 가장무엇이든지 참기잘하는아이라고、그리하야 나는 그옷마차를타다가

네가부르는 소리에 고만쌔고말앗다。

나는 마음이피로웟다。 늙은어머니의두려웁숨어앙이는 무슨큰진리와훈시가잇는것파가탓다。 그러

면어머니는 무슨물건을주신다고 하십니까?。」 나는흡족치못한얼굴로물엇다。

「그, 복담은 金궤싹을——！ 어머니의깃분만소리는 썰리어나왓다。 그러나 이상하게도 앗가보다 그

소리는약하엿다。 앗가부터 오는비는 지금은소리치고 나리든다。 음흉한바람소리는 세상을뒤덥는듯

하고 장대가튼비는 금방누구를즉일듯이 쏘처나린다。 나의마음은무거운돌로나리누르는것가탓다。 답답

한내가슴은 슴여타는불과연거에터지질듯하엿다。 어머니는 미신이엇다고 나는속으로말하엿다。그러나

에게도 어느째든지 복이 오기는올터이겟지……? 미래에무슨큰복이 ㅣ를위하야잇기는잇슬터이다。그

린고로. 나는어머니의꿈을미신이라고하기는하면서도 쏘한잇스면잇스려니하엿다。 그리하야 내가참기

만하면——모든것을참기만하면 그복궤싹은내것이거니……

「아, 종철아!」 하고 어머니는그냥자리우에넘어지섯다。」큰 환상에취한나는 새삼스럽게 새성..

나면서「네!」하고 어머니의얼굴을보앗다。「어머니!」하고 내가크게불을째 나는 최후에가장사랑스..

섭고 ..하선「어—」하는그윽한 어머니의소리를들엇다。 어머니의얼굴은 하고도쏘한부르러지기..

작하엿다。발과손은샛샛이떠젓다。그때는또다시눈물과한숨석긴두려움과소리로「어머니、」하엿다。그러나 가는숨소리조차 돌을수

러나 다시는 대답이업섯다。나는 일부러 키를 어머니입술롭에대엇다。그

업섯다。

째는벌서느것든것이다。나는그러케사탕하시든 어머니몸으로부터 알수업는

에、쏘한편으로는 두려움과무서움으로、내몸에솔음이쏙도들만치 내쎽속으로기어들엇다。방은벌안

간 더움과움이한아도업서지고——그러케여름에씨든방이——다만찬바람이 텅뎅으로부터방쎄래밋사지

방바닥우에서텅뎅에까지 일어나르뿐이다。나는 두려움에취하야 무서운귀도도할맘이업슬만치 내신경은마비되엇다。쏘엽혀잇는

쌔지도못하고 쏘 어머니의죽엄을위하야 무슨귀도도할맘이업슬만치 내신경은마비되엇다。쏘엽혀잇는

이웃사람의구원을어들만한 소리도 지르지를못하엿다。⋯⋯나는허다못하야 억지로죽엄을힘을다하야 겨

우문밧게에를나왓다。

그리고 나는떨리는목소리로「아주머니!」하면서 건녀방에서 바느질하는이를불럿다。이째쩌지 잇

해동안이나 건녀방사람더러 아주머니하고부른일이、그리혼하지못하엿다의누구요?나하고 방문을열면서

그는불엇다。나는「어머니가 이상하서요」하고는 나의목소리는 몹시도떨럿다。그러나 나는 곳다시생

각하엿다。「그이가나와흑나의어머니와 무슨관계가잇기에 내가 그에게구원을청하엿나」하는생각이、번

듯일어낫다。그리하야 나는다시는아 모말도아니하고 주춤주춤하엿다。그러나 그도 의석업시 자긔친

척파가티 쒸어나와서 나의방으로들어갓다。나도다시쏘차들어갓다。어머니의얼굴은 참아볼수업슬만

치 두려운모양으로 샛샛이들어누으섯다。아버지는 어느곰에 쌔섯는지 생명업는어머니의얼굴을 물그

럼이들여다보시면서 쑤글쑤글한 눈가죽속에서는 구단눈물이 쑥쑥 어머니얼굴우에썰어진다。나는다시

무서운생각이낫다。어머니의입은꼭 담을고 눈은쑥—들어갓고 가죽의빗은 말할수도업시쑬쑬하엿다。나

는울엇다。어머니는 어찌하여서 나를보고말슴을못하며 웃지를못하시나? 나는 쏘다시평평쓰다지는눈

물을 어찌할수업섯다。나는지금가장사탕하시든어머니가 지금가장무서워진것을 생각하여 보앗다。그리

고 엽헤안즈신아버님과한번대조하여 보앗다。 그러나 아버님은 전파다름업는 아버님의 존재와 썰하서 언어행동이 쏘한한가지엿다。 그러나 어머님에게는 생명이 업는까닭이다 그리고 나와가튼 「生」을 시인할만한 존재가업는싸닭임을알앗다。 그리함으로 「生」은사람에게 얼마나 사랑스러운것인지를 쏘다시알 면 「生」이라는것이 업서진싸닭이다。 그린고로 「生」은사람에게 얼마나 사랑스러운것인지를 쏘다시알 게되엇다。 生! 生! 얼마나갑잇는것인지를쌔달앗다。 나는 모든아는사람에게 어머니의죽음을알리려고 옷과 모자를쓰고밧게로나왓다。

*

사흘후에 어머니는 공동묘지 한구퉁이를 차지하게되엇다。적막、고적、권태、우울은 어머니가 안 계신후로부터는 더심하게되엇다。 더욱이 기갈(饑渴)―― 누구에게말사람할도업다。 쏘나의사정을알아 주는이도업게되엇다。 나는날마다 하늘의구름、여름의비、저녁의바람、밤의별、이것이 다만나를、나 의주의를에워싸고흐르는것이다。 늙은아버지는 어머니가안계신후로는 화가나신다고쇠하여가시는몸에

*

강한술로 하로하로를지내 가신다。 장차살아갈 걱정이라도좀가티하엿스면 조흐련만……。 그리고 쏘 집에는 한시간도계신날이 드물엇다。 술이라는것도 다른사람이 사는것이기째문에―― 안면잇는이 친구、 먼촌일가、 동내늙은이、 이런이들이 불상하다고 사들이는것이다。 나도머칠만지내면 무슨직업을 어드러고단일터인데……。지금은몸과마음이 가닥가닥허터저아모러케하기도실혓다。 「아ー나는참말로 살수 람스러운 「生」 후면에는 쏘한이가티비참하고참담한 한현상이잇는것을알앗다。 「아ー나는참말로 살수 가업다」 하는말이 쏘다시나오기시작한다。 사실살수가업섯다。 그러면어쩌케하란말이냐、……할째에 번개가티 「죽엄」이라는생각이 낫다。 어머니의죽음이 두려웁기는하엿지만……。 그것은 객관을말하는 것이지 결코주판을말하는것은아니엇섯다。 함을생각하엿다。 「죽음」 그자체는 얼마나 한적하고 평화 롭고 질거운것인것을알째에 어머니의 그러케하시든 모든피로운걱정을지금아니하시고 편안이 들어누 으셧다하는것을쌔 달앗다。 「나도죽어야겟다」 내입에서는 자조자조이말이나오기시작하엿다。 날마다른

변동업는내생활、 경이업는내생활、 사랑이업는내생활을가지구는 도저히 이생활을계(속)
할수업는것가탓다。내몸은솜처럼힘업시피고 누러젓다。두엇개는 쑥저젓다。그러나뼈는쫌하서견딜수
업다。나는다시나안준방안을둘러 보앗다。방안에는 아모것도업고 다만어둠과우울이 빈틈업시 차지한
외에는 여긔저긔 쓸허진방바닥에 히삿히삿한 흙만이 보일뿐이다。나는의식업시 벌떡일어낫다。「죽
음」이라는것은 이순간에 나의전평화와안락을 지배하엿다。나는문밧게를나왓다。혹근혹근한 남편바
람이 길과내얼굴을휩쓸고 지내간다。사람들은무엇을잡으려 가는지 색르게 흑느리게、던차로、인력거
로、자동차로、다라난다。그러나 내가죽음을압세우고갈째에는 모든것이다깃벗다。나는집을둥지고동
으로동으로행하엿다。나의다리는 무슨큰희망을잡으러 가는것처럼 가벼워젓다。그러나 나의마음을 삶
혁보면 별로무슨계획도업시、 그냥 시원하기만하엿다。

그러나 나의다리는점점무거워진다。쏘나의마음은답답하여온다。나의뼈는콤허 오기시작한다。「무엇
올먹을가」「어써케하면배를불릴세」할새 도업시 길에늘어논 모든음식을그냥먹고십헛다。그러나 주머
니에는 아모것도업고다만노-트한권파 만년필한개만저 보인다。

「아!기갈。나의몸은 솜처럼피어지고、 고단하여서 아모대도갈수가업다。그리하야 나는잔듸난언덕
나는구름쓸는하늘만 물그럼이치어다보고늘어누엇다。별안간 나의머리는 핑핑내돌리고 커서는요
란히 영--하는소리、눈에는 이름도모를 번덕번덕하는수만혼幻影이 나타나는、어렴푸스한쑴에、나는
속한어머니가 내엽헤서、윤평을하시면서 내손을싹잡고、
「종철아」하면서 곳뒤를이어서 「나는옷마차라고 못업시행부한나마로가런다。그러나 金퀘싹 북답
온 그궤싹은 너를줄러이다。나는 소스러처째엇다。다시정신을차리엇다。그러나「아-어머니、어머
니」하고 나는 눈물이내눈에 비처럼평평쏘처지나온다。잠간동안은 떡곱혼것도이저버럿다。나는사랑
도 인제는업고、나는 인제는 위로도업다。……나는 다만이날을 잇지안호령으로「노-트」와 붓을쓰내

어일긔를썼다.

——어머니의죽음。金철한북메。飢渴——이라고쓰고 그엽혜는 작은글자로 十七日——이라도 썼다

아모리하여도 나는배곱흠을이줄수업다。세상의모든것을 다이저버릴지라도, 이 배곱흔것은 이즐수

가업다。

그리하야 나는염치를무릅쓰고, 친하지는못하나 전부터 안면잇는 y라는친구를차저서 무거운다리를

옴기엇다。

날은、 청청하게、 비도개이고、 서늘한바람이 줄인내품속으로기어들어온다。

*

오늘이란 한해는 별! 반이 나넘우기울어젓다。길에는 사람들이 쏘다시만히엇개를비비고 이리저리로

분주히 단인다。자동차의소리, 던차의 으렐씨치는소리, 인력거、마차、물건파는장사의소리、경매소

의유성긔, 요령、——이 모든것이 한참세상을어지럽게하는 오후두시나 되엇다。힘잇든해가 붉은해가 접

점 서편을향하고 기울어짐을쌀하 나의희망만튼 生은 어두운倦怠로 기울어지기시작한다。동편하늘, 서

편、남、북편하늘로부터 열운어둠은 살금살금덥히어온다。나의마음은 숨흠파외로움과 우슨어점접어

두처온다。새로운저 낙바람이 내쌤을시치고 푸른하늘을검어진름에는 별들이한아、둘、나타날쌔。나는어

머니가 다시보고십헛다。나의친구, 나의친척、나의누님……이모든것을겸하든 어머니의말소리가또듯

고십헛다。그리고 선배 가곱흐고 ——하로終日동쪽쓰테서 西쪽꼿채지 큰길로단이엇스나 아모것도 어든

것도업고 쏘한재미잇는것도못보앗다。내 가웃어본일이업고 또누가내게말한일도업다。「나는 살수가업

구나」한째에 나는 나익눈에서는 쓰거운눈물이나와 내쌤을시처 내입술에 흘러나렷다。쏜눈물을 나는

그낭쌀아먹엇다。 이밤이쏫나기전에는 나는혀를쌔물엇다。 그럭고다시못불근길을 한번

다시보앗다고가려고하엿다。종로로부터 동쪽파、종로로부터서쪽을 한번뜻잇게들러보앗다。그리고 나는쏫여서 남쪽

올행하고갓다。나는 한、오리나거러서갓다。그러나 별안간다시뼈곱흔생각、목마른생각이 불가러오르기 시작하얏다。여러번이나「죽으려가는몸이배곱흔것을알아무얼하랴」하고 스스로、냉소하얏스나、괴물 파가른、기갈의버려지는뼈ㅅ가죽을할퀴고물어쓰더 견딀수업다。할수업시나는 Y에게서바든 일원지 표를쓰내기위하야 내 노ー트를쓰내열엇다。무엇보다도먼저

—어머니의죽음、金칠한복쾌。飢渴十七日——이라는것이 눈에보인다。더욱이「金칠한복쾌」가먼저 보엿다。나는무엇보다도 먼저어머니의유언을생각하얏다。「참어라」하는어머니의말슴 후에는「살기 만、살아라、그러면복을가질수잇스리라」하는말을 속히연상하얏다。어찌하얏든지나는 배곱흔것을생각 하려고 위선 밥집으로들어갓다。써지려든초불은 다른초로 그생명을잇는것과가티 나의쓴허지려는「生」 은새로운 생명으로밧구게되엿다。나의새로운「生」은 그얼마나쏘계속할는지? 어제와가든밤바람은쏘 오늘밤도 한가지로불어오고 반짝이는별은 쏘어제저녁과가트나 내「生」은 새로이쏘회망에찻다。

「그러타、살기만하면——살지안코서야 무엇이든지 엇들수가업다」하고 나는이가티 입속으로중얼거 리며 다시우리집을향하야왓다。

*

*

「어제ㅅ속고도、내가쏘오늘속앗구나」하고 탄식할새는 쏘오후가넘엇든쌔이다。어제저녁에어든새로 운「生」은 다업서지고말앗다。다시서으로저는 붉은해처럼 나의마음은 괴로움에찻섯다。「오늘은어찌 케사나」하고 나는쏘부르지젓다。나의生에는 아무러한번통이업섯다。나는 문득생각하얏다。바다가바 다의위험을 어느쌔싸지 사람에게보여도 사람을 실중나지안케하는것은 바다의물결은신함업시 그형상 을변하는싸닭이다。만일어느쌔든지 한모양으로 움즉이지안는다하면、사람은 곳보기에실증이날러이 다。그러나「나의生은 다만한가지로—먹고、자고、——무슨驚異와、變動이업고 쏘무슨 眞理의참된 확실한빗을모르는고로 날마다날마다 살기가실혓다。날마다 늘어오는것은 숨ㅅ흠、倦怠、불평、이것들 이잇서서 내「生」의뜻을흐리게하얏슬뿐이다。

「참말로 오늘은우리가업다」하고 나는한숨반 눈물반의 목소리로 혼자부르지젓다。 내방에는 아모도업

고다만나혼자만안젓다。우리집 전체는 웬일인지 죽은듯이고요하얏다。다만바람만재재 문을 찹쓸어
온다。엽방녁편네는 어대를가고, 알엣방두내외는 어대를갓는지 ……。그리고 그색씨 ……오집전채는
오히려 점잔고요하야진다。다어대로갓는지 ……。 나는별안간에 마음에무서움생각이 왈칵나기시작하
얏다。알수는두려움이, 집용우에서 마루밋속에서、부엌에서、탁자속에서、내어다보는 듯하고 가탓다

밤이김허가나 나는두서워서 몸짝도못하고 불도못컷다。그런고로 어둡스록 점점무서워진덕이머
니생각이 번득난다。 그 햇숙한일굴모 헐떡어리든모양 ……아 ……。어머니가 그리무서울재
돌아가시지안코、쏘리론상 어머니의幽靈이온달것가트면 반가울터인데 ……。 나는그저 「헙덕어니」
하고생각하면, 「무서워」하는 큰아귀가 내마음을파먹는것가탓다。점점점은 고요햇다。나는 내가힐
덕어리고숨쉬는소리도、듯기가무서워서 숨을죽이고 얼싸진사람처럼안젓다。바람이불이서부운불건다

흙들리기만하야도 삼척이소스라지게놀란다。「나는사나희가아닌가?」혹은「나는에미 … 그러나 불
쌔천사람이아닌가? 무엇이무서워?」하고 할수잇는대로 무섭지안토록생각하야보앗다。그러나 불

는노력이엇다。

나는 이쌔에생각하얏라。「生의恐怖는 죽엄의공포보다더강한것을——」。

그러합으로 「生」의노력은 죽음의노력보다더감이잇슴을알엇다。

쿵——하는소리, 나의머리풀별안간서리라는것가탓다。어느곳에서나는소리인가」하고 나는숨을죽이고
가만히생각하얏다。그러나도모지알수가업섯다。「쿵쿵……」하는소리가쏘들닌다。어둠을통하야서진
한바람은、문결처럼흘녀나린다。나의가슴은불이날듯이 뜨거움을쌔달앗다」이럴
쌔는 죽어서 모든것을 이저버럿스면도하얏다。그러나 죽는것보다도 살아서그것이무엇인지를 한번알고
도십헛다。그리하야나는이모든것을참고 이를쌔물고 다시안젓다。그러나 불은못키엇다。천번만가요
드라도 나는죽을힘을다하야싸우리라하고 마음을도슬러먹고안젓다。

큰 소리로 쓰ー——하얏다。 나의머리는 어쩔수업시 웃슥하늘로올라갓다。그러나 그리무서웁지는 안엇다。

어둠을충하야 알엣방쪽에서 무슨 흰물건이 나에게로달려서든다。그러나 그것의거름은 그리째로지 안핫다。한발한발나에제로거러서온다。

「그것누구요」나는죽을힘을다하야서 소리를질럿다。그러나 아모소리도업다。아마못들엇는지도몰라……여전히 그힌물건은거러서온다。

「그것누구요」쓰다시힘을다하야서 창으로입을내밀고악을썻다。이순간에는아모리나의어머니의죽음이무서울지라도 이것보다더무서웁지는안핫다。귀신과독갑이가튼것은 오히려말할것도업서 이〇리무섭지는안핫겟다。

「하! 하!」하는계집애의웃음소리는 다시내귀에들렷다。나는이째문득넷날에모든이약이를얼른생각하게되엇다。원통히죽은〇모든계집애의유령을생각하얏다。그리고 나는 쓰다시 두려움에 몸을 썰엇다。

「아ー누구요?」나는분로한목소리로물엇다。이째에 별안간바람은휘ー불어 내방으로들어왓다。그째 내마음은서늘하얏다。

「옥순이를……!」하는소리는 가냘핀계집애의소리이엇다。또다시「옥순이야요」할째는 그것벌서 머리는호를어압뒤로 어지러이나리고 힌저고리와 힌치마를입엇던 그의 두손에는 서녀자나되는 힌수건을들엇다。나의마음은물결처럼흔들리고 나의몸은압에쓰게되엇다。그러

나 그가누구인지 나는알앗다。「옥순」이라는이름을들은후부터는 나도좀마음을노케되엇다。그러나 나는 신랑신부의 첫밤과가튼마음을는 이상한페로움을맛보앗다。긴장되는신경을경험할수잇섯다。우순이는 말할것도업시 알엣방석구의한사람, 그이의쌀, 한집에잇기는하얏지만집에열마잇지안는나는 그의얼굴을쓱쓱히몰랏다。더욱이 그가 열아홉이나먹은 계집애인싸닭에 무슨말해본일도업다。다만 옥순이

라는이름만 나는알쓴이다。그러나 어찌하야 오늘은 아모도엽고 이집에는：창가못간나하고 계집애인

욱순이가 단둘이서 이큰집을 보게되엇나?。한편으로는 질겁운변동이라고하면서도 싸 지극한두려움

이엇다。더욱이나는 욱순에 두려움소문을들엇다 욱순이는 성한사람이아니라。그는미첫계집애다。미

친계집애……내가다시 사람의미첫다함을생각할때에，미첫다는것은，미친사람은 알수도업시다트고이

상한 나라를，가지고잇는것을알앗다。더욱이 미친사람은 亂暴한것이 더욱이발달하얏슴을알앗다。그런고로미첫

자유롭게가진것을알앗다。그열도들최고에달하게할때에 비롯오 터저나오는超理的放散임을생각을하얏다。

함은「生」을긴장시키어서 그열도를다시 보앗다。그는방안에무슨큰 공포를보는것처럼 조심성스럽게한발

그런고로 열도이상에 열을가진미친사람은 사람을죽이기까지한다는말도들엇다。이가티 생각을하다가

나안준방으로들어오는 욱순이를다시보앗다。그는하게，엄숙하게，들어오면서 방안을둘러 보기시작한

발、佛像을안춘殿閣으로들어온다。미친사람도두려움이잇는것가탓다。아니다、그것보다

다。구석구석을 가장주의를다하야 가면서들어온다。미친사람도두려움이잇는것가탓다。아니다、그것보다재한

도 성한사람의 행동이、미친사람에게는 마치 국경을 다르재한

적군과가티 보는것가탓다。그러나 그도 나와가튼「生」이란것을 시간과한가지로 경험하는것일것이다。

다만 미첫다하는것은「生」의變態인것가탓다。그가가진「生」은 熱한것이고 내가가진「生」은 冷却되엇

가는것이다。그런고로 그들것은 서로성질이다를마치를리엇다。나는옥순이의얼굴을보다도 그의눈을이

알엇다。그러나 그가나를치어다볼때에 그의눈은 불에달은쇠성이처럼，두려움에쏫기는사나운말의，겁

굴으선눈방울처럼，붉고도영채잇는 그두눈은 죽음도쉬이지안코 굴르고잇다。아! 두려움이어……。

나는이세상에무엇보다도 옥순이의눈이무서웟다。그럴스록 옥순이는 웃지도안코 여전히 두눈을 번

적이면서 내게로갓가이온다。아—이럴때 아버님이나들어오셧스면살터인데 오늘밤은 번으로놋드록

여오지를아니하신다。 방안의어둠、 방안의두려움의 모든것은、 다、 옥순이의두눈이방울에게 정복을밧고 말엇다。

그의두눈은 여러가지 의미에서 勝利者이엇다。 옥순이는 아모말도아니 한다。 나도아모말도업

섯다。 그러나 옥순이는 나의얼굴을슬허저라 하고바라다본다。 나는참다못하야 머리를속으로 숙이

자마자 내머리우에는 무슨큰피물이 내머리를누르는것가탓다。 나는그냥업드러젓다。 밤의서늘한바

람은、 쉬―하고 내목뒤를넘어 등속으로가어든다。 으아―하고 나는방바닥이슬허저라 하고업드렷다。 나

의정신은희미하고 펑펑돌기시작하얏다。

나는업들인미테서 방바닥에 한작은구멍을발견하얏다。 나는생각한다―― 그속에서나는 희색으로되어

여쭈재칠한아름을보앗다。 그집속에는 나의어머니와 누님이들어누어서 큰소리로알는다 나는 점점

그들의 침상으로갓가이갓다。 그들은 손을휘저으면서 「나를좀살게하여라」 하고써드는소리를 나는들엇

다。 그들의피로워하는몸이 쏘다시 살려고 열망하는것을알수가업섯다。 나가르면죽음을 달래기닥텻슬

터인대。 내가그들에게뭇기를 「저러케피로워하시면서 어찌하야 어머니와누님은 쏘사시려고한십니까

?」 할때에 그들은 큰소리로 부르지준다。 「이세상에산다는것은 곳세상이잇다는뜻이다。 산다는것은

나의전부를안다는것이다。 산다는것은 진리를찻는다는것이다。 그째에나의어머니와누님은 나의참노래를들을수

가잇다。……」 라는소리가 희미한 내두노에쏙쏙히들엇다。 그째에손은 내옷속으로집어느허 내몸을만지며잇다。 그째나는별안

시고 갓가이안츠섯다。 그리고 그들에손은 내옷속으로집어느허 내동을만지며잇다。 그째나는별안

간 몸전체에 물을쑥씬는것파갓고 선듯하얏다。 그리하야 내가 다시어머니와누님을 볼째에는 그집은업고

―― 나는 이꿈을깨엿다。 다시나는옥순이의눈을생각하얏다。 나는소리를벽녁가티지르고 그집을뛰어나왓다。

아―그들은간곳이업고 엉성한해끌이 여긔저긔노엿다。 나는소리를벽녁가티지르고 그집을뛰어나왓다。

이기시작하얏다。 나는 가만히생각하얏다。 나는 이째것 이러한물서에 접촉을바든일이업섯기째문에 내마음은 쏘다시 뛰기시작하

는물건이엇다。 나는 이째것 이러한물건은무엇인지 내마음에마젓다。 부들업고도연한맛이잇

얏다。 그러나 그것이무엇일가? 나는 문득 옥순이의손을생각하얏다。 그째나는 「아―미친년의손……

「…」몸은한줌만하얏다。내등에서는 송충이나 지렁이가 기어가는것가뗫다。그러나 나는생각다못하야 최후의용가를다하야가지고 기침을한번 칵하고 마음을도슬러먹고 일어안젓다。그러나 무엇보다도미친계집의 말을들어 보량으로——옥순이는 그무서운두눈에 눈물을흘리고잇다。나의마음은 그눈물에큰위로를 바닷다。그러케무서운눈에 싯뻘언불을밧게는 다른아모것도업는줄알앗다가 지금이 눈물을보니「아! 그는 한계집애다。밧게잇는모든계집애와가른 계집애다」라는생각이 언듯들엇다。나는 불상한눈으로 옥순이를본다。다시방을둘러 보앗다。방은여전히어둡다。그러나 전녁편이충집에 컨밖은던둥불의남 어지비치 우리방을 희미하게비추어준다。옥순이의눈물은 이슬방울처럼 눈싸풀우에서구른다。옥순이 는 나의얼굴을보드니 죽음 웃음을씩우면서

「웨、나를보고 본체만체합니싸?」그러케도연하고상냥스러웟다。그러나 나는 대답할아모말도생각 지못하얏다。

「내가얼굴이못생기어서……그리고얼굴이겁어서……」옥순이는 나를둘허지게보면서 이러케말 을하드니 쏘곳말을이어

「그러나 나도속살은 남에게짜지지안케히다나——」하드니 옥순이는 그의저구리를벗기시작한다。나는 원일인지를몰랏다。잘보지도못한계집애가 모르는사나회압해서——그는 아모리미첫지마는——저고리 를벗는다니……만일 내가「여보당신은 어여뿐시약섭니다。살도흰것을 나는압니다」라고하면 그 는 저고리를벗지아엇슬는지。그러나 나는 계집애의살을못보고 쏘계집애와가티 이약이를못해 본나는 그의히고도흰속살을보고십헛다。옥순이는 저고리를다벗엇다。그리고

「이러케 살비치흰데、나를실라고——응!」옥순이가 이러케말할쌔에 나는가슴이뭉클하얏다。그리 고 옥순이의 가슴의모든아름다운물전을 보기전에 나는머리를숙이고 미친계집애의 행동의원인을생각 하야보앗다。나는한반년가텽옥순이가 저의집에잇는것을못보앗다。그러면 누구에게 시집을갓섯 구나……그러나 지금옥순이가 옷을벗으며 내살은검다……하는말을들으면 필경소박을맛고……

그리하야서 밋첫나부다…… 하고 다시옥순이를 보앗다。 저녁 연못에둘결가티 그옥한그가슴、여름구

룸가티 흰가슴、 그리고 복숭아가른두젓퉁이…… 그의가슴의새새 돌멍돌멍하는것—— 나는생각하야

보앗다。「저런가슴에다 내가슴을대여보앗스면—」하는생각이나자마자 나는 이째것 경험해보지못한

장가 動物的本能의衝動을밧닷다。 그냥옥순이를 껴안고누엇스면…… 그리고 밤새도록……

…… 그러키만하면 나는 이세상에모든것보다도 만족할것가탓다。 그러치안흐면 그 복숭아가른 두젓

이나 좀만저보앗스면…… 나는 나의몸을어거한수업섯다。 옥순에게 그런청을하가만하면 무엇이라도

나에게 허락할만한한호의를가진것가탓다。 그러나 옥순이는 미천사람이다。 그리다가 나를죽이면 어써

캐하나?。 그럴새에 옥순이는、 벌덕일어낫다。 나의몸은 으쓱하얏다。옥순이는「이집은무자귀신의집

인가……허허」하드니 덩등의불을켯다。 방안은 새로음광명으로찻다。 그는다시안젓다。 나도그동안

옥순이와 가티안저서 그런지 앗가와가른공포는 얼마큼업서젓다。 별안간옥순이는 벌덕잣버지면서……

……「나는죽는다」하고부채를집어열이나서부친다。 안젓든옥순이보다도 들어눕는옥순이는 나의충동에

대한호의를 더만히가진것가탓다。 나는몸이썰텃다。 …… 그리고전신을통하야서 한번큰힘을썻다。 부

르르썰엇다。…… 그저그계집애를…… 이말이 가장 동물적으로나오는내말이엇다。

그러나 옥순이와나와는 다른국경을가젓다。 옥순이는 熱、 나는 冷、 그는 放散、나는 打鑿、도저히

합할수업는 큰결합을알앗다。 나는모든것을 다이저버렷다。 그러나 나는늘생각하기를…… 저런시악

씨를 나는언제나……이런말을마음속으로하얏섯다。 그째 나는 하나생각한것이잇다。……옥순이는

구차한집쌀이다。 나도구차하다、 그리고 쏘옥순이는 시집갓든계집이다。 나는아즉도총각이다。 그러니

내가 어써케 잘옥순이를치료를하야가지고 나의안해를삼으까……이생각이 불가티번썩하얏다。 그것

이 무엇보다도 쉬운일일것이다。그리고 다시옥순이를보앗다。밋치기는하얏스나 픽도어엽버보인다。 그

새에별안간 옥순이는 저고리벗은채 문밧그로쒸여나갓다。 그리드니자기방으로들어갓다。 얼마뒤에나

는 크게우는울음소리를들엇다。 홀림업시 옥순이의울음소리다、 미친게집애의울음소리다。 우리집은침

묵파 공포와 희망으로 둘러싸혓다. 밤바람은째째 텁텁하게불어온다. 나의몸파 나의마음은 두려움파
무서움에부닥기어서 가닥가닥팔다리가늘어지고 몹시도고단하얏다. 집은다시 고요하다. 집안식구는
한아도 아니들어왓다.

*

내가 눈을비비며 일어날째는 그이튼날아츰열시나되엇다. 해는 또한여전히 날마다 한가지모양으로
우리방창에들엇다. 나는 「오늘은 또무엇을할가」하기전에 어제저녁의일을 생각하얏다. 그러나 모든
것은 다~허무한것이되고말앗다. 내가 어제저녁안으로 죽는다든몸이 어찌하야 지금써지 남아잇는지
를몰랏다. 웨나는죽지를아니하얏든지도모른다. 그리고 또 어제저녁 옥순이의일이 더욱이웃읍다. 내
가 웨 옥순이를 그리생각하얏든지모르겟다……。병을고처서 안해를맨들어……。이소리는 내가엇저
녁에한소리지만 지금생각하니만 말할수업시 안이쌉아바못견되겠다. 그까진미천년을……나도 상당
한사나휜데……。 모든것이 도모지 내가허구도알수업시 허무하얏다. 그러나 나는한아하는것이잇다
모든사건 모든생기는일은 다사람의 「生」을계속시키는、 연결시키는、 한 소개물인것을쌔달앗다. 그런
고로 어제와 오늘을계속하게한 한옥순이의사실과、 그적게와어적게를연결시킨 어머니의숨이 나의죽
음을업시한것을 지금다시 큰진리와가티알엇다. 그런고로 나는 모든사람들의 날마다살아가는 그것은
또한나가트려니 하얏다.

*

그러나 나는 참말로오늘은 또살수가업다. 어쩌한 사실파사전이 일어날지라도 나는이가터 처창한
생활에서는 살수가업다. 우리집도벌서 집세가 석달이나밀리고、 또먹을것이업다. 어머니는 돌아가시
고 아버지는 진지어더잡수시려단이시느라고 뵈올수가업다. 또한모돈사상、 모든종꾜가 나에게는다만
「生」을연장시키는 한수단임을알앗다. 人爲的이아니라 自然의必然的저쌔를밧는것인것을알엇다. 나는
이모든것을 속기가실엇다. 「그만죽고말리라」하는생각이 불일듯이 일어난다. 나는방에서 나와큰길
로나왓다. 불가티쓰거운해는 또쓰이기시작한다. 갈곳이업다. 그러나 나는 생각하얏다. 나에게 이쌔

것말한마듸라도 뜻잇게하야주는 Y라는친구를생각하야잇다。 그리하야 나는 Y의집으로가랑으로 종로 알에로 나려섯다。 해는사정엽시쏘이고 길엔 사람이드물다。 서쪽에서 바람한세가 물결처럼 흘러나 린다。

나는 오늘 Y를 마지막보려하얏다。

    *

    *

    *

    *

    *

내가 저녁다섯시나하야서 우리집을향하고 올라올새에 저녁바람은 서늘하게 내가슴으로 불어오고 해는 찬란하게 서쪽으로기울러진다。 하늘은유리처럼맑고, 이리저리로 가는구름의줄은 어여부게 흘 너나린다。 사람의그림자는 점점엽서지기시작하고 산머리넘어에는 일은별들이 한아 한아 보일락말락 한다。

나의마음은 무엇인지 그리워견델수업다。 무엇을 일은혼사 모양으로 허순하야서견될수업다。 내가슴 에는 이상하고도 큰무슨희망이 일기시작하얏다。 나는 나히가졈은사람이다。 나는학색이남만한사람이 다。 이러케생각할새에 나는 얼마가지안하서 내마음을흠쪽하게할 무슨성공이잇는것가탯다。 바람한세 가 쏘남쪽에서훌러나린다。「아 ― 서늘한저녁」나는이러케속으로 지저귀엿다。 그러나 나는 오늘아침 에 Y에게서들은말을생각하얏다。「나는 자네와가티 재조잇는사람을못보앗네……」이것이 축 나를 위토시키는 거짓말이아닌가하얏다。 그러나 사실내가 재조가쏘한업는것은아니다。 Y는 다시 「그런데 자녜에게 청할것이잇네, 청한다는것보다도 의견을물어보겟네……」웃으면서 나에게물엇섯다。 그 나는「오늘은 무슨변론이잇스네」하고 속으로생각하면서 「무엇을 ― 하고 나는 반문하얏다。 그 는 다시 시치미를띄드니 「청은차차하겟지만, 위선급한청은 자녜오늘저녁으로부터 한사날동안좀 진레회 슬수잇나」하얏다。 나는 그때「웨?」, 그는「글세 ― 참말이야」, 이러케이약이하든생각이난다。 무슨 일이잇나……하고 나는 여러가지로생각하얏다。 청이라하면 그가나에게 ― 사 모것도업는나에게 흑 돈가튼것은 문제이외고……흑 무엇을 좀심부름을하야달나는말인가……그러나 집에잇스라는것은

무슨뜻인가……。Y는 나를불상히아는사람이안이다。 거짓말을할사람은아니다…… 하고생각하다가 나

는내주머니에 편지한장을만저보앗다。 이것은 내가쓴편지다。우리아버지에게 들이는편지다。나는 오

늘해안으로 죽으려고하야서 써서들이는 나의 유언서인것이다。 늙은아버지가 불상은하지만 나라는한

독립된 개체가살수업슴으로 죽지안흐면안되는것이다。나는집에를들어왓다。우리집은 여전히 고요하

얏다。위엄스런 침목이들러싸엿다。다만 건너방에서 어편녀의기침소리가 째째날뿐이다。나는 아버지

가아니들어오신것을 다행이알앗다。그리고 방문을 고요히열엇다。 어머니의죽음과 옥순이의 미친두

섯다。 나는 그방에 룰들어가기가가실럿다。무엇보다도 무서웟다……。방속에는 엇저녁과가티 번함이업

눈방울이 선듯생각이낫다。 그미하야 얼는편지를내주머니에서 다시어 방안에들이럿다。나는이번에그

는 참으로 죽으렴으로、——언제는 거짓죽음이아니엿지만—— 무슨일이잇드라도 죽고말리라하얏다。그

리고 마당에 나는물그림이 섯섯다。 모든것이 그리웟다。 나를두렵게하든 이방과 이집이 그리웟다。나

는 다시어머니들어가신방을 돌아보고 마음그윽히 눈물을흘렷다。 다시건너방으로、앗엣방으로……

이러케 이집전체를 둘러보앗다。나는 또다시 문어지는것가티 가슴이 뭉클함을째알앗다。그리고나를

놀래든 옥순이가 잇든엣방을보앗다。그러나 모든것이 죄죽은듯고요하얏다。「그새진것을마음에두

어 무엇하니」하고 나는 가장활발스럽게 문밧게를나왓다。그리고 한、서너발자죽을 옴기여놀째에、저

편끌목에서 이편끌목으로향하고오는、누른옷입은 우편 뼈달부(配達夫)가 나라낫다。나는 문득 한생

각을하얏다。Y가 며칠동안 집에잇스라고、 한말을생각하얏다。「왜 잇스라고……그가 울것이가랫는

데 오지는안핫다……。그러면 편지를하얏나……그째Y에얼굴은 무슨 큰일이나잇는것처럼나에게

부탁을하얏는대……일어면무슨일……무슨직업을? 아니……………」어찌하얏든지 나는 만일 저

뼈달부가 내편지를가젓스면 보고십헛다。「그러나 그럴리가잇나」하고 두어발을옴기다가 쏘돌아보앗

다。그째배달부는 우리집엽집으로들어갓다。나는「반듯이 나에게도 편지가오려니……아니다。Y가

무순반가운소식을 저하얏슬것이다」하고 나는 다시돌아서서 우리집으로향하얏다。그리하야 조급한

우소오 대문 편지받에 걸어안젓다。

　나는 누른옷입은 뻐달부를 기다린다。 내행복의 소식을 전할 가하는 뻐달부의편지를기다린다。 그러나 들어간 뻐달부는 나오지안엇다。 그러나 나는기다린다。 한 오분이나지내도아니나온다。 그러나 내마음은 뻐달부가 편지를 나에게주든지、 그러치안흐면 우리집을지나가든지…… 좌우간 결과를보아야 겟다。 나는 누른옷입은 뻐달부를 마음졸이면서 기다린다。 밤은점점 어두어지고 별들은 쏘다시 한아 한아 반쩍어린다。 서쪽에서는 서늘한바람이 가늘게불어온다。 동내계집애들은 모듸어서 어여뿐소리로 노래를부른다。

　그러나 나는 누른옷입은 뻐달부를 기다리고안젓다。

(끗)

그것은 모다 꿈이엇지마는

露 雀

그것은 모다 수수썩기엇지마는 누님이

「모른다 모른다 하야도、 도모지 모룰것은、사나희의마음이야」하시기에、나는

「모른다 모른다 하야도、 도모지 모룰것은、나라는 「나」이올시다」

洞內의큰북이、 소리처웁니다。

「쩌르렁ー하는 소리는、 건넌山이 우렁차게 울림이로소이다。
洞內의두래떼가、 자지러지게놉니다。

밤! 밤! 灰赤色의 이밤! 이밤에이밤에 아ー 이밤에、불이쏘 붓는다하오면、두고가신 님
의속이、 오쥭이나 타시오리싸。

바지지하느니、 시악시의 마음이로소이다。 불보담 더달느니 나의마음이로소이다、

長明燈、 밭등걸이、 싸리불、 햇불、 불이야ー쥐불、 둣기에도 군성스러운 종항매화포、「가자
ー건는便으로」 마른잔듸바테 불이부트오니、 무덕이불이 와르를하고 일어납니다。

쥐불은 기어붓고

노루불은 쒸어오고

파랑불

쌀안 불

초당나비　나비불

사내便

껴집애便

얼시구　조라　두둥실

「으아—좨불이야」「무어 막걸리 열동의?」붉은입술, 연시 보담 더쌀안 靑春의쌤, 붉은이외눈썹, 선머슴꾼의 너털웃음, 용틀임하는 젊은이마음, 이밤은 이러케 모다 놀아나는데, 고개쌨하는 화나무의 속심을 누가아 오리쌍. 퍼지는 불길은 바다처럼 호르고, 사람의 물결은 불붓붓 몰림니다.

벌불, 山불 朱鳳의「山名)의 붓는불이, 掛燈形(山名)으로 치부터……검은하늘에는 날으는이 불옷, 또다시 룽탕매화포, 蠱惑의 누린내음새, 情熱에 라오르는 불길, 피에어튄 눈동자 미처서 비틀거리고, 두근거리는 가슴은 울듯이「뛰자—!」

「내손울 잡아라 내손을」손에손길, 불에불길「치마씩리가 푸러지네요—!」「대수……」「옷자락에 붙이붓네요!「대수……」 압훈방을 적이어 뜁니당 잡아타—쥐불쥐불」

그것은 모다 숨이엇지마는, 오늘이 쥐날인데 이상한꿈도 쑤엇다고, 누님이 탄식하며 이약

그것은 모다 수수먹기엇지마는 누님이

「모른다 모른다하야도, 도모지 모를것은,

「모른다 모른다하야도, 도모지 모룰것은, 사나희의마음이야」하시기에, 나는

「모른다 모른다하야도, 도모지 모를것은, 나라는「나이올시다」

이하시든……。

나는 王이로소이다

나는 王이로소이다 나는 王이로소이다 어머니의 가장어여쁜아들 나는 王이로소이다 가장

그러나 十王殿에서도 쫏기어난 눈물의王이로소이다.

가난한 농군의아들로서……

「맨처음으로 내가 녀에게 준것이 무엇이냐」이러케 어머니께서 무르시면은

「맨처음으로 어머니께 바든것은 사랑이엿지오마는 그것은 눈물이더이다」 하겟나이다 다른

것도만치 오마는……

「맨처음으로 녁가 나에게 한말이 무엇이냐」이러케어머니께서 무르시면은

「맨처음으로 어머니께 들인말슴은 「젓주셔요」하는그소리엇지오마는 그것은 「으아ー」하는

울음이엇나이다」 하겟나이다 다른말슴도 만치 오마는……

이것은 노상 王에게 들이어주신 어머니의 말슴인데요

王이 처음으로 이世上에 올째에는 어머니의 흘리신 피를 몸에다 휘감고 왓더랍니다

그날에 洞內의 늙은이와 젊은이들은 모다 「무엇이냐」고 쓸대업는 물음질로 한창 밧부게 오

고갈째에도

어머니께서는 깃거움보다도 아모대답도 업시 속압흔 눈물만 흘리셧답니다

빨아숭이 어린王 나도 어머니의 눈물을 쌀하서 발버둥질치며 「으아ー」소리처 울더랍니다

그날밤도 이러케 달밝는 밤인데요

요 스물들이 무리스고 뒷동산에 부헝이 울음울든 밤인데요

어머니께서는 구슬픈 넷이약이를하시다가요 일업시 한숨울 길게쉬시며 웃으시는듯한 얼굴

울 입는 숙이시더이다

고은 노상버릇인 눈물이 나와서 그만 솟쳐저 섧게 울어버리엇소이다 울음의뜻은 모 모지 모

못편서모효

어머니깨서 조으실쩨에는 王만 혼자 울엇소이다

어머니의 저수시는 눈물이 젓먹는 王의쌤에 떨어질째에면 王도 떨하서 실음업시 울엇소

아다

열한살먹든해 正月열나혼날밤 맨재덥이로 그림자를 보려갓술째인데요ㅇ 命이나 긴가 짤은가

보랴고

王의동무 작난산아이굴이 섬슐스러 놀리더이다 독아지업는 그림자라고요

王은 소리처 울엇소이다 어머니께서 풀으서도독 죽울가 겁이나서요

나무만의 山라령을 설하가다가 건넌山비탈로 지나가는 상두군의 구슬픈노래를 처음들엇소

이다

그김모 웅군우분보 가자면 저럽긴로 들어서면운 썰매나무 가시덤풀에서 처량하우는 한마리

푀명새를 보앗소이다

그때 철업는 어린王나는 동료따하고 조차가다가 돌뿌리에 걸리어 넘어저서 무릅울 비비며

울엇소이다

- 450 -

한머니산소압헤 꽃십으러가든 寒食날아츰에

어머니쎄서는 王에게 하얀옷을 입히시더이다

그러고 커밋머리를 단단히 싸어주시며

「오늘부터는 아모조록 울지말어라」

아ー그새부터 눈물의王온!

어머니몰내 남모르게 속깁히 소리업시 혼자우는그것이 비롯이 되엇소이다

누ー런썩갈나무 욱어진山길로 허무러진 烽火쑥압호로 뜻긴이의 노래를 불으며 어실넝거릴째

에 바위테 돌부처는 모른체하며 감중연하고 안젓더이다

아ー뒤ㅅ동산將軍바위에서 날마다 자고가는 쓴구름은 얼마나만히 王의눈물을 실고갓는저요

나는 王이로소이다 어머니의 외아들나는 이러케王이로소이다

그러나그러나 눈물의王ー 이世上어느곳에든지 설음잇는짱은 모다 王의나락로소이다

외 로 운 밤

외로운밤 외로운밤
색기면물을에,
남명어리가。 가라안는듯한
이색만남은밤!

오! 이러한밤에
나만혼자 울줄을알엇스면,
나는입을새물고라도
아니보내엿스리라─
피로 그린나의肖像을
눈물로맛든든푸른무지개를
그대의눈우에, 그대의가슴에

그대여! 그대가만약마음이잇거든
희끗한나만 보내여주구려!
그대의목에서우러나오는
숨실가티곱고軟한
그시원한音聲하나만을

盧 春 城

하얀수건에 가만히싸셔

오! 그러면
나는이시컴컴헌외로움밤에
그 哭聲하나만을반가히듯고
흘리든눈물을그만그친후
깃버하리라
춤을추리다

오! 그대여!
그대가만약마음이잇거든
이것하나만보내어주구려ㅡ
그대의입에서흘러나오는
갓피라는百合가른
곱고맑은그웃음하나만을
淨한조희에가만히싸셔

아, 그러면
나는이쓸쓸한외로움밤에
발버둥치고, 너드리하다가도
그웃음소리하나만을듯고

즐거워하린다!

오!　그러면

나의女王아

보내라、그音聲

그音聲은　나에게　웃음무지개다

그웃음은　나에게　푸른異珠다!

오!　그러면

나의女王아!

나는　그무지개를타고

다시　그異珠를　손에쥐고

가리라　가리라!

永遠히　빛나는未知의나라도……

불 살 우 자

차, 빨간불을더지라!
나의몸우에

그리하야, 모다태워바리자
나의피、나의쌕、나의살!
「숲的」自我를모다태워바리자!

아, 强한불을더지라
나의몸우에

그리하야, 모다태워바리자
나의몸에부러잇는
모든愛着모든因習!
그리고 모든서름、모든압흠을
「숲的」自我를모다태워바리자!

아、회불을더지라!
나의몸우에

그리하야 모다 태워바리자!
나의몸에숭겨잇는
모든거짓 모든假面을

오ㅡ　그러면
나는불이되리라
타오르는불꽃이되리라!
그리하야、불로맨든
새로운自我에살아보리라!

불ㅡ　라는불!
나는永遠히불나라에살겠다
모든것을살우고
모든것을녹이는
불나라에살겠다。

떨어지는 조각 조각

—— 붉은、 마음을 쌀하 ——

金 基 鎭

이가티 푸른한울이 어대 쏘잇겟느냐、 이가티 맑은바람이 쓰어대잇녀냐。

푸른한울이다。 한울을치어다보고잇다。

「푸른한울을 쩔어지도록 보고잇스면 사람죽이고십은마음이 갑작이일어난다」는 노래가 머리속에 쩌

을운다。 굴머가면서 이와가튼 노래를쓰든 日本의 詩人을생각한다……

○

果然푸른한울이다。 아모 소리도업시 가만히녀려다보는 한울은붉을수록푸르다、 붉을수록깁다。—— 눈섭질

우로 눈물이 고인다。

○

아ー한울이 당을고잇다、 입을담을고잇다。 사람들아、 한울을치어다 보고잇서라고。 十萬年동안당을고

녀러오든한울이 무슨말을하나、 커를기우러 보아라。 해ㅅ살이 오고가는틈을지나서 푸른눈을쌕바로쓰고

녀려다보는한울이 무슨소리를하나 마음의문을열고서 고요히기다려 보자。

소리개한머리가 한울복판에서 徘徊하고잇다………。

○

한울복판에서 徘徊하는소리개의갑장점하나와가티 지금내마음우에도 검은점하나가매암을돌고잇다。

매암을돌면서 마음의벽을여러가지로 글거놋는모양이다。 그리하야굴키어쩔어저진 쏘각쏘가이 조희우

래 느러스는모양이다。

아ー쩌러지는쏘각쏘각、 검은점을쌀하서달려가는곳대가 파연어대쩌지가다가 멈추어쩔년지알수업는

온다。 가는대ㅅ지 딸아가 보자……。

○

五月이 지나갓다、 찔네꼿피는 五月이 지나갓다、 恨만흔꼿송이로 단장을하든 香氣긴흔 五月의 재집애가 지나갓다。 나무입새의 돕거운 그늘이 저희의 모양을 땅우에 그린다。 파리들의 合奏가 노근한神經을더 한層맑재만들어준다。 해빗이 우리이는곳에 하루 사리쎄들이 안개가티 모혀들어서 한덩어리가되어 가지고 어우러젓다。 사람들의이마우에、 크스마루우 에 이슬가튼 입방울이 엉키게 되엇다。—— 더운날이다。 하루사리들의 지루한하루가 正午를넘어섯다。 하루사리가 한나절만 되면 「아이고, 이 놈의세상이 왜 이리지루한가 —— ㄴ하고 저희들세리 탄식한다는 말을 어선사람에게드른일이 잇다。 사람들에게 하루와 하루사리에게는 한평생인싸닭이다。 그러나 사 람들도 녀름만되면 그날하루를 어써케 넘기여 보내는가를 다각각 생각하고잇는 모양이다。 하루사리의말 을 생각하고 나는 다시 人生을 생각하지아니할수업다。

○

어써한 친구가 눈물이 엉키인눈빗으로 내얼굴을되려다 보면서,

「마흔살동안을살지말고、 스무살을 두번만살고죽엇스면……」

하던말이 생각에써 오른다。 그이는젊은사람이엇다。 스무살을넘을나말나한그이는 스무살을노치기가 진정으로실엇든것이다。

스무살을 두번만살고죽엇스면…… 하든말이 지금썻 내커에붓허서 써나지안는째닭은 내가젊은싸닭 이다。

사람의자식이 생겨난이후로 十萬年동안 이와가튼哀痛한부르지즘을 얼마나만흔人生이부루지지 내래 느냐 — 生命을延長시키고자하던 人類의모든運動속에 이와가튼부루지즘이 숨기여잇고 무릅을꿀코...는모 든種類의祈禱하는 사람들의속에 이와가튼부루지즘이 은근히들어잇는것이다。 그리하야지금에와서 나

「위친구는 生命을 延長시키는것에 絶望하고 더한層 短縮하여가지고 生을 享樂하고자 한다. 모든 人類의 生에

新聞報告을부 보짓든 言語가 悲痛한것의 極致 라할것가 쿠면 나의 외친구의 「스무살을두번만 살앗스면……

……」하던 그맘이 그樣致된 悲痛의 代表일것이다.……。

○

이선사람이걸을가다가 自己의 눈압헤서, 늙은사람하나가 電車에치어죽는것을目睹하고서 그는帽子

「저사람이왜이러케힘업시 죽어버리느냐!」

……이상하였다단말이다. 이사람의부로지즘은 千古의넷사람들로부러 되푸리되고되푸리되어내러오든말이나

……이인情常 사람의가슴을찔르고잇는새사람으로 우리의귀에 새로움것이다. 果然모로는사람이라도 눈압

……서 호느가 노인것을보고 마음으로지안을사람이 며처나되느냐.

○

돕거운梧桐닙새가 바람에 간신히흔들러교잇다.……。

무릅새하나가 흔들러눈곳에서 「悠久」를보고자하든사람이 얼마나만흐냐. 바람에씨덕어리는갈떠입

새하나에서 永劫을찻고자힘썼든사람이 얼마나되느냐. 우리의한아버지, 우리의한머니가 일허버린움스

울차즈러고 헤맥여오든발자최가 우리의가슴속에 아죽것남아있다.

일허버린움! 일허버린움은 幸福일것이다. 붓잡지못하는幸福, 채워지지안는欲求에

며, 潮流와갓개해매여오든 人類의맟자최는 悲慘한歷史이다. 過去의宗敎가 여긔에서出發하엿스

일허버린움! 過去의文學이, 여긔에서起源되어내려왔다. 現實의懷悩에 對한忘却의努力은 人類

○

에야다. 우리는 여긔에다시한번생각을기울이지안흐면안될것이다.

역아다. 象牙塔을建設하엿든것이다. 모든人類의 모든運動이 「더잘살라고」하여내려온 暗黑의舞

그러라、 우리는 살아야한다。 지금보다더 잘살아야한다、「참말로」살아야한다、 우리의 살림속에서 꺼 첫을 내쏘 쳐야한다。 거짓은「독가비」다、「긴靈」이다。「幽靈」이다、 우리의 生活에서 幽靈을 업새버 려라。

그러면 生活을 히導할사람은누구냐? 藝術家시다。藝術家의할일이다。生活은藝術이오、藝術은生活이야만할것이다。生活의藝術化가되지안흐면 안될것이오、藝術의生活化가되기안흐면안될것이다。世界의人類生活의極限까지 이러한理想을實現하 야할것이다。冊床에서맨드러내는藝術은 우리에게는無用한것이다。世界의서性들의生活과生活이 一致되고、世界의 모든 靈魂과靈魂이融合되는곳에서 일어나는 偉大한交響樂은 藝術 그것이야만될것이 다。그外에는 藝術이 아니다。그外에무성이藝術이라고볼더냐 그것은遊戲以上의아모 것도아니다。그러라 그것은遊戲일뿐이다。自慰의文學은 手淫以上의아모것도아닌것이다。 사람이 낫다가죽고、잇끅가업서지는것을어찌하여서遊戲視하느냐、生命은依然한實在이다。우리는 이 만압해 눈을크게써야만한다。手淫文學의붓대라는붓대는 살러업새야만한다。生命이라는것을단단히 ㅅ잡아야만한다。

○

英吉利의文學이「노벨」以上의아모것도아닌것에比해서、 露西亞의文學은 우리에게깁혼思索을던저 ㅆ다。How to live 를 가리키든 英吉利의文學보다는 What is life 를찻는露西亞의文學이 우리의머리 에 무겁게들어 오는것이다。生이란도모지무엇이드냐? 부르짓고내려온露西亞의文學史는 우리로하 ㅁ곰 생각하게만드는것이다。

그러라、 우리는 生命을단단히붓잡아야한다。

Si le soleil a lui d'un rayon indulgent:

O Frères, sachez-le, C'est l'heure du couchant.

——Nicolas Minesky——

이겻을썼는동안에 해ㅅ빗이뭉어젓다。하루살이의지리한하루해가 기울어지게되엿다。잠ㅅ자리로나

아갈째가갓가워젓나부다。

아—黃昏이차저왓다。저녁의놀이땅우를붉게물들인다、맑은바람이 겨드랑이속으로 기어나가고、지

나간일이숨가터나타난다………。

○

마루노우치 쎌딍의整頓된配列을 압호로하고、소나무우거진틈으로 간신히보이는 푸른기와의宮城

울둥지고서 저녁째넘어가는해ㅅ빗의붉은물을왼몸에바드며 지금나는二重橋압크로비의푸른...우에안젓다

쩌나를을갓가이한마음은 똑 가른물건을 두번색보게맨드는것이다。지나가는電車、땅만보면서거러가

는勞働者、바람에날리는 기모노자락——모든것이 내버리기어려운愛着을갓게한다。

길바닥이어슴푸레하여저오고、二重橋압풀밧에는안개인지、연긔인지모를구름가른덩어리가플러내리기

시작한다。電車길을건너서、저便으로 쎈도를싼 책보를세고서 거름을쌀리하는사람의그림자가 서녁

이지나갓다。

○

「○○○○」룰자탕하는○○울둥지고、쏫기어가는、時節울못맛난、도스토이에프스키―의「虐待밧는

사람」들의뒤룰멀하가든 나의눈알은、黃昏의길바닥우에서 무서운그림자룰본것이다。그러라 지금무

서운그림자가 력울집담엽요로지나갓다——

그러타、그때에나는 大都會의거리우에서 무서운그림자가지나가는것을본것이다。

쩌나기前의「感傷의하루」를지금도못니치켓다。하오리를벗은 너편네들의 몸맨들이가 눈압헤언뜻하
다。새ㅅ길ㄷ 쩌지는길모퉁이에서 언뜻보이든、고시마세 알엣하안살이 눈속에깃들여서 쩌나지안는
다。

호리바다의사구라나무、도데우의잔듸밧、吉祥寺의갈째밧 —— 모든것이 못니치겟다、못니치는것뿐
이다。

○

아—그곳에잇슬때 서울이 보고십든것이 어제인듯하것마는、무슨까닭으로지금은 그곳이쏘다시그리
우냐! 흰옷입은사람이 나막신신은사람보다 리쉬울더만히뒤집어쓰고、몬지를덜만히피우는까닭이냐?
그러타하면 그것은豫期하든것이다。지금와서새삼스럽게슬퍼하고서 돌아설것이못된다。現實暴露
의悲哀는지금와서만늣기는것이아닐것이다。階段을밟지안코結論만을찾기를念히하지말자。허리되연을
느처매고서 발을짱속으로너허야하겠다。짱속으로거러가야하겠다。

그럿라! 짱속을거러야한다、지나간모든것의모든쓰나불울쓴허버리고서 새싼간靈魂울쎄여돌고서、
몸동아리로 이세상에를 다시나오자 ——

그러나 어려움일이다! 아— 어찌되려느냐。모른다고하면고만일것이지마는「모른다」고는못한일
이다。—— 左右間 입엇든모든옷을 지금으로부터 벗어버리자。모든것을벗어버리고서、정말사람이되야
보자。

사람이되고십다。더以上을바라지안는다、매여달앗든모든것을풀어놋는同時에、붓잡히매엿든모든곳
에서 내몸을쓸러노코서、새로운흙우에다 내살림을세워보자、그리하고서 一年동안만엎드여서생각해
보자。알몸동아리로 뛰어나와서생각해보자。

그러타、알몸동아리가될必要가잇다、靈魂우에걸쳐노핫든 누덕이옷을벗어버릴必要가잇다。그리하야

도스토이에쯔스키의 「白痴」에까지 내려가서 보자.——

　　○

지금의 朝鮮사람은 마스크룰쓴 독갑이다. 새쌝간靈魂은겹겹이 가려서 보이지안홀만콤 되엿다. 무슨 탓이냐?。

그것은 그러케될수밧게는 더업시된싸닭이 잇다. 우리의한아버지쌔부터 우리들의祖上은 얼마나 그새쌝간靈魂우에상책이를바다내려왓는지 모른다. 연하고 보들어운, 聖스러움우리네들의靈魂은 대스가지나 가시가튼물건으로 數업시상책이를바더내려왓다. 그럼으로보들어운어틴이의몸에는 가시에쯸린자죽이섭섭하재만흔것이다.

이와가티 쯸리어내려온우리들의(祖上쌔부터——)靈魂은 싹기고달아서 희미하게된우에다가 이제와서는흠집이나마 생기지못하게하느라고 마스크룰쓸것이다. 쓴것이아니면 無意識的으로쓰게된것이다.

아—— 불상한새쌝간우리의靈魂을 쓰집어내어들고서 거리로나서라……

　　○

그러나우리들총중에서 勇敢한 이와가튼부르지즘을 들은일이업다.

………………………………
………………………………
………………………………

오랫동안論爭에 疲困한靑年들이 이가티모여안젓스나,
마치五十年前의露西亞의靑年들파다름이업스되,
그中에서、 니를때물고、 주먹을쥐고서、 冊床을치면서、 힘잇는소리로、
「우 나로——드!」(V NAROD!) 라고 부르짓는사람이 하나도업다!。

十年前의日本의詩人은 이와가튼詩를썻섯다. 그後十年이지난지금朝鮮은「우 나로——드!」 아—서잇지못하다. 六十年前의露西亞靑年들이 두팔을거면 바로저처럼 지즐만콤이나된階段우에섯느냐?! 아——서잇지못하다. 六十年前의露西亞靑年들이 두팔을거면 바로저처럼서 힘잇개부루짓든、「우나 로―드!」는 지금의 朝鮮에는 야즉껏 일는 모양이다!

○

現今의 朝鮮사람들의 病은 複雜한대 잇다。重圍에 包含된 世紀末的 近代病者가 知識階級(?)의 太牛이녕

는다。그러나 複雜하다는 것이 決코 近代人의 자당거티 가못되는 것이다。複雜을 건녀선 單純―― 이것이우

리가 바라는 것이다。무슨새닭에 일부러、意識하면서、複雜으로 거려 들어갈 必要가 잇느냐。그러나 單純하

다는 것이 決코 不確實、不充分하다는 것이 아니다。

百尺竿頭에선 時代病者의 亡靈을 吊喪할날이 갓가워 오는 것을 나는 지금 늣기고 잇다――

○

나는 지금 붓을들은채 밧그로 뛰어나왓다。저녁새 넘어가는해가 仁旺山 바위우에 걸러 안젓다。붉은놀이

그러케 푸르던 한울을 물들여 버렷다。나는 지금 붓을들은채 놀하늘을 이고서 鍾路우에 섯다。――

아―해가 넘으려고한다、사람들아 하루살이의 저리하든 한울 두뤠가 지금 넘으려고한다。臨終의寢床우에

서 오늘하루의 비츨 주든해、更生회蠢動이 그윽히 보여 는새 울을 내려다 보고잇다。――靜止하고잇든푸

른한울이 나로하여금 粗雜한 「떨어지는 또가쏘 가」 을 쓰게하고、지금臨終의해는 나로하여금 생각하게

맨든다。아―뜻깁히보이는것은 黃昏의太陽이다……

그러라、지금해는 넘어가면서 無限한생각을 떠저 준다。오오! 사람들아、쫏기어가는사람들아! 바

람에 날리는두루마기 ㅅ자락아! 몬지에 파뭇치는 굽놉흔구두야、지금이재의聖스러운臨終의 偉大한音

樂에 귀를 기울여 보아라――。

「죽음」보다압흐다 (全一幕)

月　灘

人物

方台輪	畵家	
金珠	畵家	
李英鎭	詩人	方의友人
許哲	畵家	方의友人
李春		金珠의동무
高淡		金珠의동무

（第壹場）

場、어느料理집의한房、헌棺모더힌食卓을 가운대로하고 제一은男女 대여섯사람이둘러안젓다。强한술냄새 자옥한담빗여긔 붉고鈍濁한電燈불밧은 倦怠와「데카단」의氣分을 무르녹게맨든다。우줌업려진틀칭오로는 무르고힌달빗이 고요히쏘아내린다。새는、겨을의밤。서너女子의옥소리으 「꼬러쓰」가 들린다。

合　唱

달님이 웁되다
달님이 웁되다、
狂亂의 거리에서 달님이 웁되다。
푸른무덥우으로
흐르는 달빗

가슴이 출렁 달고도숨쇼다.

달님이 웁되다
달님이 웁되다,
사랑타는 얼둥우에 달님이 웁되다.
人間의愛慾으로
호르는 달빗
가슴이 출렁. 달고도 숨쇼당.

달님이 웃읍되다
달님이 웃읍되다,
호르는세월보고 한숭짓는사람보고
달님이 웃읍되다.
길고긴 苦惱로 호르는달멧
가슴이 출렁 달고도 숨쇼다.

달님이 춤춥되다
달님이 춤춥되다
아편쌔는사람보고 달님이 춤춥되당
昏絕파 癲速로 호르는달빗
가슴이 출렁 달고도 숨쇼다.

(붉은 입술을 담음고 머리톱을 이고 잇든 金珠가 ... 의 생각하오)

金　珠

구름은 흐릅니다 바람은 부읍니다。

게으른 내마음가티 구름은흐릅니다。

어수선한 내사랑가티 바람은 부읍니당

이 시들픈마음 어써 노흘가

曠野에 이는 쇠호리바람애 턴져

멀쑀먼 北쪽나라 「오로라」료 보내랴,

南江에 넘쳐오는 밀물에 던져

검은사람 춤추는 「신가폴」로 보낼가。

구름은 흐릅니다 바람은부읍니다。

게으른 내마음가려 구름은흐릅니다

어수선한 내사랑가려 바람은부읍니당

익기도 지에 시들은 픗뒨이마음

히고힌 솜에 고율재싸서

다음시절 오는이게 넘기워주랴,

華奢한 紅絲로 얽고얽어서

송나쓴 女僧에게로

넘져어 줄강

（잠간 沈默、 고든사람의얼굴에는 平民할빗이 때문에 푸른입수가 이러男子서름소래고）

잠겨진 푸른門을 두드려봐라
가만한 웃음소리 세이지안나、
저녁날 좀괴롭든 여린꿈길엔
褪色된 낡은노래 그것뿐이다。

달리자 눈감고 달리자
灰色帳 늘이운 幌馬車라고달니자。

춤추자 검은옷입고 춤추자
西녁하늘에 太陽이 써질째써정
사람아 보느냐 찬란한 무지개빗을
녹슬은 鐘소리 그대아 듯느냐、
사람의 뛰는피는 이곳에숨어진다、
人間의 붉은꿈은 이러케날아간다。

장겨진 푸른門을 두드려봐라
가만한웃음소리 호르지안나
묵은날 키여움쓴 사랑우에는
쓸쓸한 찬노래 그것뿐이다。

方 台 翰

하늘에 높히뜬 독수리새가
날으는 비듥이를 쏘칠파가리
푸른봄 恩寵에 잠겨진내魂은
붉은불 부른 서울都市에
愛慾의거리로 쏘차가리라。
올랜드 Holland 접시의 그림과 가튼
華奢한 靑春으로 얽혀진시절을
쇠소리나게 펼쳐 노리라,
쇠소리나게 펼쳐 노리라。

마음의 한곳은 東으로달리고、
마음의 한곳은 南으로달린다。
東으로 南으로 얽혀진 情緖는
푸른실 붉은실을 매임과 갓다。
푸른실 붉은실을 타는마음은
비너쓰와 애물이 호을로안다。

(第 二 場)

(모든사람은 다시 술을마신다 담배들씨운다 또 춤춘다)
場、畵室、時中夜。 方台翰은사람。 다란燭불우에서 저燭불부러고한는다。

方 心 翰

라오르는　燭불뒤에

그림자 보다。 춤추는 빗그림자

그 비를 보라。

人間의　설음이　물솟듯한다。

라다가　슬어지는　燭불과 가려、

삷이란　시절도　이러하고나

떨어지고　셜어지는　白蠟의 눈물은

時代를우는　내눈물 갓고나。

은힘업시라오르는　强한 불줌은

사랑에 醉하라는　내마음 갓다。

라다가　웃가지라다가

소리입시　슬어지는　그불을 보다。

오는압날 「죽음」우에업더질 내몸갓고나。

돌아가자　孤寂으로

커여웁고　淨化된　孤寂으로돌아가보자하니、

孤寂은　情熱의 엣나라

孤寂으로　돌아가 보자하니、

이마음　갈수업슴이랴。

이마음　돌아갈수업는 소라。

類慮의 엣무덤으로
춤추러갈가
러젓든꽃뜻이 술어짐가튼
문허진 옛무덤으로 춤추러갈가。
무덤은 偉大한것 情熱의압나따、
그러나 癩病者의피고롬가튼 무덤오로
춤추러갈수업고나。
癩病者의 게거픔가튼 그무덤우에서
나는 춤출수업다。

塔을모으자 사랑파사랑오로。
싸늘한 거츠흔이세상우에
爛爛한 灼熱의塔을모으자。
손파발이 사랑에녹아
보안눈이되어흐를지라도
灼熱된 사랑의塔을모으자
그리하야 그塔으로 집을얼우자。
달고단 속살거림 사랑의집을。

푸른悲哀로 어리운두눈、

어ー틘情으로 엉키운얼굴,

눈감고누으면 幻影이춘춘다.

핫빗가룬힌손은 어둠미토로,

紅緞가튼웃음은 虛空우으로,

강물가터출렁거리는 노래소리를,

옷벗고쒸어가 헤엄치고도싶고

셔안고발버둥질쳐 울고도싶혼

가슬바람이 출렁거리는 가람물소리가튼 그노래소리를,

어찌하랴. 아ー어찌하랴.

그러나 사람이란 알수가업다,

사람의마음이란 알수가업다.

바다보다 더깊혼 사람의마음

하늘보다 아득한 사람의마음.

許　　哲　　(方台翰을向하야)

(이새에 사람의말소리와신발소리가 들리며 무서탑서그림자가 없어며돈다 李英鎬 許吉漢)

그대야 무슨苦悶을 그다지하나

마음을그다지석히지말라

그대의검은머리 묵사발된다.

(方台翰 찬웃음을웃수)

方　台　翰

人生은 길고긴 懊惱의째라
苦惱업는 「삼」이란 천재와갓다。

　　李　英　鎮　　（方台翰作）

그대의 懊惱를 내가아노라
그대의 쓰린마음을 내가아노니、
쓰리고 압혼 그대의눈물
공연히 가슴속에 석히지말라。

　　方　台　翰　　（李英鎮作）

하다니 그러면 마추어보다
쓰리고압혼 내肝腸을 마추어보랑。

　　李　英　鎮

물구비칭가른 金珠의웃음、
金珠의울음、
푸른설음이싸도는 씨여운얼굴、
그대의 깁고긴혼 마음안에는
이러한幻影이 춤춤이아닌가
그리하야懊惱는 쭹듭이아니냐

　　許　鉦　　（方台翰作）

（方台翰의얼굴에는 수집고도참젓빗이나무남아
어그 뒤소으미소읍이 자싸저더린다）

（方台翰作）

어려운일이아니다
그대의　마음을들어내이다,
한조각　뛰는　불마음으로
저편의염통을　근드려보랑.

　　李　英　鎭

사람은　돌로싹근　像이아니라
情熱의　피와살로　엉키윤물전,
뜨거운붉은피가　얼기전에야,
번적어리는瞳子가　멀기전에야,
산　죽엄이되기전에야,
더구나한生涯를　情노래로물들이는
열인눈물로여리고저런
일즉이性러진　그녀가아니냐,
쪼치어보라　그대의마음가는곳대로
그대의情熱춤추는대로,
華麗한웃음은　압해잇나니。

　　許　哲

가볼것이라　가볼것이라,
서랑을차저　가볼것이라。

　　方　台　翰

(方台翰、 벌덕일어나 두루막이웃고물읍고처대여)

그러면 나는 가서 보란다

그대들은 함께아니 가라나.

李 英 鎭　　許 哲　　（圖남시）

꽃다지하는마음 항거룹고조락마는

꽃다는뿔구경힘도 실치는안락

사랑안개 자옥한 密室안에서

호을로코노래부름 더욱조쿠나.

「압셴트」마시는사람、혼자만조흐라

거짓업는속사랑 坯한재잇다.

가볼것이라 가볼것이라

젊은이의가만한속살거림

들으러、가볼것이라。

（李英鎭 方台輪 詩 곱 세사람이 退場하 ㅅ지）

方 台 翰

푸르고 힌 달빗보아라

쓸쓸한 悲哀의그림자

구비저 흐르는、

안라싸움、金珠의얼굴빗갓고나。

李 英 鎭

달우에둥둥쓴 구름보아라

춤추는金珠의치마빗갓고나。

許 哲

구름우로 흐르는 별빗보아라
사람얼굴우으로 화살가티달리는,
金珠의 빗난 눈결갓고나。

《第 三 場》

場、二間房 알엣목으로 묘안벙풍이둘러처잇고 그섭흐로 體鏡달린쌍둥의거리 깁중장 이마진편우묵으로 伽耶琴 長鼓 검은고가 나란히세워잇다。셔、밤 金珠란사람이 홀로담에피을수며 무엇을 생각하고잇다。

사랑 사랑 울지를말아
나른한봄날 잠고대로다。
깨어진 옛 사랑을 생각해보면
술샌뒤 쓸쓸한그맛갓고나。
사랑에깨어진 거울을모아
한조각 한조각 마처보면、
넓고넓은 大廳위라도
가득히 넉넉히 쌀리우리랑。
지금은 옛、꿈자리、
홀르고 홀러간

씰인사랑에、

갈째마다 내가슴우에 印쳐묘 간겻어란,

커치안흔 멧줄기 눈물이아니면

길이길이 고치지못할病쌴이로다。

이몸은 病든몸、

사랑에 病든몸、

사랑을 찻다가病든몸、

그나마 그사랑들이

지금내마음을 쓰다듬어준다하면,

지금사랑의 달듸단 아지랑이가

내病든몸을 목욕시켜준다하면、

하늘과쌍이 쌔질째써지

이몸의목숨이 연긔가리슬어질째써지、

붉은영롱이 허여케될째써지、

쓰거운 정성으로

그사랑에 몸바치련마는、

아ー어찌하랴 病든이몸은,

문허진사랑우둥 걱굴어진이몸은、

그나마커치안ᅳ 사랑이지만

쏘다시 차줄길이업소라。

강한사람을 매운사랑을,
참다운 사랑을!

(잠간沈默 그의눈에는 하염업시눈물어썰어진다)

몸이 病에 썩는몸으로
사람의사랑을 바들수잇스랴。
참다운사랑을,
애닯은이몸에게 求하는이가잇다한들
어찌 醜한病者의나로,
그사랑을 바들수잇스랴。
아ー어찌하랴 毒藥마시는사람이되여
「죽음」의저승으로 돌아가버리랴。
病과苦惱로 남은압날을,
눈물과 울음으로 녹히워버리랴。

(이새여 大門소리 가배걱나며男子의옥소리로 金珠를어듭을부른다。金珠, 映窓을열며)

金珠
누가 나를부르십니싸。

(어둔가운데로부터 許哲 李英鎭 方台輸三人登場)

許哲
잠간동안 아씨의얼굴을보지못하얏드니
그동안더욱 어여써젓구나。

金 珠

공연한웃은말슴고만두시고
어서、이리로들들어오서요。
(李英鎭 許哲 方台翰 보료우에차려로안는다。金珠 담배를 끄내서 세사람에게 한개식부처준다。李英鎭 沈
연을바라다두어목음빠뒤에 金珠를向하야)

李 英 鎭

오늘 그대를차즘은 다른일이아니라、
뜨거운마음으로 그대를생각하는사람이잇슴을 알리려하야온것이외다。

金 珠 (쓴웃음을웃으며)

누가저를 그다지생각하는지모른나
녹슬은제마음에는
또다시사랑의싹이 나올수업슴니다。
(장간沈默 方台翰 가장참다운調子로金珠를向하야)

方 台 翰

더설만한거짓도업는
뜨거운사랑을
당신을向하야바치나이다。
당신이만일 모른체한다면、
이마음을몰라 모른체한다면、
홀로 짝사랑하는 내마음은
길이길이사나희원망

변하지아니하고、
당신의검은머리를咀呪하리다。
당신의붉은입술을咀呪하리다。
당신의華麗한靑春을咀呪하리다。
내마음 비록强하지못하나
사나희마음!
내몸이비록커하지못하나
사랑의秘密을처음으로안
가장純潔한 貞盅의몸이라。
첫사랑으로向하는화살을
섞는사람이잇다하면、
밧지안는이가잇다하면、
나는죽음으로써다투랴한다、
죽음으로써 그들을 咀呪하단다。
金珠 그대는나를사랑합닉까
나의사랑을물리칩닉까?
그대의입술로 떨어지는한말은
나의압길을 判定케한다。

　　金　珠

사랑이라입으로부르기는쉬우나
刹那의情熱이 슬어저버리면

압날의 쓰겁단말은 차줄길업당.

여름날구름가른 사나희마음

가을의하늘가른 사나희마음,

사랑으로사랑에 달텬이몸은,

더욱이풋되다는 당신의사랑을

가슴속에 깁히 감출수업다

　　　方　台　翰

당신의 설음을 깁히아노라

당신의 원망을 깁히아나니.

만일、내사랑에 거짓이잇다하면

맹세하리라 모든벗압헤、

아ー金珠 나의사랑을 물리치지말아랑。

　　　李　英　鎭

그대들은 사랑하야라

쓸대업는 기ᄂ론남울을하기전에

먼저 쓰거움게 사랑하여라。

쓰거운 사랑이 매저진뒤에

다시 그대들은 解決하야라。

　　　方　台　翰

金珠여 나의 사랑을바드라。

목숨으로써 바두우리라

그대의 사랑을 엇기위하야.

　　金　珠　（感激어눈물이 쯔저두롭고 흐릅다）

당신의 참된마음 알앗나이당

참다운 당신의 쯔거운마음 알앗나이당

어리석고 못난이몸을,

그다지 사랑한다하십

눈물이 솟고 목이메이도록

감사하외당.

情네 무된 이몸이나

노래를 파는 천한몸이나

당신의 쯔거운말슴

죽을저라도 어찌 잇사오리새。

검은머리를 비어

맘깁히, 당신을 사랑한다합을

보이고십사오나

숨호오이다, 어찌하리새,

사랑을 찻다가 病든이몸은

문어진사랑에 거굴어진이몸은,

마음 편안히

거룩하고 깨끗한 당신의사랑을

바들수업나이다.

다만 목을늘이어
죽는날싸지
길이 당신의마음을
깊이깊히 간직해두랴하나이당。

方 台 翰

사랑을 찻다가 病든당신의마음을
내、 모름이아니오이다。
다만 당신이죽을지라도
내마음을 잇지안는다함을 들을쌔
질겁소이다。 나는사랑을어든者ㅣ
사랑하는사람아 키쓰를달라
나에게 키쓰를달라!

(金珠 方台翰에게 키쓰를준다。 그리한뒤에다시뜨거움게抱擁한다)

李 英 鎭、 許 哲

福이 만허라、 사랑하는사람아
사랑하는사람들 福이만허라。

《第 四 場》

場、畫室。색、낫。方台翰、金珠두사람

金 珠

이것은 무슨그림 누구의그림?

方 台 翰

그것은 사랑하는사나희의죽엄을 안고

찬란히 섯어지는 落照를向하야

내사당은 어대로갓는고、

내사당하는사람의魂은

어느곳으로 갓는고하고

목매처 嗚咽하는 女子를그린,

「떠이취」란나라 「호푸면」의그림.

金 珠

아이고 숨효재도 그리워젓다。

불스득불스득눈물이솟네。

이것은 무슨그림、누구의 그림?

方 台 翰

그것은 사당을일혼젊은女子가

고요한 사당업는 김혼밤중에

사당하든사람과 속살거리든

푸른森林파 옛마을집을

붉은 불로 불부티우고、

멀리그불빗을 바라보면서

미친사람의 웃음을웃으며

褐色의毒藥을 마시는그림

푸랭쓰 ㄱ코쎄ㄴ의 이름난그림.

　　　　金　珠

저것은 무슨그림, 누구의그림

　　　　方　台　翰

그것은 性트라는 커여운處女가

人生의 秘密이 알고십허서,

어린 젓먹이아이를안고,

疑惑의눈으로 어린아이를

살피고 만지고 쏘다시살피는

未知의聖潔을 表現한그림,

러시아 「니코라이」의그림.

　　　　金　珠

나에게 이러한째가 한번은잇섯다.

나에게도 이러한 커여웁고 **거룩하든째가**

아ㅣ 한번은잇섯다.

그러나 지금은

‥‥‥‥‥‥‥‥‥‥‥‥‥‥‥‥‥‥‥‥。

（잠산沈默）

　　　　方　台　翰

그대의얼굴을 그리어줄가.

　　　　金　珠

（方台翰가 아써쓰를 끄내어 그림을어세운뒤어 金珠어얼굴을 더펀저구나므게 기사아畵가얼굴을 우뚜 「깐빠쓰」

十여 線을긋는다 ○ 붓을 「깐빠쓰」우으로 담너라 ○）

여대 하나 그리어주셔요

方 台 翰

눈을 바르게
목을 바르게
내압흐로。

수업는 검은머리칼
깜정비닭이 날개빗갓다。

곳고 굽을게 어여쁜線으로된눈섭,
봄날 푸른솔우에 웅줄거리는
松蟲의 舞蹈와 彷彿하고나。

사람의마음을 너글어웁게 抱擁해주고
사람의마음 한업시질거웁게하는
맑고큰두눈,
넓고넓은 가을하늘갓고나

닭알빗가른살결, 크림이엉킨것가른살결
그릴수업다 彩色으로는 암만해도
그대로 그릴수업다。

모란꽃조각 가튼 붉은입술,

날신한억개의

아름다운曲線은

어여쁜 흰새의 쭉지갓고나。

　金　　珠　　　（부끄러운듯이웃으며）

실허요나는,

그러케놀리시면

나는 갈러이야요。

　（金珠　인어나는모양을보인다）

　方　台　翰　　　（일어나는　金珠의손을　붓들며）

아니야、다시는 아니그릴테야

자、안저요。

그러면 오늘은 다른이약이나하고 그림은이다음에또 그려정

　（方台翰　그리器具를　상자속에집어넛는다。金珠다시안는다）

　金　　珠　　　（한숨쉬우며）

　方　台　翰

金珠 당신은 나를 참으로사랑하시오?

　金　　珠

말로써 약씨 내마음 들어내오리까、

이몸은 김히病든몸

머리金 病들가전몸、

머리쓴 그전로써 당신의몸에 맛기지못하나

한눈안에 물도업는

째끗한 내마음안에는

하눈안에 돌도업는

당신의녀파 몸도 그득히차서、

웃업는 배부름과 질거움을 가젓나이당

웃업는 설음과 복바치는 感激이

가을바람에 똘오리돌듯

내가슴우으로 돌아갑니당。

　　方　台　翰

도간이에 쌀가케쌀는

쇠녹은물가러 白熱된사랑에

족으마한病이 무엇이무서우랴、

죽음으로써 다투는

사랑우에、

그대와 내가죽어진뒤에

屍軆라도 살을 뜨거운사랑알에

족으마한病이 다무엇이랴。

아ー나는 갓고십다、

얽과肉을 다갓고십다。

그대는 나의사랑、

靈과 肉으로된 나의사랑,
그대의 肉을버리고
그대의 靈만을 사랑할수업다。
그대가 만일 靈만을 사랑하거든
뜨거운마음으로 사랑하거든
그대의 肉을 나에게재달라。
靈과 肉을 나에게재달라。

金　珠　(눈서는 눈물이 고이고 떨리는입술을울게쉬우)

당신을·사랑하는마음
어찌 넉넉지못하야
그러하오릿까。
당신을 向한 이마음
어찌 깁지못하야 그러하오릿까。
이몸은 病든몸、
당신을 사랑함으로
이몸의肉을 바치지못하나이다。

놀나지마소사 이몸의病은
靑春의 生命을 좀먹재하는
매독 이란病、
떨지안혼 압남에

어여분내 눈은 썰그러고

아름다운 내코는 썰어집니다。

죽을지언정 쏘다시죽을지언정、

나의목슴으로써 밧굴지라도

사랑하는 당신을위하야

病든 이몸의肉、 그것을 바칠수업나이다。

(말음마초고 金珠는업더저 눗거운다。方台輪은 金珠를쎄안고 소리업는늣김늣김웁다。結局에 頭우거쎄모는 靈萱함
에는 悲慘한 젊은 男女의 嗚咽의소리가길이길이 쑷처지안는다)

（第 五 場）

場、靈萱。새、달턴은밤。金珠、方台輪두사람。

아、 볼수업구나

그대의 얼굴을 볼수가업다。

사랑하는 사람과사람이

얼굴을 대할수업슴은

얼마나 압호고 쓰린일이랴。

못볼쌔에는 보고십드니

맛나보면은

압혼설음에、

그대의 얼굴을 볼수업구나。

ㄱ 들 하는 다른사람은

맛나면 웃으며 ·속살거리나,

애닯다, 우리의두몸

맛나면 울음으로 째를보낸다,

죽음보다 압흐다 우리의사랑

　　　　金　珠

저승에는 어쩌한업원으로서

이승에 태어난 우리의두몸,

사랑하는 사람이되고서

남가튼 질거움 일우지못할,

오—　살피소서

하느님 쌍님살피여주소서。

죽으려하오나 그사람이줄수업서

죽을수업스며

살랴하오나 가슴두여지는설음에

이「삶」살수업다。

오—살피어주소서

하늘파 쌍님 살피어주소서。

　　　方　台　翰

肉을 달라

靈파 아울러 肉을달라。

이몸은　醜한者、不見者가될지라도

내 生命이　이자리에　쓰러질지라도

사랑에　죽으리라。

쓰거운　사랑우에　걱굴어지리라。

모든　사랑의　勝利者가되리라、

肉을달라　金珠여

靈과　아울러 肉을달라。

　　　金　珠　（소리처　戱唱한다）

아나이다　당신의熱情을

이하늘알에　가장거룩한熱情을、

가장　쓰거운熱情을、

그러하오나　이승에서는

더러운　이몸의肉으로써

깨끗하신당신의몸을

더럽힐수업나이다。

죽을지라도　당신의무릎우에죽을지라도

사랑하는　당신을버리고　죽을지라도、

더러운　病든　이몸의肉으로써

당신의몸

거룩한　당신의몸을　더럽힐수업나이다。

이승에 엇지못하는

질거운緣을

저승에 돌아가 질기사이다

이시절에 일우지못하는

애닯은 원을

저승에나 돌아가 풀으사이다.

(方台翰 金珠를 붓안고 涕泣한다 그소한노린한다는
에 그림자비취며 李英鎮、許哲、李睾、高義煥)

李英鎮

고요한 깁혼밤

사람자는 깁혼밤

그대들은 부슨넉들이가 그디도거냐,

무슨설음이 그다지만호냐.

方台翰

오ー李君 許君。

金珠

아이고 春이도 淡이도

許哲

사랑하는 사람들 울저말아다

사랑의 쓰린맛을 인제야아느냐。

사당이란 달고단그만큼 쓰리고압흔것。

사랑하는사람들　울지말아라

李　春

金珠야　울지말아라
人生은　그러하드라○

쓰리고　압흔　그것이　人生이드라○

高　淡

마음을　수구러이갓지말아라
한번가면은　다시안올時節、
마음을　수구러이갓지말아라○

方　台　翰　（李英鎭　許哲을向하야）

울지아니하고　어찌하랴
커여운　거룩한　사랑하는사람을엇고서、
그魂은　어둘수잇스나
그肉은　어들수업다함、
울지아니하고　어찌하랴○

金　珠　（李春　高淡을向하야）

너의들　말한人生이
쓰리고압흔줄을　모름이아니며
한번가고　못오는時節
이즘이아니엇마는
죽음보다압흔　이일을어찌하랴○

（沈默 여섯사람의얼굴에는 悲愴한빗이나타난다）

李春、高淡

죽음보다 압흐다 참사랑이란

거륵한 참사랑이란 죽음보다도 더압흐다

돌아가자 돌아가자 죽음의나라로돌아가자。

쓰거운참된 사랑을어드랴면、

죽음에라도 돌아가자。

푸르고히게 언(凍)달님을보아라

웨저리 슯흔빗 석음줄아느냐

달님은 失戀當한 달님이란다。

億萬年되어도 밤그늘에、

홀로숣히 을고만잇다。

사람도한번만 사랑을일흐면

길이길이 그려하고나。

사랑들하여라 참다웁게

죽음보다 압흐게 사랑들하야라。

李英鎭 許哲

죽음보다 압흐다 사랑과사랑、

참다운사랑의 쓰거운사랑은、

죽음보다도 더압흐구나

사랑하여라 사랑하여라、

죽음보다도 더압흐게

길이 사랑하여라
죽음보다도 더 압흐게。

(李英領　許哲　李蕃　高淡　退塲)

　　　金　珠

어찌할가요　우리의사랑을?
지금이자리에　서로죽어서
이승에서어찌못할　남저지한을
저승으로돌아가　풀어볼가요。

　　　方　台　翰

죽음보다　더압흐　이사랑을버리고
저승으로돌아가　단사랑을맛볼가。
압흔이사랑을　더사랑하다가
세상에둘도업는
거룩한이사랑을　더사랑하다가,
저승으로　돌아가
이승에잇지못한　남저지한을　풀어보리라。
　　　(빙긋이웃스며)

　　　金　珠

그러면　나에게
肉을　求하지마소서

　　　方　台　翰

그리하리라
당신의말슴　그대로　그리하리라
깨끗한　커여운　靈으로만
쓰거웁게쓰거웁게사랑하리라,
　　　(金珠를抱擁하고　微笑하며)

(金珠와方은다시끼쓰하며　微笑한다)

生 의 悲 哀

懷 月

「落照하는太陽의最後의一線을잡으려 가자!비록느질지라도、우리의速度를다하야가자!」라는詩句는

「쏘드테르」Baudelaire, 의가장힘잇는叫號이다。그러나조차가는人生에게는 最後의一線도餘裕업시다

消滅되고말앗다。强한勢力을가지고 暗黑은선일새업시 人生의周圍를包圍하면서오온다。暗黑과鬱憫의밤은

빈틈업시 人生의 生의全部를 차지하얏고、아름답든鳥類의노래와、어여뿌든 池中에蓮花도 다함께 어

둠에덥히어 버렷다。밤은덥히고 씨덥힐뿐이다。人生은 虛無하게도 光明을일친것이다。

人生은이아가티「어드려하나 어들수업는 우리의 苦憫」으로 우리의神經은 우리의肉體와더부러 날로

衰하고 날로疲할뿐이다。太陽의暗黑에對한苦憫은 밤의深淵에서苦憫할뿐이오、별의暗黑의苦憫은白晝의

片雲우에 그死體를써가며갈뿐이오、人生의、無限한慾望과美와生의對한苦憫은 가장現代人의弱한神經을

불부티는것이다。人生은 生이라는意識으로더불어 無限의慾望과 不凋의美와、眞理잇는知識을要求하게

된다。그러나 우리의意識이强하야지면强할스록 우리의滿足치못하는苦痛은、더욱더욱 神經을破滅케한

다。더욱이現代人의銳敏한神經은 그얼마나 밤을새우고 苦痛하며、불가튼煩悶이 不眠의苦痛을면든것

인가! 만흔詩人들의 不眠의밤、奇怪한恐怖에 밤을새일째、「키읏쓰」(Keats)의詩에

沈鬱한幻泡가燦爛하게열허 오름을보도다。
벼개의틈에우리가업들일째

그얼마나 苦痛하는밤이랴! 衰弱한神經의作用으로 視線上이만흔幻像이열허나음이어! 이리하야人

生의衰弱한心理는 우리의生을爲하야 무엇이든지 慰安될만한對相物을捕捉하려고努力하게된다。이리하야人

哲學、或은宗敎、或은美、或은自然、이러케彷徨하며 우리生의執着을要求한다。그러나이것도 씨허ㅅ

의 生에 對하야서는 少意의 慰安이 업게 되엇다。오히려 우리는 그덜스록 重疊된苦痛을하지안호면 ...되

재된다。

哲學이 잇서 우리를가르치엇다、그러나 그것은한典型的知識의一部이며 眞理를차지려는데、字宙에對

한 小燭에 不過하고 우리의 實生에 對하야서는 더욱이「解決치못하는知識」의苦痛이 더할뿐이다。哲學者

의 그主張하는主義는 가을나무의落葉과가티 甲이繁盛하면 乙이衰弱하고 乙이凋落하면 丙이마저凋落

하는거와갓다。

그主義와 그學說이 山가티 만핫스나 現代人의生에對한 苦痛은 解決할수업섯다。다만「업든苦痛을

새、發見」할뿐이다。哲學은砂粒과가티문허지고、 그信條는가을에 衰弱한落葉가티 서로쓰치버리과는

말은 와일드의부르지즘이엇다。知識의나무는生命의나무는아니다。

「過去의王國은 知識의樹의王國이엇고、 未來의王國은 生命의樹의王國이다。知識의나무의果實을먹

는사람들은 서로서로 저들의날을憤怒로虛費하얏고 큰 그물(網)안에서로補獲하려고 그들의날을 虛費

하얏다〜 그러나 生命樹의綠葉 가운대서 自己의食物을찻는사람은 不想像과怠惰外에는責밧지안핫다사

랑과죽음과 老年까지 이저버린그들은 한想像的藝術이다」라고 明確히부르지즌이는 「일스」(Yeats)엇

것이다。 우리의生에對한要求는 生命의樹인것이다、知識의나무는 春冬을當하는나무와가티、凋落하고

坐繁盛하나 生命의나무의果實은 다시飢渴업시 우리의生을기를것이다。이리하야 우리는知識으로부터

나오게되엇다。

哲學에慰安을못바든우리는 다시 自然으로옴기게되엇다。그리하야花朝月夕에 노래들부로막 春風에

放縱하야 盲目的으로즐기려하얏다。그러나 花朝月夕에詠歌한그뒤에는 倦怠의大洋의暗潮가처들어오며

우리의生을문어털이는것을 또한알게되엇다。鳥類의노래가잇날세 灰色하늘세漂流하는陰風의流聲이

노래를어찌참으며、病든女子의얼굴가튼月色에對할째 우리의快感後面의悲哀와沈鬱을어씨참으라? 별

이 반짝이며、微風이 불며 漣波가 춤추며 星色이 아름답은 모든 것은 우리의 生에 對하야는 「失戀當한 女子」를 다시 맛난 것가티 녯날 記憶의 苦痛을 더 할뿐이다。 自然이 生에 對한무슨 慰安을쌔닷게된다。 自然의 快感은 人生의 表面에 對한 裝飾이오、生에 對한 苦痛임을 쌔닷게된다。

「여름날路傍에 죽어잣바진 死體를 노래한 노래가운대 「쌘드레르」(Baudelaire)의 「死體」라는 詩第三聯으로부허

　쯔거운해는 하늘로부러、이 腐體우에

　쓸히고태는 化學的熱氣가티비추도다。

　그리하야 그가、가젓든 모든物質은

　百倍나더 自然으로돌아가도다。

아름다운꼿이피어나오는것을보는것가티

하늘은、그두려운死體를웃으며나려다보도다。

──以下省略──

그얼마나 自然에 對한 强한 觀察일것일랴! 「쌘드레르」의 叫號야말로 實際的이 아니면무엇이랴─꼿이 피든지、死體가 석든지 自然은 無關心이다。 여름에 路傍의 飢渴잇사람을 爲하야 片雲의 一點도 隱蔽하야주지는 안는다。 自然은自然 依然히 存在할뿐이다。 우리生의 悲哀는 줄인 獅子와가티 叫號할뿐이다。

그리하야우리는 自然으로부러 宗敎에依托하게되엇다、그러나역시 宗敎는 한 實際업는 理想의 虛無한 陰影임을알앗다。 生을否定하는 靈이잇스랴? 生이快樂하다면 靈의快樂함을뜻함이다。 生이長壽하면 靈하서 靈이長壽함을뜻함이다。 그러나 生을否定하는、 靈을爲한 宗敎는「人을否認하고戀愛를主唱」하는 것과갓다。 宗敎는 浮世를超越한다는 意味이고、生의苦痛을甘受하라는 訓戒인것이다。 어찌 生의苦痛을甘受하라는것인가? 後面에무슨 慰安物이잇기에 甘受하라는 것인가? 다만靈의 不死性(Immortality)과 生의苦痛의本質을

幸福을 主唱하는 것뿐……하로라도 生의 破滅을 기다리는 悲慘한 敎訓을 어찌 人間으로써 甘受할것이냐

甘受한다면 形式的이오、表面的의 일일것이다。骨髓에 박인 生의 苦痛에 急流들 어찌 막을가？ 英國詩人「시몬

스」(Symons)의 仁慈라는 詩를 보면 (of Charity)

어제밤에 거지가 죽어서、그 靈은

하느님압헤 올나가서 말하기를

「主여！부르시지도 안햇는데、미리 온것을 용서합소서

나는 먹을것이 업서 죽엇나이다。

그때에 하느님은 대답하기를

「아들이어！이 가른일이 어찌 햇잇느냐？

地上의 내 聖者를 못 보앗느냐？

그들이 너를 救濟하엿슬것인데。」

「그 聖者들은、아主여！거지가 말하기를、

그들은 祈禱의 生活로 거룩하게 삽니다。

어찌 이 가른 사람을 그들이 알겟나이까？

우리는 모르게 죽엇나이다。

저들은 우리의 惡한 靈을 救하려 努力하고

天國에 가기 適當하도록 애썻나이다

「그러나 먹을糧食이업서서
(容恕합소서)우리는죽엇나이다.」

그때에하느님은憤怒의소리로
하늘로부터 말하기를
「오一사람이어! 너의를爲하야내아들은죽엇도다
내아들은 그러면虛無하재산것이로구나!」

시몬스詩集「晝와夜」에서

이와가티宗敎는우리의苦痛을더하게하는한理想임을 노래한것이다. 아모것도우리生에對하야 어든것
이하나도업다. 糧食을否認하고 靈을强하게합은 生을無視하고, 더불어生의苦痛을더하게하는것이다.
우리는「이피로운입으로는 저들의모든美味의塵芥를먹고 勞働하는 이柔軟한손에는 無를갓게되여, 이
발로는虛無한것을쓰치도다」라고 歎息한말은「시몬스」의生에對한 悲哀인것이다 「(Baudelaire, A Stu
dy 에서] 終日勞働한우리의情緒에는 그무엇의慰安이올가? 倦怠와悲哀가 여름의구룸과가티 湧出하는
것外에 무엇을所得하게되는가!

그리하야 우리는모든것에憧憬하며, 모든것에倦怠를갓게되엇다. 누구나 다 理想으로역이는 神聖
(divinity) 純潔 (Innocence) 에싸지마음을돌리고 或生에對한美感을어드려하엿다. 生의悲哀에對한, 絶
望에對한復活을차즈려하엿다. 그러나 生의悲哀는 잇업시絶望의굴헝렁이에서煩悶하게되엿다. 神聖은
裏面에醜惡을가진것이 恰似히 花樹에감긴黃金色大蛇가감초인것과갓다. 純潔도 한埋想主義者의 語癖
이되고말앗다. 僧女에對한煩悶이 얼마나크며 處女의늙어가는, 愛人업는설음이어쩌하랴! 生의全部를
차지하고엇슬것이다. ……戀愛의칼날은 두사람의神聖과潔白의 줄을언허버리고 淫逸한, 放漫한花園에
呌號하는肉의頹衰하는舞蹈를開拓할것이다.

肉慾에衰弱하는얼굴에는「生의眞理에對한、倦怠에對한悲哀가나타나나、靜麗에서들어가는얼굴에는

「生을憧憬하는悲慘한煩悶이나라난다。神聖을犯하여지며 潔白은더덥히여지는것에 가장生에對하야 無

限한慾求에對한反動的으로부터나오는것이「生의悲哀」에따號인것이다。모든女子는 그의美를 罪惡으로지즌

옴기는 謎的인娼婦이다、그들은完全한肉體內面에는 精神의醜惡을감추고잇다」라고가장强勢로부르지즌

이는「쌘드테르」研究를쓴 스텀氏(Sturm)인것이다。

「그女子들이 六絃琴노래에잠을자고 그늘(陰)미테서 衰弱하재부채질하는것은 다만죽음의 그늘미테

잇는것가티 본사람은、永遠의美를차즈려하른「쌘드테르」의날카로운 觀察인것이다。어여뿐處女의얼

굴이 그얼마가、지내서 灰色하늘알에 廢衰하여가는 雲朋(Analanche)가럳될것이냐?「蛆蟲의波蘭」

에이리저리 高下하는 白骨은 그것이 가장아딌다워서 만혼靑年의마음을때우든 美女의白骨인것이다。

人生의美는、그全盛합이 黃昏에燦爛한太陽의臨終의美와가릳것이다、그리고 그頹廢함은、瞬間後에밑

히는 깁히업는 밤과가른것이다。生에對한悲哀는쓰일로부러나오지안흠을禁할수업다。

人生의生은 永遠性、(Eternity) 倦怠업승을가지려한다。──智의永遠性、美의永遠性、眞理의永遠

性、그러나 그들의可死性(Mortality)은 더욱더 우리의慾心을 强하게하며、우리의神經을過度써지

이르게한다。「過度는가장優美한藝術에生氣잇는精神이다。우리는恒常過度함을멘들고、쓰더욱豐富한

過度를要求하는가운데에서 神經의衰弱하여가는노래가 生의悲哀인것이다。이리하야人生은

神經은 靑色으로、黑色으로……이러케우리生의快樂을爲하야 過度를要求하게된다。赤色에倦怠를가진

過度를차저야한다」라고宣言한이는、사뮤엘、팔머氏(Samuel, Palmer)인것이다。마지막으로가장生의綜合된

意味로부르지즌「엘리사뻐드」時代에詩人의말을引用하겠다。

「세가지가、나의죽기를바란다──하나는惡魔이다。그는나의肉體와財物은相關치안코 나의靈만기다

리고잇다。하나는昆虫이다、그는나의財産과靈을相關치안코 나의肉體만기다리고잇다。하나는 나의子

孫들이다。그들은 나의靈과肉은相關치안코 나의財産을기다리고잇다……」라는말은 適切한「生의美

哀」에 具體化된말이다。人生은 無로가고 人生은 醜로가는데 生에 倦怠와 悲哀가 잇다。

이제부터는 作品을가지고 生의悲哀를解剖하려한다。

二

「맨푸레드」는 人間의한사람으로 哲學에、學術에、自然에、愛에、모든것에倦怠와悲哀를가진厭世

人이다。그리하야 그는 (第一幕一場) 깁흔밤 「알프스」山(Alps) 고픽廊廓에서서 哀願하는소리로 부

르짓기를——

맨푸레드、

燈에기름을부어라、그러나내가

깨어서볼째써지는、타지안흐리라、

내가잠자나、그러나、그것은잠이아니라

다만抑制할수업는 생각이

쓴히지안코連續하는것이돗다。

내가슴에는 不眠이잇서、내가눈물을감음은

내마음의안을보려함이도다、그러나나는

아즉도살아잇서、숨쉬는사람의容貌와形狀을갓도다。

悲哀는知識의敎師가되리라、가장만히아는사람은、

不運의眞理의가장깁흔悲哀를알리로다。

哲學、學術、驚歎의源泉、浮世의智慧、

이모든것을나는알앗도다、그러고

나의마음은그것을服從케할能力이잇도다。

そgr:

그러나 無益할뿐이 도다、내가 善으로남을주고

善으로쏘내가바닷스나, 그러나모도無益뿐이도다.

········· (下略) ·········

이리하야 「맨푸때드」는 自己의魔術을가지고、自己生의苦痛에서 自身을救하려하야、術法으로 隱蔽하
여잇는 精靈들을불러내기始作하엿다。그리하야 第一、二、三、四、五、六、七의精靈들이 나타낫다。
그리하야 그精靈들은 「맨푸레드」의苦痛이무엇이냐고물어보앗다、「내가 그대를救하리라」고、그러나
「맨푸레드」는 「人間의苦痛이 무엇임을確言」하지못하엿다。「苦痛은잇업는苦痛이生을煩悶케하나 그苦
痛이무엇인지모르는것이 生의悲哀이다、어쩌한것이 生의苦痛으로부터解放시킬能力이잇느냐?하고 努
力하는虛無가生의悲哀이다。」그리하야 「맨푸레드」는 對答하기를

「忘却 (Forgetfulness) ——」이라고부르지젓다。이 忘却——。이것이生의悲哀의全部를차지하엿다。
일 이忘却으로부터 새記憶을엇는다는 그째는人生의生에對한眞理를어들것이다。그七靈들은 아름다운
女性의形狀으로變하엿다。그째에 「맨푸레드」는 熱望의號따로써들기를「抱擁하게하여라」하고、아름다
운姿態에心醉하엿다。그러나 그七靈은 다시나타나지안코消滅되엇다。그째에 「맨푸레드」는 쏘다시絶
望의소리로 ——나의마음은 째지도다。My heart is crush'd!」 그는 魔術로나 或아모거로나 慰安을엇지
못하엿다。그는 쏘다시 人間의能力以外의힘으로도 生의이悲哀를慰安할수업슴을알앗다。그리하야 學
識으로도어들수업고、魔術로도어들수업는、自然으로도어들수업는、그는 모든것이 虛無하다는覺悟에
서 다시强熱히써들기를——

「맨푸레드」。(第二場)
내가부른靈들은 나를버리고가도다。
내가쩨운呪文은虛無하게내게無益하도다。
苦痛을낫게한다는것이、나를苦痛케하도다。

나는다시는 超人의힘을 依賴하지안흐리라。

그過去가暗黑으로색질째써지는

내過去에도、내未來로도能力이업도다。

이것을내가찻는것은아니다。나의母地여!

新鮮한너의아츰、쓰너의山들이어!

어찌이가티 아름다운가? 나는사랑할수업도다、

그리고너、光明한宇宙의눈이어!

너는모든것을비추고、쓰모든歡喜에비추나

그러나 나의마음에는 비추지안토다。

………………(下略)

이가러부르지젓다。「맨푸레드」는 自然에對한悲感을 쓰한더 한層째닷게되엇다。自然이우리生에게무슨

助力함이잇는가!。 그리하야「맨푸레드」는 生에對한絶望에自殺하려하야 絶壁우에서잇슬째에、偶然히

한獵夫의救助를바닷다。그러나「맨푸레드」는 기어이죽으랴하엿다。

獵　夫

그山谷으로부터 안개가피어오르기始作하도다。

내가 그를나려 오라고 警告시키리라

그러치안흐면 그는 그의生命과그의길을다가티

일허버리리로다。

맨푸레드

氷山을에워싸고 안개는피어오르도다、

히고쓰硫黃빗의구름이굽실거리고내알에로지내갑은

깁흔地獄의大洋으로부터일어나는荒波가
모래가싸히는것가리生의海岸으로
물결은깨지도다,'내눈은어지럽도다。

························(中略)

獵　　夫

여보시요! 조심하시요、
그대가 한발자죽만잘못하면 生命에危殆하도다。
그대를創造한이를 사랑하거든、그리로부터나려오시요

맨푸데드、(그소리롤듯지도안코)
이와가튼것은、내게適當한무덤이되고
내白骨은、그러면、깁흔대고요히쉬여서
바람의誤樂으로、그바위우에、白骨은허러지지안코、
이와가티 한번에뛰어 떨어지리라
나는가리라。너의얼린한늘이어!
나를責하는것으로보지말아라
나는너의것이아니도다、大地여ー
이微物을바드소서。

(ㅡ맨푸데드ㅡ는 그絕壁에서떨어지려할때에
獵夫는단단히붓잡고 못떨어지게하엿다)

「맨푸데드」의生에對한苦痛이 그얼마나 强熱한것인가ー 灼熱된白靈의太陽가리 그의生에對한苦悶
온 灼熱되엿다。死外에는 그生의問題를解決할수업는것가리、그는 死를最後의安逸한手段으로 取케되엇다。

‥‥‥‥(下略──緒論參照)

「쎄이론」의「맨푸레드」보다 먼저된獨逸詩聖「꾀떼」(Goethe)의名作「파우스트」詩劇도 한生
에對한苦痛을가장卓越하게描寫한것이다。이劇은人生의生의倦怠와悲哀로부터 卽「헬데니슴」(Hellenism
──享樂、肉慾主義)파「헤부류이슴」(Hebrewism──基督敎主義)와 다통인것이다。

「파우스트」는、博識의學者이다──哲學에、醫學에、法學에、神學에通한學者이엇다。그러나 生에
對한倦怠는 점점더하야저서 最終에는 地上의모든것은 苦痛과倦怠로만感覺하게되여잇다。그러하야 그는
毒藥으로自殺하려하엿스나 天使들의聖歌에 죽지못하여엇다。그리하다가 그는 소랜엣書籍으로부터 魔
術의術法을보왓다。그中에서大宇宙(Micro Cosm)의呪符를보앗다。그리하야 그는 神秘의世界에는 自
己의 生에對한 慰安이 잇슬줄밋고、그는 惡魔「메피스트펠레스」(Mephistopheles)를불러서、契約하기
를「네가만일 나에게 官能의快樂의世界를주면 나의靈을주겟노라、請컨대 官能世界의深淵에싸저 다는
情慾에飢渴을낫재하여주시요」하고 祈願할재에 惡魔와「파우스트」는 血肉으로契約하엿다。그리하야
그들은 官能의世界로巡禮하려나섯다。魔女의廚房에서 그는지내가는「마─가레트」(Marguerite)美少女를
보게되엇다。「파우스트」는 惡魔에게 그少女에게 사랑하게하여달라하엿다。惡魔는 對答하기를「그少
女는 지금 牧師로부터懺悔하야 罪를씻고오는女子이니만 내게는關係업다、그러면 내게한 파우스
고、만일할수업스면 나는너와破約하고 離別하리라하엿다。그러자 그는「마가레트」
美少女「마가레트」를 더럽히게되엿다。그런故로 그마가레트」는 산다시罪惡하얏지안이하얏고
그後엔마가레트」는 自己의母와兄은즉재되고 自己의嬰兒도 水中에……지엿다。그러
呻吟하게되엇다。 그러나「파우스트」는 如前이快樂하게……

犧牲으로한데에 죽음도悲感이엇섯다。 그는 「人生은彩色한그림자우에 잇다」고하엿다。 그는 後에密箱

의人物이되어 國民의利益을爲하야 努力하얏다。 그러나역시 享樂하엿다。 그리다가 惡魔와血印으로契

約한째가되엇다。 그리하야 惡魔는 「파우소트」에게와서 그契約書를내노흐라하엿다。 그瞬間에 天使는

하늘로부터나려와 惡魔에서 「파우스트」의靈을새 앗어가주고갓다。

쳐음부터 다시 「파우스트」에苦痛을 本文譯으로쓰겟다。

　　　파우스트、

나는哲學과

法學과、醫學과

또한神學씨지도熱心으로

硏究하엿도다。

그리하야는이와가티어리석게되엇도다。

아모것도모르든옛날보다더아는것이업도다。

..............(略)

「그것으로하야 나의모든歡樂은업서젓도다」 하고 哀願하재부르지지고 또──

그리하야 靈의威力과啓示로

나는魔術을배우려魔法에들어가도다。

이秘密을알면、 피로음압을흘리고

나도모르는것을남에게말하지안흐리라

이世界의哭에서哭씨지안統一이무언가?

그것이알고십도다。 그가動作하는모든힘、 모든種子는무엇인가?

그것이 보고 싶도다。 그것을 알고、 그것을 보았스면、

쓸대업시 허를 아니 눌러 도 지내갈 것이로다。

아! 하늘에 비추는 滿月、

이 冊床옆에서 나는 잠도 못자고

밤을 새여 밝힌 째가、 그 멋번인가!

이내 피로움을 너는 비추는 것이、 오날밤 뿐이 타면 조흘터인대

숨흔 벗이어! 이러한 밤에 너는

여러 가지 書籍에 비추엇도다。

아! 너의 불상한 빗알에

놉흔 山둥으로 거러 단일 수 업느냐?

靈들과 山의 洞窟로 날아 나릴 수 가 업는가!

모든 知識의 塵芥로부터 蟬蛻하여서

너의 이슬에 저저서 몸을 끗칠 수 가 업는가!

……………………(下略)

이와가티 生에 對한 苦痛은 날로 날로 甚하여 지는 것이다、 우리는 모든 것을 解決하려고 모든 學識을 배운다

그러나 그것은 더욱 眞理의 문을 堅固히 닷는、 큰 苦痛이 되고 말엇다。「큰 知識은 큰 苦痛이라고」 叫號하는

것은 가장 近代人의 衰弱한 神經으로 生의 悲哀에서부르는 노래다。

쉑스페아 (Shakespare) 作品에 하믈텟도 (Hamlet)에 ── "There are more things in heaven and

earth, horatio,

Than are dreamt of in your philosophy."

「天地사이에는、 호레이시요여! 너의哲學에숨우는것보다 더큰것이잇도다」라고하엿다。有限한

質을가지고 無限의慰安을憧憬하는生의悲哀야말로 그苦痛이絕頂에達하도다。實際的인人生에 理想的인

知識으로는 그慰安을주지못하얏다。物質的인人有限에 情慾의能力으로는 精神的인人無限의享樂을 주지못

한가운대서 우리의生의悲哀는 날로커진다。「스몬스」詩에「하늘이오를스록 더놉혼것은 하느님의慾心

이라」고한말은 참으로우리生의悲哀의原因을말한것이다。人間의慾心이無限합으로 人生의滿足이업는

悲哀이다。滿足은滿足의고개를넘고、幸福은幸福의고개를넘어 無限이虛無한荒野로가는것이다。아!ー우리

가 우리의物慾이幼稚할째에 祈願하든滿足의고개를 그멋百이나넘어서 왓는가ー 그러나 우리는滿足、幸

福의고개를넘어온記憶은나지안는다。아! 우리는얼마나未來의滿足을慾求하는者며、얼마나 그것을여

드려고 倦怠를忍耐한것인가!

男女의性에對한것뿐만아니라 가장人生의生에對하야 哲學的으로、詩的으로된作品은 나는「단늘으씨

오」(D'annunzio)의死의勝利라고하겟다。

「死의勝利」의梗概ーー「쯔ー지」라는靑年은、「입폴터」라는남편잇는女子와가티 사랑하게되엿다。「입

폴터」는 自己남편에게보다도「쯔ー지」에게 그마음의全體를 바치게되엿다。처음맛난날로부터 二

年되는날、 그들은 그날을記念하기爲하야 몰래둘이서「알우바노」溫泉으로가게되엿다。雜抱、

마츰、달듸달게 속살거림、가장幸福스런날을 숨과가티 머칠동안 질기엿다。그러나 이와가티

엿다。그러나「쯔ー지」는 이와가티생각하엿다。그가「입폴터」의 무릎에매달려서 타는듯하게 영을맛후

가운대에서도「쯔ー지」는 피로워하엿다。그가지금은「입폴터」를 나의所有와가티 질기하

나實際로 그가말하는것과가티 나를사랑하나」하고 마음에 괴로워하엿다。「쯔ー지」는 늘의게가 피로워

그女子의가슴을안을째 그女子의가슴에는 어쩌한생각이 잇슬가하엿다。그리하야 그는피로워

엿다。

어쩐날「임폴터」는 茶를마시며서 自己에게준 二年동안의戀愛誓信을쓰내 하나식「쪼ー지」에게보
이고、 가티읽고、 가티웃엇다。 그러나그에게는 이편지에나타는熱情이 모도演劇한거와가티생각되
엇다。

사랑은매기쉬운꿈에지내지안는다。그는人間의情熱은永久히 保全하기어려움다고생각하얏다。그의
銳敏한理智는 아조心醉할수업섯다。

定한日字가돌아오매 두사람은 다시난호이게되엇다。「임폴터」는 「미란」에잇는동생에게로、「쪼ー
지」는 故鄕으로돌아왓다。「쪼ー지」가집에돌아와본즉 野獸와가튼 그의父親은 계집하인과 뻐가
마저서、 나종에는 그下人을姜으로들여안치게되엇다。그리하야 그의父親은 그妾과 한가지 別莊에
서生活하게되엇다。그리고 家事는들아보지안핫다。그분아니라「쪼ー지」누이동생의嫁資ㅅ지
다써버렷다。그의어머니는「쪼ー지」에게 父親을좀諫告하라고하얏다。제발 누이동생의嫁資金은
남겨노라고請하얏다。그러나 父親과동생은共謀하야가지고 家具를내가고 여러가지로 母親을피롭
게하얏다。「쪼ー지」는 (「쪼ー지」는叔父의遺産으로獨立生活을한다) 오래간만에 돌아오나 自己대
게는 아모權利도업고、 薄幸한누이、 늙고 마음씨 낫분아주머니、 보는것、 듯는것、 모도피로웟다。
어머니의말이듯기실혀서 아버지를諫하면 그父親은反省키안코 自己마음대로한다。그는나종에 그
의父親과 싸움까지하고、 피롭다못하야、 自殺을하려하얏다。그러나、 별안간「임폴터」의形狀이눈
압헤어리어 그만두엇다。

「임폴터」의사랑으로 새로운生活을할가하야 그는「산비도」란동내에 隱家를어덧다。그리하야「임
폴터」를마저들여 새로운生活을하야보앗다。그러나 그는失望하고말앗다。新生活은하야가려면 그
것은 다만 肉慾과情慾에 깁히깁히 쌔진生活이엇다。一「임폴터」도 肉慾밧外에는 아모것도
업다.」그리고 쏘「임폴터」의肉慾의힘은「쪼ー지」보다 强熱하얏다。그리하야「쪼ー지」는
람업시 失望하고말앗다。그리하야「쪼ー지」는 이더러윤生活로부터 엇엇나려고 다ー 宗敎的

하야 보려고 그는여러무리와한가지 醮婆祭에를가보앗다。 그러나 그곳도 한迷信과 虛榮과 生存慾의 不潔한것을보고 그는 또落膽하얏다。 이리하야 그의마음은 피로움과 悶慮함으로도어두엇다。

그肉慾에衰한「또ー지」는 참을수업시 그의愛人으로부터 떠나저안요편안되겟다고생각하얏다。

「또ー지」는 이가더생각하얏다。

——日常과 가터。 그는내가그에게준 그態度를恭順히保留할쌘이다、 그外에는아모것도모른다。그의肉的의生活은 恒常不自然하얏고 坐不自然하려고한다。 나의提出한모든希望은 다막히어버렷고 그는 다시野卑한淫蕩의器具인女子로되엇다。 아모것도 그의存在를變하게한것이업고、 아모것도 그를潔白케한것이업다。그는賤民의血統을가젓다。 하느님은 그의피에卑賤한遺傳을알것이다。그러나 나도 그가태워주는熱望으로부터 벗어나지못하얏다。이도부러는 그와가러살거나하든지、그가 업시살든지하여야겟다。그러나 내가 後繼者로 그를離別할가——

이와가터 그는苦悶함으로 생각하얏다。또 本文의一節을 引用하면——

「입풀러」가 「또ー지」의쌈을만저고、 그의목을컨쩌에 「또ー지」의몸은썰럿다。

——내가당신을무섭재햇서요? ——하고 「입풀러」가 말엇다。

고요하고深滅한 문그림자에갑초인「또ー지」를볼때에、「입풀러」는 이상한不安에싸혀저서。 그들抱擁하려고 일어나면서

——무엇을생각하서요? 엇재오늘은이러하서요? ——中略——

입풀러 가말하기를

——어대가편치안습니쌰?

——말을할수가업서 ——하고、 「또ー지」가말하얏다。

——아——알앗습니다、 넘우音樂을해서、 그러치요、 한週日동안만우리고만두서요

——더하지맙시다——

—더 하지말아요!

「입폴터」는 「피아노 압흐로 가서 그뚜쌔를덥고 잠가버리엇다、 그리고 그 작은 열쇠는 감추어버렷다。

—래일은 우리 오래 동안 散步를가셔요、 우리둘중에는 海邊으로단이셔요、 그러케하셔요? 자! 지

금은 「되스마루」로 가시지요——

「쏘—지」는 이와가티 自己愛人에 對한 苦痛과 倦怠가 甚하얏다。「입폴터」는 쏘한이와가티「쏘—지」의

對한 苦痛을몰랏다。「쏘—지」의 生에 對한 不安은 甚하얏다。靈的이라는 宗敎싸지도 生存慾에 더러워

저서 거즛、 虛僞、 不平、 이 모든것이 一 「쏘—지」의 生을 던욱 落望시켯다。

금은 「쏘—지」의 肉慾속에다 파무더지고 다만苦痛만이 남앗다。

生한사람이라는 것도 지

三

「맨프레드」——

모든 學術、 哲學에 對한、 倦怠에 對한苦悶을가진 「맨푸레드」는 魔術을가지고 生의悲哀로부터 벗어나

려하얏스나 엇지못하얏다。 오히려 모든것이 그를 苦痛하게하얏다。 그리하고그는 모든 精靈에게 빌엇스

나 엇지못하얏다。 그러나 意志가 堅強한그는 靈에게服從치는아니하얏다。 그는 그의靈에 對한 「살려는

意識」을굿게갓고 即이生을否認하지안코、 自己가피로우면서도 服從치는아니하얏다。 僧院長이와서 그

를聖된訓戒로慰勞하려하얏스나 쏘한듯지안핫다。 이리하야 그는 홀로書齋에서 煩悶하다가

——오! 늙은사람이어! 죽기가 그리어렵지안토다 ——하고 그는죽어버렷다。 「살려는意識」의完全

한、 倦怠업는生은 死로하야금 어덧다。

「파우스트」——

모든生에 倦怠를가진 ——哲學、 醫學、 法學等 모든것에 倦怠를가진 ——그는 結局 魔術을가지고 靈魔와

한가지 구든契約、 靈을주기로約束한것을하게되엇다。 그리하야 그는官能의世界로 巡禮의첫발을내여노

엇다。 그리하야 모든 享樂을마음것하고、 모든 罪惡을맛을것하엿다。「마가레트」少女가 自己로하야금地獄에서 苦痛하지만「파우스트」는 依然히享樂하엿다。

그러나 그는熙魔와約束한期日이와서、 惡魔는와서 그의靈을가져가려한다。 그러나天使가나려와서「파우스트」의靈을다리고갓다。 即一때에는 人生의모든苦痛、 倦怠로부터 樂天的人生觀으로이것을엿다。即 人生은써로이來世가 업드라도 다른現體만한倦怠업는價値를 참으로價値업게본作品이다。 참으로「파우스트」는 基督敎意味에서 救助를맛고、 또天國에들어갓다고하엿다。 이것은참으로 中世敎會의가르치는바다。「파우스트」는 基督敎徒는하니다。 그러나 그는「不斷의努力」으로 天使에게救助함이되엇다。 그는 倦怠업는生으로부터 快樂을차지다。 即「참으로살리고不斷하努力」을한것이다。 決코罪惡은아모 여러가지의 모든手段으로 快樂을차지다。 罪惡이라는것은「그의自身의生의참된價値를開拓하라든 한개특한手段」으로 取한것이다。 苦痛과煩悶에서여면것이 곳 그의魔術도 官能의世界의度弱컹인 快樂을어리는것이다。 그러나 生의참值로로 天使가 그를惡魔의손에서救助한것을보면、 그의모든不斷의努力의價値를判斷되엇다。 即生의참값味를解決하려는데는 꺼치지안는努力으로 무엇이엇든거 取하여가 가장거특함을뜻함이다우파우스로는 自己의良心을 犧牲에이르게하여스나、 그러나 오히려「살려는意志」에따처서갓다。 모든것을를탓다。 다만모든것을享樂하자 ! 成功이나、 苦痛이나 모든人生의可能性의것을 몸으로 맛보려는것이 그의所願이엇다。

「파우스트」의生에 對한悲哀는 곳세로윤享樂으로되엇다。 그는 惡魔에서부터모든享樂으로、 그는生의享樂으로부터 또한天使에게제自己靈享을樂하게依托하지되엇다。 나의生을完全히、 나의悲哀로부터 버서나려고하는데에 우리는모든手段을使用하는것이다。 모든善行、 모든惡行、 모든享樂、 모든勞働、 모든智學、 모든宗欲、 이거어모도 우리의生의悲哀로부터 세愚安을에드리고努力하는 한手段、 이거은、 明確한事實이다。 우리의모든것은 生을만며앙을이요、 우리의모든세手段은 우리의生의悲哀로부터、 깨어나오려는試驗이다。 그러나 우리는完全한生의享樂을어들수업다。 다만努力할뿐이다。

「파우스트」는 超人力으로 享樂하다가、 살려는意志로 努力하다가 거룩한天使의노래가운데 그는죽엇다。

死의、勝利

人間의가장꼿업는享樂은 우리의肉體싸문에 陷落되고만다。 우리의慾맛은웃업스나 우리의肉體는限이잇는것이다。 그럼으로有限과無限새이서나오는부르지즘이 生의悲哀로나오는것이다。

가장사랑하든 「쓰ー지」의愛人「입폴터」는 그의强한性慾에 衰弱하는「쓰ー지」로부터 嫌惡를밧게되엇다。두사람은한가지悲哀가잇슬것이다。「쓰ー지」는 性慾이弱한데로부터 나오는不滿의부르지즘이다。 그리하야 그들은 最後의가장 悲慘한웃음을마첫다。「쓰ー지」는 生의悲哀에 견딀수업서 自己愛人을죽이려하엿다。 그째에 「입폴터」는 ——

가지고 絶壁우으로다리고갓다。 그새에 「입폴터」는 ——

조심하서요、조심하서요ー —— 하고 아모것도모르는 「입폴터」가 「쓰ー지」에게만하엿다。

개들은 橄欖나무속에서 짓고잇다。

들으섯서요、나려오서요!——

고요한 물결로 에워싼 그검고도 險峻한바위밋까지 山岬은垂直으로 나려써첫다。 죽음의울면은

번적어려서 별의友照하는 느린波濤를흔들고잇다。

여보서요、여보세요 ——

무섭지안하、이리와요、더갓가이、이리、이리와서 저漁夫들이 바위새이에서 횃불로 고기잡는

것을보아요 —— 하고거신록 소리로 「쓰ー지」가말하엿다。

——안이야요, 나는 眩氣가 나서 무서워요

이리와요, 내가 붓잡을터이니

——실여요, 실혀요

그는 「쪼ー지」의 凡常치 안흔 語調에 몸이어는 것가 랏다. 「쪼ー지」는 自己妻에게로 갓가이가서 손을내밀엇다. 그리고 알수업시 두려움이 그를襲擊하엿다. 「쪼ー지」는 自己妻를 그深淵으로던지라던지라 하엿다. 꼿 그는妻의허리를 껴안고 멋겄름

압흐로나왓다. 그리하야 한번 뛰여서 自己妻를 그深淵으로 쓰고감을알게될째에, 그는 모든것을알게될 쯋 잇ᄃ엇다. 그리

아니야요, 아니야요 그리하야 「입폴터」는 努力을다하야 反抗하엿다. 그는 自己몸을싸 여서나뒤

로쒸엇다. 가슴이쒸고, 썰리엇다.

——미첫서요? —— 하고 그는 憤怒한목소리로써 들엇다. ——미첫서요?

그러나 「쪼ー지」를볼째、「쪼ー지」는뒤로 아모말도업시 쪼차왓다. 그는 自己의몸이 쓰다시 瑩

的인 인 暴力에잡히어 그絕壁으로 쓰을고감을알게될째에, 그는 모든것을알게될 쯋 엇다. 그리고 고不幸

의불길이 그의精神을 두렵게하엿다.

아니야요, 아니야요, 노아주어요, 노하주어요, 잠간만내말을들어요, 내가말할

——아니야요, 노아주어요, 잠간만、내가말할

두려움으로 그는미첫다. 그는퍼로워하면서 懇願하엿다.

잠간만내말을들으셔요、나는당신을사랑합니다。容恕하여주셔요。——自己自身이더衰弱하여지고

自己의힘을 일허비림을알게될째. 죽엄이自己압헤잇슴을알째. 그는絕望的으로 슬ᄯ노입는말을

중얼댄다. 그는絕望的으로 슬ᄯ노입는말을

——暗殺者 —— 라고그는亂暴하게써들엇다。 그리고 그는自己의손톱과 또自己의 니(齒)로물고、찰우

어自身을 防禦하엿다。

暗殺者! 라고, 自己의머리털이「쪼ー지」의손에잡히어 그絕頂우에던저질째에날카롭재부로지젓다.

개는 그悲慘한무리를 보고짓는다。 疑心업시품고온 最高의嫌惡에서 爆發하는것과가티 簡短하엿스

和解하지못한敵의마음가온대 最高의嫌惡에서 爆發하는것과가티 簡短하엿스

亂暴하엿다。

그리하야 그두사람은 한가지로 서로팔을세고 그絕壁에서 썰어져죽엇다——꼿——

그리움의 한 묵금

露 雀

◇

離別……그리고는 그리움이다。

「나」와 離別……나는 靑年이다。아즉도 압길이 九萬里가티 창창한 나로서、무슨 至毒한 離別을 當하고서야。어쩌케 살수잇슬것이냐……만은 그래도 셋업는그리움은 쩌업시 나를 덥허누르고잇다。

八字사오나운 그 그리움이、나와 무슨 業寃이잇섯슴인지 무슨因緣이깁혓슴인지、원수이냐 사랑이냐 그것은 도모지몰라도、이세상에서 나를 가장 잘알아준다하는이도 그리움 그이오、내가 노상사괴여 잔안다하는이도 그리움 그이다。

나는、모든그리움 그속에서 이만큼 자라낫다。그리고 쏘 그 그리움속에서 이만치 파리도하얏섯다자다가 잠고대도 그리움이오、알타가 헛소리도 그리움타령이다。

그리움! 그리움! 그는 얼마나억세이기에 나를 이러케도 울터어놋는고。내가울도록 보고들은것도 그리움그것이오、격고늣긴것도 그리움그것뿐이다。

내나히 스물네살……그러라、내나히를 이르자면은、分明히 스물네살일것이다。그러나 그나히는내가먹지는 아니하얏다。먹은罪人은 싸로이잇다。이름조흔 한울타리로、스물네살이라는 그숫자、내의이름을 잠산빌리어주엇슬뿐이다。그나히는 그리움이라는 그이가。정말로 먹고잇는것이야구나치의 내나히도、그리움이라는 그이가、다ㅡ가로채여 마타가버리엇다。

그러니 世上사람들의 항용쩌드는 「나는 나히를먹엇다、내나히는 늙엇다」 하는 그 나히를먹...

그리움이라는 그이에게、모다 橫領을當하고도、空然히 짓거리는 헷소리나 아닐지。

그리움! 그리움! 나는 여러번이나 여러사람의입으로 부르는、그리움의 애연히는 노래를불엇다。

저지나간世上에서、그리움으로 속래우든이가 누구누구이냐。지굿지굿할손 오랑캐의亂離가 五六年

이라、洛陽城을뒤로두고 나그네의거름은 그럭저럭 四千里밧게서서「思家步月淸宵立이오 憶弟看雲白日

眠이라」그러나 어찌 그것뿐이랴。洛水싸리의 낫낙은사람은 다시두번 볼수가업구나、외로이 후주군

하야 江浦로 돌아가면서「馬上에 逢寒食하니 途中에 屬暮春이라」뒤숭숭한 몸자리만 空然히 구를맛

개번거러울제「馬上相逢無紙筆하니 憑君傳語報平安이라」客舍뜰의 봄맛난 보들님혼 얼마나그리웟군

심을 새로이 도앗든고「勸君更進一杯酒하니 西出陽關無故人이라」秋夜長으 스름달빗알에 다듬이장단도

님이아니계시니 시들푸고나「鶴關에 音信斷이오 龍門에 道路長이라 君在天一方하니 塞衣徒自香이라

라」수자리사는이의 두고간 지어미、날구잔천 애마르는 한탄「打起黃鶯兒하야 莫敎枝上啼하라 啼時

에 驚妾夢이면 不得到遼西를」

무엇무엇할것업시、허구만흔 詩人들은 수업시 그리움을 읍조리엇다。

이 참아정말로 그리움을 읍조리지안흘수가 잇슬것이랴。村巷의 어리석은 지어미싸지「몸슬놈의님이

로구나 야속한님이 가신이후로 弱水三千里사이에 消息이頓絶이로구나」하는 그 소리도 그리움이아니

면、그러케도 쌔가녹게 슬픈싸닮은업다。黃陵廟裏에 鷓鴣새울고 吳江楓林에 잣비나가 수파람분기는

그리움이아니면 무엇이그리 구슬플거며 雨水鸞鴦에 大同江물이 푸르든마든 그리움이아니면 그리도

애연히게울일이 무엇이잇나。점잔타하는 時調나、날탕패의잡소리나、嬌南의六字박이나 關西의愁心歌

나 天安三巨里릴나、노들강변이나、모도다 그리움의타령이다「春香이타령도 그리움의타령이오、沈淸이의

노래도 그리움의노래다。그분이랴「혼자우는 어두운밤」이란 그것도 그리움의타령이오、

이 은 집에서、或은거리에서、或은 쇠창살안에서、或은 灰色世界의로운달빗알에서、그리움이잇서서

슬픈노래를 부른다。

그러니 어찌하랴。

나도 그리웁다。 모든것이 그리워 못견듸겟다。

　□

동생이 그리웁다。 精神病이 돌엇다하는 四寸동생이 보고십다。

어제저녁의 부든바람 風浪도 만핫거니, 어두운밤 거친물결에, 부서진뱃쪼각은 어대로어대로 써돌

아갓느냐。 뒤숭숭한 꿈마다 소소로처쌔울쌔에, 나의꿈자리를 그러케도 어지러이 굴엇는고。 요사이는 病勢가어

슴이로구나。 그는 얼마나몸시알키에, 나의쑴자리를 그러케도 어지러이 굴엇는고。 요사이는 病勢가어

찌나되엿는지, 쏘한 시방은 무엇을하고잇는지。 藥을마시고잇느냐, 呻吟을하고잇느냐。 누어서잇느냐,

잠이들어잇느냐、 그러치아니하면 如前히 그러케 써돌고잇느냐、 무슨생각에 잠겨서안젓느냐。 어웅한

얼굴이 내눈에 서난하다。 노상중얼거리든 그소리가 귀에들니는듯하다。

가슴이답답한일이나마, 지나간넷쑴타령을 다시쏘치서 한번되풀이해보자。

우리한어머니쎄서 살아겨실쌔에, 가장귀애하시든 손자는, 시방 病들어잇는 그四寸파나와 둘뿐이엇

섯더니라, 四寸은 兄도업고 아오도업시 아버지의얼굴은 한번브지도못한 遺腹이엇고, 나

는 伯父에게로出繼한 生養家에 無妹獨子 커한아들이라, 金쌀아기가듸 貴하다하야 집안이모다 얼싸어

한어머니쎄서 우리들의이름을 지어주실쌔에, 四寸은 음전하다 武士의資格이잇다하야 獨行千里하

는「甲騎」라는이름을 지어부르섯고, 나는 안존하다 날녑한才操가잇다하야 장차 龍門에을다 立身揚

名할資格이니까 周易의첫속 대이를 그대로갓다가써서「元龍」이라고지어부르섯다。 아모른른 時代들이

돕개모르는 七十老婦人의 일이엇지마든, 그재의 한머니의생각에는 쏙밋고 기두르섯슬터이라即騎는

武科를하야 萬軍을號令할大將이되고 元龍이는 文科를하야 百姓을다사리는 政丞이될터이라고,即騎는

래그재에 그들은, 새벽아춤의 맑은정신을 서로시새워가며 글을읽을쌔에, 卯騎는 장차장수가

－ 519 －

정이니까 六韜와 三略을 부지런히 외엇고、元龍이는 政丞이 될양으로 曹傅과 春秋를 멋번인지 讀破하얏 섯구나。

어쩐즌 하마러면 될번하든 大將과 政丞은 정도깁고 의초조흔 從兄弟엿섯다。그러나 그둘의 性格은 아조正反對로 말도할수업시 닳랏섯다。동생은 원래성미가 活潑스러워서 잠시도 땅에부터잇기를 실혀하는터이라 숫감아작난을 그러단이는걸 마라서 쩍갈나무우거진곳으로 쭤어단이고、나는 안저서 씀씀스러움게 돌을주어 모아씨서 숫감아를짓게되엇섯다。그째에 안산골작이에서 쌕국새가 하도 구슬피울기에 나는 하든작난도 서름업시 멈추고 우두머니 안저서서「그소리야 몹시도처량하다」하니싸、동생은 쭤어와 가는팔쭉으로 거더썸내이면서「형아야ー(그는나를 형아라고불럿다) 내 저것을 잡어올가」하고 한소리삼아 건넌山모롱이 비탈길로 구름장을 펄럭어리며 처량히돌아가는 상두군의 노래 소리를듯고 내가안저울째에 동생은「총새메고 바랑지고 고개고개넘어갈째 부모형뎨생각말아가는」그 노래스를 소리질러불럿섯다。

시내강변 힌모래밧에서、뜨거운쏘약벼테 알장둥이를 다ー듸어 가면서 모래성을 서로 시새위쌀제 勢力을서 延長하느라고 각금 國境을 侵犯하는일이잇다。그러한지라마다 동생은 大將의 地位로 나는 政丞의 態度로 各各自己의 城을 爲하야 다툰다。하다가 大將은제분에못닉이기에서「에라 형아 맘대로하럼으나」한마듸해부치고 모래성을 내버리고 성밧덜로웃쩔판이서서 혼자말 달닉이나한다고 달음박질로쮀어가는일도잇섯고 어쩐새는 大將이 벗서고우기다못하야 「참、행아하고는 말할수가업서」하며 모래성을 全部기울여 政丞의성으로 歸化하는일도잇섯다。수수깨 말을타고 아조싸리째 총을메고 압개울을뒤개울을 陣터로잡아 洞內의童子軍들이 戰爭놀이를할째에도 노상의례히 先鋒大將으로 自願出馬하는이는 내동생大將이엇고 運籌決勝하는 參謀의職責을마튼이는 大將의兄 政丞나이엇섯다。

그러나 세상일은 매양갓지아니하니 어찌할수잇스랴。

나히만흔신 한머니께서는 멋해전에 저세상으로돌아가셧다。커어웁고잘될손자 우리를두고서어찌께

참아돌아가섯는지!。한머니께서 돌아가시자마자 조차서 그깁히밋든 四寸의大將地位도 어대론지 슬

어지는 무지개쌀처럼 살어저업서젓고 나도벌서 政丞은아니다。그것이 도모지 꿈이엇든지。아마 이세

상에서일컷는 수수썩기라는 그것이엇든지。

한머니산소모시든날에 하음업는구진비는 눈물겨웁게 도나리는데 四寸은 긔지업시 설게울떡라。

그쌔부터 그의마음은 참으로압횟든것이다。쑤리깁흔모진병이 남모르게들엇든것이다。그뒤의 四十

온 어쩐일인지, 無言이가되어엇섯다。얼색진사람가티 되어버텻다。

아ㅡ 그것이 病이엇드냐。無言이란그것이 病이엇드냐。憂鬱!憂鬱! 그는憂鬱이란그곳에서 남도모

르게 그만 病이깁히들엇슴이로구나。

前日에는 그러케도 억세이든大將아, 어찌한일이냐 네가病이라하니……。藥을주랴하나 藥이입고

慰安을주랴하얏스나 도모지效驗이업구나。人力으론 못할일이니 어찌하면조흐냐。생각해보아라구

름넘어 별저쪽 달빗건녀 아지못하는나라에서 우리를그리워 대쓰시는 한머니께서 얼마나만히 근심을

하고 계실가를……얼는하로밧비 그病이나핫것다는消息을 들엇스면 조켓다。

그러나 그것이 果然病이냐。

한머니께서 돌아가신뒤에 그는 아모말도하지아니하얏다。아모말도업시 다만 瞑想에만깁헛섯다 이

세상에서사는 모든사람의 무슨秘密을 알랴고함이엇든지!

그래 알아서는아니될 그무슨秘密을 억지로 알랴고한싸닭에 그罪로 그는 罰을밧게되엇다。罰로

쇠사슬은 그의四肢를結縛하고 瞑想의큰칼은 그의목을눌럿다。그래서 죽엄파가티 미치는毒藥을

神經을 興奮시키엇다。그러니 大將……그것은 얼로當로아니한 헛숨이엇다。그러니

긔가가질 分守보다도 範圍보다도 더크고 더억세인 헛숨을가지고 잇든것이 不幸이엇든가。

하지못할것을 夢想하얏든 그것이 災禍엿섯든가

慧場에서 짓걸대는 鬼啾가 듯기실혀서 커를막고、거리에서 어른거리는 紅塵이 보기실혀서 눈○○

앗다。그리고 다못 耿耿한 一念은 어쩌케하면人生에게 人生을救援할만한思想을 차저낼수잇슬가。어쩌

쩌케하면 그것을傳達할만한 말과 글을 차저낼수가잇슬가。

케하라느냐 사람이생긴뒤에 멧萬年동안에人生이란그것이安心과 慰籍를 맛보앗든일이잇느냐「너는 어쩌

生은恒常 安心과慰籍를 要求한다、希望한다。安心과 慰籍를 맛보는그동안이 幸福이라는까닭에……○그

러나이쌔껏 그것을 한마듸라도 일러맛보여준이는 한사람도업다。다만 그것을맛본이는「神」이라고 뼘

개해버럿슬뿐이엇다。그러니「神」이란그것은 果然무엇이냐、「神」은어느곳에잇스며 어느곳에서 무엇을

하고잇느냐。

그는 「神」을 非認하얏다。人生이 不幸한데에도「神」은 모른체하고救援하지를아니한다。救援할만한

力이「神」에게업는그만침「神」의虛無합을 깨달앗다。그래「神」의 存在를 非認하얏다。

보라! 여러사람들은 어쩌케살아왓느냐、시방은 어쩌케 살고잇느냐。한길로 지나가는 여러무리의사람을

좀보라。여러사람들은 여러가지의모양으로 여러가지의눈초리로、서로노려며

홀기어보지안는가。해저문언덕밋 옹달우물에 음충스러이비추인 右木나무그림자를보고서 넬모대

집갈 시악시 시악시는 마음을졸이어 절을하고잇다。손으로빌며祝願을한다。산모롱이 서낭나무가지에는

모를 시악시의 붉은단기가 걸리어잇다。머리우에는 한낫큰별이 반작이고 발알에는 커다란 大通가

고잇스며 地平線은 自己의섯는周圍으로부터 어대른지 永遠하게 살아져바리는데、번적이는光明과

침한暗影은 自己의섯는周圍에다 無限한圈界를어리치고잇다。二十年前에 自己의아버지는 熱病으로

혹히 돌아가섯스니、으스름달알에서 늣기어 우시는 二八靑孀어머니의 구슬푼 눈물을 自己의어린

은얼마나만히 밧어왓든고。自己는 遺腹子다。그리고大將이라고부르시든 어머

니쎄서는 돌아가섯다。그리고 自己는빌서 大將이아니다。사람마다 살아잇다하는그동안은 아마적은

으로 저의무덤을 파고잇는것갓다。저승길을 가고잇는것갓다。헤매다녀다가 한개두개의 남아가는 魄

骨을 실음업시 세이고잇슬뿐인것갓다。그러니 그것이 도모지 어째한일이냐。

八字、運命、사랑、幸福、그것은 도모지 모를일섯다。어째상에는 도모지 어째한일이냐。

혼것갓다。더구나 幸福파 사랑을갓다가 준다라는 그선등한「神」은업다。그것

在에서 사는이사이에도엽다。그러나 將次오는 未來에도 勿論업슬것이다。그것

을問題삼아서다도 원통解決해노코간서담은 어째섬에는업다。那蘇는 祈禱하다가 그나님섬에 밀우어

버리고 十字架로 못들려가버리고 釋迦는 念佛만하다가 부처님섬에맛기고 脫解해버리고 孔子는 오

죽하느라고한세토다가「嗚呼老矣다 吾夢不復見周公이어다」고한마듸 짤짜게버리엇다 그때다

누가 그것을하랴。

그는 스스로 깨달엇든것이다。언제는 自己가옥마다 解決할려다가 깨달엇든것이다

그래그는 一種의 죽업보다도 마엿질한 그情緖를넘어서、사람마다드는 그不和라는 그곳을띄어

나。人生이라는 그것싸지 내여버리려고、人間作을째나서、그럿게다른곳에 웃달다서서、充實한自己의眞

理를 차저 보라하얏다。

그는 삶을갓고 생각에잠기어잇섯다。그러다가 그가 눈을들째에 불덩가리充血되어붉은눈방울이 번

적어리며、얼오로「解決어다」한다되되를 소리쳐절펫다。어디게解決을하얏는지 그것은 몰라도、어째한

無條件으로 解決은한정이다。그뎌서사람들어 그를보고 머첫나하는것이 그에게는解決을한것이다。

그는 어느날 웃는낫스로 나를쳐다보면서「언니―나는 모든것을 解決하얏소。나는 언제 참장한사람

이저오? 나는 첫뎌에 언니부터 解決하얏소。前日에는 언니가 임무서의제보엿되당。그뎌서

서는 갈혀 엄울열지못하얏섯소。피넘 얼굴을 문지못하얏소。그러나서방은 이뎌케썩썩하지 自由스

려음제 답도잘하며 行動도잘하얏소。어겟은 내가 언니라는그사담을 自설解決한까닭이오。참흘름한일

어저요? 사마 언너도 問題해지어나 할수업스더다。여브서요 내량을흘 仔細키들어보아요。얼마나眞

理 잇는말인가………。 나는 어두운굴속으로 더듬더듬걸어가다가 별안간 무엇인지 니마쌕이를 딱하

고부듸치엇소。 넘우도롭시 소소로처놀라 그자리에 털석주저안저서 자세히 보앗소。 보니까 그것은 집

으로맨든、허수압입듸다。 나는그쌔부터 아모무서움도업시 安心하고잇섯소。 그것은 무서웁든 그것이

허수아비인줄 解決한사람이오。 前日에는싸 닭업시언니가퍽무서웟슴만알앗섯소。 그러나 언니를解

決해 보고나니싸 언니도亦是普通사람마가른 그냥의사람입듸다。그래인제는 죽음도 무섭지아니하오。」

쌔에 나에게가장친한사람일스록 가장악하고 가장간사해 보입듸다。시방언니도 勿論나의가장사랑하는

언니요。 가장밋고가장親한언니요。 언니는아마착한사람이지요。 그러나 착한그것을 내가만히볼스록악

한그것도만히보고。 그러나 나는 악한그것을 이칼로선듯 버혀버리랴왓소。아마 악한그것을 죽이는날이면

착한그것도 살아저버릴터이지。 그러나 언니는 나의가장사랑하는언니이니싸 내가 그악한것을참아두

고견되어 볼수는업소。 자ー그악을 버려바립시다。 악을 죽이어업샙시다ー하며 울며덤비인일도 잇섯다。

어써든그는 성햇슬쌔 보담 힘도세이고 말도잘하고 性格과行動이 성하제라는불길과가티不屈的、男進

的、開放的、熱情的이잇다。 그리고 또한가지 普通사람보담은 아조해알일수업는 達觀이잇는듯하다。萬

一그것이病이아니고 참말로그런사람이되엇스면조켓다。

그러나그것은 病이라한다。그의病이 요사이는 좀어써한지？日前에傳하는消息을들으니三防藥水에서

病을고치랴고 완終日그藥물을 정성썻 써마시고잇드라고한다。 病을고치랴고 애를쓴다는 그消息을들

으니 더구나 볼상하구나。

벌서 부억창살에 귀쑬압이는 새정신이나서 밤을새여우는쌔가되엇다。 선듯선듯한 가을바람이불어

온다。 쓸압헤 귀비름은 나날이 봄은빗이 새로와지니、동생아ー 너의정신과 너의몸도 얼른하로밧비

성하야지거라

암커나 내가한번가마、한번 가서보마 물을건너고산을넘어 그리운너를 한번차저가보마。

서울은 왜 이러하냐。 왜 이리도 답답하고 피로웁고 쓸쓸하고 드러웁고 망죄스러우냐。 北岳山은 뒤쏙지를 눌으고、 木覓山은 턱을 치바치고、 仁王山 駱駝山은 左右엽헤서 주장질을한다。 이가운대에서 그리도 繁華하다써들든 所謂萬戶長安은 시방애야 누가보기에 生命이업는、 검은채붕이 힘업시 조으는듯하다 지안흔이 가잇스랴。 이름만 그저조하서 살기조흔 漢陽山川인지、 廣川 淸溪川에는 더러운구정물이 검게검게썩는다。 지릿내、 구릿내、 모기 빈대、 아아서울이 다― 亡한다 드라도 서울 水口의빈대는 업서지지아니하랴는지。 病에는 傳染病、 나날이 새르운病名만 늘어가는곳은 서울이니、 門은 저절로 제멋대로 變하야 尸去門이되어버렷다。 나의길이길이 살永住의 樂土는 어느곳에잇느냐。 나의 그리윤 그 故鄕은 어느쪽으로 부러서잇느냐。 서울은 지겨웁다。

아― 서울은 무서웁다。 서울城中에는 어느洞內누구의집에인지는몰라도 가장至惡한毒藥을 감추어두엇는것이다。 그래그藥의毒氣는 안개가리 뭉클뭉클피여 골목골목집집마다 한군대도쌔어노치안코 샅샅이차저 단인다。 그러하야서 그毒氣에 걸니는사람이면은 아모든지 모조리 고치지못할 김혼病이든다、 純朴한農民도서울에 오면은 날탕패가되어버리고 純潔한處女도서울에 오면는 流浪女가되어버리고、 팔팔하개날뛰든靑年도서울에오면은 불탄강아지가 되어버린다。 벗서든이는 씨그러저버리고 부지런하든이는 재을러버리고 精誠이잇든이는 脈이풀녀어버리게되는곳이 곳 지긋지긋한이서울이다。

웃음웃든이는 눈물을짓게되고 단단한決心을가지고온이는 슬어지듯이 슬몃이 풀녀어버리게되는곳 겨울의廢都 나히만하늙을은쇠북이 다시한번 크게울듯하다 뒤써들든 集會場所는 佛敎靑年會、 會費는五十錢、 去年十二月二十四日午後엿섯다。 長髮短髮할것업시 붓대잡는이들은 대강한참밧벗스니。 이름은 文人會。 참조흔이름이엇섯다。 쓸쓸한文壇에 隔이업는모도임、 참구가 조하지아니할이가잇섯슬것이랴。 정말이지 나도 한참은아조조핫다。 아조조하서 뛰놀변하얏다。 하나…… 시방은 落心千萬、

文人會가 創起한지 于今半載에 그의 消息은 도모지 咸興差使로구나。

　나는 서울에와서도 그러케쉬웁게 마음이變치안는 朝鮮사람의일군이 그리웁당。누가 나아가다가 退步하지안흐며、누가 억세이다가 재멋에 풀이죽어버리지안는가。나의사랑하는친구의한사람도 일을하겟다고 서울에 오드니만。한달이못되어서 아니 브름이못되어서。저절로 서울이란곳에 自然淘汰가되어 부자럽시 不遇의歎만 보르지즈며 비마즌龍대旗가러 풀이부들에해 돌아단인당。어써케하면 서울이란 이곳에서 그몹슬毒藥에 휘몰아 쓸어지지아니하겟느냐。

　그리고 朝鮮의天才가 그리웁다。시방의朝鮮은 얼마나天才에 줄이엇느냐。나라난天才、숨은天才、崙은天才、젊은天才、모다그리웁다。天才는 어써케생기엇스며 어느곳에잇스며 어느곳에서 무엇을하고잇들여 나오지를아니하느냐。엇그제 들으니、朝鮮에는 三天才가잇서 한참 이름을들날린다한드니。시방온 어대로갓느냐。어대로 도망을해가버리엇느냐。죽엇느냐。살엇느냐。잠을자 느냐。꿈을꾸느냐。모쳐럼부리든재조에 지친두가되어서넘어저버리엇느냐。그러치아니하면 天才는아니엇든점을 헛이름만 써들엇든것이냐。정말 天才는天才이엇섯는데 그마저 서울의씨도는毒氣에 걸리어 어줄쓰리어 쓸어젓느냐。어찌해 天才의소리를 들을수가업느냐。天才의消息을들을수가업느냐。天才야天才야 얼마나 내가 그리워하는天才이냐。朝鮮이 그리워하는天才이냐。얼는하로밧비 너의힘썻지르는 우렁찬소리를 내귀에 다들리어다고.

　일군도업고 天才도볼수업는 이나라에서、무슨새삼스러웁게 알뜰하게 藝術이란그것을 바랄수가잇스랴마는、나는 다시금 朝鮮의藝術이 그리웁당。우리祖上들의 나리어준 그藝術이 그리워못견되겟다 藝術로 불닌 우리의歷史는 얼마나 燦爛하얏스며、우리의家乘은 얼마나 赫赫하얏느냐。시방은 勿論볼수도업고 들을수도업다。모다 업서저버리엇다。모다 어느時節에 어느곳에든지 살아지버리엇다。그러나 우리가 잇지아니하냐。우리가 살아잇지아니하냐。祖上에게서 藝術的天性을遺傳해바든 特別한우리의朝鮮사람이 살아잇지아니하냐。神功을다하야。아로색인 圓覺寺의 돌중방이 시방은 廣川橋다리미

레고 임ㅅ돌이 되어 잇다。 우리가 光化門압헤 큰돌을삭가세운 해태를볼때에 얼마나 억썬가슴은 울렁거리어지느냐。 그러나 그것도 將次오는어느째에 어썬다리를建設할째에 보태임돌로 들어가버릴는지。 우리는 모든임을 보고잇다。 모든 애처러운임을 견듸어 보고잇다。 살아잇는동안에 쌔마다해마다 모든 衰頹와 廢壞된 모집게 보고잇슬것이다。그러나 우리가 어썩케안저서 참아견듸어보고만잇슬것이냐。넷것이 헐엇거든 새것을세우자,헐어지는누넷것은 문허지는대로내어버리고 그보담 더나은 더거룩한 새것을 이룩하자。일우어보자。헐고못쓸것은 부서럽이어 廣川橋다릿돌은말고 뒷간의 주추돌을 맨들지락도 훌륭한새것만 새워노앗스면 무슨앗가움이잇스랴。나는 새것을 이룩할 朝鮮의새로운藝術家가 그리웁다。藝術이 그리웁다。

琵琶의가장가는줄을 五曲의肝臟이 선허저라하고안람갑게 울리는듯한 朝鮮사람의情調는 얼마나만히슬엇는고。有史五千年以來의 길고긴 가는줄은 꼿업시꼿업시 썰리어왓구나。울어왓구나。우리의性情은 가장가늘고 부듸어웁고 구슬픔만 가젓전마는 날들은 우리를보고서 무무하고 썩썩하고 天癡라고한다。우리가 참말로 그러할이냐。우리의가슴에서는 석한불낄이 무서웁재부럭요로선마는 남들은 우리를보고서 뼈ㅅ심조코 제으르다한다。우리가 참말로 그러할이냐。나의눈에는淳朴하고 潔白한 하얀옷이 보인다。가는線이 고옵게얼킨 高麗磁器가 생각난다。 보트마당질러에서 재썰리는 김매는노래ㅅ소리가 들린다。

나一靑솔바밋 黃土빗가 실보드나무 욱거진속의한채의草家 우리집이 그리웁다。 모티마당질러에서 둘이째를엇메이는 農軍의얼굴이 그리웁다。물동의를 니고가는 숫시악시의사랑이 그리웁다。나는모든것이 그리워 못견듸겟다。

◇

그리움! 그리움! 나는 얼마나 수물을 그리움에서 울어왓는고。

六 號 雜 記

『白潮』는 甦生되엿다。 오랜동안 만흘 수업는 困苦와 迫害에 엽둘려 잇든 白潮를 다시 세상으로 내보내게 되엿다。 우리는 한업시 깃벗다。 그러나 우리는 아무런 자랑할만한 것이엇다。 다만 純眞・敬虔 이것으로 向하야 나아갈뿐이다。

이번에 『白潮』가 다시 復活된 功은 全혀 露雀君에게로 돌려보내지 안흘수업섯다。 一年을두고 苦心勞思, 賓氏 그외얼굴은 憔悴하얏다。 문혀지라는 全局을 挽回시킨 그의 過勤한 心志는 파연 歡服안흘수업섯다。 내가지금 이 雜記를쓸새 그외얼굴은 눈압헤선하다、 날카로운 고 사날세人별가튼 두눈 그리고 쌕갑거른 얿은입술 세사람이 經營하다 가나 잣마진것을 한사람의힘으로 해보겟다고 모든일을 도마든 그 의 굿세인心志는 賓또 거듭歡服처안흘수업다。

이번號는 오래간만에 세상에 나아가는 것이매 機刊特大號로 하얏다。 小說도 좀만히 너코 詩도 다른때보다 더만히너헛다。 그러나 全成績은 모든 讀者가 보신뒤가 아니면 모롤것이다。 다만 誠力껏 注意햇슴을 말하여둘뿐이다。

이번號는 오래간만에 세상에 나아가는 것이매 編輯方法도 좀 嶄新하게 해보랴하얏다。 그러나 全成績은 모든 讀者가 보신뒤가 아니면 모롤것이다。 다만 誠力껏 注意햇슴을 말하여둘뿐이다。

다될수잇는대로는 編輯方法도 좀 嶄新하게 해보랴하얏다。

조히가업다 원京城안에 印刷所와 紙物社를 털어보앗스나 마음에드는 쓸만한 조히가업다。 그야普通 다른 雜誌에서쓰는 얿리고 粗惡한 것은 산던이가티 싸헛지마는 品質이 죠나온것을 죄하라다니 求하랴하나 여들수가업섯다。 이러케머리칠을발광하다가 겨우 新文館에銀 讀하야 지금쓴이조히를 어덧다。 이것도 그리 마음에드는것은아니지마는 업스니 어찌하야 밥대신 죽으로 그저그러케쓰기로하얏다。

그러나 놀라지마라 조히갑만이 普通 다른雜誌에서쓰는 조히의 三四倍나 된다。 어찌하는수업서 冊갑을 죱히하게하얏다。

◎

金基鎭 方定煥 두분兄님이 새로이 白潮同人이 되어주섯다。 세상에 定評이잇는 두분兄님의 深邃한 思索과 典雅한 文章은 다시길게만할게업다。 그러나 더욱이 遺憾됨은 方兄의 글을 編輯時日의 關係로 이번號에 너치못하게된것이다。

이밧게 元雨田君의 畫論 『我感片片』과 盧春城君의 紀行文이 잇섯스나 紙數의 關係로 揭載처못한것은 編輯上에 어찌하는수업는것이대상

그러나 놀라지마라 조히갑만이 普通 다른雜誌에서쓰는 조히의 三四倍나 된다。

◇土月會의 理想。 百度에 高熱된寒暖計는、 고만히 저너리된죱만 알앗드니、 하늘이문어저도、 숫아날구명이잇다고 그래도 시원하다

가 謝意를作者에게 表한다。‥‥‥(以上月灘)

람어 쓰거운 寒暖計의 얼굴을 쉬지 안코 할 탓다。 그것은 土月會의 演劇의 파람이다。 勿論土月會는 相當한 人格과 識을 具有한 이들~ 꼬

덧스며、 또한 그들의 理想이 最高의 頂點을 잡으려고 될수는 잇지만、 되가는 미상불 보는 중아음이 질거운게 되고 잇다。 안

혼 誠力과 굿센 努力과 無한 忍耐는 遺憾업시 나타낫섯다。 더욱이 背景가 큰 것에는 外國의 것보다 損色이 그덕업섯다。 그나 그번나 는

脚木도 두드려 要求하는 것이엇다。 그러나 一般 보는 사람은 그가 큰 深刻한 快感을 맛보앗는지 ……냐우나 光明한「얼류미네슌」가 打億이나 風便

맛지안는지……알든모르든 駿馬야씌어라。 설마、 가고 또가면 勇士가업스랴! 그러나 너의 다리가 衰하지나 안는지……。

에 들으니 第二回公演을 九月에 또한다고。…… 가을의 암잡이는 土月會演劇이다。 가을의 序曲은 土月會演劇、 舞蹈 우서잇슬줄

는 날가는 것도 밧갑지안타는 것은 오즉 土月會第二回公演뿐……。

◇過去의論戰。 지배기는 벌서멋달이지낫지만 마음속의 생각은 앗가와 갓다。 내것을 실허하는이가 누가잇스며 不滿한 것을 보고

＜梁柱東의英雄天才論。 氏의論法은 이兩氏를 中心으로 한 것이다。 사람은 오래되면 通하는 것이 잇다고、 間關도 오래되니 英雄

天才論을 실게 되는 光榮을 어덧다。…… 아開關아 幸福스러오다。…… 氏의 抱負는 배가 드게 보는 것이 잇다。 挾泰山以超北海가 다우 잇

足하다고 勸告안할 사람이 어대잇스랴……。 다무엇이며、「싸로뷰으스」의 크타로 테運動이다 우엇이냐? 눈을쓰고 世界어더發達된 思潮를 보아라。 外

對하야 金億氏의 反啓도 그럴듯하지、 그러나 金億氏는 한 아인허버린 것은 잇다 月灘氏가아마리 不合理한 無理를말하엿드래도、 남

의 눈에 거슬디든것이 確實이니 한번 自己省察이 무엇보다도 必要하고 또 自身에 利點이 잇슬줄 안다。 缺點을말하는 이는 最善의 好友하고

다는 생각한다。 어쨌든 兩氏는 할반 한 일을 하엿다고 생각한다。 그러나 그 兩氏를에위싸고 무음거리도 사람이우어족을지경이다。

저것은 향가새초가집용에서 섯모양으로 토엽서지고 自己天才論을 쓴 「맨니패스로」을 쓴맛게누、 그外는 그만 아로 것도 얼쓸 반말이다 ?。「作

文界」라 곳엇기서 나는 인제는 참됨、 最高한 作家들을 어덧나부나 하엿드니 가다가 원 망녕으로 「爲先金億과朴月灘은 그 藝術的態度用 全

文藝라 곳엇슬 권을한다。 오 - 그게무순소리요여보! 作文界에 잇는 사람도 藝術을가지고 잇다니 英雄的 쏏은 이作

終相異하니……하여엿다。 어ー 그게무순소리요여보! 어느누구는 말하는 것도 藝術이라드니 兩人은 그作文것는 建度가 붓흐作

文藝術을 논할것을 한다。 그러면 攵體藝術이란、 구엇이요 ?。 天才論에러쯤자세히 써잇스면 또싸에外國話語歷

文藝術을 논할 것을 한다。 오 - 藝字가技藝女子學校의 그藝字를 아는 모양도 매우만하지가 잇다。 詩나 或評論어對하야 무슨徹底한 葬列을 나린줄얼엇드니 또한 여것

國세외란 思想運動에、 文藝運動이 새 것이누줄아니 朝鮮에도 偉大한 文章家深氏의 An essay on Heroic Genius 의出生을 보아다。 무

서운思潮變動! 나는 氏가「金億對朴月灘論戰을보고」라고하엿기 詩나 或評論어對하야 무슨徹底한 葬列을 나린줄얼엇드니 또한 여것

다」라고하고 엣 속연 더仔細히 써잇스면 못딴밀外國部歷

기여 論手할러 인대、 그것도 그럴듯하다。 아메리카가 文藝투 小學校作文…… 朝鮮文藝투 小學豫備科一課無作文……이여라고 여말하

스로이는 中等科集緻所作文…… 女子大衆作文教授、 露所亞文藝는 中等科歷歷用

음이 무엇이? 이 것도 作文。그 담엔서 周氏의 藝術이라는 말은 失手다。그러면 藝術 = 作文, 文學 = 作文이이라는 말인가? 원걸……그러

그러나 또 氏는 「우리도 쓸터 文壇을 形成하여야 겟다」라는 말을 보면 또 藝術과 作文은 아조다 른모양인데……이러끼 된셰음인자 안노냐……○또 附記여

보면 一文中에서 「一切敬語를 廢한것을 兩氏에게 謝한다」이것은 劣語다。始終이사람이만 如一하여야지、나갈셰는 泰山도 平地가되릭다하니 氏는 大

금상 착속어셔 두어…… 謝한다고……이다고해야지。○그러면 英雄氏才論取消申請……。

統領이나 되나무슨法을 廢하고 무슨法을 案出하엿단말인지……○大統領이면 民衆에어셔 한 不便으로 廢한담말이며、만일民衆이면 第

에 條에 依하여 廢止함니……이다고해야지。○그러면 英雄氏天才論取消申請……。

◇使用案文章術語。 남들이 論文을쓴다、詩를짓는다 小說을쓴다하니 그것이그리도 쉬어보이엇든지 任氏는 하번붓을놉히들어

쓰기를 始作하며보앗다。그것도 創作이면 初級에 힘이넝우드니산、굴밧에서 속글너듯이 신나가듯도나가듯도나가지고 털

쓰려고하엿다。아니벗서써서 開闢三週年 紀念호 운월슨대다가 이리저리먹친놈하며노앗다。첫번에 「文士諸君에게」하여기에 세푸도 英

雄밧섯다。이번英雄은 木馬타누英雄이아니꼿지하엿지……○원걸……○深氏는글을알아보게나썻지……○온 이 任氏의글이탄망칙하여셔 볼

수가잇셔야지……。반되셉는사람모양으로 원말을하고쏘하고 거듭하고 안할말할만……○내이야이돌을돌어보라○

「秩序制度가現代的……」이라하엇기에 무쿠인제는 階級打破主義…… 革命家가나왓다。우리의要求하는人物인가? 하엿드니…

人行爲는 무엇인지、文人의무엇이나、文人의行爲다한면 무슨超人間的行爲가아니마○社會性과文人의行爲다하엿스니 社

◇校正에對한講演。 「社會性과文人의行爲에對하야 資本家社會에處한吾人의文藝를말하려한다」는무슨말인가……○

會라누엇손이며 行爲는무엇이냐○社會는사람으로團合된組織이며○사람의無産階級의行爲가른것이다。行爲는다各 人間的

오모 僞衆作品이라도록배노하가지고 第一步오 階級打破主義를宣傳하엿스면 오히려伽藝點이잇다。그러고 階級을打破하자는말일

가 그의셋안主면 階級文學을打破하자는말인가……氏의「왜그러냐하면藝術엔階級이잇슬뿐이아니고……三九P」하엿스니、勿論그러치

다 行爲하야마다。가장人間的에 예수가셰상에온것은 셰상을平和케하려함이아니라 더욱분爭케하랴함이다한것과가티 文人의 行爲는 遷學

◇小自我融化……」다하엿으니 小自我가무엇하고融化한단말인지、어쎄한點에서融化한단말인지……○그러면 小

이다누점에셔되어마다。그러고 「小自我融化……」이라하여으니 小自我가무엇하고 融化한단말인지、어쎄한點에셔融化한단말인지……○그러면 小

지적어도論文을쓰는자람이……

自我醜化는 最消하고 그냥 「人間的苦煩과 小自我에在한大自我의 表現運動」이라고하지、그것조흔데……그리고、「現代階級自

後悔라하면 然後 外國語 直譯가요니 自我를고처서 「現代階級自體」라고지……。「個性表現運動」이 이아니냐 하아서 認性表現이 곳藝術至上이된단말인가? 푸로레타리안作品도 結局個性表現이고 任氏以外에누아무도 어지

가이서、任氏의個性表現이 아인가?。그러면 古浪漫도 任氏도藝術至上主義가아니면무엇일가? 그리고 任氏의新文學論도 하엿스너 어지고리

제 發露이이 급담을듯이 文士의 內的生活을 質通하야서 아는지……。그러면任氏도藝術至上主義가아니면무엇일가? 그리고 「少年的浪漫」이라는말은무엇인지、文

엇스니 남의人格을짜가도분수가잇지……。衰願은해무엇하게무슨跟진사람인가。梁氏가憤慨할것은 梁氏의英雄的天才論은다 그럴게衰願的이라하

부루……。그리고 「……意識無意識에階級意思의支配를밧게된다…」라하엿스너 그것은무슨矛盾인가。어째그게天然的으로 階級思想의

支配를全혀 업서저된단만인가。그러케發하고서야階級打破先驅者가 될수가잇나。入選落第。「人間的洞窟에棲하는 無産階級……」이

누구엇음말이냐。自我를일하相異한自我所有는무엇무엇이며 누구의것은어떠하고 누구의것은어떠한지。그러고 梁氏宣傳하고 努力하고活動을하지안고 그저합

가。無産者가有産者에게壓縮을當한역단말인가。人間은元來洞窟에잇섯단말인가、無産者는人間이면서도 暗黑한洞窟에잇섯단말

가이오。人間的洞窟이안무엇을말할인가。「純然한물의熱情과自我所有……」라하엿스니 自我所有는무엇으로고칠가。自我所有

스면 自身處地에相當하겟다。이라하엿스니 그보다는 意識을빼어버리고 「智的努力보다도더큰實際生活에深刻한努力을두자 「智的努力

보아도더큰實際의意識이라이다하엿스니 時間이업슨나 그보다는 새텐쓰 Balance 로校定할다고고

해스면 自身處地에相當하겟다。그外로만키는반호나 時間이업슨나……下學鐘쳇쳇。哲學上文字가나오면 張皇하겟스냐서

그단누나 어찌든잘못하는반호나 그러나智와意識이라는말을 그러케敵視하고 도록보지는못하리라、哲學上文字가나오면 張皇하겟스냐서

◇ 都市病의색렬리아。 물어쌔지는都市에 구석구석에는 凶惡한테러리아가 이미몰리고저리를몰린다。危嶮한病窟의되살은 이사람

運動이이마하엿스너 그외도만키는반호나……라는것은 새텐쓰 Balance 로校定할

保스면 自身處地에相當하겟다。그外로만키는반호나 時間이업슨나……下學鐘쳇쳇。

青年의「때의레슌」이藝術이아니다。安逸한生活버릇이「푸로레타리아」가아니고 입업는青年의娛樂場이文學이아니고 말처럼하는

가슴 지사란가슴으로 잠잘곳을차저단인다。게으른사람의부르짓는것이文學이아니고 입업는青年의娛樂場이文學이아니다。몸을健康

하게하자과。그리고思想에病들지안로록 研究와讀書를充分히하여다。반듯이救濟方針이잇서야한다。우리도남가티산아야된다。打破하려거든小偉大한創造를세우고

다가리깨젓이자。그러치안커든 더硏究하여보자。安逸한生活버릇이「푸로레타리아」가아니다。實際업는虛無主義者의宣傳이打破이고 거츠른법만에도 石

◇ 가을은音樂堂。 벌서九月이왓다。그러면가을도온다。저녁과새벽에는 가을의내암새를맛볼수잇다。구월이도부억에서 노래불부

竹花가잇다。웃잇는나그내 마음잇는젊은친구여、굿게우러는 이都市의病을막아보자。

한다。 아모쪼록 몸을健康히하여서 都市病에걸리지말자。都市病은梅毒과가티 우리를混雜하게不知中破滅

- 531 -

로써 여름이도 풀속에서 뛰어단다。매암이는 새들한 회화나무가지우에서 노래를하고 벼랑에는 밤에우는뻐꾹새소리가고도해속에서사묘친다。하늘에서도 무슨소리가들리고 나무속에서도 무슨소리가들린다。가음의 소리는 시악씨의설음파 가디 마듸마듸마음속에 박인다。나는또한 期待하는 가을의두소리가잇다。한아는 白潮회가을의소래、한아는 土月會의가을公演인것이다。읽자、그리고 坐까보자。

　　　　　　　　　　　　　（一九三一、九月）

　　　　　◇

이여 어군을 印刷에부티고나니、眞悲交至하는 이마당에、숨어잇든 모든感懷가 한거번에 북바쳐오른듯하다。風雲多難한그새에 無謀無覺한 黃髮의一章干！、아모樂脈이풀리인 씨손으로 다시붓을잡으매、어린이가슴은 원눈문허저버리는지、속김은 업언한숨은 다시금 잠을수도업시 썰리어진다。

이다。

白潮를創刊한지도 一年半이오、絶刊된지도 또한거의 一年半이나되엇다。偏도업서 나섯든그길이엇섯스니、된서리오는 가을새벽달알에서、눈보라치든 겨울밤외화톤길가여서、소리업시울기는 떳떳이엇스며、旅閑집主人의 던저주는밥숭이 차든지더운든지、입으로만못할 푸대접은 오직이나바덧스냐。

不幸한一箇人의事故가 罪엽는 이집에까지 미쳐서、빗바래인 文化社의看板은 바람이불적마다 마음업시 근도렷근도럿、同人들은 離散하고、事務員은 逃亡하고。……어다음외句節은 참아 붓으쓸는 더그릴수가업다。슬픔에거나 깃거웅이거나……다만 웃옷네하라고할을

「대상누가 病이라고일커를새여、不幸하다하면서도 매우幸福스러워보이더라。더구나 「病詩人……」그것은 참으로 씰잇한갓김아엿스면서도、달음한맛이 잇서보이더라。그러나 幸福스럽게보이든 그것도 憧憬하든그새가、쏘꿈뿐이지 정말로病이온다구련을

生의動搖……나의視線에 부되치는 모든對象物이 漸漸朦朧不透明하며、모든色彩가 稀薄하게보여집이다。아、이것이 나외生의天下에실힌것은 그것이다。

生의動搖……나의視線에 부되치는 모든對象物이 漸漸朦朧不透明하며、모든色彩가 稀薄하게보여집이다。아、이것이 나외生의

그런데 여긔에서도 生에對한 나외눈이 좀더智慧스러웟스면、더한겸 슬김히 약아젓스면、이機會에서 나의肉外脈生活에 윈동改造가되엇스면、나는 밤낫으로 빈다。아마 이것을 말하자면은 呻吟者의 예약논업에서、그래도가느다라 껴낼리는 주朱日의 병이아니면 病이아넌가。

이라할는지 —— 이것은 벌서八箇月前에 白潮三號가發刊된다고 떠들새에 내가쓴 六號雜記의 한句節이다。病이풀엇든그새와 健康하야진이새를 서로버기어보면、나외산림살이는 發熱 그새는 내가잡앗섯다。그러나시방은 다一나하잣다。

발할수업시 달라젓다。어떠든 그새의 그身病은、나외生活파意識에 한韓換期를 삼아주엇다。나는 蘇醫된것기움을 날다다끼며 이

　　　　　　　　　　　　－ 532 －

編輯을하야다가 묵삭이름하고、 原稿를모앗다가 해처머리기 무릇멋차례엿드냐。 일엇멀러러서 하도오래간만에하는것이어니、 아모쪼록

새로운作品만 모아서 새모운冊子를 世上[에]내여노하보자고──그러出刊期가 遲延될적에마다、 同人들이모다 묵은原稿는 되차저가

어놋는다고、 멋훌동안을 혀둥지둥 돌녹가저 써노흐니 이런에네면作品들은 거저반一個月이넘지아니한 最近의作이란뜻하다。나도 새것으로만 내

다가、 커다란 冊肆앞에셧는 한겨의廣告판과、 是非를 걸엇다。 그래 발씰묘 한번거더차 넘어덜이고 짓밟어버릴새여、 액처러움게도

◇

鍾路에한길은 넓은거리언대신에、 술대업는 廣告看板이 부지럽시 가로거첫다。저녁나절외 서울외거리는、 술어취하야지어나한사람

이보드라도 닭은정신이 공여히 얼떨떨하여지지마는、 정말로 중둥이둘며 띄를거리는 술주정꾼이 넓은길거리를 좁다고회열어가

나。 三層집앞에써잇는 文藝가 高級文藝냐。 鍾路醫藥署의 塔時計위가아니면 鍾艦樂堂滙電針藥色이여 써며붙어도文藝가 高級

文藝이냐、 果然에씨한젓게 高級文藝이냐、 朝鮮劇場에셔는 興行하든 어떤劇團에져는、 戲曲이라는 그文字를 씀어앉수가업셔서、苦心

研究하다못하야 한신히 喜劇이라는 뜻여다고、 解釋해버리엇다하는 이時節이며。 또어느 「的」字를잡씀는 「的化」家는、 言必稱「무슨

的의우수의」的字를 쓰다못하야、 나중에는 「창피的」이라는갓짜지 쎠버리더잇다하는、 어수선산란한現下 京城天地여다다느、 그래포。그

러케 죠용한文藝作品을 廣告한다는 看板의文句묘서 「高級文藝」四字를 大書特書한것은 배人심도 몹시 조금업이지마는、 정말그여

대체 高級文藝다는그것은、 무엇이냐。어써한뜻을 이름이냐。 高級? 高級? 사닥다려우에 잇는文藝가 高級文藝

이나。

◇

陰鬱을당함슨、 廣告文中의 「高級文藝」四字이다。

그看板파 나안어셔외는 두무看板은 다다서 可觀어엿스니 「사람의쑴커웃」이라든가 「사랑의쑴거웃」이다든가

文士들의 待稿를하야고셔라는 두무看板은 다다서 現代朝鮮文壇의 一流

가 그다위의願稿를 다함께 쓰고안젓더란말이냐。 文士! 文士! 日本말로 「시모노세리」가 며써하나。 정말로 창피한일이지、 어면열어쯕순文士

고 새물고기어느 한미리작고旺짓튼인 「藝術靑年」도 잇다。 굴다단독아래여다 못다리수건으로 同心結한매고다니며、 함용藝術家다고 설게

러주는、이朝鮮되여서 울이다。그러나 藝術이단그것이 어찌 그리 쉬운것이랴。더구나 文士라는 그말은 濫用처말아。아모대어나 그까지

합부로 濫用하지말어다。

日前에돌오니、그러한 冊子 그러한 文句를、에전우리 文化社안에서 빼어노앗다하는 風說이 잇기에、대감이란으로 좀 버릇을 일호

끼어주는것이다。(以上露咲)

◇

오래간만입니다。여러분쎄 오래기달여주신 미안한말슴이야 저혼자뿐이아니라 여러同人으로 더붙어 함께여젓는하이어지나는 더

욱 이번에 未安한말슴을모와서되굴굴림굴하다가、開演하돈날까지도、이「설마、——무어失敗할理야업찟지——」하는날을 멋번

범이하기에 時間을 마음대로 지웃항뿐아니라 남알지웃하는 內面外面의 苦痛과 孤獨에 붓살을경강이 슬습이다。오다음號에는 丹誠을

다해써올가합니다。(以上露香)

◇

설마、—— 무어失敗할理야업찟지——」하는말을 얼굴만세모모오게되면 멋차례식 짓거리고서、女俳優周旋이니、演鞈이나 劇場交

涉이니 따문에、인축이 서울모와서되굴림굴하다가、開演하돈날까지도、이「설마、——무어失敗할理야업찟지——」하는날을 멋번

土月會의第一回公演의「설마」가、開演初日朝鮮劇場舞臺우에서 부셔저버리고말앗다。어쎄그러냐하면 지금二回三回의準備가다되고、九月十日頃에는 上演을하게되엇스니쌈。——그러면남들은「경을친녀

朝鮮서、第一「忠實하게 검잔케힘잇게演劇을할수업는것은 致愴잇는女性(?)이업기쌤문이다。土月會가一回째에 무슨싸닭으로 大

損을하고 어느一点으로도 演劇으로도 失敗가잇개되엇느냐하면 이欠乏잇는「女性(?)이업기쌤문이다。

「民衆의敎化」이니、「新劇運動」이니라하고서、아죽 갓가운日本에서도 試驗해보지못한 一幕劇四箇를 가지고나온것이、「이라한「레

멜」눈와잇스미다」 하는推測으로하야금 決定하게맨들엇든것이。朝鮮와서 (勿論演出에도어느点까지는 不成功하엿다。

요양으로 失敗된것은、賢明한듯하고도 미련한民衆이 그란한「레벱」에도 到着하여잇지못한싸럼이엇섯다。

朝鮮서懇切히急한것은 新劇運動이다。그것은떼그리나하면「活字」로주는感銘과、直接「言語」로주는感銘의差異가기섯문의다。民衆

우呼吸이 第一 갓가운劇場——여긔서 比較的多大한效果가생길것이다。그럼으로 나는朝鮮서小劇場運動을일으켤必要를 懇切히늣기는

보이다。

그러나 問題는 同志 (勿論女가말한「女性」도包含써서)와、金錢이다。不過七八千圓의돈과、同志五六人의問題가、여간해서解決될상조

가엽소녀 寒心한일이다. 演劇하는놈은「광대」, 演劇하는년은「새님」이라고 우떠 네들의 父兄을두고서 新劇運動이니 가교수랴
어니하니, 어찌쉽게될수가잇겟느냐!

一回쯤역어던女俳優대문이不可本... 로써, 奔走하게새모이女子를 求하려하나다가, 이
門學校師範科生徒들에게말하였드니 常者들은許諾을하였지만 (敎師외로...)

自己마음가도면 아모래도相關어업다고새따하드니) 結局
敎師會議를한結果承諾을못하게되다고 却下를시키기새지하는돼.

般의淺薄한非難 ♀아모래도 생각하지아니할만한勇氣를 그女子들어듯가젓슴을 마음가럽게생작할뿐이다. 다만徹底한自覺을거제 社會一
것이다. 卽作者가 겸양하든곳은, 「갈스브르히」의公子「하인리히」라는五幕자리까 되는
左右間이번에도녀러가지難關을건너서 第二回上演새지, 노질해부터나찾다. 上演할劇本은 「할트·하인떼르히」라는것도無理는아니다.
것도 觀衆이 잘못보녀 劇中의遊蕩한맛만取하게될念慮가잇섯다. 脚本을朝鮮만로飜譯하면 「어두당투안한遊蕩한맛」란取이신운봇일뿐이야. 다서우상작하는 하이델베르히 에
命的인 作者의人生觀과 로만티크·센티멘탈이合이다. 이곳을잘못보면 「어두밤투안한遊蕩한맛」란取이신운봇일뿐이야. 特이이러하것을
選定한것은 아주것朝鮮사람에 이와가든당착지근한것을 자아내는사람이반홈사람이니, 이点은諒解해주가롤마만다.

○

찌는듯한 요사이에도 아츰저녁으로는 재법산산한맛이잇다. 恍惚한구름틈에서 가름을알리하는듯듬이, 깨끗이닥가노흔 ...... 달지아니하여서 가음이올것은나는
성으로 너우모봣다. 귀쏠아미의 귀쏠귀쏠하는노래소리가 귀人가에덜다...... 지금은 밤이다 달지아니하여서 가음이올것은나는
찌는듯한 요사이에도 아츰저녁으로는

「머나먼나라로서 不遠千里하시고
「벳가」의 江가에살고자하서서
이리로오시는 公子외어룬째,
恨만흔 멧송이, 봄곳을돌여요,
곳다말하나를 맛돌에둔익요
그러컨질긴개 이집아들으사
다시금어집을써나싱그샌서
당신께忠實히맛들어들이든

하이델베르히의 學生時代의

다사롭론 옛일을 생각해、 생각해주소서。」

「하이델베르히」여 그幕에서나오는 「류다」의 살、「······테이」여부르는 이러한 詩가 머리속에서떠오른다。 아― 말없은밤이다。旅愁깊時

닭가 한時를친다。

混沌한서울、 더구나요지음의얼른어진나의生活가운대에서 지금가든맑은의운을엇기는 近來에업는일이다。唯美主義者다는 (風便에

듯컨대) 某氏는 近來의絕論을吐하시고、 「S」誌一파가튼 某某氏는 돈을머엇느니 어썼느니하드니、술먹고 妓生과놀다가 버럭을마젓

다는둥、「고 모쓰가」여 某某는 새럿다는둥、某新聞에서는 暴力論을쓴다는둥、피상하고도 凱難한이놈의서울읍、 잠간만머리속에서썰어

내던지고서 자칫하면 구룸에가리우는 오늘이밤의 마은저달빗읍 폭음더처어다보자──。(以上基鎭)

536 —

京城府樂園洞二五六番地

振替京城　壹壹、七七八番

電話光化門　一、二○二番

鷄林興産株式會社

取締役社長　金　聖　圭

專務取締役　黃　祐　天

穀物委託販賣

(共) 咸昌精米所

京城府元町二丁目九〇番地

主務 咸 鎭 豊

電話（龍山）四五一番

廢墟 Vol. I. No. 1.

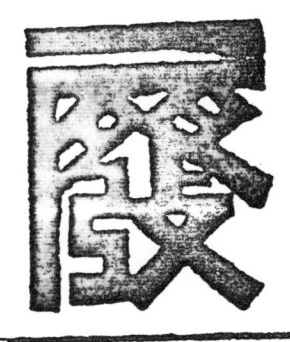 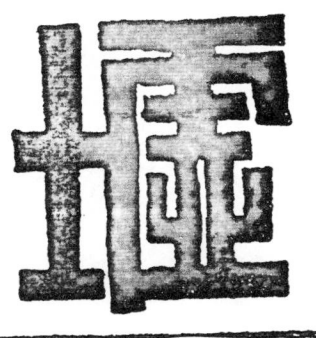

創刊號

LARUINO

J AM Spiras aŭtuno
Per sia malvarmo kruela;
Malgaje malbrile rigardas la suno
Kaj ploras pluvanta ĉielo.——

K AJ Ĉiam minace
Alrampas grizegaj la nuboj;
De pensoj malgajaj jam estas mi laca,.
Penetras animon la duboj.——

白潮隔月刊行

定價一册　金六　拾　錢

定價二册　金壹圓七拾錢

定價六册　金參圓參拾錢

大正十一年一月六日印刷納本

大正十一年一月九日發行

京城府長沙洞二〇五番地

編輯人　洪　思　容

京城府貞洞三十四番地

發行人　米國人　亞扁薛羅

京城府公平洞五五番地

印刷人　金・重　焕

京城府公平洞五五番地

印刷所　大東印刷株式會社

京城府樂園洞二五六番地

發行所　文　化　社

廢墟 目次

目 次

廢墟에 서서

一兩一芽의 멋긋한 봄바람이, 復活의 微笑를 밧드는 新春의날, 느긴어춤이 멋슴니다.

아람, 대므의 머리숙에 智의이삭어, 부도든바수 수더, 임어붉엇든「개갈」의자족 스며

커가고, 뻬면 따라 둥어 로르든, 부엉의 수ㄱㄴㅣ ㅁㅇㅇㅇㄷㄴ 한무디佛의子孫는

고, 오즉가슴글 指하는듯한, 初생에마음조리는少女가, 업붐와希望과追憶이잇나, 그려나

孤獨과不言의呼訴하는듯한, 애처러운한숨을고요히쉬이며, 맛슴히哀오로스스々, 가벼우

少焉에한큰「荒野」가, 그무리의眼域을占頭인듸, 그들의心琴은또한번眼域과悵怳ㅣ욱도

승니다.

거긔에는오즉, 넙업는苔木과, 기둥업는주추돌과, 苟拘한彩色ㅐ퓨운멋木材가知己되멋

을기다리며, 寂寂이곳쒸곳쒸터커누어잇슴니다.

그러나거긔여는 蘇生의숩汶가, 것業의沉默어발맛처, 춘남어蘇踏하고, 누번금ㅎ푸인연

綠色의잔듸의세이삭은, 흐으로부러소태업시울나오는, 生의芳菲한香氣와, 봇젓한「연

로되ㅣ여蘇하야, 숨이떡쳐서 쩍은거림니다.

이俘游하나 거무한「寂寞」에 드먹온靑年의고파른, 口口들이, 다맘어한지난과화도같이산니

쑴〕을、 破壞하는 侵入者가안일가두려워하는同時에、 自己에게는、 어材木의 知己之友가되

고、주추돌의主人이되야、이竟歷한城址에（醫術의）□□□□責任이잇다고自負합니다。

彼等은쇠로을뜷破하며、고요히드러가셔、나즌언덕을둥지고안젓습니다。

剝敏한귀를、이삭의끈단업는숨소래에기우리고、모롤휴의鬱鬱한佳香에셩그리며、愛와

希望이라는忍緣을、半空에고쳐짐하는그무리의顏上오로는、（道德의）말쑥과채쭉에呻吟하

면者의머은그윽는스러지고、只今의사랑과未來의榮華를숨우는者의甘(단)微笑가、口邊에

울더감니다。

二

어무라의무엇보다도굿센决心은、쇠로여게許諾한盟誓는、이「腹想」에솟아나오는덕님의

낫수이、그時間〈의새로운生命을구엇에게도眠躍되지안코、困쑴맛지안코、열때

가대슐써쎠지、自己비둔은옷깃을난호지안젓다는것이의다。안는것이아니라、그리하지못

하겟다함니다。그러나이것은些少한友情이거나、不絶한事情이그무리에게囹圄要하는것이안

이락、異理의宮殿에巡禮호겟다는者의至高至純한靈魂이握手한써문이오、쯰그攦手는永遠

히효터짐時間읃가지々안키써든이의다。

그러나彼等은理智에만살라고는안이함니다。

한難生의金波가、真理의神香을彼等의靈魂여엿엿　함隙、그무리는그것에만滿足지안습니

다。그欲樂과恔激음가슴여품고困死함오로만은、次고藏で지안습니다。

쯰거운짓거움의눈물로、大地의모든生物을죽이고、쇠로과써울적실際、그들의가슴속여

는、民族업는愛의 셈이 쓰러오름니다。아ー、어느愛人의 가슴이、이것처럼 律動하고 이것처럼 眞純한 愛를 感激하야잇슬가。

똑一한 남편의 사랑을、그못하야 밝으면、그들은 반듯이 感激하며、슬픈 뜻 깁부 다 웃퍼 보것이외다。

蠶로 그무릎의 感激은、眞理외 산 오로 빅그리 매이고、愛 외 산로 쳐 맷슴니다。그런함으로、그무릎는 임마음이、한마음일수가 잇고、먹외 밤자회가 한견 곰 밝을수 잇슴니다。

果然이것이、그들의 무엇보다도 튼、그들 의 財產이오、그들의 마음지 운 本願이외다。

이 베 쳐 지 언 떡에 안 켯 든 그 비 들은、담은 임읔을 마 츠 버 믐지 안 코、뼈들지어 벌것고 나리나、서로 깃거하며 마 즈 보는、그 들의 眼光은、希望과 決心의 불길이 나리낫슴니다。(饕月)

────────────────────

朝鮮의 古藝術과 吾人의 文化的 使命

李 丙 燾

朝鮮의 古藝術과 吾人의 文化的 使命

言語、制度、思想、信仰、美術及其他가 一國文明을 組成하는 諸要素가 되는者一나 古代에 又

三

民中에는 그 諸要素가 並行的으로 發達치 못한 者ㅣ 적지 아니하다。 그럼으로 엇던 國民에 잇서々

는 最高文明의 域에 잇스면서도 美術이 그 다지 至重至大한 勢力을 가지々못하고 잇는 者ㅣ 잇고 또

엇더한 나라에 잇서々는 美術品의 發達을 示하면서도 其他要素에는 幼稚한 그림자를 遁치 한 者 잇

다。 例하면 古代埃及의 建築、 彫刻術이 千古의 傑作을 出하얏다 하더래도 文學과 繪畵에 이르러

는 아조 幼稚하고 平凡하얏다。 또 羅馬人은 文學에 燦然한 光彩를 放하고 政治的 軍事的 編制에는

世界의 楷範을 示하얏스되 美術은 凡庸하여서 모 新機軸을 열지 못하얏다。 現今 歐洲文明의 淵源

되는 希臘으로 말하더래도 (Homer)時代의 詩歌는 尙今々토록 世界大學生의 手를 離치 못할 만큼 文

範이 되여 잇스나 近世 考古學者에 依하건댄 (Homer)時代한 時代에는 希臘의 建築及 彫刻術

이 매우 粗笨하다 한다。 그러면 우리는 一要素의 發達로써 곳 그 時代、 그 國民의 文化程度 一般을

逆察치 못하것다、 그러나 文明의 一要素라도 그 時代、 그 國民의 思想을 밝게 表現식힐만한 것이

엇섯다 하면 此로由하여 上代文化를 窺知할수 잇다。 文明의 諸要素中에 藝術과 갓흔 것은 古代에

잇서々며 욱 그 時代의 思想을 代表할수 잇다。 그것은 寺院、 宮殿을 至聖所로 삼던 古代에는 宗敎

的信仰、 當時의 思想밋 要求가 大槪는 美術로써 그 文明의 主된要素를 作하는 所以라、 그뿐아니

라 藝術家는、 또、 周圍의 事情에 感觸되기쉬운 外닭으로 그作品 그 時代의 思想과 要求를 넘빗

어흔만한 거울이 될것이다。

右의 論法으로 朝鮮古代의 文化程度를 考察하기爲하여 爲先古代의 藝術이 如何히 發達하얏는

가를 審査함이 一方便일듯하다。 그러나 古代의 藝術이라 하면 班門家가 아닌 나로써 머구나 稀少

한 材料로써 此를 系統的으로組織的으로 말하기는 輕率하다한다。 그럼으로 나는 但只 古代藝術品

또 遺存한者에 就하여 我門家의 說을 參酌하여 責任을 免하려한다。

然이 古代朝鮮이라함은 作히 三國時代와 新羅統一後滅亡前까지를 包含한것이나 三國時代의

高句麗와 如한것은 句麗의 後身으로 外그原因이 三國中에서지 地理上 位汝가 支那

와 近接하여 있음으로 支那文化의 影響을 受함도되엿다。印度文化의 半島에 流入함

에或은 日本에 轉傳함이 있엇다。即外來의 文化는 海陸을 通하여 百濟로서 或은 新羅

에 혹은 곳 처지어 아니하고 더욱 末葉에 至하여 諸國과 遠年變遷하여 封對하여 獨立되어 있어

거의 同時에 都城、宮殿、寺廟、 及與新羅의 殘存한것

은 (即發見된것은) 通溝附近에 諸諸附近에 있던 太古時의 諸遺物의 進步됨이

調箕子非田이라하야 高句麗時代에 對하여 價値있는遺物로서

古墳內의 別珠品과 珠品과 此中의金銅製品도多數

의 것이니 土器、 硝子品이 此中의金銅製品도多數

分은 支那系統과 것도 있지만 일즉 朝鮮과 新羅의 古墳도 外形의 理大

산것이 있지만 內部의 遺物은 다 價値있는것으로 다 荒廢埋沒되어 오직 古墳의 一般

百濟의 遺物도 高句麗것과 荒廢埋沒되어 오직 古墳가 아모調査도된

井。公州、扶餘)附近에있는 古墳의것들은

朝鮮의古藝術과吾人의文化的使命

五

袁되지못하 民金으로改皇히말한像地가업다。

韓하야新羅로말하면　濟兩國보다도그開國이役하엿고支那文化의影響을受한도三國中

가장進하야서용여아모것도보잘것이업섯다。그러나其地理的關係로말하면高句麗와갓치比

年民間量侵하는 不利한地位에在치아니하고고百濟와갓치國力의均衡을失하는事一업시南方에

雄鎮하게되여後에는 넉々히稍量得함에至하엿다。오로지民力充實여돗을쑈고國富增進여힘

음다한外部으로늘攻과守가宜量得하엿다。왼만아니라文學과宗敎量得함여麗濟二國보다週

하엿다하여도이時代文化의精華는悉皆新羅여萃하여終에는右二國을凌駕할만하게되엿다。

더욱統一後新羅는더욱/〳唐의新文化를輸入하여制度、文學、彫刻、繪畫、建築은勿論여

오織釼의技術에포하기外지精巧緻匹量極하여一時藝術上의黃金時代를招致하엿고더욱佛敎

의隆昌으로도한樓院에達하니此여伴하여名僧碩學은彬々히輩出하고造寺建塔도處々여現出하엿다。

羅代의建築物로가장著名하고只今외지遺其한者를擧하면慶州芬皇寺의九層塔（지금은下

三層쑌）、佛國寺의多寶塔、梁山通度寺、東萊梵魚寺、陜川海印寺의三重塔이잇다。閣野

博士의說여依하면右石築物中特히小石材자을닌芬皇寺九層塔은「清唐時代여行하던甎塔

을模造한듯하고三大體의形狀은今支那西安府城外의有名한慈恩寺大雁塔圓寂寺小雁塔여類似

하고이것이善德女三年（西紀六三五年＝距今一千三百年前）여建築한者一라하면現今

鮮에잇서々는最古建築物여屬할것이오、其初盤入口兩個여仁王의像을刻함과　其四隅여石

獅를 配置한것이다、唐式과 것처럼 雄麗하다」云하고또「當時建造物中에 佛國寺의 多寶塔은 奇

장傑作으로써 그 形狀의 奇拔함과 手法의 精鍊함에 驚嘆할 價値가 잇다」한다。此等外에도 佛國

寺의 奇雲橋、白雲橋、蓮華橋、七寶橋、等의 石階段과 諸大刹의 石燈과 東洋最古의 天文臺라

하는 瞻星臺의 奇蹟이 잇다。

다음에 彫刻物 (石碑외지 包含하여) 의 傑出한 者를 보자。

나는 몬저 佛國寺附近의 石窟庵의 石佛과 掘佛寺의 四面石佛을 擧하려한다。그 巧密과 纖妙

하고 精麗하고 秀佳한 意味으로 보와 代表的 傑作이라 아니한수 업다。其他栢栗寺及佛國寺에 잇

는 銅佛과 各地에서 發見되는 小銅佛의 優麗함을 보더러도 當時彫刻術의 發達이 絶頂에 及함을 알

것다。나는 또 新羅太宗武烈王陵碑及其附屬物의 彫刻에 對하여 國野氏의 讚辭를 引用하려한

다。「其蜩首의 雄麗渾撑함은 初唐의 것에 比하여 조곰도 遜色이 업슬 뿐아니라 그 德跌의 寫生여

나 가쉬더욱 雄渾英靈의 氣像을 現하얏다、余는 支那에서 前後에 白의 德跌을 見하얏스나 古今여

에하나도 此에 比肩할者ー無하다、當時技術工藝의 進步는 참 驚嘆할만한者ー라」고氏는말하

엿다。

以上에 및示한 美術品中에 支那各代의 色彩를 帶한것이 만타하나 그것은 無意識的으로 帶否

시採用한 것은아니다。만일同愛代의 個性이 大部分美術에서 發見한것이라하면、外國으로붓

허輸入된 (model) 이라 도김히同國民의 印像을 起키하지못하면 그것을 模倣할수가 업다。따구

나 歷代의 藝術品이 枝々府代의 것을 凌駕하려함은 決코 偶然한 일이아니다。한갓아니라、栢栗

朝鮮의 古藝術과 吾人의 文化的 使命

七

緒 論

寺塔類、如來及本館大鐵爐와奉德寺의大鐘（廣州類閒）과如한것은鍾國鮮式建技를有한好標本이다。그럼으로우리는統一羅代의遺物特히建造物의性質、그用途、그裝飾、밋그가서지支那式意味를찾지못하고도리혀宮時羅人의隊々한元氣와物々한野心의觀念을니르키거한다。또文獻上遺物上傳說上으로도리르려羅代의군樂과繪造等의發達한것을보며더도當時人의國術的趣味가엇더케豊富하엿는지를推知하것다。

누가「眞實한美術作品의特色은當代의要求밋思想을엇는데로表現하는때이잇다」말하엿다。果然過去史話하는種々의言語가잇다고하더라도이中에가장明斷하고知解하기쉬운것은美術의作品이라할수잇다。統中建築術의作品으로썬然하다한다、美術上의作品은書籍보다도眞實하고宗敎와言語보다도盛搖가少하여感情과要求를間時여表現하는것이다。일노보면엇던國民이던지上代의奇蹟（特히藝術品）을가진者는此를榮譽하고此를愛護하여쉬及시히그時代文明의權威를落失처아니하도록保管할責任이잇다。더욱朝鮮과갓흐古代의文獻이稀少한

余가特히朝鮮古代의藝術여關하여란說來한것은上古── 三國時代──가朝鮮人의歷史一般을通하여가장元氣撥剌하고가장發展의氣象을보이고가장高潮의文明을造出하여特히藝術의發達이顯著한跡을示하여今日吾人여거거서지起을垂한外몸이다。麗朝、李朝여降하여쉬도優秀한藝術品과長物創作、新發明이업지어나한것은아니지만聽朝여잇서々는（特히像敎信印의狀況은前代여仁하잇지만）多年外來의侵道──奧界、女眞、蒙古、侵

龜 ─ ─여因하여 多少美術發展의 過程에 障碍物을 因하게되여 그 遺物의 數比較的 減少함을 發치

못하엿고 李朝에 잇서는더구나 佛法의信仰이 顚倒되고 算明思想과 朱子學派의 褊滿한에 因하

여 卽自家의信仰、思想이 消失되고 新思想、新要素에 依하여 美術은 一種의 附屬物一種의 娛樂

物로 貶下되엿슴으로 藝術은 今日大荒落의 現狀을 呈하엿다。藝術은 一種의 道德的思想에 잇서

뭐던지哲學的思想에 잇서서던지 宗敎或은 制度、科學에 잇서서던지 ᄯᅩ 發達을몰치우못하엿다

이와갓치 今日에 朝鮮人의 思想及事業이 新意味를 가지지못하는 ᄃᆞᆼ안에는、ᄯᅩ 新產品과 新果實

을出치못하는ᄃᆞᆼ안에는、우리는 모다 荒野에서彷徨하는 小兒오闇室과 伯樂과 卜占守을業으로

하는 (dilpy)에지나지못한다。

그러나우리는 幸히 現在地球上의 一隅에 留存하는 澤으로 泰西文化의 燦爛함도 알고、世界大

戰의 勃發함도 傍觀하엿고 ᄯᅩ그것이 進行하여 畢竟局을 閉일써지도他視하엿다、一旦局이 閉

하쟈다자 旣에 前後하여 新思潮 요새말로하면改造 ——가泰西의 一部에 쐬쫓하여 世界全土

여彌涌하ᄂᆞ니 우리도겨우 影響을 밧어서社會各面에 新空氣가 澎湃하게되엿다。同時에우리는 貧

弱한 韓魂精神과 努力으로 꾀범諸方面의 改造運動、各種新事業의 建設을 實行하는 役員의 一群이되

엿다。

이ᄇᆞ들當하여우리는 곳新時代로붓허古時代를 回想하는 情怒를가 첫다。그럼으로우리는 ᄯᅥ

육 自國의 歷史가 오태되고古代의 文化가 前述한바와갓치 絢爛하엿다고 誇한다。旣然古代의 美

術의 發達된것을 世人에게 誇하여도 조금도 붓그러운배 업다。 그뿐아니라 우리는 過去의 藝術、思想、宗教、制度 밋 科學에 잇서々 世界 最古 文明이 越한 天才와 偉人이 出하지 아니한바도 아니고、界文化여 무엇을 貢獻한것이 잇는지 冷靜히 생각하여 보자。 엇던 點에 잇서々는 獨創的 發明과 卓不少한 貢獻을 하지 아니한배 아니냐 이것으로 世自國의 文化와 他者의 文化를 第三者에 寄與하여런데 우리의 祖先의 思想과 邪衆이 人類의 思想或은 幸福에 寄與한것이라고 말할수 업다。 又니하며 아니되 것다。 三四千年이라 하는 比較的 오리된 의 歷史를 設하고 詩코하면 거의 一方으로리의 失望을 慈恕할 必要는 업다。 過去에 失敗하엿스 면 將來에 求하려함의 常情일다。 그리말하면 우리의 文化的 使命은 우리 靑年으로써 못허 將來에 나는 信한다――우리는 獨創力이 豊富하다면 사람의 子孫이오、 뜨 或 意味여 잇서々 解放된者일다。 卽 守舊的 儒敎思想에서 解放된者오、 頑固한 禮節에서 解放된者오、 非科學的 敎育에서 解放되여 自由로써 者일다、 才와 能을 잇는대로 發揮할수 잇는 者일다。 우리의 文化가 將來에 잇서々 班列主義에서 解放금우리는 今日의 英國、 佛蘭西、 獨逸의 文化에 班列 그리하는 「超北海」의 徒가아니오、 少하여도 中古 暗黑時代를 버서나서 모든 東縛을 脱하고 學問과 生活의 自由를 求하려하는 文藝復興的의 伊太利人일다。 右어나는 우리 古代의 文化的 生活은 世界的 價値를 갖지못하엿다함은 全혀 그文化의 價値를 否定함이 아니오 但只 世界的 이 形容詞를 떼수 업다한여 不外하다。 歷代의 文化

는 實로 日進月步의 勢로 發熱하여 國創力의 發育과 함의 바아 효로 世上에 貢獻이 잇스려하다가, 僧侶의 物屈과 收紀의 蒐亂과 밋 儀致의 物與으로 因하야 其의을 中째못하얏다。 그後로 못하야 今日까지의 長歲月을 通하여 그 文化的 事業을 承繼하며 此을 大成한 時代가 잇너나 하면 獸々으로 뿐 答하것다、 그리면 그 祖業의 大成할 者는 우리 靑年과 밋 將來에 잇다고 重言한다。 現今 우리는 우리의 父祖에게 向하여 北礎의 着實치못한 焦躁를 遲供하는 同時에 一方으로 우리는 將來의 後生을 爲하여 보다 光彩나고 보다 名譽스럽고 보다 基固한 社會를 造供치 아니하면 아니 되겟다。 더욱 新意味의 文化的 集團(Culture Group)은 우리의 손으로 新히 建設하여 傳來치 아니한 日本하면 아니되겟다。 이 過渡期에 잇워 그 集團이 創瓶으로 뿐어 成熟에 遲移함에는 不少한 日月을 要하것다 北米合衆國은 建國後 百三四十年을 經하엿스되 世界文化에 別로 크게 貢獻한 바 업고 日本은 雖新後 五十餘年을 費하엿스되 아직 世界的 學者와 世界的 天才와 不朽의 思想을 産치 못한 것 다 남보다 百餘年이나 五十年을 徑하여 進하는 朝鮮사람은 더욱 發憤興起할 秋라 한다。 成熟期에 至함여 要하는 歲月을 短縮케하는 것도 우리의 努力과 忍耐에 잇슬 것이다。

要컨대 現今 朝鮮靑年들은 過去 固有한 文化의 暗光을 復活케 하기 爲하여、 將來 第二代 靑年의 生活을 意味잇게 하기 爲하여 現今 自己들의 生存을 價値잇게 하기 爲하여 新時代를 맛는 路程上에 모든 準備와 計劃을 公潔할 必要가 잇다。 或은 무슨 主義、 或은 무슨 運動、 或은 무슨 經營으로 뿐 具艘言한다。 이것이 自己가 自己로 하여곰 責任의 重함을 感케 하는 同時에 드거운 忍耐로 理想固에 向하려 하는 宣言일다。 이 意味에 잇워 々 더욱 朝鮮靑年은 思想과 藝術과 學問을 爲하여 討死치 아

朝鮮의 古藝術과 吾人의 文化的 使命

二一

나하면아니되겠다、 그럿치못하면우리의 生存의 價値야말로 一 疑問의 附號가되겠다、

夕陽은써지다 (詩)

黃　錫　禹

젊은 新婚의 夫婦의 지꺽이는 房의
窈여불 그림자 가쩌지듯키 夕陽은써지다、
夕陽은써지다、
愛人아　방안으로 흠백우서다고、
나의質素한處女의살갓흔째굿한마음을꼴(探)쳐서
비눈이싹시거되도록、너의거뫼히마、
내마음에는　지금빗은
黃昏의
脈플넌、힘업는
애痛한接吻의지욱이잇슬뿐일다。

愛人아　밤안으로흡벅우씨다고、
나의　이엽(柔)한마음을되켜
가을의행귀럼운夕月을짜둣키
네외부닷기고、고寂한魂을짜주마。

愛人아、밤안오로흡벅우씨다고、
바외우습안여　쥑은慕을치고
地球의곳에쉬기어오는앙징한「새벽」이
우리의魂압해도라올떠선지、
너뫼늬야기하면서　꿀을빠둣키자려한다。

愛人아、밤안으로흡벅우씨다고、
비의그微笑는　쳐음사랑의
쁘거운??에럭괴한
少女의산뎌가(?)를춤추어지떠는
봄커녁의愛?만흔바람갓고、
뚜너의그微笑는

夕陽은뎌지다

默 想

나늬울늠거힌마음에 細논픽은무지개(虹)갓다。

愛人아、 밤안오로홉벅우쉬다고、

나의가장새롭은貢金의符知의핀으로

너의玲瓏한우슴을섞어

나의군(?)보덥더환마음우에

貢옵의키ー쓰序言으로하여

마ᄉᆞ 그애痛한키ー쓰의輪線안에

너의얼골(肉緣)을

너의긴ー生涯를

丹紅오로、 監석오로、 碧窉色으로

비의가장즐기는빗오로그려주맛。

愛人아 밤안으로홉벅우쉬다고、

내마음이醉해넘머지도록

너의薔薇의啓氣갓고

處女의살啓氣와갓흔수림(腴力)잇는우슴올겨(舉)러한다

愛人아우쉬라, 夕陽은쒀지다。

愛人아、 밤안으로흠뻑우쉬다고,

비우슴이 내마음을덮는한아픔이(恨)일진댄

비우슴이 내다듬의압헤드리우는한앗밤(花籃)일진댄

나는 그안여서내마음의꿈은 化粧을하마,

비우슴이어 느나라에길떠나는한颱風일진댄, 구름일진댄

나는내魂을그우여갑야웁거래우마,

비우슴이 내生命의傷處를싯는무슨液일진댄

나는비우슴의그웆는坩堝여뛰여들마,

비우슴어 어느世界의暗示; 그生活의한曲目의說明일진댄

나는나의귀의굿은못을때고들으마,

비우슴이 나의거만열어뢰회는

너의悲哀의秘密한宿帖일진댄

나는 내마음이洪水의속여잠기도록 울어주마,

愛人ㅇ우쉬라, 夕陽은서지다。

夕陽은머지다

一五

短曲 (九篇)

碧毛의 猫 (遺稿)

어느날버렸었다의
午睡감(낮잠러)되는
沙汰의우, 수풀그늘로서
羽毛(파란털)의
고양이가, 내고적한
마음울바라다보면서

(이애, 비의
왼갓煩惱, 運命울
나의熱泉(읍는샘)갓흔
愛여 삭여삼어주마,
만일, 네마음이
우리들의世界의
太陽이되기만하면,
甚舌이되기만하면,)

太陽의 沈沒 　(舊稿)

太陽은잠기다、쩌덕구름(夕雲)의顚狂者의기게갓은것처、어름비(氷雨)갓처、여울(渦)지

고、보라빗으로여울지는웃엄는넑窓여太陽은잠겨세멘지다、

太陽은잠겨다、넘은들여.길일흔

少女의애띳스러운가슴안갓흔

黃昏의안을숨(潛)여太陽은잠긴

太陽은잠기다、아수즉는者의움푹한눈갓처

異國의祭棚과압헤、太陽은휘도라잠(翔沈)기다。

（이 全篇의동안에特히「저덕」이란말이만히씨혀인스나어는한世紀末的氣分여웃산인

나의最近의思想의傾向을가장率直히낫하번者일다、讀者여諒之하라）

愛人의 引渡 　(舊稿)

횬비갓치渴한

무덤터(墓場)의線香써나는저덕안개여휘대한

웃업는曠野의안으로

바람은숙 다지(雛牛)의우는것갓치

夕陽은더지다

一七

思炭의 鐵소리갓치

그윽하게 붙어오며

나의 生은 死의 번개 뒤번치는

黑血희하늘및,

한문山에 所歸하는 基督갓치

업듸여 온다

「愛人은버다고」라고,

아수버없은

날ㅅ버더리고온 단하나의

愛人의간곳을차즈려

여름의 ?闊한구름안갓흔

끗업는 曠野를허매리는 盲人이로다。

淫樂의 宮 (舊稿)

나의 金茶色의 面紗를쓴 苦惱가

나의 몸과

뿜탄려와 갓흔

太陽이 떠 오르는 검은 구름의 압,

한무리 國賓의 酒席하는

野宴의 怪異한 天幕빗겨 쉬잇스메,

三日月의 눈섭, 鳩卵形의 턱은 한,

얼굴둥글납다대한 한꿈은 少女가

왼던벳슨살외고, 또한엇게여

琅玉자루의 적은 빠켓초 물걸고

琥珀의 적은 빠켓초 물걸고

우리 가속 쓸여 잇슴갓치 무엇여 끌여 잇는

하픔은 비웃는 것갓치 쳐어다 보면서 걸어온다.

少女는 말하다 「너희들의 쉬잇는그곳은

絞殺、斬殺、蒸殺、酖殺의

□□□□□□□□□□□]일다,

그리고 너희들의 生命의 淫樂의 허일다

나는 너희들의 쉬잇는길을,

내가 너희기 준(投)쓸의 우여 별너진

너희들의 本能의 별딱 듬(蜂蜜)처러홀,

夕陽은 서지다

괴잇 溫慾의 더러운 엉덩이(尻)를

씁게, 씁게 씻르러왔다,

그리고 너희들의 空虛한 가슴안에

또결과 創造의 新鮮한 피를 부으려왔다.

나는 또 너희들의 값없

왼갓 怨恨한 눈물과

왼갓 懷忿의 눈물을 닥그려왔다,

아아 나는 너희들의 참生活의 풀무채를 끌녀왔다.!?

殷 恕

세 決 心 (醫科)

나는세상업서도 그들과는 다시 눈을 견주지아니하겟다,

—내눈이 반눈어둔 왼갓 벌버의 燈이 되드래도—

나는세상업서도 그들과는 다시 입을 견주지아니하겟다.

—내입이 도랑가에 숨벅이는 굼벙이의 嘴吻이 되드래도—

나는세상업서도 그들과는 다시 귀를 견주지아니하겟다,

—내귀가 하로사리나 파리의 小便함이 되드래도—

나는 그들의 世界를 보기여는

나는 彼等의게「얼따진귀머거리」라고 불닐때가
비의가장그윽한 獨問을둘을때다。

나는 그둚의게「얼따진귀머거리」라고 불닐때가
더와가장熱烈한 熱燃의 오로나야 기할때다,

나는 그둚의게「얼따진방어리」라고 불닐때가
비의가장壯嚴한 큰世界를 바라봄때다,

나는 그둚의게「얼싸 진장님(盲人)」이라고 불닐때가
내마음이 넘우큰 퍼림(疼痛)을 늣긴다,

나는 그둚의 말을읍둚음여는
내마음이 넘우큰 못그럼과 厭憎을 늣긴다,

나는 그둚과 나야 기함여는
내마음이 넘우큰어즈럼과 慤悲를 늣긴다,

仁따의 靈前에 밧드는 詩 (習稿)

당신은 따우에 장넘의 感動을 남긧스라,
나의 肉體는 悲哀의 큰火山이리라,
아수나 그 悲哀는 무덤구녕(墓穴)과 갓흔
넓은자지의 (爆裂) 한적은딘 쓰업가쳣프리.

夕照은 어기다

殷懃

나는그곳으로, 내마음에자욱난
당신의죽음에헐 寂寞한발자최와
당신의靈한피의遺恨와
당신의一生의貧苦, 慘憺한傳記를읽을때,
아수나는울어라, 나는밋친소갓치띄여울짝。

慘酷한얼골이역!　　(簡稿)

동틀녁머리, 언제던지아모도업는돌벌판에서
벌버한마리도눈뜨기前,
원갓生物의더럽은눈빗(眼光)에
비얼굴이숫치기前, 僞하기前,
沙漠의탄기의盤松갓흔녀가
내全身의熱을갓득담은
淨한後吻을준비와두쌤을엇지하엿느냐
아수비의葡萄酒에챈거녁薔薇와갓흔두쌤을엇지하엿느냐
엇더, 너는그린慘酷한딸(낯)을하여잇느냐。

긴동안의 黃昏、어느사람하나배행으로나와추지안는들별관여쐬

비의얼골이 蘆花의닙갓흔적은햇발의그끈여웃처잠길때까지

나의눈이뒤를널만틈、바라보새던

더그곰은뒤모습을엇지하엿느냐

엇커너는그런□□한쯧을하엿느냐、

아수너는엇거이쩌비잔등이갓흔그뒤모습을엇지하엿느냐、

아수너는엇거이댠人跡근어진무섬운밤속을

아수너는그骸骨갓흔혼몸을

쌜간몸으로悄々히오느냐、

어되로운전하여가는것이냐。

血 의 詩 (舊稿)

——步星君의압혀밧친다——

나는비의浮虛한御用의嘆美者가안일다。

나는비의둘직은한□□버나는接物을엇으려고허둥거려쓰러는性欲의乞人도안일다。

나는큰眞理의鍋여부닷처넘어질때、

내몸어선지피투성이가될때、

夕陽은웃지다

二三一

나는 그피로커녹사砲의彈丸갓치
버니마여던커뿔닙때、 한殘忍性의은것분을늣길때
나는비로쇼우뢰소티보덜때른砲聲로쇼
뛰고、 뛰여 노래한다。

百 科 全 書 (舊稿)

——언으老人의얼굴을넘고셔——

아수비얼굴은왼갓眞理의百科全書일다。

아수비얼굴은가장傑作의로먼쓰일다、

아수비얼굴은一篇의人生의通俗納講話일다。

三光讀者의게—— 커는「三光」을通하여 임이여뭡본의거君子의交誼를가진사람의一人이
옴시다、 그러나 커는不幸히 그編輯者의不注意에依하며 多數의誤植된作品을여러番
의게맛치게되것은커의一生의恥辱이올시다、 커는지굼 이醫壇의鐵欄을넘어 그間枲된
作예「訂正」을加하여 여러분의게紹介할機會를웭것을이우려업는것음으로알니다。

三 光 第 二 號 中

一、 誤「斷章五篇」 正「僞者의홈」

一、誤「過渡期限」(序記中)　　正「過　渡　期」

一、誤「赤　쇼　일」(傷者의宴이란詩中)　正「붉은쇼―ㄹ」

一、「西邦의女」의쯧「土跡의跡일다　云々의詩여는「隔離者」라題가바뀌ㅁ을正誤함

一、또三光第三號에실넌生의詩話中에도作者의못에依차야너한句節이二三個所잇스나그것의正誤는特히省畧함

一、「마음」이란詩中「葉錢을며한다음은ㄴㅓ마음은」이람은早히「葉錢을며히내마음은」이람의誤植임은正誤함

三光第三號中

—— 象　牙　塔 ——

「K」兄의게

車中에셔

金　瓚　永

K兄！　오늘은確實히　京城을떠낫슴니다。數十日前부터　떠난다튼것이　이럭저럭遷延가되엿슴니다。그동안에는三四次以上作別을곳최얀　親舊가적지안이하엿슴니다。찰단

「K」兄의게

二五

녀오라는作別임니다。平安히게시라는扶托이엿슴니다。그러나 □수□□□感과□라고生覺

한즉 내가數十日前부터 십으로써버려가지안히되것다든原因을알지못하겠슴

다、 내가멋수무손線故로먹지안이한金錢을鐵道局에다提供하고、五臟六腑를둘추면쉬 내

려가는지 그確的한한原因을아지못하겠슴니다。아마 집으로써버려가면 나의눈그신아바지

들보겠지요。또그밧게親戚들도親戚들도。……아마 집으로써버려가지안이한면안

버려가서보지안다한다도 거긔는別般다른것이업것지요。그러나일부러

들다한다하드라도 來見은一般이것슴니다。K兄！ 邸宅한人事致理

이된듯십헛슴니다。집에는嚴格한老父가게신니다。勿論버려가지안이하면안

가집으로돌아가면 그들이나의게冷談한一瞥을던젓든것슴니다。내

안히하면안이될듯십헛슴니다。冷談한結果가잇슴니다。溫情을가지수

못한여혀가잇슴니다。사람하여보지못한子息이잇슴니다。冷談한結果가잇슴니다。내

나는그理由는아지못하겟슴니다。理解가업는親舊가잇슴니다。

요、萬一그것이人生의本能이라하면 진실노사람처럼상한물건은다서업것슴니다。또한誕生할그애에意識이잇다하면 그것이故鄕에對한本能일런지

내가다시이世上에誕生한수가잇다하면 또한誕生할그애에意識이잇다하면 나는造物主과

손을잡고아못쓰루사람으로성겨나게하지말나고扶托하겟슴니다。

K兄！ 그러나 나는現在에對하야쉬는 苦痛이라던지 或은不潔이라는 군소리는

團生愛지 도안으려한니다。萬一내가될수가잇스면 나는스스로나의國際性을무지게할工夫

률하겟슴니다。그것이 날노하여 금絶화幸福을엇거하는惱一의 方針으로 生覺함니다。나는 恒

當狂者가異常한 목소리로 奇異한노래를불을때여 그의幸福을意識함니다

K兄! 나는只今文明의 特産物인汽車의恩澤으로 京城을떠난지 不過三四時間에발서

百餘里이나왓슴니다。진실노고마운일임니다。그러나 萬一그文明의恩澤이업섯드면 나

는京城이라는곳을가기부터하지안이하엿겟슴니다。가만이잇고는견듸지못하는 사람의好

奇心으로 이러한文明의産物이생겨난저무에 亦是가만이잇고는견지ㅅ못하는나의好奇心

으로 東奔西走를하고잇슴니다

K兄! 그러나 滑走하는滊車의 一隅을占領하고잇는이瞬間엇나는 엇엇라고말할수업

는 幸福을가슴여갓득품고잇슴니다。그것은 수임업시지나가는 저구름

임니다。저細流임니다。길이길이屈曲을거듭하는저山脈안에는 엇더한알지못한神秘의큰

사랑이잇슬것임니다。그구름속에도。저細流맛해도……。恒常나를爲하야잇젓하는 사

랑이잇슬것임니다。만일그럿최안타하면 내의가슴안에는 아무편憐惜도너르키우지안이

하엿슬것임니다。그러나 나는거모든것을붓여 내눈압헤對할때여 欲求의눈물은 매

닷지못하는거나의쁨을여 적물쓰여 나는일속히 意識지못한 喜悅를感激하고

裝을 거듭할써여 악기지안이하엿슴니다

無限한感써를 악기지안이하엿슴니다

K兄! 그러나 나는모든實在로부터 미니여로쎅나가는것것훈作업을理解치못하겟슴

K兄의게

二七

니다。剩一刻 덤어지는것갓흔生覺을抑制할수가업습니다。엇더한나

라이 나를向하야오느 갓가와오는것갓습니다。오々아지못하는 겁々한나

經驗치못한다하는그나라！○나는決端코그를두려워하지안습니다。또한그를爲하야나는나의全生

活을바린다하여도아무런未練이업겟습니다。나는다못流星갓치그의가슴속으로둘러갈뜻이

것습니다。그때에는 모든것이내게로부터解決될것을疑心처안이함니다。그때에는맛당히

그것갓첫던獄門이열니고 나를그門으로부터解放하는그때겟습니다。絕大한自由는그獄門

밧게서 나를기대릴것임니다

T兄！ 所謂因習이라는것이무엇임니가。우리로하여금僥倖된基礎를指示하는것임니

가。또한그럿치안으면不幸된素質을增長케하는것임니가？ 나는只수담배한대를피우기爲

하야 灤席에안즌엇던한사람에게 청냥한가치를엇스으려고 鄭重한敬體를再三提供하얏슴

니다 結局한가치청냥(燒寸)을엇어쓰나의滿足을채왓습니다、그러나 내가前一맛친가지

로한가치청냥을엇음에어야무는 人事도업시無斷히使用하얏다하면滯席人即燒寸의主人은나

에게向하야 鐵拳의制裁를試驗하얏슬것임니다。나는 사람의奇妙한心理를늦기듯하것슴

니다。無斷히一枚의燒寸을使用하나 鄭重한敬體가再三通過된然後에使用하나 그結果는

맛친가지一枚燒寸을消費할것에쓰지나지못할것임니다。웨우리는同一한結果量엇기爲하야

無되因習의拘束을要차안이하면안이됨니가、우리가一生이라하는短促처안이한時日을지나

갈써여 그와갓흔 或은그以上의矛盾을가린因習이얼마나우리를拘束함니가。우리의所認

良心이라는것이무엇임니가 그는반드시 모든習俗의因習에集合한結晶體가안임니가 거기여拘束된우리들은恒常우리의個性의하고직하는바를遮斷처안이하면안이되는運命을가짓슴니다。내가只今 나의冷淡한家庭으로도라가여야한다는것이亦是 나를包圍한習俗의因習이날노하여금 집으로도라가게하는것이여쉬지버지못하겟슴니다。

K兄! 이宇宙間에棲息하는 사람以外에 엇더한動物이 울고십지안키한 울음을우고 웃고십지안은 우슴을우스며 가고십지안아한곳을가고。하고십지안아한 일을하려야한다는不美한因習을가젓슴니가。만일우리가이모든因習을打破할수가잇섯드라면, 우리는 얼마나자랑할만한生命을가진우리여슬가요。만일우리가그것을打破할수업는우리일것갓흐면우리는永遠히不幸으로부터 버쉬날수업는우릴것 永遠히罪惡을 거듭하는우릴것임니다

K兄! 사람이家畜을끌을버여 무슨緣故로그여서對하야 極視한保護와 억임업는食料를 애쒜먹이려함니가。結局은 그의生命을取得하야 사람의困炎를充滿케하는것이 그目的이안임니가 그와갓치 사람은사람을産累하야가지고 親切한保護와 모든因習을敎導한은 結局은그本能의生命을取得하야야사람으로하여금 自己意思압혜卑伏케하는것이그目的일것임니다 그럼으로우리는사람에게우리의本能의生命을엇기우고또한우리가스쒸로사랑의本能의生命을아스려하는우릅니다。眞實로우리는造物注여게辨明할수업는罪惡을行하는우리임니다。

K兄의게

二九

殷—坮

K兄! 모든것이 오리뭉갓슴니다。이로뭇터 □한번섞여보아스면⋯⋯⋯나는異常

의말을한번듯어보아스면⋯⋯⋯우리가向하야가는곳을明暸히알수가잇섯스면⋯⋯⋯나는仰

伏하야 殷泣의눈물을액기지안코 원하것슴니다 祭壇의羊이된다하여도 踟躇쳐안이하

것슴니다。그러나 나를包圍한 나의細胞는 가만히나의게對答하엿슴니다。「不幸한者

야! 너는나로부터떠나지못하나니라。나는그쎄가지 비에거모든苦痛과煩悶을供給할것을記憶하여

結緣을버쉬나지못하나니라。오少不幸안나야 慘酷한細胞의結緣을버

라⋯⋯⋯」나의細胞는비우스며對答하엿슴니다 참으로異常타 참으로奇異한가

쉬나지못하는나야! 너의「生」이라는것은 무엇을 意味한것이냐 나는저녁은들에예미

인웃한가지를 細胞의機關을通하야구경하려고生하엿느냐

로다

K兄! 나는가려함니다世界이웃을向하야 나의矛盾한□쩡을除하기爲하야 나의細胞

를依托하야遊物主에게謝罪하기爲하야 나는가려함니다 클건더고비넘어서 나는

가려함니다 내가아지못하는컴수한나락! 나를爲하야모든解決을주려하는그나락! 이經

大白由을내암헤던지려하는그나라는 漠然히나를끌음니다。바람을못차美妙한그소리가들음

니다。듯넘니다。只今도듯넘니다 나는그소리가들닐쎄마다 思夢으로부터 잠을쎄려히

는나회갓치歡喜의우름이 나의좁은뭄으로솟다퍼나움니다。그쎄여는나의細胞가다시醒하

니다

- 574 -

「不幸한者야! 너는나로부터써 나지못하나니라、 나는나의힘이다하도록 너의結縛을 품지안컷노라……」 그러나 나는 나를爲하야 나를拘束하는 細胞와 닷루려함니다 그러고 가려함니다 가려함니다

「洋靴」와「詩歌」

一九二○年六月一日

公、民

公「洋靴職工이 아라볼만한詩나 歌를 만들수업는가」

白「無理의 注文이지 사람이다各々天分이잇서 그분드를能할 수업는것이오」

이것이 話題의 發端이되야 某詩人蕭陽校主人 批判下에서 三日間銃殺하야論戰하얏으나、 必是滯民한解決을 得치못하얏다。

公「洋靴職工이 아라볼만한詩나 歌를 만들수업는가」

웃든날 웃든旅舘에서 웃든畵家―우리들이 白樺派畵家라고 愛稱하는―와 이러한 雜談을 한일이잇섯소。

公「現今싸지、 至하기에藝術이란것이 너머貴族的이엿소、 極少數者만理解하고 玩賞하얏것소、 此를解放하야平民化하는것이엇더하겟소、 富者의格外岳山한飽食의前에서貧民의餓死하는것갓치 月世界의文化가全혀、 地球에서無識으로남어잇는것과갓치、 平民과 詩人의距離가 大遠하지아니한가?」

洋靴와詩歌　三一

白「詩의 世界의 通話 임으로 그 詩의 作者 自身도　時日을 經過하면 그 意慾을 感得치 못하는 수가 잇는 것이요、 當는 直覺와 印象이 基礎가 되므로　同一한 對象物을 寫出하야도 사람마다 다 各々 다를 것이니　詩나 畵는 모르는 듯에 貧한 点이　오히려 잇는 것이오」

仝「自己의 談話가　他人의 世界와 通하지 못하고 自己의 直覺이　事物에 對하야 正確하지 못한 印象이 것되면、 그 詩나 畵의 價値가 如何냐」

且「價値問題가 아니라 ……한다 하야도 그 産物와 生命은 依然한 것이오」

仝「第一、 그런 詩나 畵를 만드는 사람이　잇다하면、 그는 洋靴職工이　산々는 것을 拒絶함여 充分한 理由가 잇겟소、 詩人의 製品이 職工에게 조곰도 理解할 수 업는 것갓치　詩人은 洋靴 製造하기에 何如한 職工을　드렷는지 亦是 아지못할 것이니 詩가 職工에게　아모關係 엄는 것인 以上엔、 洋靴를 詩人에게 供給치 아니하야도 한말업겟소、 農夫가 穀物을 주지아니하야도　달날 横利겟소　今後 詩人 商家는　먹지말고、 밧바닥만드려다보고잇슴것이오 이뻐에 海陽楼主人이 火가나쉬무슨 抗議를 한듯하나 우리의 論戰은　그대로繼續되고、對

仝「洋靴의 資料는、 다、 天産物이요　決코　職工이 創造한 物件이 아닌즉 우리는 此를 使用할 横利가 天賦되엇스、」

白「資料는 天産이나 人足이 符合하기 外지의 分粟의 工程과 勞力이 許多하니 詩人은　안다、 天答한 餘裕가 엄섯다。

滲物대로　牛背에 발을 붓침이 可하지아니하오」

白「그것은 怪常한말슴、 다시 本問題로 入하야 말하면 詩나畵를 만들되 一般사람이　理解하도록普通的作品이 되기를要求하는바가아니오　그리하고詩畵의 生命을失하는것이니　곳術을 退步케하라함과 갓지아니하오」

公「退步가되든지、進步가되든지、 俗語의 共通과　直覺의 共國과　生活의 共樂이잇는 곳藝術은 價値가업는것이요、 다만그時代의 一般사람이　無識하야 理解처못하는것이나 此를理解하는能力이사람마다、 潛在한것인즉、詩畵를平易하게만드려써多數의理解를엇기함이詩、 畵人의本領이요、 또快樂인줄生覺하오」

白「勿論多數의理解者를 엇음이 所願이 나그리하자면詩、 엇더던平易한곳싸지 그때써리던지、 나는 一定한곳에 쉬向上처못하기執滯하던지하여야하겟스니文化上損失이아닌가」

公「方今生存한人生의게大關係가업는文化上損失은普通的理解로　넉넉히補充할것이니詩、 詩人은現存한사람을滿足하게하고途力이잇거든未來人의理解할作品을製作함이順序인듯、 詩畵의 向上을停止하라함이아니오」

白「그러면、 우리談論여多少共通点이生하엿소、 問題는極히簡單하니　藝術를平民化하라는것보다平民을藝術化하도록致養함이可한즉、 換言하면詩畵는詩畵대로無限히向上하야가고、 平民은此를理解하도록敎育함이올치아니한가?

此時에滯陽樓主人曰

洋畵와詩畵

「平民의 理解는 遲鈍하고、詩酒의 進就는 加速度를가지 겟스니그間隔은 數學上漸遠하야질 것.」

公「詩酒라는것을 特別 난제하고、高貴한듯하거함이 過去의 藝術家의 態度이엇슴으로 그樣 本的誤想가 人類共同生活의 原則을 無視한것인즉、何時쯔지던 詩는詩대로 洋鞋는 洋鞋대 로各々 存在키함이 生活과 目的의은아닌즉 統一과 調和가 업는 우리의거 苦痛을 供給할쑨 、洋鞋와 詩酒를同一한 方向으로 進路를取케하면 前進者의 遠度가 大할사록 그簡隔이 大하려 니와 反對의 方向으로 進路를取케하면 漸々接近할것이 分明하지아니하나오、洋鞋製造人이 詩 酒속에서 詩를찻고、詩酒속에서 洋鞋가 産出되도록함이 可한일이 아니오、洋鞋製造人이 詩酒를理 解하도록하 는同時에 詩酒人이 洋鞋를理解함이 第一適合한 進路요、調和를次할수잇다고 生 覺하오。」

白「편 矛盾이 잇소、詩、酒、畵人이 洋鞋를理解한다함은 即製造써지 할줄어라야한다함이니詩人 의 天分을가진사람이 洋鞋를짓거되면 人類經濟의 損失어아니오、 것은 論法으로말하자면 洋鞋職工이 이詩酒도 作하여야겟스니 詩酒도되지못하고 洋鞋도되지못할것이니 天分어아닌 詩를作하라고쁜 時間여여 自己의 天分인洋鞋를더욱巧妙하거 作成할 硏究를함이、自己도幸福 이되고、 人類社會全体로도 詩人이 곳洋鞋職人어고、 洋鞋職人어곳詩人어되는것어면、詩」

公「人生의 要求하는 生活은 詩人이 곳洋鞋職人어고、 洋鞋各々잇는곳여 生活의統一이 이업고調和가업슨것이니 人生은 永遠히그리쥬고함

것인가? 現代經濟組織下에 生活하는우리는 詩人이고 洋靴職工이고 病身이나 不具者어닌

것이업소、 여것을 分析의 罪惡이라 하겠소、 詩人이 平生詩만 짓고잇스면 다른 事物에 關한

經驗과 知識의 缺欠하야 詩를 完成키어럽고 또 그單調한 生活이 一定한 時日後或은 同投的

으로服症이 生하야그瞬間에 精力의 轉換를要求하는것이요、 生理上으로 人體의 組成을보아

드一日間에도 努力과 精力을並用하여야 健康을保全하겠스니 現代의 職工이 筋肉이 强壯

한代身智力上野氣이요、現代의 詩人어 智覺이 銳敏한半面에 身體가 可憐하게退嬰하야

그精力의 衝動이病的 됨이 多하니 그談話가 大部分狂亂의 發作이요、그直覺이 無數한影

이아닌가、只今畵家가 洋靴職工을 寫生한다하면 그畵家가 一次라도 洋靴職工코經驗이잇

쇠야 그職工의 心理와 情緒를 自己經驗에依하야 聯想하며서描寫함이 描寫와想像에 만

依하는것보다 그正確의 生命을 表現할줄 確信하오、已往말삼과갓치 十八이同一한 對象物

을十種의 氣分이 잇드록寫生한다하면 어느것어 그正體며 그眞相일줄어지못할어니 畵家

외忠實한本個은아닌듯하오、

白「變冷한唐에잇쇠쇠드 生을썰ㅅ흘이는사람을描寫할수잇고、ㅁ花開唆한溫室에잇쇠쇠

도、嚴冬雪寒을表現할수잇는것이니 詩句에드 經驗보다 直覺을重視하는것이오。」

公「物像에對한直覺은視覺이 基本이될것인데 그原要視하는 直覺이 것코正確한것이아니오、

신速히動搖하는物像을 靜止한狀態 도뵈이 는것이요、 錯覺은 直線을 曲線으로보기가쉬읍고

色彩은 사람의 視力을따라、 同一한것이아니요、 또、 濃度에쇠 然虛를描寫할수잇다함

洋靴 와 詩歌

三五

은 程度問題라　北極寒帶에 쉬生活하든사람을 熱帶地方移來하되　그身邊에 ㄴ熱帶에쉬도

쓰下四五十度되ㄴ溫濕量하야 卽平生에 熱帶의 溫候를 自身으로 經驗하지못하거나 고熱帶의

事物을、描寫하다 하면 熱帶에쉬　그氣候와 事物에 經驗잇는 畵家보다는　반다시、劣品을

作成하깃소」

이런論調여 精神이　업슬뻐에　長髮詩人君新聞굴장사R君、日本鑛山客T君이 來訪하얏

숫으로 談話가中絶하얏는데　瀋陽搜主人이 白齒派畵家에 加擔하야 方今來訪한詩群과 굴장

사의 R氏의 批評을 求하얏스나 話頭가 戀愛觀으로 轉하야　그럭저럭고만두엇소　同人諸氏

의高評을 乞하나이다。

예르렌詩抄

岸　曙　譯

가을의 노래。

가을의날

싸오론의

느린嗚咽의

單調로운

어둠음여
내가슴암하라。

우는鐘소리여
가슴은 막켜며
낫빗은 회멀금
지내간 릿날은
눈압허 셔돌아
암, 나는우노라。

섫어라, 내앖은
모린바람결에
흐러저 쩌도는
여긔에 거긔에
갈길도물으는
落葉이여라。

흰 달
뻬르렌詩抄

廢　墟

銀色의흰달은
수풀여　빗나며、
나무가지、가지마다
숨이는 소군거림은
또 쓸님아려여……
「아、나의사람아」

反射의거울인
池面은빗나며、
輪廓만보이는
검은버드나무엔
바람이울어라……
「아、이는움즐버」

보드답고도
봄은　그훈慰安은
虹彩로빗나는

밤의 별하늘도
내려오아라……

「아, 이는 고혼밤」

피 아 노。

보드라운손에 다치여울어나는피아노,
어스렷한 장미빗커텍에 번듯이여라。
가뷔야온나래로와 울니는힘업고고흔
지내간그날의 오렌빗노래의한節은
고요도하거도、 두려운듯사두려운듯시、
芳香가득한美女의化粧室여 섞돌아라。

물상한내몸을 한가히흔드는잠의노래、
어고흔노래曲調는 무엇을뜻하랴는가、
좁하는루의텐은 내게무엇을求하랴。
들으랴고하여도들을길좃차 바이업시
그노터는 방싯히 별어노흔門틈속으로

여르픤詩抄

숨어여쉬는동산여쉬 슬어지고말아라。

나무그림자。

나무그림자는 안개어리운냇물에
逃氣인듯시 슬어지고말아라。
어린한쎄려라、하늘옼덤혼가지에는
돌비듥이가 안쒸 울고잇쉬라。

암、길손(旅人)어여、빗갈업는어 말갖어
얼마나 그대의모양어 빗갈는가。
눈물은 웃도업쉬라、늙혼님우여
장가여드는 그대의春喋,—

L'heure de Berger

어스렷한堤坪되우에는 붉은달이빗나며、
잠간동안여牧場에는 안개가가득하여라、
모든것은神聖의쎔여 잠수할그여

머구리 우는 갈밧속에씬 睡蓮이 물어라。

水草는 花瓣을덥고 잠을이루며、
억업나인 커텐에섯는白楊나무는
희미하야 가즈란도하고緻密도할새、
수풀밧속인 혜때는달빗이빗나라。

올배미는잠을쌔여、 소리도업시密來한
그나래를치며、 검은하늘로 나리갈그때
울어려보아라、天心에는번게갓치빗나는
힌옷임은썩니쓰女神、이리하야,밤이려라。

Ginepard Inwer Sings

나는왕노라、柔順한孤兒인나는
가긴것이란 柔謹한눈瞳으로라、
큰都市의사람만흔틈여 석겨도
사람들은 나를恐라아니하여라。

연르된한성

殷 墟

스므살되는때여　情火란熱病에
몸이잡히여　어쩝上의모든婦女물
그쩌　어룸답다고만생각햇노라,
아, 그들은　조곰도나를꿈다안컷만。

나락도업고　넙음넙도업스며,
勇敢한맘조차　비루업스나
敢謝여쉬　나는쭉오려헷노라,
그러나　우음은내몸을團치안어라。

내외날이　덥우늣준가, 덥우어르가,
나는　어쩝上더쇠무엇을할것이럼가,
아, 써설음은　웃업시깁허라,
그더녀　늘상안쉬스따르멈어어주쇠랑。

하늘은집웅우엉。

하눌은 잠웅우여
이리도굽고 이리도풀으려라,
나무는 길웅우에
프른닙을 나붓기고잇쉬라。

寺院의 鐘은 울어려보는놉흔하눌어려서
보드랍게, 한가롭게 울어라,
小鳥는 울어려보는놉흔나무가지여서
애덥거도, 괴롭거도 울어라。

아, 어덥아라, 單純한목슴은
커곳여잇으며,
커平和로운 빗김의소리는
거리로서 오아라。

안침업는눈믈여 잠젓는그대여,

뻬르펜뺐抄

廢　墟

암, 그대는　무엇을하엿는가.
말을하여라, 첫멋을할거여
무엇을하고지내엿는가.

검고　웃업는잠은

검고　웃업는잠은
나의목슴우에　오어라
아, 자거라, 모든希望아!
아, 자거라, 모든怨望아!——

버거는　아모것도안보이며
모든記憶이　가고말앗나니,
罪이나　또는善이나……
아, 여답은變遷이여!

나는　무덤구여위
두손으로　흔들니우는

다만한 沓없이 노라,
아, 고요하여라, 소리 업쉬라。

作 詩 論

무엇보다도　몬저론音樂을,
그를위하야　달으지도두지도못할
썩희미한　알듯말듯한
난흐라도　못엇을것을　잡으락。

죠흔말을　엇으려에쓰자말아라,
말을　차라리輕視하여라,
밝음과어두움의　쉬로짜내는
흐릿한詩맛뜨거는　곱흡업나니,

이는엔알(面紗)의뒤에　숨은곱흔눈이며,
太陽빗에　떨고잇는正午과도갓트며,
설더운가읋날의커녁, 되는

뼬르렌詩抄

四八

燈　塔

별빗가득한밤하늘과 도갓라라。

우리의바래는바는 色彩가아니고、

音調선이퍼라、 다만音調밧거야!

아、音調! 音調만이 때자주어라!

숨을숨여、 笛을從笛으로。

덥니흐여라、 하늘빗눈을을니는

때려운비웃슴、 쯰는몸술은생각、

달로 설더씨는듯한말과、 온갓의

떠려운부여의 野茶씨갓를것뿐을。

雄辯을잡어쥐 묵은쌔여버려라!

힘씨! 나아가라임(臨絲)을쯤거하랄세

울흔김이 오티라、 만일 그理를물요면

라엄은 어떠쉬지 니르랴?

아, 뭐가 「타임」의 잘못을 말하나?

엇더한 귀멍어리, 엇더한 鼠奴가

카울로 이르도 거즛가득한

贋價의 寶玉을 僞造하엿나?

그 커 音樂을 비나이꺼나, 이되나,

너의 詩로하야금 늦게하여라,

갑을 天界크, 또는어 世上썬업는 사랑여,

슬니 커업서지는듯 녹기게하여라.

너의 詩로뭐 求來의 音樂을지으라

薄荷와 百番꽃의 香氣를품은

보드답게 부는 아츰바람과 갓쳐

그리하고 그맛기는 文字맛거될것업쇠라.

아ㅅ설어라。

아ㅅ설어라, 아, 설어라, 나의맘이여,

쩌르렌ㅁ抄

591

보 념

어리드컬음은 다만 한女人뿐이여라。

맘을 비록다른곳에 둔다하여도
나는위로함엇을길이 바이업서라。

비록 내의愛、내의맘、
그女人과 써난다하여두。

맘을 비록다른곳에 둔다하여두
나는위로를 엇을바이업서라。

내의맘、 넘우도弱한내의맘은
내겂에거 니르되「바릴수잇으랴。」

「바릴수잇으랴?」아、어려워라、
여덤은않되、맘이설지안은강。

四八

내맘은 내맘에게 訓戒하여 가르되

「한갓된 顯現일지는 믈으것오냐.

둔이 비록 떠나쉬는잇쉬도

맘은 언커돈지 하나인것을.

都市에나리는비.

내가슴속에 숨기엿오랴.

엇지하면 이러한설음이

내가슴엔 눈물의비가오아라,

都市에 나리는비인듯

아, 양우에도 집웅우에도

나려퍼붓는 고흔비소리ㅡ

이는여답은맘의과憂음이라고,

아, 내려붓는 비의노대여!

썌르떤詩抄

四九

愛　戀

이 뜨거운내가슴의 속에
쓸때업는　눈물의 비가오아라,
조곰이나 拒逆함도　엄건만
이 설음은　쓸때좃차 업서라。

엇제면 내가슴은　이리압호랴。
뭇기좃차　바이업서라,
가장　압혼　이설음은
사랑도　미움도아닌

지내간녯날。

記憶이여、 엇제면　나를새우려는가?
只今가을의恐怖는凉寂한하ール로 「川ゑ」로 울냐며、
해는깁흔殘陰의빗을　北風이설비는
黃葉가득한수풀우에　놋코잇서라。
생각을머리덜과함쇠　바람에붕너우며、

우리두사람 가즈란히 걸음이

문득 그사람 고흔눈을 쎄거들니면,

天使의 꿈흔듯 소리 갓흔 그사람의 말,

「그대의 生涯여 아름다은낮은 언제더엇나?」

怪重한 微笑로써 이말여對答을하며,

꿈고보드라운 그첫손여임마추엇노。

아, 엇더케 내귀를 끕거하엿나…

그리운님의입수로물으는「비」하는첫마듸-

아, 엇더케 칩핀맛이 향긔로웟으며,

○落葉 (이에스의詩)

가을은 써의사랑하든 긴닙우여,

보리단의안, 숨어잇는 쥐우여도닷쳐

쌔우여잇는 아쉬나무닙도 놀으고,

쥐군 돌가의쌀기님도 놀은빗이러라

뿌르뗀詩抄

成熟의「배」는 내몸을 돕더쳐쉬라、

아、설어라、困憊한 나의딸이여、

熱情의배가 가기前에 키쓰와눈물을、

그대의 숙인니마에남기고 가라노라。

時代苦와그犧牲

吳 相 淳

우리朝鮮은 荒凉호廢墟의朝鮮이요、우리時代는 悲哀한頹廢의時代일다。이말은우리靑年의 哀然한事實이기째문

이여。소금이찟치는무서운소리다나、이것을疑심할수업고否定할수도업다。

이廢墟속에는、우리들의內的、外的、心的、物的의모든 不足、缺乏、缺陷、空虛、不

平、不滿足怨、한숨、걱정、근심、슬픔、알홈、눈물、滅亡과死의悲慘에 찌여잇다。

이廢墟우여설써여、悶黑과死亡은그兇惡한입을크게버리고곳우리를삼켜바릴듯한態이잇

다。

果然、廢墟는 滅亡과 죽음이 支配하는것갓다.

그러면우리는 고만죽고말것인가? 안이다! 안이다! 오늘날우리는四柱入字運數等의迷信을打破하여바렷고,「샤자」의쇠사슬도우리손여드리와녹는것을뻬앗다.

우리의生은實로宇宙的大生命의流動的創造요、그活現임을쎄다닷고、우리가、어天地의主人임을確實히알엇다。우리의게、엇지永久한죽음이잇스랴。果然陰府의權威가어되잇스며、死亡의가시가어되되잇느냐」다

荒凉한廢墟를덧고선우리의발밋혜、무슨한게외어린작이소사난다。아一貴를고도반갑다。어리고프른싹!

이어린작이將次長成하야、廢墟를덥는茂盛한生命樹가될것을성각하니實로깃브다。그때나이깃봄속에는슬픔과압흠의칼날이隱感된다

이어린작은다른것안이다。一切를破壞하고、一切를建設하고、一切를革新革命하고、一切를改造再建하고、一切를開放解放하야其正意味잇고價値잇고光輝잇는生活을始作코자하는熱烈한要求! 이것이곳그것일다。

이要求는實로宇宙的意味를가칫다。最高理想의要求다。우리가이要求에對한態度如何는우리의運命을決할것이오、이要求의實現與否는곳우리의死活을支配할것이다。

어要求의意味는이와갓치킵고、그事實은이것치破腐하다 그러나이要求는이럴노처워질는것이아니오、스스로實現될것이안임은넘어도明白한事實일다。

時代苦와그犧牲

五三

이 要求는반다시、우리가實現해지안오면안될일이다。그런나實現의過程에는무쉬운險難이잇고、困苦가잇고、危險이잇고、陷穽이잇고、制限、束縛、壓迫、迫迫等諸魔가伏在할것이요。생각만해도두렵다。그런나、우리가이것을過하고그는아모것도안된다。것이分明하다。

이要求實現은우리의피와肉과全心全靈을要求한다。우리의絕對犧牲을要求한다。이모든것을잇거름없시勇猛스럽게거바칠만한徹底한覺悟와自覺과自信이잇서야、그要求實現戰에參加할資格이잇슬것이다。우리는잘싸와야할것이다。

우리싸움의第一線의對象은、公先破壞에잇다。세우기전에먼거쌔트려야하겠다。우리의칼과槍끗은언커、우리의一切內的外的의、頹敗하고腐敗하고困憊하고偏狹하고沈溺하고僵溜하고殘忍한모든罪惡的奴隷的生活의樣式ー그殘忍으로向히야할것이다。여긔여는非常한反動과反抗과飢饉과爭鬪와動亂이잇슬것을限想覺悟하고作戰計劃을히야할것이다。우리社會한웃에는임의、이싸홈의烽火가드묻!ー빗최기시작하는것갓다。우리는이싸홈을두려해서는안되겠다。우리는우리의唯一의生命、理想自由의要求實現을爲하야써호라하는것이요다른뜻은아모것도업다。우리싸홈은神聖하다。不可信일다。이싸홈을爲하야써호라하는것은定하거나、反抗하거나、妨害하는者는아모、우리民族이나他民族이나勿論하고우리父父가안이요、兄弟가안이요、姉妹가안일것이다 아ー니、우리의敵이안이고우리父母이낭우리의참父母요兄弟요姉妹요親戚일것갓호면、뮑은니나、老人이나、아희나어믈이나、女

性이나男性이나우리民族이나或他民族이나遠近、親疎를莫論하고一致共同協力하야우리生活의基調요、모든文化의源泉이요、唯一의生命의道인우리要求實現을爲함이짜룰것이안인

강.

우리가、이破壞戰에勝利를占하고、成功을收하고라도、그는우리永久戰의第一線에不外

할것이다。

諸般建設의싸홈이잇고、永遠한創造의싸홈이쯰잇다。우리의싸홈은더욱激烈해질것이

요、우리의後牲은더욱클것이다。그러나、우리는두려워할것업다。臨陣안것임다。生과死를

賭하야싸홀犠牲의精神이透徹하고물어라도쯰여물고、물에라도쯰여들꺼氣와自信이잇스면

最後의勝利는우리들의것일것이確實하다。

이世上은苦海와갓다고말한다。眞實에갓가온것갓다。殆히우리人類生活의全體를支配하

는것은苦가안일가。邪實을回避하고陰蔽하고否定함은어리석다。事實은邪實대로、그대로

承認하고、그것을處理하며、그것을超越치안으면안될것이다。

弱한人間이나民族은그苦여눌더워그의奴隸가되고、그苦여웃견듸워發滅하고만다。强한

者는그苦와싸호고、征服하야죄이기고退治코자、最後까지百方으로奮鬪한다。여긔를밋처

뒤고、天地를움지기는大活動이니러나고凄悽한大悲劇이流川된다。그리고意鬪의限度를다

라勝利의運命을卜한다。强者의勝利는果是善戰健鬪다만잇다。우리는그싸홈속에서는價值

와意味를發見한다。消極的으로、一切困難、眼迫、不自由、不如意의苦와싸와이기고、

積極的으로一切眞、善、美와自由、모든偉大한것、神聖한것、崇高한것、을엇기爲하야서 혼다。그苦흠이얼마나、神聖하며、이一苦흠을잡와호는者ㅣ얼마나榮光이라。 엇더한永遠한運命이라도이와흠을나려다보지는못한다。나는永遠히와흠일다。 쟈ㅣ、나와함의차호쟈、라거라。不斷히와호지안으면안이된다。神도不斷코와호고잇다。 神은征服者일다。比喩하면、肉을貪食하는獅子와갓다」。이노近代英雄精神의權化인。로 만、로ㅣ란의말일다。

우리는人生이니人生苦가잇고、人間이니人間苦가잇고。個性이니個性苦가잇고、世界를算 盤로하고섯스니世界苦가잇고、社會에사ㅣ니社會苦가잇고、時代에處해잇슴으로時代苦가 잇다。이諸苦中에어느것이深刻한苦가안이랴、만은、就中우리運命여對ㅎ야直接影響을밋치 고、가장切迫하고가장切迫한關係와支配權을가긴것은、時代苦일다。웨그리냐하면、우리 는時代의子인同時여特히우리는非常한時代여處회잇는섯다이다。故로時代苦의問題를解 決하면、其他의苦의問題는比較的깁게解決될수잇지안을가성각된다。가장重要한先決問題 는時代苦일다。오늘날과갓치非常하고運沌한時代여잇쉬우늬이時代苦의問題가一層緊急하 고、또重大한地位를占領할것이다。故로爲先나는순한대로이時代苦와그徵性과그食慾의一 端을論ㅎ야一種의暗示를엇고ㅈ하며非常한時代、特히그過渡期여臨한、吳잇고마음 잇는우리男女靑年의衷情의苦悶을조곰이라도慰勞할수가잇기를바란다。

엇더한 意味로 보던지 犧牲이란것은 悲劇일다. 一層 價值잇는것을 爲하야, 一層 價值잇는것
의 出生은 殺戮을 爲하야, 意識的으로 犧牲이된 것은 말할것도 업시 悲慘한 일이나, 그 亦 悲
劇이다. 웨냐하면 犧牲되는 自己가 自己以上의 것의 存在를 持續하기 爲하야, 自己의 存在를
絕滅코 否定하는 故라.

自己意欲은 自己의 生命이요 自己 그것이다. 그것을 否定함은 自己에 對한 最大의 悲劇일다.
그러나 自己가 意識的으로 自己를 犧牲함에 그 犧牲이 自己와 他人들에게 認識될째는 犧牲에 對한
悅歎同情이 生기째문에 悲劇은 그 程度를 減한다. 그러나 自己犧牲이 無意識的으로 或은 强迫
的으로 遂行된 境遇, 그러고 그것이 他人들 卽時代一般에 認識되지못하고 暗黑속에 忘却되고 埋
沒되며 갈째는 엇로 慇懷한 哀悲劇으로 될수밧게업다.

今日과 如히 昭然한 未來를 떠허러잇는 煩惱를 배여잇는 時代에 잇서서 우는 이러한 後者의 悲劇的 犧
牲이여 마느니만히 實行되며, 엄마느우섭은 沈默裡에 葬사되여갈가! 그러나 이러한 後者의 悲劇的의 犧
牲이란것것치 생각하나고는 決코 眞한 犧牲은못된다. 뜨두려워할悲劇도 안이다. 우리노 되여가는
考하면 自己노 本來 自己를 爲하야 或은 自己以上의 것을 爲하야 眞實한 犧牲이 될運命을 타고
난것갓다.

犧牲이 되는것은 勿論 참 自己일다. 우리노 恒常 참 自己와 何關이 업는 寄生我도 는 感覺我를 眞
性하는 것것치 생각하나고는 決코 眞한 犧牲은 못된다. 뜨두려워할 悲劇도 안이다. 우리노 眞
自己를 犧牲하지안으면 이될 終局의 決意를 强要한쌔, 거긔 말할수업는 苦痛이 同伴한다.

勿論, 强要된 終局의 決意를 肯定하고 實行하는것은 眞自己일다. 그러나, 그 實行과 共히 그

時代苦와 그 犧牲

五七

自己는沈默속에滅해간다。이놉나온矛盾、무서운否定、이것이悲劇이안이고무엇일가。그

런데、自己는敢히이것을甘受한다、自己는自己를勝하야이물强行한다。여긔에、自己의神

秘不可思議의威力이잇다。自己는自己이나、또한自己가안인것갓다。自己는自己와함의自

己以上의것絶對인것을包藏하고잇구。이에偉大한價値와悲愴한運命의淵源이잇다。

이自己以上의것은무엇인가。自己에對하야自己否定의犧牲을要求하는殘忍한것은그무엇

인가。그는分明히意識됨이러다。또매嗟하고判然하게認識될것도안이다。特히모든것이그

價値를轉換하라고勤하는時代에잇슬수는더욱그럯다。그러나그것은間斷업시勤하고잇다。

時代의精神을通하야不可抗의力으로流動하야잇다。時代의사람들은弱하나、이偉

大한흠음의支配를免치못한다。果然사람은時代의子일다。時代의子인以上、그父되는時代

의精神을換言하라면그두려운分明히意識되지아니하는不可抗力은秘藏함은否定할수업는과質

이다。

이우리의本性에쑤리깁히백혀힘이어느時期에는가장熱烈한가장猛烈한가장深刻한衝動的

感情으로、우리들을根底로부터衝に해온다。그뼈우리는그에對하야서는아조無抵抗일다。

오늘날우리떡청들은이狀態에잇다。

그것은絶對로肯定할써모든狀過가慘憺한熱劇으로終하고만다。熱劇은그當麻者에對하야

直覺的으로豫覺된다。그러나、이豫覺은大단한힘은업다。그는不可抗力을肯定하고도無上의

魅力을銳하거旨수업다。도리어悲劇의戀想은反動的으로、이魅力을一層强烈하거하는것이

다。따라서、悲劇은 一層痛烈을 極한다。

이 當然同伴할 悲劇이 얼마나 戰慄高 것임을 알며서도 오히려 그것을 스사로 求하야 가지안으며 안될 强迫力, 戀愛갓치 큰 魅力을 가지고 모든 思想과 物論을 鴻毛보다도 輕히 街破하고 가는 人間생의 悲慘, 거긔 人生의 崇高한 美가 잇다고 는 할지라도、現在의 常道的인 眼目으로서 면면로 人生의 悲劇 딴事가 안이냐。어리꺼하며 滅의 道로 알며서도 말며 히도 말수업는 노씀의 眼窟..... 이러한 悲劇은 決코 空想은 안일다。過去時代의 쓴(苦)回想도안이다。우리 現在의 那實, 오직 靑年間의 가장 信賴할만한 者中에 目睹하는 那實일다。靑年時代를 純潔過한 者或은 瞬過하랴고하는 者에게는 거의 想像키드어려울것이다。우리는 그것을나푤하는 것은아니냐、이것의도 時代가 遠隔하야、거의 理解도업고 同情도업는 만큼 悲劇이 暗黑의 흐구속에 잠겨 간다는것은 엇지우리의 참을수잇슬배랴。

우리의 時代는 말할수업 노懊悩을 가지고 잇다。그는 次로 生活難과 苦젹이나、困窘心에 노焦燥나、俗的 成功熱여 달른 不滿과 는 比較도 不許하는 破壞반 懊悩일다。眞自己도 犧牲함을 要求하야 假借치안코 극 殘忍하고 必然的인 인苦悶일다。이時代의 苦悶懊悩는、가장 眞實반青年男女여게만 理解되고 體驗되며、또 가장憧憬하 거深刻하 거懊悩되다。此種의 青年은 實로時代要求에 第一忠實호고 无垢한 犧牲者일다。더이들은 永遠호 沈默視며 웃뤼가는悲哀를가지고잇노牲者일다。오늘날、싱각잇고 眞實한우리 青年들은 모다이러한歎懊여잇다。

單이안어면참을수도잇것다。더들은 勿論時代사람들의同情어나 理解될엇지못한다。왜그

時代苦와 그 犧牲

五九

런고하니 時代사람들은、 더 어둘의 時代的苦惱를 想像할수도 업스니썻。더둘은 自己여가장갓、

갑고맛을 만하다 는사람에게向하야 自己의 懊惱를 訴한다。 그는반다시 自己의 게同情을 엇으려

하는 薄弱하고 孤陋한다음으로나 온것이아니요、 다만自己의 하는바 들어지지못하는 답수함에쉬

나오는것이나 가엽슨더둘은 熱想치못한 無理解와 冷淡한 應答을듯고、 暗黑한 孤獨의 深潭을볼

뿐이다。 그러나 情熱的인더들은 그 戰慄할 孤獨의 寂調에 쒸여드러가기를 避치아니한다。 그때

쇠 自己犧牲을 더욱 悲調으로한다。

갓갑고同情이잇슬만한 한者에게도 理解가 업거던、 況且其他에게쐬랴。 世上은더들을 待하되、

맛치가사로살을 썻르는 듯한 冷笑와 侮蔑과 罵詈로쐬한다。 世上과더들과는 時代가 틀니고、 世

界가 全異하니 不得己한 現象이라 하고라도 隔離가 넘어도甚하다。

世人의눈에는 生活難이나 成功難의 不平이나 或은 虛榮野心의 權化갓흔 無知沒覺者밧게밋처

지안는것갓다。 무슨생각이잇고 熱情이잇고、 무엇을 眞正해보고자하며 참意味잇는 生活을營

爲코자하는 靑年들은、 다만함브로傳統과 習俗과 權威에 反抗하는 不道德者、 惡且와 孤立을自

招하는 愚者、 自己와 世上을보지못하는、 쏘 世間과 步調를合해 갈줄모르는 幼稚者라는 冷評을

떠붓는다 쏘조금하면「어른」들의 우蠢갓흔 우지람이 비오듯한다。 所謂한上여 加貊일다。

그썬만아니다。 밧게도 쏘한 寃德이잇다。

더―남들은、 우리들의생각、 말、 힝동、 態度를 멸親하고、 더구나、 우리들의 思家、 理想、

謂辯을 쐬고밥는다。

우리의모든것과、모든일은、다一所用이업단다。더희들은쿠오
로가만아잇스란다。

더이들에게는、우리의일은쑥봉하고、우리의눈은쑥감고、손과

밝음곳빗그러에고無形호精神이나、마음서지리도、쑤빗그러매고잇섯스면卍죠롭도시나십히

……우리들도、하도답수할뼈여는찰어리。그렇거나되여바리고맘잇스면하는絶對의獄

息、暗黑과死의悲痛이잇다。우리의絶對制限과不自由와抑壓과苦悶은이에잇다。우리의희

牲은더욱悲壯해간다。

이갓치하야時代를懊惱하는異勢한靑年은無抵抗하여沈하야간다。더둘은남여거理解도못

되고、쯔理解할수도업는絶對不可解속에孤獨한魂을안고간다。世上은더욱俗的으로開怒호

거發展하러가고줌새룹다는者는원만큼가지고無知호者노放遜하고奸惡해간다。당만眞質한

靑年만이永遠한靜寂으로홀너간다。世上은참奇妙하다!

그러나、時代의民牲한희牲은果然無意義한것일가? 全혀無價値한것일가? 勿論現在

에이오서는何等의同情을엇기어렵다。그러나、버니해오는새時代에는누가能히이첨은沈默와

悲戯에對하야짯못한固想의쏫을면쳐一掬의눈물을뿌려니줄가? 어누누가能히그現實와目

由와文化속에悲憤한過去의歷史가과굿쳐잇는것을想像할가。다만神갓흔詩人쑌여、이「써」

의冷酷을畫홀것이안일가?

勿論이뢰한희牲음에느時代띠엇섯을것이다。그러나뢰時代띠럼가장高히、가장深刻하

時代苦와 그犧牲

고苦悶한여는듣으멋슨것이다、 오늘날김흔自殺이잇고興奮한우리男女靑年의苦悶읇어느나
는이갓치말한다。

아々그러나우리靑年은弱하게悲觀해쉬는안되겟다。 다만悶惱的으로失望해쉬는안되겟
다。우리는只今時代의煩惱를體驗하고苦悶하고잇다。우리는우리以上의것即永遠한生命을
愛하기써문에、그리고그곳여、가장自由와情熱이充溢한生活의永遠맛여沈潛하려고죄하는故
로時代속에、時代를爲하여、우리를惱케하는것이안인가。故로우리는自己一個로써或
은自己一個의意識世界속에우리들을苦惱케하는것은안이다。그러고、自己의狹隘한意識世
界中에獨居하여、거긔쉬모든問題를遠히解決하려고해쉬는안되겟다。그곳여노狼狽한失望
과斷念과寂滅以外에다든것은차자보지못할것이다。

우리靑年은永遠한生命을니커쉬는안된다。우리의눈은、無限한무엇을바라보아야하
것다。우리의발은恒常無限한흐음한가온티쉬슷잇쉬야하겟다。우리의心情은항상永遠한愛
와憧憬속여타잇쉬야하겟다。이러한態度로우리는우리의體力이繼續하기꺼지왼力이熱하기
꺼지進行치안으면안되겟다。엇더한誤解나過迫어잇슴지려도우리는自由여살고眞理여라고
자한다。

勿論우리는、이狂熱的努力이어느써지돼돼한수잇슴는지모믄다。우
리들은그런것은생각해쉬는안되것다。우리는무엇을생각하려고넘호며、우리의발은悶惱
愛할쩐이오。우리가自己의적은世界를도라불여、우리의눈은疑懼의恐怖로집어쉬것

다。 우리는 恒常永遠한 廣大한 世界에 잇서야 하겠다。 그리고 强호信仰을 가지고 努力하고 奮鬪해야 하겠다。 이 强호信仰과 努力이며만、 우리의 意費와 價値을 求하지안으며어니되겠다。 一

切偏見、固陋、邪念을 破棄하야 할것이다。

우리는 時代의 희牲이 되는 것을 두려워할 必要가업다。 도엽다。 희牲은 本來부터 悲劇일다。 그러나 永遠한 內的世界에서는、 남으로하여 물결과 거칠것도업다。 아모리적은 희牲이라도、 더모리需諧한 沈默에파뭇친희牲일지라도 永生의빗속여들어오지안을것은업다。 그는우리의 時代를惱케하고잇는 永遠한 生命의 世界에서는 如何한存在라도 親爾아니되며、 永生化되지안코消滅하는것은 絶對로엄슬것임으로。 이것이우리 靑年의 熱情的信仰일다。

우리의 生存하는 時代의 懊惱는 永遠한 意味를 가지고잇다。 그는 貪慾的으로 無數한 것은 悲劇을 要求하나、 그中에한아라도 無意味하거 忘却裡에찻사될것은엄슬것이다。 그때한 희牲은한아 도엽슬것이다。 그는 即永遠에서사는 故로。

이 時代의 懊惱는 언져여저지던지、 이대로 屈屈되여잇슬것은안이다。 그는 반다시것가온 將來여 激烈한 變動을 니르키고말것이다。 그變化는 暴風雨일른지、 大洪水일른지、 大變動일른지는 무엇일는지、 우리의 豫言할배안일다。 그러나、 엇더한 地大變化가올것은 確實하다。 그는 永遠한 生命의 活動을 自由로 齊放的으로 顯現하려하는 時代의 懊惱는 方今그高潮에達해 잇는 故로。 그리고生命은 最後의 勝利와 凱歌로외더라〈 突進亡

것이다。

어—이時代의大變動에際호야 何事가審判될가。 何人이永遠

히明呪될가。 누가가장幸福이며、누가、가장禍토을가？　宇宙의審判者가眞理와非眞理를

處決할께。

우리는이러한想像을고만두쟝。 우리는다만勇氣를가지고나아갈짜름이다。 最後써지强한信

仰을가지고잇스면足호다。 永遠한生命과祝福은그가온데잇슬것이다。

그대비로소荒凉한우리廢墟에는、 다시봄이오고어떤生命樹여는꼿치피겟다。 그때그꼿째

主人은누구일가？

이險難호時代에處하야어느形式으로나眞情으로가장예만히쓰고、눈물과피로씨一切와잣

차와온사람、特히남모르는中沈默켠여서로은時代創造를爲하야、가장회牲룸만히한그사람

둘일것이다。

黃薔薇花

李　露　春

黃薔薇花　　불갓치뜨거운붉은빗도업고、 축음의장다갓치슬픈 푸른빗도안이다。 따구나

그여거는꼿의넱魂인香氣도업다。 그는다만 生이라는運命의접우호모하는수업시、거오

떠거리로 거리로 거려나오는무릎의幻影이다。 옷깃압흘지버가면H노、웃우엇다。그의가슴

여노 그의生야— 悲情에哀切한 부드러움에、뭘것체소서나온다。한가지의 그옷

음사쉬 H노、그의愛人의꼽오모다웅집헷다。H노지금모흔것을그의愛人압헤 써바리엿

다。頭에菊花는헛엇든것체부쉬젓다。나의거련길에노 低落 실協 固間 苟且 의滅敗하고머지근

건別鶴의生을보내기실다。아수 나노이길을 붉노살너버리여야만 살수가잇것다」H노永

호空氣가 싸이여잇다。그때호야그노 純見호그의感情과거줏업노 느거운抱擁을

遠의作別음그의愛人과하엿다。深刻한人生의길을발부라한다」눈을감고 잇집이못되아쉬、그의가

하면쉬、 룸더나오난우룸소태를 드릿다。그노果然 愛엄시노그의生이 無意味한것슴

쉰다릿다。H노그의가슴속에 감춤어문日記帳을 들추어쉬、가장불근占마니썻던又들

차럿다。 矛盾과不安여 차힌 그노 다만「愛」라하노 神秘의젓속에 씌어여갈따룸이

다。이곳에쉬 H노더 큰不安과恐怖와恐恐여 음슴흐빗엿다。그노「愛의啟」어 眼前

어무쉬운破滅갓치 嚴然히 쉬쉬잇노것슴보앗다。又노果然屈흐암따(雌鳥)처럼 그몀져

리의作文이 그故의손오로 어늬딱에건너갓슴써여、又노그몸이 웃친것슴 쉬다믈딱에노

쉬 아뢴대인다。어늬딱인지 H가自己집 쏘딱아 우어그몸이웃친것슴 쉬다믈딱에노

H의눈여노눈잖인 蜃氣樓갓치 솟사나온다。亡跡의 집 쉬日沒수흐쌓쥐

여쉬 히미흐厄錯음드르먀쉬 徘徊흐노光景도갓고、病든고더(膝)가열노潮水갓치、므니

엇더가 오다가하는 노 눈덕꼬고、悅說혼松末에 거문屍體를무들때잇는것章루 어거까자

녀편께엇눈愁涼혼曠野를 愛人의열홈을 부르며 헤매이노— 아々 그쯔갓혼壑의지녀

눈자욱마다、惡혼荆棘여傷혼 피방울이돗노— 그리혼光景도갓다。H노봇슴도럿다。그

노이光景여늣늬여쉬、悲壯혼詩를지여 X여게보녀라호얏다。(그의젹각을하다고)어쉬

H의눈여 빗나노무엇신지가열듯뫼아엇다。그것은　客室에노혼銀製煙草盒이다。H노眼

氣여마진것처럼 全身이셜이엇다。日前밤 어늬取利漢여게 줄어먼성각이 번기갓치머

리속여지니가며、取利漢이 그煙草盒을두드리던소리가 서로이H의귀를 울인다。

H노못슬넛고 눈을감으며집푼瞑想여 싸지고잇다。「아々 그取利漢어 그것쳐의쓰며

나엿게殘忍혼 要求를호던것시、그不合理인 物權을主張호라호것시안인가。모든理想을

無視호고、모든束縛여쉬解放되라호노니가、엇지회쉬 X여게눈愛의征服을強行로쓰호노

고？ 사람들이避회가는愛를 뜻는것시 自己의伸張갓최싱각호지만는、나는避회가는

믈옥恩희좀은、더욱이「나의獨立이며、나의完全이며、나의勝利」라싱각혼다 올더가는

믈의 自由로운 方向여子涉치말라」H노드려가지못홀禁制의 올다리안여 한발을도며

여노앗다가、눌닌것이다。H노시랑無限호光明여 無邊혼거뮤믈

을 썩레르리고 漸々것가이오노것여、恍惚회지며、그디호고神秘혼노면올닷노다。「自

由로운（特히自由로온이라돌인다）自然여도레가거라」

自然

—— 五 山 片 信 ——

南 宮 璧

나는이곳定州에온뒤로、自然과가장密接한生活을합니다、自然의一部分이되엿다하면、

도로혀조音듯합니다。

나는自然속에서날로 成長하여감니다、맛치나무와풀이、自然속에서成長하여가는것처럼。

二

나는날마다日課를삼어서、下學後에는반드시學校附近의山野를逍遙합니다、오늘도그리하나왓다가、只今엇던언덕우에서잇는데、眼力이밋치는대까지는、山野田畓이한빗오로푸릅니다、나는주를世界에차여잇는쉿듬으로、나의呼吸하는空氣써지드무푸필것갓습니다。

三

나는오늘午後에、H氏와갓치小學部主任敎師K氏의집에놀나갓습니다.快活한K氏는、물이낫케무슨대접을하마고안으로들어가더니、未久여별보승아를한박아

지가지고나왓슴니다。그리고나서는、뒤로나려가서호박닙을한주먹쥐가지고왓슴니다。그

뼈어나는속맘으로、「거것은무엇하나」하엿슴니다。

H氏와나는爲先칼을쓰내가지고、설질을벗기기시작하엿슴니다。그것을본F氏는、「그

러케떠쓰지말고、나하는대로만하게ㅇ」하면서、호박닙으로복송아들문지른즉、털이하나

도업시버쉬컷슴니다。나는不知中에입을열어서、「을켜、그것이코수인걸ㅇ」하엿슴니다。

分明히宅집압헤도호박이잇슨듯하니、눈녁여보선일이잇겟지요만은、호박닙에는말곰업슴

한럴이잇슴니다。그럴로복송아털을믄지르면、말쑥하게잘벗슴니다。

나는그러한것을처음보기도하고、그方法이아조原始的인故로、때우潗味잇거덕여서곳쏭

뼈믈뇌여볼즉、果然잘버쉬집니다。原來이五山이라는곳은大段히구벅진곳임으로、農民의

生活狀態에原始的인구석이만이남어잇슴니다。더욱이오글은、우리先祖의遊牧時代에나뭐

여온것가치늣것슴니다。그러나口舌上의山戰水戰을다격근듯한氏는、조곰도新奇히넉이지

안코如前히칼로벗것슴니다。

오늘커녁뼈에、엇던뽕나무밧가믈지나노란국、거便여쉬컴은女子하나가、아해를업고왓

슴니다。그럼은女子는、黃土빗가튼머리에、흙밥을하고웁니다。나는그女子의등여엄힌아

해와、그엽헤뽕나무가지와、異常스럽거도比陀되여보엄니다。自然이여요、꼿나무여가지

난것이自然이듯이、젊은女子의등여아혀엄힌것도自然이여웁。

우리들은結婚問題가나면, 무□이잇더니晩婚이엇스니, 生活費가잇때나하고뒤때들지요만

…의때쉬쇠꼴여와쉬, 정말生于十八園子女生活을하는農民部落을보면, 모든것이自然하

…□□□하거되여감니다. 겨우十八九의젊은女子가, 自己子息을업은것이나, 나와가편半裸의됨은男子가, 二三人의子女들가진것이나, 모다自然하게보임니다. 조금도不自然으로보이지안

自然에合함니다. 나는그것이죠라고생각함니다. 조금도굴오거덕이지안숨니다.

五

나는오늘저녁, 學校뒤山에올나가, 初生달음向해쉬演坐瞑想을하엿슴니다. 거긔한

□동안여나쉬든다가즘放因하여진故로, 고만나려가려고도라선즉, 바로알해잇는무덤이, 不緻한달빗혜어렴풋여보앗슴니다. 먼수까지무덤앞헤쉬소머러집는것이 죽은사람에게웃할

□□□□하여엇다는생각이잇슴니다

눈을뜯어본즉, 잔솔밧우여쉬, 후어디는돗한별들이반작이고잇엇슴니다. 나는고요한들

…□□□□□하고잇엇슴즉, 나의발어뜨여떨못더쉬, 맛치눈알페잇슨소나누나무들이따여나잇고업섯한고엇슴즉, 나드거름한쌰여쉬나쉬선것것핫봇슴니다. 그때쉬, 하느님이萬物을기르기爲하야

…□□□싀없하고저□□□싀고기와면어렵다. 그러돈일어잇엇더니, 나는묏수과면옷

싀폐신無益滅의항긔은뉴, 나도묏수밧노할어옵는것것핫슴니다. 내가커번에, 一義人은

題 山

～으로 나우에 떡핏 띄리고 ᄀᆞ것갓핫습니다。

오늘午後에、「나는무엇이되여야할가?」하고、요사이나의疑惑을뒤두엇더니、이뛰에도

역시、「나는무엇이되여야할가?」하는생각이낫습니다。한참後에、「詩니哲學이니科學이

나하고뛰여들지만、그썼것들이다무엇이어냐、다만하느님의意志、곳良心의命令만좃차살

면고만이지」하고생각하엿습니다。

그러나、歡喜를맛치고눈을뜬즉、저는듯한별들이、헤아릴수업는魅力을가지고반작임으

로、내생각에、「아아、암만하여도靜다」하엿습니다。그리고、언커인지그내가나에게보

여주신 Longfellow 의 "Evangeline" 中여엿는귀절、─하나식둘ㅅ식하늘여돗는별을天

使의 Forget-me-not 에比喩한귀절이생각나셔、암만하여도、커러한별과잣가운生活을하는

詩人이불엄다는생각이낫습니다。

Silently, one by one, in the infinite meadows of heaven,
Blossomed the lovely stars—the forget-me-nots of the angels.
　　　　　　　　　—Longfellow.

六

學校여서南쪽으로約二哩쯤을가져、그게하나넘어서女學部漢文先生의집이잇습니다。우

리敎師ㅎ은거긔나스의食蕱들을求하는데、오늘야혹여도띄ᄀᆞ들이모여서、실업슨나가

불하면 서 隱然히 食慾과 빗을 첫습니다。

나는 K敎師와 가치 學校로 오는 길에, 엇던 저녁 기슭에서 가락지 빛(色)이 회미 잇는 것을 發見하

엇습니다 나는 거름을 검으며、뒤떨어 오는 K보고、「K君、가락지 빛이 되엿구려。가령서

라、 뭇숙의 녀가지고、서디 뭇 엇던 커 檢討함고。再逢矜어 깃지낭 「흥、再逢矜이로군」

나는 언덕아머르나려가 쉬엇음을 둘여 다보머、亦是美아니면 안된것이지、美가안인것이 엇던커 美를 나을수가 잇나、

가、 이 美란 아니든가、 이러한 美를 낫치못할것이지、支那의 開塞에가 된이는 「우源愛

大地의 眞理가 美가 안이면、이러한 美를 낫치못할것이지、支那의 開塞寂이 수물지안 지낙

遠之出於洪泥面不染」 이라하여서、逢만稱訟하고、그潭을나 은 慨源온다 수물지안 지낙

스나、내 主見으로보면、이글句는 말이 안되는 줄로말아、

「흥、그러해、美야、分明히美야、 자비 思想의 落照은 美여 잇비 그려」

「내가요前여、 모든풀이다 말을고솔을한 山길에、山菊花혼자 승승하는 거긔 더 잇는 것을 보고、

一野花의 考察ㅣ이라는 題目으로、將來 野花와 大地의 關係를 哲理的으로 思索하여 보라그한일께

지잇지만은、 뎡말 花와 地의 關係는 異常한것이야」

뜻님여는 朝陽여 녹은서 리가 방울저 잇섯습니다。 仔細히보즉、그한방울이 슴여도 太陽이 비

「이한방울이 슨여도、 太陽이 쪼고마켜 비최여 잇구려、 먹거리住구、 「山中에 閑水여 되회 은

담은、 내 곳여 떨긴다 슬여 도 솟난다 구 고른일 더 엇섯다구、 이젼은여 안앙운다 도、 太陽여 잇

최며 잇겟지요。

최는구려.」

「나는 이런어 엇분 옷을 보면,

옷속으로 녹아 들어가는 것가러, 그래서, 손으로만지던지,

어섭섭해, 자입맛최주자」 하고, 맛치情든男女가남의눈을긔익고하듯이, 나는붙어낫케

가락지옷에 입을맛추고, 언덕위로뛰여오넛슴니다.

K氏는팔장을쒸고서서, 무슨생각을하는것가치, 련해고게를기우리며, 「온, 웅」하엿

슴니다.

내가죵용히것기始作할때여, 가락지옷여붓헛던어슨이, 내입살어오며온것을쌔다럭슴니

다. 나는그것을무슨습慣나되는것갓치, 입살을쌜엇슴니다.

나는것봄에가득한맘으로거름을거르면서, 어러케생각하엿슴니다. 「바울의한말과가치

모든살은가른살이안이다. 김생의고기가, 새고기와달은것처럼,

것처럼, 不信者의삼과信者의살은달은지도모른다. 그와一般으로, 가락지옷에입맛슨내

입살은, 그러한일을하지안는사람들의입살과달은는지도모른다. 며우이그腦없한맘로大地

물짓밟고, 풀과옷을짓늬이기를例事로하는, 所謂英雄들의입살과나의입살은, 確實히달음

것이다. 또달너야만할것이다.」

（옷）

法 衣

（橫濱印刷工場에서）

舜 月

방울갓흔　눈이
亂射의　視線이
瞬間에만　사는、筋劒업는　러쓸여
어리로　이리로　써더올제
나는、나는　外面한다。

아—
가엽슨　가즈머님!
젊은냄새에　주린　아씨님!
무엇을　보고십혀
나를、이　나를　체다보시오?

法　衣

七三

殘　塊

손 달닌 이웃이
하도 우스워서?

방송이가른 머리가
하도 보기시려서?

삼흥이는 소갓치
힘썩어리는 숨소래가
하도 듯기시려서?

屠場의 牛가른、愚鈍한 네눈이
하도 異常스러워서?

맥지럱것치 말는 쨈우에 썻친
광대색가、읍어나
보일가바서?

아―
보지다시오。보시지마르시요。

그러나

七四

- 618 -

보시는 것은 마음업소
보시는 것은 마음대로요.

하나, 하나

제발, 제발 갓가히 오지마라주시요.

그귀의 生氣잇는
그눈瞳子

나는 두려워하고, 북그러워하면서도
가슴에 微笑하며 刹那의 幸福을 맛보지만
그대의 주름진 어치러운
얼굴을 갓가히 볼쌔여
나는
失望하오. 원망하오.

信夫의「法衣」는 보고시프나
僧侶의 袈裟는 懺悔하지만

法 衣

七五

壇　上

法衣를　버슨
裸姿를　떼여노흔
그대는　모든
崇嚴과　敬虔을　세어서가구나。

日本詩壇의二大傾向 (一)

—附 寫象主義—

（一九二〇・一・二八・）

黃　錫　禹

七六

日本詩壇의 主潮는 一言으로 말하면　勿論口語詩의 自由詩運動이라 하겟다、 그러나 主潮
만여는 三水露風、 日夏耿之助를 비롯하며、 柳澤健、 四條八十北村初雄의 여러 靑年詩人의손
에 依하여 引導되는 象徵主義運動과 또는 比에 反抗하야나리난 鷹田正夫· 高田砕花加藤一夫·
白鳥省吾等의 民衆詩歌運動와 두큰 傾向이잇다나는 어것二個하야 나의아난바의 一端을 紹
畧히메프 더보러한다、 그러나 나는 不幸히이것들을紹介여供할만한材料의圖난書籍等을 遠方
여두엇슴으로 平素여 마음다엇던것것저되되지못함을遺憾으로안다、

一、日本象徵主義의詩歌에就하여

日本의象徵主義의詩歌는 「海潮音」의著者故上田敏博士와밋故岩野泡鳴、稻原有明等作家의손을것쳐三木露風의게依하여 비로소完成된者이니、日本에象徵主義의詩가영김은저우十數年前의일일다、日本에쉬처음으로이것을紹介한이는上田敏氏이니 그著「海潮音」은굼日本文壇에 伊太利、英吉利、獨逸、佛蘭西等西歐象徵詩를紹介한그嚆矢일다、西歐의象徵藝術의紹介에就하여 는岩野泡鳴氏의功績도적다할수업다、 泡鳴氏의作으로는「夕潮」「悲戀哀歌」「闇의盃盤」과갓흔것은 氏의代表作、그가장象徵的要素가豐富한作이라할것의泡鳴은 日本象徵詩史의有力한地位를占領한사람이라할겠다。

滴原有明은 로씻틔의感化를밧어 佛蘭西象徵詩에明와 처음으로 日本에象徵主義의專門的旗幟를셰운사람이니 氏는賞노日本象徵詩의第一期代表詩人이라할수잇다、氏의作에는「獨絃哀歌」「春鳥集」有明集等의詩集이잇다。

三木露風氏는有明氏의後에나려난詩人으로쉬一時官能派詩人의頭目北原白秋氏와口本詩壇二大家라並稱되던사람이니、日本新詩壇의金詩史의우로못허 氏의地位를찻음질진댄氏는日本詩壇의第三期代表詩人이라하겟고、또는象徵詩의우로보면第二期의代表詩人이라하겟다、氏의作에는「廢園」、「고적한새벽」「천손의獵人」「幻의田園」「良心」「自畵像」四

는 詩集과「그의 ㅁㄴ대 편」을 合한 詩風集이 잇다、氏의 이 여러 詩集中「천손의 獵人」、「幻의 田園」

과 갓흔은 氏의 그 가쟝派遠、幽玄한 象徵詩境을 代表한 作일다 此에 別노露風詩話란 者가 잇다

氏는 元來「未邪社」의 頭目으로서 多數한 弟子를 가졋섯다 그러나 지금은 詩作을 업고

흔히 童謠의 作과 二三文學雜誌의 募集詩選에 힘쓰여 잇다、氏의 門下로 보ㅎ허는 임이 만흔 有才

의 詩人을 내여 잇다、그中가쟝錚々한 사람은 近頃佛蘭西洋行설이 잇는 詩王同人柳澤健과 北

村初雄과 稻田史光等諸君일다、이들은 現今日本象徵詩壇―그 全詩壇에 업수히녁이지못할

勢力과 地位를 占領하여 잇다、

此外에 岡崎綺堂의 게 日詩象徵詩의 第三期代表詩人이라고이느며「帝國文學」에 紹

介된 日夏耿之助、荻原朔太郎의 두 大立物이 잇다

日夏耿之助는 元「假面」「詩人」等의 主宰者로서集詩「轉身의 頌」을가졋다、氏는 現在日

本詩壇에서 드ㄹ을 게보는 무서울만큼 高踏的、貴族的、古曲的인 敬虔한 强한魂의 所有者일

다、氏가「轉身의 頌」을내임에 及하여 荻原朔太郎은 氏를「日本커음의 眞象徵詩人」이라

고 激賞하여 잇다、山宮允氏도 氏의「轉身의 頌」을口角에 검ㅁ을쓰어위稱讚하고 잇다、氏의 著詩

荻原朔太郎은 三木露風氏의 攻學者로 一時日本詩壇에 勇名을떨치던 人이니 氏의作여

歌研究中에도 氏의 詩에 對한批評어 들어 잇다

는「달을짓는다」라는「詩集과詩의原理」와三木露風攻擊論文等이 잇다 當時野口米次郎、室生犀屋等오

氏는 一時三木露風氏派의 藝術을猛烈히攻擊하엿섯다

로하여곰말케하면 氏를或은日本의大天才라고하엿슬는지모르겟다、그러나 그當時氏의

詩想과感覺이比較的새롭고、銳傷하엿달슨이요 그詩境이라던지 技巧는 露風氏의거敬

百脈이나더러러저거위엇다。象徵主義란무엇이냐 象徵主義에就하여는 우리文壇에서도二三

의人이이것을紹介한일이잇섯다 그러나 그는모다한斷片的紹介에不過하엿다、日本에서

도아직 그主義곳象徵藝術에屬한幾個人을除한外에는 이것에對한正當한理解를가진사람이

쯨히업다하여도可하다、第一이것에關한學者의研究品은姑捨하고 그所謂專門詩人의論文

즛차도 옛個가가아니되며、우리는 이것이 日本有識階級의거얼마쯤等閑視되여잇느냐는

것을보드래도 이것이얼마큼難解의超東洋的의高級藝術임을미루어알겟다、朝鮮人으로서

아직어것을모른다는것을그다지허물삼을일이되지못한다、

日本詩壇여쓰도 이것이輸入된지十有餘年여 이것에關한研究로서는 거우露風詩話와

川路柳虹、山宮允等의二三의論文이일슴뿐일다、그러나露風詩話는 象徵詩話되기에는

우斷片的임으로 그안으로써는 이것이라고닐어낼者가업다、

그러나이三人中에는이것에가장學術的、比較的完全한研究를가진이는山宮允氏라

할것다 氏는元來來社同人으로詩歌 特히愛蘭詩歌의導攻者로象徵主義研究여造詣가적못

립흔人일다、氏의著譯物여는「現代英詩選」이잇즈의「善惡의觀念」詩文研究等이잇고、

詩의創作品으로는 만어야十篇內外가되것다 이詩에就하여는彼上田敏氏와酷似하다、

그럼으로 氏를詩人이람보면 詩歌學者或은詩歌鑑賞家라함이氏의게對한名稱이겟다、

日本詩壇의二大傾向

七九

그런대 氏는象徵主義에就하여 그著詩文研究中에左와갓치歸說하여 잇다

象徵主義는 西歐의發指에發源한者로쇠一部人士의게依하여 我國文壇에紹介된近代象

徵主義를일음이니 此에는廣狹二義가잇다

一、廣意의象徵主義

廣意의象徵主義는이것을知的象徵主義와情緒的象徵主義와에에大別한수잇다、

그런대 知的象徵主義를 二種에分하여一은「觀念띄는思想은을喚起하는知的象徵主義

로一은觀念띄는思想、共히情緒를喚起하는情緒的知的象徵主義로할수잇다、우리가單히象

徵主義라름으는近代象徵主義는 特히 이「情緖的象徵主義」及「情緖的知的象徵主義」

를가르킴일다、

一、知的象徵主義

知的象徵主義는 知的象徵과띄는知的象徵의結合에依하여 어느觀念、思想을表示하는

象徵主義이니 諷喩、寓話、譬話等은다이知的象徵主義에屬한者일다、佛蘭西象徵主義의

生起以前、곳近代象徵主義의發生以前에在하여이것이그主要한象徵主義이엇다、

近代象徵主義는 住々 이知的象徵主義와混同된다、象徵主義를 技巧的이라고 排斥하

는사람들、또는象徵作品을知的作爲의所產임으로 特殊한知識으로쇠하지안으면理解키어

럽다고 이것을忌避하는사람들은 大槪近代象徵主義를誤解한. 寫話、乃至 知的寫話

象徵主義와混同하엿다 그러나兩者는 明白히區別치안으면안된다 윈니암、쎌리크는兩者의

區別을唱道한近代最初의作家이엇다、彼의所謂「幻想」은이엇쓰(Vision)의布行하여

잇슴갓치、異色吾等의象徵主義와同一物일다、彼는此큰此次와갓치말하엿다「幻想은現

實에變함업시邪實存在하는者의表示일다、寫話와諷諭는「記憶의娘으로뭇어낫는者일다」

어엿쓰드繪畵의象徵이라名한論文「善惡의觀念」에獨逸의어느象徵藝術家의말을빌어

別을明白히하여와잇다、日「象徵主義는다른方法에依하여는到底完全히表現함을엇지못하는事物의

事物을表現하고、이것을理解함에는相當한本能을要할뿐일다、그런데諷諭의表現하는事物.

은다른方法에依함과同樣、쏘는그以上表現함을엇고 이것을理解함에는相當한知識을要한

「象徵主義는 實노어느不可見의本質의唯一의可能한表現、精神의본곳의周圍의透明한

푸일다、그런데諷諭는具體物或은人의熟知하는原理의種々可能한表示의一로어떤陰

影의斷片以上의觀念과連絡하면 諷諭作家、쏘는街學家의玩具가되여꼿滅亡할者일다」이

想像은안일다、쏘는啓示다、一은誤樂이다」又曰象徵은그曉忍하는情緖가知의우에떤진陰

들의말은知的象徵主義의性質을가쟝明確히說明한者이나 다시더緻密한科學的의의말노開者

의性質을列擧하여볼진댄知的象徵主義는

一、知뜨는妄想의所產인것、

一、항상內容으로로하는觀念、又는思想이잇고、作品의形式은그符號됨에不過함

日本詩壇의二大傾向

八一

膣 壁

尺二

一、形式과 內容되는 觀念、又는 思想과는 恒常點기分離됨

一、內容이 恒常主가되고、形式은 恒常輕微의 意味를 有함에 不過하고 具象性여乏함、

一、內容이되는 觀念思想을 把握하는점은여、鑑賞에際하여、審美的享樂을 妨하는 知、意 志의活働을要함、

一、藝術的 表現으로서 審美性及 必然性에 乏하여、純一、的確한 本質的 表現이 缺함이 不能함

二、情緒的、知的象徵主義

情緒的知的象徵主義는 어느觀念、思想 象徵되는 一群의 象記에依하여 表示하는點에 在하여 知的象徵主義와同一하다、그러나 具象性여富하고、次여벗프는「情緒的象徵主義」와함

이들의性質은「知的象徵主義」의作品 例컨대「伊蘇夫의寓話」「見와猫의니야기」「入大傳」「마-자의쇠」天路歷程」等에就하여이것을알수잇다「스펜사」의「神女王」도知的象徵主義의大抒事詩로그안의隨所여 사山敍述이잇슴에 不拘하고 그諷諭的結搆는 題著히

되本質的되는 藝術的 表現인点에 在하여 「知的象徵主義」와는달다、이것을表示하는象徵 곳形式은 單純한 知的象徵主義에在하여도觀念과思想을表示하나

知的象徵主義에在함과 갓치그作品의形式과內容 符際以上의 重要한 意味를 가쳐잇고、띄「知的象徵主義」에在함과 갓처그作品의形式과內容

을明瞭히 區別키어렵고、兩者渾融한 一體를이르어 鑑賞者의 기許하는者일다、內容卽形式、

形式卽內容. 兩者 서르떠나지 못할關係에 잇다, 따리그內容或는觀念과思想은 往々不確定하
여 明瞭意慾하여 잇다 古代의偉大한藝術作品에는 이 一情緖的知的 象徵主義 의例가 만히
잇다, 例컨댄, 엑스피아의「햄멧트」「리아王」, 괴테의「푸우쓰드」, 단데의「神曲」近
代文學으로는 입쎈, 메테트링크, 다르게오等의劇友小說의大部分은「情緖的知的象徵主
義」의作品일다, 옷「햄멧트」는薄倖한丁抹王子의描寫인同時에 一般의哲學的性格을
象徵하고「리아王」은洗李의世에잇드르王의歷史인同時에 詩人的性格을象徵하여잇고
또「뜨아우쓰드」는碩學괴아우쓰드의歷史되는同時에 人間의苦悶으로解祝에이르기까지
의象徵이며,「神曲」에쓰三界는다만中世의基督敎思想의再現에끈처지아니하고, 更히人生의
諸相의象徵으로써普通的意味를가저잇다, 普通社會劇이라고불더잇슴여브쎈의劇的 이잇
즈의神話傳說에서取材한神秘的象徵劇, 다는치오의小說도 다表現된非質이 限純한事實
여선퀴지아니하고 更히廣汎, 深刻한普通的인어노것을暗示한다, 此類의藝術作品은범위
單純한現實界의眞實이아니고한創造며, 신힘이고 우리의거多大의感動을주는者일다.

狹意의象徵主義

三, 情緖的約徵主義

이것은 音, 形, 色, 香, 味의象徵에依하여이느體의情緖, 氣分을喚起하는者일다, 이
와同一또는近似한心的狀態를喚想하는象徵又는象徵의結合에依하여이느心的狀態를表示하

日本詩壇의二大問問

入三

는바의象徵主義일다　이象徵主義는情緒를瞑思하는本來의性質노못허詩歌에쉬여잇다、마

라르며、쎄르펜、메―테르링크等佛蘭西、白義耳의象徵詩人의作品은大槪情緒的象徵主義　지금우리가

의作品일다、

이象徵主義는情緒的知的象徵主義共히近代象徵主義의本質을形成한者일다

象徵主義라고볼너잇는近代象徵主義의特質을列擧하건댄次와갓다

一、人또는想像의所産일다、但이에想像이람을洞察理想主義、幻覺等왼갓自然主義、論

理的論議、物質主義具體的科學的事實에反하는者、

一、內容으로하는觀念、思想、情緒氣分及形式은同樣의價値를有함、

一、形式과內容이分離되여잇지아니하고、二者渾融한二體들이르럿잇는것、

一、具象性에富함、

一、形式과內容과는渾融한一體를짓고、具象性에富하여잇슴으로써一知的象徵主義」에

在함과갓치、鑑賞에際하여審美的享樂을妨하는知、또는意志의活動은突치안는것

一、藝術的表現으로서가장審美性及必然性에富하며、邪物의純一的確한本質的發現인것

上記三種의象徵主義의關係는반다시除外的의이아니고、相關的됨을엇는다、쏫한作品의안

에는是等三種의象徵主義가들以上倂存하여잇는境遇가잇다、文學史上에在하여는特히彼

佛蘭西頹唐派詩人의創始에保안情緒氣分의象徵을目的으로한情緒的象徵主義를가르켜象徵

主義라한다、우리는이것여「知的情緒的象徵主義」를加하여　다시廣義의象徵主義를主

張한다

文學上의 象徵主義運動은 암 위 말함과 갓치 情緒的 象徵主義에 依한 佛蘭西頹廢派詩人의 가쌍
하여 創始된 것일다、 그러나 運動은 全歐洲에 波及하여、 那威의 입쎈、 伊太利의 따쑨쵀
오、 葡萄牙의 유지너오、 도、 카쓰토로의 一派西班牙의 作伯감사모르、 英吉利의 옛옛、 닷씰
씨몬쓰、 其他露西亞、 獨逸、 和蘭、白耳義等의 만흔 作家에 影響을 與하고、 更히 最近의 繪畵影
刻等의 造形美術 그 影響을 밧시울하고、 象徵主義의 種々複雜한 樣式이 生하여 왓다、 그러나 種
々雜多의 樣式이 잇스나 象徵主義의 作品은 모다 그 本質的、 精神的되는 點에 一致하여 잇다、 象
徵主義는 興體的 材料의 想像的 臨置에 依하여 本質을 暗示하고 「天國과 地獄의 結婚」곳 썰릭크
致의 大慾善娘은 體現코져 하는 努力일다、 쌔릭크의 所謂「砂粒의 안에 世界를 보며、 野花의 안에
天國을 보며、 掌中에 無限을 쥐며、 一時의 안에 永刧을 쥐는 想像的 藝術、 本質的 藝術이어야 말노
우리의 支持코져 하는 象徵主義의 藝術일다、

寫實主義와 自然主義가 恒常客觀을 重要視함에 反하여、 象徵主義는 圓著히 主觀的일다、
호뚜맨스타ー를이 그 詩社의 綱領에 在하여 「精神的藝術」을 唱道한것이나、 씨몬쓰가 文學上
의 象徵主義에 就하여 「文學을 靈化코져 하는 努力」이라 한것이나、 이엇섯가 本質의 唯一의 可
能한 表現精神의 불엇 의 周圍의 透明한 림구或「啓示」라 한것이 모다 象徵主義의 主觀的要素
를 指示하여說한 것에 不外하다、 이 意味에 在하여 象徵主義는 되 한 이것을 主觀主義、 精神主義라
불수 잇다」

日本詩壇의 二大傾向

八五

﹁것이 民의 ○○的 에 對한 ○○의 一端일다, 우리는 이것에 位하여 多少일망정 ○○○○主義

의무엇됨을 알게 되엇다. 그러나 日本誌詩 는 엇더한者인가 나는 이에日本의 ○○詩의 二

름을들어 評君의 吟味에 供하려한다,

解 雪 （譯詩）

시버글작이는 가슴버려 이럭케말하드다

（洪水의 룸）

비즉되 ○한눈（雪）

봄의 살（征矢）의 힘

一時에 오도다

보라, 시버글작이의 봄오는곳

그閣邸은 녹도다

그 心腸은

筋骨을 늘너 오르키면서 부르짓도다

（노래할거나나는

築靈잇는者의 지뛰는때

醉하엿거나나는
괴로움의 없짝로써)

이럿케시냇골작이는부르짓도다。

시냇골작이 외임은어린菊花의

그우에翎結의하눌걸니도다

얼마나곱고닭은

「힘힘」쓴어머니의눈으로써。

어머니의눈은이럿케말하도다

「어린菊花와、鈴蘭과

치(蚩)을

먼커神前여밧치라

그러나시냇골작이는울니도다

가슴과、머리와心臟과

(醉하여라、醉하여라、

남더라(遍)라、醉하여라、남더라、남더라)

日本詩流의二大傾向

八七

原題　赤　島　(有明)

발건까마구요、그텃치아느냐、

발건소리로우럿대요.

미치강의 女夫島.

룡춘島、尼島。

마음散亂한까마구가욜엇대요.

찬라잿沙쳐걸쳐고

멀건가마구가쏜엇슬때

細群의百合못이

푸더터회넘엇대요

상망상하고、실곳한

옷이엇다、和問그

야하문의邪法외가마구가뫼닷.

異國의까마구가울때
죽어쉬난「간난」이가 ㅅ도
쌜건소리로울엇떠요,

쌜건따마구의쌜건소리。
참쌀그럿치안으냐

忍　　獸　（日夏耿之助）

돌김흔언덕의이숩을밟어누르고　밟어들며
더오르는해를禮拜하는
벅은몸의沈獸한마음
해빗프른풀을黃金으로물드리고
까마구일홈떠고,　마음좃자輝燿하는아츰
몸은가을바람에불녀
마음은　强하고모진櫛木에걸니면쉬。

街　　憧　（白秋）

日本詩壇의二大傾向

八九

街　燈

이것은「街頭의 印像」이란 一節—

볼그스럼한 충수난코、 빈지를힘차게씻겨진나마、

바람마진임설의갓(帽)、 빗업시 여슬이는눈

무엇인지본다、 夕陽의 瞳子가려늣기는落日에

熱情의소래읍녀나는벽돌집이냐、 지랄하는거리냐。

보는동안에燒酒의거품、 북을거품쩌엇슨손、

그거리며、 櫛比한또국한집응피해여흐득어리고

구름쩐덧케혜踩하난태아달게馬車의무리는

밟피잇는곳을차지면서窓을넘어바라보다。

그窓에눈면老人호을노무진칼을갈며、

뜨는성어리뒤듣느든朱笑듭먹음고게집읍달버다、

다음에는귀먹은더굿난女僧은三味線을뜻는다、

그럿타고는하나 빗치여지랄하는거리는뜨술과노래여헛트러진舞蹈의行列、 밝굿 밝굿

淫狂읍씌며

馬車의뒤를보지도안코 趣味읍시노래하여념어지당

魂의 憧憬의 나라 　(山宮允)

어느 그러면 더 나갈가나

靈의 憧憬의 나라로,

밤과 낫의 키―쓰에

흐리는 生命의 歡喜에

黃昏의 瀕明의 안에

魂은 恒常 꿈꾸는 黃昏의 薄明,

젊은 女愒의 敬虔한 沈默과

七彩의 아즈랑이와 왼갓 幸福의 깃드린 나라

그곳에 魂은 고요히 날개를 벌녀, 萬物은 한갓

象徵의 精緻를 닷흐리라.

그곳은 自然의 정정된 歡待의 나라,

紅雀은 鈍銀으로 忧惚을 노태하고,

나무님은 프른 歡喜를 시적이고

路傍의 돌의 마음의 졸녀 눅는 歡喜는 넘치다.

日本詩壇의 二大傾向

九一

版 畵

아ㅅ 그러면 갈거나 貢作의 證明의 안영

質노光은 넘우 微妙하고

白日의 微存으로 귀먹어

秘密의 假做로 못어 絕命하려한다

그곳에 神秘는 氣做에 못열고, 面象이 행기피우워,

잡기어려우나, 確實한

生命에차다.

歎 息 （柳澤健）

맛봄성적은 버사랑에

달의 얼골 희멀금하여

쇠로울을때, 嘆息할때

희고, 붉은 구름을라고

멀니, 띄엄나는 가련다,

눈물에 커퍼 微笑하는

희멀금 한달의 얼골을 쏫츠며 ……

歌

꼬튼하늘、나려가는때、
아무것도업는안울、발근안울、
나려가는새、
나의마음。

(西條八十)

가도、가도、암만가도、
끗업는것츤들에
희멀금한꼿만피어잇고나
이런寂寞한길(旅)을
나는이뻐것한적이여 。

순적도라보니、나는
님의얼골의우틈
행방도업시헤매서。

天上縊死 (荻原朔 郎)

日本詩壇의二大傾向

九三

失 戀

먼밤어빗나는숯닙여
懺悔와눈물을흘니며
먼밤의하눌어힌
天上의숯나무여목을매고
天上의숯나무를그리워하여
所結하는模樣으로매달녓다。

永劫의힘　（岩野泡鳴）

애달다、하눌에별하나
그립다　그대는어대잇느냐、
합희물가에쉬손을잡고
그대의게言約한줄거움도
지금은셔힌夢幻!

그첫사랑의追憶은
커녁물결과함끠
그대의거울녀옴으나

九四

가슴엔떠담즛차엇구나
나는남의만혼따님,

또는稀罕한남의안해외게
사랑을보내여가슴복기는몸이로라,
사랑여야둘이잇스라
아々괴로움은永劫의힙일세라。

—— 흉評·多罪 ——

（以下次號續）

네 발 자 국 소 래　　步 星

屢々혼岩石　屍體듯시沈默하고,
枯木이술피엇는뜻업는瞭野여,
恐怖의밤은　地平線건너떠여서,
비발자국노래

九五

勝　地

죽음의 使者갓든,
神秘의 가마귀 써빗 압세우고,
검은 날기펴쳐치며 나를어 느리오네.

파리한가슴 흙어우슬웃쳐고,
검은눈여노 孤獨과懺悔의 눈물고이엿스니,
눈덤벙기든 별 빗갓쳐써러지고,
음쳐럼 희미한먼山들어,
悲哀여웃씨며 갓가어오네.

일나들이노　混亂한音響,
주日獅子의　웃노咆哮도갓고,
地軸을무시라노(碎),
苦悶의어우셩인가.
地球의心臟은　恐怖여뛰노니,
蒼穹이열고　갈나지랴하며,
神秘의다든門　열니여지며 엿보어니,

無限한 幽遠에 너가 溺解되며

화문들어 暗黑을 갈느고 갓가이와,
彷徨하노니 魂을 빗최라하며
너가슴여깁히굿친 무근거문고,
헛더진줄 다시끝나 울이여주니
寂寞한 枯林에 生命의 불어붓고
죽은듯한 沈思의 宮殿에,
그옥흔(幽) 北邙의 魂소리이러나네。

네발자욱소리 潺潺갓가이울際,
멈추엇던 별어다시 多調맛추어주낭
파리한 넋魂에감기엇던,
무쉬운 恨追의쇠사실에,
最後의 선술을 다흐니
고오어 자던죽음의 거문바다가,
늣업눈임을 열때

비발자욱소디

九七

懺悔의여순— 아々낡마음아,
殷懃의微動여사려지라하넘.

懺 壌

어느 小女

閔泰瑗

內外두食口밧거업난 孤獨한우리집에 새사물이난뒤로 사람사난듯한 活氣가 썽겻다

그러나 그半面에난 일스럽고 귀치안은 無數가생겻다 첫재 어린애는 울기물잘한다 배가곱허도웁고 오곰을싸드웁고 춥녀드웁고 가려워도웁고 무엇이던지 울음으로만 解決하고자하엿구 朝鮮사람의 弱處보다도 有力한騷擾를 하로에도 멧번式일으컷다 맛죄窩歲라는 두가지燈階에 여러가지 複雜한意思가 包含된 것처럼 어린애의 울음소리에도 希望과要求 不快와不平의 모든意思가 包含되여잇섯다

어린애의 生活은 極히單純하다 生長하는以外에난 慾望도업고 野心도업고 猜忌도

업고 親하도업다 담배를먹는것도안이요 슬음마시난것도안이며 戀愛가엇더하니 戀

面이엇더하니하난 건방진 수작도업다 그純한要求를 滿足케하기여도

하로여멋차려나 騷擾를일으키여 어른의注意를 喚起할必要가 잇난模樣이엇다

말로다表示하난騷擾난 根本問題여解決을쥬지안코 姑息的手段으로라도 一時鎭靜할

수가잇스며 慈悲와同情난 優美한表情이 안이크도 関應할길이잇다 그리나 어린여

의 울음으로表示하난騷擾난 그러치못하엿다 大慈大悲한 具情의流露가안니면 鎭靜할

道理가업스며 그러한外람으로 한번騷擾가 일어나면 엄마된사람 그身邊의 모든事

務를抛棄하고 騷擾鎭靜여 從事할수밧거업섯다

하로난 아침을짓난쌔여 뜨騷擾가 일어낫다 뜨의엄마난 행쥬치마여 손을씨스며

허둥지둥들어와서

「아참니 느쩌가난대 비가 뜨을어서 엇더케하니」

「여보쥬요 아침이느쩌서 어쩌케해요」

그난이모양으로 격졍을하면서 어린여를 가로안고쪗쑥지롤 불니더니 뚜한번 時

이번여난 씨거쉬지 졀졍을떨나왓다 나는아모말도안이하고 수方가쩍은 朝刊新聞

닭을죄다보면서

읍 보고 잇섯다

「디여보아둠 기집여하나 잇쉬야젼듸짓쉬요」

어느小女

九九

나는阿弟을하노라고　달래우럇하얏다

「어째여하나들가지고　쌈여들못하니　ㅇㅇ번하얏지」

그난　阿弟을앗음지라도　날때우하난것만　다형히되여난模樣으로

「꿈보시구료　혼자손여　어린애가잇스면　일이되여야지오」

「일은　무슨일을　그러한다구」

「별로하난일은업쇼도　爲先아첨밥이　느즈면　누가짓짓여오」

「나는짓짓될거엄쇼」

[그러끼요]

이면니닥어가　잇슴뒤로부터　우리집內大臣은　걸풋하면　예보기　必要論을主張하얏
다　나는그디따다　反對을하면서도　속마음요로난　亦是必要가잇난줄로承認하고　酒債
한俵補充을　듯보앗다,　그러나　京城에서난　아모리束하여도　일여맞난役요로　맛칠암
마린것이업섯다　果然은　시굴집여　片紙를하고　適當한것이잇스니　奇別하여달나고付
托하엿더니　못젊엿여答狀이오기를　맛침適當한것이　잇스니　달여갈터이며　떨어잇난
때로　다려가라고하얏다

그뒤로무여난　예보기問題가낫써마다　지집여의說樣을　像想하여보앗다
나이보다난　좀속성하고　무실수수하고지살긴　健康한少女을　송글수수하고　순직한少女을
像想하엿다　다름의마덤두려고디여　어딤여엄고　외청수수하난模樣게지도像想하여보

잇스며 우리內大臣도 亦是어떠가지로 像想을하면서 엇더한째여난

「엇떠나한것이 봅나는지」

하고 혼자적 평을한 난일도 잇섯다

그런난수에 맛침나는시 골집을 갈일이생겻다 問題되여보기를 슬여을擇습기 때○

왓다 나는길을떠낫떠여

「귀찬오시더라도 그기집여들 부되달이고오쉬요」

나는 이러한付托을밧엇다 뜨뉘 行裝속여나 十餘歲된女兒의 色옷이물어잇섯다

쇠골집여난 怒甲이지나신 나의嚴親과 나를發育하엿스며 나보다二十牛이나牛長되

난 맛兄嫂가잇다 나의살님을 三百餘里밧께쉬 周旋하더쥬고 걱정하여쥬

난 나외살님에對하야 그비들은 나보다도忠實한사람이다 그러한外닭으로 여보기를求하난떠여

도 나보다誠實하며 우리집여쉬 問題가된이만큼 問題된榜様가릿다

쇠골집여 들어가던날은 됴흘기도하엿고 반가온생각여 압흘쉬수 그럼니약이 뫼

던니약이 될못하하맛스나 그잇흔날食後여난 내가말을하기前여 내 맛兄嫂가 언뎌물엇다

「沓房님 요편片紙여 여보기말슴을하엿떠니 그동안 달니衆하엿쉬요」

「그떠면 이번여 달이고 가시겟쉬요?」

「아직 못衆하엿습니다」

「글쉬요 맛거란것이잇스면 달이고가지요」

어느小女

壻　擇

「요편에 잇다고 特別한것은 그동안 댑습이업기따문에 어떠로 밋며누리를갓쇠요 그
러치만은 그것안이따도 잇거난 뛰두엇이나잇쇠요」

「뭇찰式이나 돼것인따요」

「아롱산式된것인때 숨어리기 난하여도 간난에뭘업어 만하여요 잇다뿔나올려이니 仔
細히보시지요」

「잇다보자요」

우리姰家閨에 어떠한니 막이름 하고난지 얼마가안어피여, 숨뱄여나가엇노란즉 안
여긔下人이나왓다

「姰閨님 新聞들어웁시셰요」

들어가보투 쩌믠었난 따루맛때뙤거난 거찝에하나를 가리켜며

「姰閨님 이예보쇼요」

나는그것이 여보기候補者인줄을알엇다 자셔히쇠다본즉 마루맛때가 고게를소곳하
고 씌잇난그예난 동글납작한얼굴이 조끔파피하고 머리도가느다락하여쇠 모든것이좀
貧弱하기는하나, 두눈이셤수하고 얼굴여 더그뭄운긔운어잇쇠슈 좌슈하고 소견스때
워보엿다

「이예난 쒸찝예여요」

「저넘어 깁煩이라고 姰閨님 이왕여보셋겟지요 그陶成어甥姪女땁니다」

「늬父母가 잇나요」

「잇기는 잇서도 한三十里밧게산데요」

「이애를 달이고 갈라면 갈수가 잇슬가요ㅡ」

「글쎄 그것은 아직 壯談못하겟서요 · 늬外三寸을 불더러 물어보시지요ㅡ」

「쏙하나 잇다는것은 엇더해요」

「그것은 人物드나마 만못하고 몸도 좀더 잔작하지요」

「그런 적이여뎔룰어보지요」

이와가치 對答운하고 밤길을돌나쉬 舍廊으로나가랴고하다가 나는다씨들어쉬스종

試驗을하여 불絕倫이 낫다

「이애 비일슈이 무엇이냐」

「엄천이여요」

「엄천이! 이래엄천어더 날쌀어쉬쉬울가란」

서울간다는말에 好奇心이생겻던지 실쇠안이한모양오로상긋웃우스며 고개를푹숙엿다

鶴成이를 불너왓다 交涉호結果는 可否間 늬父母에게 물건보리라 對答하

고 혜생각에는 조흘듯하니 오늘늬父母안데뽈 단녀온다 고하엿다

鶴成이가 단더온結果에는 일이如意치못하엿다 인제는 조오나ㅣ판으나 그二ㆍ을

銓衡한수밧거업섯다 나는안으로 들어가며

어느小女

一〇三

「아주머니 엄쳐어는 뭍엿슴니다 뵈왓짜가 빠즛게안첫데요」

「그러면 슈업지요 어쩌대로 이여나달이고 가실가요」

이여타는어는 천말놀경이 사나윗다 쿨뚝띠가죄 샛갑안옷을 名色만큼처고 속감이 샛기가ᄎ 밀이덥버씨서 어틴여없업고씨슨 지금한창씨씨울방넘는 구경하는中이엇다 둥글고도큰눈은 遲鈍한다여도 두려워하는듯 警戒하는듯한氣色을씩우고좀씻한다마가 로가로顱骨 빗두려지고도 샛족한턱씽ᄉ한皮膚 아모리보아도 수수한구셕은 조금도엄 스며 얼끈金缸가 나이보다는 넘어보여씨 조금도 여뭅다운 어수룩한데가업섯다

「그것 이어데가사람갓슴니가」

「그것이 되시집여씨 각구어쥬지뭍안어씨 그모양이지 옷이나줌갈어입히면 그보다 는낫슴니다 그쳔안이라 고생사리를 하여보아씨 심부름식일상은 오히려 달은애들 보다 낫슴니다」

나는 시집이란답여 엄작빨낫구

「시집이란여 되것이시집사리를해요」

「그럼이요 되것이 되컨너씨는 大店이거로 밋며누리를 듬어왓다니다」

「當初여난 뉘살인데요」

「明敎이란이요 뉘살이지요」

「明敎이란이요 이압行廊에둘엇던明敎이씨라이여요」

「그러합니다」

나는 明敦이生각을하고 혼자微笑를禁치못하엿다 그胡강아지가튼얼골을 생각할써

어난 進化論의奇怪호作戱을 안이우슬수업섯다

「하수 그래요 엇전지열골이그럿터라……그럼이것이 狄奸이임니다그러」

「그러함니다」

나는 狄奸이의 어렷슬써가 생각낫다 벌거벗고 홀루셩이가되여 걸어단이던일과

동더리에 퍼런똥이박엿던일과 소리를길으면 고초먹은호께모양으로 쎙그리난것이우

수어쒸 각금소리를질으던일이 눈압해보이난것갓치 생각낫다

「믓수 明敦이것뜰은 엇떠케되엿서요」

「그것뜰 말안이지요 明敦이妻나죽고 明敦이난 의지가지가 엄겨되여쒸 어되로갓

난지 不知去處지요」

「엇지그模樣이 되엿서요」

나약이난엄길로 둘어쒸수明敦이거로 울머갓다 써兄嫂난 明敦이외 결단난니약이

를 하엿다

「죄것이 쒸살먹던해에 明敦이난혛妻를하고 홀아비쒸간사티로 그럭쩌럭지써가며

니 그태도 죄것이숙셩하여쒸 여섯살부터 조석을지여먹엇슴니다

「죄것이 여섯살부터 죄십을지엿서요」

어느小女

一〇五

나는정말끝낫다 첫재여섯살될것이 朝夕을지엿단말도 첨듯난말이여니와 적便수치
못난것이 남못한 난일을하고잇섯다 난것은 아죠奇蹟가치들녓다

「죠셕을 맛노란이 오작하엿겟습니가만은 그래도쫴어난 적
것슨식여朝夕도 엽여먹고 집드뢰고하더니 한번은 아모도업난동안에 적것이 솟곱작
탕을하다가 집여불음부쳐서 삼간금광을 다래워바리고 세간하나옷가지하나 못教하
엿지요」

「라옥지안은것어 别일이지요」

「다힝히 몸은바쳐나와서 라옥지난안이하엿스나 그지경이되고보닛가 근본아모것
업던여 살님을할수가 잇것쇠요 그럼쇠그모양어되엿시요」

나는 눈간해엇난 젓꾸이얼굴을쳐다보면쇠 이나약이 룸을를떼여 그것이사람으로보
어지안고 무슨妖物의幻生가치보엿다 그리고한便으로난그와가치 火겻뜰열오킨것이 차
라리偶然한顚序가치도생각하엿다

내군성난 이와가치 나약이룰 하고나서 그쌔의光景을 생각하난고양으로 찟꾸동
안무신생각을하하며나 한번함숨을 내쉬고 다시말을니엇다

「위엽하거든 산傷넘어달니고가쇠요 젓꾸이거 죠은일식히난심잡오시고」

「시부모난이잇나오」

「시부모名色이 잇스면 아모리구차하기로 젹慣桜어야하깃습닛가 大成어판것어 亦

是殺形의模倣으로부쑷父母하고 광대가엽쉬수 무슴 뎨四하여계와부죄잇난대 그사촌

동서라 난것이 나이드얼이고 人情이엽쉬수 쇠弱한것을 변이며이지도안코 쑷듣여

꿉이기만한담니다 쑬것기 브리광아잇키 가긴힘든일을다식이지요]

나는 문상한생각과 救濟하겟다는생각이둘엇다

[한번은엇뎌요 쪄것이 온롱얼끌여다가 피를뒤여쓰고 엉수울면서 집그로쫏겨왓

겟지요 그래서 그쇠닭울불더보닛가 물운것다가 동외를새흐렷다고 쳥수리를쎄려쉬

그모양이 되엿다고하겟지요 어란생각에도불은되고 엇지한수난엄스닛가 집으로쫏겨

왓쉬요 하도 쏨쎅상상하던것이라]

나는부지즁에 임을열엇다

[엇 고약한넌]

그리고 所用이야 되고간되고間에 救濟하난意味로 달여올決心을하엿다

내가시골집읍떠날 새에읍쉬丹이난 새옷을임고 쌀어나쉿다 그얼끌에난 희망의빗이

번뜩이고 無丹이듣드의 엄편이난 뭄어위하난얼끌로 멀니멀니가도록 바라보고잇난

것이 둘어다불따마다보엿다

馬丹이난 生後에쳠으로 汽恕을타보앗다 仁川港口의繁華한구경읍하엿다 이상하게

생긴배들어 수업시잇고 놉다라코뭇은집 인력거마챠 자던거奔走하게와다갓다하난 검

뎡사랑들 異常한구경이만헛다 無丹이눈은 奔走롭게굴으고 뎝단이걸음은 다조뎌되

더二小女

一〇七

夜話

여덜다

京域南大門驛에　到着한것은　저녁이엇다　남대문밧　넓은길에난　電氣燈이눈육갓고
數十채의人力車난　四方으로흣터저가난대　歐丹이난　賃俗한집을파고　그사이룰달음질
하여지나왓다　第一어둔골목　더일컥은　草家으로　들어왓다
歐丹이난　우리집食口가되엇다　그러나歐丹이난　말도업고　우습도업섯다　첨와쉬엇
첨은　보난것마다　자세히뭇엇다

「이나무난　어듸쉬묽어와요　이것은무엇이오　이것은갑시얼마여요　시꿀돈닷돈이면
쉬울돈으로　얼마여요」

이모양오로뭔엇다　그러나岡圀여잇난것을　대강안뒤에난　좀쳐럼말이업섯다　못난말
도　억지로한마듸되룩햇난것처럼　대답울하면　고만이엿다
한달집지난뒤로부터　큰건장수에게난　依例히사말이요　남의집하인에게난　공대물안
이하엿다　한번은가상쟝수와　차웅음을하엿다　얼굴아따라케질녀가지고　길여쉬둥구럿다
畢竟은　쮀所願대로하고말엇다
그임은　언퇴던지　바검이가치　색육하야　沈默을직히나　그눈은언퇴던지　불구술거
치굴너쉬　모든것을監視하고　모든것을警戒하엿다　맛쳐구녕밧글나오랴난　뒤군과가쳐
쉬울도별곳이안이라　亦是사람산곳인즐을　알거됨쉬여　사람이커난　人情업난것모
돈사람은　쮀룰賤待하고　쮀暠劉密하난것　비흑弱하고　찌금여對한忠實

허保護者는赤髮를쥐엇거얼라는 눈물과 괴긔 混亂어 가슴속에쇠 말을하난모양어엇다

「막쩌어」하고 불으난사람어엇스면 對答을하기前에 爲先그사람의얼굴부러 최다보앗다 그사람의눈치 그면혜잇난사람의 눈치쓰지도 非常한速度로 돌나보낫다그리고 그

辛地에늘난 고순丘켜複怜으로 등을요부리며 自沈의卑窟놀하며 그對答소리여난 不快한抵抗의빗을 믜웟다 萬一그사람한얼굴여 조치못한계色어일난되여는 두손으로 며리를부등켜안고 웅문어부러 되로벳엇다

나는 그러한擬樣을 보난역마다 一種의悲哀를늣기여 엇더케라린지 그꿈상한病的의習性을 矯正하고자함엇다 그原因이孤獨과割害에엇슴을알고 아모조록 溫情과寬大로쇠對한엇다 그러나 연끌여박인인習慣은 第二의天性어되여 容易히고쳐질것 갓지안엇다 六年間의北風寒雪어 어린가슴에지은깁은 到底히一年半年의 미지근한햇빗으로 죽을것갓지안엇다 慈母의뜨거운情과 國滿한家庭의 더운바람어 맛보업시불기前에난 永久히矯正될希望어업다고 落膽을한일도 멋번이엇다

어언간 歐羽이의 쉬울生涯도一年이지나갓다 그동안에 에늠은이라난罪名어병컷다 그는暴然음은이가랏다 人生의悲劇한半面만 經驗한少女난 入子조케八十을지면사람보다도 「人生은戰爭어라」난뜻을잘알며 그殘卒어난 援軍도업고埠病도업고 다만赤裸々한自身의 武裝으로만 지써컬수잇다난생각어 骨髓여걸히박엇다 그러한쒀금요로 즈막만한 少女의一身은 언퇴린지武裝戰鬪에잇스며 그가슴여집더잇는 一種의人生깂은

더二小女

一〇九

가상沈痛하고 其實하엿다 人生은 懺悔한것이다 一時라도 放心을 不許한다 웃나는쩌지

는 안라가운姿態로 繼續하여야된다 이것이 點心이의·人生觀이다

그러한써닭으로 點心이얼굴여는 춤처럼우슴이업다 或웃는일이잇슬지라도 그것은怛

快의우슴이안이오 開放의우슴이안이다 엇더한째여는 누구먼지 남을속여고 들어

쉬今웃는것가튼 邪氣滿々한우슴을 웃는일도잇섯다 쏘붓그럼이업다 더욱이 수집어

하는 붓그럼이업다

한번은 이러한일이 잇섯다 그는달밝고 바람선々한여름밤이엇다 내親舊의 N君이

와서 불을請하엿다 룸뼈오라는말여 룸내엔點心이는 밋쳐일음째 가업섯면지 저마룰

버슨채로 룸그뭇둔고나왓다 우슴소리룰죠와하는 N君은 爲先그것을發見하고 短杖

온둔어 궁둥이룰둑치며

[기집여가 이거무슨行짝이]

하고 嘲弄하엿다 그림나點枝이는 것딱도안이하엿다 아표못들은체하엿다

三光氏을當한代君은 운슙하엿다 그리고한참잇다가

[여보게 그것윤집여두고 엇더커지배나 사람이안이라 바로妖物일세]

나는 쇠꼽운우슴과가쳐 [왜]하고對答하엿다가

[웨가무엇야 지갑어한창무그럼음合여인데 일여어면 망신율하고 실긋도안는것이

사람인가]

띄이런한일이잇섯다 그해 가을찬바람이불씨여 무엇인지作罪를하고 최의아씨여게

썩지람을들엇다 아씨가 썩지람읍한곳혜

「어년 그럿케말읍안둔을러어먼 써눈압혜보지말고 나가거라」

이와갓치 소리를질넛다 그말씃혜 썺丹이는 정말나갓다 한時間이되여도 들어오

지안엇다 우리內外는 念願가되여서 搜索을시작하엿스나 도모지간곳어업섯다 한참

大搜索을한곳혜 偶然히본즉 썺丹이는 속것문을쓸너 억게여서지둘너쓰고 걸가어노

인 집차우에 누어잇섯다 조곰도걱정업시 숨숙여둘엇섯다 依支하는집여서 單獨一

身으로욻겨나는 恐怖보다는 엇더케던지 내몸은 處閒한다는自信의 압혼섯던모양이

엇다

나는그것을보고 참아썩짓지못하엿다 또참아썩지즐勇氣도업섯다

그뒤로부터는 썺丹이게對한態度를 고쳐보앗다 무슴일을하던지 放任하기로하엿다

爲先육쵸인마음을풀어쥬기爲하야 그리고 아모조록 近處에둘과交遊하게하엿다

그것도쳠여난 잘되지안이하엿다 비것씌것의觀念이 分明한點丹이난 맛나면저웃둘을한

엇다 그러나씃곱질을배웟다 숨박곱질을배웟다 그러한遊戲中여난 不知中어린에의氣

分이 물컷어쉬엄마큼國化가되난것가팃다 그의將來는아직未知理일다 뭇今點丹이는

웃묵여쇼티고안져쉬 둥글고큰눈을 微妙하게글닌다 아수悲劇의産物이어 (씃)

어느少女

一二一

스핑쓰 의 苦惱
（Sphinx）

億　生

風雨의 뒤외하늘여는 흰구름이 떠돌며 鮮明한닭음이 가득하다. 十九世紀末葉의暗
黑腐敗世의悲劇를 지낸뒤의 불란쓰의 어둠답은 藝術의옷은 새로운芳香을 보다더 漂
溢식혓다。이方面여對하야는 新思想이先驅가된것만큼 中心된것만큼 憂欝와暗潮가苦
한것만큼 그만큼한 보다더한참과굿참이 만앗다。

역토로, 우리以後의詩壇은 만흔變遷이잇섯스나 一八六六年여 高蹈派（Parnasism）의
第一詩集이 따리여서出現된뒤의 二十年동안八一八六六—一八八五）의 불란쓰詩壇여서는
高蹈派의信條가權威的이엿다。그들의信條는 感情, 思慮을痩殺하고의寫實이며 自我를
制御하고의 冷情한客觀美의重視, 無感（impassibilite）여엿다。그리하고 이派의功德으로
는 詩形의絕對的完美, 技巧와最高極致이며 詩歌의音樂, 彫刻의美를 다한것이엿다。
Leconte de lisle（一八一八—九四）와 Francois coppie（一八四二—一九〇八）와 그잇겨
Jose-maria de Heredia（一八四二—一九〇五）와一역詩人의 구슬것을 어둠답은詩簡
는 高蹈派의永久한紀念品이다。

뛰를렌（Paul-verlaine）, 다큐마르메（Mal'arme unharm'e）', 위', 위리에（Villiers de lisle-adam.）

들 詩人의 高踏派에 對한 反對運動이 생긴것다 이리하야 一八八五年에 高踏派의 勢力은 一「데

카단스」라 하는 새 洗禮를 밧은 一派로 말미암아쉬 세여젓다、 뿐거 「데카단스」라 하

는 名稱의 由來를 말하면 로마帝國의 文化의 黃金時代를 지낸뒤의 十一世紀을하야 「Decadence、

向、思想의 暗潮、沒理想、非道德的民心、懷疑、悶苦의 時代를 가르치史家가 「Decadence、이

名稱를 가지고 攻擊하엿다。 이리하야 데카단스라는 이름을 엇게되는데、近代生活안에

世紀末的(二??）思想속에 一貫되는、또는 여러가지의 心情의 心理를 「데카단스」

라하는 한마되에 다하엿다。 웨 近代思潮가 消極的絶望의 暗黑、悲愁、不安、動搖、紛

想、또는 疲勞를 가지게됨는가 하는 質問에는、簡單한 解答으로는 말하기어렵다、만은

自然科學의 進步에 살아나오는 現實과 理想과의 衝突、信仰과 幻影과의 消滅、激烈한 生存競爭、

이밧게 여러가지의 原因이 잇을것이다、만은 여긔에는 그詳細를 다하려하지아니한

다、實로十九世紀의 모든것은 暗淵속에 잠기여잇섯다。文藝─아니、藝術은 時代의反映

이다 그러면 데카단스文壇의 그럿캐되기에 엇지할수업섯슴을 알것이다。

한데 데카단스涙여쉬 얼마아니하야 「삼볼리스트」(Symbolist)가 생겻고 삼볼리

스트에쉬 「쎄르 립리스트」(Vers libriste) 가 생겻다。「데카단스」라든가、「삼볼리스

트」라든가、「쎄르 립리스트」라든가 하는것을 同一視하기도한다。이러한意味에쉬 나

는 그들의 모든것을 가르쳐、「데카단스」의 詩歌라고하고 말하랴 한다。

려 외류 뉴말 Les Fleurs du mal (惡의 꽃)의 著者인 샤르르、 뽀드레르(Charles Baudelaire)

외近代文學에 貢獻한힘은 컷것다、 이點에對하야의 뽀드레르의 地位는 「로만티큐」

(Romantique) 의最后者와 近代神秘象徵派의 先驅者며、살아 쉬 始祖엿다、

近代未来者와 第一人이엇다、 그것른여여 近代神秘象徵派의 先驅者며、살아 쉬 始祖엿다、

「새붐은恐怖의 創造者」엇다、「神聖한詩人」이엇다。 近代(유롬)의 詩人 안이、 全世界의

近代的詩人은 直接으로間接으로 그의思想에――! 燗惶한文化의 쯧어 한엇、 피어 그花

粹을쁘리고 바람도업는괴의 微光에 쩌러질가하는思惱피아 룡답은疲勞、頹廢、밝

음도어두움도안인陰闇、 懲然、脈世、不安의恐懼를가진思想에한길가처 새洗禮를밧아다

洗禮업는者라야藝術의門을두다릴資格이잇다。엇더한것이(쩌카단스)인가? (여르비스

로 누난) 은「손가락을하느어린아히」라하며 (아나룰뜨란쓰)는 「銳敏한病者」라고도 한

神經過敏의犧牲者며 腎慾心가득한洛陽의酒徒인 (쩌카단쓰)는 좀더죠흔말을쓰면、(삽

(Philistine) 따가저人生을 것거引導하려는熱誠의所有者다。 英國流의만은 뺄니쓰

틴 (Philistine) 따가저人生을 것거引導하려는熱誠의所有者다。

讀者여、 滋味롭으면서도迷惑을밧는 (막쓰노르따우)의「젓쇠」 과 人生을邪路로잇고

는非論理的審籍인(반쓰뜸손)의 French Portraits 를넘어 그맙지못한迷惑의邪化와偏見的

悅疑에同感을밧은讀者여、 그대들은 하로밧비 그同感을발여라、(쩌카단쓰)는 사람과

물건과함세살아가는陰鬱에 죽을수도업는 또는、遯亡하라도遯亡할수업는悲哀가가득한

그들의 가슴을 무엇으로보느냐 · 무엇인줄로생각하느냐

(떼카단쓰)는 支那式의 隱士的沈靜과는달르다。 그들에게는 高遠한理想、 現實世界

의名利가 한갓쓸쓸한幻影에지나지못한다。 그들은 넘어도倦怠하엿다 刹那刹那의自己

를 한갓속기려고 모든人工을더하엿다

芳香에 모든人工的醉를주는刺戟에 愛愁들늬그라고한다。 그러나 딸쎄의悲痛은、 如干이

안이엿다。 歡樂뒤의寂寞、 沈痛인落葉凋落의悲壯美에 가슴을압히지안이할수업는心情、 이現

疲勞、 頹廢는 언제든지그들을 바리지안엇다。 果然그들은 非道義的人物이엿다、 이現

俗世界의生活에 견대지못할만큼 그만큼할陽한사람이엿다。 偉人이안이고 弱하고힘업

는凡人이엿다。 그들은 흔、 하나님을무서워하며 罪惡을뉘우첫다。

德義라는障壁을넘어가쇠는 非凡의境界여아득이엿다。 狂醉、逆樂、 그것은夢醉

病者기 恍惚狀態에쇠 모든것을하는것과가치、 그들은 熱情여딸아 無意識여行

動하엿다。 그러나 狂醉、逆樂、虛僞의 모든心情을 肯定할수잇을만큼 그들의맘은健

强하지못하엿다。 그들의 뉘웃는그쌔의맘은 딱가노흔거울과가치맑앗엇다。 惡德은 그림

자조차업섯다。 그들의맘은 陶醉의쌔에벗나는것이안이오 醒醒의그쌔여 하나님을본다

쌔는맘 -!그쌔여그들의맘은산다 그들의心情을 善과惡、美와醜、 하나님과

惡魔、 뒤름과즐거움、 現實과理想、 사랑과미움、 無限과有限、 肯定과否定

독하엿다 音響、色彩、芳香、形象 --- 이것들은 그들의맘을 無限界로잇딸어가는것임

(압산트)와 (하쉬쉬)의 强烈한刺戟을주는

이것들은 그들이가

스밍쓰의 苦悶

一二五

一一六

어안여고 그들自身의 없어며 그가흘러버러乾燥이잇다。春의對照로의眞、眞의對照로의春

도안인絶對善를 그들은 안지안이하고求하얏다。屍體를벗기고기안하고는 어떠어찌울

불수가업섯다。싸움의단글거움을주는 愛人의고흔눈을 무덤안에서 썩어퇴가는屍體와 血

빗업는집은눈을 想像하지안코는 볼수가업섯다。어띠하야 하나님을求하다가惡魔를엇섯다

溫의弟子가안이될수업섯다。쑴을엇으려다가惡을엇섯다、하나님을求하다가惡魔를엇섯다

生의歡樂을엇으、려다기죽음의恐怖를엇섯다。그들은 人生의根底에숨어잇는 큰矛盾여은

지안코괴울워하잇다。어띠하야 그들悲哀는 仙人的으만리스트와가흔 맛물을歡樂이엇섯다。이

諧的의悲哀가안인 神經의苦惱여쒸오는、쏘는人生의根底여쒸오는 모든不隱은한脫와惡을 노머

하엿다。'그들의詩는 모든것을엇으리라가 못엇은것의絶望的부르직임여 지나지안는다

革膜으로잇는 어떠다회의씨른우롬소리、걸을일코아두리는不安의부르직임、傷作의어두

운안여쒸 혼자셔도는小鳥의 여닯은소리와가른늣감이 가득하다。그들은 점점로詩人

的의詩人이다。넘어도날카로운神經을 鎭定식히기爲하야는 醉하라드醉하여지지안는맘을

抑止로醉케하기爲하야는 모든丞져못한酒酲으로 겨우감을醉케하얏다。精神과神經은

醫院한境界를 自己의炎의樂園으로삼음여만큼 그만큼그들의神經은 銳敏하며 그만큼

한銳敏한境界를 불피로워함잇다。이러한心情의麻醉藥의制禦여러니 그들의信仰의

異常한銳敏은 그들의거 熱情의詩라함보다 神經의詩、쏘는情調의詩를쓰거하잇다。

象徵主義란무엇이냐？象徵派詩人들은 잠기어려운、理解를뛰여나는 神秘的解答을우

리여게提供한다、마는 記述을마라、다만神秘로운暗示」 그것인듯하다。象徵은 神秘

의換道타고 도생구합수잇다。(메르펜) 以後의 이派의暗示를 完成식헛다하는 (스테판

다。(物件을가르쳐 分明히어려디러리한다함은 有名한說明을 듯는것어 바른길일듯하

곰식조곰식 推想하여가는데 비르소 詩味가 생긴다。暗示라함은 곳幻想이

다。) 또다못사람의합을드리면 눈에보이는世界와 눈여보이지안어하는世界 物質과靈

界、無限과有限을 相通식히는 媒介者가 象徵이라한다、暗示라한다、神秘라한다。그

러기쩌문에 「難解의詩」라는쑤지람을 밧는다。(따라르며) 와가튼詩人은 (詩歌어는 한

드시 象徵語가잇어야한다。象徵詩派의特色은 意味여잇지안이하고言語여

잇다。다치말하면 音樂과갓치、神經에닷치는音樂의刺戟 그것이詩歌이다。그리기어

이點여쒸는(官能의藝術)이다。刹那刹那에刺戟되는、感動되는情調의音律그自身어象徵派

의詩歌어기써문에 自然(떄心)이될수업다。(메르덴)의有名한(作詩法)의主張이

그것이다。(아르튜르、람보)의 (母音詩)와가튼것은 音樂的章句이며 同時어象徵派詩의

極致이다。(아르튜르、람보)의 母音詩를보자

A는黑色、E는白色、I는赤色、U는綠色 O는藍色인母音이여、

나는 한번은 너희의숨어잇는 源本을말하리라、

一一七

燈塔

一二八

ㅅ은 빗나는파리의 입후셩이 인걸은뽀르깃를
그리른 寢臺한속엣를 남더버리려나,

暗澹과그림자려라,
곱흔어름쯧이의椸, 白玉, 散形花의얏烈,
ㅣ는쌩손, 엽어나는듸, 곱ㅅ입수의웃슘인

怡惚 쩌는 怡惚의熱情
ㅣ는 别辭, 浩海의神彩산씃彩,
勁物을치는枝檣의手腕, 주룸의手腕,
그것은鎂企얏의孚落의큰나다여막은것이려라。
○는奇蹟과부르짓솝여찬氚上의小嘲吠,
髵욤은世界와天使와의通微하여라,

ㅣ는 오며서나가 그두눈의茫色의빗! (原文省略)

이와깃뿐것은 誇人의詩神通故으로생기는 病的現象이며, 官能의交錯이다。베르렌의
一가을의노래」와 「깊色의달」과깃튼것은 가장잘 音樂的方面을表現한것이다。다아, 베
르렌―落葉가튼 그의生涯의限업는 源泪에 人生의眞味가 그득히빗난다。그의一生은웁
의一生이엇다。모드리므로하야금 하쉬퀴를 먹기에 엇지홀수업거한新刺激에對한뜻
치안는怳惚은 茶선그리된오르하야금 酒店에쉬㐂却을求하거한멋다, 그는 알산트룔어

시고 저우싱中의 苦悶을 作酌케하엿다。그근말을 益化식히는 힘을 所有하엿구、잇는듯업는

듯한 유니안쓰、曲折잇는 다치면떠여칠듯한 語句、흘너가는쓸과갓튼、브드

답고、끈념업는 詩句를엿다、그의 詩句는 삶々힘엽시부는 微風의소리、달밤의어두운곳어

쉬 빗기여나는 간으론浩然、바람여 갈니는비단의소리、와 갓튼늦김을 주며、그同

지아니한배암과갓치 忌물을感動식 름을感觉의소리、苦痛에 밤피운늦이 아즉쪽

時여純質한맘의 늦물을感激의소리、무서워쩌는도양을・생각하게하는듯한呻吟과갓튼늦김

어릿다。苦痛은 그에게 悔恨을주며、浣樂은 그어게贖罪식히며、歡喜는 그여게悲

弱과怨望을 주엇다。그의本性은恐怖에躍動되야、所願여淨化되며・罪惡、德義에、巨大

그의魂은 꿈오짓고는하멋다。그는肉의사람인 그것뿐여에 썼의크라이스트엿다。寬

한 어떤다른은詩人으로 人性의幽面을 不锈의益的言語를가지고 느례하엿다。

目由詩는누구가發明하엿나? 유투 라쁘르게가 筋造쉬 가쇠왓구、歷력、소리끈이

탐보가 散文詩어쉬發明하엿다。・쮸톡 라쁘르게가 發明하엿다、

알르、퐈잇듸만의作品을 疑評달써여 가쇠왓다、마리어、크리신스카가發明하엿다、

구스타쁘、만은自己가發明하엿다、하는 어려말이잇다、만은 엇지하엿으나、象徵派詩

歌여特徵일恨值잇슴은 勿論인바、在來의詩形과規定을無視하고 自由自在로 思想의微

眼붓산으러하는 ……다시말하면本夾라던가 押韻이라던가를 重視하지안이하고 모든制

約、有形的律格을바리고 做柎한言語의音樂으로 直接、詩人의內部生命을表現하라그근엇

스핑쓰의 苦憫

二一九

感 想

文詩다。

自由詩

(안리、떼、러비)는(詩의音律만 아릅답다오면 行字數는的保업다)。 쓰지하엿다。 본떼
十七世紀부러 잇섯다。高踏派에對한 象徵派의 反抗運動이 니러난것도 詩形、押
韻의 無視(過重視?)하는데서 由來가 되엿다。여러말을 許費말고 必要업시 過去의 모든 形式을
打破하려는 近代歌俗의 思惟的特色이 詩人의 內部生命의 要求에 딸아 無形的되거하엿
다하는 한마듸면 그만이다 여게、近代의 音樂、繪畵가 詩歌에준 感化를 말하야하겟다
象徵派가 (모데라라연니스트)와 色彩에 固化된것은 分明한事實인바 만일 繪畵와 詩歌
가 交涉됨이업다하면 그것은詩歌도 繪畵도안이다。書家면서 詩人이며(와 ㅅ 머 ㄹ)은 作品後에欲 지어내인
色인것은 前이말할것이다。(또 잇서) ㅅ라는 象徵派 詩의特
엿다。더욱(와 ㅅ 머 ㄹ)은 音樂과 詩歌와의神秘的戀娼을 奇怪、奇別한假想예서 지어내여
象徵派의先驅者리고도 할만하다。音樂에 發輝한假術을 그대로 모든藝術에順應식히려
하엿다、그效力은 低大하야 繪畵와 그박게外形醫術에對한모든것을 音樂으로옴기기하엿
다。詩人에는 音樂的表情을 그作品에表現식혀 音樂의주는것과 가튼印像을주게하려
는 새傾向이생것고、畵家에는 線과色彩와의 音樂的調和를 때硏究에表現하기가하는엿다
듯는사람은 超味、調和、鮮明을보는맛게 音樂이나타내이는 色彩의美에醉하야 삽으
라도잡을수업는彩影의 새世界에 誘入되면、(마라르메)의 詩가 卽이러한다。秩序로排
列된言語의 表題代身응 暗示와파列作의 그目身의세어 驚異의色彩와 線과의美가잇다。

어찌하여스나　音樂처름　進步된藝術은업서　모든表現의自然的媒介者는　音樂맛ㅅ거업다

有形詩를바라고無形詩로간　像微派詩歌는　音樂과가치　稀微한辰旋을　가지ㅅ거이ㅅ다。

이点에對하야　떼카단스의始祖　(샏드려르)의　(뉴르젤、芳香　色彩는一致한다)　하는말

음吟味하면　吟味할사록　近代的藝術의傾向을　믈으는동안에　쩡각하는거이된다。

하쉬서의芳香은　如前히　바람에　떠돈다。願하건뒌邃逸한썽각으로　그들의神翠한詩

를 떠럽피지말아라。

一九二0、六、一四、
於漢城南山寫忠

想　餘

五月十日저지의原稿締切이　同月二十五日로、또다시、六月五日、또한번데、六月十五
日、로延期되어ㅅ다。오늘은六月十四日、비오는날이다、오래동안　延期에延期를　거듭한
우리「廢墟」는첫소리를　써거되어ㅅ다。혼히말하는　一出生의苦憤」이라는뜻을　이번에經驗
하여ㅅ다。圓滿한出生이　되지못함을　부쇠럽어하지아늘수업다、그러나마　이대로、이러
한것을　몬저世上에　보내지아니할수는업다、우리同人들은　다多忙한가운데　이ㅅ다、그
가운데　時間의制束을　만히밧지아니하는사람도　이ㅅ나、이번여는　엇더케되야　그런

想　餘

一三一

- 665 -

지는 口나으, 亦是 갓든「多亇의 運命」을 맛난다。

이러케 모하놋코불써여 적은나마, 우리의먼질의 첫거름임을 깁거생각하며, 갓

튼뷔여 먼地平線우여휜질여 쇠희길로, 니여나간길ー우리의길을 만은希望과 다사한옷

음음가지고, 바라보지안음수업다。

우리의同人의 이름은 이러하다(가나다차레)

金 相回　　南宮

金永煥　　　延邀瑁　　　閔泰瑗

金玌水　　　延尚愛　　　尹相浹

金元周　　　李丙燾　　　洪鋸禹

새時代가 왓다。새사람의물오직임이 니러난다, 돌어라, 여긔여한 물오직임과, 커긔여

한 물으직음이니러나지안눈는가。나죵여우리의물오직임이 울어낫다。새思想과 새感情여

살랴고 하는 우리의 적은물오직임이나마, 쉴쉴한오랜暗黑의긴밤의빗이 黎明의첫볏아려

여썼지려할때, 오라는 다사한日光을 웃음으로 마즈며 그첫소리물冷冷한 뷘들우여노앗

다。그첫소리의크고 크지못함은 부르직임 되는그自身은 물은다, 다만 다음여 오는反響

여엇더한것으로 맘다암아써, 알것쉰이다。여긔여 적긔어니러난 물오직임 가운데는 엇

더한물은직임은 넷날의 禮言者것과 도갓트며, 엇던물은직임은 中世의英雄式것과도

갓트며, 또 엇던 물오직임은 溫和한어린羊의 소리와도갓다, 우리의물오직임은엇더한

것과 갓을 소리임을 물은다, 또한 알랴고 도하 지어나간다. 다만, 엇더 한흘으적임어

낙, 그무슴이 오려고, 먼길의흘흔한, 힘을 빌면, 다갓쳐손잡고, 새눈으로

보자하는 것이다. 그리하야 우리의 것흘은「煩惱」여새싹을 심어, 쎠, 새옷을 띠우기

하고 한길갓최芳香을 맘껏 마라보자하는 것이다. 우리들은 決断코 責임하고아떠

괴 넘어가랴는 벗만은 반라보며, 가이업는 追悼의 心情을가지고 무덤의우여 쎠쎠

돌아오지못할넷날을 보라고하야 애닯아할것이 아니고, 언지本우여 보이는 새記錄을

지음암엇일을 생각하여야한다. 날근부데여 새술을 엇지 니줄미우이잇으며, 새무데

여 날근줄을 더폴찰못이 엇지 잇쎠쎠야 될수잇스랴.

人類의인歷史를「그물은 낫다, 그들은 리흘윗다. 그리하고 그들은 죽엇다」한

다. 그 괴믚은 가데쎠 우리의 새힘과 새함이 잇쎠야할것이다, 이는 우리의 生命어

며, 우리의 向上이다. 누구라쉬 生命을 拒否하며 누구쉬向上을잘못이락하랴, 밋오

러한다. 다만 우리의 하지안을수업는것이잇으며, 우리의 새맘과 새異理가 새의흘

결여알어쉬반듯시 잇쎠야할것을 엇쎠지 밋오러한다.

어둔운希望을 누구가 그대로 두며, 욜부짓은 또했을 누구가 지어바리랴. 아아

그것은 不安滅과 絶을뜻하지안는가.

우리의걸음이 이여 비롯하엿다 넘어피지도아니하고, 걸으러한다. 또한 것을떼여

달아나라고도한다. 아가뤼이운愚哭의날벗은우리의우여쉬 우리의안걸음, 비칙인다.

思錄

三二一

어려움에 여념없은 붓오잇슴며、 빗나든날빗은어두어지고 먼곳에쉬는 그윽한鐘소리가 들인다. 싸쥬움의흰길은 문득 흐려지려한다。 그러나 보여라 함잇게 점은라하지안는가。（晩 生）

○

이번創刊號는 岸曙君과 나와들어 編輯하얏다、 나는이雜誌를世上에내보내는때는넘우큰 붓그럼과不安을늣긴다、 이雜誌를世上에내는내보내는떼同人中의一人되는나는맛치엄분박 고젹의못생긴계집어떳人여어떤사나희둠의알품나가는것갓다、 그러나醜女의꺼는世上 의더럽은戀慾어容易히싸저넘어지지안는强한意志가잇다。 이럿케말하면다른同人은怒하 실듯도하다、 그러나나는薄命의美人보럼、長命의醜女가됨을願한다。 그럿타수々、나 는世人의압헤阿諛하여들복직은한귀염을밧는것보럼、다만그이안테ㅣ그비들이情써미가 떠러질만큼ㅡ오래사려보려하다、나는또한이雜誌를通하여、世界人類의압헤쉬도質朴한 意志、人間답은거짓업는、우리의얼골과갓혼强한感情은가시고싶녀한다、蕃美보럼質朴 에、物質보럼心에、都合의燦爛한文明보럼、田鄕의고젹한自然여살며한다、아수진실노 우리의깃드려잇는世外는그야말노한근感地일다、우리는이우영쇠윈것스人類로못허超然하 여、한長命의强한感志、거짓업는醇白한참感情을가진人間으로쇠、우리의얼노、다리로우리 의永遠히살世界를쉬우려한다、우리는왼갓虛僞、軟弱、不自然과血眼하여나나컨된일다（晩）

모든것이생겨나 근 地球우에、 새로「廢墟」가생겨낫다。「廢墟」가太陽밋해 그 存在를 始作하
거되엿다。

宇宙間여 存在한 物種인 物種치고、 目的겁시 存在한무엇이 잇슬가。 한마리버러지도、 무슨目
的이 잇서서 存在한것이오、 한줄기풀닙도、 무슨目的이 잇서서 存在한것이다。「廢墟」가太陽

밋해그存在를始作한것도、 亦是무슨目的이 잇는外닭이다。

保爛無雙하던宮殿城郭이、 이제는자최즉차업서젓고나。 쓸쓸하고구슬프기짝이업는이「빈터!·□□□生活할수가업다。 우리는살기爲하야、 우

바람곳차 죽엇고나。

그릿치안코모生活을繼續하려면、 이「빈터」따로는 □□□□建設하고、 무엇을復活하고、 무엇을

리의欲望을滿足하기爲하야、

移植하지안으면아니되겟다。「廢墟」의目的은곳여긔여잇다。 이것이곳「廢墟」가그存在를太

□밋해始作한外닭이다。

○

흙이여기음저럭、

풀이여싹나거라、

廢墟의。

廢墟

흣치여픠거라、

勝 負

딸떼여멋거라,
젔던자…

나뛰여줄후거라,
더여우숨웃거라,
웃었던와서…

웃었던거라。

시뻐여열웃거라,
고기여뒤빤거라,
웃었던의。

黑色아웃더저라,
春園아슬날내라。
그리하여,
모든것이 太陽밋데成長하여라。
그리하여,
花園가緊하여 花園이되여라。

그리하여、
우리도 世界藝苑을 構成하는 一部分이 되려라。

○

「廢墟」는 同人組織의 雜誌다、 同人十數三人이 經營하여 가는 雜誌다。 그러나、 우리 同人들만의 雜誌는아니다。 同人들의 雜誌인것은 分明한 事實이다。 우리 朝鮮人의 雜誌다。 우리 朝鮮人의 雜誌되는 同時여、 全人類의 雜誌다 우리 同人들의 雜誌되는 同時여、 우리 朝鮮人의 雜誌다

兄弟姉妹여、 날도라면 소리치지말라、「廢墟」는우리 朝鮮의 藝苑을 開拓하기爲하여 産出한것이아닌가。 우리가 荒凉落寞한 朝鮮의 藝苑을 開拓하여、 거의草木없을建設하고그復活하고 移植하여、 百花爛漫한 花園을 만드러노면、 그것이곳世界藝苑의 內容、 外觀을 더豊富(?)게 하는것이아닌가。 우리 同人의 事業이다만 同人외것을말앗아니오、 곳朝鮮을爲하는것이며、 世界를爲하는것이되는것이다。

○

兄弟姉妹여、 窓前의 落水를、 다만한방울의 落水로만보지말라、 도되여 大海에通하는것임을쎄다르라。

兄弟姉妹여、 山花가뎌여떠러저、 고요히소리가업슬지라도、 이宇宙의 秩序가어질어진것임을쎄다르라。

天變地異와한가지로、 亦是宇宙의 秩序임을쎄다르라。

兄弟姉妹여、 刹那의 心胸은萬古의 心胸이오、 一人의 感奧은天下의 感奧임을쎄다르라。

一二七

비록微力한우리十數三人이經營하는「雜誌」일망정、그影響하는바가큰것은세다르라。

「廢墟」가地球에여생겨난것을、太陽잇서그存在를始한作것을、汎然히생각지맙시다。

○

「廢墟」야、너는얼마동안民族的으로成長하여가거라、그러나將來에는世界的으로活躍하여라。

世界的으로活躍하여는、우리의努力與否가問題가되다。無虎洞中狸作虎로、조고만天地

여쉬할내지마라、어찌우여쉬할거지지지마라。부지럽시詩人然 大家然 天才然하지마라。

모든것을低級할熱症를가지고홀것치쉬努力하여라。그리하면、世界에써노어도붓그럽지어니

말무엇을쏘다노크라。그리하면、우리는世界에업지못할우리가되며、조차쉬、世界의사랑을잇글게될것이다。全人類에게感謝를밧

○

「廢墟」라는題目은、福逸詩人실데르의、

以것은滅하고、時代는變하엿다、

내生命은廢墟로부터온다。

는詩句여쉬取한것이다。

○

「廢墟」發行여關한모든費用은、賣金書館主人高敬相君이全部出金하기로하엿다。「廢墟」

가 比較的 安奏된것은, 全鮮DO君의 好意를 힘은 까닭어다。 우리 朝鮮社會여, 高君과 갓흔事

業家가 잇는것은, 우리의 名譽오뜨 幸福이다。 우리 同人이君여게 感謝를둠은 勿論이어니와

讀者諸君도君여게 깁히感謝하시기를 바람니다。

願컨대君의 身上과事業에여, 幸福과 光明이 날로더 흠지어다。

一千九百二十年六月中旬

〇

(東京府下代々木에서墮生)

영이달나쉬썼々갈나지고, 픔님이란픔님은, 석겨마케리며, 돈이달나쉬開便의竹筒가룬

株式会社의看板이 남아가고, 호주머니속여쉬희리바람이 부는어쌔다。 果然「廢墟」다。 今年

의牧歎이얼마나될지는, 勿論豫想外다만은, 이투멼, 이燒慌속에쉬, 何如間이싼上여, 나

오게된것만숨多幸이다。 이것은 實로高君의 盡力과、 象牙塔、 岸曙兩君의努力이다。 우리 同人

은三君에게감사하는바이다。 讀者諸君여게는羊頭를걸고狗肉을파는罪를謝한다。 그러나,

第二號를出刑을써슴, 或모나버이거甘雨가數点뜩々하면、 多少間諸君의滿足을도될가한다

몸이괴로와이만끗친다。 (荷月)

〇

同人은 될슈잇는데로 住所를 알녀주세기 바람니다。 住所가 未詳하니다。 그러하

고 原稿는 每月末日外지는 반듯시 보내주시기 바람니다。 本社도 못뜬것을 다보

내주시기 바람니다。 (荷月)

想 餘

一二九

이윽 不足흔 點이 잇드리도 반다시 購讀ㅎ實 義務는 잇지요

一, 文藝雜誌 「槿花」 每號二十五錢 郵稅二錢　　크리月第廿七立
一, 文藝雜誌 「現代」 每號三十錢 郵稅二錢
一, 月刊雜誌 「女子時論」 每號二十五錢 郵稅二錢　一六十月第四...
一, 月刊雜誌 「創造」 每號五十錢 郵稅一錢
一, 月刊雜誌 「三光」 每號三十錢 郵稅二錢
不定期物 「靑年」 每號二十五錢 郵稅二錢
隔月刊 「女子界」 每號二十錢 郵稅二錢
一, 年四回 「學之光」 每號三十錢 郵稅二錢

(注　意)

一, 雜誌發行에 對ㅎ야 週滯됨은 發行其社形便에 依ㅎ야 오 界舘에 上資任임슴니다

一, 雜誌代金은 爲替로 代金付送ㅎ실지라 此에 拘泥치안어 月定代金이 돈지代金을 先送ㅎ실것은 여러가지 形便에 아잇습이외다 雜誌代와 郵稅外에 振替로 보니실ㅎ여난 一割을 增算ㅎ야 쥬시음例로

一, 遍殷雜誌를 請求ㅎ實時는 반다시 代金을 送ㅎ시음 先金안이면 發送ㅎ지안슴니다 代金添付ㅎ여 注文ㅎ시면 雜誌보냄으로 代호고 돈맛은 票라는 것시 費送通知要
代金中 先히 注文크룸 (振替用紙는 郵便局)

一, 雜誌代金四十錢을 切手로 보니실하여 는 四十四錢으로

發售元 廣益書館
朝鮮京城府鐘路二丁目八七
金相萬

大正九年七月二十二日印刷
大正九年七月二十五日發行

定價四拾五錢

編輯兼
發行者會　高　敬　相
京城府鐘路二丁目八十七番地

印刷人　朴　仁　煥
京城府寳金町二丁目一百四十八番地

印刷所　朝鮮印文館印刷所
京城府黃金町二丁目一百四十八番地

發行所
販賣所　廢墟社
京城府鐘路二丁目八七番地（廢墟書行内）

本誌代金一部四十五錢

半年分貳圓五拾錢
一年分四圓九拾錢

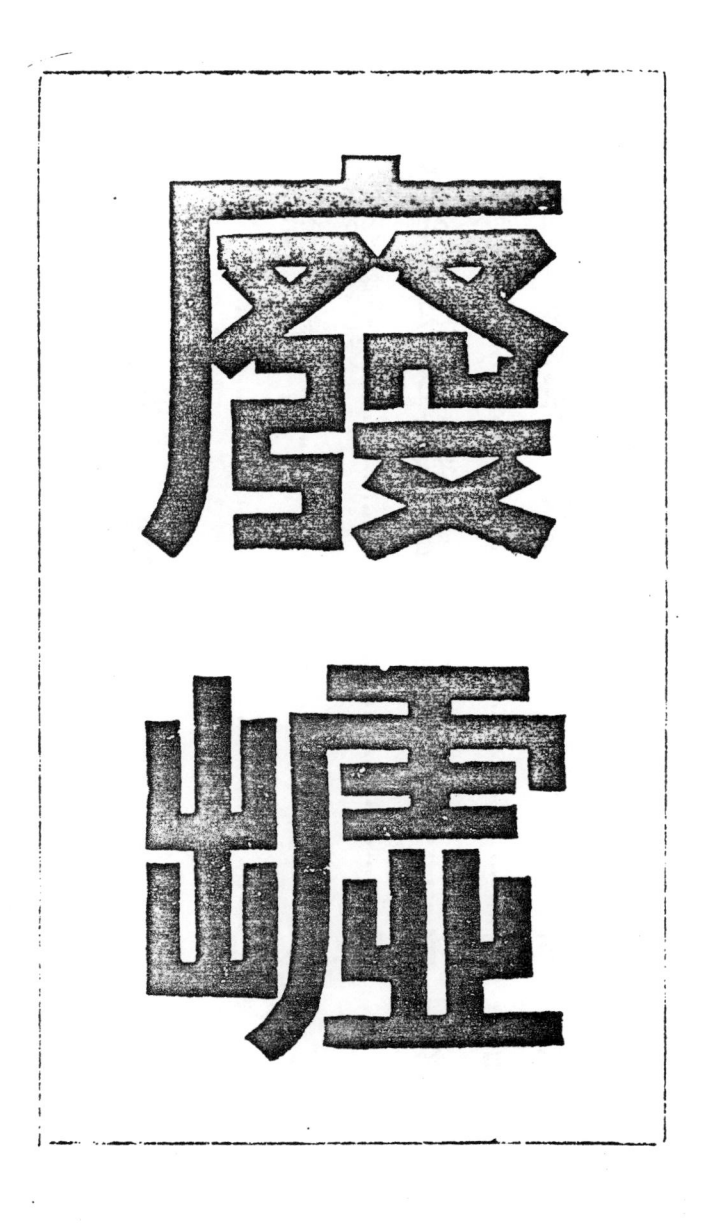

廢墟

號 二 第

廢墟 第二號 目次

羅馬劇場의廢墟　　　　효효作

同　人　吳　相　淳　君

Das Alte stürzt, es ändert sich die Zeit,
Und neues Leben blüht aus den Ruinen.
—— Schiller.

옛 것은 亡하고, 時代는 變한다,
새 生命은 이 廢墟에서 피여난다。
—— 실러。

宗敎와 藝術

人生은 一個 不可解의 謎다。英雄에 띄파쓰가 안이면 누가 能히 스핑쓰의 揭한 人生의 謎를 解得

하랴。此 於塵하야 歸於塵이라함은 肉인人의 一面에 잇써쓰는 實로 然하다。但 人間에는 不出於

塵하는「무엇」이 잇슬을 엇지하랴「風이 吹함에 人이 其聲을 聞하되 何處來 何處去함을 不知라。

凡靈으로 生하는 者도 亦如斯」라고 그리스도의 宣함과 如히 果然 人은 何處로 來하야 何處로 向하

야 가려하는가。 抑人生의 目的은 如何。 存在의 意義는 如何。

此를 哲學的으로 又 科學的으로 解決하려함은 容易한일이아니라。 人文이 生긴 以來 茲에 幾千

載、然이나 此 千古疑問에 對하야는 約百記의 著者도 파우스트의 作者도 其間 幾許의 徑庭업슬

보지못하는가。如何間 人生은 一個 嚴肅한 事實이다。吾人이 能히 其謎의 解得與否를 不待하고 吾

人은 畢竟 人生大海의 一滴됨을 不免한다。 生命의 波動은 刻一刻 吾人의 우에 밀어들어와 不知不

識間에 吾人으로 하야금 人生航路에 棹出케한다。實로 人生처럼 眞面目함은 업다。 虛心坦懷 靜히

吾人의 속사림의 微聲을 들으라。 一切의 煩瑣的 思索을 避하고 모든 巧緻한 理論을 離하야 但只 我

와 我身을 反省하야 全人格的 要求의 聲에 吾人의 靈耳를 澄케하라。 其聲은 悅樂하고 有意한 生涯

靈送하라고、 吾人에게 말한다。 嗚呼 是 我衷人의 聲이라。 眞面目하고 虛飾업는 人性自然의 要

求하는 聲이라。悅樂코 有意한 生이 딴何오。曰、意味깁고 價値만흔 生活을 意味함에 不外하나니、

一

廢墟

二

是即藝術과宗敎二者의須臾도人生에不可缺할所以의理由를暗示하는者안인가。人心最强의
要求는말할것도업시生存의意欲(Will to live)일다。然이나人은單히生하기爲하야生하는것
이아니오。질거웁게生活하기를要求하는者라。질거웁게生活하는道一二에不止할지나吾人
으로觀之하면藝術의與하는審美性의滿足은人生으로하야금趣味를깁게하는同가장有力한者
로承認아니할수업다。人生何故로不幸이充滿하고憂患이繁하고恨뿐가多한現狀대
로의現在의世界에서能히束縛中에自由를現出하고矛盾中에調和를發見하고峻嚴한中에快濶
을味하고奮闘中에慰安을捕하는道、藝術의與하는美의悅樂을置之하고果然那邊에求할을得
할가。實로藝術은第二의造化翁이라、不如意하고不完全한現狀인人生中에在하야自由完全
의別天別地를創造하며其別天地에悠遊自適함은是豈藝術의與하는人生解脫의消息이안이
라。無是면以上은如何히荒寥蕭條한砂漠이랴恰然히繭兒가自己의造한繭山에安住하며羽化
하야蘇生합과如히人은藝術의世界에서此世에서의一個樂園을發見함을엇지아니하는가。然
하나그리고如斯한新天新地는亦是宗敎가吾人에게與하는天國의風光이고무엇이뇨。
即宗敎가吾人에게供할使命은此를藝術에比하야更히一層根本的이요心靈的이다。宗敎
는自然美의形式과肉感의媒介를不俟하고直히靈能의內觀自覺에依하야人靈最深의要求를充
實케한다。從하야宗敎生活의悅樂은永久的이요그價値는內面的일다。玆에는道念의向上이잇
고靈眼의覺醒이잇고生死의超脫이잇고永遠의生命이잇다。所謂靈界無邊의風光에逍遙하야
神人合一의大自覺에싸지到達하노니是豈宗敎生活의極致가안이랴。宗敎는實로人生價値의

發揮音라 永遠한 見地로 人生을 觀하야 其中에 無限한 價値와 尊嚴을 發揮케하는者라。人生의 內

容이 如何히 豐富하며 其意義가 如何히 深遠한가를 覺케함은 實로 宗敎의 賜物일다。

然라 藝術과 宗敎는 幾多 其道의 方面을 有함에 不拘하고 其間에 스사로 各自의 特色이 잇고 優劣

이잇고 長短이잇다。 如斯함은 兩者의 人生에 對한 使命이 좀 其趣를 달니하는 所以를、示함이니、

吾人이 人生의 二大要素로 認定하는 바悅樂하고 有意한 生涯에 對하야 藝術宗敎의 二者 其一을 不可

缺할 理由도 亦實在此라。 卽 樂하고 趣味깁흔 人生의 一面은 此를 藝術에 위發揮함을 得할지오。

有意하고 價値만흔 生活의 他一面은 此를 宗敎에 依치안코는 實現하기 不能하도다。

玆에 吾人은 再言하노니、 趣味깁고 價値만흔 生活이 眞으로 人生의 二大要求인 以上은 藝術과

宗敎와는 卽 人生의 謎를 解할 楔子요 生命의 秘密을 闡할 鍵鑰이라。 唯所殘問題는、 兩者本來의

關係는 如何。 兩者互相의 貢献은 如何。 抑誰가 分母요 孰이 分子일가。 換言하면 藝術的宗敎란

何며。 宗敎的 藝術이란 何오。 此等一切의 藝術對宗敎의 問題는 다만 가장 趣味깁흔 講究의 題目

일뿐안이라、 苟人生의 何者임을 解하려하는者、 又 苟世道人心에 留意하는者의 暫時도 忽諸히

하지못할 一大問題라 하리로다。

余는 淺學未熟의 몸으로 此 重大問題에 對하야 즉 能히 一條의 微光도 注키 不能할것을 恨한

다。 또한 此問題를 深遠한 學說에 基하야 系統的으로 組織的으로 藝術對宗敎의 關係를 闡明하려

함도 안일다。此는 後日을 期하려니와、此에 論하려함은 宗敎와 藝術의 熱愛者요 學徒인 余의 極히

平凡하고 常識的인 一篇의 宗敎藝術觀에 不過할것이라。 또 余는 元來 宗敎에 對하야 조끔이라도

宗敎와 藝術

三

偏僻된思想을가지는者는아니나、宗敎를論할時에耶督敎의例를多用함은現今의余의宗敎에

對한知識과理解와親합이他宗敎보다基督敎의그것이比較的나흠으로씨라○藝術的作品의例

도쏘한이에不過한다。

藝術과宗敎와는人生의雙生兒라。彼等은갓흔宇宙의奧底에胚胎되며갓흔生命의血液에갈

이여呱呱之聲을擧하엿다。若、人文發展의源頭에立하야此美한雙生兒의誕生을目擊하엿다할

지라도、「孰何者가姉요何者가妹임을識別키難하엿슬것이라。何뇨하면、兩者는共히人類最深

의要求에應하야슯히同時에此世의光을본한者인故라。人文發展史上의藝術과宗敎의起源에

至하야쎠는吾人은此를專門學者에게一任하고、다만槪히幼稚한文明狀態의曖昧한民族

에在하야도宗敎와藝術과는恒常兩兩倂行하야存在한햇던事實을認함으로씨足하리로다。或

種의宗敎를有한民族은此와同時에何種의藝術을有치안음이업다。그러면더—「人心에는測

知할수업는深히잇는느니其底에神이存在하시는故라」라고佛國의사바치에—가喝破한말은쏘

한人의心奧에儼在한審美的性情을言明하기여足하지안은가。神아니고쎠는滿足하기어려운

一種崇高한宗敎心이自然히人靈中에附植되여잇슴과갓치、美를慕하며美를憧憬하야己하랴己

할수업는一種優美한審美性이太初부터人心中에彫附되여잇슴은不可掩의事實이라。人心啓

發의順序로觀之하면吾人은人의審美性이其宗敎心에對하야一日의長됨을不思할수업다。

試컨딘兒童의心理狀態에就하야察之하건대아직東西를未辨하는搖籃의嬰兒가美麗한玩具를

見하고如何히嬉嬉而樂하며美한音樂을聞하고欣然히躍하는가를보라。實로幼兒의頭上에는

恒常天國이잇다던가彼等은美의國을去하기不遠하다。稍長하야神의觀念이其腦裡에浮來합애彼等의神은金色燦爛한偶像의高姿가아니면白髮銀鬚의美한老爺의慈顏이라。彼等의天國은花笑鳥謳하는美한에덴동산안임이업다。美를離하야彼等의幸福은업고彼等의滿足은업고彼等의道德은업고彼等의宗敎는업다。如斯함은即人類의原始的文明의狀態이엿다。彼風火電霆을怖하야其前에跪하며猛獸毒蛇를厭하야此를祭하던時代에잇서써는아즉文明의二字로써此에冠함을不得하는同時에彼等은唯히自然의物力과格鬪하며자조生存의競爭에忙殺되여아즉能히生活의能力을美의鑑賞에傾함에未至하엿던故로吾人은茲에何等의美術、文藝라稱할만한精神活動을彼等中에發見함을不得한다。人類가一步를文明의域에投하야朦然하거나마精神的生活의自覺에入한時代에及하여야彼等의宗敎와藝術은兩兩難離의密接한關係를有한지라。善發達한宗敎와善發達한藝術間에幾多共通의領域이有하야宗敎는即彼等의藝術、藝術은即彼等의宗敎가아니냐고疑心날쌀쯤互相酷似한狀態를現한지라。日月星辰의壯美에對하야言得할수업는一種崇高幽玄한感情에부듸쳐歎美의餘에拜之하고我神으로崇祭한所謂自然崇拜의當時에在하야彼等民族의心中에는宗敎와藝術은渾然融和하야其間何等의區別도未有치안인엇던가。更進하야偶像崇拜時代에入하야써도、端麗壯嚴한美한偶像前에跪拜하야恍惚히崇美一念에沒入해바리는境涯는是即宗敎와藝術이崇拜者의心中에融合接觸한一境이안인가。然타人類의宗敎가更히一段의進步를遂하야所謂靈的宗敎의領域에到達함에至하야는、一面學術的知識의覺醒이잇고他一面에倫理的道念의發揮가有한지라。知識은其銳利한

宗敎와藝術

五

分解力으로써 宗敎를 批判하려하며, 道念은 其嚴肅한 權威로써 藝術을 束縛하려하며 쌔로 兩者는 協力하야 宗敎藝術의 共通點인 感情, 直覺의 生活에 對하야 反抗의 態度를 取하며 同時에 宗敎藝術의 間에 存하는 密接한 關係를 離間하려 씀지라도 奈何오 人類 最深의 要求는 學術로써 滿足지 못하며 意志로 屛息되지안이하고, 一方에 쒸는 偉大한 宗敎의 巨人이 理性과 同化하며 道德과 親睦하면서 進行하는 同時에 他一面에 쒸는 秀麗한 藝術의 佳人이 知識을 純化하며 道念과 抱擁하야 玆에 於焉間 合理的 倫理的인 崇高深玄한 宗敎를 産하며 眞摯코 健全한 雄大靈活의 藝術을 興合을 見하는지라。如斯히하야 宗敎와 藝術과는 원人文의 歷史를 一貫하야 恒常 相近相接하는 傾向을 有하며, 쌔에 或 宗敎的 藝術을 産하며 쌔에 或 藝術的 宗敎를 産하며 쌔는 兩兩携手하야 抱擁接吻同心一體의 아름다운 友情을 維持하엿더라。

然라, 이아름다운 兩者의 融合接觸은 此를 爲先古代 希臘文明에 쒸發見안을 수업다。靈과 肉의 完全圓滿한 發展調和는 希臘文明의 眞髓요쏘한 彼等의 宗敎가안이엇던가。地上의 生活 그것을 美化하야 玆에 天上界의 悅樂을 味하려함은 彼等의 理想의 極致엇섯다。 希臘民族의 宗敎는 美의 崇拜에 不外하엿다。

彼等에 在하야 美의 悅樂은 卽善의 追求엇다。美의 歡賞과 善의 崇敬은 彼等에게는 同意義엿다。美를 離하야 善한것이업고 善을 離하야 美한거시업슴은 彼等의 日常生活을 支配한 人生觀의 眞相이엿다、 彼等의 時代는 人類의 靑春期라。보는바에 美안임이업고 行하는곳에 綠草흐르는 春野의 美한 花園안임이업섯다。彼等의 가는곳에는 薰風이 永遠히 香氣롭고、 溫和한 光은 恒常 其身

邊을 繞하얏다。快濶、淸新、雄渾、莊麗의 數語는 實로 彼等의 生活을 寫出할 好個의 形容詞가

안일가。實로 彼等의 心胸에는 美한 理想의 鼓動이 울엇고、其血液에는 美를 憧하야 不已하는 生

命의 泉이 흘럿다。其如然한 心內의 憧憬은 아이오니 안의 아름다운 天地의 自然美와 쉬로 感應하

야 玆에 人文史上 空前의 藝術은 爛爛히 其美花를 開하얏다。然타 彼等의 藝術은 彼等의 宗敎엿섯

다。看하라 호─마─、헤시오드의 作、就中「이리아드」「오밋시」의 叙事詩는 皆是 古代希臘의

神話가 안인가。彼等의 文藝나 彫刻이나 한아도 宗敎的 色彩를 帶치 안이한 것이 업고 其傑作은 擧

皆當時의 神神을 그 對象으로 아니한 것이 업섯다。

오림피야의 祭日은 勇士의 格鬪競技로 써 著名하엿스나 國內의 詩人은 此日에 自己의 作詩를 朗

讀하야 聽衆의 賞歎을 博하얏다。아덴쓰城의 파─쎄논은 古代希臘의 一神殿인 同時에 希臘建築

의 最完美한 者이 안인가。가장 完全한 古代彫刻의 模範으로 遺存한 彼라오코─ㄴ 集像의 製作時

代에 就하야 學者間에 議論이 잇는 바ㄴ其年代의 前後 如何를 不拘하고、라오코─ㄴ은 卽 古代希

臘神話의 一人傑이요、가장 崇高한 宗敎的 題目을 刻한 것이 아닌가。슈쓰、아포로、뮤─쯔、

에─나쓰의 神들은 希臘民族에 取하야 一面宗敎的 崇拜의 對象인 同時에 一面彼等의 審美的 渴仰

의 産出한 藝術的 作品이 안인가。單純하고 快活하고 邪氣업는 希臘民族의 心에 在하야는 美밧게

神이업고 藝術外에 宗敎가 업섯든 바라。實로 宗敎와 藝術과는 和睦한 雙童이와 如히 손에 손을 잡

고 아이오니 안半島 風薰하는 아름다운 天地를 逍遙하엿도다。藝術과 宗敎의 抱擁接觸、其靄然

한 友情和藥은 實로 此를 古代希臘文明中에 보는 바라。

×

×

×

×

×

×

아름다운二八의姉妹가手에手를잡고春의野에놀던幸多한날은彼等이아즉無邪氣할幼稚한

時代에서만이엿다。나딸머리의邪氣업는少女의交情은그年齡의長합과共히어느듯稀薄해지

고드대여서로相爭相鬪합에또하엿도다。

花間에狂舞하는蝴蝶과如히늘春의日光을慕하며甘露의蜜에醉하려하던古代希臘의人民은其

自然의數로어느듯美的生活의悅樂에耽하며、淺薄한樂天主義의渦中에陷하야드디여忌할만

한現世主義의濁流에沈溺합에至하엿도다。見하라希臘半島에爛熳히咲出하엿던文藝의美花

는如斯히하야當時人心에淫逸遊墮의氣風을釀하야風敎가날로頹廢하고道德이거히掃地합에

至하엿도다。見하라當時의宗敎는單히現世의福祉를守護하는祭祀宣托에不過하엿다。

디! 몬神靈의聲에天의賞罰을聽하야當時의人心을警醒식힌聖人소크라테―쓰는希臘의神아

니하는極端의現世主義는社會全面에汎濫하야宗敎의權威는茲에아조墜地히바리고말엇다。飮하라食하라明日死할것이

外神을說한다하야드디여毒杯를仰함에至하지안니하엿는가。

프라토의哲學도、아리스토―틀의學術도한번宗敎道德의힘과離하여서는能히此頹勢를挽回

할수업고國民의元氣는날로消耗하야드디여羅馬의征服하는바되여槿花一朝의榮華는夢과如

히醒하야도한昔日의壯觀을못할길이업다。이에吾人은古代希臘文明을評하야藝術와姉가宗

敎의妹를凌辱하고虐待함四한것이라할수잇다。盖當時의宗敎는美的生活主義의發現인當時

의藝術의婢僕으로僅히其餘命을繁함에不過함을봄으로써라。希臘의理想인肉과靈의完全한調和는如斯히하야脆弱하게破해바렷다。한번提携併馳한藝術과宗敎는無端히相爭하야藝術은드디여宗敎를倒케하엿더라。헤레니슴(Hellenism)으로일홈잇는希臘文明의精髓는이갓치하야淺薄한藝術主義의別名에不過하게되고말엇다

希臘文明을繼承한羅馬帝政의時代에在하야도소피스트(Sophist)의徒에피큐리안(Epicurian)의輩ー益益社會의上下에跳梁하야嚴肅한스토익學派(Stoic school)의幾多聖人賢哲도能히헤레니슴의汎濫을防遏하지못하고、淫風이日長하고人心이날로腐爛함에至함은世人의熟知하는바라。如斯함은即異敎文明의眞相이요、아직幼椎한人類의靈性이其發展의途上에잇서不得己經過치아니치못한배라。然이나如斯한靈性의惰眠은果然何時外지繼續할가。人心의奧底에潛伏한宗敎心은恰似히湧出하는泉의到底히流치아니치못할갓치淫樂과懷疑中에醉生夢死한當時人心에一種말할수업는空虛를自覺케하야此世의榮華權勢로써到底히滿足하기어려워온一種深刻한靈的飢渴을感하야玆에何物의新光明을接하지아니치못하게하엿도다。單히그리스도敎는實로如此한靈的覺醒時代에在하야小亞細亞一角에勃興하엿도다。그리스도敎갓흔靈的宗敎를猶太敎의發展에不過한다誤解치말지어다。人類의心靈的覺醒은드대여그리스도敎갓흔靈的宗敎를産出치안이치못하게하엿도다。此가捲土重來의凄愴한勢로써羅馬의全世界를風靡하게됨은本來無怪한事라。헤브라이슴(Hebraism)의化身으로볼만한그리스도의宗敎는임의헤레니슴의文明에倦退하며잇던當時人心에向하야、其靈性의饑渴을慰할唯一의福音이엇더라。

罪업시오래配所의月을眺하고잇든宗敎의少女는임의昔日의少女는아니라、年齡漸長하야

希微하게自己의使命을自覺함에이르럿도다。彼女는斷然히魔術의幽囚를脫하야雙手를펴고

東方猶太一隅로부터侵入하든그리스도敎를歡迎하엿도다。

歡迎이라함은、一見懷慘한迫害의歷史와矛盾함과如하나更히김히當時人心에橫在힛든宗敎

的要求가얼마、切實하엿든가를想하면基督敎의傳播는其根本에서異敎文明의缺陷을채우고

저當時의精神界에投合한배잇슴은不可掩의專實임을보리라。約翰福音書의傳하는바에依하

면、基督在世의當時에在하야서도逾越節筵에예루살렘城에上한사람들中에多數한希臘人이

잇서、彼等은人을介하야예수에게會見을求함을본다。此會見은예수의一身에臨하야安危存

亡이岐하는바이엿다。異邦人에게道를說함은猶太敎의嚴禁하는바라、예수는밝히此事로因

하야人心의離反이來할것을알엇다。그러나、一視同仁迷한羊을爲하야生命을措합을不願한

彼는드대여씃을決하고此會見을敢히하엿다。其他예수는멧번이ᄂ、異邦의民이이스라엘民族

에압서天國에入할것을警告한일도잇다。이로써如何히當時의人心이靈性의饑渴을覺함이深

한바잇섯던것을알수잇다。 看하라。 曾往은哲人소크라테쓰로하야곰毒杯를仰케한아덴쓰市

民도、아、레오山頭의使徒保羅에게一指를加하지못하엿는가。知치못하는神에게라고

下恰似히大河를決할갓치滔滔하게全羅馬天地에瀰溢하게되엿도다。基督敎의勢力은急轉直

築한異敎의祭壇은어느듯破毀되고異敎의偶像은忽然其跡을絶하고、 基督敎의傳播史는

비록幾多의殉敎者의流血로써印하엿스나、 要컨대、이希伯來思想이希臘思想을征服하여나

初代基督敎의傳播史는

아 間斷업는 勝利의 記錄에 不外한다。 컨스탄틘된大帝의 改宗은 僅히 此事實上의 敎化를 形式上에 表함에 不過하다。）何고하면 當時의 文明의 要素되는 希臘의 藝術主義와 羅馬의 權力主義와는 일즉 其主義上에 在하야 暗弱한나 사렛사람의 軍門에 降하얏슴으로써라。

此를 世界宗敎史上으로 觀하면 空前絶後의 壯擧임은 無疑하나 廣히 人文發展의 大局으로 見하고 就中藝術發達의 歷史로 觀察하면、 吾人은 此異敎文明의 基督敎化를 目하야 憺絶悲絶의 一大 悲劇이엇다고 稱할수밧게업다。 何故고하면 한번藝術의 幽囚를 脫하야 世界人心을 支配하는 地位에 立한 宗敎는 獨히 自家一身의 自由를 亨樂함으로써 滿足치안코、 어대까지 復讎의 態度를 取하야 容赦업시 異敎의 文物을 破壞하고 就中藝術的 一切活動을 阻害함으로써라。 吾人은 此慘憺한現象을 目하야 宗敎가 積年의 怨恨을 藝術에다 풀고 此를 幽囚壓倒한것이라고 認할수밧게업다。 夫嚴顏峻烈한 犧牲獻身의 十字架의 宗敎는 其根本에서 當時의 異敎文明의 精髓인 現世的美的生活主義와 氷炭不相容하는 배잇섯슴으로써라。더욱當時의 基督敎는 一面、偏狹固陋한 猶太民族의 排他的精神과 薰化되며 一面、超世間的遁世主義의 스토익學派와 結하야 現世의 一切快樂을 否認하고 知識의 啓發을 阻害하야 全世界를 擧하야 一個暗憺한修道院을 作지안이하면 不己할勢를 示하얏도다

史家는 此時代를 名하야 中世紀의 暗黑時代라 한다、 實로 此時代의 歐洲의 天地는 宗敎의 暴風이人生一切의 光明을 消滅한 暗夜이엇다。藝術의 崩芽 가엇지 凋落치안을수잇스랴。吾人은 思하노니 聖地回復의 目的으로써 起한 中世紀의 十字軍은 慘即慘이엇스나 其結果는 世界文明의

一二

啓發예貢献합이만엇도다。夫福音宣傳의聖望를가지고나러난初代基督教의傳道軍은壯은壯

이엇다할지라도其結果는쓰한世界人文의破壞와藝術의撲滅을嬴來하지안엇는가。前者를可

憫한兒戲에比합을得할진대後者는是可憎한惡戲라할가。宜哉라近代로一만딕藝術論者가基

督教로써世界文明의仇敵이라痛論합이여。

雖然이나、歷史의步武는吾人의思함보다意外에大股일다。異教撲滅을爲하야忙殺되엇던

數世紀間의暗黑時代는如長하나實은曙光復活前의一時의深闇에不過하엿도다。地球는回轉

하고、歷史는輪返한다。文藝復興의赫灼한曙光은발쉬伊太利地平線上에漲始힛도다。

永遠히幽囚의悲運에陷한것갓치보힌藝術의處女는이게窈窕한麗姿의淑女가되여다시愁眉

를開하게되엇다。

文藝復興時代의一切의藝術的傑作雄篇은卽是基督教化된希臘藝術의復活更生이안이고何

뇨。헤레니슴과헤브라이슴의二大潮流가暗黑時代의深淵中에渦하고澱하야玆에一大活路를

招하고岩을擘하고山을穿하야滔滔萬里의沃壤에汎濫한것이아니고무엇인가。暗黑時代의慘

憺한만큼復興時代의光彩는陸離하엿도다。夫基督教의精神이根底로브러歐洲人

民의精神을純化하고薰化하고靈化하야드매여能히偉大한新文明을發揮해오기세지에는數世

紀의準備와修善은아즉도長하다하기不足하다。嗚呼宗教와藝術은久別而復遇하엿도다。今

은昔의無邪氣한交情은아니요互相他의長所를認하고自家의使命을覺하야、愛慕와尊敬으로

써心의友愛를傾합이리라。宜哉라彼等의抱擁은發하야페트라ー그와보카쇼의詩文이되고、라

라파엘, 레오나―드, 다, 빈치, 타티안等의 繪畵가 되고, 미카엘안케로의 彫刻이 되고, 부라만틔의 建築이 됨이여. 試하야 此等名匠巨擘의 傑作을 取하야 懷之하면 夫單히 希臘藝術의 復活이라함보다 寧히 基督敎의 美化된 것이라 볼수 잇다. 藝術이 宗敎化하엿다 할가, 宗敎가 藝術化하엿다 할가. 何로 보든지 兩者가 到底히 不可離할關係로 相結됨은 明白하다. 보라, 基督敎의 信念을 離하야 果然라파엘의 「마돈나」는 存在함을 得할가. 미카엘안케로의 「파이아타」는 存在할수 잇슬가. 此等의 傑作은 或은 希臘藝術의 形式과 技巧를 離하야는 成立함을 得할지나 基督敎思想을 離하야 成立함은 未得함은 何人이나 看取할수 잇슬것이다. 吾人은 文藝復興時代의 藝術을 單히 希臘藝術의 復活又는 模倣이 아니오, 藝術의 衣를 着한 基督敎의 煥發이라 評할수 잇다.

嗚呼뮤즈의 女神은 暗黑時代長夜의 睡眠에 乍醒하엿도다. 其醒함에 彼女는 自己를 쥬쓰神의 抱擁中에 發見하엿더라. 長久한 離別後다시 손에 손을 잡고 晴澄한南歐의 天地에 濶步한 彼等의 姿勢는 얼마나 優美하고 雄々하엿슬가. 記하야 玆에 至함애 다시 史家의 筆을 執하야 爾來歐洲의 文明史上에 在한 兩者의 離反爭鬪의 事實을 敍함을 不忍하겠다. 事實은 어대써지 冷酷하 寒光은 恒常 歷史우에 漂々하다. 希臘文明의 末葉에 藝術이 宗敎를 壓倒함과 正反對로 今番은 宗敎가 藝術을 壓倒한 悲劇을 演함에 至하엿도다. 此時期에 在한 兩者의 爭鬪는 曾히 初代基督敎ㅅ來暗黑時代에 在함과 如히 互相仇敵의 關係를 有함은 안이오 寧히 父子의 爭과 如하며 又는 兄弟闔墻의 類라. 何오 하면 此藝術復興의 末路에 在하야 藝術은 其保護者되는 宗敎의 藥籠中에 其靈魂ㅅ한生命을 失하엿슴으로써라.

宗敎와 藝術

一三

宗敎의 無上命令權이 한번 經學上 法王의 敎權이 되여、人生一切活動을 束縛한 當時社會에 在하야서는 神聖한 藝術도 또한 드대여 同一한 運命을 免키 不能하엿다。希臘藝術의 復活을 理想으로 한、루네一쌍쓰의 文藝美術도 어느듯 宗敎의 奴隷가 되여 其布敎傳道의 一器具됨에 不過하는 觀을 물하엿다。看하라。曠世의 天才타 빠엘、미카엘안제로와 如한 巨擘도 當時法王의 睿顧와 保護下에 씨지아니하면 能히 其天才를 發揮할 수 업섯슬쑨外에 幾多의 制限이 其製作上에 加하야、法王의 批准과 認可를 經치 안코는 其作品의 公表도 不能하지 안엇는가。倨傲不羈의 미카엘안제로도다만 新舊約聖書中의 需題로만이라는 條件下에、씨스틴、쵀필、의 大壁畵에 從事함을 得하엿도다。聖彼得寺院의 大建築도 當初에는 希臘式의 十字架形上의 其設計를 立하엿다 가 後代 法王의 嚴命으로 此를 羅馬式의 十字形으로 變更하는 不得己에 至하엿다。其他라 빠엘의 幾多「마돈나」畵像과 如한 것은 藝術上의 作品으로써보다 寧히 宗敎的의 一種의 偶像으로 人心敎化의 用에 供합이 되엿더라。當時의 藝術이 얼마나、로ー만、카도릭敎라는 一個宗敎的의 形式의 桎梏에 束縛되여、一步도 能히 其圈外에 踏出하지 못하얏든 것을 알수 잇다。루네一쌍쓰時代의 末路를 評하야 宗敎가 藝術을 壓倒한 時代라함은 亦不得己하다。

十六世紀의 宗敎革命의 大運動은 火山의 爆發과 如히 全歐의 天地를 震動하엿다。羅馬決王의 敎權下에 跼蹐하엿던 宗敎政治文藝美術其他一切의 人心活動은 自由天地에 踴躍하엿다。看하라 宗敎上의 自由는 一轉하야 思想上의 自由가 되고 再轉하야 政治上自由가 되엿도다。佛蘭西革命의 先驅者루쏘ー는 洗禮요한과 如히 野에 叫하야曰「自然에 還하라」고。全歐의 人心은 響과 如히

此聲에 應하야 起하엿다。就中藝術界의 新機運은 此「自然에 還하라」는 標語下에 躍然勃興하엿다。宗敎革命以後에 混沌한 社會的 動亂은 一見藝術의 發達을 阻害함과 如하나 藝術로하야금 一面陳腐한 古典主義의 形式을 打破하고 一面宗敎的 形式의 羈絆을 脫却하야 淸新靈活한 藝術其自等의 使命을 自覺케한 者는 即是宗敎改革의 大運動으로 因하야 煥發된 自由의 大機運의 惠賜라하리로다。

오래古典主義와 로ー만카도릭敎의 形式中에 呻吟하든 美術文藝는 勇士가 戰場에 躍入함과 如히 雄姿堂々 自由의 天地에 濶步하게 되엿다。所謂自然主義의 旺盛로ー만틔슴의 勃興쓰는 寫實主義의 汎濫이 되여 近代에 及하엿다。이 自然主義 乃至 寫實主義의 近代藝術이 一層高한 一致에서 宗敎와 提携하려하는 傾向이 生하게 되고、近代文明의 影響을 受한 藝術이 漸次 自己의 獨特한 使命을 自覺해 오고、宗敎道德의 奴隷인 舊態를 脫却하야스사로 新天新地를 開拓하는 機運에 向하게되엿다「彼、自然을 爲한自然 "Nature for its own self"、이며 又藝術을 爲한藝術 "Art for arts sake)"、이라하는 때聲이 얼마나 現代人의 胸底에 一種禁치못할 快感을 與하는가를 想하면、吾人은 玆에 幽囚되엿던 藝術의 過去歷史가 얼마나 慘憺한 비엿섯던가를 思하고 一掬의 淚를 뮤ー쯔女神을 爲하야 灑하려아니한들엇지能할바랴 嗚呼不遇한 娼妹의 雙生兒야、너는 果然 永久히 相抱相似하야 人生花園에 질거운솜을 맺지 못하겟느냐。

×

×

×

×

宗敎와 藝術

一五

爭은반다시仇敵間에만不起하고反히親近間에生합은人生의常例갓다。故로說來합과如히

藝術과宗敎와의反目爭鬪의歷史的事實은、兩者의關係가넘어親密한배잇슴으로써가안일가。

吾人으로하야금暫時歷史를덥허두고理論과實驗이指示하는바에從하야兩者本來의性質을檢

하고其共通類似의點을闡明케하여라。上에吾人은藝術과宗敎를人生의雙生兒에比하엿다。

임의人生의雙生兒인以上、彼等은갓흔血液을分하고갓흔乳汁에養하야生長發育된바일것이

다。何를同一한血液이라하는고、曰、人性의感情이是라。實로藝術과宗敎와는共히感情의

滿足으로써本來의目的을삼지아니하는가。人心의理性은科學哲學을生하고人心의意志는倫

理道德을生하고人의感情은一方에는藝術을産하고、他方에는宗敎를産하엿다。無限을慕하고

絶對에憧憬하는人의宗敎性은感情의가장崇高幽遠한자요、美를慕하고美에憧憬하는人의審

美性은感情의가장純潔自然한것이안인가。試看하라、感情이同伴치아니하는宗敎가비록世

上存在할지라도是는畢竟枯木死灰의宗敎요其中에何等의活生命이잇지아니하며또感情이未

에伴하는藝術에至하야서는當初부터其存在도想浮하기不能하지아니한가。世上에는理性에

基한宗敎가잇고、意志에基한宗敎가잇다。前者는大乘佛敎에此를見할지며後者는、스토익

學派乃至儒敎에쉬볼수잇다。그러ㄴ大乘佛敎는深玄한宗敎哲學으로써大한價値가잇고、儒

敎、스토익學派는有力한道德倫理로하야써大한價値가잇스나、아즉理想的最高의宗敎라稱하

기難할지도모르겟도다。基督敎에至하야는深玄한哲理와健實한道德이有함은勿論이나、其

宗敎的生命의源泉은寧히其純潔聖高한感情生活에存한다하겟다。「心이貧한者는福이잇나

니、그는神을보리라」함은基督의山上大訓의眞髓요天父의聖旨를奉하야此를熱愛하며憧憬

하야所謂精潔된心情으로神人合一의坐境에達하려함이그信者들의日夜祈禱라。吾人은理性

의滿足이란一語를常用한다。그러나詳審해보면滿足하는것은理性이아니요感情이라。理性

에依하야討究되고捕捉된眞理는말할수업는滿足을吾人의感情에與하는것이안일가。道念의

滿足이라함도此理가안일가。道德的生活의滿足이라함은、畢竟此淸澄한良心을意味하며、

이淸澄한良心의滿足이라함은要컨대，이淸澄한感情에指導된意志의生活을意味함이안일가。

實로、슈라이헬마헬(Schleiermacher)의道破함과如히、宗敎本來의生命은、理智가아니요

道義도아니요、感情의向上에 在한다。

此向上의感情이吾人에게與하는靈的實驗을回顧하고追懷하며、此에整然한理性의說明을

與하는者는即吾人의宗敎的思想이요、彼神學이라든가敎理라든가하는것은畢竟모다

此宗敎的感精의滿足을、更히鞏固한礎石上에確立케하려하는吾人理性의副産物이아니고무

엇일가。若，宗敎者의道德的生活에至하야쓰는、充足한宗敎的感情의自然한發露에不過함은

宗敎的生活의一境을味한者는다實驗할배라眞으로神을愛하는者엇지能이其同胞를愛하지아

니하겟는가。吾人이宗敎的生活이라함은、要컨대神과接하는感情의生活이요、理性은此를

指導하야確立의基礎를與하며、意志는此를活現하야實驗上의保証을與하는者라할수잇다。

藝術에至하야는感情의滿足으로써唯一의目的을삼음은玆에喋々의要가업다。藝術的活動의

世界에在하야는吾人의意志와理性은全然沈默의地位에居하야不關知焉의觀을作할수밧게업

宗敎와藝術

一七

다。이갓치藝術의世界는徹頭徹尾感情의世界일다感情을離하야藝術이업슴은、水를離하야

魚가업슴과갓다。

美의悅樂을藝術當眼의目的으로삼는唯一의消息임으로쇠라。藝術中에眞理의光明이不輝

함이아니요、道義의世界가存치안임이아니나其는吾人의感情生活을更히豊富하게하며更히

深厚하게하기爲하야야存함에不過하다。換言하면眞理를背하고道義에反하는藝術은能히吾人

의最高至純한感情을滿足함에不足으로쇠라。感情의滿足을離한純然한眞理의硏究와道義

의追求는、此를學術道德의世界에쇠求할지요、藝術의世界에쇠求할배아니라。故로藝術의

世界에道達하는者는眼中에다만美의憧憬이잇슬쇠이요、美의悅樂쇠이요、美한感情의滿足

이잇슬쇠일이라。詩歌、音樂、繪畵、彫刻等은한아도吾人의感情生活을離하야能히成立함을

未得함은其故라。果然이면藝術과宗敎는共히吾人의感情이라는同一한血液에依하야其生命

을養하는것이안일가。

藝術과宗敎와의共通点은이에止치안이한다。兩者로하야금能히其生々發展의活力을持케

하며、淸新藝活의元氣를揮케하는所以는實로吾人의想像力과密接한關係를有함으로쇠라。實

로想像力의宗敎藝術에在함은羽翼의鳥에在함과如하도다。吾人의宗敎로하야금其內容을豊

富케하는者는靈活컨想像力에不外하는것갓치一切의藝術로하야其美을放케하는者는實로人

心의淸新한想像力의致하는배라。彼想像力이缺乏한藝術的作品의無味素然하야何等의感興

을吾人의心中에惹起하기不能함을보라。古來로偉大한藝術은要컨대偉大한想像力의發現임

을 意味한다○是는 宗敎에 在하야 쉬도 亦然하다○古來로 偉大한 宗敎家는 가장 靈活不昧한 想像力을 有한 人이엿다○ 彼等은 한번 宇宙의 抽象的 眞理를 捕捉함애 其豐富하고 醇厚한 想像力은 忽然히 此를 情味津々하고 光彩陸離한 活한 事相으로 化하야 爲先自身이 感하고 도人으로 하야 곰 感하게 하엿다○가장 如實히 가장 的確히 靈界의 消息을 描出하야 吾人으로 하야 곰 目未見, 耳未聽하고

心未念한 昊天 外地의 風光에 接케하는 者ㅣ是豈彼等 高邁偉大한 想像力의 賜物이 아니고 무엇인가○ 基督의 宗敎的의 大天才로도、 들의 百合花 空中의 鳥又는 放蕩兒의 아름다운 比喩에 依치안코

는 能히 神의 愛를 便키 不能하엿다○試컨듸 基督의 說敎中에서 一切詩的의 分子를 除去해 보라○所

殘은 當時의 學者페리새人의 宗敎와 果然 幾許의 擇할바잇스랴○基督의 靈眼에 映한 宇宙人生의

眞相은 神을 其父로 仰하고 人類를 同胞兄弟로 한 一大家族의 아름다운 園樂의 光景이엿다○試하

야 在天의 父라는 簡單한 一語를 翫味하여 보라○如何히 豐富한 想像力이 其中에 充溢飛動하는가

量○彼가 三年間 傳道에 能히 世界心靈界를 一新한 者ㅣ元來 其神的의 人格의 所致이나 又一面은 其

靈活한 想像力에 充溢한 詩歌的 敎訓이 深刻히 人心의 琴線에 觸하야 交感孚應能히 天界妙樂에 共

鳴을 離禁케함을 得하랴○實로 宗敎의 世界는 一面神秘의 世界라○想像의 翼을 籍치 안

코엇지 能히 其風光을 髣髴케함을 得하랴○玆에 可知라 想像의 力은 宗敎藝術共有의 羽翼이요、

一面人으로 하야 藝術의 美한 花園에 逍遙케하며 一面人으로 하야 곰 宗敎의 高한 天界에 翺翔케

하는도다○吾人은 임이 感情과 想像 二面에 在하야 藝術과 宗敎와의 共通點을 略述하엿다○終에

臨하야 一箇의 觀察을 述케하랴○

一九

藝術과 宗教로 하야금 其本來의 使命을 發揮케 하는 共通의 利器는 人心의 直覺力일다 兩者는 共

히 直覺的으로 宇宙의 直相을 解釋하며 直覺的으로 森羅萬象中에 潛在한 深玄奧妙한 意義를 捕捉

해온다。 學術과 哲學이어써지 推理的으로 歸納繹하야비소到達합을 得할宇宙人生의 眞

理가 藝術家나 宗教家의 靈眼中에는 全然直覺的으로가 가장 明晳如實하게 一種의 幻影과 如히 파노

라마와 如히 顯映하며 開展하며 浮動하야 옴을 볼수 잇다。（宇宙人生의 哲學的 探究에 直覺이 必

要합은 勿論이오。 또 哲學에 直覺이오고 哲人中에 直覺哲學을 高唱하는 者도 잇고、또한 神秘哲

學도 잇슴은 勿論이나 大體로 然타 함이라） 人은 美가 何故로 美인가를 說明할수업슴과 갓치 一切

의 宗教的 實驗도 其感交字應의 刹那에 在하야는 其何故임을 立證키 不能하다。 然이나 한번 아 름

다운 畵像의 與에 立하는 者ㅣ 何故인 줄 未知하는 一種奧妙한 美感에 혼을 쌔 앗겨 陶然히 溶합과 如

한 樂境에 入합갓치、 한번神交靈感의 宗教的 實驗을 味하는 者무엇인지 모르는 一種 幽玄한 大光

明에 接하야 恍惚히 醉합갓혼 靈界의 妙趣를 捕得하는 者ㅣ 是豈理智의 銳鋒으로 透貫할수 잇슬

바랴。 彼審美的 性情을 未有한 者ㅣ며 宗教的 靈眼을 不具한 者ㅣ 愚라하고 狂이라 할지라도 不關

하는 배라 美는어대지 美요眞은어대깃 眞임을엇지 하랴。 直覺은 事實이다。 高踏脫俗의 人는

能히 此靈的 利器를 提하야 凡眼의 透視키 不能한 宇宙人全의 眞相을 洞察하며 現像界의 奧底에 潛

在한 大意義를 理解하야、 或은 此를 藝術의 作品에 올니며 或은 此를 自家人格의 榮光에 實現할지

로다。 宗教的 大天才의 世界觀 生槪을 보라。 此를 兩聖라파엘의 傑作、 쎄ㅣ테、의 雄篇에 보

라。 所謂인스피레ㅣ슌이라던가 天來의 氣叭라 稱하는 者ㅣ 是豈靈的 直覺力의 謂가 안일가。

上述한바 感情이나、想像이나、또는 直覺力、此三者는 藝術과 宗教의 性能을 發揚케하는 活力이요、羽翼이요、利器가 될뿐아니라、三者其一을 欠할時는 藝術다운 藝術이나、宗教다운 宗教는 地上에 存在키어려울것일다。藝術과 宗教를、同一한 血을 分하며 同一한 乳를、哺하야 養育된 骨肉의 親이라합은 이에잇다。또이 雙生兒의 性格에 在한 差別懸隔의 一面은 次號에울니려하노라。

宗敎와 藝術

吳 相 淳

二

쎄르렌 詩抄

○바 람

기 ? 偃怠의 ?업는것불이러라、

이는사랑의 하욤업는 疲惱러라、

이는 가븨야운바람에싸히여

나붓기는 수풀의 微音이러라、

이는 희미한小枝를 싸도는

적은노래의소삭거림이러라。

아々 힘업는新鮮한바람소리여、微音이여、

이는새와갓치울며、버레와갓치도嗚咽하겨라、

이는 바람에쓸치어 춤추는野草의

소군거리는 곱흔노래와갓타라、

흘으는물밋에잇는모래알의

무거운울넘이라고 그때는말하나。

조는듯한설음에
이리도 애닯은靈은
우리들의 이靈이아닌가,
이고요한黃昏에、적은소리로
삼가하는祈禱갓치 소군거림은
내靈도되며、그대의靈도아닌가。

○싯업는倦怠의

싯업는倦怠의
넓은들우에는
눅기쉬운 흰눈이
모래갓치 빗을노하라。

銅色의하늘에는
빗이란 조곰도업서라、
아서울어르면 달빗은
죽은듯 산듯하여라。

베르렌詩抄

一三三

廢墟

갓가운썩갈나무수풀은
써도는 엿검은구름갓치、
어리운안개의속에
灰色을씌여　회미하여라。

죽은듯　산듯하여라。
아々　울어르면　달빗은
빗이란　조곰도업서라、
銅色의하늘에는

숩　맥혀하는가마귀여、
너의파리한　이리(狼)여、
酷毒한北風과합쇠
네게로　옴은무엇이런가。

哭업는倦怠의
넓은들우에는

녹기쉬운 흰눈이
모래갓치 빗을노하라。

○角 聲 (一九二○、七、一七、於月尾島海岸)

孤兒의 설음갓치、수풀에 빗기는
애닯은 角聲은
나즌수풀밧을 감도는바람에 좃기여、
적은山기슭에서 슬어지여라。

이리(狼)갓튼맘은 그소리속에쉬흐득이며、
넘어가는 벗에 쌀아써돌아라、
困憊한애닯음은 내몸을붓잡고
이리고괴롭히며、이리도압혀라。

이哀嘆을鎭定하랴고
숨(綿)갓치도 퍼엇는흰눈은
피빗인落日을 둘너덥허라。

뻐르렌詩抄

아、설어라、하늘에는가을의嗟嘆이가득하여라。
애닯은이저녁에　이름몰을보드라움은
고요한이景色에　자는듯하여라。

○아낙네에게

이詩를들이노라　곱흔숨에울며웃는
그대의큰눈의다사로운慰安에、
그대의맘이　맑고、아름다음에、애닯은
나의鬱憂가득한이詩를들이노라。

殘酷도하여라、쉬지안코　이몸을시달니는
惡夢은　밋친듯휩쓸아들며、밉살스럽게도、
이리(狼)의무리갓치　모혀선　피투성이의
나의運命을　목을매여　슬어라。

아아나는압하라、쥐여싸고십허라、
에든동산에서　쫏겨난무리의설움좃차

二六

내설음에 此하면 牧歌에지내지안아라。

그러나、내몸을생각하는그대의맘만은
쇠원하게도 맑은九月의午后의하늘을
날아가는케비갓치 살틀하여라ー내사람아

○늘 쉬는숨

異常하게도 자조못닛츨숨을쉬게되여라、
본젹도업는아낙네가 꿈속에보이며、
사랑하고사랑밧아 숨쳘써마다
姿態는달으나、亦是살틀한그사람이려라。

살틀한사람이려라、내가슴을알아주어라、
이리하야 맘은언케든지쩌날줄몰아라。
눈물을가지고、나의빗쌀업는나마의맘을
씻처주는듯 내맘을쇠원히慰勞해주어라。

페르렌詩抄

二七

廢墟

赤色、金髮、赤褐色、머리빗을물으며、

그이름좃차물아라—世上에는업는그리운

아릿다운이름으로만　나는알고잇노라。

그目眸는彫像의곱흔눈과갓라라、

먼곳에쉬듯는穩和한맑은　그목소리는

몸이죽은그립은사람의소리갓치들네라。

○渴望

아아　山靈의넘프여、오랜날의써사람이여！

아아金髮、프든눈！그리하고앗의皮膚여！

그姿態는절믄肉體의가득한芳香안에

사랑의생각좃차　부쇼럽어하여라。

이러한즐겁음　이러한온갓眞實에쉬

써사람은써나가쉬라、애닯다、모든것은

맘을압히는봄철갓치　자최업시가쉬라、

只今내게는 疲困과 斷腸의 검은 겨울이와 쉬라。

只今내몸은 혼자애 닮음과 孤寂에 잡것노라、

늙은이보다도 오히려 찬외롭은 絕望에

뉘넘좃차업느 불샹한 孤兒의나의이몸은、

내ᄯᆞ차는 아희갓치니마에 키쓰하는사람을。

머리는赤褐色에、얼골은沈思에嘲驚의눈으로、

바랠ᄶᅥ름이노라、살틀한사람、ᄯᅳᆫ겁고보드라운사람、

○ 倦 怠

親愛하여락、親愛하여라、그저親愛하여라、

내가슴은 이리불너라、아ᄉᆞ내사람아!

그대를음직이는 더운이맘을차(冷)게하여라、

逸樂의생각은 비록놉하진다하여도

뉘이갓튼不穩한犧牲의맘은 일치말아라。

二九

廢墟

衰弱하여라 자는듯한사랑의맘에、
너의嘆息과쓸데업는눈瞳子는 헛것이러라、
가거라、 깁흔嫉妬와순지안는舊激과거줏도、
그것들은 긴키쓰쏫차 갑시업서라。

그러나 너의살틀한黃金의胸中의말은
『나의아희아 어리석은情慾은軍笛을불려하나니
맘대로憤怒의喇叭을불게하여라、 웃으운사람아!』

네니마를내니마에、 네손을내손에잇게하여라、
明日이면 니커바릴달금한맹서를하여라、
이럿케눈물흘니며 아춤볏을맛게하여라、
熱病에걸닌어린아희여!

岸 曙 譯

메-터링크와 예잇스의 神秘思想

── 「青鳥」의 作者 와 ──

── 「秘密의 薔薇」의 作者 ──

俗界가 모를 서르고 嘔吐를 催하난 低級의 偽感文學과 粗大醜穢한 갑산 物質
主義에만 膠着하야 漸々 萎縮하여가고 沈滯하여가고 淵殘하여가며 退嬰하여가며
墜落하여가난 우리 所謂 文壇과 思想界예 玲瓏하기 珠玉갓고 朦朧하기 숨갓고
芳悖하기 古酒갓흔 最近歐洲文壇의 新文學的傾向인 神秘思想을 紹介하려합이 아

요 無意味한일은 안일것이다.

아! 兄弟들이여!

아! 누의들이여!

「眞理」와 「美」에 주린 不幸한 벗이여!

모든 眞理의 受難者들이여! 무거운 너희의 眼瞼을 드라! 가뷔엽게 束裝을
하고 써나자! 巡禮의 旅程을 안이 도라움 엄난 放浪의 길을 ──

마리-펑크와여잇스의神秘思想

三一

마리-펑크의 Hearts Desire(마음의 憧憬하난土國)로! 「容智」와 「美」와 「眞理」의 仙

女가　徜徉하난　花園으로！　아！苦悩의　벗이여！　이제　神秘의　안이「大智識」「大

悅樂」의　오래　廢하얏든　殿閣의　門을　쑤다리자！

古今東西를　勿論하고　어느時代　어느누구의　思想이나　文章치고　多少의　神秘

的色彩가　업난것은　안이지만은　透徹한　眞意味의　神秘家난　그러케　만치안엇다。

東洋에도　皇來로　偉大한　神秘家가　만히　잇섯다。그러나　그것은　後日에　다시말

하기로　하고　오날은　暫間　歐洲의　神秘家와　밋　그네들의　思想을　討究하야보자。

歐洲의　神秘主義난　처음　獨逸의　有名한　神秘哲學者야곱、뻬멘 Jacob Boehme,

1575-1624)와「天堂과地獄」의　著者로　一世를　驚動식힌　有名한　瑞典의　神秘主義

者에　마뉴엘、스웨든보-크(Emanuel Swedenborg 1688-1772)로　始하야　近時에　이르

러　英國의　偉大한　詩人、畵家、並히　彫刻家　윌니암、쓸레크 (William Blake, 1758-

1828)와　佛蘭西의　劇作者비-리에、쓰、릴、애담伯(Count Villiers De Tisle Adam,1828

-1889)에　至하야　大成하얏고　最后에　애담伯의　直接后繼者로　白耳義의　劇作者、

論文家로　現今　米國　講演旅行中에　잇난　有名한매터-링크氏(Maurice Maeterlink,

1862-)와　쓸레크에서서　多大한　思想上暗示와　感化를　밧은「秘密의薔薇」와「캐들린

伯爵夫人」의　作者로　著名한　愛蘭詩人예잇스(William Butler Yeats, 186-)氏에　至하야

아조　完成하얏다。重言復言할것업시　以上兩氏난　並히　現今歐洲文壇의　最高權威者요

메터ー링크와 예잇스의 神秘思想

同時에 最大神秘家임은 닷흘수업난 事實이며 싸라 其神秘思想이 歐洲文壇에서 얼

마나한 地位에 잇난지를 推知할수가 잇다。

그런데메터ー링크氏와 예잇스氏의 神秘思想은 古代神秘思想家의 敬虔한 心情

우에 倦疲한 現代人의 世紀末的「무엇」을 더 加味한것이다。故로 兩氏의 思想은

어느点으로 보던지 十九世紀初葉頃브터 오날々外지 歐洲文壇을 直接間接으로 支

配하난 모든 爛熟하야 膿汁이 쑥々 흐름갓한 世紀末의 頹廢文學과 其 哲學上

論調든지 色彩든지 趨向上으로든지 符合되난 点이 만타。그러나 메터ー링크、

예잇스兩氏의 思想이 其頹廢文學의 것과 다른点은 吾人이 늘 보고 感하난바 其

頹廢文學의 特徵이랄만한 過度한「官能美」와「情緒美」의 氣分에서 解放되야 吾人

이 至今것 感치도 못하고 보지도 못하든 새世界──即새로운「色」과「香」과「리

슴」의 天地를 찻고、其天地에서 吾人은 萬物을 透視하난 靈眼으로 모든 權力、金

錢、地位、驕傲、放肆、虛飾、誇張을 剝奪된 微妙한 人間의 魂의 聲과 悲痛하고

凄切한「그림자」를 凝視하며 同時에 衆目암해 表現함이 곳 兩氏의 안이 一般神

秘思想의 根本意이다。참으로 神秘思想은 文字가 表示하난대로 幽玄하고 微妙하

고 婉曲無比하고 애씀고 不可思議의 底力과 名狀할수업난 魅力이 잇다。나의 不

足한 筆舌로난 到底히 充分한 解說을 할수가업다。그럼으로 이에 나난 나보다

雄辯인예잇스氏의 賞讚할만한 論文「肉體의 秋」에서 뛰움〈 멧節만 抄譯하려

三三

한다。
———

廢墟

「吾人의 思想과 情緒난 뵈지안이하난 月光에 附隨하난 隱蔽된 潮汐으로쎄 飛上하는 烟霧에 不過하다。余는 글을 처음으로 當際 外部의 事物을 可及的 分明한 調子로 模寫하려 하엿고(一行略)畵와 如한 誇飾的의 冊을 愛讀하엿던것갓치 記憶한다。그后로 全然히 나난 外部의 事實을 敍述하고십혼 生覺이 업서지고 精神的의 調子의 弱한것이 안이면 丹은 나를 깃겁게 못하엿다。(一行略)

나난 요새 作家들이 全歐洲에서 其繪畵的、誇飾的의 作風에 對抗하야 爭鬪하고 科學思想 及 政治思想의 時代가 文學上에 齎來한 其外面的傾向에 對抗하야 爭鬪하고 잇슴을 아랏다。(三行略)人民이 徹頭徹尾 論理的인 쌔문에 運動이 顯著히 甚한 佛蘭西에서난 舊浪漫主義의 最后의 偉大한 戲曲的作品「聖앤돈이의誘惑」은 新浪漫主義 最初의 偉大한 戲曲的作品「악쎌」(Axel)로 더브러 明白한 對照를 作하얏다。그리하야 메터ㅣ링크난 비ㅣ리에、쯔、릴、애담伯의 跡을 追하얏다。푸로벨(Gustave Flaubert, 1821—1880)은 變幻奇怪하고 아름다운 景色과 人物을 잇난대로 叙述하되 此를 歷史的 並히 人種誌的의 細目으로 充滿케하얏스나 애담伯은 不意의 精力과 着想으로 東洋의 洋燈의 燻한 靑色 赤色의 硝子의 陰에 燿하난 焰과 갓치 陰으로 精神的이요 熱情的인 氣分의 빗나난 말을 蕩掃하얏다。그리하

야 萬物이 雲과 如히 지나갈법한 其써에 對한 渴望과 山과 山을 너머쉬 其

星辰을 追하난 Magi (邁實僧、古波斯의道士)의 誇慢갓한 誇慢을 除하고난 甚之於

個人的特質외지 업난 人物을 創造하얏다。然而 메터―링크난 이 渴仰과 誇慢외지 拔

去한 微弱한 魂――임의 氣軆에 近한 奈落의 淵에 沈하난 悲痛한 影子을 우

리眼前에 드러내엿다。그런데 同樣의 變化난 佛蘭西의 繪畵에도 이러낫다。即人

間은 舊派의 戱曲的說話와 美麗한 要素의 代에 實生活에 不適當한 脆弱한 動

悴하난 肉軆와 밋 實生活에서 보난것갓흔 明暸한 輪廓과 動作이 업쉬진 色과

形의 微弱한 리슴의 優勝한 景光을 隨處에서 보난것이다。(十七行略)余난 實로

엇던나라의 藝術에쉬든지 多數人이 「頹廢」라고 브르난 微弱한 光과 微弱한 色

과 微弱한 輪廓과 微弱한 精力과를 보나 藝術이란 未來의 事物을 夢想하난것

이라 밋음으로 나난 特히 肉軆의 秋라고 부르고십다。其「音律秋」의 薄暮에 海

鷗의 啼音과 如한 愛蘭의 詩人이 이意味를 「一日光은 疲困하야 犁를 措할써로다」

란 句를 咏한것이다。頹廢난 外部的法則을 解釋하난것이다。實證科學이 恒常 否

定한 만흔 事物에 對하야 吾人이 興味를 이르키게된 時期에 達하얏슴으로 「頹

廢」란것이 益々 重要한 意味를 가지게될것이다。實證科學이 否定한 만흔 事物

이란 即「말」에 依치안코 思想으로하난 心과 心과의 交通、夢과 幻으로 預知하

난것과 밋 우리에게 死者와 死者以外에 모든것이 現顯하난것이다。恐컨대 吾人

은 世界의 危期가 絶頂에 達하야 人間이 오래 集積한 富의 重荷를 双肩에 擔

하고 처음날브러 내려온 階段을 다시 오르려난 危期에 達하얏다。(十二行略)

人間은 世界를 誘惑하야 自己의 所有로하얏다。그리하야 一時뿐만안이고 星辰이

枯葉과 如히 飛散하야바리난 最后의 갈(秋)싸지라도 終息업난 倦怠로 倦怠하리

라고 思한다。人間은 「내가 만지고 보고 듯난것뿐만 眞實한것이라」말하난 바로

그쌔 倦疲하게 되난것이다。(十九行略)吾人은 不可思議의 셤(島)과 셤을 彷徨하

든 老人、其終局의 歸家、其徐徐히 오난 復讐、女神의 飛翔하난 模樣、밋 나로

난 화살(飛箭)을 委曲하게 쓰난 方法과 또다른 모든것을 「寶石의 上에 寶際

의 火尾와 如히 相互의 反暎에 依하야 빗나게」하고 (十字略)「森林의 두려운 或

은 木葉中에。고요히 震動하난 雷鳴」과 如히 不可側한 神々한 想像한 氣分의 花

押又는 쌈불(象徵)、「完全한 말삼」을 하게 하난 方法을 復知하리라고 思한다。

(不幸히 原文을 求치못하야 日譯에서 重譯한것이라 辭句上 曖昧不明한곳이 만흠

을 讀者의 多謝하나이다。)

以上에 쓴것과 翻譯한것만 보아도 여러讀者의 쓰난 近代의 神秘思想이 大槪

如何한것인가를 不充分하나마 推知하실것이다。當初에난 今番號에 메터-링크氏와

예잇스氏의 略傳과 作品을 아울러 紹介하려 하얏스나 紙數의 制限이 잇슬것가

하야 遺憾이지만은 다음機會로 밋는다。

卜　榮　魯

내 물

버 물

쉴새흐르는 저내물
흐린날은 푸루죽々
맑은날은 반짝々々
깜々한밤 黑色갓치
달밤엔 白色갓치
비오면 방울々々
눈오면 녹혀주고
바람불면 문의지어
아참붓허 저녁까지
밤붓허 새벽까지
춥든지 더웁든지
실튼지 좃튼지
언케든지 쉬임업시
외롭게 흐르는내물

慶　墟

내물！　내물！
처럭케　흘너쇠
湖되고　江되고　海되면
흐리든물　맑아지고
맑든물　퍼래지고
퍼럿른물　싸지고

華虹門樓上에쇠

砂

野原가온대　쌀녀잇쇠갑업는
모래가되고보면　줍난사람도업시
바람불면　몬지되고
비오면　진흙되고
人馬에게　밟히면쇠도
실라고도못하고　이世上에잇쇠

이싸금 져川邊에

蒲公英 野菊花 메꿋 꿋다시꿋

피엿다가 슬어지면 痕蹟도업시

뉘라셔차져오랴

뉘라셔밟아주랴

모래가되면 갑또업시

내 물

羅晶月

三九

VanDyke 의 日本風景詩

(一)

日光의 赤橋

大谷川의 急流의 위에、

花崗石의 기둥으로 로뭇허기둥에、

고요히 나의 아름다운 활(弓)을 구붐기휘여 노앗다。

完全의 자랑안에서 安穩하게

보든다리덜中에나는 女王의 薔薇로 잇다。

怒한 急流에 나는 戰慄치는 아니한다、

헷터진시내물은 나를 反寫치는 못한다、

씨내의여윈面影을실어가지도못한다。

神聖하게、 誇慢하게、 쩨々로나는고젹하다、

버밋혜잇는 公橋위에

이리저리다니는 사람의 신 발 소 리 와

귀여운아해덜의 질거운웃는소리를 드를쩨에。

밤에 오너라、 너山育의 어린少年덜아、

내위를힌것밥고 가거라。

(二)

燈 明 臺

나는日本의「봄」의

奇怪를만드러내는손가락을사랑한다。

「봄」은自然을爲하여푸른僧衣를싸서

白과薔薇와金의옷으로 그것을감친다。

「봄」은모든山의아름다운前額으로뭇하

눈(雪)의베일을 것이다。

봄은숲(森)의神聖한場所를

日本風景詩

四一

廢　墟

和讚과 雅歌로 씨充하다。
쏫다운 葉과 花의 抹香은
절(寺)의 階段에 쇠이려나다。

佛壇의 燈明臺는 어느곳에 잇느냐!
보아라、「봄」의 손가락쏫은 벌서 燈明의 臺를 갓추어 노왓구나。
아마「봄」은 정밤中에 가만히 맨드럿으리라。
소나무의 黑銅色의 가지를
美의 線안에 밧(外)으로 안으로 휘여 놋타。
곳고 가는 가지의 尖頭에
百萬의 銀蠟이 빗치다。——
누구나〜곳게쇠々
누구나 人生의 白炎에 觸치아냠이업다。

（三）

奈良의 休息

오랜 大和의 平原을 守護하는

녯으로의 山의 무릅위에,

긴쌰홈과 爭亂에따리한아름다운奈良은

休息하려을너갓다。

푸른杉과赤體의檜나무는

구분집웅을멘드러奈良의休息을직힌다。

四月은樹間에櫻의눈(雪)을뿌리고,

十月은百萬의丹楓의燈籠으로빗친다。

斑點잇는사심의쎄가奈良에聖殿을發見한다

巡禮者의行列과歌步하는學校生徒의무리가

小林을通하여徘徊하고騷驚한다。

佛陀의巨鍾은平和의驪隙을울닌다。 ,

行列의後에

붉은恐怖로붓허避하여온露人의亡命者가온다

日本! 露人덜이嫌惡하던日本은奈良의休息에쮜덜을맛는다。

亡命者는조름의中에이건는사람덜과것다。

日本風景詩

四三

慶 墟

만일이숨속에 쥐덜의 眞理를 發見하면 幸福이겟다●

圓圓

李丙疇

먼져現狀을打破하라

歐洲戰亂의影響인지 或은 常然히 을 世界의大勢인지 물으거나와 民本主義를 基

調로한社會改造의소래는 四面八方에서 일어남니다

대개 이改造라는 意味는 자서히는 알수업스나 學者의 말을 듯건대「生의要求의 滿

足을求하야 自己쏘는 自己의生活環境을 變化케함이라」하얏슴니다 그러면 改造라

는것은 人類의生의要求가 不滿足에서 일어나는것이니 自己의生의要求가 滿足함에

일으기까지는 自己 쏘는 自己環境의現狀을 打破하는것이 必要함니다 웨그러냐하

면 現狀을打破치안이하면 이社會는 腐敗하고말지니 우리女子로 말하드라도 古來

의모든罪惡과 虛僞에쇠버서나지못하고 永遠히 男子의奴隷의待遇나 밧고 말것이을

시다 그린즉 오날날 우리女子가 生의要求의滿足을求하야 가장 合理한法으로 男

子의게 對하야 同等의人格者로 人權을 要求하는以上에는 먼저 自己의現狀이 엇

떠함을 도라보아가지고 될수잇는대로는 過去와絶緣을하고 묵은理想을撲滅하

야 새女子로 改造되여야하나니 이와갓치하랴면 只今 잔득 뭇들고잇는 現狀——即

밧구와말을하면 東洋 멧千年의歷史的關係로 馴致한古德의遺臭를 脫却안이하고는 될

수업슴니다 이를脫却함에는 無論無數한批難과 多大한 迫害를 頑固한 道學先生의

먼져 現狀을打破하라

四五

게 밧겟지오 그러나 이룰顧忌한다던지 쓰는 古來의世俗과 慣習에 그精神이 痲

痺가되여 男子의專制를 無反省으로 肯定을하야 엇더케하면 男子의마암에 들가하

卑劣한奴隸性으로 우리女子의運動을 開始한다하면 이것은 우리女子의徹底한自

覺을 妨害할뜻안이라 男子의專制를 永續하는結果가 되고말지니 그리지안이하여도

人形과갓흔柔順을 女子의게 要求하는 朝鮮의社會는 조금이라도 因習에 達反되는

言論을敢히하는女子가 잇스면 고만 冷酷한嘲罵中에 致命的의打擊을 줍니다 이려

한것을 생각할째에 우리女子가 이룰 顧忌한다할진대 어느째에 男子의專橫을 免

하겟슴닛가 만일 우리女子가 사람으로살랴고안이하고 奴隸로 生存코쒀하면 몰으

거니와 그럿치안이하면 自己쓰는 自己의環境브러 現狀을 打破한後에 完全한人

格者로 改造하여야합니다 오날 우리女子는 世運의急變과합쎄 한 큰自覺과 改造

를 行치안이치못할時機를 맛낫슴니다 그런즉 女子는 스사로 그認想迷夢 即現狀을

쎄트리는것이 當面의急務라 할것이오 스사로 그責任을 쎄닷지못하고 獨立自存하

는 생각이업시 남이그리하니 나도 그리한다든지 남의煽動에 賴他的으로 不健全

하고 不自由한運動에 從事한다든지하면 決코 우리의希望은 達치못할것임니다 보

십시오 우리女子界가 男子社會에 比하야 무엇으로던지 두어世紀를 뒤젓슴니다 이

를 쌔라가랴면 前途가 멀다고안이할수업스니 우리는 다만 우리의主義를 爲하야

突進할것이오 그러치못하고 만일時俗과 妥協을하고 因習의壓迫에 挫折되면 우리

女子의 前途는 暗黑하야 나아갈수 업습니다 現今우리朝鮮의 現狀으로 이를보면 우리 主義의 行程은 波瀾이 만코 困難할것은 아모라도 豫見합니다 外로는 男子의 專制的 偏見의 强壓이잇고 內로는 多數한 中年女子가 因習的惰眠과 屈辱에 天性을 喪失하고 覺醒한女子에게 異端的反感을 가지고잇슴니다 우리覺醒한女子는 이를 敵으로 對하고 나아가야합니다 그러나 우리가 實力업시 다만 淺薄한 생각으로 反抗的으로 쓰는 破壞的으로말함은 안임니다 이를 다시 말하면 即一面으로는 우리의 現狀을 打破하고 改造를 實力으로쎠 하자합임니다 이에는 教育과 쓰는 知的 道義的으로여러가지方法이 스사로 엇겟지만은 第一 急務는 自己의改造요 自己의改造는 現狀打破임니다 누가무에라하던지 우리는 우리의要求를 爲하야먼저 새사람이 되여야합니다 이리하여야 비로소 우리가 解放도 될것이오 男子와 同等의權利를 갓게될것임니다 그러나 이우에도 말하엿거니와 現狀을 打破하고 改造하라는 우리의 前途에는 困難이만흘것이니 이에 對하야는 昨年 初冬에 華盛頓에셔 國際勞働會議와 同時에 開催된萬國勞働婦人聯合大會의 第一日에 美國勞働婦人聯合會長레몬트 로빈스女史가 述한歡迎演說中에 「우리들은 誠實과希望과 沈勇과 確信으로쎠 未來를 凝視하는 先驅者로다 우리들은 偉大한 한冒險에 向하야 召集되엿노니 우리들은 斷乎히 徃하여야하리로다」한 堅忍不拔한決心으로 이를 익이며 나아가지 안이하면 안될줄로 생각합니다

먼저現狀을打破하라

金 元 周

四七

꿀

물、녀름풀、
代代木들의。
이슬에쇠진너를、
지금내가맨발로삽붓〜〜밟는다。
愛人의입살에입맛초는맘으로。
정말너는쌔의입살이아니냐。

그러나비가이것을야속다하면、
그러면이러케하자。——
내가죽거던흙이되되마、
그래서비쌕리에가쉬、
너를북돋아주맛구나。

그래도야속다하면、

四八

그러면 이러케하자。——
비나버나、——우리는
不死의들비(圈)를돌아단니는衆生이다。
그永遠의歷路에쉬닥드러맛날쩨에、
맛치너는버가되고、
나는비가될쩨에、
지금버가너를삽붓밟고잇는것처럼、
너도나를삽붓밟아주려무나。

生命의秘義

부슬거리는
봄비속에、
雨傘을밧고쉬
仁王山에올낫다。
雨傘밧은채
웅크리고안저、
비여저나오는

廢　墟

풀싹을 드려다 보며,
홀로 종용히
生命의 秘義를 늣길것다。

풀은 산物種、
산풀을 만드러내는 大地、——
大地도 역시 산것이 아닌가。

검은 흙에서
파린풀이 난다。
萬物을 生長케 하는 大地의 힘、
그 偉大한 힘은 어듸로 부터 오나。

물、 구름、 비는
三位요 一體다。 ——
물이 구름이 되고、
구름이 비가 된다。

그러나 그 體는 一이다。
비 방을이셔에나려와쉬、
뽕닙과 흙덩이를 독々싸린다。
이러케 循環하고
이러케싸리는것도、
산 大能者의 造化로 되는것이 아닌가。

「生」을 버 릇코
宇宙를 생각지말것이다。
宇宙는 산것이다。
宇宙의 根源은 「生」이다。

大地와 生命

大地。——
種子의 發芽、
成長、
開花、

풀

五一

廢　墟

結實。──

大地의愛여、
生命의不可思議여。

大地의讚

大地시여、
어머니시여、
善惡一切、
모든物種의。

世界의모든物種、──
地上에動하는者、
河海에棲하는者、
空中에飛하는者、
모도당신에게養育되고、
당신의愛護를밧나이다。

그리고 最後에,
이 모든 物種의 屍體를,
당신은 그 넓은 가슴에 抱擁하나이다。

나는 당신을 기리나이다,
당신은 眞實로,
萬有의 慈母이로소이다。

南宮 草夢

五三

풀

廢墟

樗樹下에서

「…虛言은 사람이 모든 生物보다 超越할수잇는唯一의 特權이다、虛言속에서 眞이나

온다 나도 거짓말을하기때문에 사람이다。처음에 四十番이나 或은 一百四十番이

나 虛言을하지안코는 單한아의眞理에도 得達할수업다。萬一 그것이 自己의생각에

씨우려나오는虛言일지경이면 尊敬할만한것이다。……自己의生覺으로써 虛言을하는것

은 眞理를 다른샘(他泉)에쉬 기러오는것보다나흔일이다。前者인境遇에는 너는 아

즉 사람이다。그러나 後者인境遇에는 너는 鸚鵡에不過하다……」

○

近日 나의氣分을 가장 正直하게吐說하면 鸚鵡의임씨는 勿論이거니와 所謂사람의

特權이라는 虛言도하기실흔症이 極度에達하얏다。間或 口舌로쎠하는것은 不得己

일일지모르되 붓끗으로쎠지、붓끗은 姑捨하고 活字로쎠 無數한勞力과 時間과 金

錢을浪費하야가며 쌀간거짓말을 박아서 店頭에버려노코 得意滿面하야 錯覺된群衆

을 又一層眩惑케함은 確實히 罪惡인것갓치생각되다 或은 그것이──그럿케하는것

이例常事요 또 眞에到達하는 「푸로쎄스」라고도할는지모르나 虛言도 巧妙히할만한資

格이업시 中途難方으로 橫說竪說하는것은 비록 罪惡이라고쎠지 酷評할바는안일지라

도 確實히 自己를 너머高價로打算하얏거나 或은 社會를 凌蔑한所爲라고 나는생각
한다。

──나는爲先 이러한理由로 廢墟社의同人됨을 辭하고 나라는 存在를숨키여보랴하
얏섯다。或은 나의親友의某君이 脱退를하느니 脱退를當하얏느니하는 問題와 무슨
關聯한바가잇는것가치 誤解할는지도모르되 나는 나의主張대로實行하랴하얏다。그러
나 問題는 그리容易히 解決되지못하얏다。그것은 勿論 나一個人의去就가 廢墟社
存廢問題에 影響을밋출만치重大하기써문이안인것은 分明하다。事實 그러하다。하지만
이廢墟社라는 적은團體에對한一部의世評이나 或은 廢墟社의現在의立脚地를生覺할써
에、나는 果然 그時機가 안임을쌔다랏다。──나는 쏘다시 쓰루른虛言을反覆하면
쉬同人의一人인榮譽를집지랴하는것이다。

○

사람의感情은 아모리敎養잇는사람인境遇엘지라도 反動的으로움직이는것갓다。나는
이것을暫間「反動氣分」이라고 브르겟다。
내가 一旦決心하얏던바를 取消하고 사랑하는親故들과 이「쓰름프」를維持하야 우
리의唯一의排泄機關인「廢墟」를刋行함에努力코자할도 亦是 이「反動氣分」이 그主要原
因임을 報告하야두고자한다。이것은 特히 W君에게 아뢰랴하는바이다。君이 東京
으로向할際 나더러「君도 脱退하는것이 如何오。「廢墟」의外聞도생각하야봄이…」云々

樗樹下에서

五五

한일이잇섯다。 그쩨는 내가 임의 脫退들 言明한 後이얏슴으로「勿論 나도 辭退하얏

다。 그러나 그理由는 君에게對한 友情으로거나 或은 世評如何로因함이안이로라」고

答한일이잇섯는데 至今 다시 復舊함은 朝論暮改한듯이 君이 誤解할듯하야 暫間

君에게말하야둠이다。 그는 何如間 내가 反動的感情으로써 다시 사랑하는 廢墟를버리

지안켓다는것은 다른 理由가안이다。 내가 辭退를言明한지 數日後에 京城의 某新聞紙의

讀者俱樂部欄에 咄々生이라는 匿名으로 大略如下한 記載가잇섯다。

廢墟라는 純文藝雜誌를 經營하는 者들間에는 分爭이생기여서 某同人에게對하야 脫退

를强迫하얏다니 寒心한 現象이라하고 그아레에 繼續하야 哲學者然하는 某가 某藝妓

의집을出入한다는 嘲笑이엇다。

나는 最初에이것을 볼쩨에 已爲脫退한以上 第三者로써嚴正批判을하야볼가하엿다。

그러나 내가 마츰 辭退를決心하자 이러한 消息이들님은 비록 나自身에는 關係가

업는바일지로되 내가마치 所謂 外聞如何를忌畏함인듯이 誤解될쑨안이라、 오히려 同

人으로써 共同責任을가지고 無責任한所謂世評에對하고자하는 熱情이잇기쌔문에 다시

同人의一人으로써 爲先 咄々生君에게 그非를質하는바이다。

第一 同人의脫退를强迫云々함은 그事實의內容을 如何한程度쌔지詳探하얏스며 쏘

한 이것을 寒心한現象이라 할理由가무엇인가。 우리에게는 同人의脫退를强迫은者

가업슴과가티 强迫한事實도업거니와 비록事實이라할지라도 조금도 奇異한例外의事

가 안일가 한다。元來同人組織은 그 大體의 思想傾向이 類似한者가 一種의 文藝運動을 이르킴

으로쎠 出現의 理由가 잇고 氣分의 統一 意氣의 渾融投合으로쎠 存續의 可能性을 見出하

는 바이다。하고보면 或時에 離合散來가잇슴은 彼此의 個性을 尊重하고 共同目的을 爲

함에 不得己한바이안인가。萬一 우리가 利害와 義理友情으로쎠 結束됨이잇더면 世俗的 商

業的 實務的 或은 俠客輩間에 通用되는 一種의 道德的 意味로團結됨이 가장重

도 容或無怪로되 우리는 우리의 事業의 性質上 精神的共鳴과 氣分의默合을 가장重

要視안을수업다。쎠라쎠 彼此의 共鳴契合할何等의 內的 要素가 缺乏하얏슬째 쎠로分合이

腐絲보다도 弱한 境遇가업지못할것이다。그러나 이에쎠 友情이라는것은 義理와 利害

가 問題外임과가티 別問題일것이다。

그다음에 某哲學者然한者云々한것은 亦是我廢墟社同人中一人을指稱함인지는 未可

推知로되 (비록廢墟同人인境遇일지라도 廢墟社라는團體와는關係가업는 個人의 行爲일것

이다。) 咄々生君에 試問코자하노니 君은 如何히하야 彼의 行動을 그가더正確히探

知하얏는고。君이 彼의 行動을探知하고 이를 新聞紙上에公開하는 그 責을自任함에 第

一必要條件은 君이 確實히 目睹함을要할지요 써라쎠 君은 반듯이 某處의某家는

某々藝妓의 住所임을詳知할지며、비록 君이 그藝妓를아는바안이며 또한 彼가「門間

이擦傷토록出入」함은 目睹치못하얏슬지라도 君의友人中에 誰某間 君에게敎示하이안

이면 君은 能히아지못하얏슬지니 君은 何故로 더욱히 親한君의 友人의非를責치

橰樹下에서

五七

廢墟

五八

안코　君의 모르는바外人을　難함이그리極한가。또다시　말코쳐하는바는　君은何故로一

鎖事를歎하기前에　敎養잇는社會의中心人物이라目할만한紳士로써　酒宴에　美妓를侍케

하고　蓄妾을마음대로하는　現下의社會現狀을慨歎치안는가。이를　또한번　推究할진대

性的으로도　徹底한資本主義가　大成功을博하는　目今의社會組織을　洞察하고　咀呪할

만한勇氣가　君에게는　何故로缺乏하얏는가。呻々生이여、君은　君의眉塵을볼지어다。

…그러나　이에一言을附할것은　그哲學者然한某君이　그藝妓를訪問하얏슬째에는　마

츰　이記事를揭載한新聞의記者一人이臨席하얏고、또　그藝妓는　朝鮮社會에令名이藉々

한某氏의義姉妹인지　義男妹하며　또한　그藝妓는「사람」이라는것이다。

이에　이르러　가장重要한問題는「그러면　善惡의判斷을如何히할가」함이다。

○

이雜誌가생긴뒤로　或時　이런質問을밧는다。「廢墟란　누가하는가요。」同人들이하지

요。「아 그래도　主幹이잇슬터이지요。」「同人들이　主幹이지요。……。」

大體　世上사람은　무엇을하던지　社長이나　主幹、하다못하야　主筆이라도잇서야　조

고마한雜誌한個라도經營하야가는것인줄로만아는모양이다。茶話會나　或은　議論할일이

잇서々會合하면　席長이잇고　發言權이잇고　動議再請이라는　四角形의　네귀를도라다

니고、　講演會를열면　司會가잇고、　——　上官과部下가잇서야　무슨일이되야가는줄만안

다。그러나　나는　明言하랴한다。우리는　그런것업서도　일은　가장容易하고　迅速하

고 圓滿히進步된다고。또 그러한것이 우리의特色이라고——十數人에不過

한、더구나 多少의敎養이잇다고하면서 이만한일에 純全한目的이 實行되지못한다면 意

우리는 赤面할것이라고。或은 이갓치 말할지모른다。그리기쌔문에 不規則하고 意

見衝突이잇고 雜誌刊行이 無定期로된다고。그러나 規則이조커던 三角正規

와「컴패스」를가지고가서 機械나만들것이요、畫布압헤안저서「페인드」의반죽을할必要

가업다고。또 意見의一致와 定期刊行쯤은 取하는手段에싸라서 充分히圓滿히하야

갈수가잇는것이다、社長 主幹 主筆 任員이잇다고 또는「막나 카ー타」가길수히서

웟다고 못될일이될理는萬無하다。

萬一 우리가 이「廢墟」라는雜誌한個를 무리팍우에노코안저서 이것은 내배속에서

나와스니가 내아들이다。안이 이것은 내씨니가 내딸이다하며 서로 다툴地境이면

——社長이잇고 主幹이잇고 主筆이잇고 上官이잇고 下官이잇고 또 그속에 權利를

다토고 黨을싯고 派를넌호고 野心이잇고 名譽를 世俗的名譽를엇으랴고 두눈에피

가서를저경이면 우리는 좀더賢明하고 恰悧한手段을取할것이다。爲先 玉冠子를부치

고 官服을입고 六曹諸衙門으로 기여드러갈것이다。싹한마듸만하랴한다。——우리가

목슘을걸어서 名譽를貪하고 優越하랴는野心이잇고 民族을爲하랴는誠意가잇다면 우

리는「펜」을들고 白紙에向하거나「쓰러쉬」를잡고「캔쌔스」에向하거나 或은 樂譜

를세고——나스기그前에나 그後에 그모든것을 가장純潔한意味로 意識하며渴望하리

穉樹下에서

五九

라고。

합으로 그렷치안은者는 이에贊同할수업는者는 갈것이요、 그리하는者는 우리의永
遠한同伴일것이다。

〇

여기쌔지쓰기는 썻지만 이것은 나의힘이안이다。아모리無用의愚痴롤버려노앗드라도
그것은 나의正말氣分이안인것갓다。盧言을하시안으면 單한아의眞理도 엇지못한다는
그盧言도못하는苦痛을 諸君은아는가。요사이 나의氣分은 마치攝氏十度나 十五度假
量의冷水다。微溫이다。큰歡樂後의큰悲哀도안이려니와 큰悲哀後의큰失望도안이다。日
前에 엇던親故에게 「가스테라」만 먹고는못살겟다고 不平을呼訴한일이잇엇지만 實
上 「가스테라」를먹은뒤의입맛보다도 더한層쓰々하다。

一時는 구치안은職業만버리면 조곰은「盧言」도할수잇스라라고生覺하고 二三個朔도
못되야쉬 버틴젓다。그러나 亦是 한모양이다。오히려 더아모것도안된다。안이되는
것이안이라 못된다。每日 若干個의卷烟과 두어그릇밥이나 어더걸니면 숨소리도업
시드러누엇거나 입쓰름이나하랴도라다닐쑤름이다。게다가 집안에서는 疑問의人으로
노려보는모양——大體 저놈이 무엇을하누……?하는모양이다。
萬一 누가「너의運命에는 아모것도하지안는 烙印이씌켯더라」고 奇別을하야준다면
나는 쏙 氣絶을할것이다。더구나 「너의運命에는「盧言」조차할冤訴狀도 쇠워잇지안토

라」고 귀속을 하야 준다면 다시는 蘇生도 못할것갓다.

ー「슬」는 衝動이업슴, 아마 이것이 人生에게 許諾한 最高의 苦痛일가보다.

（一〇、二三夜）

○

덧門을 쌕닷은 窓아래 낫고 좁은 퇴마루이엿다. 그째에서지 무엇을 하고 잇섯던지는 쯤도 생각이 나지안으나, 부리나케 너러나쉬 인케는 죽을째가 되엿다는 것처럼 손에 들엇던 「한카치프」를 뒤로넘기여압호로매우고 棺쓱경보다 넓音을 가말가한 엇던것은 只今도 分明히記憶한다. 그쌔에 나는 맛치 豫定한 計劃을 遂行하는 가리, 아모疑惑이나 怨恨或은 悲痛도업지다만 일혼일곱쌔지 壽하리라던 엇던 觀相家의 豫言이 틀니엿다는 난데업는생각이 머리를 占領하얏슬쑨이엿다. 할쏜만안이라 머리맛으로 엇더한두손（手）이, 슬금언히넘어와쉬 목에매인手巾의두자락을 徐徐히마조잡아단일쌔에, 咽喉를強迫하야오는 一種苦痛은, 도로혀이世上에서는 맛불수업는 快感이엿다. 그것은맛치 急히물을마시다가 間或經驗하는바와가튼 瞬間的窒息作用이나 그보다도特殊한愉感이엿다.

그러나 于今것 異常히생각되는것은 엇지하야 그「손」ー목의手巾을졸나매이던「손」이 엇더한女性의손이라논 直感이잇섯느냐는것이다.

何如間이가티하야 나는 숨이 쌕맥히고, 눈갑은 나의얼골은 上氣가되야쉬 확근

〈 醉하얏다。—나는 冥途의 첫거름을 발바 노앗다。 그러나 그쌔 나에게는 아즉 意

識이 남아잇섯다。 함으로 나는 숨이 맥히여 눈을 감고 드러누어쉬도、「죽엄이라는것

이 이처럼 容易할 地境이면、 목이며여오는 異常한 快感을 좀더 맛보기 爲하야라도、 열아

문번 죽어보고십다」고 생각하얏다。 그러나 그다음 瞬間에는 正말 죽엇는지 아즉 살아

잇는지 試驗을 하야보랴고、 애를쓰가며 몸을 비틀고 눈을더 보앗다。 이것은 意外에 죽

지안앗다는 儀倖을 엇고자하는 懇願에쇠나오는 最後의 努力이엿다。

그리하야 急히 쓴 내눈瞳子에、 電煙밋에누은 써몸둥아리와、 보다가겻에노은 雜誌

와、 목을매엿던 손手巾이 冊床우에 如前히 노혀잇는것이 빗초일際、「亦是 살아잇

고나」하는 가벼운 安心이 가슴에나려려한것이다。……

若干昻奮한 나의머리속에는 이生覺쒸生覺이 秩序업시「필림」가치 돌앗다。—縊死

하랴던者를 살너버려쉬救하야노으면 亦是 이가든 經驗박게업스럇다。 하고보면 平素

에바라든 死의經驗도 인케는 맛보앗고나……하는 愉快를感하얏다。 그다음에는 若年

으로自處한 文人의 멋사람을 생각하야보앗다。 松井須磨子의 死도생각낫다。 最後에이르러

쇠、이것이結局 死의豫覺이안이냐고 생각할쌔、나는 亦是 소름이쩌치엿다。

나는 니러나쉬 불을쓰고 다시누어쉬 굿드래미소리에만 神經을集中쉬히랴고 쌔

를씻다。

「病的狀態에 잇슬쌔 쑴은 異常히 明確한 輪廓을 가지고 實際와 恰似히 發現한다。‥‥‥金光景에 藝術的으로 調和한「듸테일」이 잇는 故로 그쑴을 꾼者는 그사람의 設使「푸ー쉬킨」이나「트르쒜네프」와 가튼 藝術家일지라도、그것을 實在로씨案出할수는업다。이가든病的現夢은 通常長久한동안 記憶에 機能히남아잇쉬々、사람이 衰弱하야 過敏케된機能에 深刻한印象을주는것이다。」

그러나 이러한夢事는 오즉 生理的 一現象으로만보는것보다、神秘的意義를 갓게하고자한다。

나의半生涯에「쏘스토에프스키」의쌀가치「記憶에明確히남아잇쉬々‥‥‥深刻한印象을준」세가지쑴을、나는 내가슴속에품고잇다。한아는 어렷슬쌔 나의病의豫覺이엿다。나종두가지는 엇더한不吉한突發事件의豫覺——나는 敢히 豫覺이라고한다——이「쏘스토이에프스키ー」의쌀이다。나는 過去의經驗에빗취쉬 이본解를是認하랴한다。——에서지想到할쌔 나는 엇더한 惡魔가튼 迷力잇는不吉한非實을 聯想치안을수가업섯다。

그러나 돈一錢을 내손으로 집어주는것은 或時愉快를 感할지모르되、單一厘라도 盜賊맛는것은 限업는不快다。——나의生命을 積極的으로 나의손에걸어 解決하고자할쌔는잇스나、모든것에對한愛着을 남겨두고 墓穴의橫春에 맥기여두고십지는안이하다。

○

標樹下에서

왼밤 惡寒과 苦熱하고 싸혼後、 염房에서 掃除하는 소래에 쌔여 본즉、 ○君은 별서니

러나서 日本新聞을 펴들고 안젓다。 琉璃窓으로보이는 가을의 아츰하날은 過去에 經驗한

異國情緖를 喚起한다。 나는 無心히「아ー京都에가보고십다」고、 ○君에게 同意를 求

하는듯이 부르지젓다。 初秋의 生凉한바람에 머리가 가비워젓다。 나는 드러누은체 담

베를 피여물고 어케 ××간 一行을 생각하야 보왓다。 病院가는길에 들녑나와 낫잠자다가

쌔인 ○君을 뒤에두고 惶々히 나가던 一行의 擧動이 혼자우숩기도하고、 H가 一行속

에는 반듯이 세엿스리라고생각할際、「사닌」속의 肺를알는 大學生이「너희들은 버무덜

우에서 모든 歡樂을 다할터이로구나」한 一節을생각하며 속으로우섯다。

잡잣고 新聞을보고안젓던 ○君은 瞥眼間에 感激한듯이、「死는藝術이다。……」고、

엇더한 新聞記事를 二三次反讀한다。 自殺힌日女의 記錄이란다。

나는 그瞬間에、 H가 또다시생각난다。

○

洗手를하고나서 ○君의 治裝을기대리는동안에、「死는藝術」云々한記事를 仔細히넘어

보앗다、 敎員養成所를 卒業한二十五歲女가、 洋語家인戀人을爲하야 시골料亭의 酌婦쌔지

되야서 自己男便의生活費와 藚具代를擔當하야가다가、 戀人이 二科會出品에 落選된것

을悲觀하고 自及할쌔의 遺言이란다。「死는藝術이다……」나는 쑀한번넘어보앗다。○君

도 옷을닙으면서 뇌인다。 길에나와서도 둘이 死가藝術이라는 問題를 이야기하면서

○

「死는 藝術이다。人間萬事死로쇠解決한다。世上의모든 苦痛을떠나 從容히 死를생각
할째死의藝術을안다。」——

이것은 結局主觀의問題다。그女子의感情이나思索이 엇더한程度까지 深刻하얏섯는
가는 勿論疑問이지만、死라는事實을 客觀化하야 一個의觀念을作成하고 그觀念속에
쇠 美를覓出하야쇠 다시自己主觀內에 曳入할쎄、死는藝術일수가잇다하겟다。그러나
모든死 그自體가 藝術이라고 생각할수는업다。一切의死가 藝術일수잇슴은 大自然
은一大藝術이라함과가튼意味박게안이된다。그러나 自然은 오즉藝術의藏庫일다름이오、
우리가이르는바 藝術그물건은안이다。오즉 一切의死를藝術이라고할수는업다。오즉
觀念에依하야形像化하야 그속에 美와生命이流動할째에만 藝術일수가잇다。이境遇에
그表現與否는問題가안일것이다。적어도 나는 그것치生覺한다。死의形式이 藝術的表
現을具備할써는 勿論이러니와、그러한形式을缺하얏슬지라도、死者自身의觀念만 藝術的
條件에依하야構成되얏스면、亦是 그死는藝術이라하랴한다。이것은 自己의想念에쎠오
는 藝術的形式을 具軆化하야「表現」이라는形式을取치안코 그形像을包藏한대로 死에
就合이다。합으로 이境遇에는 現實的生命은업슬지라도 亦是 價値를是

橡樹下에쇠

六五

認할수잇다합이다。要컨대　이것은　엇의싸지던지　死의當事者는主觀을尊重하는觀察이
다。

〇

그러나　藝術에는　表現의形式은無視할수는업다。합으로　死를　藝術的으로化하랴면
相當한形式을要한다。나는　이意味로서　情死의意義를肯定하랴한다。病床에呻吟하면서
刻一刻으로　威脅하야오는　自然의死에戰慄하는것은、얼마나　두려웁고醜惡할가。또한
불가튼情熱의向할바를몰나서「駕愛鴛戀의　女가　安車의가온데　서로抱擁하고　九穢五
濁의세상을써나　悠々理想의大地에놈」이、얼마나　아릿다울가。

戀愛를否定하는　나도　情死만은　肯定하랴한다。안이다、／〇〇戀愛의無意義를　세
닷기째문에　情死의美를아는바이다。

「死는擬術이다」라는　意識的　한便으로는　口實的慰安을품고써난　二十五歲女의死를
생각할째、冊床웃에부처노은臘燭가、波紋形으로　녹아버린는속에서　最後의弱한一閃을
던지고　絕對暗黑속에　파뭇친것을생각한다。……저燈불이　켜지고안켜질것은　未知數
가안인가。

〇

S라는異國靑年을　M君이　自宅으로　招待한날이엇다。坐談에疲勞를感한一同은　散
步하랴가엇다。步兵聯隊의이슬마즌긔死에反射하는달빗은、더운바람속에서　어렷다。宴

席에 아모感興이업던나는、第一먼저中門을나와 뒤밋처나온 M君과 H와가티 大門을나섯다。H는 南國型에 「쥐씨ㅡ氣分을 부려너하서 비저만든無智하고도 熱情에紅脣이라는 異性이다。M君은 實以것지 H의손을놀어다가 나의억개에걸처노으며「X君이러케세고가보아」하며 無意味하게웃는다。나는 勸하는대로 잡잣고내버려두엇다。H는 겨드랭이밋에매달니여、발을맛처서十餘步거러나왓다。나는 썩은거리는 숨소래에 비로소 무엇이매 달닌것을意識하고 고개를기우려되려다보앗다。西洋人形가타 프르고큰눈瞳子는 意味업시 없고 脣邊에도는微笑는 濃厚한肉의냄새를뿔는다。그러나 그瞬間에ㅡ나는 「종희 紙」다하며 쌕리첫다。三人은 뒤에오는사람들을기대라랴고 달을向하야 웃득々々섯다。

情死는 할수잇슬엇다」하며 체다보앗다。

「응ㅡX君、이래도 戀愛를할수잇슬가」M君은 H를가라치며 웃는다。그쌔에 H는 무엇이라고對答하얏는지난 못드럿스나、나는 거기에는對答지안코、「누구하고던지 싸홈이라도하지안으면、피가 이대로 말너버릴것갓다」고、혼자생각하며「이게집은 情死를할수잇는女性、男子를愚弄할能力이잇는女子、異性이 多少의感興이라도준다하면 이러한女性에게박게期待할수잇겟다。H를보는것은 慷獻의情을더할쑨이다。그러나 情死를할수잇는게집이라고想像할째만 興味를感한다。

하나、써가 情死를할수잇겟느냐는것은 別問題다。

懦樹下에서

六七

日前에　엇더한集會에 갓다가、煙草에中毒됨이엇던지　暑氣로因하얏던지、頭痛과吐

氣로因하야　中途에　도라온일이잇섯다。流行病에　神經이多少過敏하게된　나는　一種

의不安을禁치못하얏다。

그째에　버머리의全部를占領한것은　死의恐怖보다도、「곳　단여드러와요」하며　뒤에

두고나온　家族을　永遠히　못보게되리라는哀愁와　家庭의悲歎에對한同情의念이엇다。

一厘의盜難을맛는悲哀보다　生覺할 쓰람레이의「絕望의嶢」가튼哀愁를　彼等에게씻치

고　世上을　먼저떠나게되면　엇지하겟느냐는悲哀가　더크고더깁픔을쎄다랏다。

엇던사람은、「自己가죽은뒤에　적어도　눈물흘녀줄女性이　한아라도　잇기前에는　죽

고십지안타」고한다。그러나、나는　내가　죽은後에　다만　한방울의눈물일지라도　흘

녀주는사람이　한아라도　남아잇슬동안에는　죽을수업다고생각한다。元來　나의生命은

確實히　宇宙의一大損失인　奢侈品이엇다。아마　나의半生涯가　無意味할과가티、只今

의三倍以上이나되는七十七歲外지　長壽하고　또그數字가온데에는　生長에要하는時間이

包含되지안앗다할지라도、亦是　無意味에꼿치고말것이다。하고보면　나에게　무슨權利

가잇서々　彼等에게　다만　一滴의淚라도　喜捨를請할수가잇슬가。彼等에게　한덤눈물

일지라도　請할수업슬뿐안이라、한쎄의苦痛이라도　더하야주고가니만치　그것은　곳報

償할機會업는　나의負債가안인가。

나는 나를 爲하야 눈물을 豫備한 者가 한아도 남지안은것을 確實히 안뒤에야 죽
고십다。나는 나를 爲하야 눈물을 豫備한 者들을 爲하야、울어주고는십흐나、그들의 눈물
을 밧고자는 안이한다。

萬一 그들의눈물이 나의屍體우에 써러진다 하면、나의언살(凍膚)은 잿물에드러간
손가락 恐縮에 조라들거나、썩은물에잡긴 가락닙가티 汚濁에씩을것이다。

○

사람은 死의暗影이 笑叉을써에、엇더한새던지、이것을 謀避코자하야 恒用하는口實
은、「나에게는 아즉 할일이만흔데……」라는것이다。彼等은決코 좀더살고십다(勿論
無條件으로)거나、或은 나의사랑하는 모든것의落着을보지못하고 가는것이 슬프다
고、바른대로 吐說치는 안는다、이것을보면 사람은 最後의瞬間에臨하야써도 虛飾이
라는武裝을 解除할줄을모르는 種子인것을알수잇거니와、이에써 特히 問題가되는것
은、할일을 다一못하고 가기써문에、死을忌畏하느냐、或은 無條件으로 더살야는本
能이거나、愛에依한未練으로因하야、死를拒否하느냐는것이다。萬一 前者를 單純한口
實에不過하다하면、後者中 그엇던것이 더욱有力한主因일가。

○

「아모러케하야도 나에게는 맛찬가지다。나에게는 아모것도 쓸데업다」하며、自己
의慾望을 一瞬間이라도 눈어버릴써、惡意는 스러지고、人類愛는 샘솟으리라、고 杜

楊樹下에서

翁은 愛의 敎訓을 삐푸럿다、그러나 나는 이가티 말하랴 한다。──「나에게는 아모 것도 쓸대업다。아모愛着도업다。血族이나 親故에게對한──所謂動物의──愛도업거니와、人類에게도 失望한 나이다 라고 말하야보아라。그때에 너에게남은것은「死의 愛」뿐일것이다、라고。

　　　　○

나로 因하야 무슨 不滿이 잇슬째마다、「엄바는 시골로나갓스면……」하며、나를 第一미워하는 나의第一親한親故가、내손(手)四分의一도 될가말가 한 고사리가튼 손바닥에、바독돌 여섯個를 훔켜쥐고 내밀면서、「엄바」하고 불넛스나 참아 말을못하고、생글〈우스며섯다。구슨分에겨운要求를 請하야온것이다。「왜? 나고풍기름놀자구?」하며、이어린同伴의조흔神氣를 傷포릴가바쉬 대거리통하야주엇다。

여섯個의바둑돌을 空中에던지고、손을한번뒤집엇다。그러나 나의손등에는 한個도 올너안지안엇다。또한번가튼 動作을反復하엿다。그러나 亦是 失敗다。그동안에 이조고만한熟練者는 熱心으로 最後의勝利를撮하엿다。그러나 나는 最初에 賭하야노은 절(體)을 하지안엇다。어린親舊에게對한背約者가되엿다。그러나 그同伴는 나에게 約束施行을强要하지는안엇다。彼女는 違約이라는것이 人類社會의公約이라고 생각하야 그리하얏는지、或은 長者의절을밧는것이 不安하고 북그러워 그리하얏는지는 알 수업다。勝負는 또進行하얏다。그리고 이 나머은見數는、또敗하엿다。그러나 如前

違約의 罪를 거듭하얏다.

그리하야 세번재 興敗를 決하게 되엿다. ………… 내가 어린 同伴를 通하야 사람의 모든 美을 맛보ㄴ것은. 彼女는 自己가 得勝할 모든 機會를 스사로 버리고 失敗할 모든 機會만 奪取하엿다. 한번 先手하엿다. 두番 더럭희럿다. 세번 손에 잡지 안이하엿다. 그리하야 맛춤내 나는 名譽롭지 못한 勝利를 그어린 同伴압헤서 자랑하게되엿다. 그 勝利는 全然히 그조고만한 彼女의 好意의 膳品이엿다. 안이다, 그보다더 큰 人性美의 彫刻이엿다. 그러나 彼女는 발닥이러나서 先約을 施行하얏다. 나는 하도 未安하야서, 나도 約條를 實行하겟다고 提議하야보앗다. 그러나 고만두라고 制止하엿다.

나는 그새부터 仔細히는 모르지만 耶蘇의 가라친바 數理와 基礎에 大搖動이 湯盪한 것갓치생각햇엇다. 또 人生을 樂觀할 唯一의 손잡이를못든것갓기도 하엿다. 教育은 改造할것이요 融會改良는 반듯이 補專業이안이라도 또 생각햇엇다. 그 고 이러한 同伴를두고는 눈을좀지 못하리라고 까지 생각하햇엇다.

九月稿

想涉

橡樹下에서

七一

廢墟

쯔로베르論

─賞嘆할만한 이論文을 英譯에서重譯하야 씌 갓치玩賞하려한다。

一

쌀작크가 그의小說가운데 아레와갓튼 思想을 말하엿다。 ─

「天才는 무서운疾病이다。 天才的作家는누구든지 그맘가운데感情이 니러나면 곳 먹어바리는 Monster를撫育한다。어느것이勝利者가될가? 疾病이사람을 이기겟는가 쏘는사람이疾病을 이기겟는가? 人格과天才와의새에完全한平衡을建設할수잇는사람은偉大한사람일것이다。詩人이巨人이아일진댄, 헤큐리쓰(Hercules)의兩肩을가지지못할진댄 그는 엇지할수업시、맘을쌔앗기우든가、쏘는才能을 쌔앗기우든가하게되지안을수가 업다。」

이만하고 不幸하게도 쌀작크는 意見을中止하고 그가말한天才의疾病의原因이 무엇이라는말을하지아니하엿다。엇지하야 藝術的人格의發達과 밋힘이道德的典型의發達과 밋힘에對하야 만히反比例가되며、쏘生活의日常經驗中에 언제나볼수잇는 이두 엘리멘트세에잇는第一의反抗은 엇더한根本的理由를가졋는가하는말을 하지아니하엿다、누구나다안다、例하면 才能잇는著作家、彫刻家、音樂家는 만흔境遇에서는 倫理的

崩解者가되며、 그들이家庭에서는不良한아바지가되고 곳치못한지아비가되며、 그들의作品에는 힘잇는말로 如干하지아니한神經過敏을表現하면서도 冷酷한同情업는唯我者되는것을 누구나 다 안다。審美的觀察과倫理的觀察과의새와 밋天才와人格과의새에 잇는現著한差違가 생기는原因을考究하는것은 疑心할것업시、創作的心理學의歷史에 가장興味잇는 멧章의하나가 될것이다。

우리의論題의 例로 Aeueid에明記된바 Laocoon의滅亡의悲劇的一場을 引用하여보겟다。巨大한배암에게 라오쿤과 그의아들이 잡히여窒息하는것을 본트로이 (Troy) 市民의恐怖와思惱을 생각하여보라。보고잇든사람들은 恐怖와愁傷에잡히여 不幸한희生者를 救하랴는생각이 가슴에가득하엿다。모혓든群衆의天性의心理的相違가 나타날째에는 行動의決定的瞬間이! 가장重要한任務(Role)를演出한것이다、겁작기는 自衛의本能을發現하며、勇氣잇는사람은 救援하랴는努力을發現하며 가장重要한任務를演出할것이다。다음에는 아즉이며、또는決心하지못하여하는群衆이四周를 돌아단니며未來의作品에適當한題目으로 눈압헤 더도는바무서운悲劇을研究하는彫刻家를像想하여라。그의 一般混雜、뉘웃츰、섥음、祈禱中에 다만 그사람만이成功하지안는구경軍이다。그의道德的本能은 굿세인審美的好奇心에 吸收되고말엇다。눈물은 그의幻影을妨害할것이다。그는 嚴肅하게 그것을나오지안토록 막는다、이는 그럿케하는것이 모든形式과 배암의큰 굿센힘으로 흔들니우는모든輪廓을보랴고합에는 가장必要하엿다。남을무섭게하

며、憎惡케하는그림의全體用이 ……될수업는廢墟를 그그림에興味를갓는다。그들이울고 心

迷하는동안에藝術家는 라오는의얼골의 苦痛의表情을 김버하며、아바지가 그의아들을

救援하지못함을 김버하고 배암이 조금도抵抗업는힘으로 父子의肉體를庄縮하는것을

김버한다。그다음瞬間은 사람이 아마藝術家를 征服할것이다。만은行爲는 다되고고事을

實은 남기운다 이殘酷한熟視의瞬間이 써나지아니하여지는印像의火印을 그의맘에 박

아놋는다。이와갓튼 한줄기의揷話가 早晩間藝術家의心中에 人生에쉬脫退하는習慣、

觀察하는習慣、外部로부터 산人生의눈이아니고 冷情한觀察者의눈으로 人生을觀察

하는習慣을짓게된다。 하고觀察者는 그의눈에 도우는모든것으로쉬 藝術的再現에쓸

수잇는材料만을 찻는다。이리하야 그觀察力、想像力이增大함에딸아 모든道德的活

動에는 업서쉬는아니될意志의訓練과 밋敏感은減少된다。만일自然이 藝術家의맘에極

端인禁慾主義를 주지아니하며、도는 그의맘을 限업는사랑의湧泉으로 채우지아니한

다하면 그의審美的性質은 조금식 그의道德的本能을 업시할것이다。쌀작크의말과갓

치天才가 맘을 먹을지모르겟다。이와갓튼 이러한境遇에實生活上普通사람에게는 가

장關係김흔 善惡의部類、다말하면意志와情이 藝術家의맘에는美와醜의部類、特色과無

情色、藝術的興味와無價値할것이 混同된다。賤多와不德와가 詩人의이매지네현을誘引

한다、만일 이것들이外見上아름답게 맘을誘引하는 폼(Form)위아래숨어잇다하면 그것은別問

만은德은重要한지못하게보인다、德이詩的崇拜에 엇더한材料를 쫏다하면 그것은別問

題이다만은。

그러나藝術家는 다른사람의感情을客觀的으로公平하게 볼수잇다는性質이優勝할쑨만

아니고 그와갓치 이러한일에쉬도無比하다、即偏倚업는觀察者가되야 그自身의맘에도

갓튼冷酷을밧게한다。普通사람이 미워하고 사랑하며、김버하며 실어하는感情이그

들에게도 잇기워진다、적어도 그들도 그러할수잇음을밋는다。당신을사랑한다할과갓치 사랑

의밋쉬를하엿다하면 正直히 그밋쉬가無實인것을밋는다。반듯시詩人은 다른사람 實

際사랑하는가아니하는가는 조곰도생각하여보랴는뜻이 업다。만은엇더한쎄에든

보다 偏情的傾向이잇으며、輕信的이며、浮虛하다고 생각될것이다。

지 아모리感情的動搖을바는다하여도 그의心中에는 演劇的小說中의人格을 보는쎄와

갓치 그自身의感情의深底쏘지 보는힘은 남아잇는것이다。泥醉의쎄에도 不定的、無

分別的自己의感情의變化를注意하야 容赦업는分析의힘을集中식혼다。

사람의感情이라는것은單純、純粹하지아니하야 만흔境遇에對한그것들은 그것들의分

子的價値가 크게差違잇는部分的混合으로成立한다、그리하야 心理的藝術家는恍惚的瞬

間에쉬도 自己의맘、쏘는다른사람의맘의矛盾을認識함으로 그는 엇지할수업시、차々

모든信仰을일케된다、사람이正直할과갓치 그도正直은하지만은 모든信仰을 일케된다。

二

쯔로베르의便紙는 二冊으로出版된것인대 藝術的性格과道德的性格의不相容的實例를보

인問題의 研究에 對하야　만흔材料를 供給한것이다。

「藝術은人生보다 놉다」 이것이 프로베르의 審美的 意見인써에　그가人生에 對한哲學的 意見의 Corner—Stone 으로 삿는 Formula 다。三十歲의 青年時代에　그는 學友의 한사람에게 글을 썻다、「만일　나의 詩의 脚色안에 十五世紀의 佛國皇后를 紹介하지못한다 하면 나는 救援 人生의 憎惡을　늦길것이다。 또그보다 도몬저 彈丸이 이붓쇠려운 愚痴中에서 나를救援 할것이다。」 一年동안　그는 折半은 修辭學과 折半은　어란熱情을 가지고　作品을　만들도 록갓튼青年에게서　元力를 밧엇다。 우리들은　우리들의 藝術에 몸을 밧치자。藝術은全國 民보다、帝王보다、支配者보다　오히려有勢하다。그堂々한면루관으로因하야宇宙全體우 에永遠한權威가　保存된다。」 그죽음에갓싸웟을새에도 프로베르는　다시 熱心잇게　大膽하게　갓튼생각을　主張하엿다。Chommen' est rien L'Ocunte est tout.

(Man is nothing, Work is everything.)

그의 盛狀한 쯧時期에　그는美智慧와 才能을 所有하얏다、만은 沙漠의 隱者와 갓치藝術을 위 하야世上을바렷다、基督敎徒의 隱士들이　그들의 暗窟속에　들어박여잇는모양으로 그는 孤獨속에　잡겨잇엇다。「藝術안에서　나를니즈며、다른모든것에서　避身하는것은　不 幸에서　벗쇠나는 唯一의 길이다。」하는 便紙를 그의友人에게보내엿다。「프라이드는 모든 것을補充한다。만일　明白한充分한根底가잇으면……한데　나는分明히　조금不足하다、

나는 疑心할것엄시 富者와 갓치 一般的인일을할것이며、 戀愛하는사람과 갓치 幸福을 늣길것이고、 快樂을잇기 爲하야 生活을 희생하는사람들과 갓치 즐겁워할것이다。 ……만은 富者도 願치아니하고 戀愛도 求하지아니하며、 快樂도 願치안는다。 …… 하고 오랜동안 나는 내自身의 室內에서 다만 五時間쯤는 六時의 安息을하엿다。 겨울에는 스토부에 큰불을 피여 놋코 밤에는 테불우에 燭臺두틀을 노핫다。」한해뒤에 그는 갓든 友人에 勸告하야 「내가 하는것과 갓치 하여라。 外界와 關係를쓴고 몸과 갓치 生活하여라、 흰몸과 갓치。 다른 모든것을 다 내여바리려라。目下의 내에게는 나와 다른世界와의새에 非常한 灣이잇다、 하야 나는 여든것을 다 내여바려라。 다만 그대의思想을 除한外에는 모든것을 그대自身섯지도 내려번 一般的自然스러운일을 듯을째에도 警怪의 感情을 經驗한다。」……Gesture와 聲音이 내에게警怪을 가득하게한다。 하고 우스운일이 나를거의眩暈케한다。 厭倒한듯한 熱情의 瞬間에서도 쓰로베르는 藝術的天賦를 自己個人의幸福과는 比較할 수도업는高貴한것으로 삼엇다。 하고 女子의戀愛는 詩의戀愛와는比較하지못할 나준 身은알고 나의藝術을사랑하는것이 죳습니다。 이는 이愛着은 그대를바리지아니합니다、 疾病이나 죽음도 이愛着을 쇄앗지못합니다。 思想을崇拜하십시요、 이는思想안에만 眞理가잇음이외다。 하고 그것은 다만하나이요、 또는 不朽하는것입니다。 이世上에

「아니외다、」 그는自己의約婚한愛人에게 便紙를보내엿다、 「아니외다、 그대는 내自것이라고하엿다。

廢　　墟　　七八

쉬는

眞理며　價値잇는바의　다만　하나인藝術을　廢世의戀愛와　比較할수가잇겟옵닛가

？永久의崇拜보다　相對的美의崇拜가　撰擇을　밧을수가잇겟습닛가？藝術의崇拜——이것은

내가가지고잇는　가쟝　놉흔것입니다。그째문에　나는내自身을　尊敬합니다。」（未完）

메레즈코우스키作

金　　億譯

힘의 崇拜

病床에 누어
偶然히 쉬름업시
여윈손에
썰며서
鐵붓을 잡어
눈물지어――。

獅子!
獅子、
獅子、

라쐬보고

――힘의 憧憬――

太陽系에 軸이잇서
한번 붓들고 흔들면

힘의 崇拜

七九

暴風에사구라꼿가지

별들이

우수수

써러질듯한힘을

이몸에흠썩

늣겨보고십흔

淸新한가을아침——

————힘의悲哀——

싸호고도라온벗

니人체全集을

가슴에한아름안어다노코

넘기始作하는

瞬間의表情보고

異常한悲哀를늣기어——

八〇

——革 命——

불!

사람

땅

하늘

——새新——

세살째썰든나의선

나는울고십다

너를불적마다

生의神秘에——。

——粹——

青年의팔뚝

處女의맨발

幼兒의손

힘의崇拜

八一

廢墟

初母의젓
老人의니마——。

————神의玉稿?————

어느少女의
아릿다운纖々玉手!
가만히만저보면서
고대로고읍게쩨여다가
메々同母와營爲하는
藝術雜誌에실어나볼가?
偶然히눗김
造化翁의寄贈品으로
피날것도생각못하고——。

————花의精————

나의科學은
나의哲學은

八二

너를모른다

永遠히모르리라

그러나

나의心臟은

……………

그一精純한「피」를

遍하야——。

——無　情——

無情한執達吏

票붓처놋코간

애이윤넌!

두손으로어르만지며

그우에눈물썻치는處女!

慰勞할길아조업서라

갓치우는수밧게——。

（처녀——、음악학교☆현금과학성）

八三

廢　娼

—離間者—

離間者로—

사람과 大地와의

나는 너를 咀呪한다

싼々코 섭은,

구두!

—生의謎—

넘고 잇는 冊페지우에

일홈도 모르고 形狀도 알수업는

하로살이 갓흔 微物의 벌어지한아

바람에 불여 날어와 안즌거슬

無心히 손그락을 대엿더니

어느듯자 최업시 슬어지던 瞬間의 心狀!

재々로나의 가슴을 惱케하노나—。

○

별의무리 沈默하고 춤추는

깁흔밤

어둠의바다갓흔고 요한房에

갓난아희의

어머니젓썪지쌔는소리만

繁滋히——。

——돌아!——

모르는中에

闇黑의빗속에胚胎되여

永遠한벙어리의運命을타고난

돌아——

말못한다고 그토록설어마라

혀업는너의말내듯노니

永遠한판수의運命을타고나온

돌아——

보지못한다고그토록우지마라

힘의崇拜

八五

廢　墟

내魂의 손으로너의몸만저주마

뜰아—

希望을품으라

너의차듸찬가슴에도

慰勞를밧으라

너의쑥더진心臟에도

뜰아—

不斷코變化함은

物理의約束이오

쉬음업시流轉하고循環함은

生命의秘密이다

뜰아—

너도말을하고

너도보고

解脫을엇고

自由로쒸고

自己表現을

마음ㅅ디로할쎄잇스리라

永遠한秘密과約束맛흔

生命의女神이다시도라오는날에——

뜰아——

그쌔

나는비가詩썻지짓기를바란다.

——가위쇠——

바누질하던나의누이

「오라버니、그거웨그러오?」

十年前에어머니쓰시던

가위쇠를들어코에대엿세라

어머니살내암

或시나남어잇슬가하고

無心中에——。

힘의崇拜

八七

廢墟

—遺傳—

갓난아기젖먹이는누이야
비乳房자조본다고
疑訝히하지마라
그秘密너는모르지—
너의젖恰似히
前의어머니의것과갓흠으로쎄라。

—秋夕—

秋夕이臨迫히오나이다
어머니!
거룩한더—
秘密의나라로서
거려오시는어머니의
고흔발자곡소리
머—ㄹ니어렴폿시

둘너는듯하오이다。

── 모　름 ──

모르는世界──

어둠

因緣

첫우름

變化

苦勞

衰滅

쌍

모르는世界──

── 創　造 ──

싹기닥、 싹기닥!

産의苦를訴하느냐?

싹기닥、 싹기닥!

힘의崇拜

八九

廢婦

生의깃븜을자랑느냐?
쑥기닥、쑥기닥!
홰우에달닌둥우리속에
손을느어보앗더니
고읍고딋듯한알한아집힌다
써니여손우에들고
알속에잠겨잇는生命과
사람의生과의因緣을想覺코
凝視와沈默의깁흔속에
쟝승갓치쇠잇슬제
집웅우에날어올나가
늘난듯한겻눈으로異常히
엿보는드시나를나려다보던
알의어미는、創造者는
어린哲學者의愚를嘲弄하는드시
쑥기닥、쑥기닥!
쑥ㅅㅅ、쑥기닥!

吳相淳

九○

月評

現下의 大流行이요 一大權威인 所謂「저—널리슴」이 文壇에 밋치는 影響과 그 利弊는 別問題려니와、何如間 多數한 雜誌가 輩出함을써라 每月 文壇에 現出하는 許多 作品을、批判업시 一束三文으로 埋去함은 一大損失일뿐더러、健全한 新文壇을 建設하는 事業에 不少한 障碍를 招來하리라생각한다。그러나 그달〱의 許多한 作品을 一々히 閱讀하고 多少의 批判을 試驗하야가랴면、그 容積으로보든지 그時間으로보든지 그리 容易한일은 안일것갓다。더구나、나와가튼 不適任者로씨는、又一層 至難之事임을 豫想하는바이다。그러나 이것이우리文壇에對한나의 唯一의 抱負이며、또한 同人諸位도 만흔 激勵와 援助로씨이를 勸합으로、不完全하나 從此로 每月繼續하야 볼가한다。하나한가지 讀者에게 스사로 誓約코자하는바는、公辨된 誠意와 眞純한 마음과、또는 間或 汎溢하는 바나의 情熱을 抑制할만한 理智를 일치 안켓다합니다。

이 月評은 小說에 만限할가하얏스나、當分間은 間或 詩와 散文에도 밋출듯하다。그리고 될수잇는대로는、만히넘고넘은것은 遺漏업시씨볼作定이다。

△創造△

小說늘 봄君의 「生命의 봄」은 第一第二両回를 보지 못하얏슴으로、 速斷을 避하고 後日에 讓하거니와、 쥬요한君의 詩 「生과死」는、 나의 새로운 發見이얏다。勤力이만 아 보이는、

기름진봉아리가 愛花家에게 주는 滿足을 나에게 깃베푸는 作이다。일즉 이君의作을 보지 못한나는、드른바 君에 對한 消息이、 나를속이지안음 을우리 文壇을 為하야 慶賀하는바이다。 이갓치 말

함은좀 誇張한 口吻일지 모르나、 君은、 해돗을쌔로브러해점을써 서지千萬사람이 經驗하는 平凡한事實을、 가장平凡한말로 쎄人生의 代辯者의 職能을 다ー하얏다고 하고십다。 勿論烈火가

든 懊惱나 憧憬도업고、 深淵의 濁水를휘저며、 그무엇을차즈랴는者의 애닯음도업지만은、 오히려그 冷眼에 깁히못빗인、 그의묵은 懊惱、 憧憬、 懷疑는、 늘새로히하로의 生活밋(底)에서 흘너간다。

思想도조코、 技巧도才致잇스며、 또君의 獨特한 口調인듯한 韻律도自然히흐르나、 「生」의 바림은 感服할수업다。 그리고더욱히 終篇에이르러 生은무엇、 死는무엇이라고흐려

(1)의 前半은좀 滋味업섯다。 勿論君의 「生」을 夕陽의血海로보고、 死를黎明의白露로생각함에 對하야 是非를말코 자함은안이다。 다만君이더욱 思索하면、 더욱~깁고큰 思想에 得達할것을、 只今의 얏고 적은 思索으로쎄 엇더한 斷案을내림으로쎄 安僧한 安定을 엇음에 滿足지 말고、 더

욱 깁흔 懷疑에 드리감이 君을 爲하야 取할바이라함이다。其他에 東園君의 「黑煙一味」、春園君

의 「H君의계」、빌笑君의 「長江어구에서」、望洋草君의 「朝露의 花夢」等 數篇을 보왓스나、빌

笑君의 「長江어구에서」를 除外하면、그리 取할点이 적다 생각한다。

「長江의 어구에서」는、닥탁하고 빈틈업는 사람과 對한 것갓다。그 意見에 對하야는 勿論 同感

이려니와 文章으로말하야 또適當한 衣服을 철마처서 色彩의 調和를 일치 안케 簡潔히 입은 것갓

다。朝鮮文壇의 큰 힘을 세처 즐한사람이라고、衷心으로사랑하며 期待한다。그 다음 「朝露의

花夢」은、늙은 望洋草가 失望속에서 藍蝴蝶의 쑨 마음을 울며、점은 江薔薇는 勝利를 자랑하는

가운데에서、怨恨이 骨髓에 매치고 얼골의 주름이하나둘 式顯著하느려가는 望洋草의 哀歌가 故

意좁고 청승맛게 들니는 作品이다。깁픈 맛업고、아모暗示업는 小品이나、比較的表現의 妙가

잇는 女性的作이다。이 만한붓이 잇거던、眞正으로 「思想의 花園」을 깁고크고구게싸아、「五

色의 花環」을 만들어 「넓은 花園」과 「結婚式에 드릴禮物」에 足할色々의 쏫을 만들기바란다。

러가기에는、아즉 距離가 먼 것이다。

學之光　　　　龍洲人의 「벗의 죽엄」은 題材는 흉치안으나 着眼点이 그릇되얏다。小說의 部類에 드

麗光　　　　에 對하야는 一種의 愛着을 感하는 바이다。松岳山의 말고고흔精氣를 타고난、점은 邪

氣는 靑年의 손으로되엿다는 것이、적지안은 깃붐과 사랑을 써는 同時에、特殊한地方色이 잇

다고生覺하는 松都의 이삭 「芽」이 憧憬과 探索의 初一聲을 부르지즘은、失禮의 말이다 貴여운生

覺이 懇切함을 쌔닷는다。나는 果然 그속에서더만흔 收穫이 잇슬을멋는바이다。함으로 第二號

九三

만略許하랴하다가、 그創刊號써지一瞥함은、 이러한사랑과갓검이잇기재문이다。麗光社諸

曙園君의「친구의墓下」와「山口C君에게」의두短篇은就中에第一滋味잇게보왓다。君의將來

氏의幸恕를바라노라。——

에큰希望이잇슴을暗示함이라고생각한다。그러나創刊號所載「친구의墓下」는自然의描

寫가甚히不足하얏다。元來自然의描寫는極히重大한바이며、重大한이만치至難한바이지만、

特히墓地라는自然과密接한關係를거림에는、墓地가題材의中心인이만치又一層自然描寫에

全力을傾하여야할것이다。그다음에、겨우四五頁에未滿하는短篇속에無用한對話를張惶히

挿入함은注意할바이다。例하면C의집에가쉬冷水를請하는데의問答은全然히無用한것이

다。對話의取捨選擇도自然描寫만치는、重大하고도깁히注意할바이다。其次에、「山口C兄

에게」은全部를보기前에는斷言키不得하나、그러나君의才分을充分히드러다볼수가잇다。

不自然한곳이조금도업슬뿐안이라、S에게對한R의紙의內容을說明하고、그다음을第二信

에讓하겟다는說明에이여나가는点、쏘는S夫人을孃이라고하는辯明等이라던지、宿舍에도

라와쉬손발을녹여가며섹레의詩句를넘엇다고、그詩句로쉬前後를連絡함은、確實히君의솜

씨를보임이다。조금더努力하얏더면充分한效果를거두엇슬것이다。그다음에들바는섹열君의「救助한한사

랑」이다。君의今後의큰發展을懇切히祝福한다。全體의技巧는잘되엿스나不足

한点이不少하다。仁洙와貞姬를初人事에紹介하듯이說明하는것은避하여야할바이다。

그다음의缺点은明浩와貞姬가藥물터에쉬握手하는場面이다。失戀한結果娶妻도안이하고、

修學도안이 하는 世上을 버린 靑年이, 暫間만난 女子를 물한잔 밧아먹고 握手싸지합은 不自然한 激變이다。 設使 그러하드래도 仁洙와 山에 쉬만나 본後 그다음 時間에 다른 機會에 밀어야할것이다。 그歸着点만바라보고, 너머急히다라난弊가잇다。

그러고 簡單히라도 人物描寫에 努力하기를바란다。 何如間 有望한 素質이 充分하다。 그러나좀 無理한 点이잇다。 너머 쉽사리 事件이 運轉되야서、 「아웃트라인」만 스켓취한 恨이잇다。 이러한 弊는 恒常 그 歸決에만 着眼하고 突進하기 씨문이다。 最終에 白南赫君의 「戀人의死」도 흥치 안은 作이 잇다。 其他에 數篇의 詩도 一讀하얏스나、 一般的 氣分이 非常히 젊고 앳되다。

무엇인지를 渴望하고、 憧憬하고、 捕捉하랴고 애다나、 그무엇인지를 아지못하야 苦悶하는 結婚前의 少女의 心理에 비할수 잇다 다合이 割當할듯하다。 多望한 前途를 祝福한다。 何如間 한고비를 넘겨 麗光다운 麗光이나 오리라 생각한다。

△△△
女子界

第五號는 七月發刊은 안인듯하나 最近의 것인기로 一瞥을 與하랴한다。 全卷 五拾餘頁 十八題 中 文藝品으로는 象牙塔君의 詩 「碧鳩」와 望洋章君의 「英姬의一生」쯤이다。 「英姬의一生」은 完結을 보기前에 是非를 論키難하나 李子爵을 中心으로 한 英姬母女와의 三角關係는 如何間 一暗黑面을 眼前에 던저줄러이요、 또 李大監、 확실아비、 三八두루먹이와、 밋 洋畵家 崔先生의 사이를、 쏨여나가는 英姬의 態度는 興味를 多少엇다。 深刻한 觀察과 描寫를 期待한다。 그러나 이번것의 描寫는 感心할수업다。 「投身曲」 首頭부터 힘이 싸진다。 其外에도 誠心을 가진 故意로운 点이 散見된다。 맨첫두머리에 數三의 短章은 類다른 技巧요、 그中에도 「秋江氏에게」준 數句는 滋味잇다。 엇던 日本靑年이、 童貞의 客觀的美와 主觀的苦를 歎한것을 聯想케하는 輕快

月評

味도 잇섯다。그다음「碧鳩」는詩人의 자랑이다。朱墨의 굴속에「달」의 機密을 감추어가지고、꿈의터、빈靈으로 逃亡하야 오는 碧鳩를、하덕〳〵 笑차 오다가、씰석 닷는 門前에 哀呼하는 月의——사람의 同情은 껄수업는——애처러운 光景은、一種의 愉快를 感하는 同時에、敵의 斥候를 쏫던 敗兵 갓다。이에 詩人의 自負가 잇고、眞理探求者의 白兵戰과 歡喜가 잇는 것이다。만은 大自然은 모든 機密을 秘藏하랴는 吝嗇家일가? 그는 何如間、나는 이一編을 通하야 君의 淸新하고 銳敏한 다른 一面을 發見한 것갓다。君은 自己의 詩를 感覺을 通하야 보아주지 안는다고、間或 不平을 말하나、이거야말로、智보다 感에 呼訴하는 것이 안인가 한다。넘고넘어도、시를 症이 업는 作이라고、나는 생각한다。

以上은 手中에 잇는 雜誌數卷 中에 눈에 쎄이는 것에 限하야 大略所感을 그린 것이다。勿論 不滿한 点이 不少할줄 안다。그러나、나에게 對하야는 큰 努力이요 一種의 苦役이엿다。이 燎炎中에 短促한 時間으로、興味를 써지안는 讀書를、義務觀念으로만 不得己 讀破한다는 것은、엽헤집 書堂의 學童이 感하는 厭症以上의 倦厭을 感함이엿다。一個의 作에 對하야、如何히 簡單한 一言으로 評斷하야버렷슬지라도、그것은 적어도 三十分이나、一時間或은 그以上의 나의 時間과 精力을 消耗함으로써 엇은 斷案이다。하고보면 나의 評論이 얼마나 錯誤에 채워잇드라도、그것은 間或 나의 誤謬일지는 모르나、無責任이거나、或은 閑慢에 基因치 안음은、充分히 料察할줄로 밋는바이다。

쏘「廢墟」에關하야는、多少의批評을試驗할가는생각으로、已爲數三篇에關하야執筆하얏섯스나、同人間에는、同人의作에對하야、彼此批評치안는다는一種의默契도업지안코、쏘評判한結果에依하야는、對內對外間滋味롭지못할点도不無하겟기로、이에除外하기로하엿다。

그러나、이에評後感으로一言코자함은 一般히 創作이적다는것과、쏘氣分의緊張味가缺乏하다함이다。作品의價値로말하던지、文藝思想普及이라는見地로보든지、韻文散文의區別이잇서々、詩나小說을對하야엇더한것이더有力하고、엇더한것이不必要하다는것은안이나、只今現象으로보면、詩作에比하야、小說創作이좀더旺盛하야오기를、더욱히期待한다、一時的現象即一個月의所得如何로速斷함은안이나、七月文壇으로보아도、詩는그量이比較的寡少함에反하야、成蹟이조흐나、小說에이르러쓰는、오즉「廢墟」所載閔豪瑗君의「어느少女」一篇을除外하면、이것이요하고버노흘것이적은것만보아도、나의말이不當타고는하기어려울듯하다。쏘우리의氣分으로말하야도、排泄식히지안코는、더참을수업다는、切實한有機的衝動이적은것갓다。現下의우리靑年은、實生活이나精神生活이나、쏘는年齡으로도、沈默 靜思에依한기픈思索이라하겟스나、現下의우리靑年은、實生活이나精神生活이許多함에因由하겟슴으로無理치안타하겟다。그러나、이不得已한事情을아모조록불너처가며、우리의발자국을確實히씌여노켓다는、努力을잇지안어야하리라한다。

○

最後에 이機會를타서、 한가지釋明하야두고자하는바는、創造社同人의一部와나의關係

──關係라할것도업스나──에對한一部間의世評이다。問題의起因은簡單한것이다。이것

은내가今春「現代」第一號에發表한創造同人의一人인白岳君의小說을評하야同誌第二號에揭

載함에始作되야 同社의一員인金東仁君이、나의評論을反駁하얏기로、나는若干의答辯을

與하얏스나、金君은그래도諒解할수업다고 쏘다시長文의反駁을試驗함에歸結한것이엿

다。當時내가쏘다시答辯치안코沈默하야버린것은、그러한無川의論戰을交換하기에는、나

는 너머奔忙도하엿슬분안이라、 그럭한問題의本末을忘却한、感情의衝突일진대、차라리

鉄拳으로解決함이便利하지안으냐는 意見을갓기쎄문이엿다。쏘는萬一 내가君의沒常

識한論点을一ᄉ하枚擧하야反駁의征矢를向하는好事者이엇슬지경이면、그것은畢竟에나를

스사로卑下하는結果에박게쌔지ᄉ안엇슬것이다。一例를擧하면、君은文藝批評家를活動寫

眞辯士에比하는等說에對하야、一ᄉ하答辯함은、마치 藝術家라는것은、銀房의職工이라

는것과異曲同音、誠實하論駁한이만치、結局나의損이안이냐는것이다。

그는何如間、이와가튼個人間의問題를團體의이름에附會하야、某가某團體에對하야反感

이잇느니 或은創造와廢墟의對峙니하는等說을口外함은、큰誤謬라할만、이에明言하야두

고자한다。

쏘白岳君쎄一言할것은、君의答辯이、當時東亞日報에寄稿된것은、나도아는바이나 發

表의 權限이 내여 가잇지 만엇엇고、 坻 一切에 對한 論戰을 棄却 日報紙上에는 다시 發表저안케

로 決定하얏슴으로、 드대여 發表할 機會가 업섯슴을 遺憾으로 아는 바이라함이다。

廉 尙 燮

◎今番號브터는 新半島社에서 發行하게 되엿다。 發行과、 밋 經營에 關한 事項은、 一切同社에

셔 處理하고、 編輯에 關한 事項은 全혀「廢墟」同人이 處理한다。 이러케 되기는、 全혀「新半島」

主幹吳宗燮君의 好意다。 우리「廢墟」同人은 君의 深切한 好意를 謝한다。

◎여러 가지 事情으로、 黃錫禹君과「廢墟」와는 關係를 꾼케 되엿다。

同 人

月 評

九九

同人印象記

——吳相淳君의印象——

이번號부터始作하야每號에同人印象記를실니게되엿다。이는우리同人의얼굴을이러슬니다
고讀者諸君에게뵈여드리고자하는무슨廣告的意味는毛頭만치도업다。

다만、우리同人들세리서로주고밧고하는印象、卽우리個々의性格、性情、趣味等의片鱗、그
써써의一部分을쏨이지안코率直하게거려客觀的으로投出해서、서로個々의다른主觀에反照
되는그像을보는것도意味잇는일이라고、어느새우리同人들이뫼엿슬際偶然히한사람이發한
것을一同이죳켓다고贊意를表한、極히單純한動機에서出發에不過함을告白해둔다。이번에
는吳相淳君을실엇다。

× × × × × ×

情의 吳君

어느날밤에 우리들이 例와가치 散步를하다가 N君이 무슨말끗에 쌀々우스며 「吳君은 奇異한享樂者야」라고하는 말에싸라서, 一同이 邪氣업시우슨일이잇섯다。 이것은 勿論、君을사랑하는 마음에쒸나오는、 一種의 揶揄에 不過하지만、 쏘한 君의 連綿하고 纖細한 情緖의 흐름을 說明함이 안인가한다。

君의 今日의 立脚地로말하면、 君은 母論 理의人이라할수잇스나 그同時에 情의人임을 일치안는다。 그濃厚하고 纖細한点으로말하면、 차라리 情이 理보다 압슬지도모른다。 그러나 그情은 기름에부튼 熱火거나 千仞의 岩頭를 할고물너치는 奔放悽壯한怒濤보다도、 가을하날의 별빗(星光)이 君의情인가한다。 가늘고길게 潺々히、 그러나 싼임업고 鋼鐵가타흐르는것이 君이 情緖라할가。 함으로 그물네돌니듯이 가만々々히 풀니는情緖에 쌕이는諸相이、 驚異와 感激과 愛着과 悲哀와 同情과 或時는 눈물쌔지 러나 그情은 기름에 부튼 熱火거나 千仞의 岩頭를 純化할사록、 눈물지 이 銳敏하면銳敏할사록、 普通標準을넘어써 微細한点에도 눈이쌔이고 平凡한事實에 다多大한興味와 눈물을가진다。 이것은 君의詩作을볼쌔에 ――더욱히 君의詩作이 直 도 自然한일々것갓다。 그리고 그情緖가 純化하면 純化할사록、 感受性를 써러내임은

情의 吳君

觀만을通하야 流露하는作이 比較的成功함을볼쌔에、 充分히 그러함을쌔닷는바이며、 쏘

廢墟

한

이것이 君을가라처 奇異한享樂者라하는 ●●●●●● 主要原因이안인가 나는생각한다。萬一

君에게 狂熱的情火가잇다하면 그것은 內部에潛在한것이라함보다도 外部로부터오는

衝突에 對抗키爲하야 熖起하는점은피의躍動일것이다。

그러나 이것은 내가 君의親交를엇은後의印像이다。萬一 나의君에對한「퍼―스트、

임프렛슌一을正直하게말하라하면 나는 오히려 好感을엇지못하얏다고 自白하겟다。

나는 元來 一次面對한사람은 잘記憶지못하지만 京都에엇슬때는 彼此의交涉이 杜

絶하다가십하야、 君과는 두어번맛난듯하되、잘記憶지못하엿섯다。함으로 昨冬에東

京서 二三親故가 吳君을아느냐고 意味잇는듯이 무를써에도 잘對答을못하얏섯다。

(그것은 其時 君이 組合敎會와關係가잇다하야 近者에와서 알게된것이고。) 何如間其後에 路上에서

遇然히 君과만나서 다시人事를하게되야 비로소 알게되얏스나、 그째에 나는「이사

람도 亦是 生活의統一을엇지못하야 矛盾에呻吟하는 聖書暗誦者로군」하는 一種의

憎惡를感하얏다。君이 普通宗敎家의恒用하는 人事方法으로 握手를請하며 微笑를하

는 그입씨지 不愉快하게보이엿다。그러나 이것은 勿論 나의偏見이나、이偏見은 사

람으로써의吳君을미워함은안이엿다。六法全書압에슨 法官이나辯護士라는 一種의蓄音

機나 或은 機械압에슨 現代的工場勞働者와가튼 機械化한宗敎家로써의吳君을 懺惡

함이당。다시말하면 나는 사람으로써의吳君과 宗敎家로써의吳君사이에는 不少한距

離가잇고 또 君은 그前者를 極力隱諱하고、그後者 卽宗敎家인自己만을 表榜하는

吳君을 미워함이라함이다。그러나 이것이 큰 誤謬를伴한獨斷임은 勿論이다。先入見으

로써 直觀한謬想이다。一時라도 彼此에 意見을交換하야보지못하고、이사람은 商人的

或은 職業的 宗敎家라고 論斷하거나、聖者의 人格을가진信仰家라고 速斷키어렵기써

문이다。합으로 나는 君과 漸々깁게 親近할수록過日의 나의獨斷이 그

릇됨만치。 君에對한美点을 發見할수가잇섯고 그것이 나에게는 愉快합이다。나

는爲先 君에게對하야 愉快히感하는바는 君은 現代의靑年宗敎家中에는 稀有하다할

만치 自由로운思想을 抱持한点이다。體內에醱酵하는 靑年스러운感情 本能、或은血

氣을 故意로隱蔽치안코──勿論 이말은 無節制한放縱을意味치는안는다──比較的自

由롭게 發露식히는同時에 宗敎家로써의立脚地와의 距離를接近케하고 統一을圖하는

努力이잇슴을 나는 感服한다。共鳴을感할수업는社會를迎合키爲하야 自己의生活을

良心이指示하는以外의길로 指導하지안는点을 君의平常의言行가운데에써 發見할수잇

슬써 나는 君을勇士로 울녀보고 將來에 큰期待를가진다。어느째 君이 敎壇에써々

天을밋고사랑하기前에 地를밋고사랑하라고說敎하얏다는말을듯고 나는 君이 在來의

宗敎家라는標準으로는 確實히 異端인同時에 今後의新人의宗敎로는 새이삭을보이리

라고 생각한일도잇섯다。

以上은大略생각나는대로 그二面의「아웃트라인」을 傳합에不過하나、虎를畵하야 猫

一〇三

를得한恨이 不無하리라한다。더구나 情의吳君은 간곳업고 理의吳君을 올녓다。버렷

다 합부로 虐待함은 君께對하야 頓首하고 謝過하는바이다。

그러나 最後에 一言코자하는바는 近來에는 그러한誤解가 一掃되얏겟지만은、君

을組合敎會派라指目하야、一時 一部間에 是非의論이잇서던듯한일이다。元來 나는 宗

敎界의門外漢인故로 그便의消息에든 어둡거니와 그것은 君을誤解함에쓰나온 例의

머리살압흔「輿論」인가한다 내가 이말을 特히하는것은 무슨 君을辯護하랴함이안이

라 다만 나는 君을 그갓치信用한다함이다。더구나、君은敎會와關係를끈은以上、더

말할必要도업슬것이다

廉尙燮

내가 본 吳君

누구든지 君에 對하야 深切한 理解를 가지々못한이난、君을 한 多情多恨하고、

溫良하고、無邪氣한 簡單하게말하면「사람조흔이」或은「얌쵼한사람」이라 하겟다。事實

君이 多情多恨하고、溫順하고、無邪氣하지 안임이 안이지만 그것은 君의 性格의

어느一面의 反暎이요、決코 全部가 안이다。나난——적어도 君과 三個年以上의 長

時日를 特殊하고 變함업난 友誼를 繼續하야、彼此의 長處와 短處를 다하난——

나난 君을 但只「사람조흔이」「얌쵼한사람」이라고만 부름을 드를새 一般이 君을、

적어도 君의 어느部分을 默殺하고、無視하난것갓흔 야숙한感이 잇섯다。그러할쌔

나난 君이 但只「사람조흔이」「얌쵼한사람」이라난 갑혈한 稱讚을밧음보다난——

Something more 稱讚밧을 「무엇이」잇슴을 말로던지 글로던지 무엇으로던지、여러

사람압에 보여주고 알녀주고십엇다。俗談에「고기난 咀嚼할수록 맛이잇다」난말과갓

치、君은 사괴일수록 君의 性格의 優雅하고 感情의 纖細함과 또其外에 俗된눈

으로난 看取할수업고、凡庸한 觀察로난 到底히 理解할수업난「不可思議의 性格」이

잇슴을 發見한다。참으로 君은 不可思議의 性格의 所有者다。그外닭에 君은 溫

順한 同時에 猛烈한 熱情의 爆發이잇고、多感多淚한 同時에 悲壯한 宗敎的磁

내가 본 吳君

一〇五

廢墟

忍性이 잇스며、無邪氣한 同時에 턱업시 남한데 誤解를 招할 破天荒의 脫線的 行動을 例事로 하난것이다。그것이 君의 性格의 不可思議한 点이며 其不可思議한 性格아 나를 限업시 깃겁게하야 오날々싸지의 우라(君과나)의 두靈魂을 쓴을수업난 쓴으로 매여노은것이다。君에게 對한 理解가 업난이난 君을 가라쳐 主義가 磊落하게 쓰지못한이라고도 할것이며 모든것에 對한 責任性이 薄弱한 사람이라 하리도 잇슬것이다。하나 君을 評함에 當하야 무슨主義가 薄弱하니、무슨責任性이 업나니 하난것은 意味업난말이라 함보다도 도로혀쓸데업시 君의「靑春」을 傷케하난 緊치안은 弄談이라 함이 隱當하겟다。君은 世所謂「主義」란것이 薄弱한 同時에「보담놉흔主義」와「보담깁고넓은主義」가 堅確하며、世所謂「責任性」이란것을 無視하난 同時에 君은 浩大하고、幽遠한 神秘的의 責任性을 가삼깁히 늣기난것이다。大學寄宿舍內 六疊房안 散亂한 冊틈에서 沈思와 默想으로 蒼白하게 말나가난 君과、野外나 카페갓흔데서 口角에 泡沫를 날니고 巨大한 拳骨를 揮하면서 感激에 썰니난 口調로 將來의 理想을 熱論하난 君의 面影을 接한이난 君이 責任性이 업나니、主義와 意志가 薄弱하니 하난말은 못할것이다。길게말할 것업시 君을 무슨乾物商이나 或은 무슨書記生갓흔 人物를 抨하난 尺度를 가지고。재난것은 너무나 無情한일이다。

卞榮魯

內外兩面의 印象

一、 愛와 淚의 吳君

今年四月初生어느날아츰에、千駄ケ谷K君이왓다。 우리는 欄干압헤 안저쉬건너떤 八幡神社의 숩을 건너다보며、이애기저애기하다가偶然히 戀愛談이나쉬、그甘美한戀愛談에 우리는 半醒半醉하는 地境에 잇섯다。 忽然히 마당압울타리밧갓으로、웬洋服입은사람셋이 들어온다。 仔細히 보니가、맨압헤선사람은 卞君이다、 그다음은 모르는이다、 셋재사람이「南宮君!」하고부른다。 柳宗悅氏다。 나는 急히 나려가쉬玄關門을 열고마저 들엿다、柳氏는 二層으로 올나갓다。 卞君이 둘재로들어오든이를 紹介하엿다、 吳相淳君이다、 恒常 말만듯고 맛나지못하던 吳君이다。 우리는 반갑게 握手하엿다、 그커단손으로 握手하면쉬 놋키를 앗기는 吳君은、나에게「多情한吳君」이라는 印象을 주엇다。 우리는 二層으로 올나갓다。 吳君과나는 마조 안젓다。 君의 溫柔는 天性갓다、 不絕히 微笑를 띄워가며 니야기하는 吳君은、 溫柔한사람으로 보엿다。

그러나 宗敎的敎養과 社交的訓練도 多分으로 섯긴것갓 햇다。

이것이 吳君에 對한 最初의 印象이다。

×

五月初旬어느音樂會날쥐녁이엿다。 鐘路靑年會압헤쉬어느親舊를 기다리느라고、 오르락

一○七

나리락거닐고잇스러니가、맛침吳君이 短杖을들고、무슨瞑想을하는듯이고개를숙이고온다。

우리는쉬로닥드려맛낫다、四月以後로쳐음이다。握手를하면쉬吳君의얼골을보니가、눈에

쉬눈물이그렁그렁하는것갓다。그쌔의吳君의눈은、君獨特의눈이엿다。나는君의눈을들여

다보며속마음으로、「아아、눈물의吳君이여!」하엿다。

近者에니르러쉬는、二三日만못맛나다가握手를하여도、君의이눈를볼수잇다。나는君의

性格이나作品에센티멘탈한點이잇다하거니와、君의눈이나의觀察을保證하는줄밋는다。

×

今番夏期에歸國한뒤로는、君과거의每日相從하다엿다、말미암아君의印象을만히

엇엇다。그中의한가지를쓰려한다。

어느날君과합의散步를하는中에、별안간君이주춤하기에돌아다보니가、죽은참새를들고

잇다。君은얼골을찡그리며、例와갓흔눈으로나를보다가、그참새를길가플숩헤곱게집어넛

는것을보앗다。나는그瞬間에、그럿타、다만그瞬間에、君의眞髓에接觸하엿다。君에對한

幾千言의紹介보다도、君自身의幾萬言의說敎보다도、이單純한行爲하나이 가장雄辯으로

君의全人格을說明하엿다。나는「아아、사랑과눈물의吳君이여!」하며、마음속에불으지젓

다。

以上에쓴것은君의外的印象에不過하다。以下에、內的印象을簡單히쎠보려한다。

二、潤彩잇는生活을憧憬하는吳君

日中의百合花보다도、해돗기前、이슬에쩌진百合花를愛賞하며、晴日의蓮닙보다도、비방울이玉갓치맷친雨天의蓮닙을愛賞하며、반들반들한磐石보다도、파란잇기덥힌古石을愛賞하며、겨울밤의쌀쌀한별보다도、느진봄의물먹은별을愛賞하는것이吳君이아닐가。生覺건대、君은潤彩잇는生活을憧憬하는것갓다。敎儀一遍의宗敎보다君의不堪하는바요　論理一遍의哲學도君의不堪하는바갓다。宗敎도潤彩잇는그것을求하며、哲學도潤彩잇는그것을求하는것갓다。이潤彩는무엇인가、詩다。君은宗敎도詩잇는그것을求하며、哲學도詩잇는그것을求하는것갓다。君이恒常말하기를、「一詩는人生에무슨價值가잇느냐」고한다。君의이말이、곳나의니르는바潤彩잇는生活이아닐가。君은有時乎宗敎改革家가되려하고、有時乎哲人이되려한다。(묘今으로보면、哲人되려는欲求가多分인것갓다。) 그러나그宗敎도詩의王國에建設된그것을熱望하며、그哲學도詩의王國에建設된그것을熱望하는것갓다。後者로말하면、니―체의影響이아닐가한다。詩人의要素되는直觀과、哲人의要素되는思索의兩面을具備하야、이兩面이渾然히融合된所謂「詩人哲學者」로말하면、니―체의右에出하는者가업다。事實　吳君은니―체를尊崇한다。그런故로、吳君이「詩人哲學者」가되려는熱望은、니―체의影響이아닐가하는것이다。

內外兩面의印象

一〇九

나도 처음에 그러케보앗거이와、 普通吳君을 溫柔一遍의사람으로본다。그러나그것은君의

×

一面이요全面이아니다。 君은溫柔한半面에熱情的인곳이잇다。 이것은他人의傳하는바도드

럿거니와 내가直接實例를본일도잇다。 要컨대吳君은溫과熱을備象한사람이다。

×

「愛와淚의吳君」아、 「潤彩잇는生活을憧憬하는吳君」아。 나의記述한바中에、 不當한點이

만흔는지도모른다。 그러나不當한點이잇다할지라도、 그亦君에對한誠意에쉬나온것임을알

나。

나는君에게期待하는바가만타。 나는밋노니、 君은將來「靑年朝鮮」에不可缺할사람이라한

다。 吳君아、 自重하라。

南宮　璧

音 樂 會

一

繁華한 첫여름의 햇빗은 온長安의 젊은 男女를 갑의 엽게 그러나 쎄치지 못할힘으로 興奮식여 가면서 가만々々히 鍾路한바닥을 타고넘어서 몃今새문우에가 멈츄고잇다 自己힘으로 쇠러낸男女들이 넓은길바닥에 널녁잇난것을보고 내숭스럽게 웃난모양가텃다

그싸닭인지 쩌싸닭인지 近來에 新輸入된 사구라구경도 한무리가지 낫건만은 요새의 큰길가는 매우 紛雜하엿다 比較的 閑散한京城의 電車도 요새는 사람이 넘칠지경이며 牛耳洞徃復에 二十餘圓式려문이엽는삭슬밧는 自動車들은 豪華子弟를실어날느기에 如前히 奔走하다 只今도 東大門便쪽에서 싹웅싹웅하면서 氣勢조케 올나오던自動車난

京南自動車商會라고 커다라케看板부친車庫압헤가 멈츄엇다 그안에서난 횟둑々々한젊은애들이 툭々쒸여나왓스며 맨뒤에난 紛紅面紗를 억개에걸고 허리를날신하게 졸너 맨 美人들이 쌀어나왓다

自動車에서나린그네들은 네거리를向하고 올나가랴난지 一行中한사람이 運轉手와 가치事務室에들어간동안 여러사람들은 모다네거리便쪽을向하고 웃둑々々써잇섯다

妓生들은 압뒤로굽어보면서 치마자락을매만진뒤에 亦是그네들과가치 네거리를바라

廢墟

보고잇섯다

이째靑年會압해쒸난　冊床을넘인듯한　靑年들四五名과　곤쒸루양복을입은　졈은紳士

두사람이우뚝々々들어쒸々　무엇인지廣告들에　씨여잇난것을　쑥홀러본後에靑年들은

우때便으로　紳士들은아래때便으로　갈너쒸갓다　靑年들은　쒸로돌어다보면쒸　무슨리

약이인지　奔走한모양이엇다

半日行樂에　삼間疲困한모양처럼　한발을버스듬이압흐로내노코　두손을마조잡아치마

압헤늘이쓰렷던　山月이난　별안간　밥은손을들어쒸　靑年會玄關압흘가르첫다　그손에

들엇던　輕輒한손가방은　그白魚가튼손가락에매달녀　그비를쒸엿다

「나으리　뙤긔무엇이잇나부지요」

「이애는　별안간　쒹긔무엇이무엇이냐」

「안이　쪅靑年會압해　무슨廣告가잇지안어요」

「하쇼　그것말이냐……」

그男子가　말을다하기前에　엽혜잇던紅梅는　좀나물하난듯한　눈치로

「이애는　그것을첨보니　언제던지　그런것이쒸잇지안던」

이째에　그廣告를압헤잇던紳士들은　이압흘지나가면쒸　한번을쏜돌어다보고갓다

「그러치만　이번에는무슨滋味잇난것이　잇나보아　지나가는사람들이　일부러한번式홀

러보고가난대……　안이지　쪅안의지　고대지나가든　洪辯護士도보고가더니　믓수도여

러사람들이 보지안아」

이재 事務室에 들어갓던사람은 불이 낫케나오면서 좀궁금한모양으로

「무엇말이야」

「하ㅅ 山月氏가 勞働共濟會講演을듯고십다비」하고 한사람은山月이를눌넛다

「야ー이것억척쇠고나」

「안이예요」山月이난 발명하기시작하자, 一行은 그廣告를압흘當到하엿다

洋紙로발으고 모지랑붓질을 싯검엇케한廣告들은 려여개가쇠잇난데 그中에쇠내쇠운

지가얼마안이되난듯한 새廣告하나만 全部가다보이고 그남아지난 귯만조금씩보엿다

「이것보쇼요나리 그런것이안이라요 이廣告를 보난사람이 하도만키에 좀 엿쥬어

보앗더니 그나리가 그러신담니다」

그사람들은 山月이의發明하랴고애쓰난것을 滋味잇쇠하난모양으로 싱글싱글우스면

쇠 그問題의廣告들을 들여다보앗다 고中의한사람은 좀압흐로나쇠면쇠 자아, 넘어

바칠터이니 山月氏들으시요 그러나 花柳界에 노난것을 더할수업난盛事로알고 凱旋

將軍과가치 鍾路한바닥을 대낮에휩쓰난 以若그네의面皮로도참아 목소리난놉히지못

하야, 알어들을만치만 넘어들녓다

「林晶子獨唱會

會塲은 鍾路中央靑年會館

「音 樂 會

一二三

期日은　來九日午後七時半

會費난　三圓、二圓、一圓이고

主催는　東洋時報社고요」

그사람은 이와가치 넘고나쉬 自己가생각을하여도 좀열적던지 이番에난 무안푸

리氣하야 한層더적은목소리로 活動辯士의 口調를숭내여 눈에보난대로만 뒤에가린廣

告글씨를 도막도막 쥐쉬넘엇다

「그다음보실寫眞은 에暫時停電이되엿슴니다 勞働共濟會구요 勞働大會구요 무슨

講演會구요……」

이와가치 쥬쉬섬기는동안에 나이좁지굿한紅梅난 그사람들의方向업난行動을 들이

여 좀悶憫히뵈이난氣色으로

「어쎠가십시다 나으리」

하고 그中의한사람을 再促하여달이고한거름압쉬나갓다 달은사람들도 그뒤를쌀여

쎠 것기시작하엿다

조금을나가다가 발은便골목으로 쎡겨들어간그네들사이에난 이러한會話가交換되엿

다

「林晶子가 日本女子라지요 沈主事나리」

「응日本女子야」

「그런데日本□도 妹哥가잇덩요」

「왯고말고 林哥 鄭哥 南哥 高哥 柳哥 다섯는데」

「그것두! 그런데 그 林晶子라는이가 노래를잘한다지요 엇던 노래를해요」

「글세 西洋노래겟지 하기는잘한다는데 日本쒀도一流래지」

「그리고 東洋時報에 난것을보면 얼굴도아조입부던데요」

「그래 너만콤이나 입부단다 하……」

「쒀나리는 맨그런말슴만하시지 우리구경갈가요」

「그래가자 꼭約條햇나니라」

「네 念慮맙시요」

「흥 찰떡갓구려 우리도한목세여 相關업겟소」

「하……」

二

그네들의一行은 明月舘支店이라고 懸板붓흔 소슬大門압헤가 잡간안을풀여다보는

것처럼하면쒀도 쒀슴지안코 휩쓸며들어갓다

이東洋時報主催의音樂會는 到處에쒀 리약이거리가되엿스며 京城의有識階級 그中

애쒀도靑年社會에쒀는多大한好奇心과 반가운맘을가지고 기다리는事件이엿다

過去一年동안을 政治運動에汨沒하여쒀 激昂、憤怒、恐懼、厭忌、猜疑、不平、悲哀

等의 맵고 쓴感情과 緊張한神經으로 乾燥無味한生活을 할수밧게업던 京城의社會는

事實上音樂會가튼것을 열어볼機會도업섯고 쓰열어볼生覺도못하엿다 쓰設令 그러한

일이업섯슬지라도 沒風致한京城에서난 音樂會가튼音樂會를 열어본일이別로업섯다 그러한

名色音樂會라는것이 間或잇기는하엿지만은 그는흔이耶蘇敎會의主催로 慈善音樂會비

스름하게여는 素人音樂會쓴이요 正말音樂다운音樂을듯기爲하야 眞正한意味의音樂會

를 열어본일은업섯다

이러한京城 이러케지내든京城에서 日本의一流聲樂家를마처서 東洋時報라는 新興

新聞社의主催로 音樂會를열게된것은 勿論珍奇한事實이며 音樂會라는 그平和하고 愉

快한말만들어도 爲先비길데업시반가운感情을 늣기게하엿다 쓰한便으로보면 世人의

子感과注目의標的이된 東洋時報가 創刊以後의 첫政事로 이것을主催한것이 더욱더

육所聞을놉게한原因이다 그러나東洋時報의이主催가出人意表인것도事實이엇다

이난 實상 世上사람이 생각지안턴 일일쓴안이리 主催者되난 東洋時報에서도偶

然히關係된일이엇다 조금이라도미리計劃이잇섯다던지 그것이조켓다고하여서特別히그

것을取한것은안이엿다

東洋時報에서 이것을主催한것은 正말偶然이엇다 그러나그偶然은害롭지안이한偶然

이엇스며 엇더케생각하면 依例히進行될經路를밟어서 進行되엿다고도할만한것이엇

그난即이러한事情下에서 偶然히그러나 가장自然하게機會되엿다

林晶子는 日本一流의 聲樂家이며 그 男便林正烈은 某大學敎授로서 宗敎哲學을 專攻하난以外에 藝術에 對한 理解도 깁헛다 그러나 世上사람들은 그를 人道主義의 文學者라고 指目하엿스며 事實上人道主義者엿다 人道를爲하야奮鬪하난그는 主義上 國境과 民族의 差異를 介意치 안이하며 더욱이 朝鮮藝術에 對하야난 非常한 感興을 가지서 年前에 朝鮮을 視察하고 여러가지器具를 사가지고간그는 自己書齋와自己寢室을 全部이러한 物品으로 裝飾하고 조금도 달은 物品을 쓰지안는 그러한사람이엇다

朝鮮에 對하야 이와가치感興과同情을 가진 그는 過去一年동안에 政治上關係로하여서 自己의 祖國과自己의사랑하난朝鮮과 그두나라民族사이에 日復日惡感情이깁하감을보고 眞情으로不安한생각이낫섯다 同時에 그두나라民族이 純潔한藝術만으로라도 서로接近하고 서로理解하기를바랏스며 그結果에文學者인自己는 「朝鮮의벗에게들이난글」이라는 文字를發表하야 自己의裏情을披露하고 聲樂家인自己夫人은 朝鮮에건너가 朝鮮人압헤서 獨唱會를열고자하엿다 그래서이計劃은日本新聞「讀賣」紙上에發表하엿다

林氏의 이計劃에對하야 맨첨으로注意를하고 딴贊意를表한사람은安鴻錫이라하난留學生이엇다 그는亦是文學을硏究하기爲하야東京에가잇섯스며 딸어서日本의文學者들과도 만히相從이이잇난故로 林氏에對하여서도 그前부터 多少理解하난바이잇섯다 그러한 關係로하여서 林氏의이번計劃에對하야도 남먼저贊意를表하고 同時에書面으로 그뜻을傳한것이엇다

音樂會

林氏는　그에對하야　爲先한사람이라도　贊成者가잇슴을　깃버하엿스며　因하야朝鮮에

나가　音樂會를여난데對한周旋을　安鴻錫에게付托하엿다　이것이　이聲樂會를東洋時報

에서主催하게되엿遠因이되엿다

安鴻錫은　그의親舊金宗變이가　東洋時報에잇슴을생각하고　또이音樂會는純全한朝鮮

人機關에서主催할必要가잇슴을생각하고　곳東洋時報社金宗變兄이라는　편지를써부첫다

議論은곳成立이되엿다　그래서安鴻錫은　林氏의夫妻와가치朝鮮을건너오게되엿스며　音

樂會는東洋時報의主催로　鍾路中央青年會館에서　열게된것이엇다

三

五月七日날　午后의일이다　샌전屛門뒷골목　河景子의집에난　己往淑明女學校時代의

동모가차적와서　主人河景子와　滋味잇게리약이를하난계데에　電話鍾이땅으르울엇다　景

子는　누구代身밧을사람이업난가하고　그便쪽을바라보면서

「어듸서電話가왓슬가　蕙卿언니한테서왓나보다」

하고혼자말을하더니　두번재딸으르하고울써에난　벌덕일어서々　電話압흐로갓다

[네　그럿슴니다　네―네―네　네제가河景子여요　누구십닛가　네―읍바쒸요　어듸서電話를거쒸

東洋時報社여요　네……죄혼자여요　何必쒸더라가라쒸요　엇더키야무엇이엇더

켓슴닛가만은　일은것이안이라요　네……蕙卿언니도나가쒸요　네……그려

면나가지요　來日약ㅅ철車엄닛가　야흠시半이요　뻑……그럴그래제하겟슴니다　뻑……그러

럼그만두쇠요」

밋슈쇠지 귀를기우리고듯던 景子의동모는 景子가둘어 오난것을보고 밋쳐안기도前
에

「무슨電話야 어듸를가나」

하고물엇다 景子는 「응」하고 爲先對答을하면쇠 自己자리에가 털썩안더니 두팔
을 룩턴쳐뒤로집고 몸을비스듬이뒤틀면쇠

「쩌어 車光植음바가 英子도車光植氏를알지 薰卿언니을아번이말이야 그옵바가電
話를걸고 東洋時報의付托이라고 來日아침車에林晶子夫人이오니 좀나가마쳐달나는말
이야 薰卿언니도간다나 來日아침에난 空然히 또밧부겟군」

즐귀치안은것처럼말을하면쇠도 實狀은그러한모양도 안이보엿다 엇지말하면 依例
히할일을하고난쌔와가치 一種의愉快와자랑스러운 생각을가진것도가럿다

밋슈쇠지 一種의好奇心을가지고 景子의배ㅅ속을 들여다보랴난것처럼 그얼골을바
라보고잇던英子는

「조쿠려 그것도景子나하닛가 東洋時報社에쇠 그런付托을하지 하쇼…… 그런대薰
卿언니는요새도經濟靴를신고단이나 來日도經濟靴를신고나오겟지」

「미토리나안신고나오면조치」

「요새도正말 그런것을신고단이난것일쇠」

音樂會

二九

「요새는무슨 달은써인가 그前비롯은그대로잇지」

「그래도 마쎄스、가되엿난데 以若沈○○○夫人으로、 그거되엿나」

景子는 아모떠답도안이하엿다 그러나 그난미쎄스라는 말에무슨생각을한모양이엿다

그난샛갑안눈을슬적한便으로 고개를 잡간트난듯하더니 인해눌너쉬視線을天井

으로向하고 꿈속나라의무엇을보랴는것처럼 불쇠림이바라보고잇섯다

이쎠에 景子의집門間에난 人力車가노이며 손님이차쪅왓다 그난閑散한손님이안이라

景子의職業上顧客이엿다 景子는 매무시를고치고 壁에걸녓던事務服을쎄여입으며 응

셕비스를한語調로

・「英子야 내暫間단여들어올터이니 거기쉬기타려라」 하고挽留하엿다 그러나英子는

벌덕일어쉬쉬

「애그 만히놀엇스니 가보아야지」하고作別을하엿다

景子난處女엿다 그러나職業을가지고잇섯다 比較的裕足한家庭의無男獨女로 태여난그

는 別로職業을가져야할必要는업섯지만은 現代의朝鮮女子로는 엇더한意味로매우幸福

스러운 그의運命이 도리여그를몰아쉬 有職女子를만들엇다

그는 일즉이父親을여위고 偏親侍下에잘아낫다 딸어쉬그는 남과가치父親의사랑이

라는것을 몰으는代身에 母親의사랑은 더욱깁헛스며 兄弟姉妹가업는그는同胞의사랑

을몰으는代身에 慈母의限量업는사랑을 한몸에싯고 그닷뜻한품속에 파뭇쳐잘앗다

그러나 그의母親은 혼이 寡居하는 婦人의가지는性質로 仁慈한中에도 굿세인氣象이

잇쉬々 아들이업는代身으로 딸子息이나마 남의집아들만못지안케 훌늉한敎育을하고

자하엿다 오늘날景子가 東京外지遊學을갓다온것은 이外닭이엇스며 머리쌀압흔 舊

習의拘束을밧지안코 比較的自由롭게 自然한人生이 한번式은當然히經驗할일(假令戀

愛가튼것)을 經驗하여가면서벗어갈길로 벗어가게되는것은 그德澤이엇다 이것이景子의

남보다만히하라고난福力이엇다

그러나 그職業的專門智識을밧은것과씃가튼젊은몸으로 職業에從事하게될것도亦是그

에幸福을쥬던 그와가튼運命에쇠 胚胎된것이엇다

女子의몸으로 職業을가지는것은不幸한일이다 , 不自然한일이다 女子도사람이라는意

味로 女子도人生의半分이라는意味로次代人類의敎育者라는意味로 相當한敎育을할것

은勿論이며 差別업는人格을줄것은勿論이다 그러나 女子도職業을가진다는것은 조흔일이안

이다 구차한집살님과가치生活難에쏫기는이社會는 女子의職業을强要하는일도잇다 그

러나이것은不幸이다 女子에게는 이世上의무엇보다도 神聖하고貴重한天職이잇다 이

天職을遂行하기에妨害되지안이하는範圍에限하야 女子의職業은 不幸이안이다

그러나景子의職業은 不幸은안이엇다 不自然한는지는몰나도 그곳 그職業에對하야自由는

며 自己의意志를 쉬워가기爲하야는必要한일이엇다 그는곳 그職業에對하야自由로운

態度를가진것가텃다 언제던지自然한生活에들어갈自由는 保留하고잇스며 도리여그自

音樂會

二一一

然한生活을　主觀的으로더充實하게하기爲하야　이職業을가진것이라고할수잇섯다

그것英子가간뒤로　時間半假量이나　손님을酬應하기에　밧부거지낫다　그래쉬앗가생

각하던일은　다이적바렷다　그날쩌녁에도　亦是시々한일로하여쉬　別로달은생각을할機

會가업섯스며　자리에들써에야　겨우來日아침에停車場나갈생각을하면쉬　停車場에쉬지

널일을　어림풋이像想하여보다가　어느덧　잡이들고말엇다

四

景子는　잇흔날아침들時假量즘하여　車蕙卿에게電話를걸고　아홉시에　鐘路네거리

에쉬맛나기로　約束을하엿다　그리고아침밥을먹고난뒤에는　옷을가려입으라들어갓다

衣거리문을열고선景子는　꼬동색　毛紗치마를　쒸내다말고　暫間蹰躇하엿다　그는언

쩌던지　무슨생각을할째에하는버릇으로그새々만눈을　두어번微妙하게굴니면쉬　속으로

이러한생각을하엿다

「일것　마종을나가달나고付托을밧엇는데　너무　無色한옷을입는것도안되엿고！」

그러나　特別히비단옷을입고나가기는　더구나　안되엿다고　생각을하엿스며　쏘는　그

額달은車蕙卿이가　무엇을입고나올는지를몰나쉬　第一수々한玉洋木치마에　玉色적고리

를입고나가기로하엿다

「두사람은　鐘路네거리에쉬　만낫다　蕙卿이는亦是　玉洋木옷을입엇스나　발에는　間

題의미토리를신엇섯다　그것은첩보는일이안이다　그러나景子는　그미토리신은것을볼써

마타　蕙卿의남달은奢侈를우습게생각하엿다엇더한쌔에는밉살스럽다고할는지새

얍난다고할는지一種의猜忌와가튼感情을늣기엇다그러나그는달은쌔와가치눈녁여

보지도안는것처럼본척만척하엿다

停車場에는迎接나온사람이만엇스며그中에는林氏를爲하야나온사람도만엇다그

리고아침掃除에쌀린물이아직말으지안이한步廊에는선득々々한귀운이물결치고잇

스며마종을온사람들싸지도산쯕々々하엿다

두사람은謙遜한態度로한便기동압헤가쌔어쉬흘너가는景子의눈

은기다란步廊을지나쉬아침볏이明朗하게反射하는먼線路우에가指定하여보는것

도업시멈츄고잇섯다正말언쬐던지端正한態度를일치안는그는두팔을兩便치마엽흐로

自然히늘이고大膽은하나端正한態度로쉬잇다새로입은쩍고리의접은솔기는억개에

셔부터싯둥쌔지보기조흔曲線을그리워버렷다그러나그쑴속나라를憧憬하는듯한한雙

의검은瞳子는언쬐던지疑問이엇다不可解의迷宮이엇다

汽車는들어왓다사람들은여긔쩌귀로넘나들며各其차질사람을차지며車에쉬는

사람의뭉텅이를吐하엿다두사람은그동안에도섯던자리를멀니써나지안코쉬성々々하

면쉬四方으로注目만하엿다

林氏一行도나려왓다그를본車蕙卿은그便을向하야걸어갓다그러나景子는주츰

하고거름을멈추엇다그의態度는如前히端正하엿다그러나그의눈은異常스러히動搖

音樂會

三二三

되엿다　萬一그의얼골을仔細히본사람이잇섯스면　별안間紅潮됨을　쌔달엇슬것이다　그

러나　그의表情에　이러한動搖를준것은　步廊을것는밧분거름이　멋발을옴겨놋는동안이

엇다　그뒤에는　如前히　돌름의샘물가치　沈靜에돌어갓다

林氏의一行은　藝術家에相當한印象을주엇다　참되고沈靜한林氏는　아직世上물결에씻

기지안이한곳이　잇서보이며　선々하고도才調잇서보이며　해사하고도開放的인晶子夫人

그의눈은아침이슬과가치맑으며　그의입가에는　不斷의우슴을씌워　子女를가진夫人으로

는　너무도處女的이엇다　그러나그中에써도　異彩를쏘는사람은　安鴻錫이엇다　옷깃과

싸우는　더부럭머리며　凝視하는듯한두눈과自尊心을말하는결곡한코는　人格의介潔을表徵

하고　遠한沈默을직힐것가치　굿게다친입이며　口角의모진것과　두볼의여윈것은　좀緊

張한듯한皮膚와調和하야　冷淡과神經質을表徵하엿다　그리고冷靜한그의두눈은　人生의

眞理를곳透視하고자하엿다　그러나그의身邊에는　接近키어려운　무슨距離가잇스며　그

의背後에는孤獨의그림자가　둘너여잇섯다

景子의所有한　不可解의두샘에　물결을일으킨것은　이安鴻錫의風采엿다　景子의眼底에

깁히々々印象되엿던무엇이　이安鴻錫의風采로하여써　復活된것이다　침에는　바로그것

이안인가하고疑心까지하엿다　그러나距離가接近됨을짤어써　그러치안이한줄은알엇스나

오히려　물을수업는것은　묵은印象의復活이며　짤어서　安鴻錫의印象外치도　뒷편에남

어잇슬수밧게업섯다

그러나 景子는 이사람이 누구인줄도몰낫다 日本사람인지朝鮮사람인지 도區別할수업

엇다 또人事를할새도업섯다 그는 車蕙卿과가치 來賓에게 好感을쥬겠다는 생각도업고

다만삼가는태도로 晶子夫人과만인사를交換하엿슬뿐이엇다

그날 저녁에 寢室에든 景子는 갑의 여운疲勞를늣기 면서도 잠을일우지못하엿다 접영

이불을 半집걸치고 반드시들어눈景子는 두눈을 싹뜨고 十六燭의電燈을注目한채로 가

만히누엇다가 두다리를내뻣고 길을켜면서 선합품을하엿다

五

「이애景子야 그게누구냐」

河景子와가치 正面壇上을바라보고잇던沈淑貞은 河景子의엽구리를 쓱씰으며넌짓이

물엇다

「글쎄 나도몰으겟다」

景子는 對答을하면쉬도눈오로는 壇上을바라보고잇섯다 그는맛今 壇上에올녀와쉬 椅

子를치워노코 돌아나려가는 安鴻錫의뒷모양을 보고잇슨것이다

「어쬐아침에 마종을나갓다면쉬그래」

「停車場에쉬도 보기는보앗지만은 누가누구인지알수가잇나」

「左右間 東洋時報에잇는사람이겟지」

「안이야 林晶子와가치왓쉬」

二二五

「그러면　日本사람인가보지」

「아마　日本사람인가」

音樂은시작되엇다　林晶子의豊富한聲量으로　쏠어나오는音律은　微妙한變化를가지고

聽衆의머리위를흘너간다

한曲調한曲調가　쑷날쌔마다　滿場의拍手聲은　急한비가치쏘다지며　數千의視線은齊

一히樂壇을向하야모여들엇다

교훈일골　華麗한衣服　부드러운曲線의輪廓　그림가튼林晶子는　樂壇中央에端正하게

쉬잇고　비스듬이뒤로는　한아름이나되는　쑷다발이　花瓶에담기여　卓子우에노혀잇스며

그오인便에는　비스듬히들녀노은피아노압헤　夜會服의伴奏者가　두손을버리여　鍵盤우

에을녀노코　다음曲調가　시작되기를기다린다　그繁華하고도緊張한光景은　果然聽衆의

注意를集中식이난힘이잇섯다

그러나　沈淑貞만은　그림의影響을　밧을수가업섯다　外樣부터도　슝굴々々한그는　性

質조차도快活하야　무슨일에던지　골독하는법은업스나　그러타하여도　한가지일에集中

할수업도록　變德스럽지도안타　그러나　오늘쪄녁에限하여서는　무슨外닭인지　한가지

일에集中을할수가업섯다　漠然한　壓迫的情緒가　가슴에굿득차쉬　맘을鎭定할수가업난

것도가트며　새삼스러히수집　은생각도나보앗다가　남모르게얼골도붉혀보앗다가　젹고

리압섬을　들여다보면쉬　매무시를고치도보앗다　하엿다　그리고그의눈은　樂壇을向할쎄마

다 不知中에흘너서 樂壇넘어의 屏風친곳으로갓다 그곳은出演者의休息所로 林氏의

一行을爲하야 設備한곳이엇다

音樂은어언간에 第一部가씃나고 十分間의休息時間이되엿다

이쌔에屏風뒤로서나온사람은 安鴻錫과日本女子두사람이엇다 옷깃과싸우는 긴다리

를 곱다라케비서々 귀뒤로넘기고 검정學生복에몸을싼安鴻錫은 쑤벅々々自信잇난거

름을옴기여 、、、 婦人席압흐로나오더니 가치나온日本女子를向하야

「何卒コチラヘ御掛けなすつて」(여긔안지십시요)

하고 빈자리를가르쳣다 그의日本말은日本사람이나 조금도달을것업시 流暢하엿다

엽헤안젓던河景子는 그말을들을써에속으로 이러케생각하엿다

「졍말 日本사람이로구나」하고 그러나 沈淑貞은 「하풀사」하는 一種의失望을늣기엿

다 쩌러한男子가 웨朝鮮사람이안인가하는생각이잇섯다

安鴻錫이가 돌오屏風뒤로들어간뒤에 두사람은 쉬로意味잇시 얼굴을치다보다가 곳

外面들을하엿다 그리고 엽헷사람들이보는가하고 좀수집은생각이나서 얼굴을붉혓

다

音樂은 다시시작이되엿스나 時間이좀오래짐을쌀어 聽衆의注意力이減하여쩌서 會

場안은 좀웃덜한긔운이잇섯다 이쌔安鴻錫은 발씃으로걱여드리여 소리업시걸어나오

더니 婦人席압헤잇는 東洋時報社사람을보고

音樂會

一二七

「會場이 擾亂하여쉬 노비를하기가 어렵담니다 좀注意를식여쥬시지요」하고付托하엿
다

이말을들은째에 沈淑貞과河景子는 쓰不知中에 쉬로쳐다보앗다 이사람들은 무슨
반가운消息을들은째모양으로 몸이홀갑은한것가치늣기엿다 沈淑貞은 河景子를쑥씨르
며

「朝鮮사람인대그래」하고 말을하고도 엇지달은사람들에게注目을밧는것가러쉬 좀무
안한생각이낫다 즉시外面을하면쉬 樂壇을최다보난체하고 그넘어屏風친안을 쏘한번
건너다보앗다 安鴻錫의 송낙머리가얼핏뵈다가 속으로들어가바렷다

이두사람은 音樂會가씃난뒤에 鍾路비거리를거쳐쉬 西大門便쪽을向하고울나가다가
샌쳔屏門에쉬 거름을멈추면쉬 河景子는 沈淑貞을쓸엇다

「이애淑貞아 우리집에단여가거라」

「밋슥열시나되엿난대 가보아야지」

「暫間단여가려무나 바로요런대」

「그래도들어가면 어듸그런가 自然느쳐지쉬」

「暫間만」

「그러면 단여갈가」

두사람은 샌쳔屏門뒷골목으로들어쉬셔 景子의집을向하고들어갓다

景子의寢房에마조안진두사람은　亦是音樂會리약이를하엿다　沈淑貞은먼저입을열어서

沈「엇더턴지하기는잘하지」

河「잘하고말고　첫재목소리가　엇쳐면그러케큰가」

沈「글세말이야　女子의聲量으로는　썩굉장한聲量이야」

河「日本쉬도第一이라는걸」

沈「그만하면　그러코말고」

河「그런대　오늘져녁에는　너무들써들어쉬하난사람도　滋味가적엇슬러이야」

沈「애참　웨그리들써드난지　좀죠용이잇섯스면　조켓드구면」

河「아직程度들이幼稚하고　音樂의趣味를몰으닛가그러치」

沈「그런대　좀종용이하여달나고　그말을일으라나왓던사람이누구야」

河「글세　그게누구인지　나는첨에쏙日本사람으로만알엇지」

沈「글세말이지　말하는것이쏙日本사람갓지안어」

河「아모러턴지　퍽마지메한사람이지、」

沈「마지메하고말고　나는그러케마지메한사람　첨보앗쉬　그런대　어듸學校에단이는모양이지」

河「글세　學生服을입엇슬케는　畢竟그런것이지」

沈「어느學校를단이노」

一二九

河「글쎄　머리길은것하고　音樂學校에단이는사람이안일가　그러치안으면美術學校나」

沈「그도怪異찬치　또물나文學이나안인지」

河「아모러턴지　픽은마지메한사람이야　말도別로업고」

沈「마지메하고　그거름거리하고」

河「몹시씩한사람갓지」

沈「外樣으로보기에도　무슨自信을가진사람가터……」

自信잇는사람　이와가치稱讚을하고　그의모양을　눈압헤그리면쇠　혼자생각을하엿다
내가차즌사람이　그러한사람은안이든가──沈淑貞은　다시입을열어쇠

「그사람이누구인가　좀알어보앗스면」

河景子는　눈을좀크게뜨고沈淑貞을바라보면쇠　빙그레우슴을띄우고

「픽은맘에들던것이로군」하고　늘니기시작을하엿다

沈淑貞은　좀최면한듯한感情을억지로눌으고　아모조록平坦한態度를뫼여가면쇠　그러

「그런것이안이라　좀궁금하지안어」

하고　河景子쇠지　슬고들어가고자하엿다

나熱心으로

「나는　궁금할것업쇠」

하고 河景子는 생글생글우섯다 그러ᇰ 卽時쌈을돌닐ᄯᅢ에 속으로ᄯᅢ러가재생각을ᄯᅡ

엿다—— 엇것은 弄談으로돌닐것이야안이다 그러나 적사람이적러쾌熱心을가지고말ᄒᆞᆫ대 나혼자

실업슨말을하면안되겟다 아모러던지結婚이나 戀愛問題는神聖ᄒᆞᆫ問題이닛가 그러케弄談

으로말할것이안이요 더구나우리네 (孤立ᄒᆞᆫ少數의敎育잇는女子)는 그에對하야 참되

게생각하고 아모조록彼此에ᄡᅥ로써 우리생각하는것을貫徹하여야된다 아모조록父

母의專制的媒酌結婚을避하고 彼此에理解잇는男女가 愼重히調査를하여가지고 幸福스

러운結婚을하여야하겟다 그目的을達하는대는 적어도우리同志ᄭᅵ리는ᄡᅥ로도와쥬고 써로

便宜를보와쥬여야한다 우리는넷날處女모양으로 그것을붓그러할理由도업고 그것을모

르난례할수도업다 ——이와가치생각을한河景子는 별안간참된얼골로

「알어보지 그리고한번맛나보라구 나보기에도 매우마지메하고 무슨主義가 잇는사
람가트니 알어보아셔위염하거든 한번만나보난것이조치」

두사람은 이와가치하고 헤여젓갓다

「그러면 내래일이라도 곳알어보아셔通知할것이니 그리알나고」

「글세 맛나보아도조코」

六

「야아!」
車光楠은 河景子의事務보는房門을열고들어오면셔 이러케소리를질넛다

音樂會

一三一

「옴바쎠요　安寧히쥬무쇠쇠요─

「오늘은　아모도오지안엇군」

「멧사람왓다가　지금들갓쎠요　그런대옴바어제밤에　靑年會를오쎠쎠요」

「갓쇳지」

「그런대　웨뵈울수가업쇳쎠요」

「못보기는웨못보아　나는녀를보앗난대」

「그래도쳐는　못보앗쎠요　엇던便쏙으로안쳐기쇳쎠요」

「오인便첫줄　中間으로」

「그러면　자리가멀어쇠　못뵈웠슴니다그려……」

하고　무슨말을할쏫々々하면쇠도　참아못하는모양갓더니　畢竟임을열엇다

「기집애가　總角의일홈은알어무엇하게」

「글쎄누구여요　좀가르쳐주시구료」

「그것은알어쇠무엇하게」

「그런데　옴바　그林氏一行과가치단이느니가누구여요　머리기다란사람요」

車光植은　싱글々々우스면쇠　막우잡어嘲弄을하엿다　그러나河景子는　조금도뒤지々

안코　쓸이여總角이란말에무슨希望을늣기면쇠

「기집애는　쥬을것이요　그런댸그이가總角인가요」

「죽을것은안이지만은 엇지殊常하지안으냐 그사람이總角이닛가 더구나問題가되지」

「대관절일흠이 무엇이여요」

「글세 웨뭇나 나는말이야 뭇는外닭을알어야 對答을하지」

「엇던색시가 좀알어달나고그레요」

「색시!……누구야」

「그것싸지는 말슴할수업쉬요」

「그러면 나도말할수업쉬」

「인톄차슨알면 滋味잇는일이잇스니 좀알으켜쥬쉬요」

「將來뒷다리가 只今압다리만한가」

「그리지말구요」

「그럼 뜨가르쳐줄가 그사람이安鴻錫이란다」

「그가學校에단이나요」

「응 慶應大學文科에」

「慶應大學文科여요 사람이엇데요」

「사람얌잔하지 엇던색시고 그사람헌테시집을가면 괜찬치」

河景子는 이말을듯고 눈을外막々々하며 무슨생각을하다가

「이거보쉬요」 엇던색시가 그이를보고 하로寒맛나쉬 리약이를하엿스면하난데 한

번旁가치오시구려ー

「언케쏨」

「언케던지　전넉에만오쎠요　밀이通知를하시고」

「안케는　別일이타만코나　그러면그쎄는누구인지　다알겟구나」

「그러치요」

「그러면　그러케할가　하……」

車光植이가간뒤에　景子는電話통압해가쎠잇섯다

「여보쎠요　沈淑貞氏좀請해쥬쎠요」

「淑貞이요　응　그런대오늘사퇴하여나올쎄에　우리집으로　좀단여가구려　응　그러면

꼭기다릴러이야」

한時間半쯤지난뒤에　沈淑貞은　冊褓를왼손으로바쳐들고　모시진솔치마뒤단을　훌쩍

한女구두뒷측으로　슬적々々차며　샌전屛門뒤골로　들어갓다

「별안간　웨보자고그래」

沈淑貞은　己往에付托한말을　이적바린것쳐럼　물어보엇다

「별안간이무엇이야　사람이엇쩌면　쪄러케시첩이를닮고　고맙단말도안코」

「무순령문이나알어야　고맙지」

「南志기게안재땅교　더뎌말하면싹람은　일홈은알엇지」

「그래 누구야　엇더케알엇쎠」

「車光植읍바가왓기에　몰어보앗지」

「勿論내말은안하엿겟지」

「하면엇던가」

「이애가　空然히남을망신만식히랴고」

「그래안하엿스니　그는念慮마라」

「그런대　누구야」

「응　安鴻錫이라나」

「安鴻錫이라나」

「응　安鴻錫이」

沈淑貞은　깜작놀낫다　그리고머쥬하니안쪄잇섯다　무슨생각을하는것쳐럼

「웨그리케놀나니　웨已往에알든사람이냐」

「응　彼此間面分은업지만은　寫眞은본일이잇섯난대　寫眞과는　아쪼달은데」

「寫眞은　엇더케해쎠보앗쎠　언제緣談이잇섯던가」

「年前에　우리父母네들세리　딸질이되다가　얼마만에　그럭쪄럭하고만일이잇는데…

「웨그만두엇쎠　무슨탈이잇든가」

「……」

「그것이야알수잇나　어른들세리말결하든것을　그리고나는그쎄學校에잇슬쎄이닛가　나

一三五

도 그린생각이업고하여쉬　그럭쩌럭하다가　식어바렷지」

「그러면　그집形便이라던지는　大綱알겟구면」

「응 우리아바지쇄쉬는　그집과親하시닛가　仔細히아시겟지」

「그러면 더구나 조쿠면　車光植옵바말에도　매우조흔사람이라고하던데　아모러던지

한번맛나보지」

이러케 勸하면쉬　河景子는沈淑貞의얼골을들여다보고잇다　일것自己가調査하엿는것이

알고본즉　當者가더仔細하다는말에좀졉졋섭이씨기도하고　沈淑貞의뜻을몰나쉬 그속을들

여다보랴는것가텃다

「글세　엇더케할가……」

「버발쉬　말하여노왓스니　左右間맛나보라고」

「만나보지」

하고 淑貞은　分明치못한對答을하면쉬　무슨생각을하기에　골몰하엿다

自己집으로들어간沈淑貞은　冊을좀차쪄볼것이잇다하고　自己房으로들어가 同生들도

들어오지못하게하고　自己가 己徃쓰던손그릇을뒤지기시작하엿다　그는己徃에보던 安

鴻錫의寫眞을 찾고자한것이다　그러나아모리차쪄도입슴으로　나종에는실중이나쉬 이

것쩌것을합부로뒤석거쉬집어늣타가　그中의寫眞한張만남겨가지고　자세히자세히보기시

작하엿다　그는己徃에自己父母가　安氏집과通婚을할때에　보냇다는寫眞과 · 가튼寫眞이

며 自己가 열여들살되던해에 東京서日服을입고 박인寫眞이엇다

淑貞은 寫眞을보면서 只今과는 좀달으다고생각하엿다 크도적도 안이한키와 춤무상

한體格과 쌍굴々々한얼골모습은 그리變하지안이하엿스나 四年前의寫眞은 매우애틔

가잇섯다 좀길쯤한얼골에는 살이 보동々々씨고 츄리긴두눈은 가느다라케열녁잇서한

참불은쏫봉도갓고 손치지안이 한쏫果實도가트며 애띄고슷적은것이 只今의成熟한體格

과는 쓴사람가치보엿다 只今은엇지 징그러운긔도잇난것갓고 필때로피여서 헤벅

러진쏫가튼것이다 쏘 安鴻錫이가 이寫眞을불써에 엇더한생각을하엿슬가하는생각도

하여보앗다

景子와는 그사람을맛나보겠다고하엿지만은 덥허노코만나보기만하는것도 우숩지안

을가 만나보기로말하면 무슨結果가잇서야지 彼此에 물쓰름맑그름아는자리에 얼골서

지알면서 쏘새삼스러히 만나자고하면依例히結婚問題가聯想되려니 그쌘안이라이便에

쇠 希望을가진表示가되지안을가 그사람은 말로듯던지外樣으로보던지 相當하지만은

그집이엇더할난지 爲先듯기에財産家는안이던데 그것도問題야 「金錢을爲하야結婚하는

者가치惡한者는업다」하엿지만은 쏘「戀愛만爲하야結婚하는者만치愚한者는업다」고하엿

난대 그도아죠안볼수는업서 幸福을엇자는結婚인데……只今世上에金錢업시는幸福도업

지 첫재父母쇠쇠도 그리贊成하실理업지

이와가치생각하는 淑貞의눈압헤는 한便으로 여러가지不分明한光景이 소용도리를

한다　번개불가치往來한다　비단옷、時體洋服、金剛石반지、自働車탄점은內外、洋屋집、

압뒤로들닌庭園、집안에쉬흘녀나오는피아노소리

그러한꼿불이　한박휘돌고난뒤에는　갑々한단가사리집、　순수밥짓느라고　煙氣에눈물

흘니는女子、景況업는얼골、無色한衣服、畢竟은　大門마진집典當局에드나드는여러사람

들外지　눈에보엿다

그도짓혼財産은엄슬지라도　相當한地位나잇스면……　그러면相關업지　一箇書生　아직

도未成品　安鴻錫가든이는　將來有望은하지만은………

沈淑貞은이러한雜念으로　멋時間을보내엿다　쓰엇던째에는　그러한것이　다슬어적바

리고日前밤에　靑年會에쇠보든　繁華한光景과　樂壇압흐로　쓰벅々々걸어나오던　安鴻

錫의　참되고自信잇는얼골이　分明히뵈는일도잇섯다

七

金剛園뒷채의　十二號室에셔는　각금靑年들의　愉快한우슴소리가　흘너나오며　七八

人이나되는靑年들만모여쇠　무슨리약이를하고잇섯다　무슨리약이인지　仔細한말은　듯니

지안이하나　각금徹底이니　努力이니하는　힘들여말하는　文字만　分明히들녓다

그사람들中에는　朝鮮옷을입은사람도잇고　洋服을입은사람도잇스며　아모런지다相

當한사람들인데　첫재이만한集會에　妓生이하나도업는것을보고　料理店쇤이들은　耶穌

敬人인가하엿다　그러나쪄긔食卓子에金瓶이올으난것을보고는　異常히생각을하엿다

安鴻錫도잇고 車光植도잇섯다 이날은이사람들이 日間朝鮮을떠나갈 安鴻錫을爲하야

送別會모양으로 모인날이엿다

저녁床을치운뒤에 閑談들을하다가 安鴻錫은 ᄱᅢ이를불너가지고

「짜한그릇갓다다고」

하고일넛다 엽헤잇던 른安鴻錫을최다보고 싱글ᄉᄉ우스며

「總角이 依例히남보고해라를한담 참頑慢한總角이로구」

이딸게데에 安鴻錫은 픠우스면서 「참누가날더라장가를들라고하니 좀들어볼가」하

엿다

이말을들은 車光植은 멋칠前에 河景子에付托밧은생각이나서

「여보게安鴻錫 참자네를보고 ᄯᅩ한눈에든사람이잇다네」

安鴻錫은 한무릅을쑥내노코 빙그레우스면서

「그것참조흔消息이로군 대관절누구란말인가」

그는弄談을眞談으로들엇다가 고지식하다는嘲弄을들을 가念慮하여서 아모조록 지어

서하는모양을보이랴고하엿스나 實狀인즉 위연만한熱心을가지고 반가히달녀들엇다 光

植은 좀자쎄는모양으로

「졍말ᄯᅩᆨ한눈에들엇대 爲先한턱을하게 그레야가르쳐줄터이니」

音樂會

一三九

「앗다 한턱은차々하려니와 爲先누구인지나알어야지」

弄談이 안인줄을집작한 여러사람들은 爲先事實이궁금하닛가 모다安鴻錫의便을들어써

「아무럼 한턱은勿論이려니와爲先알기부터해야지」

「하々 實狀은 나도 누구인지난몰으난걸 그러치만자네가나만딸어오면 대면할수
가잇네」

「그야 不遠千里하고 딸어가지」

「이總角이 매우急하군」

여러사람은 一時에알々우섯다

金剛園을나온 여러사람은 鍾路쯔지 올너가는동안에 다훗터지고 車光植과 安鴻錫
두사람은 西大門便을向하고올너간다

「여보게光植이 大體가는데가어듸인가」

「잔말말고 나만딸어와 하─안된總角이로구」

「하々……」

安鴻錫은 우슴을웃는中에도 속으로는正말궁금하엿다 이사람이실업슨말을할리도업
고 쓰고그것이事實이라고하면 大體엇더한女子인가 첫재내얼골을알사람이 別로업
터인대──이모양으로곰々생각을하며딸어갓다

西大門便쪽으로 좀올나가던車光植은 샌젼屛門뒤골목으로들어쒀자 얼마안가쒀엇던大門압헤가섯다 그집은새로修理한朝鮮집이며 門楣에는 李召史라는門牌와 河景子라는門牌가 나란이부러잇섯다 그門牌를본 安鴻錫은 쏘한번놀낫다 河景子 河景子 그러면그누구라는것이 이사람이던가 安이아이사람은안이 世上에쒀더드는말은알수가업지만은 그것이分明한事實일러인대 아마이사람은안이겟지 그러면누구인가 이와갓치생각하는동안에 車光植은 쯤압쒀々 大門안으로들어가며 未久에門이열니더니 主人河景子가나와셔 반가히마쳐들엇다

「들어가도 關係치안슴닛가」

「네 들어오십시요」

車光植은 아조無間한모양이엇다 그러나 무슨령문인지를몰으난安鴻錫은 아모조록말을안코 안켜쒀 눈치를보고자하엿다

河景子는 椅子를勸한다 茶菓를내온다매우欵曲히待接을하엿다 그러나普通親舊待接을하는以外에 달은意思가잇는것은 갓지안엇다 그리고自己가생각하는일을 大膽히告白하기도하엿다

「安鴻錫氏 말슴은만이들엇지요만은 뵈웁기는이번에 쳠뵈웟난대 쬐엇던분한고 독가트쒀 或달은어른들에게라도 그런말슴을들으신일이업스쒀요」

安鴻錫은 그런말을들은적이업섯다 그러나 그는아죠독갓다고하난대 못들엇다기도

音樂會

一四一

좀 未安한것갓고　누구라고 分明히 말하지안코　긔엇던분한분이라고 말하는것을본즉　己往

에 본일은업지만은　필경 河景子와 約婚하엿다고 所聞잇는　己인듯십어쉬

[녜己往에 或엇던사람이　른하고갓다고하난말은　들엇슴니다만은……]

하고 어름어름하엿다　景子亦是참 그레요하기가　面愧하여쉬　別로말은안이하나 安自己를

自己推測이　틀니지안이한줄은알엇다　그리고 河景子의 大膽한데도 늘낫스며 쪼自己를

조와한는사람이　이사람안인줄도　쎄달엇다

이쌔에 車光植은正面攻擊을시작하엿다

[긔 그번에 말하던색시가누구냐　인쇠는말을해라]

[인쇠차々말을하지요]

[차々라는것은다무엇이야　所願대로이 安鴻錫氏外지　달여왓는데]

[인제自然아시는쌔가잇지요　當者가秘密을직혀달나고하닛가　뭇수은말할수업서요]

[이게무슨소리나　안된다말해라]

이쌔에는　安鴻錫도참다가못하야　싱글々々우스면서傍助를하엿다

[나는 아직總角임니다만은　좀 ヅヴ、ヽ、、シク出ル하겟슴니다 그린데말슴하시지요 나

亦是붕음함니다]

景子는　暫時躊躇하다가

[그러면　暫間기다립시요]

하고 밧것흐로 나갓다가 얼마만에 들어왓다 車光植은 들어오는얼굴을보고 멋자곳자로

「인쾨말헤라 누구냐」

「나는 읍바 가기시닛가 그만두겟소」

「이건 기집애가 엇지이모양이냐 어서말헤라」

景子는 苔難瑞한모양으로

「이것을 엇더케하나」

이쌔에는 安鴻錫도 입을열엇다

「相關잇슴닛가 말슴하시지요」

安鴻錫의말에 景子도할수업서 秘密을發說하엿다

「그럼말할게요 져安鴻錫氏 年前에婚姻말슴을하신폐가잇지요」

「그것은한두군대가 안이닛가누가누구인지 알수업지요」

「한 三年前에 거위一年동안이나두고說往說來가잇섯다난데요」

、

「三年前에 알수업는걸이요」

「서로寫眞外지 밧구어보신일이잇다는데요」

이말을들은쌔에는 짐작이나섯다 그러나或失手를할가하야 물으난례하고

「글세요……」하엿다

「日本가공부하고온女子여요」

音樂會

一四三

廢墟

「아 그러면 沈氏인가요」

「네 발오아섯슴니다」

光植은 벌서알어둣고

「沈氏라니 그러면 沈淑貞이로구나」

河景子는 그제서야 音樂會以來의 說과를 좌하고 自己名啣을 쥬어 人力車를 沈氏집으로 보냇다

人力車가간뒤로 安鴻錫은 여러가지 像想을 머리속에 글이며 기다렷다 그러나 그 回報에 沈淑貞은 몸이 不便하야못온다고하엿다

安鴻錫은 적지안흔 落望을 하엿다 더구나그는 日間에써 날사람임으로 다시 機會가업슬것을생각하고 매우섭々히되엿다 그러나車光植은 그만한일에 落望을하지안코 억지로라도불너오고자하엿다

「이 安君은 來日써날터인데 오늘못맛나면 되엿나 여간感氣좀이야엿덜나고 사람을

「글세 來日써나쇠요 그러면안되엿슴니다 그려 엿더케하나」

景子는 이 모양으로 한참고상々々하다가

「그러면 내가가보지요」하고 옷도갈어입지안코나갓다

얼마만에 들어온景子는 亦是虛行이며 그의 報告는 이러하엿다

沈闊가알는것은안이나 生覺하는일이잇서々안이왓다 卽安鴻錫氏와는 己往에緣談外

지잇던러러인즉 이번에맛나보기로말하면 戀愛가成立되거나 그러치안이하면 結婚을하

여들여야할러인대 只今나로말하면 달은데緣談이잇서々 거위成立되다십히한러인즉 이

다음結婚한뒤에나 맛나뵈웁지요

이回報를들는安鴻錫은 별안간숨을쉰사람가치 엇지된外닭도몰으고 아조孟浪한中에

一種의 興奮만늣기엿다 그러나元來冷靜한그는 沈淑貞에게對하야 惡感을가지々안코

돌이여 好意로解釋하여서 「아모러던지 理性이잇는女子」라고生覺하엿다

八

이튼이튼날아침車에 安鴻錫은 京城을떠나가게되엿다 停車場에는 그가每日追逐하

는 「廢墟」의同人들과河景子가 나왓섯다

安鴻錫은京城을떠나기가 正말섭々하엿다 그는京城胎生으로 京城에서生長한사람이

며 京城을떠나 日本을가는것도 이番윤이안이언만은 이番가치섭々하게生覺한일은업

섯다 그는무슨重大한것을 두고가는것갓치 서위하고섭々하여서 참아발길이 돌어서

지안토록 京城을떠나기가실엇다

그는京城을떠나기가 엇지실은外닭을 生覺하여보앗다 그러나自己亦是도分明히는說

明할수가업서々 다만京城와서二週日동안에 날마다追逐하던同志들을 떠나기가실은外

닭이라고하엿다 勿論그것도 한가지原因은될것이다 只今外지매양孤獨히지내던그가

지나간二週日동안에　經驗한生活은　果然이즐수업는印象을주엇다　大自然以外에美가업
고　大自然以外에純潔이업고　大自然의품속가치　닷듯한곳이엄다고생각하던그는　이번
에야첨으로　그를包圍한사람들中에서　人生의純潔한半面도보고「靑春의美」도늣겻스며
人情의닷듯함도맛보것이다

그러나이것이　그외닭의全部는안인줄을　그는汽車가움직일쌔에야　비로소쌔달엇다
餞送나온사람들에게敬禮를하여들어가다가　河景子의눈과마조친쌔에　그의가슴은쯕금
하엿다　意外에發生되야　意外의結果를매진　沈淑貞의一件이　아모리생각하여도　갈데
쩌지가쉬　그첫다고할수업스며　그일의끗나는것을보지못하고　이京城을떠나가는것이아
모리하여도　섭々하엿다

그는汽車가　龍山、鷺梁、永登浦를지날띄쌔지　섭々한懷抱를鎭定치못하야　잡々히안
져잇섯스나　多幸히林晶子가치快活한同行과金海遠이라하는　情다운親舊家同行을하게되故
로　一行은滋味잇는리약이에　우슴이꼿칠새업섯스며　리약이에쌀니는쌔에는　루림프遊
戱도하고　窓밧게景致도바라보아　東京쌔지가는동안에는　別로쌀은생각을할餘暇도업시
지내엿다

그러나同行을作別하고　東京市外의代々木마을　閑靜한客館으로　돌어온그는　돌오孤
獨한生活　思索의生活을하게되엿다　달념어가고　옷밥이우는고요한밤에　나무그늘蓮못
가로　默々히근일다가　하나둘　푸르게빗나는　별들을向하야　마조보고쌈작일쌔에　그

의腦中을徃來하는생각은 亦是沈淑貞의一件이엇다

「엇지보자고하엿슬고! 疑問이다疑問이야그러나 未婚女子의몸으로 未婚男子를向하

야 맛나보겟다고外지할째는 勿論단々히決心한일이잇슬것이다 그러면 못맛나보겟다

는것은 무슨外닭인고 先何心後何心이던고 첩에는一時的感情으로 그리하엿다가 몃

칠지나는동안에 식어바렷단말인가 그러케輕薄할수가잇다고 敎育도잇고 나이도相當

한女子가 안이야그러케생각할것은안이야 아모리하여도 一時的感情이라고는볼수가업

서 그러키로말하면 事實이怪常하지안은가 自己는맛나보고자하엿스나 곳結婚外지라

도할생각이이잇엇스나 그父母가不肯하여서 그만두엇나 社會的으로나 物質的으로나 아

직未成品인安鴻錫을 …… 하고 그父母가反對하엿나 或怪異치안치 그러치만은 萬

一그러라고하면 너무도허잘것업지안은가 그래도 高等敎育을밧고 新女子라고하면서

自己結婚問題에 덥허노코父母의말을 盲從할理가잇나 自己意思를全然히犧牲하고 그

러면亦是一時的感情이던가 안이야 남을그러케업수히뒥일수는업지 그러면大體무슨外

닭이람 나무에올으라고혼든다는格으로 그러면 或이러케생각을하엿나 女子의몸으로

男子를自請하야맛나보앗다가 돌이여이便에서 엇지할가하여서 안이그

娼妓가르되 或그러한弄絡도하겟지만은 응字를노으면 結婚을하여들이던지

도안이야 못맛나보겟다는對答에 —— 맛나보면 戀愛가成立되던지

—하고 結婚하고안는것은 自己掌中에달닌것가치 結婚을하여쥬던지

音樂會

一四七

그런생각을할理가잇나대판켤 그말이 元體안되엿서 放恣한말이야 結婚을해쥬다니 내

意思이라는것은 全然히眼中에서사람이업는酬酌이지 쏘——나로말하면 달은데緣談이 잇

서々 거위成立되엿난대—— 하니 當初부터그릴것가트면 웨달은男子를보자고한담 女

하히하는터이요 쏘모든일이消極的인데 如干男子가눈에좀들엇다고 남을노와서 面會를

子라는 그러케輕薄한것인가 女子는原來天性으로男子와달나서 相對者의選擇을 綿密

請求하다니 그럴수가업지 그러면 所謂달은데緣談이란것이 突然히開

係가깁허저서 그便으로맘이쏠녓단말인가 그러타고한데도 不謹慎한女子야 沈淑貞이

는 그런女子가안일터인데 그쌴만안이라 맘에드는男子가 그러케여괴도잇고 쩌괴도

잇슬수가잇다 내게도맘이잇고 쏘緣談잇다는데도맘이잇스나

追後로調査한結果에우리家庭이不滿足하엿단말인가 우리家庭 흥 덜억財産家안인흠쩔

밧게는업지 金剛石반지、洋屋집、피아노 그런것이豫算에버서낫단말인가「財物만보고婚

姻을하는者는罪惡이지」설마그러케야幼稚할나고 안이幼稚가안이라 俗惡할나고 그러

면 누구의말맛다나河景子가 沈淑貞을利用하엿나 그러치도안을터인데 그럴理는업서

景子의눈치를본대도 그러치만은 景子의속을 눈치로는알수업쇠 눈의表情이異常하닛

가눈! 不可解의눈아々……亦是버나라는 大自然이야

이쌔에 웃밥이소리는 더욱々々자져지고 풀은별은 암박々々 代々木마을에밥은깁헛다

一千九百二十年七月

閔　苦　原

廢墟——는 永遠한 沈默일다。 이 沈默의 意味를、 언더 스탠드할수 잇는者라야 廢墟를 論할수 잇슬것이다。 廢墟는 永遠한 沈默의 雄辯일다。 이 말업는 雄辯을 드를수 잇는이라야 우리의 벗일것이다。

廢墟에선우리의몸은 셜닌다。 過去人類의 先驅、 우리祖上의 偉大한努力、 文化、 繁榮을 思하야斷腸의念을 못견대고、 現在우리의 墮落、 衰殘、 無能、 無爲에 마음이압흐다。 그러나、 우리는、 우리의집、 우리의나라、 우리의땅을그대로、 이대로바려두고십지는 안타。 우리는 復活의 曙光을 보고자한다。 偉大한未來를 創造코자한다。 우리는、

우리는이말할수업는 心的懊惱와苦痛을우리가슴에 무겁게품고눈물을가지고廢墟에섯다。 말할수업는 絕對命令的 欲求와타오르는熱情과衝動에 뛰여 廢墟우에 섯다。 廢墟우에서고보니、 過去는 杳然하야우리의가슴은 漠々하고、 現在는 荒凉하야우리의눈물을 자올닐뿐이다。 날은 점을고、 갈길머—ㄴ나그네의 心懷를禁할수업다。 그러나、 因循姑息은우리의미워하는바요、 彷徨躊躇는우리의 禁物이다。 우리의生命은 未來에 잇다。 未來의生命이過去와現在의延長、 持續임은 勿論이겟다。 그러나、 우리의 要求하는새로운生命은 오직未來에 잇다。 過去와現在는 有限하구。

그러나、未來는無窮하다。우리는永遠한未來에살고자한다。

「新生命은廢墟로서피여난다」고 詩人은 말햇다。이말은眞理일것이다。우리는그것을確信한다。우리는이맛음우에서々나가고자한다、나아간다。이맛음업스면、우리의想覺、抱負、希望、經綸、事業은헛된것일다。즉은偶像에不過할것이다。우리의營爲코자하는모든일을살니는것은오직、이맛음일다。우리의活動을不朽케할것은다만이確信쑨이라한다。나는다시말한다。우리의衷情이要求하는新生命이廢墟속에서、피여오게하리라는「確信의實現」은오직、廢墟에서々、宇宙의興亡의消息을드를수잇는者、嚴肅하고悲壯한英雄的感慨를가질수잇는者、永遠한人道的精神에타는聖者의눈물을가질수잇는者、쎄여놋는발자곡에피가고일만한敬虔한精進의巡禮者의魂을가진者、「廢墟美」에陶醉할수잇는者──의特權일것이다。

　○

나는、이번에、솜시업고맛업시된處女詩멧편을붓그럼먹음고을엿다。

　○

우리의하려하는「일」이잘자라나기를바라는고맙고어진이들이內外에적지안은줄아는우리는衷情의感謝를드린다──。

星海

廢墟雜記

世上에서, 우리廢墟와, 우리廢墟同人에對하야, 이러니저러니하고, 多少의批評이잇는 것갓다。 그러나, 이無批判하고, 沒理解한우리社會의無責任한批評에對하여서는, 우리는 아즉, 沈默의德을守할수밧게업다。 그리고, 『今後十年을期하여우리의發展을보라』고宣 言하여두는것이, 가장適當할듯하다。

○

어느社會에서던지, 어느一派의사람들이, 무슨新文藝運動을니르키는째에는, 흔이, 世人이冷罵와嘲笑를퍼붓는일이잇다。 갓가운日本으로볼지라도, 저白樺派가, 日本文壇에新 旗幟를세우고낫타난지于今十餘年間에, 얼마나冷罵와嘲笑를밧아왓는지, 아는사람은아는 것이다。 그러나, 그비들의不斷의熱誠과努力은畢竟報償되야, 今日에니르러서는, 누구나, 日本文壇에서白樺派의勢力과功績을無視할수업게되엿다。

○

오즉, 갓튼者만갓튼者를理解하는것이다。 現今朝鮮社會에서, 우리에對한眞正한批判과 同情을要求하려하는것은, 도로혀부지럽슨일이다。 賢寡, 愚衆은, 어느社會에서던지避치 못할事實이다。 쳐음부터우리는, 現今朝鮮社會에對하야, 理解를要하는것도아니요, 同情

廢墟雜記

一五一

을 求하는 것도 아니다。 우리는 다만、 우리 信仰下에서 勇進할 뿐이다。 아아、 「오즉、 갓튼 者만 갓튼 者를 理解하는 것이다。」 우리는、 그 「갓튼 者」의 出現을 欣求하며 前進할 뿐이다。

○

世人에 對하야、 한 가지 注意를 促할 것이 잇다。 그것은、 部分과 全體를 區別하여 事物을 觀察하라는 것이다。 假令 우리 同人中의 한두 사람이、 엇더한 行動을 할 째에、 그 行動을 보고、 곳 廢墟同人 全體의 行動으로 보는 일이 잇다 하면、 그것은 두 말할 것 업시、 곳 部分과 全體를 混同하여 보는 것이다。 이러한 觀察의 不正確한 것은、 再言을 須치 아니할 것이다。

南宮 璧

編 輯 餘 錄

○여러가지 말하기어려운 內外事情이잇서、七月下旬에 創刊號를 發行한 以後、第二號의 發行이 今日外지 遲延된 것을、甚히 붓그럽게 생각한다。讀者諸氏의 서 深諒하여 주시기를 바란다。

○그러나、무엇에 던지 報償은 恒常 伴隨되는 것이다。遲延되면 遲延된 만치、그만치、무슨 所得이 잇슬슬밋는다。얼골이 던지、맘세이 던지、첫애기 보다는、둘재애기 편이 좀낫다고 생각 되는 點이 업지도 안타。

○그러나、우리는 이것으로 滿足하는 것이 아니다。滿足은 人生의 墳墓인 것을 모르는 우리가아 니다。現在의 未熟과、無限의 成長은、우리의 自覺이며、信條이다。우리는 未來永遠히、우리의 履歷을、더욱 充實하며、더욱 偉大하게 成長식혀 가려 하는 것이다。

南 宮

大正十年一月十七日印刷
大正十年一月二十日發行

定價金五拾錢

編輯者　京城府茶屋町九一番地
南宮璧

發行者　京城府松峴洞四〇番地
李秉祚

印刷人　京城府黃金町二丁目一四八番地
朴仁煥

印刷所　京城府黃金町二丁目一四八番地
朝鮮福音舘印刷所

發行所　京城府樂園洞二四三番地
新半島社

販賣所　京城府鍾路通二丁目八七番地
廣益書舘

其他京鄉各書店

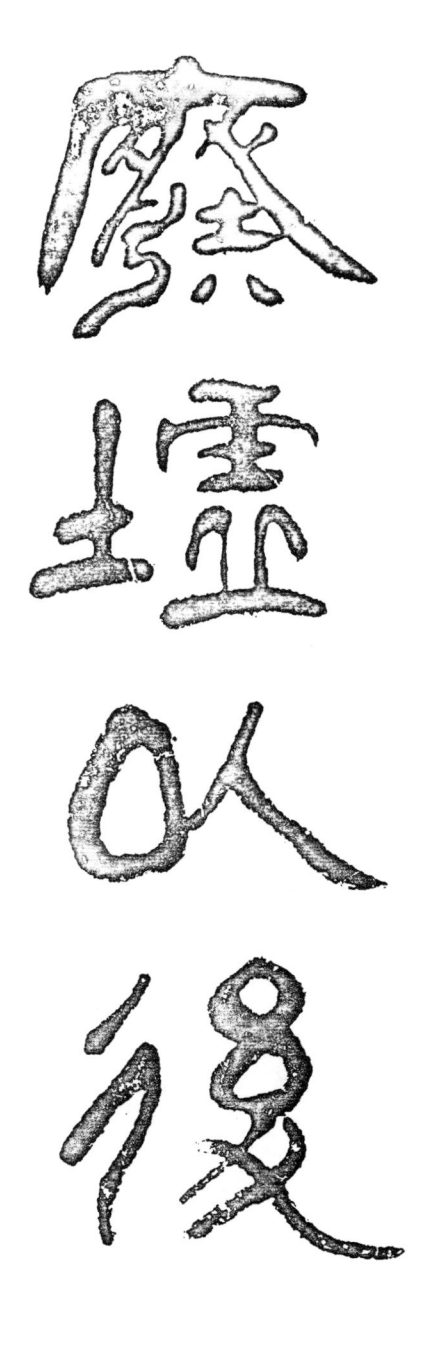

廢墟以復

目次

東窓이 밝앗나냐 노고지리 우지진다

소치는 兒嬉놈은 상긔아니 니럿나냐

재넘어 사래긴바츨 언제갈랴하느니

南九萬

◎ 時調解釋

숑담새(노고지리)가 재월이는소티(우지짐)가 나니, 아마도 東이 였나보다만은

牧鷲은 아즉도 너러나지안엇느냐? 저山넘어 平랑(사태)이 긴 우리집의넘은

밧슴 언재나 갈랴하는고!

다는뜻이니, 藝術的價值가 얼마나잇겟느냐는것은, 여긔서 말할바가안이지만,

「언제갈랴하느니」라는 一節에는 哀歎과 警告와 心慮와 希望이잇다。南氏는

肅宗朝의 領相이요, 또한 碩學이라, 當時의 國情과 世道人心에對한 敎訓인지 쓰는

다만 一個牧鷲을 가르침인지는 모르되, 廢墟우에 서서 建設에發足라라는 우리

에지대하야는 이만한 敎訓이 쏘다시업슬가한다。氏의號는, 「藥泉」

「廢墟 의 祭壇」

廢墟우에헤는 넘어가다 無心히도—

알수업는悲壯한소래

ㅓㅏㅗ壯嚴한幾車—

沈黙의雄辯!

慶墟의雄辯!

×

呼吸이잇고

血脈이갓고

殉難의압흠갓치밧는

慶墟의무리—

慶墟우에살고

그속에죽음運命의뮤리들아!

입을봉하고

慶墟 의 祭壇

눈을감고
廢墟祭壇밋에업드려
心臟을너는—
世界가문허저바릴듯한
그의압흠의呻吟을드르라
×

넘어가는햇빗을마저
廢墟의虛空에
썩엄시호을로서잇는
차듸찬녯榮光의
宮殿의돌기동한아!
그를두팔로씨어안고
숨을쉰코눈감는자여!

마른덩굴, 잇기에서린
廢墟의녯城두손으로붓웅켜안고
소래도마음대로내이지못하고
늣겨우는흰옷의무리여!
×
唐紅色저고리입은어턴이의

터질듯이살진손목잇글고

구름에잠겨잇는廢墟의祭壇向하는

늙은할아바지의

싸우로내리쌘、집신신은

늙은할아바지의兩眉間!

저녁해남어지빗헤서리는그의니마우의

칼자곡갓흔줄음살!

×

머리에는타는듯한김의烟氣서리도다

男兒의등우에는쌈이용소슴치고

廢墟의祭壇에업드려애소하는

×

廢墟의祭壇에길（丈）이넘는검은머리풀고

맨발로素服입은處女들의

말도업시敬虔히드리는

목檀香과기름燈불은

죽음갓치소래업는廢墟의하늘

웃도밋도업는밤「어둠속」에

單調하고憂鬱하고도쓴임업는

廢墟의 祭壇

廢墟以後第一號

曲線의간, 은「길」을차저虛空에
헤메이다, 해매이다!

×

廢墟의밤은집허가고서
莊莊히웃업는廢墟벌판한모룽이
쓸々히서서잇는한間풀집속에
따우에갓씨러지는
발거버슨헐덩이애기소래ㅣ
産苦를닛고
새로나는이의深刻한복비는敬虔한
廢墟의어머니의쩌는소태ㅣ

×

애기의묵은보금자리
그의녯玉座인胎살으는불빗은
呻吟에쩌는「廢墟의밤」갈르는(剪)
알수업는새로운
創造의神의거룩한횃불!

── 二三・二 ──

니 슬 수 업 는 사 람 들

廉　想　涉

一

음식뎜영업패를 떼어드리든 이튼이튼날 오후이엇다.

어제 오마든 서방님——이집에서들은, 누구나 서방님이라고 부른다.——이 오늘에야 야

조하고간 쌀한가마니를 지여가지고 왓다.

「그게 무슨일이요? 남을 이를씩이나 눈이싸지게 기대리게하구……누가 쌀가지고 오랍듸

싸? 에이 사람두……」

서방님이 짐人군에게 삭을주고, 마루로 올러오기를 기다려서, 주인마님——마님이라야 서

른대여섯을밧게안이되는 성々한녀편네지만——은, 서방님의등을 탁처서 문이 열린안방으로 떼

미러너콯이하고 쌔라드러 왓다.

「갑긔가 가섯다드니, 그동안 드러누엇섯소?」

주인마님은 좀 드러간듯한 커다란눈人가에, 주름을 잡히우며, 성냥개피를 열한개까지누차국

차국 을터놀수잇다는 이사람의자랑거리인 그기다란 속눈섭이 알에우가 맛닷도록 눈을 거섬

츠레쓰고, 서방님을 은근히 바라보고섯다. 서방님은 잠간 마조건너다보다가 생긋하며,

「아닌이!」 하고, 모자를 벗어서, 마님에게 준뒤에 알에ㅅ목에 싸라노흔 불요우에 살짝 안젓다。 주인마님은 우ㅅ목쪽에박인 못에다가 모자를걸고, 의거리에 부튼 거울압흐로 도라서서 자긔의얼굴을 잠간 비초여본뒤에, 불요우로 나려와서 서방님을 향하고 모로안젓다。

이 서방님이란자가 에데서 불겨저나와서, 이집에 언제부터 드나드는위인인지, 쏘는 주인마님이 어쩌한룡간으로 손아귀에 쉬터드린것인지는, 이집에서나 아모도 모른다。 지금 마루에서, 뒤ㅅ에 쌀을떠붓고잇는 안쌤쟉이는 물론이려니와, 알에ㅅ방에서 연애 화두쌕을 찰삭어리고안젓는 동생인지하는것도 그래력은 도모지 모른다。

알에ㅅ방아씨가 이서방님을 만나본것은, 지ㅅ난달에 흰비녀를 겨오 혹각비녀로 밧구어쏫고, ㅅ집에서 일년만에 올려왓다가, 아주 이집에 붓들려잇게된지 멋츨안이되어서, 서방님이 차저왓슬때이엇다。 처음에, 형이 인사를 식힐제, 이젊은과부ㅅ댁은 쌈작놀라기도하고 부쇠럽기도하얏다。 올러오는마테,

「여, 네팔싼들 별수잇니? 어서 달리배포를 차릴도리를하지, 쓸데업시 다시 나려갈생각은 꿈에도 하지마라……나하는대로만 아즉, 가만히잇거라。」하며, 위로하듯이 달래는소리를, 솔곳이 듯고만잇섯든터이라, 별안간 젊은남자가 차자오자, 불러드려다가 대면을식히는것을보니, 생김생김이며 차람차린것이, 암만하야도 과부댁의 눈에는 무슨까닭이잇는것가타야서 수상하얏다。 단여간뒤에, 공연히 얼굴이 발개지며,

「언니, 그게 누구요?」하고 무러보니까, 형은,

「그건 아라 뭐하니?……여긔 그전부터 단이는사람이란다。」하며, 웃고마랏다。 좀더캐어무러보고도심헛지만, 면난해서, 심상한듯이 내버려두엇다가, 그날밤에, 그때에잇든 할범더러 무러보니

싸、그할멈역시 자세히는 모르겟다고하며、스라손이가튼 눈에 무슨의미나잇는듯한 웃음을 떼우고

도리질만하얏다○ 형과달라서、비교적 새침한 스므살전후의 소년과수人댁은「정녕 그런기 보다」그

런사람가르치면……」하는 생각을 꿈속가티 그려보면서、간질〜한 가슴을 살작덥허두고 며츨

지냇다。그러자 그할멈은 이틀쯤 더 잇다가、무슨싸닭인지 내어쏫기고、지금잇는것을 가라드렷

다。의할멈은 인제야 쉰씀바라보는 싱〃한충늙은이니만치、그러한것을 눈역여보기도하고、궁남

쑹이나서 애를쓰는모양이다○

「안방에 오신량반이 누구신지 픽얌전하신데。……인젠 아씨는、팔자 좃소! 그 머리쌀압흔

주정군이에게、오너라가너라하는 성가신쌀도 안이보구……히〃〃」

이번에 데려온 안쌈책이가 온지 며츨지난뒤에、시골갓다가 오는길이라하며、오류실만에、서

방님이 왓슬째에、할멈은 부역에서 이런소리를하고 졂은아씨를 놀리기도하얏다○과부人댁은 미

친소리말라고、할멈을 쥐어박으면서도、속으로는 반갑지안은게안이엇다。

그러나 그날밤에 안방에서 밤이 이슥도록、둘이 툭탁치며、술을 기러드리다가는、결국에 그

대로 씨그려저 자버리고、과부人댁은 여전히 누데 입을을 뒤어쓰고 자는것을보고、안쌈책이

는 슬멋이 쥬인마님이 맙살맛기도하고 의분도 니러낫다。

「남자두 남자지、대관절 무얼보구 반햇드람?」

마누라쟁이는、횐당긔에 흑각비녀를 쏘저서 머리를、이리로두고 알에人목에 도라누은 졂

은아씨를 건너다보며、입을속에서 혼자 이러케생각하야 보앗다。

「그싸위상파닥지루두 저런 얍브장스런 서방이、어더걸린다면……히〃〃・내게두 한 서른대

여섯되는것은 오렷다! 히〃〃、나ー가 부시럽지안람!」

니슬수업는사람들

마누라는、이러한 식이지안는 격정도하야 보앗다。

그러나 분하고 눈쌀를 흘리기로말하면、과수人댁이 아넘어간것가튼것이 원통하얏다。아까 남자가 그러케 불러드리지를못해서 애를쓰써가며 막든것도、알구보니 자긔의정든님을、행여 쌔앗길까보아서 그리한것이라는 짐작도 인제야 난다〉

〔그런것을 내가 몸맛더럽히고 말싸바써、남자의 확실한결심을 보고서야 친하게 만드러주랴고 나를위해서 그리는술만아랏지!〕

과수人댁은 혼자 이런생각을하며、눈을 감고누어서、알에入입술을、악무럿다。

〔그러나 둘이 다취하기쌔문에 인사정신모르고 쓰러저자는지도 모를것이다。공연한의심을하는게안인가? 래일보면 알렷다!〕

이러케도、생각하야보앗다。그날밤은 그럭저럭 눈을 부치지못하고마랏다。

그러나 그이튼날도 대낮에야 부시시 니러나서、해장술이 또 곤죽이되어가지고、이를씩 묵고 갓다。아오는 어쩐지 무슨모욕을당한것갓기도하고 거신이 뒤집어씨엇거나 독가비세상에서 사는것가타얏다。한시밥비 이집에서 쌔저나가고십헛다。어쩐얼굴로、자긔를 대할텐구?하고、형을 치어다보앗스나、아모 사색도업스려니와、조금도 겸연쩍어 하는빗이업섯다。둘이어 화색이 돌아 보이엇다。그후부터는、대개 하로걸러큼이면 와서 돈원씩내노코、둘이 다—곤드레가되어서 자고가곤하얏다。아측 그러캐부댁겨본일이업는 젊은과부의눈에는 사람가라야 보이지안을쌔도잇섯지만、남자의 얍브장한얼굴과 조촐한몸맵시라든지 조용〈한맑은목소리를 드르면、부럽기도하고 쇠긔에 갓가운감정도 니러낫다。

그러나 이젊고 안상한「서방님」이, 어찌하야 자긔보다 거진열살터울이나 틀리는, 마님이 다
된계집하고, 저러케싸지 야단인지 싸닭을알수가업섯다。더구나 좀 나온듯한너마에는, 싯검언우
ㅅ눈섭이 정글〈하게 다부룩한데다가, 부려부리한커다란눈가는 벌서 푸르죽〈하야지고, 술에덕
진것가티 부이스름한입술에는, 거벽과 변덕이 발려보인다。어데로보든지 심술이 쌔
거서 축처진, 유들〈한 두쌤에는 둔하되둔한 표정이 비지가티 슴여나오고, 게다가 한물이 쌔
ㅅ덕〈하고, 음흉한듯하고 녹감덕으로보이는외에는, 아모 취할데가업슬것갓다。그러나 서방님은
언쎄냐하면, 울에 스믈여듧살밧게안이되엇진만、곱다란머리를 반즈르하게 갈라부
치고、 가름하고 안상하게생긴 쏘얀얼굴을보면、누구나 두세살은 알에로 본다。다만 험을 잡
자면、감숭한 우ㅅ수염을 말동〈치어다보는것이 마서워보이지만、그래도 계집의사랑을 애원
그란눈으로、녀자의열굴을 말뚱〈하게 눈서루르고、감안쏭
하는듯한표정을 분명히 불수가잇다。그리고 조그마하고 가엽흔 몸집에는、회색삼팔안을바친지
른고동색의 쇄비단두루막이를입은우에、진회색임바네쓰를 걸치고、하얀진솝버선에 검정우단신을
신엇다。어데로보든지 쏙싼외입장이나、그러치안으면 량반의집 작은서방님이다。
대테 이러한서방님이 내외ㅅ술집에를 단이는것부터 알수업는일이지만、이계집의어느덤에 반하
야서、드나드는지 싸닭을알수가업다。이 두사람이 노는양을보고는、안쌈책이부터도 가슴이 근
질〈하고 휴측마저보이어서、웃음이 저절로 나오지안을수업섯다。그러나 그웃음은、마치코
ㅅ기티의 잔등우에서 록기가 야감질을하는것을보고 웃는거나 다를게업섯다。

「쌀은 사가지고 오신거요?」

주인마님은、서방님 넘적다터우에 매달리듯이、두손을 결처노코、남자의코스구멍이나 드려다 보는、몸을 압호로 숙여서、서방님의얼굴을 면구스럽게 골독히 치어다보고안젓다가、불숙 이러한소리를하얏다。

「그럼 사오지안쿠、어데가서 훔처왓슬싸?」

「안이、혹시 댁에서 가저왓나해서 말이애요。」

주인마님은、이서방님이 자긔집에서、얼마나 권리가잇고 신용이잇는가를 알고섭헛다、

「아모러면 상관잇나ㅣ」

서방님은 이러케한마듸하고、커다란지갑을 쓰네더니、십원싸리한장을 쑥쌔아서 마님손우에 쎄러트리며、

「이만하면 위선은 지내겟지?」하고、마님의시원한눈을 드려다보며 웃엇다。그러나 그웃음은 분명히 자긔의친절함과 관대함에 스스로 만족한다는뜻이다。어쎠케보면 점잔흔처녀에게 절갑을추고 시럽시 얼르는것갓기도하얏다。

이건、웨……인제、학생이 둘이나 온댓스니싸、용돈푼은 생기겟지。고만두세요」하며、마님은 지페를 던지고 남자의 무릅에서 손을 쎄엇다。

「사람이 이러케두 욕심이 업서서야、인젠 하직할날이 몃칠남지안은게로군。」

「쓸데야 잇지만、넘어 그래선는 미안하니싸……」

「그리지말구、어서 느어두우。그리구、좀 시장한데……」하며、남자는 다시 지갑을 쓰내엇다。

「그럼 이결루、무얼 좀 식히지? 술은 좀좀남엇스니싸、청료리로할싸?」하며、마님은 지페를 집어가지고 니려낫다。

이남자는 이러한것이 마음에 드럿다。이집에서、술장사를 버린지 얼마안이되어、우연히 한

번온것이 인연이되어서、그럭저럭 발길이 자처지게되엇지만、장사야되든마든이라는 수작처럼、거

진 석달이나 드나드는동안에、돈에 더럽게굴거나、이거를해주、저거를해내오하는 피침한소리라고

는 한마듸도못드러보앗다。아씨 쌀한섬을 가지고온것도、정말인지! 그것말인지는 모르지만 술

장수를 고만두고、집안이적々하니싸、아는학생이나 두엇쯤 두어보겟다는말을 듯고、서방님이、

「그러면 매삭 시량은 내가 대기로하지。」하며、고만두라는것을 자청하야서 가저온것이다。

「여보게 정신차리게! 손틉미테 가시박인것은아라두、염통미테 쉬스는것을 모른다네。」

쪼차단이는 숙들이 이러한소리를할때에는、안인게안이랴、「이년이、뒤ㅅ길을 바라구 이러는모

양이엇다! 그러나 호락〜한난츨 아나? 」하는 의심이업지안어서、얼마쯤지난뒤에는 눈치만 슬々

보며、쌍문이를 빼이는수작을하야앗다。그러나、남자의눈치가 그러면 그릴스록、한층더몸이 달어서

이를만 안이가도 인력거를타고 와서 불러낸다、청료리ㅅ집에가서안저서 편지질을한다하야서、맘

나기만하면은、몸부럼을하고 썰々매이는것을을보면、이생각 저생각 다一스러지고、젊은게집에게 부

댁겨서 피로할대로 피로한 자긔의몸을 안아주는것가타앗다。이를사흘씩 시달리고나면은 진절

머리가나고 우역질이날것가터 허덕지덕하며 몸을 빼아처나올때도잇지만、그래도 이쌔엇젊은게

집에게서 발견할수업든 일종의쾌락을 생각할세、돈을바라고 그러든、자긔의용모에반하야 그러

든 어떠튼지 간에、이삼일만지나면 발길이 저절로 향하지안을수업섯다。

「누가、입브대나! 입브지안은것은 나두 안다네。하지만、나는 나대로 보는게잇다네。우둘두둘

하구 험상마즌 그얼굴에도 다른계집에게서 불수업는 일종의미밀(魅力)이잇서々、나역시 무엇이라

고 분명히알지는못하지만 어쌔엇 이쌔엇 구하든 그무엇을 주는것가튼게 이상해! 술로말하면 그

너슬수업는사람들

계집은, 송순주라든지, 조혼과하주라든지, 도청한 뒤가맑은 약주라든지, 혹은 서양술로말하면, 샘판이라든지, 페퍼민트라든지 큐라쏘라든지 포도주라든지…… 그러한 순수하고 향취가잇는것 이안이라, 고리에서 흘러나오는소주나 탁백이나 휘스키나, 압산트가튼 거세고, 독한술이기때 문에, 술에 창자가 겨른사람이나 그리치안으면, 이취를하얏다가 이튼날새벽에 해정을하는사람 에게 꼭맞을술이넝. 그리게 취해두 더럽게 취하고 지저분하고 몽롱한아츰술가티 취하느니. 여간 초대로서는 안이되느니! 하々々.

언젠지, 다른주적에서, 이집마님이약이를 쓰내면서, 충직한「병명」한아이, 그런데 시々하게 돔 을쓰지말라고 간련을하니싸, 서방님은 이러한소리를하고 웃엇다.

二

「그래 아우님남편은 아주 완명되엿소?」

주인마님의동생이, 술상을 드려다가오코 나간뒤에, 서방님이 이러케무럿다.

「그동안 두어던이나 만나보앗전만, 죽여라하고 실태니싸, 아츠 두고보자지오. 살상말하면 체신에, 그런남편이 결려보겟다구요 쏘차오는복도 재랄을썰고 룩々써러버리라니, 난들 하는수 잇나요. ……저두 한두살먹은 어린에가안인다음에야 생각이잇게지……」

주인마님은 술을떠르면서, 뜰에잇는 아오더러, 드러보라는 듯이 빈정대어가며 씽얼〈한다.

「작자는 어쩐것인데? 되지안은것에게 아무러캐나 내맥겨서야 아쌉지안어? 어쩌튼 이왕이면 마음에 드러야 살지。」

「서방님부터 저 따위 소리를 들려주시니까、한층더하지。세상일을 어쩌케 제마음대로만 한담! 헐벗

지안쿠 굼기지안을만하면 가치사는것이요? 가치사자면 정되 드는것이지……그러치안어요? 서방님!」

하며、마넘은、동생이 듯도록、자긔말에 찬성을하야 달라는듯이、눈을 슴벅하고、전화하게 취귀가올

은 남자의얼굴을、수염한아 샀덕어리는것까지라도、노치지안켓다는듯이 드려다보다가、어린아이나

얼으듯이 고개를 드리대이며 웃어다。

「그건 안될말이지。그야 수절하고 드러안젓스면 몰라도、사네를 어드라는다음에야 허구만허

사네중에、마음에 맛지안는걸 구할쌔탐이야잇나? 홍청망청 놀자는세상인데、……정업스면、내한

아구해오지。하쇼쇼。」

「고만 두세요。그런걱정까지하시다가는 이마에、주름이 느러요! 이냥반아。」하며 마넘은 별서

열정하야서、겨테안젓는 서방님의 오른쌤에 사태질을하얏다。

「시럽슨말이안이라、어쩌든지 그자만한 돈이잇고、나희라든지 인물이 그만하얏스면 고만안요?」

「누군데、그런게잇드람?」하며、마넘은 비위에단기는듯이 남자를 디여다보앗다。

「응? 누구냐구? 잇기만하면 선을 보일테요?」

「보이지。」

「지금 당쟝에라두 불러올싸?」

「그것두 조치 —!」

「정말?」

「정말 —!」

「그럼 당자를 잠간 이리 불러드류。 당자의 말을 드러봐야지。」

「무러 봐 무얼해。」

「무얼하다니。첫재에 시집을 가라는지두 아라봐야하겟구！」

「그건 념려업서요。위선 내가 신랑의선부터 보아야지 그애한테 백번무러보아야 쓸데업서요。」

「글쎄 잠싼 불러드려요。내말대로안이하면 안이불러올테니싸。 아라하우。」하며 서방님은 룡

비젓하기도하고 노한듯도하게 말을쌕 잘랏다。 마님은 하는수업시 동생을 불러드리엇다。

「늘 만나건만 이러케 이약이해보기는 오늘이 처음이요。 올에 며치요？」

과부人댁이 웃스뚝쪽으로 웅숭그리고안즌뒤에 서방님은 다정한듯이 이러케무럿다。

「열아홉이에요！」하며 그는 얼굴이 발개지엿다。목소리는 약간 썰리는것가타얏다。

「열아홉으론 참 숙성한데……이리와서 술좀싸라주지못하겟소？……응？ 이리 갓가히오。」

서방님은 술이 열정해서 계집을 어루만지려듯이 간지러운목소리를 내이며 눈을 마치랴고 씈

바로 쓰고 건너다본다。이것을 눈치채인 마님은 얼는 주전자를 들으며,

「술은 내 칠게시니 하다든 이약이나 어서 하세요。」

하고 재촉을한다。

「글쎄 웨 이러케 애가 말랏소？ 토형이 남편을 어들테니 걱정이요？ 남기 무슨이약이를

화돈디, 사랑곳이 뭐요？」하며, 다시 동생에게로 향하고「하여간이리 좀 닥아 안구려。」

「이냥반이 망녕이 나셧나？……애, 이리 좀 닥어안즈렴으낭」하며, 마님은, 너러나는 동

생의 눈치를 잠간 치어다보고 나서,

「그래 누구애요？ 당자두잇구한데 아주 이약이를, 시원스럽게하십쇼 그려。」

廢墟以後第一號

「참、 한집안속가트니 말이요만、 내가 누구한아를、 소개한렌데、 만나보랴우? 」하며、 남자는 겨

태와서아는 파부스대의 색답은입으로부터 똥그란눈싸개를 더듬어올려가며 요모조모 쓰더보다

가、

「실타면、 하는수업지만、 사람인즉슨 매우 얌전하구、 돈푼두잇구 생김〈〉이도 거진나와갓지。

나간다면、 실혀할지두 모르지만…… 」하며、 마님을 치어다보앗다。

「그럼 아주 알맛겟군! 그리지안어두 서방님가치 얌전한냥반은 세상에 드물겟다구 칭찬이

느러젓는데…… 」하며、 형은 자긔의정부를 자랑하듯이 동생을 건너다보앗다。동생도 고개

를 속읏하고안저서 생굿하는 모양이다。그는、 무엇보다도、 자긔가 서방님을 청찬하얏다는 말을、

서방님에게 들려준것이 깁벗섯다。

「응、 그래? 그러구보면 아주 내가 댄신 선을보이면 더조켓군! 하ㅅㅅ。 응? 어쎘소? 」

누구더러 어쎘소?라고 뭇는것인지는 모르지만 마님은 어리둥절해서、 눈웃음을치며 동생을드

려다보고 안젓는 서방님의겻쌈을 유심이 노려보다가、

「이양반이 정말 실성을하셧단말인가? 아ㅏ누구를 놀리시는세음이애요」하며、 남자를、 똑바로

치어다보는 마님의눈은 좀실룩하야젓스나 그것을 감초느라고 억지로 헷웃음을 쎄이는것이 서

방님의눈에도 좀어색해보이엇다。

「놀리긴 누가 놀려요 여보、 또형가태서야、 어듸롱담한마뒨들 해보겟소? 하ㅅㅅ。」

「아 글세 그린게안이라、 정말이면 지금 편지라도해서 어서불러오자는 말이지──。」하고 마

님은 제법 아양스럽게 말뒤를、 길게쌔이며 눈웃음을처서、 서방님을、 흘려보앗다。동생은 형의

태도를보고 입을 뱃죽하얏다。

니슴수업는사람들

廢墟以後第一號

「아무려나하지!」 하며, 서방님은 마님의거동을 보랴는듯이 시침이를쎄엿다.

그럼 인력거를 부를테니, 어서 편지를쓰세요。」하며, 마님은 별석니러나서、 방문을열고 나스며、

「어멈! 〰 인력거한채만!……」하고、 마루쑷흐로나가더니、

「이게 웬 일이요?」하며、 쌈짝놀라는소리가 별안간 들리엇다.

안방에안젓든 두식구가 류러스구멍으로 내어다보니까 얼는보기에논 몹시힘상스러우나 차림

〰이 쇠골외입장이갓다。 눈을 부리〰쓰고 안방쏙을 힐쓴보며 마루우로 올러슨다.

三

「누구야?」

마님이 손을 데리고 건넌방으로 드러가기까지、 둘이 가티 내어다보고나서 바로 안즈며、서

방님은 은근히 무럿다。 아씨는、

「글세요……」하며、 생긋웃고 고개를 숙이엇다.

「글세요라니? 정 누군지 몰으겟서?」
서방님은、 금세로 반말을하며、 사람을 시달리는듯한수작이다.

「모르겟세요。 금셰 잇다가 형님더러 무러뵙쇼그려。」하며、 아오는 좀뎌안젓고도십건만 발싹니러나서

방문에 손을대엿다.

「이거 웨 이래? 손님을 내버리고 다라나는사람이 어데잇담!」하며、 서방님이 엉거주춤 니

러나며 게집의치마 뒤ㅅ자락을 잡아단이엇다.

「노세요。 노세요。 잠간만 단여드려울게요。」

계집이 웃음을 감추느라고 외면을하며, 쌕터치라니싸, 선방님은 별떡니러나면서, 계집의억게를 삽븟이 씨어안어서, 홱둘리며, 알에ㅅ목으로 미럿다 계집은, 역시 부스러운듯이, 그러나 보드러운 남자의손이 슬친쌤이 근질〈〉한것가라야서, 발가캐취하야지며, 저편으로 가서안젓다。

「이리 갓가히안저요 무에, 그러케, 부스럽드림?」하며, 서방님은 계집의손을 잡아서 쓰러단이며, 저더로들인 녀자의젓쌤을 한참드려다보다가,

「나를 쯤봐요 아씨! 아씨! 이리 쯤돌려요。」하며, 잡은손에 한번더힘을수어서 쓰러단이엇다。 계집의몸은 부르를썰리며, 불가티 다른눈을 잠간 쳐들어서 남자를 활싼보고, 고개를써러트럿다。 급한숨소리가, 환하고 잠잠한방속에 고요히 흘렷다。 건넌방에서는 여전히 지썰〈〉하는 소리가 나며, 가슴〈〉「누가 아우」하는 마님의불메인소리와, 「이 업원아!」하는시럽슨듯한 취어박는소리가 들린다。

서방님은 계집의손을 취안채, 건넌방쪽에다가, 귀를 기우리고 가만히안젓다가, 계집의귀에다가 입을대이고,

「져사람이야? 두번이나 만나보앗다는자가?」하며, 무러보앗다。 계집은 여전히 고게를숙이고 눈만쌈작어리며안젓다。

「그래서, 어서 건너가보지를못해 이 야단이로군! 그러타구만하면 노아주지。 아모리 벽창오기루, 조화하는사람씨리 만나랴는데 회방이야노켓나? 어서 가봐。」하며 남자가 손을 탁 노아주니싸, 계집은 방긋이 웃으며, 남자를 다시 치어다보앗다。 그눈은 가게해주어서 고맙다는 것가기도하고, 남의속은모르고 쉐이리케 놀리느냐고 원망을하는것갓기도하얏다。 계집은 나가랴

는거색도업시 꼼짝도안이하고 가만히 안젓다.

「왜 안가우? 응? 내엽헤안젓기가 무섭지안어? 그리구 남기다 털생각을해야지。」

「약추나 드시지요。」

계집은 입을 쌕봉하고 안젓다가 딴청을하고、술을 새로 싸랏다.

「그래 안갈테야? 응? 언제싸지든지 이러케 안젓구섭소?」하며 남자는 다시 계집의 손을 잡

고 오른팔로는 계집의허리를 얼싸안으며、애쳐러운목소리로 귀에다가 속살거리엇다.

「이거 웨 이러세요。」

계집은 죽어가는목소리로、겨우한마듸의 반항을하얏스나 가슴이 둑은거리고 정신이 아득한것

가타야서、더말을 쓰낼힘이업섯다. 부쓰럽고 무섭지안은것은안이나、언제든지 한번 이약이를해

보앗스면、옷자락에 한번 슬처보앗스면, 그간엽힌 초고만손길을 만처보앗스면! 하는 생각이 만

날때마다 간절하든것을 생각하면 이조흔긔회에 쑥틔치고나가기는 넘어 아까운생각이낫다. 형

님한테 야단을 만나드라도……라는 대담한생각도 들어간다.

「이남자가 어쩌하겟다는수작인구? 설마 이자리에서 추한소리는 못할테니싸、그러고 아무도

눈치채일사람은 업슬테니싸、상관잇나!」

이러한생각을을하며、몽롱한잠이 폭쓰오는듯이、황홀한긔분에 잡기어서 몸을 탁실리우고안젓스랴니

싸별안간 날감내가나는 더운김이 코쓰밋테서 훌썩씨치며、쑥담은입슐에 무엇이 척근한다.

계집은 쌈쌕 놀나며、고개를 뒤로재치는듯하다가 눈을 사르를 감앗다. 한달남짓하게두고 쑴가

티 그려보면서、단념도하야보고 축원도하야보든 이행복스런순간을 이러케도 쉽게어들수잇스리랴

고는 감히 생심도 못하든것이다.

「서방님! 과분한 일이외다。 가슴이 씨저 질듯이 깁븜니다。 하지만 서방님— 정말 나를 사랑하

셧습니까? 사랑하시고 십습니까? 무얼 보시고? 내게두 취할덤이 잇습니까? 하지만 한쩨 미

의 작난이시지요? 무얼약주ㅅ김에 시럽시 이러시겟지요? 더구나 형님이 잇는데……형님한테

안하지 않어요? 이게 죄가 안이 될까요? …… 하지만 서방님! 정말입니까?」

이 소년과 부스댁은 이러한 소리를 하며, 서방님에게 매달려서, 안이 서방님에게 안기어서 서른

사정을 하얏스면 시원할 것갓다。 그러나 가슴에서만 혼자 뭇고, 제풀에 대답을 할뿐이다。

「그래 이년아, 내가 잘못하얏단말이야? 나가서, 길을 막고 무러보자?」

별안간 건넌방에서 거셋인 우렁찬 소리가 나니까, 뒤미처서「쉬ㅅ!」하며 입을 트러막으라는

마님의 목소리가 종용히 난다。 안방의 두 남녀가 쌈작 놀라서 써러저안즈며, 눈이 쌍그래서 건넌방

쪽을 바라본다。

「그런데, 참정말 누구야?」

서방님은 과부스댁에게 통혼(?)을 한 봉 이안인것을 잠작하고 무러보앗다。

「나종에 아세요」하며, 게집이 비롯오 남자를 대담하게 치어다보고나서, 부푸러을은머리를

두손으로 쓰다듬으며, 쪽지를 매만즈려니까, 건넌방문이 화닥ㅅ열이며 마님이 나온다。 아오

는 황ㅅ히 니러나서, 그전에 안젓든 술을 되부어가지고 다시쌀코안젓다。

마님은, 안방으로 쓱드러서며, 두사람의 긔색을 살피라는듯이 휘ㅅ둘러보고나서, 서방님엽헤틀

석 안더니,

「애, 아무거나 노아서 술상한아 또 보아랏」하고나서, 소리를 한층 나리며,

「오래비긴지 무언지, 원수의ㅅ것이 또 달겨드러서……」하며, 동생을 보고 눈을 쌈벅하얏다。

니츨수업는사람들

「오라버니거든 이리 오라지。」

동생이 나간뒤에、서방님이、아무일도업섯다는듯이 시침이를 떼이고 이런소리를하니까、마님

은 눈쌀을 집흐리며、손을설레〈-내둘으며니、한층더 소리를 나처서、

「말이 오태비지 전 망난이애용〉내 뒤쏘차갈테니 ××헌으로 잠간 가서게셔요。저망난이를 엽

해 두고는 슬푸못먹구……」

「××헌으로 갈거야 무어잇나! 내 잇다가 또오징 못오게되면 하는수 업지만……」하며、

서방님은 너러낫다。

「그럼 멧시에 오실테애요?」

「글세……저녁이나 먹구、……하지만 꼭 올지는 몰라!」

「어쩌든 아무스주룩 오세요!」

서방님이 마루씃흐로 나서랴니까、전넌방에서、문을 득얼고 검으무트름하고、좀 상스러운듯

한남자가、웃득나서々 서방님의 알에우를 훌터본다。마님은、

「안방으로 가랴우?」하고、얼는 그남자를 안방으로 쓰러너코、자긔도 뒤쏘차드러갓다。서방

님은 쓸로나려서며 아씨더러 물을달내서 양치질을한뒤에 눈을 몸벅하야、아씨를 문싼으로 쓸

고나오더니、

「우리 눌러나갈까?」하고、은근히 무럿다。

「형님이 사살하세요。게다가 저녁밥때가 되엇는데요」하며、어림쌩슈한대답을한다。

「그런데 그자가 누구요?」

「뭐 그리세요?」

「글세 말이야。」

「형님、형님의 그전……」

「그전 뭐야?……응、그전남편이란 말이지?」

「누가 압니까。은제 쏘오실테애요?」

「잇다가 오지。그래、지금 못나가겟서?」하며 서방님이、아씨의 손을 살짝 잡앗다。아씨는、서방님에게、매달리 듯이 한거름닥아스며、

「난 못가요。그터헌댄 단여보지도 안코……」하고、참아노키가실흔듯이 남자의얼굴을 치어다보고섯다。(未完)

廢墟以後第一號

汽笛 불 때 (全一幕) 禁無斷上演

金雲汀

登場人物

景三　勞働者　　　　　　　　四十歲前后

金姪女　그의 妻(精米所女工)　三十七、八歲

和實　그의 父親 (病人)　　　六十五、六歲

玉順　그의 (長女)　　　　　　十四、五歲

致明　그의 親舊(勞働者)　　　三十八、九歲

其他　乳兒、工場使役、隣家兒童、隣家女人等。

場所、京城附近의엿더한貧民部落、

時代及季節　現代、深冬의저녁때、

舞臺는景三의집──正面에는반도아니요 마루도아닌居接室」三方壁은新聞紙와 을天、붉天한賣咨紙等으로발녀잇고、中間을막터진장지한쪽이隔하야잇다」居接室의前面가으로는 뒤대기로노흔쑥마루와、그우에조금左편으로댕기어응덕이、항아터、남비、찬장으로代用하는石油櫃、이남박、조리、等여가지의家具가노려의고、室內右편구석에 舊式장농다 그우에무든이불파호。」衣服等이 어지러히금처의다」舞臺左便에는 기적、시작의、쑥으로 돕웅웁다며와

汽笛 불 때

廢墟以後 第一號

그 中央에는 늘쑥으로 맨든 부서진 出入門이 잇고 舞臺右便에는 隣家와 連接한 악가시 썰부라 等으로된 산 (生) 울이 보인다。

幕이 열니면 和寶은 室內右편에서 검은숨이 울근불근 나오는、 해진이불을 덥고 누어 잇다、室內左편 (卽장지左편間)에는

玉順이가 등에 어린애를 업은 채로 石油櫃를 中央에 내어 노코 卷煙匣을 바르고 잇다가 염헤 노인 火爐를 당기어 불을 쏘

이려한다、 그러나 火爐의 불은、 임의 쩌진지 오래이다。 火箸로 재만 뒤쩌거리다가 다시 두손을 모하서 입에대고 불며 노인

다)

玉順 발서 해가다 간나베? (뜰을 내다 본다) 오늘은 겨우 三百個밧게 못발넛는대○(발느든 卷煙匣을 한데 모하서 치운다)

和寶 (깃첨을 콜룩콜룩하다가 머리를 들머이려난다) 玉順아、 해가 발서다 간나보다 방속이 이럿케 치워 옴젠? 엄서

라다른다) 조금 잇스면 엄마 가온다、 응、

玉順 노마가 인제는 짓처서 자나부다 아싸는 그리몹시 울더니、 아이 불상해라 (업혀 있는 乳兒를 드

和寶 의 깃첨세문에 못견듸겟다 물이라도 한목음 만다구○ (숨이 차서 헐덕헐덕한다)

玉順 火爐에 불도 벌서 께지고 랭수 밧게 업는데요、

和寶 랭수라드 한목음만 기터 깃천이 골들할는지 못르겟다、 속이 비여서、 못견듸겟구나 넌들 오직배

玉順 아싸 「필순」 내집에서 낙개떡한조각을 어더먹엇드니 나는 광기찬어요、 하라버지쎄서는、 앗

和寶 가곰프 깃니 어린것이 왼 종일 굼쇼안저서 그것만 바르고 잇스니、 손인들 좀시리겟니○

玉順 침도 못잡숫고 중일 게시닛가 시장해서 깃첨이 더나시지요。

和寶 내 깃첨야、 죽어야 낫지 그럿케 얼는 낫겟니 (콜룩콜룩한다) 얼는 랭수라도 좀다구。

玉順 (뜰로 내려가서 뚱이에 잇는 물을 뜨려하며) 아이구 앗첨에 기러다 논것이 벌서 쏭쏭어럿네。 (바아지로 뚝뚝 쩨 석며

和寶 (팔을부르트며들며물그릇을바다마신다) 이렷게찬것을 니가시려 엇더케잡수서요.
내민다)

가지고 和寶의엽으로간다) 아이고. 몹시도차다, 속이다써늘해오는구나, (숨이차서서힐떠거리며물그릇을

玉順 령수를잡숫고 깃침이 더나시면엇재나?

和寶 더나면 앗가운人生이 죽기밧게더하겟닝? 아마 工場의 「뚜ー」가 들릴때가됏지? 오래잔어

玉順 福萬이란놈도 도라오겟구나.

和寶 해가다넘어갓서요, 오래잔어 여섯시 「뚜ー」 가들니겟지요.

玉順 내가 알키싸닭에 福萬이란놈까지 그조아하든 學校를못다니게하고, 쌀다ㅅ곱거리도못되는

和寶 그푸진돈푼을 벌어먹으려고 그어린것이 날마다새벽붓터 煙草工場에를가서 종일매달여잇

玉順 스니, 밴들좀 곱프갯늬? 그놈의생각을하면 나는종일물한목음도아니먹어야할텐데.

和寶 하라버지는 밤낫 福萬이만귀해허서요. 나도, 그양學校를 다녓드면 二學年、三學年 (손싸락을쇠
부며) 벌서 來年이 卒業인데요.

玉順 너는게집애닛가 나종에존데로 시집만가면잘살테지만, 福萬이란놈은 재조가신통해서 내가

和寶 꿈지러거릴때싸지는 學校를보내려햇더니 웬쉬의 허리를닷처서……

玉順 福萬이는 참재조가잇다구그래, 學校에서도 先生님이 픽귀해하고 算術도甲이고 讀方도 甲
이고 죄甲인데 體操만乙이드라구. 그래 아버지가 學校로先生님을 가보고 福萬이를데려내

和寶 온다고그랫닛가, 참 아까운애를工夫못시킨다구 朝鮮先生님이 별소리를다해드래요、아버지더러

玉順 『담베먹소? 술먹소? 담베사 먹는돈으로 아들工夫시키우, 술사먹는돈으로 살림에벗태우』하
던서 별소리를다하너래.

汽笛불쎄

廢墟以後第一號

和寶 그래 무어라고 대답햇다고그레든?

玉順 「술、담베가、다무어냐구 입에도아니댄다고」드라나、 그래 집에病人이잇서그런다구、病人만나면 도로 學校를보내겟다고대답하엿가『그럼아모쏘록福萬이를다시보내라고』그레드래。

和寶 病人이낫거든?내病人이낫거든말야?(슬푼音聲으로)내病이워ㅡㄴ낫것너 그몹슬누머鐵道굴속에서 치인지가 벌서 여섯달채나、되는대、깃침은접접더나고 四肢는더쓸수가업스니、내가 아조 죽어버려야、너희들도 좀어더먹기가낫고、福萬이란놈도 다시學校를다니게되지。웬누머命은 그리라고나서。(間)그깟 그흙테미에석겨서써러지든 바위入돌에나 찰아히치엇드라면、시름잇게잘죽는걸。(한심을쉰다)

玉順 하라버지도、아이 무서워。그런말슴마서요。(몸소리를친다) 그날저녁에 순사가등불을켜서압해 들고 하라버지를 마듸잡비에 담어가지고、들어올쌔에、나는엇지놀낼든지、兄수도그생각을 하면 몸이벌벌썰니는데요、하라버지 입에서는 거문피가쏘다지고、눈는 허엿케두지버쓰섯는데、아이무서워。(쏘몸소리를친다)그때보다、兄수은 다 나신셈넌데요。

和寶 난거시다무어냐、病이낫더래도 몸을몸저거려야지 쎠가 죄다부서젓는지、이럿케 몸을쓸수 가업는데 나ㅡ면무얼하니、이럿케 살려면 너희들의게괴롬을셋칠뿐이자。(間)그자하로라도 하면 몸이벌벌썰니는데요、하라버지 입에서는 아이 허리야、깃침을하면 全身이울녀서못견듸겟다。

玉順 하라버지도。참 쏘도라가신단말슴을하시에、가바지는 엇떡하든지 무슨짓을해서라도 하라버지의병은 곳처 드린다고날마다 애를쓰신는데요 그날도ㅡ닷치시든날도 아버지가 일쌋리에서 썰녀오신싸닭에、하라버지가 쌀되시거리나 버러오마고 나가시드니 그럿케몹슬 횡액을망

和寶　하섯다고 그여히 곳처드린다고 애를쓰시는데요。그리고 오늘은 금음날이닛가 인제 어머니도 공전을타가지고오실테요、또아버지도 앗침에漢江에를가신다고햇는데요 요새어름쓰는것은 치운대신에 삭전이좀만타구。그리고 福萬이도이달에는 三圓五十錢이나되고 나도「막쇠」잡바른것을 한써번에 차지면二圓돈이나 넘는데요。내가이번에 부언것은 一圓五十錢ㅅ자리 나무나한뭇사고、그남어지五十錢은「벙어리」에모아두엇다가、어머니가 슬에내당긔나사서드리라고햇는데요。

（間） 네아비는 이치위에

玉順　네食口가 축도록번것을 다 모하도쌀한말거리가못되는것을……

和寶　아니나면 조흐렴만。以前에는 아모리살기들이 어렵다해도 꿈저거리기만하면 두ㅅ때밥은 앗침도못어더먹고 그바람센江까에서 등에어름入장을 메고다니느라니 오죽하겟너、또病이나 아니나면 조흐렴만。참 뭅슬놈의世上도만타。

玉順　以前에는 朝鮮ㅅ사람만혼자 사럿스닛가 그랫지요、요새는 淸國사람이니、西洋ㅅ사람이니 하는他國사람들이 드러와서 작ㅑ朝鮮사람의것을 쌔서먹으닛가 그럿치요。

和寶　네말이울타、사람이 조와서 그런지? 못생겨그런지 朝鮮것은 모다쌔서만가려고하넛가、왼일인지모르겟다。

玉順　그런대、뒤ㅅ집萬劍아버니는 요새가 외려 버리해먹기는 前보다 낫다구 鐵路도생기고 精米所니 煙草工塲이니하는것이 잇기쌔문에 勞働하는사람에게는 돈나올구멍이만타구。

和寶　네그것들은 外國사람한테 들너부터서 돈양이나 어더먹으닛가 그러나보다、망할자식들、배주고 배ㅅ속비러먹는다는말도 못드른거야、工塲에를 좀가서보라고그래라、날마다 山떼미가티만히 맨드러내는物件이 다 어듸로가냥 그게 다 한사람이나 두사람의배

（화중을버려내면）

汽笛불쎄

廢墟以後第一號

玉順　만불려주는거야。그러키쌔문에 돈만은놈들은 접접부자가돼가고 우리가리勞働해먹는 사람들은 손틈、발틈이 다다러쌔지도록 먹고살수나잇다듸。工場、工場이란다무어냐 걸핏하면 機械박휘에 불상한職工이나 치어서 대리가부러지느니 쌀이부러지느니하는 病身들만 맨드러내지。나도 돈七十錢을벌려다가 다늘쌔이럿케病身이된것을 생각하면 니가 제절로갈년다。

玉順　(삽짝놀내면서)하라버지는 웨 그런승한말슴만하서요?오늘은 福萬이도 工場에를 갓는데요、그런방세쉬런 말슴은마서요、그러잔어도 어저쌔두 煙草工場에서 機械에웃자락이 말녀드러가서 열세살먹은애가 그자리에서 담박죽엇다는데。

和寶　(뉘웃치는드시)그저 화층이 나서하는말이 함부로 나왓구나、(쏘쿨쿡쿨깃침을한다)

玉順　……(해염업시바갓을내다본다)

（舞臺는暫時沈默속에잇다、조곰잇다가뒤ㅅ골목으로외고가는豆腐장사의

「비지나 豆腐사료 豆腐나 비지 사료ㅅ」(하는소리가悽凉하게들닌다 豆腐장사의 舞臺는다시어두워온다)

玉順　(서뉘운다)아이고 벌서어두어두오네、얻는방이나 다 치어노와야지、(이러스려하다가)하라버지!방이차드라도 이불을덥고 누세요 이러안지시면 등이시려서 깃침이더나시지요、누서요。(和寶의억개를 안어

和寶　(뉘는채로눕는다)방쌔닥이 웃지찬지 쌔가곳어올나오드라 쓰듯한국물을좀해다우、깃침도 하도몹시 나닛가 배ㅅ속이

玉順　네、그러잔어도 오늘은어머니가 도라오는길에、쌀쌀돈으로 밀외로하고 고기도좀사가지고 온대쓰넛가、그럼 하라버지께는 국물을 만히해드리지요。(장지左便구석에잇는 비를들어방울쓴다)

和寶　애! 얼는 치어노코, 물도 기러다 노코, 다 맛침준비를 해노라, 그래야 들어들 오는길로 먹을것을 하지, 어린것이나 어른이나 이 치위에 앗침들도 못어더먹고가서 종일일을하니 배가곱파서견듸겟니, 가만히 집에누엇는데도 얼는다 해노라 (이불을머리까지뒤집어쓰고눕는다) 어린놈은 자나보다, 아모ㅅ소리가업슬셍 쌔기전에 얼는

玉順　네, (돌로내려가서부억일을할다가) 아이 손시려(두손을 업에모하대고 입김을쏘인다) 아이, 물도 다업서젓네, 또뒤레박을 어더와야, 물을 길어오지 (들 이의어름을룩룩쏘다가) 아이 손시려 (하며질뚝경을업픈 대접을들고드러온다)

「아가! 늬어머니그저안오섯니?」 (左便出入口大門밧게서 四十歲可量되는女人의쭙聲으로)

隣女　玉順아! 아기가 인제는자나? 아씨는 그리도몹시울드니.

玉順　(얼는도라다보며반가운목소리로) 아이고, 「필순」에아주머니 오시네, 어서들어오서요, 노마가 하도

隣女　몹시 울기에 아씨는 젓을좀어더먹이려고갈까햇지요. 오지 그랫니, 왓드라면 젓을좀어더먹이는것을, (업혓의는乳兒를드려다보며) 배가곱하 그랫구나, 아이 불상해라. 오늘은 쌀넨지무언지를 좀하느라고 쌈싹을못햇다. 아씨 노마위우는소리가 들

玉順　니게 얼는와서 두어목음쌀니려했더니 맛침 집의ㅅ놈이ㅅ도쌔지. (손에든대접을내밀며) 엿다, 이것 쓰듯한김에 너도두어목음마시고, 하라버지드려라. 머ㅡ른것케쓰린것이 맛은업다만

隣女　아이고, 아주머니두。이젼멀 쏘이럿케가저오서요, 우리집에서는 늘 으더만먹어서, (대접을밧는다)

玉順　별말을다하는구나, 식씨前에 어서 너도좀먹어라 오늘아침도못쑤럇다니 조음배가곱푸겟니。노마르탕은 그동안에젓이나두어목음쌀니게이리내려다우。

隣女　(뜻겅을여러보며) 아이고 고기ㅅ국일세 그러잔어도 ㅁㅅ수하라바지께서는 깃침이나서 참으시다

汽笛불녜

隣女　못해서「랭수라도한목음마시면낫가보다」고그리시고　찬랭수를잡수섯는데요。

玉順　아이썩해라、성한사람도굼굶는　못사는데　더구나　병환이나시니가、오직、시장의가나시겟니、그런줄아럿드면　몬저　좀　갓다드리는것을그랫구나、어서　노마는이리다우 (손을내민다)

玉順　(어린애에게젓을먹이며) 초가을에는、쾌　폭신폭신하든애가　요사는　아　조조리복송이가됫구나。

隣女　(업엇든어린애를내리며隣家女人은바다안쇼　쪽마루에거러안눈다) 요새는　멋칠채　살이싸려저서　암죽도못해먹인닛가、더하지요　그리고　어머니도　종일아모것도　못잡숫고　精米所에서　일을하고오시면　저녁에도　젓이잘안나서　밤새도록　울고야단이람니다。

隣女　버러들이　다무언지、내나남이나　집에젓먹이를두고。그　말도못하는것을　종일굼겨매다러두니

玉順　그럿찬컨니。맛나기는　무어이맛나단말니냐、오늘저녁에는　잇는찬밥이나하고、그럭저럭하럿드니　싀골서　개의外三寸이　쏘올나왓지、그래　생각다못해서、내의玉洋木치마잇는것을　갓다잡히고　돈열량을어더다　싀런것이란다。

隣女　(국대접을들어서밧본다) 아이、픽맛난데요、아주머니는　언제든지　솜씨가조와서　음식이　늘　이러케맛나요。

玉順　그래도　아주머니人집은　살기가나신가봐요。이런국도　갓굼싀려잡수시닛가　좀낫지요? 「필순」이外三寸은　다녀가신지가　얼마안되는대、웨　쏘올나오섯서요?

隣女　그것도　걱정이란다、농사마지기나　지엇다는것은　다빗에쎄앗겨바리고、쌍싸지남이쎄아서하게　돼서　어란자식들하고　살수가업다고　서울이나와서　막버리를한다고　올나왓단다、이치위에　어

玉順　의 버리싸리가 잇서야지、 오나가나・신신찬는일쁜이야。 어서식기前에 좀먹어라。

玉順　하라버지나 얼는좀듸러야、 (가수통에서수쌰락을차저서국대접우에노하가지고　턴석주저안지며　국대접은써러처쌔어진다) 하라버지! 하라버지! (쑬는

머念히드러간다。

玉順　(玉順은이불속에서쿨쭉쿨쭉깃침을한다、玉順은방문씨방에발붓이걸여)

隣女　(옷에무든국물을털며) 대접싸지쌔젓네.

和實　(고개를번쩍들며) 무얼그리요란하게하느냐、 종용종용히하려두나、 (삽쩍놀내며) 무얼 거긔다가엽쩔넛

玉順　(얼는노라다보면) 아이고 싹해라 念히드러가다가 너머젓구나 얼는이러나거라 옷이다젓는다。

和實　에그머니、 이를웃쌔……

隣女　(얼는노라다보면) ……

玉順　구나。 (마루를본다)

和實　(그릇개진것을맛처보며) 『필순』 네집에서 일썻 더운고기ㅅ국을갓다주시는걸、 하라바지도 못잡숫

玉順　게。…… (목이메혀운다)

和實　아싸운국을그랫구나、 네나먹지、 무얼그리念히가지고오느라구

玉順　하라버지가 아싸 속이비어서령수라도 좀달나고하시기에、 그국을얼는갓다가드리랴고 그랫

和實　드니 (두손등으로눈물을씨는다)

玉順　얼는국물이나 다닥기라 방이저지면쏘어러붓는다。

和實　……… (건내를집어서운다)

玉順　(眸寶은暫時沈默에씻엇다。머―ㄹ리석「뚜―」하는工場汽笛이길게들닌다) 하라버지! 인제、 여섯시「뚜―」가들여요. 조금잇스면 다 덜오것네。

玉順　(싼精神이나는드시) 하라버지! 인제、 오래잔어들오겟다。

和實　오!들너는구나、

玉順　나도 얼는가봐야겟다 인제모두허긔들이저서 들이밀릴텐데。 번번치 못한것을가지고와서　먹

隣女　지들도못하고 괘니 놀내기만햇구나。

汽笛 불 세

玉順　아주머니! 대접이 쌔저서엇쌔요? (대접씨진것을우섭주섭모하서쏙마두로내놋는다)

隣女　별소리를다한다, 그대접이 원래금이낫든것이란다。 나도 어서가봐야지。다 치엇거든애나

玉順　좀바더라, 인제배가좀나왓구나。 「아가―웃쌔、 응 글엇치」 (어린애를들어런다)
(玉順이는딸로내려서서 어린애를다시업는다隣女는업허준다) 인제 精神이좀낫나배 눈을똥구란이쓰고잇네。

隣女　(하늘을치다본다) 북쪽이캉캄하게흐럿는데요。 아

玉順　(치마사락을털며 초마삿으로나서서 하늘을치다본다) 배가좀부르닛가 어머니오시기까지는 잘놀겟다。

隣女　나는 간다。 (쓰도 노마가 쌔지나안햇나?)

玉順　쌔도、 오서요。

隣女　오! 냐。
(隣女左便出入口로退場、玉順은그릇을쌔치려하다가방便을바라본꾸)

玉順　아이고, 아조 어두웟네, 불이나좀켜여지 (마루로나가서 조고만掛「람포」들쎄내여 불을켜선다) 아이고
石油도 일마안남엇네。 (람포밋을드려다본다)

和賓　(쿨눅쿨눅깃침을한다)

玉順　아이고 눈이쑈오네、 하라버지! (和賓의便을間하며홀는다) 눈이쑈와요。
쏘울고오겟구나。 (눈쌜은풍두풍두날닌다)

玉順　오실쌔가、 됏고, 福萬이도 저진울쌔가됏는대, 웨 입대들아니오나。 (쓸로내려서서大門便을바라보면) 어머니도

만이나쌔기前에어서들왓스면조련만、 福萬이란놈이 손이 시려다고

玉順　하라버지! 내 물한동이얼는기려가지고오쎄, 누가드러오나 좀보서요, (동이를집어가지고나가려한다)

細目　어서 갓다오너라, 우리집에 무엇을가서갈것이잇서서 누가드러오겠니。
（玉順는 동이를들고 大門밧그로나가려한셰음에 손에 몽나무단을들고 옆헤 新聞紙봉지들씨 金姓女가들어온다）

金姓女　（玉順의나오는것을보며） 인제야 어머니오시네、 오늘은 웨、 이럿케 느짓섯소? （들엇든동이를다시내려놋코나무ㅅ단과 新聞紙봉지를바다서마루게놋는다）

玉順　（반가운드시） 무얼하고안젓다가 인제야 물을길너가니。

金姓女　삭전인가、 무언가를 찬느냐고 그랫싼다、 （옆헤잇는어린애를드려다보면） 자지안는구나、 오늘은얼마 나울텃니?

玉順　저녁쌔는 엇덧케 몹시우는지 「필순」 네집이가서 젓이나점어더먹이려햇더니、 밋슥고주머니 가와서 한참 젓을어더먹고 쌔서논다우。

金姓女　세상에、 배가곱파그랫구나、 인제 이리졉내려노코 너눈어서 물이나길어오너라。

玉順　내려눈무얼허우 밋슥막 젓을먹엇는대、 그래도 이미졉다우
（어린애를내려서金姓女가안쇼 쪽마루에거러안는다）

金姓女　（어린애의머리를씨다드무며） 아이 오직스럿겟니 어미를종일일코。 하라버지는 좀이러안즈섯듸?

玉順　이러안지시는거이 무어요 오늘은 더군다나 속이비서서그런지 종일깃침만허섯는대、 그래아 싸는、 「필순」 네집에서가저온국을 드리려고 얻는가지고 드러가다가 고만문씨방에걸여서

金姓女　예이、 빙충이 그래ㅅ 조곰도못잡섯구나 앗까워라。 어서가 물이나길어와、 （허리춤에서蜜柑두개를 써내서준다） 하나른랑두엇다가、 福萬이오거던주어오。 아버지도 그저아니오섯니?

玉順　（蜜柑을바드며） 아버지는 오날씁으로나가신다고 햇스닛가 어느세오시겟소、

金姓女　아이 날도 웨 그리고 악습럽쎄춘지。 福萬이는 벌서올쌔가 됏는데 （大門便을내다본다）

汽笛불쎄

殷墟以後第二號

玉順 「번서 여섯시「뚜─」가들린지한참됏는대 웬일일싸? (또大門편을바라본다)

和寶 (쿨룩쿨룩하며) 다들왓늬? 福萬이도왓늬?

玉順 어머니만 왓세요、

金姓女 (어린애를안은채和寶의엽으로가서드러다려다본다) 종일 좀 시장하실싸、인제얼는국을쓰려드리지요。 그런데 福萬이란

玉順 (密柑을싸먹는다)

和寶 나는 가만히 누엇스닛가 팽기찬타마는 너의들이 오직 배가곱흐겟늬?

金姓女 놈이 웨이럿케느질싸? 요새工塲에서 아해들이 만히傷한다는데。

玉順 아이、하라버지는 또그런말合을하스베、(金姓女의얼골을본다)

金姓女 내 불을집헛게、얼는물이나길어오너라。

玉順 (남은密柑을허리춤에늣코)네! (문둥이를들고左편出入口로退場)

景三 (金姓女는쪽마루밋헤긴긴옷압흐로가서분을살너느리한다 눈은아까보다더온다) 景三은左便出入口로지게를진채들어온다)

景三 (옷을셜면서) 웬놈어눈은 날마다오나、(지게를大門엽으로버서놋는다)

金姓女 (景三은치다보며) 오늘은 느젓구려、나도믓수막왓는대。

景三 (집안슌치러보면) 玉順이는어듸간나? 福萬이두그저아니왓서? (쪽마루에거러안는다)

金姓女 玉順이는 물길너갓소、福萬이란놈은 참 웬일인가?

景三 요느석이오다가 또작란에팔인것이지、눈은작구쏘다지는데、(집신을슬으고방으로올나간다)

金姓女 는 오늘은 종일쏘 얼마나 깃침을하섯나? (和寶의엽흐로가서) 아버지! 방이얼마나차요? 오늘

和寶 은 날이치워서 좀이러나 보시지도못하섯지요、아마。

金姓女 (머리를들어 쿨룩쿨룩깃침을한다) 오늘은 江으로 버리를갓드라지? 오직치웟겟늬、나는종일허리가더

和寶 압푸고 깃침이나서 죽을번햇다、낫에는 접심이나 사먹엇늬?

景三　네 저는、 일순들이 술먹는데 따라가서술 작한그릇 사먹엇서요.

和實　火炉에불이나잇서야 손들이나좀녹이지. 그래、 福萬이란놈도왓늬?

景三　웬일인지 입째썻아니나왓서요, 오다가 쏘어듸서작란을하고잇는께지요.

景三　아니다 그놈이언제 그러케 길에서작란하고잇드? 인제、 집안食口가 다들들어왓는데。（間）나

和實　는웬일인지 맘이씨어서못견듸겟다、 내가 일을하다가 그무서운광경을당한뒤로는、 너희물이버리를나간다하면 마음이 조마조마하고 염려가돼서못견듸겟드라 더구나 福萬이는 날토해서 藥갑인지무엇을봇탠다고 學校에다니든것을 더려다가 工場에보내기始作하더니、그게내눌너

景三　서 입썻것 그어린것을……（쿨룩쿨룩한다）

和實　아버지는 그런쌘걱정싸지하시닛가 病患이조련이나실디가잇나요 집안식구가 다버려야 먹세된世上인걸 엇쎄나요。요사는藥도못잡서서。

景三　안코 잘쇠려먹엇스면 고만이지 내病이 어듸 나흘病이냥 얼는죽어야 너희들이시름을잇지。

和實　藥이다 무어냐 나는인제 아모것도아니먹겟다 잘버러서 너희들이나 쓰듯하게 쌔나놋치

景三　온 별말슴을다하시네。（다시염녀가되는드시） 참福萬이란놈이 病이 어듸먹겟다

和實　누가 저 큰길싸지라도 좀가봐스면 조켓다 내가 엿저녁에 하도숭악한꿈을꾸어서 더구

景三　나 맘이케인다 그무서무시한 굴ㅅ속에서 내가치이든쑴을 쒜서 오늘은 종일염려를햇다。 너희들이 몸들이나성하게도라왓스면 햇더니 다행히 너희들은잘도라왓다만은 어린놈이입 쌔 아니오니 웬일인지모르겟다。

金姓女　（불을쌔다가별안잔을픈語調로） 웨 참 입째안오나 애가？눈은작쑤퍼붓는데 （景三을向하면） 여보 좀 나가보우。

（汽笛불ㅅ세）

景三　(이러서나오며)글人세……

金性女　(玉順이는물똥이를이고左편出入口로들어온다　景三과金性女는반가히그편을본다)

玉順　웨그저아니왓소? 나도오면서 큰길족을보고 보고 햇더니 그저안왕 그래서 나는쏘 그동안에 그 벌서집에나와잇나햇지 (물똥이를쏙마루欠해내러놋코 옷에뭇은눈을턴다)아이 눈도 엇지몹시오는지 그 새 옷이함쌕저젓네。그럼누 가나가라도봐야지。

金性女　여보 눈쌔기前에좀나가보고오우(景三을치다본다)

뉜孩　엇서요。

（急爆한語調로）福萬어머니! 福萬어머니! 큰 큰일낫서요, 福萬이가機械入가죽에 말여서 죽 죽

景三　(景三이 집신을신쇼 나가려할제음에 大門밧께서 두런두런하는인긔척이나며「이집에요 이집얘요」하는얫된아해의 무소리가들이고 검은「쿠루」洋服을입은 五十歲前后의工場使役이라쓴동구란등을들어門牌를보더니 아해의 뒤을싸라서 大門안으로 들어슨다。집안에잇든사람들은 눈이휘둥그런해서 一時에그편을바라본다)

主人은 一時에놀내며「헷」소리를치고 뒤로너머지려한다)

景三　무어 엇재(눈을쏙바루쏘아본다)……

金姓女　아이고더니 절를 웃재……

玉順　어머니 福萬이가 죽엇쌔?。응 응(운다)

和寶　(고개를들며)애! 애! (쿨룩쿨룩) 福萬이가엇쌔서? 죽엇쌔? 機械에닷첫서? 애! 누가하나이리와다

玉順　우나좀이릇켜다우 그게무슨소러냐? 이야기나 좀자서히듯자(이러안즈려다쓰스러진다) 그놈까 지고만죽이는구나아이고 아이고(쿨룩쿨룩)

使役　(見孩를쏙바로쏘아보며)요놈! 씨들지말라○(다시景三을보며)福萬이의父親이되심넛가?

景三 네! 그럿슴니다 그래福萬이 가죽쌘니요?

使役 놀내시겟지요 나는製煙工場에서왓슴니
다、온 무어라고 말슴을해야할는지 매우 重傷인듯하나 아직生命은붓터인는貌樣이올시
고오려햇더니 職工監督께서 위선한시간이라도 얼는 醫師의治療를밧어야할테라고 곳 룡
안全治病院으로 써더이어갓슴니다。

兒孩 아이무서웟 福萬이웃슨만피人투성이가 되구 코에서 입에서피가싹구만나와요.

金姓女 오늘은앗침도 못먹고가드니 아이 불상해엇제나○(행지치마자락으로눈물을씨스며목이메인다)

景三 (입쌀을꼭다물고두주먹을지고섯다) 그래人써 가죄 부서진貌樣애요?
러안즈려다가서和實을뒤으며)아이고⋯⋯(힐써거린다)

和實 아마 만히傷한貌樣인가봐요。

使役 (이려안즈려다자도쓰러지며) 아이고 죽겟다 玉順아!이리접와서 나좀안처다구 이야기나 접자서히
듯자 그저엇저녁꿈자리가 고약하더니 굿태나 그놈까지죽이는구나(使役을불느며)여보 그래어
써케나댓소?죽지는안엇소? 이리와서 말이나좀 자서히해주○그놈은 내가죽인세음이요 (쏘어

景三 (방으로드러가서和實을뒤으면)그저 웨이러서요 가마니 게서요 아직죽지는 안어째요.

和實 그놈이죽으면 그것은싹내가죽인것이다 이 늘근病身째문에 어린놈을죽인것이다 (쿨룩쿨룩) 아이
고죽겟다(몸부림을하려한다)

景三 굴人세좀참으서요。

使役 (민망한드시보다가)좀진정하시지요 아직죽지는아니햇스닛가 잘 치료만하면사라나겟지요.

金姓女 (욱이메힌소리로)대관절 그래 엇제다가 그럿케몹시다첫서요?

汽笛 불새

兒孩　일을 다하고 막 나고 가티 나오려고하는데 애들이 한꺼번에 우ㅡ물녀나오다가 ㅇ엽해섯든애가 둑쓰러지는바람에 (손짓을하며) 福萬이가 이럿케비쓱하닛가 두루막이ㅅ자락이 고만그가죽으로 쓸여드러갓지요ㅇ 가죽아니잇서요? 넙드란가죽요, 박휘돌니는것말애요ㅇ그러드니 그쌜리도 라가는 박휘에쌔서 아마 서너번이나도라간나봐요? 그래ㅅ내가소리를잘넛드니 어른職工이그 것을보고 얼는 「스위치」를들럿지요ㅇ

玉順　네가 얼는 그옷자락이나 쌕 쌧드라면 광기찬엇지?

兒孩　아이고참ㅡ어듸그럿케쌜새가잇는지아남、 그래 福萬이가 機械에서둑쎠러지는데 그저 코 입에 서 싯커먼피가 철철흘너오고 四肢가 축느러젓는대 아이무서워。

金女性　아이 씀씩해못듯겟네 몹쓸놈의 이가난야! 나무갑이나 좀봇댓가해서 그어린것을 보냇 드니 …… 아이고 불상해 웃쎄나 (목이메혀운다)

和實　그쪽쪽한놈이 고만 나ㅅ와닭에 그모양이됏구나 아이 불상해 아이 불상해 여보 (使役을불는 다) 그레醫師의말이무어랍듯가? 죽지는안케답듯가?

使役　네ㅡ잘治療하면복습은살껏갓다고해요 인제 會社에서治療費는 얼마든지대출테닛가 病院에 두고治療나잘하게하시지요。

景三　治療費ㅡ 그래ㅅ治療費만낸답듯가?

使役　그건 알수업지요 또무슨다른變通이 잇슬는지도

景三　요새ㅅ世上은 돈가진놈들이 하도썬썬하닛가 생쌔가튼남의 자식을죽이고도 멋문안되는埋 葬費로 마감을할는지도모르지요 이누머世上이 어느쌔까지 이럿케사람의갑이쌀는지몰나?

金姓女　(景三을보며) 여보 자식이죽게됏다는대 그런쓸데업는 말은해다무얼하우 우리얼는 가나뫼ㅂ시다、

兒孩　숙기나 前에(兒孩를 向하며)그래 말도 못하든?

金姓女　말이다무얘요 눈도쓴지아니하고 알는소리만 하고잇셔요.

玉順　눈도못셔?아이고 불상해라 그럼 얼는 가봅시다.

玉順　나도 가아(운다)

景三　너짜지가서 무얼하니 그참혹한꼴을보러가(뜰로내려슨다)

玉順　불상하넛가 가보지 나도가요.

和寶　애ー 아이고 아이고(쏘이러나려다가쓰러진다)나도좀가보겟다 원쉭놈의팔다리나 맘대로쓸수가잇

景三　서야지……

景三　어듸를가신다고 그래요 얼는댕겨오셰 가만이게시요(使役을向하며)너는 집에첩잇서 하라버지모시고 큰일낫다 저레시다가는 하라버지짜지 마저도라가시겟다.

玉順　얼는갓다을걸 나도기요.

景三　(金姓女는어린애를엽는다)
　　　(景三이는다시和寶의엽흘뉘인다)

和寶　얼는보고오셰 가만히누어게셔요.

景三　아니다 나도간다 갈테다(쏘이러나려한다)

和寶　글人세 웨이레서요 얼는다녀올텐데요(使役을向하며)어셔갑시다.
　　　(使役이둥을들고先頭에서서 景三、金姓女、兒孫等이退場 玉順이도 조곰잇다가뒤를짜라서退場 눈은점점퍼붓드시슨다)

和寶　이것들이 범셔다갓구나 아이고 엇제나 불상해엇제나(쏘쓰러진다)
　　　(舞臺는暫時沈默에싸이엇다)

汽笛 불 째

(쿨룩쿨룩깃침을하며 쏘이러난다)이놈의人生이 이러고 살어무얼하나 그저 그저 하로라도 밧비 죽

어버려야지(마루로 기어나온다)아모도업는김에 죽어버려야지 더살면 쏘무슨쓸은 볼는지(장지문

쏙방에걸어서럴석쓰러진다)아이고 아이고(쏘이러나서긔어나온다)내가 왜 굿쌔 흙구덩에서죽지를안코입쌔

쎗살어서 고 쑥쑥한福萬이란놈쌔지 그몹슬病身을만드렷구나(마루에배를쌀고턱업는어진다)七十이나되

도록 가난병에사러를하다가 쏫쏫내 한모퉁이시원한 쌀은못보고 필경은 몸둥이쌔지 못쓰게

든지 남과가티 헛불리구는놈의집가트면 살기가어려운것을 뉘게다원망을해○우락집가티 그

째가지고 前生에무슨罪를그리만히 짓는지(쏘이러난다)남의집모양으로집안에不良한사람이나 잇다

저 살여구만 애를쓰고 날이번하면 추나 더우나 어린거나 큰것이나 한푼버리라도 남

보다더하려고 쌔가 다 다리쌔지도록 질알을하는 이놈의世上에서 갈수록〈으더먹기는새레 이

턴참혹한變만생기니 天道가엇쎄이러무심한가?이런놈의집에서 무슨藥을보자

구 그저 죽어야지(쏙마루밋헤노인식칼을들고 물요렴이분다)아이고 몹시도 날이무듸다 어듸버지기

나하겟나 이런걸가지고 섯불리굴다가는 쏘망신만하겟다○울타울타 어저께 쌀네을한다고

洋쩻물을사왓다드랑○ 그것을엇다두엇나?(쏙마루에손을집고 家具노힌틈을둘너보더니)울치 이거로구나,

(新聞紙로싼뭉텅이를집어낸다)이놈을먹엇스면 대번에목슴이끈어지겟지? (大門편을내다본다)애들이오기전

에 얼는죽어야지(新聞紙뭉텅이와 랑긔한개를들고마루中央으로긔어온다)이것들이도라오면또얼마나 놀널싸?

福萬이란놈은그동안엇지나뒷나?(新聞紙로싼뭉텅이를압헤놋코正面을向하야 우득하니드려다보고의다가

어니 하고 그저藥한첩이라도 어더먹이려고 그애를쓰든것들이 내가 쏘이럿케죽으면 오

직이나 슬어할싸 그생각을하면……(험잇는語調로)아니다 내가 얼는죽어버려야지(決心한드시

두손등으로눈물을씻는다)

新聞에났인긔을풀너서탕긔에쓰다낫코 쏘우득하니드려다본다) 손숫해만무더도 담박붓푸러올느는 洋재물인,

데。(눈물을쏘써스며 大門편을내다가슬픈소리로) 웨 눈은저리몹시오누。내가 이레다가 쏘들도라오

면 이번에도못죽겟다。(쪽마루편에서물을써가지고와서洋재물을란다) 이게마지막이다。웬쉬人놈의世上이

나뜰 그리구박을하더니 이것 한목음을마시면 나는고만이다(목이메이며눈물을쏘씻는다 失神한드시

탕긔를드리다다본다)

和寶 (舞臺는暫時寂寞하다)

和寶 (大門편을바라본다)내가 이레다쏘못죽겟다(손으로탕긔를든다 손은쩔닌다 탕긔를물쏘럼이드려다보다가 다시四方

을둘너본다 진한숨을쉰다 우름에잠긴목소리로)이게마지막이다 몹슬놈의世上아(손으로마루를탁구른다 얼는洋

잿물을들어마시고 탕긔를내던지며 뒤로쓸어진다)아이고 아이고(沈痛한소리로부르짓는다)

和寶 (눈은더욱뫼웨붓드시온다 舞臺는暫時묵어운沈默에쌧엇다)

(苦悶을始作한다 팔와다리로마루를굴느며몸을뒤치러거린다)아이구 아이구 어 어서죽엇스면 앗케다。아

이구 가슴야 아이구 죽겟네 음ー 아이고 아이구 사람 살려주우(이러나려다쓰러진다)아이가

슴야 아이고 가슴야 아이고。

(大門밧게서인긔척이들이며 景三과玉順登境)

景三 (눈못은옷을털며)웬놈의 눈은이리왓산나。

玉順 하라버지! 하라버지! 福萬이는 엇제면사려나겟대요。(옷을런다)

景三 (얼는마루편을바라보면) 온 저게 웬일이야。글人세 웨 그찬마루로나오섯서요?

和寶 애ー애! 그게누구냐 나는죽겟다 (얼골을景三의편으로向한다 람포人불에빗치는和寶의얼골에는 코와임에서피가

흘은다)

汽笛 불 例

廢墟以後第一號

景三　허　저게웬일예요?（놀내며마루로急히울나간다）

玉順　아이고머니　하라버지　얼골에　웬피가……（놀내며 和寶의엽흐로가다）

景三　（和寶를부축해안치면）글人세　방에가만히　누어게시지　웨　이리　나오섯서요?얼골에피는 웬일예요? 이것 쏘큰일낫군（和寶을드려다보면）마루에서써러지신게구려?

和寶　아이고　가슴야。그래福萬이란놈은　웃지됫니? 아　아조죽지나　안엇니。아이구　배야。

景三　이거이　웬닐일싸（어썰츨을모르고燥燥히군다、대꽝절이거이웬일얘요? 나오시다가　마루낫헤 써러지섯서요?（마루아래와위를살펴본다）

玉順　하라버지!　하라버지!　글人세쒜저러러서요?　나오시다가　마루낫헤 써려지섯서요?

和寶　설러젓다　써러젓다　아이고우……그래人福萬이의팔다리는다셩한냐?　病身이나안됫쓰면……

景三　웬걸요　오른팔하고　왼다러가　다부러진걸요.

和寶　아이고　참혹해라　그게　쏘　나노양으로病身이　됫구나　이놈쌔문에。아이고　가슴야

玉順　（마루우에노힌新聞紙뭉치와랑크를드려다보며놀낸다）저　저조희가　웨　나왓스까?（景三을쳐다보면）아버지!　아버지!

景三　（참싹놀내며）무엇　洋잿물……（손으로急히新聞紙에싼것을들어보고　쏘놀낸다）어허　이게웬일야　洋잿물을

和寶　洋잿물을싸든것인데　아이　산저를엇제나　하라버지가　아마洋잿물을잡섯나보우

景三　（소리를크게해서）하라버지!　하라버지!（붓느면）洋잿불을잡섯서요?

玉順　（急히마루로올나가서和寶의몸을혼든다）하라버지!　하라버지싸지　웨　도라가시려고　응　응（운다）

和寶　（몸을뒤스를면）아이구　죽겟다　내가얼는죽어야　남어잇는느의들이나살지……아이구　가슴아

물 물 물이나좀다구。

景三 玉順아 물첨얼는써오너라 글ㅅ새요년아 너는집에좀잇스란닛가 굿태따러오더니 이런일이
생겻구나○ 아버지! 엇제자구 이런일을하심닛가 아버지의藥이나 좀사들릴ㅅ하고 福萬이

和實 福萬이란놈ㅅ지 工塲에들보냇다가 저모양이됏는데요○

다)너희들이 福萬이란놈ㅅ지 나ㅅ새문에 (숨이차서헐ㅅ거린다) 구박을하면 긔여히 내가한새라도 더살여고하겟다마
는 집안食口가 이病身아비를 엇써케든지 살여내려고 밤낫으로 애를쓰는것을 생각하면 너
손발도못놀이는이놈이 하로라도더살기가 가민망하다○아이구 가슴야、배야、내가얼는죽어야 너
희들이나편하살어가지……아이구죽겟다○

景三 (우름에메인목소리로) 아버지! 아버지! 그게무슨말삼요 자식죽고 아버지ㅅ지 도라가시면 景三
이는 무엇을바라고삼닛가 네 아버지!

和實 살어야한다 너희들은 내대신에살어야한다 이놈의世上이잇나도록 너희들은 사러야한다 그
태야 이人情업고 눈물모르는 이웬쉬의世上을뚜드려 부시고(헐썩거린다) 원수를 원수를갑퍼
보지……아이구으ㅣ○ (뒤로너머지며 입과코에서피가흘는다)

景三 이거엇제나 玉順아玉順아! 얼는醫師를 불너와야겟다 이를엇제나○ 너醫師ㅅ집모르지? 저
저 그럼저「순돌」아버니 좀 얼는불너오너라 얼는가니 큰일낫스니곳오라고○(和實의上體를안어
서무릅에뉘운다)

和實 (눈을칫뜨며헌ㅅ거린다) 아이구으ㅣ○ 으ㅣ○ 景三아 나는죽는다 이놈어世上이나를
(玉順은집신짝을급히신고退塲 눈은쏘피엇는다)

汽笛불데

景三 죽인다 돈 돈 돈 원쉬의돈七十錢에 나는죽는다 내가그놈의돈七十錢을 벌려다가 나도죽고 孫子놈까지죽이는구나。世上에無道한이놈들아 돈가진놈들아 내내내입에서 흘느는 이더운피를좀 실컨빠라먹어라。으ー으ー으ー。아이구 아이구(입에서피가철철흘너나온다)

和實 아버지! 아버지! 精神을차리서요。이를엇제나 물이나좀 갓다드려볼싸……(물을써다가먹이며한다 그러나 和實은물을마시려다가도로로한다 쏘먹인다 쏘토한다)아버지! 물을좀마서넘기서요。그러던 좀나실는지도 모릅니다。

致明 안 아니너머간다 玉順아! 玉順아¡ 玉順이좀불너라。아이구 죽겠다 으ー。

玉順 하라버지좀나시우(和實을드려다본다)

(勞働者服色을채린致明과玉順이 숨을헐석거려며左편出入口로登場)

致明 (쪽마루압해서和實을드려다보며)景三이! 대관절 이게웬일넌가? 아이 저피흘는것봐 글人세老人이월

景三 일야 洋잿물을잡숫다니。

致明 나도모르겟네 여보게 자서한이야기는나종에하세 요근처에갓가운 醫師하나만 얼는좀불너 주게 나는 오늘는모두 웬일인지모르겟네 생째가튼자식이 별안간에 機械에치어죽게됫는대 집에서는 늙은아버지 가쓰이러시네그려(손등으로눈물을씻는다)

致明 福萬이란니? 그놈이쏘죽게됫서? 아침에일갈쌔 내가밧는대。

玉順 아까저녁쌔 그래서 只今病院에잇서요 어머니하고。

景三 여보게한시가急해이 어서醫師접불너다주게。

和實 (몸을뒤스틀며)으ー○ 아이구……

致明 洋잿물은 대관절얼마나 잡섯게저러시단말인가?

玉順　十錢엇치사다둔결　거진다잡섯나봐요。

致明　그럼큰일낫네그려　어듸다　잡가운데서불너오지　자네아는醫師는업나？

景三　우리갓튼놈이　원아는醫師가잇겟나　우서가튼거지들은　제게갓가봐서　접을내는이世上인대。

致明　어서　누구든지　얼는불너다주게。

致明　그럼　내갓다오지。

(致明左편出入口로急히退場)

和寶　아이고　갓갑해　아이구물　물이나좀다구(景三은和寶을안쇼물을먹인다　和寶은물을입에물엇다가도로토한다)

景三　아버지！아버지！물이안너머가요？좀생켜보세요　조금만　조금만(또물그릇을和寶의입에댄다)

和寶　아이고목구영이맥혓나부다　아ー이구！죽겟다(또몸을뒤튼다)

景三　玉順아　암만해도큰일낫다　너는얼는病院에가서　어머니를곳다리고오너라。

玉順　福萬이는엇덕하구　福萬이는혼자두구？

景三　福萬이는病院에잇스닛가　가양두고와도　관기찬타　어서가서다리고오너라　그래다가누하라버지도라가시는것도못뵙겟다。

玉順　무서워　엇떼케가아　혼자。

和寶　福萬이의저눈접봐(和寶의칙뜬눈을가르친다)

景三　하라버지의저눈접봐(和寶의칙뜬눈을가르친다)

玉順　보고죽자　玉順이두게잇스늬？(손을내밀어잡으려한다다玉順은쌈쌕놀내며，뒤로물너슨다)

景三　景三아　景三아　福萬이첨다러다다구　마즈막으로그그놈의얼골이나접

　　으ー。

　　으ー。

景三　(大門편을내다보며)醫師가웨아니오나(和寶의몸을흔들며)아버지！아버지！精神을접차리서요(玉順을처다보고)너접나가봐라　醫師가오나　얼는　좀。

汽笛불때

玉順　아이　무서워……

景三　(소리를놉히며)무섭긴　무어　무서워　못생긴년　어서나가봐　접。

玉順　……(머뭇머뭇하고섯다)

和寶　(四肢를氣力업시허원다)景 시가늘어지며　숨이맥혀락을싸부른다)

景三　(自己얼골을和寶의귀에갓가이대며　번데사람을불느드시소리를놉혀)景三아,　어　얼골　점　보자　내눈이　웨　이　이럿케희려오나(목소리가점점겁겁업지　아버지!　아버지!精神을차리서오　醫師를　(大門便을바라보며)무얼하게입쌔아니오나?　돈잇는놈이　불느면　나름박지　를해올련만은。　이놈의世上이언제나　망하니(玉順을처다보며)어서　접　나가봐ㅅ。　醫師를　불느러　갓세요

致明　(致明이는숨을헐써거리며左편出入口로登場)

景三　아이숨차　이　눈뭇은거봐라(두발을굴느며눈을흘넌다)그래　좀돌니섯나?

致明　(반가히처다보면)돌넌거이먼가　인젠말도　잘못하시네　그래ㅅ醫師오나?

景三　醫師가다무언가　한놈아니오데。

致明　아니와?　잇고두(두주먹을취며얼골빗이緊張해진다)

景三　첫번에　가는길로(손까락으로가라치며)큰길　오못통이에잇는　李醫師라나　그놈한테가서　좀가자닛가

致明　첫재「인력거가지고」왔느냐고　뭇데그려。

景三　그래ㅅ　그놈들은대리가부러젓나　모두。

致明　그래　바로오못통이니　얼는좀그대로가잿든니　이놈이　성을내며　이눈구영에　엿셋케거러가　느냐고하며　내　아래우를훌터보더니　대번에뉘집에서왓느냐뭇데그려　그래　바로오뒤라고햇더니　이놈이「貧民窟말요?　래얼　앗참에나가지　只今은못가겟소」그러지　그럿케말하는놈의게　작고가

汽笛 불 쌔

景三　찻고 조르면되겟든가。

致明　그래스 다른덴?

景三　그래 할수업시 四丁目까지가서 朴醫師를불느려닛가 그놈도내모양을 또한참훌터보드니 조곰잇다가崔頭取집을갈터닛가 또 못오겟다고하지!

致明　곰잇다가崔頭取집을갈터닛가 또 못오겟다고하지!

景三　崔頭取라니? 東大門안崔부자ㅅ집말야?

致明　그런가부데。洋잿물을먹고 只숨을모는中이니 창삽만가재도 영 아니오데그래 웃 씨열이나는지 집신신은채로 그놈의방에를 그양뒤드러가서 椅子에비스듬이 걸어안진놈을 불人사댁이를 주먹으로 연아문번홈처때리고 나왓드니 이놈이 아마告訴한다고 써드나보데。

景三　그저 이놈의世上은 돈잇는놈만 산단말인가?(두주먹을꽉주고눈이실룩해지면)돈。 돈。

和寶　으ー으ー (最后의苦悶을한다)

　　　（三人은 一時에놀내며드려다본다）

景三　（和寶을써러안고）아버지! 아버지!(소리를놉히어불는다)精神을차리서요! 네? 네? 아버지!(和寶의몸을흔든다 和寶의四肢는힘업시 축 느러진다 썰색지를하며숨을몬다)

玉順　（눈물을손으로씻치며）아버지! 하라버지! 아이고 웃석거나 웃쎄나。

景三　아버지! 아버지! 대답좀하서요 네?(和寶의몸을흔든다 和寶는입의絕命이된貌樣이다)아이구 원통해 이를웃쎄나(주먹으로마루를친다) 아버지!아버지!(불느며자긔얼골을和寶의얼골에대이고)인젠 숨도아니나 오네 아이구불상허셔라 (눈물이 和寶의 얼골위로 뚝뚝써러진다)

致明　「쭉마루에도라안저옷자락으로눈물을씻다가」여보게 여보게 景三이 진정하게 임의도라가신것을엇쎄나

景·三

그몹슬 가난ㅼㅐ문에 내나남이나 그저 먹고살려다가 저모양일세그려。

（별안간에눈에 殺氣가쐬으며 염헤노힌（식칼）을들고이러슨다）이놈의 世上을 웃지하면 조흔가ㅣ 썌가쌔지도록

버려도 버려도 살수업는＝자식을죽이고 아비를죽여가면서도 살수업는 이런 원쉬의놈의

世上을언제다 쌧두드려부시나……（몸을불르를쌜며니를간다）

（玉順과致明은놀내며 물쓰럼이景三을본다）

（눈은또다시꺼붓드시내린다） 慕。

（一九二三、一二桂山에서）

후 작 부 인

크라이스느 作

碧 初 譯

이, 이, 이태리북방 유명한도회(都會)M시(市)에서 귀부인으로 명예가 놉고 버릇을 잘가르친 두아자녀쌔지 둔 오후작미망인(未亡人)이 이다음파가른광고를 여러신문에 게재(揭載)하얏다。

『이사람이 자긔는 색태을 몰으난대 몸에 태긔가 잇삽내다。 장찻 생산할아희의 아버니되누사람은 성명을대고 나서기를 바람내다。가문명예(家門名譽)에 관게도잇슴으로 결혼하랴고쌔지 결심하얏삽내다。』

엇지할수업는사정으로 단연(斷然)히 이런희한한 세상의우슴쓰러가될만한수단을 쓰게된 이귀부인은 M시요색사령관(要塞司令官)G씨(氏)의 싸넘되는사람이다。이부인이속에사못찬애정을 쏘다바치든 그남편 오후작은 불파한삼년전에 가간사로 파며에 려행하다가길에서 작고하얏다。남편이 돌아간뒤에 부인은 다정한 그어머니 씨부인의소망을 조처서그쌔까지살어오든 V따집살림을 거더치워버리고 두자녀를데리고 사령관관사(司令官官舍) 그아버니슬하로 돌아왓섯다。여긔와서 이삼년동안을 녀공 독서(讀書)、녀자양육 쏘 부모시중가른것을 일삼고 밧겻세상에는 얼골도 내노치아니하고 지내왓섯다。그런데 훌쎄××전쟁이 넓어난까닭으로 여러달은나라군대와아타사군대가 이디방근처에。거의편만(遍滿)하게되얏섯다。

이더방수비명령(守備命令)을 바든 사령관은 그부인과 딸에게 B따에잇는 딸의소유디(所有地)나 그러치안흐면 달은곳에잇는 아들의소유다나 어듸로든지 피란하라고 권하얏섯다。그러나 이곳에 눌터잇자니 요색(要塞)안에서 고생을하겟고 그러타고 저리로 가자니 방비업는곳에서 무서운욕을 당할지몰으니까 이러케 부인네맘의 저울추가 어느편이 무겁다고 미처 명치못하는중에 요색은 발서 아라사군대의 에워싸는속에 들어서 뎍군에게서 항복하라는권고가 왓섯다。사령관은 이러케된바에는 자긔가 행동하는데 가족들을 돌불여다가 엽다고성언하고 소총탄(小銃彈) 류산탄(榴散彈)을 가지고 뎍군에게 응(應)하얏섯다。뎍군은 도 뎍군대로 요색을 포격(砲擊)하야 탄약고에 화재를 내고 요색의성을 쎄아서섯다。그리하고 두번째권고하야도 사령관이 항복하기주저하는것을 보고 뎍군은 밤을타서 엄습(掩襲)하야 돌격(突擊)으로 요색을 점령(占領)하얏섯다。

아라사군대가 격렬한류탄포격(榴彈砲擊)을 후원삼쇼밧게서 처들어올때 사령관관사 왼편채에 불이나서 부인네는 할슈업시 그곳에서 도망하야나왓섯다。사령관부인은 방금 자녀를데리고나는것가티 충대를나려가는 쌀의뒤를 쏘처가며 소리를질럿다。

『제각각 써러지지말고 다들 아레잇는굴속으로도 도망하자!』

그러나 마침고쌔 류산탄이 집안에서 터저서 여러사람의 수선법석이 한못싸지갓다。후작부인은 두아희하고 성안압마당에를 나섯다보니 방장 접전이 한참이라 화약불이 어두운속에서 음직스럽게번쩍거렷다。질겁을한부인은 갈쌔를 몰으고 돌처서서 불타는집안으로 쒸어들어왓다。그리하야 뒷문으로 도망하랴고할쌔 운수글으게 뎍군의 산병한패를 다닥드려 만낫다。뎍병은 부인을 보고 싹 서더니 손에들엇든총을 억개에메며 곳 망측스러운쯤짓을하면서 부인을 붓잡

어뭘엇다。부인이 이무서운 저의들씨러서로다루는 여러놈들때문에 이러쌜리고 저러쌜리고하다

가문쎄서 도망하야돌아오는 벌벌쎠는부녀들을 바라보고 사람살리라고 소리를 질넛스나 아무

소용이업섯다。이러하야서 성뒤것 넓은마당으로 쓸려나온 부인이 쌍우에 잣바트려저서 하마

트면 욕을 당하게된찰나(刹那)에 부인의 소리질으는것을 들은 아라사사관하나이 썩나와서이

와가티 먹을것에 허겁지겁한 개떼를 이리저리 쏫쳐버렷다。부인의눈에는 그사관이 꼿 텬사

(天使)가티 보이엇다。그래도 나종싸지 부인의간은몸에 달너부터잇는즘생하나를 그사관이 군

도싸루묘 얼골를 내질넛다。그놈은 입으로 피를토하고 빗츨거리며 너머젓다。

그사관은 그제야 점자는불란서말로 말을부치며 부인에게 쌀을 씨어주고 이풍피가간정되는

동안에 말한마듸 입밧게내지못한부인을 관사안에 불길 아즉미치지아니한 울흔편채로 잇쓸고

들어갓다。부인은 거긔와서 아주정신을일코 업드러젓다。이러하야 얼마동안지난뒤에 겹이나서무

서워무서워하는사람들이 간신히 얼골을 내노흘째 그사관은 의원을불으라고 분부하고 모자를쓰면서

『무어 곳 나으시겟지。』

이러케말하고 다시 싸움터로 나갓다。

요색은 잠간동안에 아주 완전히점령되야엇다。사령관은 자긔에게 항복을 허락하는사람이 업

스니싸 그대로 꼿꼿내 더항하다가 마츰내 귀운이 다하야 관사압문싼으로 물러왓다。그때관

사안으로서 얼골이 밝아케다는 아라사사관이 쒸어나오며 항복하라고소리를 질넛다。사령관은

인제는 그권고만 기다리고잇는터이로라고 대답하고 군도를 쓸러 그사관을 주고 한번 관사안

에 들어가서 가족들의안부를 물어보게하야달나고 허가를청하앗다。

그아라사사관은 마터보는직무(職務)를보고 추측한즉 습격대대장(襲擊隊隊長)한사람인듯한데 이

우작부일

때사령관의 청을듯고 감시(監視)할병뎡 안동한다는 됴건으로 허락하얏다。 그리하고서 자긔는 급
히병뎡한패의압장이 되야 싸움이 아즉 꿋나지안한곳으로 쏘처가서 이것을 진뎡하고 재빨리 요
색의요해처(要害處)마다 파수병뎡을 배치(配置)하얏다。 잠간동안뒤에 그사관은 무긔창고(武器
倉庫) 잇는곳으로 돌아와서 맹렬하게타올르는불을 잡으라고 명령하얏다。 그러나 그명령을 번
번히봉행하는사람이 업는것을 보고 그사관은 놀날마큼 자긔손수 진력하얏다。 혹은 수관(水
管)을 손에들고 한참타는박궁을 쏘처돌아가며 물길을 조종(操縱)하기도하고 혹은 아세아사
람의텬성을 발휘(發揮)하야 보는사람도 몸씨리치게 무고(武庫)안에 들어가서 화약궤며 뚝발

이동안에 관사안에들어간 사령관은 후작부인이 봉변할번한이약이를 듯고 긔가막히게 놀넛
다。 부인은 먼저 그사관이말한것과가티 즉시로나엿섯다。 의원의힘을 빌것업시 정신이 돌아나서
젼가족이 평안한것을 보고 대단히깃부어하고 지금은 걱정하는가족의맘을 누기라고 누어잇슬
뿐이엿다。 부인은 그아버니를 대하야 자긔는 딸은소원 아무것도 업고 그저 널어나서 자긔
몸 구하야준이에게 감사한인사나하고십흘뿐이라고 말하얏다。

이부인을 구원한 사관은 ○○군단(軍團)부령으로 공로장(功勞章)과 그외에 수다한훈장을 가
진군인백작(伯爵)인것을 발서알고잇섯다。 부인은 그가 이요색에서 딸은곳으로 가기전에단한번
이라도 관사에 들어와서 만나보도록 청하야달나고 그아버니에게 당부하얏다。 딸의감졍을존중
히여기는 사령관은 즉시 관사밧그로 돌우나왓스나 포백작이 군무를 조처하노라고 쉴새업시
분주하야 말할만한긔회를 탈수가업섯다。 나종에는 할수업시 백작이마침 성우에서 패진한군사
한례를 덤검하는곳에 쏘처가서 자긔딸의 진졍으로 바라는말을 전하얏다。 백작은 일름을 타서

후작부인세 가서뫼올것을 진정으로 기다리노라고 말하고 다시 지금부인이 엇더하시냐고물엇

다。그러나 이때사관몃사람의보고(報告)가 잇서서 그는다시 군무복잡한속으로 쓸려갓다。

밤이샌뒤에 아라사군대 총지휘관(總指揮官)이 도착하야 요색을 검열(檢閱)하얏다。이지휘관

은 사령관에게 존경하는뜻을 보이고 그와가리용감(勇敢)함으로도 그이상 더는 운수의도음을

밧지못하얏스니 가엽다는뜻을 말하고 어듸로든지 맘대로 이주하라는 자유(自由)를 허락얏다

사령관은 집히 후의를 사례하고 어제 자긔가 아라사군인 일반에게 그충에도 특별히젊은부

텽P백작에게 속을보앗노라고 말하얏다。

그아태사장관이 무슨일이 잇섯더냐고 물엇다。그리하야 사령관따님이 봉욕할번한 이약이를

듯고 그는 속에서 화가 치밀엇다。

『F부령!』

그는 백작을 불러넷다。우선처음에는 백작의행위가 이전버터 그러치만 대단점자는것을 두

어말로 청찬하고 (이때 백작은 얼골을 붉혓다) 나충끗헤

『나는 황데페하의명예를 더럽힌 그개가른자들을 포살(砲殺) 할터이야。그자들의일음을 그대

는 알터이지?』

백작은 더듬거리는말로

『일음은 잘 알수가엽습니다。반사등(反射燈) 의 약한빗으루 넓은뜰에서 그자들의얼굴을 알

어볼쑤 엽섯스니싸……』

장관은 그당시발서 성에 화재가낫섯더란말을 들은터이라 이대답이 고지들리지아니하야 친

숙한사람은 어두운밤에라도 묵소리로알것인데하고 주의시겻다。

그러나 백작이 답답한모양으로 억개웅승거리는것을 보고 장관은 그에게 이사건을 가장렬

심으로 쏘는 엄숭하게 묘사하라고 명하얏다。

이때 여러사람뒤에서 한사람이 헤치고나와서 백작의손에 부상(負傷)한자가 복도에 넘어저

잇는것을 사령관부하사람이 끌방안에 쓸어너어서 지금그대로잇다는사연을 고하얏다。그래서장

관은 호위병(護衛兵)더러 그자를 쎄려오라하야 멧마듸말로 신문(訊問)하고 그동안일음을 모

조리 대개한뒤에 전부다섯명을 한쎠번에 포살시기게하얏다。

이일이 씃난뒤에 장관은 수비대얼마를 남겨두고 그남어지군대에 총출발명령(總出發命令)을

나리엇다。사관들은 각기자긔대로 헛터젓다。백작은달름질하야 사방에 오고가고하는사람들틈을

타서사령관에게로 와서 사정이 이러하야 할쑤업는터이니 후작부인에게 말씀을 잘하야달나고말

하얏다。

한시간이 채 되기전에 요색안에잇든아라사군대는거의다 철퇴(撤退)하얏다。

사령관가족은 장태 엇더케 긔회를 어더서 백작에게 감사한뜻을 표할가 한격정을 삽엇섯

다。그런데 백작이 요색에서 출발하든당일에 전사(戰死)하얏다는소문을 듯고 그네들은 여간

놀나지 아니하얏다。이소문을 모시에전한 긔별군은 백작이 가슴에 치명상(致命傷)을 바더서

P싸로 며여가는것을 목도하얏고 도 뎍확한소식을 들은즉 포싸에도착하야 메여간사람이 억

개에서 나려노흐랴할쎄 백작은 숨이 끈치엇다더라고 말하얏다。사령관은 자긔가 우편국에가

서 변고전말(變故顚末)을 무은즉 백작이 전장에서 탄환맛든순간(瞬間)에

『율리엣타! 당신벌이다!』

소리를 질르고 다시는 말이업섯다고하얏다。

후작부인은 백작발밋헤 뭇어안저 치사할거회를 영영히 노친것을 생각하니 맘을위로할길이업섯다。백작이 관사안에들어오기를 사양한것은 아마도겸손한듯이엇겟지。그때 왜 자긔가 나가보지안헛드가。생각하니 후회가 못칠새업시낫섯다。또 죽는순간까지도 그의머리속에백혓든 지금은가엽게과부된 백작부인 자긔와동명인 그부인도 불상하얏다。후작부인은 그부인에게 이불행한눈나운소식을 알리랴고 그주소를 알어보앗스나 쓸데업시헛애만 썻섯다。부인은 멧달지난 뒤싸지도 백작잇지못하얏섯다。

사령관가족이 사령관관사를 아라사지휘관에게 내주기위하야뷔어노하게되얏섯다。맨처음에는 후작부인이 대단히초조하는 사령관소유디로 가랴는의론도잇섯지만 사령관이 시골살림을즐겨하지안는싸닭에 가튼모시중에잇는 어느집으로 옴겨안저서 영주(永住)할작명을 하얏섯다。구역이며 현거며혼도(昏倒)토 성가시게지내는데 이피상한증세를 엇더케집중하고치료하여야 모든일이 전날과가티회복되얏섯다。후작부인은 오래간단(間斷)되얏든 자녀교육을 쏘다시시작하고 쉬는동안소용으로 그림들과 서책을 차저내노앗섯다 평일에는 건강(健康)을마튼녀신(女神)가튼 부인이 이즈막은 늘히불편하야 멧주일동안은 인사법절차리기까지 커찬흘지경이엇섯다。어느날아침 집안이모이어 차를 마시는데 그아버니가 잡간 밧게나간사이에 부인은 한참이나 열싹진것가티 멀그머니안젓다가 갓싸스로 정신을 차려가지고 그어머니에게 이러한말을하얏다。

『만일에 너편네로서 지금내가 찻잔들구잇슬때와가티 신긔가괴상한것을 이약이하는사람이잇스면 나는속으로쏙 그사람이 대서는것이라고 생각햇슬쎄에요』

廢墟以後第一號

『너는 무슨당치안흔소리를하늬?』

그어머니가 말하는것을 부인은 다시한번 설명하얏다。 자거는 지금쪽 둘재아희 설쎄와갓다 고。

『그러면 앤타쓰스(晝夢神)나 나울나는게지。』

그어머니는 이더케말하려 우섯다。

부인도 『네 아아 모올뮤스(夜夢神)나 그졸개 『쑴』이 배속에든애아비인게지오。』하고 롱담으로 대답하얏다。 그머다가 사령관이 들어와서 이약이는 중지되고후작부인은 이삼일지난뒤에 평복 이되야 그문데를 모다들 이저버렷섯다。

그런지얼마뒤 사령관아들 산림구서장(山林區署長)도집에와서잇섯슬쎄일이다。 집안식들구이 문열 고들어오는하인의거래도 P백작이차저왓다는놀나운일을 당하얏다。

『P백작!』

사령관부녀(父女)는 한거번에가티 소리를질넛다。 놀나서 모다들 말이업시벙벙하얏다。 그하인 은 이더케단언(斷言)하얏다。

『제가 제눈으루뵈입 쏘구재귀루듯자왓습니당。 그러구 백작쎄서발서객실에서 기다리구기십니 다。』

사령관이 백작을 마즈라고 널어나서 손수 문을 열은즉 젊은신(神)과가티 엄전하고 조금 얼골이햇숙한 백작이들어섯다。

제가 제눈으루뵈입 장면(場面)은 지나가고 쏘 『백작은 발서이세상사람이아니실터인데』하 싸닭몰으게놀나워들하든 고 사령관내외가 힐문(詰問)하는것을 『아니 이러케살어잇습니다』고 대답한백작은 흥분(興奮)된얼굴로 후작부인을 향하야 대번에 이러케물엇다。

『뭄이 엇더하십니까?』

부인은

『네 인제 아주튼튼해요。그런데──』

엇더케하야 백작이죽엄을면하얏나 그것을 듯고십다고 되처물엇다。그러나 백작은 자긔가쇼

스면 명녕쿠 어듸가 편치안흐신것갓습니다。』

『그건 진정말씀이아닌가보이다。얼골에 몹시고단하야보이는모양이 환합니다。내눈이 틀림이업

후작부안은 백작이 이러케말할째 그성실하야보이는데 맘이 보드러워저서、

『네 말씀하시는、고단한모양은요、이삼주일전에 알은병여독으로생각하면 생각할수잇겟습지요만

그쌔그러쿠 고만일세라 별루 걱정두아니함니다。』

이말을듯고 백작은 맘애 대단히 조하하며、

『인젠나두 걱정안씀니다。』대답하고 말을 닛대어서『당신은 나와 결혼하실생각이 업스십니까?

후작부인은 이 의외의 소청을 어쎄케생각하여야 조흘지몰랏다。부인은 얼골을 년해붉혀가며

그어머니를바라보고잇섯다。그어머니도 무엇이라 말할수업서서 그아들과 남편을 바라보앗다。

그러할동안에 백작은 후작부인압흐로 갓가히나가서 손에다가 입을마추랴는듯이 부인의손을잡

고 접혀말하얏다。

『그러케해주시겟습니까?』

사탱판이,

우 작 부 인

『안즈시지안흐시려오?』

하고 교의하나를 조금점잔으나 친절한태도로 권하얏다。

사령관부인은,

『참말무 당신이 P에서불행하신뒤에 엇더케 희생하섯서요? 그걸 듯기전엔 쑥헛갑이보는것가른 생각이나서못견듸겟습니다。』

백작은 후작부인의손을 노코 교의에안즈며,

『실상은 사정이잇서 밧분몸이니싸 아주 간단하게말슴을 엿주어야겟습니다。참말무 제가 가슴에 탄환을 몹시마저서 P썽으루 써메여갓섯습니다。멧달동안은 죽을지살지두 물으구 지내습니다。그런데 그동안 제머리속에잇는것은 후작부인의일싼이엇습니다。부인을 생각하면깃붐과번뇌(煩惱)가 한데석기어서 입으루는 무어라고 말슴을못할지경이엇습니다。나종에와서 상처가회복되야 쏘다시 군무에는 종사하게되얏습니다만 대(隊)에돌아와서두 엇재그런지 맘이가 러안질수업두록 편치못하얏습니다。그래서 저는 각하내외분께 상서를하야 속을시원하게해보리 구 멧번이나 붓을잡엇는지 몰읍니다。

그런데 갑작이 제가 군중급보(軍中急報)를전하려 나폴리에 파견을 당하게되얏습니다。거긔서 다시 콘스티노오플루 가게될는지두 몰읍니다。그우에 아마 성피득싸지두 가야할싸봄니다。

그런데 제가 마자하야두 마지못할 이요구(要求)를 속에숨겨두고는 이우에더 살어갈수가 업슬 것가티되얏습니다。제가 이M시를 지내는데 이목덕에대해서 얼마간이라두 힘을써보구십흔욕심이 택충을싸서 이러케 와서보입는것입니다。

요지를싸서 말슴하면 후작부인께 결혼하구십다는것입니다。속에서 우러나는맘으로 정성것간절히청합니다。 이청에 대해서 조흔대답을 해주실수업겟슴니까?」

사령관은 얼마동안 지긋이생각하다가 대답하는말이,

「물론 우리들이밋지요만 그게 진정으로생각하신게라하면 엇째든 고맙지안흔말씀이아니요그
러나 쌀이 채남편 후작이 돌아간뒤 개가는 안할결심을하고 지내오는터이라봐서。 물론 제가요
전에 당신에게 큰은혜를 젓스니까 당신의희망으로 제결심이 변치아느란법도업지요。 그러치만
엇더튼지 지금얼마동안은 저를 조용히생각해보게해주시기를바라오。」

「간곡한말씀을 듯자와서 저는 만족합니다。 답은쌔가드면 다시 두말슴엿출것도업습니다이래
도 안심이안된다구 말슴하기는 참 미안스럽은일업니다。 그러치만 좀 이이상더는 말슴하기어려
운사정이 잇스니까 엇더케 더 좀 분명하신대답을 해주셧스면 조켓슴니다。 나폴리가는 말슴해주
발서 맛춘비가 되얏슬것입니다。 만일 댁에 어느분이시든지 저의소원은 들어주기로 말슴해주
시개되면 (이째 사령관부인의얼골을 보앗다。) 한번 시훤한답슴을 듯고서 길을써나게해
주시기를 바랍니다만。」

사령관은 이말을듯고 좀민망스러워서,

후 작 부 인

「제가 당신의은혜를 깁히속에 색이어잇는터이니까 언간히 미더주서도조치요만 그러타구 너무
과히미드서두 안될일이지요。쌀도 제일생운명이 작뎡되는것가튼 큰일은 당하면 상당한분별을
가지고 결단하는터이니까 쌀이 이럿소 저럿소 대답하기전에 우선 당신께친하게지내는것이
무엇보덤두 필요하겟지요。 엇더튼지 려행이 씃나시거든 다시 이리로 돌아오서서 얼맛동안 내
집에 와서계섯스면 조켓소。 그러구나서 쌀이 당신의정을 밧구십허지면 그째/서 제가 확력
하세대답하는것을 우리두 즐겨들어주지요만 그러치안코는 좀 생각해볼일인데요。」

백작은 얼골에 붉은빗이돌며

「저는 저의멸망(熱望)하는일이 이러한운명을 당하리라고는 녀행중에두 년해 생각하고온것입니다. 그러나 버년히알엇지만 이러케되고본즉 저는 슬픈굴엉 한굿밋혜 매쇠치는것가튼 생각이 절로납니다. 지금 할수업시 이런 불리한데위에 서야만하게된 저에게는 좀 천숩게지내기를 청해보는것이 엇더튼 유리한일일쎄올시다. 그런데. 만일 모든것즁 성질이 가장알거어려운 새상뎡판이란것이 문뎨가된다하면 그럼은 제가제말씀이지만, 뜻에 합당하실출로 압니다. 제가일뎡생에 못된짓이라고는 꼭 한변밧게 한일이업는데 이것두 세상에서는 조금두몰으구 쏘방금 이것을 말씀하게조처하려구하는즁입니다……」

간단하게말하자던 자긔는 정직한사람이다. 자긔가 이러케단언하는것을 의심말고 고지들어주기를 마탄다. 이태한뜻으로 백작이 말하얏다.

사령관은 빙그대우스면서— 비웃는우슴은아니고— 대답하얏다. 자긔는 백작의말을 모다 신용한다. 이런단축한시간에 이러케만히 두드러지게 남버텀나은성격(性格)의 특색(特色)을 발휘하는청년은 자긔가 아즉겻본일이업다. 얼마간 생각해불여유(餘裕)만 주게되면 지금가티유여미뎔(猶豫未決)하는것은 반드시 업서질것이다. 그러나, 자긔집안이며 백작의집안과 서로의론하야보지안흐면 이이상결뎡(決定)한대답은 할수가업는터이다하고.

이말을듯고 백작은 자긔는 량친이 구몰한사람이라 아무게루(係累)가업는몸이요 백부는 군대장관인데 자긔혼인에 동의할것은 자긔가 보중이라도할수잇는터이라고 말하고 쏘 자긔에게는 상당한재산이잇고 경우를쌀어서 이태리로 이주(移住)할결심도하겟다고 덧부처말하얏다.

사령관은 의견테하듯이 잠간 머리를 굽히고 다시한번 자긔의의향을 말한뒤에 백작이 녀행이 ㅅ슷나기ㅆ지는 이문데를 중지하야달나고 청하얏다。 백작은 잠시동안 말이업는중에 몹시번민(煩悶)하는모양이 보이더니 사령관부인에게로 돌녀 향하고 말하얏다。

『제가 이번길을 피하라고 할수잇는일은 다 해보앗습니다。 그때문에 자긔장관이며 백부에게 대해서 쓴은수단은 그야말루 여간결심으로는 못할것이엇습니다。 그러나 다들 이번길이 저의 병여울회(病餘鬱懷)를 풀기에 조흘줄루 밋습니다그려。 뉘알엇슬싸요 제가 그덕택에 지금이가 엽슨경우를 당하게된것입니다。』

여러사람들은 이말을 엇더케든지답하여야 조흘지 몰랏다。 백작은 니마을 씹고、

『만일 엇더케든지해서 체소원한일이 압흐루발전될포서가잇스면 하루나 잇흘은 길을 물리겟 습니다。』

말하고 사령관 후작부인 이런순서(順序)로 여럿을돌아보앗다。 사령관은 맘에불 만히여기는듯이 눈을 아레로쌀고 아무말이업섯다。

사령관부인은、

『써나서요。써나서요。나、、、폴리까지 갓다오서요。그러고돌아오실때에와서 묵어주시요구려。그러 면 문데는 자연히 해결될께닌싸요。』

백작은 잠간 걸어안진채 엇더케할싸 망상거리는모양이더니 넓어서서 교의를 밀어젓치고 자 긔가 여긔까지 속에품욌온희망이 넘우 일쎄서든것인것도 인제알엇고 여긔서들 친하게지내본 뒤면하고 추장하는것것도 결단코 억지말로는 생각하지안는다。그러니 마텨가지고온급보는달 로 쏘(ㄹ)따에 이는 본진으로 돌려보내고 자긔는 여럿의후의(厚意)를 바머서 이 삼주일 동안

페들 씨치겟다。

이런뜻을말하고 백작은 교의등에 허리를 대고 얼마동안 벽(壁)갓가히 우둑허니서서 사령관을 바라보고잇섯다。사령관은,

『내딸을 고맙게 생각해주시는것이 뒤人걱정거리가 되야서 정말로 불행한일이나 당하시게되면 참으로 미안한일이겟소。그러치만두 지금 당신이 엇더한처치를 해야할것쯤은 번연히알으실것 이아니겟서요。급보는 보내시고 그리하고서 뎡하야들이는방으로 올머오시기를 바라오。』

이말을들은백작은 얼골빗이업더니 공손하게 사령관부인손에 입을대고 그 여럿에게 례틀하고 나갓다。

뒤에남은 가족들은 이뒤人조처를 엇지하야조흘지 몰랏섯다。사령관부인말은 그사람이 잡간지내가는, 이 M시(市)에서 겨우한오분동안 말하야보고 친하지도못한녀자에게서 혼인승낙을 못어덧고 나,풀려가는급보를 쏘싸본진으로 돌아보낸다는것이 잇슬성도십지안흔 일이라고하얏다。산림구서장은 그러한 경솔한짓을하면 적어도 요색안금고(禁錮)는 당할것이라고 말하는것을,

『아니 그쁜만인가 그우에 면직(免職)이야。』하고사령관은 덧부쳐말하얏다。『그러치만 위험할건업서。그건 단순한요통에 지나지못할쎄니싸。급보를 돌우씌어보내기싸지하는동안엔 그야생각을 돌리겟지그려。』

그러나 사령관부인은 이위험하단말을 듯고 눈섭을 씽그리고 급보를 돌우보낼는지도몰은다고 걱정하기시작하야앗다。

『그러케싱하게 외골스루 나가는성질이면 그만일쯤은 하지말라는법두업지그려。』 얼는 백작의뒤를 쏘처가서 그런엉터도업는일을 고만두어달나고 서장을 재촉하야앗

당 그러나 서장은 그러케해서는 도리혀정반대되는결과가 생기지안흘는지도 물으고 쓰고 것이

단순히병략(兵略)으로 승리(勝利)를어더내는 백작의희망을 곳게할쑨일는지도 물은다고대답하얏

것이 별로탈업시될것인게지。백작으로말하면 자긔가 모양흉한쌀을 당하는이버림 오히려 더위

열코마는것을 훨신낫게 여김것이라고。

결국 여덟의생각이 백작의행동은 보통이아니랴。그가 녀자의가슴을 련연 요색가태 둘겨으

모 함닥시키랴는것이라하는데 일치(一致)하얏다。

이때 사령관은 백작의마차가 준비를 다하고 문밧게 대령하고잇는것을 보앗다。그는 놀나

서 가족을 창압호로 불르고 방장 들어오는하인에게 백작이 아즉 집에게십니냐고 물엇다。

「네 아태하인말에 게신데 부판(副官)압해서 편지를 쓰시구 무엇을 봉하구계십니다」

사령관은 늘나운맘을 간신히진명하고 서장과함께 급히 아래로 나려왓다。본즉 백작은 일

하기거북살스러운책상에서 무엇을 쓰고잇다。사령관이 자긔방으로 와주지안호랴느냐 무슨달은

업시길것은 업느냐하고 물엇다。백작은 그래도 여전히 멸필을 재게놀리면서

「네 고맙습니다。무어 발써 다되앗스니샹」

사령관은 자긔가 자긔눈을 의심하듯이 부관나가는것을 바라보며、

던지를 뭉하더 시간을 뭇고 서류봉지를 그대로 부관에게 내주며 무사히갓다오라고 말하

얏다。

「택작! 무슨 비상히중대한터유나 잇스면 몰을싸……」

「큰사전이웁시다—」

우 자 부 인

백작은 단한마듸로 사령관말을 막질으고 부관을 보내노라고 마차를대여노흔데까지 가서 마

차문을 열어주엇다○사령관은 말을 넛대서.

「이러케된바에는 그급보나......」

「그건 될수업습니다○」부관을 자리에안치며 백작은 대답하얏다.

「급보만 나를리간대두 저안가던 소용업습니다○그전 저두 생각해보앗습니다만○자 출발해!」

「그래 백부장관편지는이요?」

부관이 마차문으로 반몸을내노코) 물엇다.

「여긔 내게루......」

「출발해!」

부관은 구령하며 마차는 굴러나갓다○백작은 사령관에게 향하야,

「저잇슬방을 가르쳐주시겟습니까?」

「무어 내가 곳 가르처들이지○」

사령관은 정신업시대답하고 하인과 백작종졸에게 짐을날르라고 분부하고 합용으로쓰는객실

로 지도한뒤에 성설어지는모양인얼골로 인사하고 나갓다○백작은 의복을 갈어입고 이곳지사

(知事)에게 인사하러간다고 나가서 저녁때가되도록 돌아오지아니하얏다○

백작이나간동안에 이집안식구는 맘에 번뇌가 적지안헛섯다○서장말이백작이 사령관의의견에

여간절단성잇는대답을하지아니하니 아마 그행동이 십분생각한뒤에 결단한것갓다○그러나 머떠

큼행마차로와서 구혼한다는 원인이 무엇인지 물을일이라고하얏다.

「그뎜을 조금두 알쑤가 업서○」

사령관은 이러케대답하고 이문데에대하야 고만 자긔압혜서는 말도내지말나고 여뎟에게 널

럿다。사령관부인은 이동안에 줄곳 창문열린쪽을 향하야 백작이 오지나아니하나 경거망동(輕

擧妄動)하것을 후회하야 선후책(善後策)을 강구(講究)하러오지나아니하나 내다보고잇섯다。그

러하다가 마츰내 날이어두어진뒤에 이쌔껏 이담화에 참견아니하고 일하는데만정신들이고잇는

후작부인엽헤 와서 안젓다。사령관이 방안에서 이리저리 왓다갓다하는동안에 나즈막한목소리

도 물엇다。

「대테 이일이 엇지될모양이야?」

후작부인은 흘금흘금 사령관에게로 시선(視線)을 보내며、

「아버지쎄서 이말저말할것업시 백작을 나폴라루떠나보내섯드면 조흘뗀데。」

「나폴리루?」「후작부인의말을 귀썰에 듯고 사령관은 만하얏다。

「설교문을 뷸러대거나 백작을 몰아너고 꼭 뷧잡어서 나폴리루 압송을하거나 하지아니하

면 그게 될수가잇나!」

「아니예요 그세조케 내쳐반대를하섯며라면 될것이예요。」

후작부인은 대답하고 조금 비위가 틀리는듯이 다시 일쎄리를 나려다보앗다。

밤이되야 만찬먹기 조금전에야 백작이 돌아왓다。처음 뎡즁한인사가 쏫난뒤에 여뎟은 그

문데를 다시쓰내기만하던 합력하야 공격하리랴。될쑤만잇스면 앗가쎄앗긴디보(地步)를 회복하

리타하고 기달이엇다。그러나 만찬이 쏫나기까지 그런광경이 나보지못하고 말엇다。백작은짐

짓 이문데에턴락잇는이약이를 피하고 사령관하고는 전쟁이약이 산림구서장하고는 산양이약이

들하얏다。쏘 그가 부상하든전쟁이약이를하니싸 사령관부인이 그병을 고지고지캐어 이약이시

우 작 부 인

기고 그적은더P더방에서 엇더케지넛느냐 맘에맛게 상당히 료섭할쑤잇섯느냐고 물엇다.

그리하야 백작은 후작부인을사모하는데서 생긴이약이의재미만흔마듸를 추려이약이하얏다. 그

뎡궁에는 부인이 슬곳 병상엽헤 안저잇는것가티 생각한일。 상처사탓에 신녈이국도에울낫슬재 그

부인의 용모(容貌)가 흰끈이모양으로 눈에얼여보이든일。 그흰끈이는 자긔 아희쩍에 백부의집

에서보든것인데 특별히맘에감동되게 생각나는 일은 어느떄 자긔가 그흰끈이의 흰깃에다가진

육뎡이를 먼젓더니 그끈이 물속으로 들어가서 다시 쌔끗한몸을가지고 물우에쎠 올으든것이엇다。 이끈이가 불쏫이타올으는바다우에 헤어다니며 가슴을 내밀고 쌔기만 조하하

끈이의일음이연다。 그러나 이끈이가 불바다우에 헤어다니다。 켄카라고불럿다。 그것이그

는까닭으로 자긔가끈이를 갓가히불러올쑤는업섯다。 이러한이약이를하고나서 백작은 홀쎼 얼골

을 붉히며 자긔는 이끈이를 다시우쑬업도록 사랑한다고 말하고 눈을 음식집시잇는데로나

떠쌀엇다。

마츰내 음식이 숫낫다。 백작이 사령관부인에게 두어마듸인사말을하고 여럿에게 고개숙여례

물하고 자긔방으로 간뒤에여러사람도 널어서기능하얏지만 대뗴엇더케 셈을 차려야조흘지몰라

서 속에늘 걱정이엇섯다 사령관은 말하기를 이일은 되는대로 내버려둘쑤밧게업다。 그가 이

먼 수단을 취(取) 하는 데는 아마 자긔친족(親族)의세력을 밋는것이겟지 그러치안 코보면

뎡예스럽지못한면직(免職)은 재엽시 당할것이라고。 사령관부인은 쌀에게 백작의일을 어뗴케생

각하느냐 엇더케해서 그불행을 구할만한말을해주고십흔생각이 업느냐하고 물엇다。 후작부인.

「어느니 그런말을 엇더케할쑤잇세요。 내가 은인으로여기는이에게 이런곡경당하는것이 눈물

일이에요。 나는 팔자를 다시 고치지안흘결심인데요 머구나 이럿케경솔히 팔자시험을 두번씩이

나하구십지는안흔데요。

서장은 말이 이것이 누의의 구든결심이게되면 이말을 내세울수도잇당。 엇더튼지 명백하게 잘

더말하야구는것이 필요할줄로 자긔는생각한다고하얏당。 사령관부인이 이말을 대답하야 그집은

백작은그티케녀녀가지로 남머덤나은성질을 가젓고 얼마동안 은 이탤리에서 류(留)하겟다고하

니 자긔의전으로말하던 그혼인청을 좀 더생각하야보고 후작부인도 그결심을 돌려생각해불여

유가 잇게하야주어야하지안켓스냐고 말하얏당。 서장이 후작부인엽해와서안저서 부인이 백작의

인물에 대하야대관절 엇며케생각하느냐고 물엇당。

후작부인은 한참을 우물쑤물하더니

『맘에 들기두하구 아니들기두해요。』

대답하고서는 싼사람들의생각하는것만 전며도어말하얏당。시렁관부인은、

『백작이 나를틀러써나간다구하구 그 간동안에 백작에대해서 될수잇는 데까지염탐해본결

파(結果)가 네맘에생각한것과 별루특렬이업다구 나풀이오는길에쏘재촉을바덧다구하

던 너는 무어라구 대답할생각이냐?』

『그때는 나는저 ……참말루 백작은 저러케 널심(熱心)이니싸 청을……』하고 말을 서

슴다가 눈을 반작거리려며 『은혜갑기위해서 듯지요。』

딸이 개가하시를 항상 은근히바라든 그어머니는 이말을듯고서 깃붐을감추랴고 애쓸지경이

라 엇지하야조흘가하고 생각하얏당。

서장은 격정스러운듯이 자리에서 닐어나서 만일후작부 인이 조금이라도 본래 백작의소원을

들어주라는 생각이 잇거든 그미친사람의 지적구니가른일이 여생기지안토록예방수단을 생각할필요가

잇다고 말하얏다° 그어머니도 찬성(贊成)하고 그외에더요색을아라사군대가 점령하든밤에백작

이 그만큼 남버덕 쉬어난성질을 발휘(發揮)하얏다는것을 생각하면 구경 웬만한짓을하는것은그

대지 심한모험(冒險)으로 여길것갓지아니하다° 그의행적(行迹)으로 말하야도 딸에게 얼맛지아

할격정은업슬듯하다고 주장하얏다°

——(未 完)——

봄날에 가만히 부르는 노래

요 한

비 소 리

비가 옴니당.
맑은 고요히 짓을 버리고
비는 뜰우에 속색임니다
몰내 짓거리는 병아리 가치.

으지러진 달이 실낫 갓고
별에서도 봄이 흐를듯이
따뜻한 바람이 끌머니
오늘은 이 어둔밤을 비가 옴니당

비가 옴니다.
다정한 손님가치 비가옴니다

봄날에가만히부르는노디

廢墟以後第一號

창을 열고 마즈려 하여도
보이지 안케 속색이며 비가 옴니당
비가 옴니다
뜰우에 창밧게 집웅에
남 모를 깃분 소식을
나의 가슴에 전하는 비가 옴니당

봄 달 잡 이

달은 물을 건너 가고요—
바람만 언덕에 물을 스치고
푸른 그림자를 밟으며 갓더니
봄날에 달을 잡으려

봄날에 달을 잡으려
금 물결 헤치고 저어 갓더니
물 싯는 물소티만 적적하고
달은 뜰넘어 재넘어 기울고요—

봄날에 달을 잡으며
「밤」을 기어 하늘에 울낫더니
반쯤만 얼골을 내다 보면서
「꿈이 아니엇더면 엇더께 왓스랴」─

봄날에달을 잡으터
꿈길을 헤여 차자갓더니
가기도 전에 별들이 막어서서
「꿈이 아니엇더면 엇더케 왓스랴」─

고 인 물

귀엽다고 태양이 남기고간
감은철 감탕밧헤 물 한겹
힘동하는 바람을 피하노라고
우슴가튼 물살이 이리갓다 저리갓다 ─

물가에는 설잠쌘 게두마리
감탕밧테 열손고락으로 그림 그린다

봄날에가만히두른 노래

廢墟以後第一號

흰 구 름

봄이 옵니다 넘이여

따슷하게 풀린 쌍에 묵

묵은 밧헤 가마귀떼 —

그 우름 소리써지 곱게 들니는 —

봄이 옵니다.

저긔 햇솜가튼 구름쎄

무른 하늘 태빗 — 오오 넘이어

고향생각 곱시. 나는

나 — 나립기가°

흔 잣 말

넘이어 오세오

여긔 언덕에 물이 도닷소°

여긔 비에 싯기어 푸른 향나무

섭더기 버스러는 나뷔

싸뜻한 볏 혹

또 그대 발을 씨슬 탐은 물이 잇슴니다°

싸뜻한 볏 혹 「고지낙합」이 잇슴니다°

오시오 봄 오는 동안
모든 근심 넛고 니애기 하럼。
오랜 잠에서 쌔어난 머구리는
물터진 물밧헤 쒜 노라기
우리 귓속을 엿드를 새도 업겟지오。
오시오 님이어
여긔 그대 발을 씨슬 맑은 시내가 흐름니다。
——一九三三․二―三——

노래하고십다

맑은 물에 숨쉬는 고기가치
푸른 하늘에 노피쯴 종달새 가치
순풍에 돗달고 닷는 배가치
그러케 노래하고십다
그러케 자유롭게。
흰모래에 반싹이는 해빗가치
언덕에 부드치는 흰물결갓치
물결과 희롱하는 어린애가치

금남녀가단이부모노대

廢墟以後第一號

그러케 노래하고십다

그러케 무심하게。

그 봄 의 부 름

내맘은 언제던지 저긔

저긔 봄에 진달네矢 피는 썡

하늘 놉고 산그림자 푸르른

그 봄의 부름을 조차 갑니당

눈물은 시내에 셔러저 금모래 되고

우슴은 바람에 실녀 재넘어 가

남동산에 얌전한 봉사矢 피던

꿈 나라의 봄은 다시 못도라 옵니당

다시 못 도라오는 그 봄을

쏨에나 차자볼가 하엿더니

새엽슨 밤새 소리에 소소로처

흐르는듯한 봄달과 수작 합니당

아아 시내물 감도는 곳에

칠가튼 검은 머리——그 모도 지나간나

지나간날 싸탐으로언제던지 언제던지

그믐의 부름을 조차 잠니다。

—一九二三、三—

눈날에가만하부른노데

그 이

그 이

한 용

방마닥 다수거늘 새로히 그리워륵
눈우에 바람차고 벗발이 진업어룩
님의집 뒤안진것이 걱정더럭되어랑。

◇

웃는이 우스래라 웃는그를 내우슬사。
업고 검으신채 더할나위 업스시니，
님밧게 다시누구를 곱게불줄잇스랴。

◇

안(이)달타 못하야서 밧그로 내다르넝，
길가득 다니는이 예란듯 지저필이，
아닐것 그런양하야 못내야릇하여랑。

芥子 떳 알

樹 州

스물룰넘어 삼십을바라보니 나날이「自然」과 친하여저가는것갓다。늘보든하눌이고 늘보든물이

연만 푸른하눌밋헤설쌔나 맑은물가에 이세상의것가티안은슬픔이 가슴에붓는다。

◇

앵도속에 씨잇는첫가티 모든아름운것속에는「슬픔」이 숨여잇는것갓다。아름다운것을보고 쏘드

울쌔에는 고생하는부모나 처자걱정하는것가튼슬픔이 무겁지는안케나마 가슴을누른다。

◇

말(語)은 큰말보다 적은말이 남의마음에 상처(傷處)를 더준다——적으면 적을수록 뚤는힘

아날카로우니싸。아、누가알냐、적은불씨가 왼벌을태워버리는것가티 조고만말한마듸가 여러심령

(心靈)의 복스러운잔채의 찬체상을뒤집어 놀것을!

◇

오른말이라고 여러번노이지는말것이다。노이면 노이는이만치 가리는겁이두써워질것이다。

◇

다른사람을 질거웁게하려고 애는쓰지말것이다。애쓴결과는 흔히 처음먹엇든뜻과 반대가되는까

芥子 떳 알

닭이다。남을질겁게하려고 애쓰는것은 싸른초ㅅ막을가지고 원긴밥을발키려는것과갓다。도대체 고
상한정서（情緖）는 안인것갓다。

◇

사람은 널심（熱心）이잇서야할것갓다。그러나 널심의빗이 얼골에싸지 내발너면 천하기그지업
슬것갓다。

◇

참된말은 마음속에잇슴으로 말이입박을나오면 참된맛을 만하일케되는것갓다。
참된말은 모든것을태우는힘이잇스나 참되지못한말은 타는것을식고 식히는힘밧게업는것갓다。

◇

나는 아름다운우정（友情）을 버들가지에비하여본다。그러나 그버들가지를가지고 친구를싸리는
진도만타！

◇

슬픔이 가슴에넘치니 입안에 무슨향긔로운과실을문것갓다。

◇

생명이란 요정의칭계（層階）갓다。그칭계를오르고 나림이 사람의마음대룸이안이고 요정의뎐
에좌우가됨애 오른대야 반드시맨꼭댁이가안이요, 나린대야 반드시맨밋이안이다。

◇

인생이란 아조하늘도안이고 아조땅도안인중간엣것인가보다。괴롭기짓업다！

◇

모를것은 반드시큰일만이안이다。어느때는 아조 미ㅅ하고 변ㅅ치안은것에 우리는「해답」을차

지려고 고개를비쓴다。싸닭도모르고매맛는말가려。

◇

어느의미쯔모아「동정」이란 미움만도못하다。미움은 도로혀 상대자를적수로는보나 동정은 상대자를 측은히녁이는치만콤 밧는이(동정을)는 마음이압흐다。

◇

요사히日本宮城縣에서 巡査採用의常識試驗을보엿다는데 試驗問題로 택시、(貸自動車)가무엇이냐 니싸대답이 英國總理大臣이라고하엿단다。우슬것은 그런대답을쓴 巡査試驗應試者뿐이안이다。이세상사람들의「眞理」란問題에대한解答은택시를英國首相이란것보다 나은것이잇는줄알나냐?

◇

불행과 간난은섯을것이요 쉬웁께샘켜바릴것은안이다。

◇

선과 악이 근본브터다른것으로아는것은잘못이다。구태여달싸면 한나무에서피운 빗다른옷입과 한태에서난 성찰다른남매인것만큼다른것뿐이다。

◇

안해나 언런아해를 학대하지안토록노력할것이다。학대하면 학대한이만치 너의심령은 보이지안는거긔술에자유를이러버릴것이다。

◇

「너의입을버리는순간에 텬당의문은닷치여진다」고 매터ㅣ링크는 어뗜지쓴것갓다。

芥子며알

廢墟以後錄一號

우리는 말못하는 벙어리는 차라리될지언정 복스러운집에서 쫏겨난사람은되지말자。

◇

사람을미세한균(菌)은잘죽이나 큰몽둥이는 잘죽이지못하는것가티 은제든지 「우주의테계」를박

구어늘 힘은 은미한사상이요 길거리에서고합치는큰소리는안이다!

◇

우리의 소위바루본다는것은 흔이 물건의압이나 모퉁이밧게보지못하나,착각상태(錯覺狀態)에

서는 의데는못단다도 갓금모든것의진주(真髓)와핵심(核心)을본다。

◇

책은 무슨책이든지 자긔조와하는것만을보는것이좃타。비록의설한책이라도 비위에당기거든보고

비위에당기지안커든 경던(經典)까지라도보지말것이당。

홈 심한말인지는 나도모른다。

◇

업는착한것을뭄이는것보다는 악한채나마 본색대로가낫다。

◇

우리는 다른이의것(表面)만보고 숙을짐작하는경홀한태도는버러자。

어느사나희가 샵에연지(鷰脂)를발낫드라도, 그가 너자가안인줄만은밋어야하겠다。

◇

오 덧들이연. 진러를찻자! 진러를찻자면 몬저 「여론」과 「독단」과 「가설」과「미망」의흙떠을파

야뜬다。

흙덩을파다가 지렝이가「진리」대신에나온대도!

오, 벗들이여 진리를찾자。진리만이 너를구할것이다。

생 시 에 못 뵈 올 님 을

생시에못뵈올님을 꿈에나뵐가하여

꿈가는 푸른고개 넘기는 넘엇스나

꿈조차 흔들니우고 흔들니여

그립든그대 갓가울듯 머더라

아, 밋그러지안을곳에 밋그러저

그대와 나사이엔 난리가겪햇서라

다시못빌 그대의고흔얼골

사라지는벳꿈보다도 희미하여라

菊 于 녀 알

廢墟以後第一號

눈 (眼)

아, 사랑스러운 그대,
그대의눈씨는 실버들가지—
엇지나 그실이나붓기는지
나의갈길 일헛노라。

길일흔 나, 길일흔 나,
들로 벌로헤메이다가,
혹시나 그대밋둥에부듯거든
길일헛다 차저온줄아소。

—一九二三、一二—

그 립 은 흘 긴 눈

憑　虛

그이와 살림을 하기는, 내가 열아홉살 먹든 봄이엇습니다。 시방은 이래로——三十도 못된

년이 이런 소리를 한다고 웃지말아요。 긔생이란 스무살이 환갑이라니, 三十이면 일태면 百세

상수한 할미장이가 이니야요。——그때는 편찬앗답니다。 이 푸르족족한 입술도 밝으스럼하얏고

로실한 쌤모티라든지, 시방은 촉루 (髑髏) 란 별명조차 듯지마는 오동통한몸피라든지, 살성도

희고, 웃을 입으면 떱시도' 나고, 거름거리도 멋이 잇섯답니다。 소리도 그만저만히 하고 춤

도 남의 흉내는 내엇답니다。 화류게에서는 그래도 누구하고 이름이 잇섯는지라, 호강도 우

연만히 해보고 귀염도 남불잔히 바닷습넌다。 망할것 웃으워 죽겟네。 하자는 이약이는 아니

하고 제청칸단 하고 안젓구먼。

엿잿든 나도 한시절이 잇슨것은 사실임니다。 해구멍이 막히지도안하 료리집에서 인력거가

오고, 가고만보면 새로 두접 석점전에는 집에 돌아온쩍이 별로 업섯습니다。 그나마 집에 와

서 곳 자느냐 하면, 그러치도안하, 대개 집에 손님이 기다리고 잇기도하고, 또는 손님과 가

티 을때가 만핫습니다。 그래가지고 쓰고달핀몸을 밤새도록 고달피게 굴다가, 해뜬뒤에야, 인

제 네세상인가보다하고, 잔신히 눈을 부치면 사정모르는 손들이 낫부터 달겨들어서 고단한

그립은흙긴눈

廢墟以後第一號

문을 쓸고 쏏구경을 간다、 들노리를간다、 절에를 나간다、 합니다그려。그러니 몸이 피로안흘

수 잇습니까。놀기란 참 고된일입볜다。어느쌔는 사지가 늘어지고、 노는것이 쌕 실코 귀치안

하서、 이년의 노릇을 언제나 마나」하고、 탄식이 나옵니다。

그럴때 나의 눈압혜 그이가 나타낫습니다。나보담 네해마지인 그는、 귀공자답게 얼굴도 곱

상스럽고 돈도 잘쓰며 노는품도 재미스럽고 호긔스러웟습니다。나는 고만 그에게로 마음이

슬곳하고 말앗지요。그이도 나에게 적지안케 싸진 모양이엇습니다。그력저력 관계가 깁허가

자、 그이는 나와 살자고 졸르지안켓습니까。마즘 거생노릇도 하기 실튼 차이고 밉지도 안

흔 산애라、 내심으론 이게 웬썩이냐 십헛지만、 그래도 거생행투가 그러치안하 이평게저평게

로 그이를 밧삭 달게해서 돈천원이나 착실히 쌔앗아서 어머니를 주고 마지못해하는듯이 살

림을 들어가게되엿습니다。

그이는 간이라도 쌔여먹일듯이 나뜰 사랑해 주엇습니다。나를 엇기전에도 오입썌나 해본

모양이엇스나、 나히가 나히락、 어려 참다운곳이 잇섯습니다。나의말이면 콩을팟이라해도 고

지들엇습니다。나의청이라면 무엇이고 락종치안는것이 엽섯습니다。이 눈치를 알아본 나는、 그

이로부터 가진것을 졸라내엇습니다。우리 든집문서도 내이름으로 내게하고、 자개농이랑、 자개

의결이랑、 한간벽에 맛는 큰체경이랑、 물론 온갓비단과 포목을 펄펄히 들여오게하고、 철철

에쌀흐는 비녀며、 사흘도리로 진고개에 가서는 순금반지 진주반지 보석반지를 사게하얏습

니다。이외에 어머니의생신이라는둥 일가의 혼례에 쓴다는둥 장사에 쓴다는둥 빗을갑는다는둥가

진 평게를 맨들어서 그의 돈을 글거내엇습니다。무슨 내변명이아니라 이런짓을 한게 전수

이 나의 욕심사나운싸닭도 아닙니다。사라고 하고 달라고하는그것이 어썬지 조코 재미스럽

기도 하얏서요。 그리고 또 그것이 그에게 애교이고 아양이엇서요。 그것뿐도아니지요 내말이러면 어느 정도까지 들어주나 곳 그이가 나한테 얼마나 훌리엇는지를 자질도 하고 섭고、 뜻대로 성공을 하면 물전 어든것보담 멧갑절 더깃벗습니다。물론어머니가 뒤ㅅ구멍으 토부축이기도 하얏지맛。

그인들 멋만금을 제수중에 두고 쓰는게 아니라、아버지를 팔고 빗을 내는것이니、하루이틀 아니고 물쓰듯 하는 돈을 언제까지 대어갈수가 잇겟습니까 가티산지 석달이 못되어 돈주변 할길이 막힌 모양이엇습니다。아모리 귀한자식의 빗봉수라도 한번두번이지 뎐부 아버지가 갑 하줄리가 잇겟서요。더구나 구두쇠로 유명한 그의부친이 그째까지 참은것도 장한일이지요。 마츰내『너가튼 놈은 자식으로 알지안흐니 죽든지 살든지 나는 모르겟다』하게 되엇습니다 그전에도 여러번 그리고 얼럿지만 인제는 아주 사실로 나타나게되엇겟지요。

빗장이는 벌쎄가러 일어낫습니다。료리집에서 금은방에서 선전 드름전에서 더구나 고리대 금업자한테서 빗장이는 문싼을 쎠날새가 엇섯습니다。부자집 외동아들로 자라나아、도모지 골 러는것을 모르든 그이는 담박에 입술이 밧삭밧삭 말라가기 시작하얏습니다。문싼에서 찻는 소리만 나면 왼몸을 옹숭거리고 얼굴이 파라케 질리는 쌀이란 겨테서 보아도 가이업섯습 니다。내탓으로 이 곤난을 밧건마는 그래도 나를 원망하거나 미워하는 긔색은 보이지안햇습 니다。빗에 즐리는것이 싹하기도하고 도 자격지심도 나서。

『나쎼문에 이런골난을 당하시지요。내가 몹쓸년이야』하면은、그이는『그게 무슨말이야』 색을 하고『웨 채선(彩仙)이 쎄문이람。내가 못생긴탓이지』하고는 돌이어 면목업는듯이 고개 를 숙이엇습니다。

廢墟以後第一號

이런중에 그에게는 또 거막한 일이 생기엇지요。 그것은 다른일이 아니라 그이가 돈쓰기

도 급하얏고 또 못된 동무의 꾀임에 빠저 아버지 도장을 위조하야 빗을 낸일이 된

것이야요。 돈쉬여준놈도 물론알고 한일이지만 그의아버지 나는 모른다고 쌕 거절을하니까

인제는 그이를 보고 얼으쌕쌕거리며 사거를 햇느니 인장위조를 햇느니 만일 일주일안으로

갑지안흐면 고소를 하느니 하고 야단을합니다。 간이적고 마음이 어린 그는 얼굴이 새노라

케 타들어가겟지요 멧번 그의 어머니를 새에 두고 직접으로 자긔아버지에 말을 해

보는모양이엇스나 도모지 일이 안된줄은 그 씽긴 눈섭과 불어진 새쑥지 가튼 보

아도 짐작 할수잇슴되다。그이는 조바심이 되어서 못견대는듯이 누엇다 안젓다 일어섯다 금

세로 집을쒸여나가는가하면 금세로 또쒸여들어오겟지오。

그러다가 나중에는 들부처나 무엇가티 한자리에 우두컨이 안지면 머언히 바람벽만 바라보

고 어느때까지 어느때까지 손끗하나 꼼작도 아니하얏슴니다

태일가티 그일주일이란 귀한날이고 오늘가튼 저녁이엇슴니다。 녀름답게 한구름이 봉오리봉

오리 소슨하늘엔 밝은달이 건일엇섯슴니다。우리는 저녁을 먹고나서 마루로 나와 달을 쳐

다보고 잇섯슴니다。 그때에 나는 문득 『작년이맘때에는 한강에서 선유를 하얏는데』하얏슴니

다。 굼실거리는 쇠원한 물결은、 그림자를 부수는 배가눈압헤 서언하게。써보이매 갑작이 머

읍고 갑갑해서 견댈수업겟지요。 그러나 아모리 쌘지조흔 나인들 사면팔방으로 빗에 졸리어

머리를 못드는 그이에게 배노리 가잘 염의야 잇서요。『이런밤에 집에 처박히어 나가지도 못

하구』하매 번화롭든 녯날 긔생생활이 그리웟습니다。살림들어 온것이 후회가 낫습니다。이

러케 마음이 달뜨는 판에 겨테서 훌적훌적 하는소리가 나들 안켓슴니가。돌아다보니 그이가

울고 잇지안하요!。

『웨 우서요』하니까 얼른 대답은 아니하고 설음이 북바치어 참을수업다는듯이 이윽히코

만 들어마시다가 씰덕이는 목청으로、

『채선이는 채선이는 내가 내가 감옥엘 들어가가면 쌰 거생으로 나가겟지? 』하고 눈물이그

탱거리는 눈을 나에게로 돌리겟지요。내속을 알아채엇나 보다 하고 가슴이 뭇씀하얏스되 놀

아먹은 보람이 잇서서 담박에

『흥업게스리 그게 무슨말슴이야요。』하고 질색을 하얏습니다。

『안이야 내가 감옥엘 가면 채선이는 쌰 거생에 나가서 뭇놈의 사랑을 바들거야』

감옥에 간단말이 죽음 안되엇지만 속으로는 암 그러치 하면서도 입밧게 내어서는 『그럴

리가 엇겟서요 설령 나으리가 감옥에 간다손치드래도 내야 당신사람이 안이야요。웨 쏘거

생에 나가겟습니싸。댁에가서 행랑방구석으로 돌아단일지라도 나으리의 나오시기만 기다리지

요』라고 쑬을 담아 붓는듯한 마음에업는 선청을 부리엇습니다。이말에 그이는 매우 감동

된 모양이엇습니다。밧삭 다가들며、

『그게 참말이야』

『그럼 참말아니구』

『그래 내가 감옥엘 가도 나를 기다리겟단 말이야』

『그럼 수절하구말구』천연덕스럽게 쏙 그리할듯이 쏙선허서 대답을하얏스되 속으로는 수

절이란말이 엇새 춘향전이나 읽는듯해서 웃으웟습니다。

『만일 내가 감옥엘 안이가고 죽는다면?』하고 그이는 나의얼굴을 쏙 노리엇습니다。그시

선이 전에엽시 날카로워서 슬적 외면을 하면서도,

『쌀하죽지』하고서 청성맛게 너죽고 나살면 한강수 깁흔물에 빠저나죽지하는 노태를 읍엿습니다○ 나도 죽일년이지요○ 그소리를 들으며 그이는 쓰 얼싸진듯이 우두커니 안젓다가 무슨 단단한 결심을 한것가티 벌덕 이러서며

채선이 내 할말이잇스니 방으로 들어가자하지안켓서요○ 나는 흥 또안ㅅ고씨고 하랴나보다 하얏습니다○ 그이는 아즉도 수스긔가 남아잇서 남보는데 아니 남이 볼만한데 에서는 나의 손목 한번 쉬원스럽게 못쥐고 그리하고 십흘때엔 쏙 방으로 쓸고들어갓습니다○더구나 요사이와서 몹시 근심을 한뒤이라든지 쓰는 비관한뒤이라든지 나를 쓰다듬고 어루만지기를 잇지안핫습니다○ 이런 짐작을한 나는 죽음 양탈도하고십헛스나 그의 운것이 가엽서서 말대로 방에 들어갓습니다○ 방에 들어온그는 방문을 모두 안으로 다다결겟지요○ 내짐작이 들티지안쿠나 하면서도,

『이 유월염천에 방문을 쐐 다다요○ 남 더워죽겟는데』라고 싸자를 올럿건만 그말에는 아모대답이 엽고 체할일을 다해버립되다⓿ 전가트면 붓그러운듯이 눈을 씽긋하기도하고 손짓으로 말말라고도 하얏스련만○ 나는 벌서 내입술에 닷는 그의입술 나의 첫가슴으로 허리로도는 그의팔을 기다럿건만 그이는 이상스럽게 엄연한 얼굴로 마주 안저잇슬뿐입니다○얼마만에 그이는 갈아안진 목소리로

『채선이! 네나 내나 이세상에 더 구차히 산다한들 쏘 무슨 락을보겟늬○차나리 고만 죽어버리는게 어쎄냐』하겟지요○ 미첫나 죽기는 웨죽어 하면서도,

『그래요 고만 죽어버려요』라고 섭사리 찬성을 하얏습니다○

「그레 나하구 가티 죽을테냐」

「나으리하구 죽는다면 죽는 것도 쓸이지요」

내야말로 너하구 가티 죽는다면 한이업겟다」하는 그이의소리는 쌜리엇습니다。나도 일부러 목이메이며,

「만만 들어도 고맙다만 정말 나하구 죽을테냐」

「내야말로 나으리하구 죽으면 한이업셔요」

「원 다심도하잉 죽는다면 죽는게지。그러케 내가 뭇미덥단말이야요」하고 가장 남의 속을 놋도 알아준다 는듯이 새파라케 성을 내엇습니다。그리하는것이 엇재 신파연극을하는듯십히 채미스러웟서요 설마 죽을리는 만무하고 이왕이면 이대도록 너한례 정이 깁다는걸 표시함도 조핫서요 그이는 나의 거색을삷히더니 그만하면 되엇다 하는듯이 벌덕 일아나아 자긔가쓰는 가방을 가져오더니 그안에서 흰봉지를하나 쓰러내겟지요。그봉지속으로는 밤낫만한 약가른것 두개가 나왓습니다。「저것이 아편이구나」하매 가슴이 쑥음 섬석어리엇스되 그리놀내지는 안핫습니다。그약으로말하면 그이가 돈안주는 자긔아버지를 놀래게하랴고 멋번 자긔어머니에게 보이는것을 겨테서 구경을하얏스니까요。그것을 먹고 죽는다고 야단을해서 돈을어더온일도잇스니싸요。그러니 시방와서 새삼스럽게 놀랠것도 업지마는 가티죽자는말쏘레그것이 나온지라 시방 달셋든 마음이 쭉음 긴장은 됩듸다。그이는 자리ㅅ기를 당기더니 그약을 압헤다노코 이윽히 나려다보며 닭의쏭가른눈물을 뚝々 쩌러트리지안켓습니까。그쎄만은 나의가슴도 쎄르를하얏습니다。

한참 약을 나려다보고 울고잇든 그이는 무슨 비상한결심을 한듯이 몸을 훔칫하더니 구

약한개를 열른 입에 집어니코 한개를 집어 나를 주지 안켓슴니싸。나도 서슴지안코 그약을

바다 입에 너헛슴니다。약을 버음은 그는 손가락으로 자리스기를 가르처 나한테 물을 마

시란뜻을 보이엇슴니다。나는 그의 시키는대로 물을 마시엇스나 약은 혀미테

잠취둔것은 물론임니다。내야 꿈에도 숙을마음이 업섯슴니다。가티사는정의에 그이의 빗에 출

티는것이 싹하지안은바이아니고 그때문에 살림살이가 천가티 호화롭지는 못하야앗슬망정 그걸

모 비관할싸닭은 쪽음도업섯슴니다 정 못살게되면 돌우 거생으로나갈쌘입니다。벌서 살림살

이에 물려서 그러치안하도 기생생활이 그립든 나인데 아즉 나히 어리고 남에게 귀염밧든

실 호강하든일이 어제스일가티 력력히 긔억에 남아잇는 나인데、압길에도 깃븜과호강이 춤

추며 기다리고잇는줄 밋는 나인데、웨 죽자는 마음이 추호만친들 생기겟슴니싸。내몸쑨만아

니라 그이가 죽는다는것도 밋지안햇슴니다。처음엔 실업슨 거짓말로 알앗고 약을 먹음은 뒤

덕이니 쏘 무슨 연구을 삼미는가부다 래일이면 그댁에서 허덕지덕 돈을 갓다줄

음이 족음 아니 썬인것도아니지만。하고 돈이어 깃브기도하엇슴니다。독약을먹고 하는 노릇이라 가

　

그러나 어찌해요!그이는 나의 물마시는것을 보더니 매우 안심된듯이 내손에서 자리스기

를 쌔앗아 쑐썩마서버릿슴니다。그이가 정말 약을 삼킨것은 좁은목구멍으로 굴근약덩이가 넘

어가노라고、얼굴이 새밝애지고 잇개를 추슬으며 목출듸가 구불텅거리는것만 보아도 알수잇

슴듸다。그리더니 고만 뒤로 벌덕 잣바지겟지요 약힘이 삽시간에 퍼진것은 아니겟지만 약

을 하는 생각에 정신을업헛는가 보아요。

이 쏫밧기일에——그이로보면 죽음도 쏫밧기일이 아니겟지만——나는 디할수업시 놀래

엇습니다。저이가 정말。죽엇구나、하는 생각이 칼날가티 가슴을 씨르자말자、무에라고 형용할수업는 감정이 왼몸을 뒤흔들엇습니다。무어니무어니하야도 고작해야 열아홉살먹은 게집애가 아니야요。이 난생처음 당하는큰일에 어안이 벙벙하야 「악」소리도 치지못하고、가위눌린 눈만 휘둥그러타가、나도 죽엇네하는듯이 뒤로 잣바젓습니다。……

얼마되지안하 그이가 벌석 일어나아 미친듯이 방안을 왓다갓다하지안하요 아편을 먹으면 자는듯이 죽는다는 것은 밝안거짓말인가보아요 답답하고 뉘엿거려서 못 견대겟다는듯이 두손으로 가슴을 취여쓰드며 핫핫하고 괴로운 숨을 토합듸다。그러더니 닷자곳차로 두손을 입안으로 너허 왝々헛구역질를하며 아마 속이 넘우도 괴로움에 죽자는 결심도 간곳업고 먹운약을 토해낼작정이든가 보아요。그러나 약은 아니 나오는듯하얏습니다。

이 광경을 바라보는 나도 일변 무섭기도 하얏지만 못견대리만큼 피롭기도하얏습니다。그는 아니 죽고말앗슬지도 모르지요。그약을 먹고 저런 욕을 아니 볼는지도모르지요。그러면 의 빗는 고통이 드모지 내탓이아니야요 날로하여 돈을 쓰고 그돈에 몰리다못하야 죽는죽엄이니 내탓이아니고 누구의 탓이겟습니까。그런데 나는 죽을때까지 그를속이든들 그이 각은 안핫지마는 참아 그이의 괴로워하는 꼴을 볼수는업섯습니다。나는 진저리를 치고 눈 축는 시능을해서 그를 속이엇습니다。내가 만일 딸을 죽는다 아니하고、그를 말리엇든들 그이 대손으로 그이를 죽인것이나 질배가 무엇입니까。그쌔에야 물론 이러케 사리를 쏘개서 생는 이을 싹 감앗습니다。그쌔입니다、무엇이 나의엇개를 흔들지안하요 번쩍 눈을 써보니까 그이 가 거더치, 올타가는 개개 풀린 눈으로 나를 나려다보고잇겟지요。나는 소름이쑥씨치어 흠칫하고 몸을 소스라처 일으켯습니다。

그립은풀긴눈

　나의 일어나는 것을 보고 그이도 쌀하일어서며, 용서해달라는 표정으로,

「괴롭지, 괴롭지, 공연히 나때문에」라고, 더듬거리는 눈에 눈물이 핑도는듯하얏습니다。

그소리는 어쩐지 무서움에 쩌는 나의 창자속까지 슴여들어가는듯하얏습니다。나의 눈에도 쓰

거운 눈물이 쏘다젓습니다。그러자 그이는 박삭 다가들며, 한손으로 내목덜미를 안고 쏘한

손을탕 나의 입에 들어 대입니다。죽어가는 그이, 아니 벌서 승장이나 질배업는 그이의 손

이 나에게 다핫건만 나는 속음도 전가터 두렵고 무서운중이 들지안핫습니다。

「배아타라 배앗타 어서 배아타」하고, 그이는 손가락을 내입안으로 쉬역쉬역 들여밀겟지요。

이쌔에 입안에 든 약을 생각한 나는 흘리든 눈물을 쑥 쓴치고 에그머니! 십엇습니다。

나는 그이의 지중한 사랑에 감읍하얏스되, 그이가 돌려내랴고 애를 쓰는 것이로되, 나는 그

약을 내여노키가 죽어도 실헛습니다。나는 차라리 삼켜버리랴하얏습니다。멋번을 참을모아 그

약을 넘기랴하얏스나 원수엣 덩이가 큰 싸닭인지 세상 넘어가지를안됩니다。그러는판에 내

입에 들어온 그이의 손가락이 벌서그약을 집어내겟지요 그약을 집어내자 나를 바라보든 그

이의얼굴은 시방도 이치지안습니다。

어쩌던 그 곱샹스럽든 얼굴이 그러케 무섭게 변할가요! 나는 어쩌타 형용할수가업습니다。

제게집이 쏀산애를 쐬고 자는 것을 보는 본남편의 얼굴이나 그러할는지요。그얼굴의 표정은

분노 그것이엇습니다。원한그것이엇습니다。입술을 악물고 들어난 니스발하나만 보고라도 누

구든지 질급을 할것입니다。더구나 이치지안는것은 그눈자위얘요。일상 생글생글 웃는듯하든

그눈매가, 위로 홉쩨이어서 미친개눈갈가티 피스발을 세워 나를 흘긴것 이야요。그무섭기란 시

방생각하야도 몸서리가 치여요。그이는 숨이 진뒤에도 그홉쓴눈을 감지안핫습니다。

물론 나는 고약한년이지요 그들 죽을때싸지 속인몹슬년이지요 그러나 그이는 나에게 「피
틉지」라고, 뭇지안핫서요 「배아타」라고, 하지안핫서요 들려내라고 내입에 손싸지 너치안핫서
요 그리다가 약을 삼키지안코 그저잇슴을보앗스면 내마음은 어쌔하든지 그이는 ──죽어가
면서도 나를 생각한마큼 거룩한사랑을 가진 그이는 깃버해야 울흘일이 아니애요 조화해야
을흘일이 아니애요 그러캐 성을 내고 나를 흘걸일이 무엇이애요 내그른것은 어찌갓든지 그
때에는 그이가 애속한듯십헛서요 애속하다 느니보담 의외이엇서요 그런데 시방와서는 그 홀
긴눈이 써나을적마다 몸서리가 치이면서도 엇째 정다운 생각이 들어요, 그립은 생각이 들어
요!

──(쏫)──

그립은님의침눈

個性의 微笑

金石松

電燈——停車塲의 燈、
千、萬、十萬의 無數한 市街의눈이여、
너의들은 나를 비우스리라、
（나의쫏겨감을 비우스려라）
그날카로운 눈쌀로。
나는 달게바드랴한다、달게바드랴한다、
너의들의 비우슴을。
그러나 나는 깃버뛰인다、
어두운 밤빗을 뚤코、멀니 山우에서、
나를 보고 손짓하는 별하나——
平生 제고집만 세이는、
個性의검님의 우스심을、
나는보면서、나는보면서。

────二三、七、二一、東京에서────

個性의 微笑

나는 어대로。

아, 나는 어대로 가나,
夏期放學에 歸省하는,
幸福스런學生을 가득 실은,
急行列車에 몸을 실코,
아, 나는 어대로 가나。·

나도, 가기는 故鄕으로 간다,
만은, 나의가는곳은 쓸々하다,
어린것은 배곱하 울고,
그의 어미는 病으로 呻吟하는,
人生의暴風이 맘人것부는,
暗黑한世界로 向하야、
希望과職業을 모다바리고、
汽車와 함쎄 다름질하야、
나는간다、서슴지도 안코

그곳에 나의발이 밟히기만하면、

侮辱의 살과 嘲笑의 彈丸이、
病弱한 나의 個性에 向하야、
一齊히 射擊을 할것이다。

아、나는 그래도 가랴한다。
個性의 生命은 戰鬪에 잇다、
戰地로 突進하는 나의거름은、
한자욱도 빗감이 업슴을、
나는 分明히 보고잇다。

—— 間日、東海道線中에서 ——

脱 線

汽車는 닷는다、全速力을 다하야、
車中의 모든사람들은、
車가 正軌로 가기만、安全하기만、
마음은 다하야 바라는듯 하다。

「脱線」——
그대들에게 가장危險한 事變이、
「安全第二」을 爲하야 사는 사람들아、

個性의 微笑

그 대들의 目前에 일어난다 하면,

아、그 대들은 엇지하랴는가。

눌날것은 조금도업다、

汽車도 一種의 活物이라 하면、

偉大한 生命力의 暴發을、

누구가 敢히 막으랴느냥。

七、二三、同上

慰 勞

우는이어
나의벗이어
벗의눈물을씻처
우리들의幻想을그린
봄하날의아름다음을보라。

벗이어
우리는 먼저
침묵을 약속하얏섯다──
모든巨人들이 직힌것을
우리는 잇기그윽한 옛길우에서

그러나 벗이어

　　慰　勞

김 명 순

慶爐以後第一號

우리는　넘어　말햇다

가벼야운내입이

또　묵업으나　참기어렵은

벗의입이………。

벗이어

벗은　벗의마음을

바람의파랭갑이인줄밋나뇨?

물우에　씻다사라지는

물거품인줄　아나뇨?

하나　벗이어

우리는　보지안는가

봄하날우에소슨

우리들의樂園을?

우리의視線의모히는焦点을。

──（二三年四月十日）──

海岸 (新月서)

타고아 作

金岸曙 譯

끗업는 世界의 海岸에 아희들은 모힙니다。

無限한하늘은 머리우에 고요하고、 뒤복기는물결은 쩌듭니다。 끗업는世界의 海岸에 아희들은 소리를 질으며、 춤을 추며 모힙니다。

그들은 모래로 집을 지으며、 그들은 자개껍질로 作亂을 합니다。마른넙사귀로 그들은 배를 만들어서는、 해적해적 웃으며 그것을 넓고깁흔 바다우에 쯰움니다。 아희들은 世界의海岸에서 作亂을 합니다。

그들은 헤엄치는法을 몰으며、 그들은 그물먼지는法을 몰읍니다。 眞珠잡이는 眞珠를 잡으려 물속으로 들어가며、 商人은 배를 타고 갑니다、 만은 아희들은 조악돌을 모하서는 그것을 또다시 헤쳐버럽니다。 그들은 숨은보배를 찾지도 아니하며、 그들은 그물던질줄도 몰읍니다。

바다이 크게 웃으며 눕히 울읍니다、 하던 海邊은 희듯 빗나며、 히쓱히쓱 웃읍니다。 죽음

海 岸

을 分配하는 물결은、 어린아기의 搖籃을 （크레들） 흔드는째의 어마니와도 갓치、意味업는 노래를 아희들에게 노래합니다。바다는 아희들과 作亂을 합니다、하고 海邊은 횟듯 빗나며、히쑥 웃읍니다。

웃업는世界의 海岸에 아희들은 모힙니다。暴風雨는 길도업는 하늘에서 헤매이며、배는 路는 물결에서 쌔여집니다、죽음은 四方에 가득한데 아희들은 作亂을 합니다。웃업는世界의 海岸에 아희들의 大會가 잇읍니다。

그째에 그理由

내가 너에게 色칠한 작난감을 줄째에、나의아기여、엇지하야 구름과물에도 그러한빗이 잇으며、그러고 엇지하야 꼿에는 빗이 잇는지、나는 그것을 잘 안다ㅡ내가 너에게 色칠한작난감을 줄째에、나의아기여。

내가 너를 춤추이랴고 노래할째에、엇지하야 나무닙에는 音樂이 잇으며、그러고 엇지하야 물결은 自己의 合唱소리를 귀기울이고잇는 大地의 가슴으로 보내는지、나는 그것을 分明히 안다、ㅡ내가 너를 춤추이랴고 노래할째에。

내가 맛잇는것을 너의慾心만흔손에 쥐여줄째에、엇지하야 꼿속에는 쑬이 잇으며、그러고 엇지하야 果實에는 단汁이 남몰으게 찾는지、나는 그것을 안다、ㅡ내가 맛잇는것을 너의慾心만흔손에 쥐여줄째에。

내가 너을 웃기랴고 네얼굴에 키쓰할쌔에, 나의얼골아, 아츰볏에 싸인하늘로서는 엇더한줄

접음이 흘너나오며, 그러고 녀틈의 微風은 엇더한快感을 내肉體에 주는지, 나는 그것을 分明

히 잘 안다, —내가 너를 웃기랴고 네게 키쓰할쌔에.

아기의 버릇

海岸

만일에 아기가 하랴고만 하면, 아기는 이瞬間에라도 하늘로 날아갈수는 잇읍니다。

아기가 우리를 써나지 안음에는 理由가 업는것이 아닙니다。

아기는 어마니의가슴에 自己의머리를 쉬이고 십허합니다, 하야 恒常 自己의어마니를 보지

안코는 견대지 못합니다。

地上에는 그意味를 理解할수잇는이가 적습니다, 만은 아기는 어진말의 온갖法式을 압니다。

아기가 조곰도 말하고십허하지 안음에는 理由가 업는것이 아닙니다。

아기가 하고십허하는것이 하나 잇읍니다, 그것은 어마니의입살에서 어마니의말을 배호랴

는것입니다。 그리기에 아기는 天眞하게 보입니다。

아기는 黃金과眞珠의 山덤이를 가지고도 거지모양으로 이地上에 왓읍니다。

아기가 이러한變裝을 하고 옴에는 理由가 업는것이 아닙니다。

이 사랑스럽고 적은 쌜가둥이거지는, 어마니의 사랑의財産을 엇기위하야, 正말도 불상한체

廢墟以後第一號

합니다。

아기는 적은新月의王國안에서 모든束縛을 벗어바리고 自由엿읍니다。

아기가 自己의自由를 내여바림에는 理由가 업는것이 아닙니다。

아기는 어마니의 맘世界의 적은구석에는 씃업는 즐겁음의房안이 잇음을 압니다。

너의 사랑스럽은팔에 안기우는것이 自由보다도 더 甘味임을 웃니다、하고 어마

아기는 엇더케 우는지、조곰도 몰앗읍니다。아기는 完全한幸福의 王國에 살앗읍니다。

아기가 눈물을 흘니게됨에는 理由가 업는것이 아닙니다。

自己의 곱은얼골의 微笑로 아기는 어마니의 愛情가득한맘을 쓸어웁니다、만은 족쇠만한꾀

롭음에 우는 아기의 적은울음은 憐愍과愛情의 二重縛系를 싸아냅니다。

留意되지안는求景

아、내아기아、누구가 그 적은웃옷을 물들려주엇늬、하고、누구가 그 적고 붉은周衣로 너

의 곱은손발을 덥허주엇늬?

네가 아츰에 마당에서 놀랴고 나온다、다름박질할쌔에 너는 비를 거터며、굴어나기도 한다。

내아기야、그런데、누구가 그 적은웃옷을 물들여주엇늬?

나의 적은 生命의 꽃봉아리야、 무엇이 너를 웃게하늬?
어마니는 門턱에 서서 너를 보고 웃는다。어마니가 손뼉을 치면、 팔목도리는 절넝〈한
다。그터고 너는、적고 어린 牧者처럼、손에 잡은 대막대기를 가지고 춤을 춘다、
그런데、나의 적은 生命의 꽃봉아리야、무엇이 너를 웃게하늬?

오々 거지야、두손으로 어마니의목에 매달니면서、너는 무엇을 달나고 그러늬?
오々 慾心만흔맘이여 내가 世界를、果實처럼、하늘에서 짜서 너의 적고 새빩안 손바닥에
노하주랴?
오々 거지야、너는 무엇을 달나고 그러늬?

바람은 즐겁게도 너의 발목도리의 방울소리를 가지고 간다。
해는 해적해적 웃으며、너의化粧을 보고잇다。네가 네어마니의팔에 안겨 잠잘째에 하늘은
너를 적혀주며、아츰은 발옷을 세우고 너의 잠자리에 와서、네눈에 키쓰한다。
바람은 즐겁게도 너의발목도리의 방울소리를 가지고 간다。

꿈의 仙境美人은 黃昏의하늘을 날아、너를 向하고 온다。
世界의어마니는 네겻헤 자리를 잡고、네어마니갓튼맘으로 너를 직힌다。
星辰에게 自己의音樂을 보내시는 하느님은 피리를 가지시고、너의窓가에 서서 게신다。
꿈의 仙境美人은 黃昏의하늘을 날아、너를 向하고 온다。

海 岸

廢墟以後第一號

비오는날

잔득 怒한 구름은 森林의 검은 環線우에 갓득모힙니다.

아ー 아기야、나아가지 말아라!

潮水겻해 가즈란히 섯는 棕櫚나무들은 陰沈한하늘 向하고 自己의머리를 뚜달입니다、가만

귀들은 나래를 눕이우고 타마린드(Tamarind)가지에 고요히 안젓고、江의東便두덕은 차차

더가는 어둡음에 피로아합니다.

담에 매여둔 우리의암소는 소리놉히 웁니다.

아ー 아기야、내가 암소를 馬廐間으로 몰아들이기까지、여긔서 기달여라.

사람들은 洪水짓는들토 모혀서、넘처흘으는 澤池로서 逃亡하는대로 고기를 잡슙니다、비ㅅ물우

늘니라고 自己의어마니에게서 달아나는 웃는아희처렴、좁은시내를 지여 흘너갑니다.

從容하라、누군지 나루에서 배사람을 소리처 불읍니다.

아ー 아기야、해젓은 어둡고、나루에는 徃來船이 쓴기엿읍니다.

하늘은 밋흔듯시 내려뿌리는비쌀을 굿々히 탄듯합니다.江물은 소리놉게 쒸놀며、安定을

엇어합니다.女子들은 갓득한동의를 이고、간지스江으로서 일즉히 집으로 돌아옵니다.

저녁燈을 반듯이 準備하야겟읍니다.

오、 아기여、 나아가지　말아라!

市場으로　가는길은　거츨고、 江으로　가는小路는　밋그럽습니다。바람은、 그물에　싸힌猛獸처럼、

대가지틈에서　애를　쓰며　울부짓습니다。

——譯詩集「新月」에서　一三·二·一六——

海　岸

驚異

== 詩 四篇 ==

趙明熙

어머니 숨드러주서요
저 黃昏의이약이를
숨사이에 어둠이엿보아들고
개천물소래는더한층 가느러젓나이다
나무々々들도 다祈禱를드릴째입니당

어머니 숨드려주서요
손잡고 귀기우려주서요
저담아래 밤나무에
아람써러지난소래가들닙니다
「뚝」하고 쌍으로써러짐니다
宇宙가새아달나앗다고 거렬합니다
燈불을커가주고 오서요

오 이것이웬일이냐

이것이무엇이냐

이 人生이 왜생겨낫슬가

이 宇宙가 왜생겨낫슬가

×

이밤에 이싸에 저둘닌闇黑이

永遠하々々々 내려싸거라

永遠히々々々 잠겨바려라。

── 五、一六 ──

無 題

主여！

그대가 運命의箸로

이 구덕이를집어 世上에드러트릴제

그대도 응당矛眉에한숨을쉬엿스리라

이侮辱의「탈」이 싸위에나둥겨질제

저맑은햇빗도 응당씽그렷스리라。

오 이더러운몸을 엇지하여야조흐랴

鷺 昊

새손님마지터 공손히거러가십시다. —二○三—

廢墟以後第一號

永遠의 哀訴

兄아 아오야 이것이웬일々가
이世上에왜 밤이잇고낫이쏘잇슬가
×
兄아 아오야 이것이웬일이냐
한편에서설허울고 한편에서비우슴이
×
오々무서운現象!
무서운矛眉!
×
兄아 아오야 울지마러라 울지마러라
두리건대 이것이永遠일가하노라
永遠의矛盾일가하노라
永遠의矛盾!
永遠의矛盾!
×

이더러운피를 엇다가흘녀야조흐랴

主여 그대가만일 영々버틸물건일진대

차라리 벼락의榮光을주겟나잇가

벼락의榮光을!

孤獨者 (舊稿) ——一一九——

오 너는어이人生의靑春으로

歡樂의옛밧 白日의王城을다버리고

荒凉한벌판에노래를예우노。

밤중달이고의그림자를吊喪함에

그난가삼을안고시드른풀위에쓰러지다

바람이마른숩풀에우러지날제

落葉의넉슬좃차魂을쓴토다。

벌들은비록永遠을말하나

늑겨우난江물을和하야노래부르며

희미한燈불이그를빗치랴드나

고개숙여어두운그늘토몸감추다。

——一九二一——

虛無魂 의 獨語

─虛无魂의 獨語─

吳 想 殉

하염업시 슬어저가는 烟氣쏫해도 한 實在의 발자곡!

싸우에 이우러써러지는 可憐한 한송이쏫속에도 그이의 그윽한 한숨!

나의 얼골을 싯처지내가는 가부여운 바람 가운데도 그이의 微笑!

하염업시 슬어지는 燭불멋해도 그이의 휘파람소래!

窓틈을 새여드러오는 틔끌속에도 그이의 눈동자!

집흔 沈默싹싹한 어둠속에도 그이의 우뢰소래!

虛無魂은 누구나 엿드를세라 가만히 너러나서들 窓틈으로 엿보아가며、 입도、 채메우지못하고、 알수업는 소래로 가만히 혼자 중얼중얼、 고개를 의로 기우리며─

虛无의 門열타는 별안간 무엇의 소태에 삼작놀라、 숨을 언코 멍수히 엣수이서다、 눈도 쌈적이지못하고。

虛无의 밤은 집허 가다

虛無魂의 獨語

廢墟以後第一號

—表現—

世界는 表現을 要求한다。確實히 要求한다。어느 存在가 表現안인것이잇스랴。한폭이나무닙、한알갱이

의모래알、어느것이 存在그것의、自己表現아닌것이잇스랴。表現아니고는、存在그것이 成立하지못하는外닭으로。故로世界는 表現을

存在그것이곳表現그것이다。表現아니고는、存在그것이 成立하지못하는外닭으로。

要求한다하는말은、所用이업는말이오、自己矛盾인것갓다。

그러니外「世界는 表現을要求한다」함은、即「나는 表現을要求한다」는말로 轉換할것이다。나는 表現을要

求한다。

나라하는 存在그것이 임이 表現그것이오、「나」의意識그것이곳表現作用그것이아닌가。그러니外 나

는 表現을要求한다함은、나自身의持分의表現을 나는 發揮하고實現하기를要求한다는말이다。自我實現

을意味한다。

나는나를 表現하여야하겟다。내가살엇다、산다함은나는 表現한다 表現을要求한다는말이다、나는絶對

絶對的의 表現을要求한다함은、나의 表現의能力과範圍가어대까지 뻣처나아갈지를아지못한다。그러면서도、

의 表現을要求한다。나는나의 表現을要求한다。一種의妄想도갓고、事實獨斷이다。

그러나 나는 獨斷임을쎈이알며서도 그獨斷을犯하지안을수업슬만큼 그만큼나의要求는切實하다不

可抗力이다。나도엇지할수업는일이다 獨斷犯의罪目으로 地獄에떠러진다할지라도 마지못할일이다

오—表現、表現! 나는 表現속에살고 表現속에죽으련다。表現이나요、내가 表現인生活。

그리고世界는그一切를「나」를通하야再表現을要求한다。

쏘、나는宇宙에 表現을줄것이다、나는宇宙속에 表現을要求하고

宇宙는내속에 表現을要求한다。

오―表現！ 알수업는 表現、거룩한 表現！

나와 世界는 表現을 要求한다 世界는「나」를通하야 表現을 要求한다 强請한다。世界는 그의 表現을「나」를向하야 主張하며 挑戰하며 絶對로命令한다。

世界는 나에게 그自身을 啓示하는 것이며 나는 나自體를世界에向하야 呼訴하는 것이다。世界와「나」는實로 表現道를通하야 나는「나」를表現할것이다。이것이 그의先上命令을順從하는道理이다。世界는

偉大한 表現의 意識、表現의 自覺 表現의 使命 나는 이深刻한感激에잠기어 두주먹을터질듯이

부르쥐고 얼마나울엇던고。오―나에게 表現의 힘을주어라。나는 世界를 다시한번 創造하련다。

表現은 實로 世界의 創造的衝動이다。創造者의 本能이오本質이다。나는 世界를 다시한번 創造하련다。表現의 對象？

表現은「무엇」을 表現하는 것이냐하면 발서 임이 一種의時間的、或은空間的距離感이生긴다。그러나、時

間과 空間은 結局、表現 그것또는 그의 過程을 形容하는 符號가 안일가。

世界와 나의 創造的意志、永遠實在의 持續的活動、그것이곳 表現이 아닌가

表現의 길、方法、形式의 如何를 不問하고 나는나의 全生命의 絶對的表現을要求한다。이것이 나의

生命의 道다。사는 것은 表現하는 것이오。表現하는 것은 곳 사는 것이다。

― 그 는 ―

虛無魂의 獨語

그는 愛愁에 잠긴눈을 아래로나리쌀고 얼업시 싸우에線、曲線、點、圓……갓흔것들을그리다가

갑작이무엇에부딋처놀란듯이（電氣에나부듸친듯이）벌떡니러나며、가업슨 하늘을안어나볼듯이

頑强한두팔을힘썻 벌니어손쑥지씌다。 그리고 그는다시쌍우에쓰러지다。

── 쇠 임 ──

굼고굼은먹구령이갓흔모양으로、 바다와썽속을쇠쑬어무엇이나가만히기다리는듯이潛伏하여잇는世界
地震脉！나는너를들여다볼째、 진저리처지는 異常한誘惑의줄에써울닌다。배압으로化한 사탄이바늘
갓흔불근혀로아담과 에바를쇠이든파라다이스의誘惑回想케하는─。오한번서릿처옴을거림！의쇠임。
알수업는쇠임！

── 廢墟의落葉 ──

萬皆가모다가업는
어둠의품속에안기여
조으는듯 잠든듯한
집고깁흔밤 하트에 나는호을로
廢墟의뵈인들 한복판에서너

×

하늘잠근구름을새이여
이슬파서리의間色의感覺가진

가루갓치　가늘고도고흔
힘업는새음의粉沫도갓흔
느진가을의　가는비
어둠의고혼체（篩）를새여나리다

×

가는비나리는　어둠의廢墟의하늘우러러
나의얼굴내여노코　눈감도다
가는비는
나의속으로서　서러어오르는
눈물의이슬석거　입술을것처
가슴우에흘러써러지다

×

밤은더욱깁허가고서
비는異常하게도그윽한대
나의魂은　忽然히놀라　눈쓴다
어듸로부터인지！　발밋헤바삭하고　써러지는
廢墟의落葉소래에。

—— 廢墟行 ——

길고긴歲月은無心히도흘러갓다

虛無魂의獨語

廢墟以後第一號

오래異邦에서放浪하더나그에의고단코무거운몸을쉬을고　나는도라왓다。넷집넷故鄕에。

녯故鄕은다른나라사람의　마을이되엇고

以前나의집에는아도보도못하던사람이장사를하고잇다。넷날面影이　다　밧괴여變해바련가운대도　넷

날우리집들압해　보들나무한아만은모양은勿論만히變하엿스나、如前히그저섯섯잇다。오래도라오지아

너하는녯主人그리워바라고　苦待하는듯이。

오—버드나무! 우리버드나무! 나의동무!

나와갓치자러나던　녯親舊! 나와갓치울고　발거벗고　숫곱질하고　작난하던

동무—내가너의등에올라타고　말렁질하던동무　너를타고서아모리섯더거려도다라나주지안는다고심술

부리며　틔집하던「나」는只今다시너에게로도라왓다。그리고어느쌔　나는　너의軟弱한팔가지에매달여

집적일제　너는압호다고　울엇지。나는넷지안코只今도　어제갓치生覺난다。

너의장둥이는　나의어릴쌔의눈물코물도모르고픳덩이갓흔고사리손으로、글자아닌글자、그림아닌그림、或

은류릿조각을주어다가네가압허할줄모르고픳덩이밧엇고　너의쌧가죽에는　개천속에번적이는사금치나或

말아닌말을그리며　고마운受難者이엿다。그쌔에너는참忍苦하엿다。너는實로　어린나의原始的創造欲의表現을爲한　나

의어리려고　고마운受難者이엿다。

오　그러나　그傷處그痕跡은네몸이長成함을짜러자라나가다가는、無心한바람　或은비의힘으로묵은옷

갈어입을적마다　조금식달어저서　드듸여는不可知의秘密속에감추어저바렷슬것이다。

그러고너하고쓰름도만히햇다。벌거숭이로쌈흘려가며。그쌔우리의　흘너여쩌트라리든쌈은　바로너

의발밋헤　노태하며쉬지안코흘터가는맑은넷물속의붕어가바더먹엇지　아마。

虛無둥의 獨語

○

그동안 너도나도만히 變햇다。너는갓흔곳에가만히서서 점잔히 變하며섯는동안 나는이리저리 移動하야도라단이며 變하엿슬다름이다。

네가只今서잇는그곳에 너의어린뿌리를 손수親히심으고북도다주던할아버지! 나를안어주고업어주시던우리할아버지는 임이쌍속에도라가섯고나!

○

오그리고、나와팔쓰름튼너의옛날딸은 모르는사람의톱날에쓴어저바렷구나! 그리고너의터는사람의살내암가튼香내나는 黃土대신에、세멘트로희게발려젓고 自由롭던너의몸둥이는 鐵網속에갓첫고나!

○

오 너는、멀고먼나라나라를 漂浪하야 헤매이다가 故鄕을그리워도라온 疲困하고孤獨한 旅客의唯一한希望과抱擁과慰安의 源泉일것이다。

오 그러나 나는슬퍼한다。너와나를爲하야痛哭한다。그윽하게도 아름다운曲線의리듬에써(浮)멋잇게도흐르는듯이축축느러치가브여운微風에步調맛추어춤추던너의가지가지(枝)는 理解업는모르는異邦사람의손에 蹂躪을밧고거친環境에외로히서잇는너의모양!

길고긴歲月의익지못하고낫서른異域의나 그네길우에서잇던나의의身勢도理解못밧고同情업기에너보다나흘것은조금도업섯다。그럼으로나는너를차저도라왓다。 넷나라의오랜歷史와事件과그運命을한가지하는버들아! 넷故鄕집의隆替와盛衰를말하는나의어렷슬때의벗아! 압풀의經驗을가진이라야압풀에알는이를 理解하며살필수가잇는것이다。

넷날동무야용서하라! 나의 不純의 罪를 容恕하라! 내가 이제너의몸으로 기어올러가굴러진너의목을얼싸

안고 오래간만에 以前과다른 意味다른 與奮에 熱한나의 입을댈대임은、너질수업는 넷날의 김흔

追憶과 아즉 生命意識의 分裂作用이 生기々以前의 渾一純眞的의어린 熱情을 못니짐으로세라。나

의生命은 어느 意味로는 그동안成長하고 發展하엿슴은 疑心할수업는 事實이다。나의 그것과 마찬가지로。

그러나 나의 內面的 不純과 邪氣는 가릴수업는 嚴肅한 事實이다。그는 너自身도 應當 늣길것이다。

以前에 天眞하고 爛漫하던째에 生命의 피와 熱에 김서리는 맨발이너의살에다을적— 그째에는너의몸의

넘치는 生命과生氣는 나의 맨발을 숨이여나의 핏슐을따러 全身에 自由로도랏슬것이의심업다—과밋헤쇠뜻박

은가죽신이너의가슴에다을적과 比較感이엇더하랴。나는이제너의가슴에 눈물싸지뿌렷슴은 事實이나 一種

의무섭은 隔離感— 너와나사이에에— 의 苦痛을견댈수업다。오— 두렵은 悲劇!

엇지한면조흘가! 오— 엇지하면조흘가!

오— 벗아、넷동무야! 나는다시한번발거벗고 맨몸으로 너의傷한가슴쌔안으련다!

버들! 오— 버들!

너는다른아모것도아니다

東洋藝術의象徵!

朝鮮의사람과自然의血脈을通하야

永遠히悠久히흘러가는線의藝術의象徵!

목슴은짧다、그러나藝術은悠久하다

筆誅

◇「誅」라든가「斬」이라는 글字는 보기에도 실혼字이지만, 듯기에도 滋味엽는 글字이다。元來刑法

멋百멋十멋條에 依하야 被告某를 死刑에 處하노라하는 밝을녁에 招魂을 부르는 소리나 別

로 다를것이엽는것이다。무서운일이요 火症나는일이다。어쩌케생각하면 아모意味엽는 가장어리

석은作亂갓기도하다。

◇「筆誅」라는 題目을 내어노코 붓쯧을달리라니싸 마치「死刑狀」인가하는것을 쓰고안젓는것가타

야서 不快하기싹이엽다。그것도 國家라든지 君主의일홈으로 制定된法律에 입이잇서서 誅한다

든지 斬한다는 宣告를 나리운다면 判檢事라는 器械는 責任을 回避할 뒤入길도잇겟지만 처

음부터 六法全書도업고 裁判官도업시 더구나 法官服도입지안코안저서 鈍한붓쯧흐로 제마음대

로 被告를 告發하고 起訴하고 論罪하고 論告를하며 求刑을하며 慾하면 判決싸지 獨裁하

닷는것은 마치 黑人에對한 白人種의 Lynch 갓기도하야서 不法行爲라고할지도 모른다。

◇그러나 쏘한편으로 생각하면 내가 비록 私設裁判所를設하고 假入자檢事노릇을한다해도 刑法

이엽는것도안이요 裁判官이엽는것도안이다。어쩌케생각하면 陪席判事싸지도잇다고할수잇다。Muse

는 文藝의神이요 더구나 詩의女神이다。그리고 그周圍에는 文藝業으로 天職을삼는 여러선비

廢墟以後第一號

가 齊齊히 느러안젓다。그러면 지금 어떠한 被告를 붓드러다노코 藝術王國의 刑法第一條=藝術 的 良心의 痲痺나 或은 發狂의 症狀이 明確할뿐안이라 藝術의 宮殿의 尊嚴을 干犯하는 者는 此를 誅 함이라는 明文에 依하야 起訴할쌔에「뮤-쓰」神은 正當한 判決을 나릴것이다。

◇이약이가 매우 弄談가티되엿지면 藝術이니 文藝니 하는말을 口頭에울리거나 쓰는 여긔에 서 自己의 生命을 發見하랴는 者에게는 무엇보다도 藝術的良心이라는 것이 첫재 人問題일것은 勿論 이다。藝術的良心이 업는 者에게 藝術을낫는 魂과 恩寵을 베풀지안는 것은 Muse 의 道이지만 무엇 보다도 藝術의 尊嚴을 擁護하지안흐면 義務를 가진 우리로서는 어써한 手段 으로든지 그 害毒 을 一掃하지안으면 안이될것이다。그 手段은 Lynch 라도 相關업고 誅도 無關하며 斬도 容恕할수잇 는 것이다。

◇日前에 언제든가 東亞日報月曜附錄에 春城이라는 사람의「잠!」이라는 詩가 發表되엿다。이제 原文을 옴기여보겟다。

「잠!」

검고 꿋엄는잠은!
나의生命우에 나라오도다!

아! 자거라 모든希望아!
아! 자거라 모든怨恨아!

내게는 아모것도 보이지아니하며、
모든記憶은 가고말와서라!

善이나 쏘는 惡이나!

아 애달픈 變遷이여!

◇ 春城이란사람이 누구인지 나는 仔細히 모른다. 어쩐사람의 註釋에 依하면 白潮社同人이요 우리와도 關係잇든 盧子泳氏라고도한다. 하고보면 나의 記憶이 確實한限度에서는 分明히 「사랑의불옷」의 著者로서 高級文藝反抗의 作者인듯십다. 「사랑의불옷」이나 反抗이 얼마나 高級에屬한所謂 文藝品인지 안인지는 나는 모른다. 그러나 이번에 發表한 「잠—」이라는 詩는 確實히 高級이다. 나는 그 手腕에 먼저 一驚을 喫하고 다음에 敬意를 表치안을수업섯다. 나는 元來 詩人이. 안이다. 함으로 讀者—— 「뮤—즈」神의 陪審官인讀者諸君은 좀처럼하야서는 그 詩에 對한 나의 裏書나 立證을 容易히 미더주지안을것이다.

◇ 그러나 象徵主義의 巨頭요 同時에「데카단트」인「폴●베르래인」—— Paul Verlaine——의 詩의一節을 씹어보면 春城의 詩가 얼마나 價値가잇고 藝術味에 豊富한것을 미들듯십다.

「검고 웃업는잠은」。

검고 웃업는잠은
나의목슴우에 오아라,
아아 자거라 모든希望아!
아아 자거라 모든怨歎아!
내게는 아모것도 안이보이며,

春 城

廢墟以後第一號

모든 記憶은 가고말앗서라、

懊이나 쓰는 萍이나……

아아 애닯은 夢還이여!

나는 무덤어구게서

두손으로 흔들리우는

다만한 搖態이로라、

아아 고요하여라、소티엽서라」

——(金億君譯詩集「懊惱의舞踏」에서)——

◇이것으로보면 春城의創作詩「잠!」은「베르레ㄴ」의詩의 첫節과 둘잿節과 그詩趣가 가틀뿐이

라 金億君의譯文과 不過數三의 文字의位置가 틀릴뿐이다。나는 남의創作을가지고 剽窃이라 模

倣이라고는하고십지안타。그러나 春城君의「베르레ㄴ」과 쑥가튼 詩想을 쑥가튼 用語로 表現하

얏슬쑨안이라 譯者인金億君이使用한題目 即「검고 낫업는잠은」이라는속에서「잠!」이라는 한마듸

만을使用하얏고 (原作인金億君이使用한題目 보지못하얏스나 元來에는 題目이엽다한다。) 쏘 그文句가 金億君

의譯文과 相似——相似라함보다는 一致한것이 爲先春城의作의價値와藝術味가 豐富하여야할 나의

말을 證左하리라고 생각한다。要컨대 朝鮮에서도「베르레ㄴ」을 한아。가지게된것을 祝福하여야할

일이다。

◇이약이는 좀다르지만 日前에 大阪每日新聞에서든가 어쩐日本作家의 이러한感想談을 본일이

잇다。그러나「뮤―으」神은 무슨判決을 나리랴는고。

◇그作家가 어쎠한小說의構想을 어더가지고 執筆을하랴할제 偶然히 다른作家의全集을 쎠들처

보다가 그中에 自己가 쓰랴는것과 거진가튼作品을 發見하고 執筆을 中止하얏다 하면서、萬一自

己가 執筆하기前에 그다른作家의作品을 보지못하얏드라면 自己는 某의作을 模倣하얏다는 陋名을

씻을것이라는 意味이엇다。 그러나 事實 이러한일은 얼마든지 잇슬수는일이요 쏘 잇다하드래도 不可

避한일이다。 그러나 적어도 그만큼 警戒를하고 自己의 創作에 對하야 責任感과自尊心을 가지는

것은 藝術的良心이 잇는者로서 當然하일이안인가한다。

◇또 어쎄한册을보면 이러한이약이가도잇다。佛蘭西의 有名한劇作家「로스탄」─── Rostand ── 의 傑作

이라는 "Cyrano de Begrerac" 이라는戲曲을 一八九七年에 처음으로 巴里에서興行하고 그後 市

俄古에서 上演하야 大成功을 이루엇는데 이것을본 米國의그리文名이입는一作家「쏘로쓰」란사람

이 自己가 年前에 發表한 "The Merchant Prince of Cornville" 이라는戲曲을 剽竊한것이라고하야 法

廷에告訴를한結果「쏘로쓰」의作은 一八九五年에 出版하야 그翌年一八九六年에 英京에서 上演하

얏다가 失敗하얏스니까、即「쏘로쓰」의作보다 一年前에 發表되엇든外닭에 勝訴하얏다한다。勿論

그兩個의作을 모르는 나는 事作의正鵠을알수업스나 何如間이러한일도 잇다한다。그러나 그後에

「로스탄」의名聲이 그리衰退하지도안엇고「쏘로쓰」의일홈이 나타나지도못하얏다한다。

◇이러한일은 歐米文壇의 二「에피소드」에 不過하지만 그러면「베르레ㄴ」對春城問題는 어쎄케될가?

어쎄케보면 上記한 兩個事實과는 그趣가다르다고도하겟지만 萬二「베르레ㄴ」이 生存하야잇다면 京

城地方法院에라도 告訴할것이다。 적어도 그譯著인金億君으로부터 說諭願을 鍾路署에라도 提出할지모

른다。 그리하야 春城의 勝訴가되고「베르레ㄴ」、金億兩君의 敗訴가되어서「뮤쓰」神에게控訴나上告까지를

한다면 沈滯한文壇에 活氣를 呈할지도모를것이다。 그러나 兩君은 春城의 名譽를 爲하야 一笑에附한다

는것은 不幸中에도 大幸이라할外。 그러나 爲先 이만하야두자。

✿

❀

좀더을이약이가만타。

─(涉)─

海外文藝消息

昨今十二月에 發表된今年의「노―벨」文藝賞金은　愛蘭詩人「예잇쓰」氏가　受賞하게되엿다。「예잇쓰」—William Butler Yeats—1865—

氏는　누구나　아는바와가티　愛蘭復活運動의先驅者로　愛蘭言語와文學을　復興함에　多大한供獻이잇슬쑨안이라　現在愛蘭議會의議

員으로　國政에도　干與한다고한다。（來號評傳參照）

×

이약이가　나온길에　暫間「노―벨賞金」—Nobel Prizes—에關하야　한마듸하랴한다。

元來　이賞金은　瑞典의化學者요　또한　慈善家인「알프래드・쎄룬할트・노―벨」—Alfred Bernhard Nobel(1833—1896) 의遺言으로

그의遺産을　政府에提供하야・創設된바인데　每年그利子로서

一、物理學　二、化學　三、生理學及醫學　四、文學　五、世界平和事業

等에關하야　重大한發明、發見、或은著述과　功績이잇는者에게　授與하는것인데　資金은　瑞典國王이　任命한　五名의委員이　保管

監督하고　（二）로부터（四）까지는　瑞典學士院에서　그候補者를　選定하고　（五）는　諾威議會에서　選定키로하야　第一回賞金은　一九

○一年十二月十日에　發表하야다。그中에서　第一回以來로　第四種인　文學賞金의受賞者를　擧하면　알에와갓다。

1901年 ....Sully Prudhomme. (佛)
1902 " ....T. Memmsen. (獨)
1903 " ....B. Bjornson. (諾)
1904 " ....F. Mistral. (佛) Jose Echegaray. (西)
1905 " ....H. Sienkiewicz. (波蘭)
1906 " ....G. Carducci. (伊)

1907 〃 ………… R. Kipling. (英)

1908 〃 ………… E. Eucken. (獨)

1909 〃 ………… Selma Lagerlof. (瑞典)

1910 〃 ………… P. J. Heyse. (獨)

1911 〃 ………… M. Maeterlinck. (白)

1912 〃 ………… G. Hauptmann. (獨)

1913 〃 ………… Sir, Rajindranath Tagore. (印)

1914 〃 ………… (無)

1915 〃 ………… Romain Roland. (佛) / Kendrik Pontppidan. (丁) / Troels Land. (丁) / VerierVon Heidestam. (瑞典)

1919 〃 ………… Spitteia. (瑞国)

1920 〃 ………… Knud Hamsun. (諾)

1921 〃 ………… Anatole France. (佛)

1922 〃 ………… J. Icnavente. (西)

1923 〃 ………… W. B. Yeats. (英)

以上으로볼진대 佛國四人、獨逸四人、瑞典三人、諾威二人、西班牙二人、丁抹二人이요、瑞西、波蘭、白耳義、印度等各國에一人이며、英國은 今年의受賞者「예이쓰」를加하야 겨오二人이다。그外에 来國、露西亞、其他各國의文豪로 아즉까지 이榮譽를어든者가 업슴은 그人物과 思想이나 藝術的天分이며、그聲價가 決코 在來의入賞者보다劣等함이안이나 그推獎의精神과方法에 不公平이 잇슴이라고 歐州外國에서는 非難이업지안타고한다。

×

海外文藝消息

廢墟以後第一號

이번에 이 겨울안으로 西班牙作家「뿌라스코、이바—네쓰」 Vicente Blasco Ibanez—氏가 世界漫遊하는途次에日本에온다한다。어써

면그途中에 朝鮮에도 들넛듯하다고는하지만 아즉모를일이다。어떠른 外來의學者나 藝術家나 其他珍客이 오드라도 이러라고 비

일만한 文化的寶績어업고 쏘한 우리들自身부터 貧弱한깃을 이러한때마다 한층더압흐게 늣기거니와 以下에 氏에對한若干의

紹介를할外한다。

X

「뿌라스코、이바—네쓰」는 一八六七年生이라하니씨 올에 五十八歲다。그의作品으로는 日本에 多少紹介된모양이나 우리나라에

서는 그의姓名도 記憶하는사람이 얼마안이될듯하다。假하는바에依하면 그는 寫實主義의作家로 一九〇六年에「零落한사람들」과

「襖態의女子」라는長篇을 發表한以來로 一躍文豪의盛名을 어덧다하며 그後 一九一六年에「默示錄의四騎手」,一九一八年에「우리의

바다」,一九二〇年에「女子의敵」,一九二二年에「女子의樂園」等外에 論文數篇을合하면 四十餘卷에達하야 鉅萬의富를 이루엇슬뿐안

이라 그著書는 英佛獨伊露日等語로 翻譯된것이 적지안타한다。

이稿를마친후、昨十一月二十三日엔가、氏가 東京에、到着하얏다고傳한다。

經過 의 大略

무슨일을 始作하든지 두가지問題밧게업다。 돈과誠意。 이 두가지ㅅ사이에 넘치고처지는게업시

平行과 均衡을 保持하야나가면 大槪는 成功될것이다。 그러나 두가지가 다ー업스면 처음부터

問題도 안이되지만은 한가지만잇고 한가지가업서도 失敗다。

朝鮮文人會라는것이 생기々는 昨年이만써니싸、 滿一個年이되엇다。 그러나 그동안에 무엇을하

얏느냐하면 對答하기어렵다。 咸興差使라는 별명싸지 드럿스니싸、 더말할것도업지만、 뜻과갓지안

흔것이 사람의일이라、 其實 우리에게는 두가지가 다ー업섯다。 元來 文人會라는것이 組織이될써

에 넘여 成算업시、 쏘는 어쩌케 事業을 進行식힐지를 몰랏다하야도 可하야앗다。 그리하야 爲先人

還問題、 다시말하면、 會員의 資格이라든지 範圍問題도 別로 考慮치안엇섯다。 이것이 勿論우리로

서는 第一着의 失手이엇지만、 그結果는 一致타는 精神이엇섯다。 들락날락 엉거주춤하는形便으

로、 爲先 雜誌——하고、 서둘럿스나、 맨드러내노흔것은 「되네싹쓰」 첫號밧게안이되엇다。 붓대드는

사람의 誠意、 經營하야갈資力、 이 두가지가업는 一便에、 雜誌는 內容이 貧弱하니、 그보다나흔것을

하면 할지언정 도로혀體面이안되엇다는 非難이빗발치듯하얏다。 이것도 亦是失敗。 그다음에는

게다가 文士劇을 上演하야불豫定으로 東奔西走하야、 次々交涉이 進行하랴는데、 女優들어들道理가업다。

내남작할것업시 밤버리에 매달린사람들이라、 到底히 一致한行動을 取할수업다。 이것도

또失敗。이와가튼形便으로、돈업서。내살림이 밥버。工夫를해야하겟서……하며、그럭저럭하는동안에 半年싹시나 훨신넘어버렷다。所謂 所任이라고 두사람이잇스나、所任의怠慢이업다고는못하드래도、一般會員이 첫단義務라도 履行하야준사람이 두세분이나될지。會集을하야도 그當場의義務쌔지도 履行치를안는形便이다。그것을보면會員이 所任만을 責하지도못할것이다。

何如間 이와갓튼形便中에、「廢墟以後」라는改題로「되내쌍쓰」의續刊을 내이게되엇다。그러나여긔에도 問題가 만타。如干 한두가지의말성이안이다。그리하야 이雜誌를、文人會의機械誌로할것이안이라、文人會會員의 過半數를 同人으로한「廢墟以後」를 設置하기로하얏다。그럼으로아즉純쪽히「되내쌍쓰」의改題라거나、續刊이라고하기어려울듯하다。그러나適當한、機會와組織改造下에는「廢墟以後社」를 文人會內에 쇠러드리든지、或은 朝鮮文人會라는것은 將來에 組合이나 聯合會、또는俱樂部의性質을 쎄우게하든지 形便되는대로 하얏스면 조흘듯하다。우리들에게對하야는形式問題가 아모갑섯치도업는것이지만、어찌튼圓滿하게 일을進行하도록힘써야할줄밋는다。

—— 想涉 ——

同人記

○物質生活의態度 이것은 무엇보다도 物質의總支配力을 가진 돈이라는 至極히 輕妙하고도 쏘엇더한 一部의生活에 對하야는 다시 도

라 또 余地도업시 無價値한 그것의世界에서 排斥을바들째 가티 切實히 늣기는째는업다。오직 地上에다 生의 싹터를밧고 다가튼 有機物을 消

望하면서 살어가기는이 宇宙사이에 오직두번로地面을 긔으며言語라는 一種의 怪常스러운 表現機關을 가진 사람이란것만이 그성이가

신돈이라는것을 만드러내가지고 쏘그것의奴隷가되리고 서로써호며 애를쓴다。엇더한意味로 이러한矛盾이라면 矛盾이라할는지

○또는一大의發明이라면 發明이라할는지? 如何間이러한 怪難의 깃이 出生함은 우리들에게 적지아니한苦憫이다。

○智慧가잇다。創造力이잇다。地球上의잇는 모든것을 能히 征服할수도잇다 쏘 그것을利用할수도잇다는 人間들이 돈이라는 自体에 對

하야 얼마나 남붓상스럽지못한 卑劣한行動을하는가를 생각할째에 스사로못그럽지아니할수업다。

○動物中에서 가장劣等이라는(人間이專斷으로 그러한價値的評定을 뭇친)개의압헤 돈을더저보라。百圓자라紙錢이나 一錢자라銅錢이

나々의눈에는 다가티한푼엇치의價値도업다。그는 어늬째든지 嚴然히無關心이다。우리는(개)의이러한超然한態度에 果然얼마

○리나 나는 잇더한 건모롱이를 지낼째에 이러한미천한부르지즘을듯엇다。 甲제기울쎠 돈업는놈의나라로나침갓스면乙 나는

돈인듯놈의世上에나가보앗스면」이두가지의 哀써를듯을째에 나는적지아니한째다름을어덧다。 甲은업기를바란다 쏘乙은의기를願한

다 이와가튼두가지의 부르지즘이 果然얼마나 우리生活의徹底한苦憫을말함인가? ——(雲汀)——

同人記

○새思想과 새感情에 살랴고함에는 무엇보다도 藝術을 要求케된니다。우리의周圍는 어둡습니다。어둡음이 것기고 아츰의 첫벗이올

으기사지예는 아직도 만흔時間이 압혜 잇읍니다。하야 우리는 이 어둡음을 깨치기위하야 여러燈불을 켯읍니다 쏘는 켭니다。만은

나 自己의生活이 不自然한간을깨닷지안을수업다。

비쌀은 뷔날으고 바람것은 울부짓읍니다。엇던燈불은 반듯하다가는 써지고, 엇던燈불은 반듯하고는 써진듯이 불빗이 업다가

또다시 반듯거리기도 합니다. 이러한燈불가운데 큰빗을 놋는燈불은하나도업습니다。우리는 우리가 캐노라는벌이 그얼마만한光明을 노흘는지 몰읍니다、다만 써지지아니하고 얼마만한光明은 노흐리라고 밋는것보다도 얼마만한光明을 노하지여다고 빕읍니다。

孤寂한 우리文壇에 白潮밧게는 文藝雜誌라고 할만한것이 업는이때에、우리 멧멧동무의손에서 出世되는雜誌「廢墟以後」가 우리의 新文藝의길을 얼마라도 닥아노흠이라함에 對하야는 우리는 스스로 깃버하며 우리는 스스로 압길의健康을 빌뿐입니다。

「言語는 우리를背反하며。우리에게서 逃亡한다。詩歌란 우리의靈을 說服식히는것이다。」한것은 폴·쎄르렌師傅의 譜者만으로도 이름놉흔 즈애익의 말인것만큼、쉽으면 맛나는 쉽을만한 말입니다。詩作의괴롭음은 이에 잇습니다、또한 이에 각장貴엽음이 잇습니다。

참詩에關한말이 낫스니 한마듸합니다、그것은 우리의文壇의作家에게 얼마만한 藝術的良心이 잇는가 하는 여러가지로 疑心되든것이엿습니다。만은 最近 엇던이의—하기는 말하기좃차 부끄럽은일입니다 —詩作이라는것을 보면 이럿케도 大膽한가 하며 놀낼만큼 쯔란스의自足쭈。쎄르렌의 이름놉흔作은 譯이라는말도 아모것도업시 竊盜하야 自己의創作으로 내리쓸고 시침은 뚝 쎼 분이 게십니다。物質을 훔친者에게는 法律의制裁가 잇음과갓치 詩作을 훔친者에게는 뮤즈의寵兒가 되기는커녕 뮤즈가處罰로조곰 주엇든詩魂(勿論詩魂도 업지만은)까지 도로 쌔앗아간답니다。

이番創刊號에는 좀 힘을 만히 들여 나싼은 알든것을 하나 쓰라고 하엿드니 이리쏠니고 저리 쏠니여서 아모것도 못하고 譯詩集「新月」에서 멧篇뽑아 실기로 하엿습니다 하야 여러가지로未安함이 만습니다。——(億生)——

◇

우리는우리自身에對하야서나 남에게對하야서나 너머도生活의責任感이不足하여왓나이다。責任感이不足하다.함은곳生活에忠實치못하다는意味외다。그證據는現在우리生活의김히가너머도야름으로조차生活의큰反響도업습니다。압하도 압흐다는소리가적고 슬퍼도슬프다는소리가적습니다。

이짱위에이갓흔不幸이어대또잇스며 이갓흔苦痛의거리가어대또잇스리오마는。남보다멧십갑절더우러도시연치못할우리네가 이不幸과苦痛을늣긴줄도모르고 울줄도모르니………。生이란것이무서운冒險입에 싸라서무서운苦痛이잇슴이오 무서운苦痛을늣김에 비로소무엇보다가쟝嚴肅함을깨다를것이다。이嚴肅은까닷지못하는生에對한忠實치못한우리네가아닐가。 이苦痛을압흘줄모르는不幸의不幸인貧血의廢人이우리네가아닐가。

우리압헤將次엇닷다하면 永遠의日沒이다처올줄모르는가? 만일그럿라하면 그前에 우리는무엇이던지한기지는期於히살녀노코마러야할것이다。하다못하야 이세상에永遠히살려지지안을붉은 피를백여노코읍서지더라도………。그가운데에文藝의길을밟는갓흔동모는切

○實허더 이使命을 늣길것이다。

○이말슴은그중에 도우리 會員에게 재말하려합니다。自己가 남들과 사러 寶名心이옵스며 志操가 놉다고, 근가튼겄이라도 절내 지안흐랴하지말고 우리는 한거름더나가서 사려저가는 썩은복도 따이르키랴는 熱誠을 가져야할겄이안닌가?

○반드시 끌만써낸다고 生活寶任에 忠寶하다는 것은 아니겠지마는……여러분이 다 各其自己를 도라다보고 쯧는門下의 一般의 態度를 보서면다 정각할겄입니다。(明)

◇

○어쩌한 種類의 悲劇이든지 그것은 寶寶을 寶寶대로 傍觀하고 或은 寶寶의 罪絡에 쓸리우는데에서 비롯한다。아모리 그것이 運命的이라할지라도。

○事實에 確實性과 合理性이잇다는 것이 寶寶을 傍觀하고 거거에 罪絡되려는 理由는 못된다。차람에게는 사람의 길이 잇다。事寶을 뒤를울만한 힘은업드라도 뒤집을만한 힘은의다。그러나 이러한 것이업다는일부러 悲劇的運命을 라고난者이다。

○萬一 知慧와 膽力과 手腕으로 事實을 뒤집거나 現象을 밧구랴다가 失敗한다면 그것은 더큰 悲劇을 演出하는結果에, 이른 것이다。그러나 거거에는 오히려 悲壯하고 痛烈한맛과 빗이의슬것이다。거의에는 生命이의가겨문이다。

○復興、中興、改革 革命……아리한말은 事實이나 現象에對한 사람의 叛逆이 나혼結果에 준 일홈이다。그러나「自己」들 側面으로 復視하고 嘲笑로써 傍觀하는者에게는 이러한 아름다운일홈을 부칠수업다。

○이것의「廢墟以後」의 誕生에 對한 祝言이요 또는 우리의「生存의 理由」가 잇다。

○무덤속으로부터 들리는 頌歌에 귀를 기우리자! 그리고 발을 마쇠자!

──────(想涉)

（追記）○우리에게는 무엇보다도 熱誠이 第一必要條件이다。이 雜誌는 아모의 個人所有가 안인것은 두말할것업거니와 나가티 自己의 일로알고 文壇建設을 爲하야 또는 우리의「生存의 理由」를 表明하기爲하야 正말 염써보자。누구나 생각하는바이지만 藝術

「生存의 理由」라는 말은 空虛하게될것이다。그러나 自己들 늘새롭게 保持할만한 忠實과、事實과現象을 傍觀치안코 不絕히 局面打開에 努力할만 한熱誠이업스면 이말은 空虛하채될것이다。새로운목슴이 흐르는데에만「生存의 理由」가 잇다。

同 人 記

廢墟以後 第一號

（想涉）

◇

○的生涯라는 것은 宗教的難行苦行과 다를것이업슴을 한번더 생각하고 奮闘하야보자。 名譽를 爲한것도안이요 짯을爲하한것도 안이요。

傳을爲함도 안임은 勿論이다。自己의生命을爲하야。

○합시다。 根氣잇게 하야가느라면 어쩌한 結果에든지 到達할것이다。

○只今가티 큰일난時機가 업슬것이다。이時機에 우리의運命은 斷定될출안다。

○읽자 생각하자 쓰자 그리고나서 먹자。이것은 어쩌한 時代 어쩌한사람에게든지 軍國主義의 動員命令과가튼것일것이다。

○이번編輯에는 吳君은 처음부터 責任者이지만 雲汀君이 만히 努力을하얏다。 君은 東亞日報를 辭職하고 이에專力하랴하는데。

窮極에 達한 現在의 思想界와 生活에活路를

○沈思獣考하지안으면 안이될셰이다。

○그구구인가。

○이여。 中心이되어 編輯의任을 자음擔定이다。

다。 來號부터는 君이

○雜誌發行! 特別히 그 創刊號란것는 實노반가운 現象이오。 귀먹의若干색로의이 듯한 조혼消息임은 조금도 疑心할수업슬것이다。

四五年以來로 우리의쌍에도 所謂雜誌란것은 참으로前後竹筍의氣勢모 産出되엿던것은 事實이다。 나도雜誌! 너도雜誌! 實로朝鮮사람은

온「雜誌狂」이나들니지안엇는는가하는 一種의杷憂까지도아니지도아니하엿다。

그러나그産出의實際의結果와成績은엇더햇더냐。 참慘心하다가그할가붓그럽다고할가。 아니라! 그러게悶暇로운恨歎만으로는 到底히용서

되지못할것이다。

○그런대 人間의活動中에 個性의尊嚴과檬威ー個人的의、民族的의또는人類的임을 勿論하고 産出되는一切의活動은 그形式의如何를뭇지말고

○人間의誕生이宇宙的意義를떠含한實在라고할진대人間ー그의生命을通하야表現되며 人生은決코意味입는遊戲나作爲이아니고嚴肅한眞實인싸닭이다。 그럼으로우리

도한重大한意義를가저야할것은勿論이다。 人生은決코意味입는遊戲나作爲이아니고嚴肅한眞實인싸닭이다。

○그런대 人間의活動中에 個性의尊嚴과檬威를保障하며 生命流動의傾向을싸려各樣의形式과方便ー그것이科

四五年以來로우리의쌍에도 다시새로운問題를提供하야 意見을세우고主張하며 도른提

學이그藝術이고哲學宗教其他實生活等그무엇임을뭇지만고 그의最高表現의規範과理想을樹立하고、그實現을爲하야努力하는것은

처럼重大하고神聖한일은업슬것이다。 ○우리가그동안 雜誌라누것을發行하고 多少間의努力을하엿다할것갓흐면 그動機와理由는 적어도

二十의八九는이切實한要求와意識에잇섯슨것은 疑心업다。 即우리의嚴肅한自意識과自覺에서出發하야연슬것이써非實이다。 그런대 보서이러

백조.폐허.폐허이후

인쇄일: 2022년 11월 15일
발행일: 2022년 11월 25일
지은이: 고경상 외
발행인: 윤영수
발행처: 한국학자료원
서울시 구로구 개봉본동 170-30
전화: 02-3159-8050 팩스: 02-3159-8051
문의: 010-4799-9729
등록번호: 제312-1999-074호

정가 150,000원